16.

BASTEI
LÜBBE

JASON DARKS SONDERAUSGABEN IM TASCHENBUCH-PROGRAMM:

73 901 Willkommen in der Hölle
73 902 Zeit der Monster
73 903 In Satans Diensten
73 904 Flüche aus dem Jenseits
73 905 Kämpfer gegen die Hölle
73 906 Dämonenbrut
73 907 Geister, Zombies und Vampire
73 908 Gegen Tod und Teufel
73 909 Alptraum Atlantis
73 910 Im Bann der Schwarzen Magie
73 911 Vampir-Schrecken
73 912 Monster aus dem Schattenreich
73 913 Hexenspuk und Teufelssaat
73 914 Im Reich des Bösen
73 915 Grauen aus der Hölle
73 916 Sarggeflüster
73 917 Im Haus der Angst
73 918 Todesträume
73 919 Das Spiel der Dämonen
73 920 Schreckenswelten
73 921 Nächte des Wahnsinns
73 922 Werwolf-Grauen
73 923 Grabgespenster
73 924 Liebesgrüße aus dem Jenseits
73 925 Hexensabbat
73 926 Satans Welt
73 927 Jünger der Finsternis
73 928 Zeit des Horrors
73 929 Besuch aus der Dunkelwelt
73 930 Triumph der weißen Magie
73 931 Symphonie des Blutes

JASON DARK

JOHN SINCLAIR

Symphonie des Blutes

Acht spannende Grusel-Abenteuer

BASTEI LÜBBE

BASTEI LÜBBE TASCHENBUCH
Band 73 931

1. Auflage: Juli 2001

Vollständige Taschenbuchausgabe

Bastei Lübbe Taschenbücher
ist ein Imprint der
Verlagsgruppe Lübbe

Lektorat: Rainer Delfs
Titelillustration: Enric / Bassols, Barcelona
Umschlaggestaltung: QuadroGrafik, Bensberg
Satz: QuadroPrintService, Bensberg
Druck und Verarbeitung: 55733
Société Nouvelle Firmin-Didot,
Mesnil-sur-l'Estrée, Frankreich
Printed in France

ISBN 3-404-73931-0

Inhalt

Der Pesthügel von Shanghai

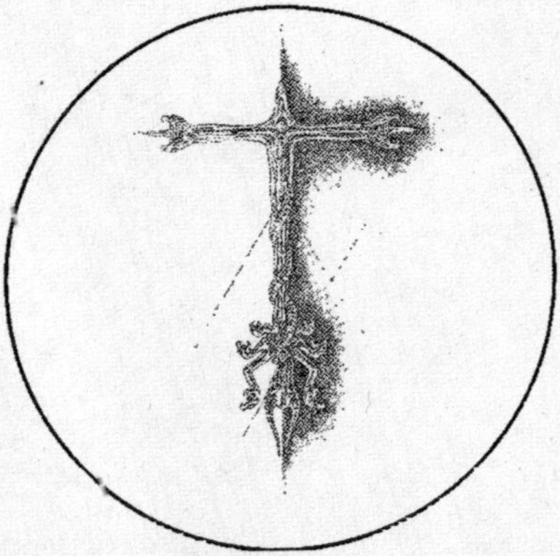

Der Himmel hatte eine seltsame Farbe angenommen. War er vorhin noch hell gewesen, so zeigte er jetzt ein verwaschen wirkendes Grau, in das sich gelbe, lange Streifen mischten, als wären hinter der grauen Wand einige Taschenlampen eingeschaltet worden.

Zuerst fiel Ryan O'Casey die Veränderung gar nicht auf. Er war zu sehr mit sich selbst und der Fahrerei beschäftigt, denn es war wirklich kein Kinderspiel, den Jeep über den alten Knüppeldamm zu balancieren.

Und einem Balanceakt glich diese Fahrerei schon. Der Damm bestand aus Holzbohlen, die mit hartem, darunter liegendem Lehm fest verbunden waren, sich jedoch im Laufe der Zeit verschoben hatten, sodass sie an einigen Stellen wie Klötze hervorstachen oder gesplittert waren.

Man musste schon einen Jeep besitzen, um den Knüppeldamm überhaupt passieren zu können. Außerdem fuhren die Einheimischen höchstens mit Fahrrädern darüber. Wer sich den Luxus leistete und es mit einem Fahrzeug probierte, kam entweder von der Partei oder war ein Fremder aus Europa.

Ryan O'Casey stammte aus diesem fernen Kontinent. Er war in London geboren, seine Eltern hatte es aber nach Hongkong verschlagen, wo O'Casey auch aufwuchs und nach seiner Schule als Kaufmann in einer Firma begann, die sich auf die Ausfuhr von Seide spezialisiert hatte. O'Casey war ein Mensch, der sich gut auf die Gegebenheiten des fernen Asien einstellen konnte. Er kam mit den Leuten zurecht und hatte sich nicht gescheut, Chinesisch zu lernen. Er beherrschte drei Dialekte, für einen Europäer wirklich außergewöhnlich. Das hatten auch seine Chefs erkannt. Da er zudem noch kaufmännisches Geschick besaß, avancierte er zum Verkaufsleiter der Firma und wurde in das benachbarte Rotchina geschickt, um die geschäftlichen Kontakte zu intensivieren. Seide war nach wie vor ein begehrter Artikel, und Ryan O'Casey war es unter großen Mühen gelungen, die Kontakte zu den rotchinesischen Geschäftspartnern so auszuweiten, dass die Chinesen ihn als Geschäftspartner akzeptierten.

Nach dem Tod des großen Mao hatte man im Land der

Mitte sowieso umdenken müssen, um überleben zu können. Die Schranken zum Ausland hin wurden ein wenig geöffnet, man ließ amerikanischen und europäischen Einfluss ins Land, und einer großen deutschen Autofirma war es sogar gelungen, eine Filiale ihres Sterns in China einzurichten.

Ryan O'Casey profitierte von dieser Öffnung nach außen. Seine Geschäfte liefen gut. In der Gegend von Shanghai besaß er ausgezeichnete Kontakte zu den chinesischen Seidenraupenzüchtern. Er teilte ihnen seine Wünsche mit, sie richteten sich danach, und über eine Genossenschaft wurde dann verkauft.

Beide Seiten zeigten sich zufrieden, und beide Seiten waren auch an einem Ausbau interessiert.

Wegen der guten Geschäfte nahm Ryan O'Casey gern die Fahrt über den Knüppeldamm in Kauf, ließ sich durchschütteln und kümmerte sich nicht um die Landschaft rechts und links des Damms.

Sie gehörte zu einer Gegend, die man als unheimlich bezeichnen konnte.

Flach wie ein Brett war sie. Dazu schimmerte sie braun wie ein aufgefurchter Acker. Hin und wieder schmatzte es, stiegen Blasen hoch, zerplatzten und entließen Gase, die fürchterlich stanken.

Ein Sumpf befand sich hier.

Aber ein Sumpf mit Toten!

Vor langer Zeit hatte die Pest in diesem Landstrich gewütet.

Tausende waren gestorben. Viele hatte man verbrannt, einige auch kurzerhand in die Sümpfe geworfen, und die braune Erde hatte sie schmatzend verschlungen.

China, ein Land reich an Geschichten, hielt auch für die Gegend eine entsprechende Sage bereit. Man sagte, dass die Toten im Sumpf gar nicht tot waren, sondern in der unheimlichen Tiefe lauerten, um zurückzukehren, damit die Pest abermals über das Land und die Stadt Shanghai herfallen konnte.

Deshalb nannte man diese Gegend auch die Pesthügel von Shanghai.

Ryan O'Casey kannte die Geschichten, man hatte sie ihm oft genug erzählt.

Er hütete sich, bei seinen Gastgebern darüber zu lachen oder auch nur zu lächeln, denn er wusste, wie empfindlich die Chinesen reagierten, wenn ein Fremder ihre Sagen und Märchen ablehnte.

Ein paar Mal schon hatte er sein Gesicht verzogen, wenn der Jeep über die Lücken im Damm gefahren war. Da hatte das Fahrzeug jedes Mal einen Schlag bekommen, der O'Casey durchschüttelte und seine Zähne aufeinander prallen ließ.

Freiwillig hätte er den Weg nicht übernommen, aber sein Job ließ keine Alternative zu. Er musste zu den Leuten und das Geschäft ankurbeln.

Über mehrere Meilen hinweg zog sich der Damm. In China, diesem gewaltigen Land, eine ziemlich kurze Distanz. O'Casey, als Europäer, würde sich wohl nie an die langen Wege gewöhnen können, und er konnte auch die Einheimischen nicht verstehen, die mit den Rädern über den Knüppeldamm fuhren.

Sonst waren ihm immer Menschen begegnet. Jetzt allerdings nicht. Und das wunderte ihn.

Leer wie ein breites, schwarzes Band lag der Damm vor ihm, und er schien hineinzustoßen in die grauen Wolken mit den helleren gelben Streifen. Die Wolken mussten dort liegen, wo sich das Dorf befand. Es hatte einen so schwer auszusprechenden Namen, dass O'Casey ihn fast immer vergaß und erst in seinen Unterlagen nachschauen musste, wo er den Namen notiert hatte.

Er hoffte auf gute Geschäfte. Man hatte ihm Bescheid gegeben, dass er sich die neue Seide anschauen konnte. Wenn sie ihm gefiel, würde er einen Ballen zur Probe kommen lassen.

Die Luft gefiel ihm überhaupt nicht.

Sonst wehte über dem Knüppeldamm ein steifer Wind, der schien jedoch heute eingeschlafen zu sein, denn Ryan spürte nur den Fahrtwind, der seine Haare aufwühlte und den Gestank aus dem Sumpf zu ihm in den offenen Wagen wehte.

Es war ein seltsamer Geruch.

Widerlich zu nennen. Es roch zwar wie immer nach Fäulnis und Verwesung, aber dazwischen mischte sich ein anderer Gestank, der überhaupt nicht hierher passte.

Ein paar Mal schon hatte Ryan O'Casey die Nase gerümpft, denn der Gestank gefiel ihm ganz und gar nicht. O'Casey hatte mal eine Beerdigung besucht, wo die Toten lange in der Sonne aufgebahrt waren. Diese toten Leiber hatten ähnlich gerochen wie hier.

Pest!

Auf einmal fiel ihm der Begriff wieder ein. Rechts und links des Damms lagen die Pesttoten in der sumpfigen, braunen Erde. Vielleicht waren sie es, die so stanken, obwohl sie hier schon über zweihundert Jahre ruhten.

Aber hatten die Einheimischen nicht von den Pesttoten erzählt, die angeblich nicht tot sein sollten?

Ein kaltes Grinsen überzog das Gesicht des 37-jährigen Mannes mit den braunen Haaren, als er daran dachte. Lebende Tote, die gab es wohl nicht, höchstens in Horrorromanen und Gruselfilmen.

Der Gestank störte ihn.

Je weiter er fuhr, umso intensiver wurde er. Obwohl Ryan nicht daran glaubte, ließ er seine Blicke dennoch hin und wieder zu den Seiten schweifen und schaute rechts und links über die Pesthügel. Hügel wurden sie deshalb genannt, weil das Gelände ziemlich hoch lag, und der Knüppeldamm teilte es in zwei Regionen.

Die Dunkelheit nahm zu. Ryan glaubte, dass sich die düsteren Wolken immer mehr der Erde entgegensenken würden und die langen, gelben Streifen auf den braunen Boden zu beiden Seiten des Damms tupften.

Er musste jetzt langsamer fahren. Der Bau des Dammes zwang ihn dazu, denn hier gab es Stellen, wo der Untergrund noch weniger in Ordnung war. Lücken zwischen den einzelnen Bohlen. Die Reifen mussten sich durchwühlen, und das schwere Profil schleuderte dabei braune Erde hoch.

Der Wagen bockte wie ein störrischer Esel. Hochgeschleudert wurde Ryan O'Casey von seinem Sitz. Er umklammerte das Lenkrad krampfhaft. Es sollte ihm auf keinen Fall durch die Stöße aus der Hand geschlagen werden.

Der Jeep wurde bis an die Grenze seiner Leistungsfähigkeit strapaziert. Wieder einmal fluchte der Fahrer. Dies war der Augenblick, als er seinen Job verwünschte.

Dann sah er einen besonders tiefen Riss, der beim letzten Mal noch nicht da gewesen war. O'Casey, dem man eine gewisse Fahrroutine nicht absprechen konnte, kannte seine Grenzen und vor allen Dingen die des Wagens.

Da kam er nicht rüber.

Er fuhr langsamer und bremste stotternd. Dabei glitt sein Blick auch nach rechts über die Grenze des Knüppeldamms hinweg, und er glaubte zu sehen, dass sich die sonst ruhig daliegende Erde an einigen Stellen bewegte.

Ryan stoppte.

Seine Stirn hatte er in Furchen gelegt. Unter den Achseln war er schweißnass, die Khakikleidung klebte an seinem Körperm und mit der Zungenspitze fuhr er über die salzigen Lippen.

Da stimmte doch was nicht.

Da er stand, merkte er, wie windstill es eigentlich war. Zudem platzte dort, wo er die Bewegung im zähen, braunen Schlamm gesehen hatte, eine gewaltige Blase, und der Pesthauch von Tod und Verwesung wurde genau auf ihn zugeweht.

Der Leichengestank war so penetrant, dass er sich die Nase zuhalten musste. Er atmete auch nicht durch den Mund, denn er hatte Angst, sich übergeben zu müssen.

Das ging nicht mit rechten Dingen zu.

Ryan O'Casey stieg aus. Jetzt wollte er genau wissen, was zu beiden Seiten des Damms vor sich ging, denn auch links von ihm bewegte sich der braune Sumpf.

An die alten Sagen und Legenden wollte er auf keinen Fall glauben. Er suchte und fand eine andere Erklärung für diese Bodenbewegung. China war in den letzten Jahren von schweren Erdbeben erschüttert worden. Vielleicht hatte es tief im Innern des Landes wieder ein solches Beben gegeben, sodass dessen Ausläufer sogar das Gebiet um Shanghai und damit den Sumpf erreichten.

Also hatte das Leben und Bewegen des Sumpfes eine natürliche Ursache, und seine Furcht verschwand allmählich. Sie machte einer gesunden Neugierde Platz.

O'Casey trat bis dicht an den Rand des Knüppeldamms und schaute nach unten.

In einer schiefen Ebene verlief der harte, getrocknete Lehm. Tausende von Händen hatten ihn festgeklopft. Der Damm, das wusste er, war durch Menschenhand errichtet worden, wie auch die gewaltige Chinesische Mauer, die sogar von Astronauten auf ihren Weltraumreisen erkannt worden war.

Hinter der Abstützung schwappte der Sumpf. Er bewegte sich, und es war ein träges Zittern, das durch ihn lief. Er lag nie ruhig da, irgendjemand schien von unten her gegen ihn zu drücken und das gesamte Gebiet in Wallung zu bringen.

Es war ein unheimliches Bild. Das Zittern pflanzte sich fort. An der Art glaubte Ryan, dass es sich dabei tatsächlich um die auslaufenden Wellen eines Erdbebens handelte.

Und doch gab es da einige Ungereimtheiten. Er konnte sie gut beobachten, denn nicht weit von seinem Standort entfernt stieg eine dicke Blase aus dem Boden.

Sie war durchsichtig, obwohl die Haut bräunlich schimmerte, und in ihrem Innern hatten sich Tropfen gebildet, die der Erde entgegenliefen.

Ryan erkannte unter ihr einen Krater.

Das war seltsam. Wie konnte die Blase aus dem Krater gestiegen sein? Eine Antwort auf diese Frage gab er sich nicht mehr, denn die Blase reagierte.

Mit einem dumpfen »Plopp« zerplatzte sie.

Unwillkürlich zuckte der Engländer zurück, denn feine Tröpfchen wurden nach allen Seiten weggeschleudert, und sie verschonten auch sein Gesicht nicht.

Sie brannten auf seiner Haut, als wäre es eine Säure, und er wischte sie mit dem Handrücken ab.

Der Krater war geblieben.

Nicht sehr tief, Ryan konnte hineinschauen, und was er sah, ließ ihn an seinem Verstand zweifeln.

Aus der Tiefe des Kraters drang etwas an die Oberfläche, das in einen Albtraum gehörte, aber nicht in die Wirklichkeit. Es war eine Hand!

Wirklich eine Hand?

Ryan stand wie angewurzelt auf der Stelle und stierte auf die gewaltige braune Klaue, die in ihrer Farbe eher den Ästen eines Baumstamms glich, von dem kleinere Zweige abzweigten, eben die Finger der Hand.

Knorrig und unbeweglich schob sie sich aus dem Boden. Die Nägel waren spitz, vielleicht lag es auch an den langen Fingern, über die der braune Schlamm aus der Tiefe in Richtung Arm rann.

Für Ryan O'Casey, den nüchtern denkenden Kaufmann, brach eine Welt zusammen. Mit so etwas hatte er nicht gerechnet. Plötzlich dachte er anders über die alten Legenden der lebenden Pesttoten, sie schienen doch zu stimmen, denn was er hier mit eigenen Augen sah, war der nackte, kalte Horror und unbegreiflich für ihn.

Er schüttelte sich.

Seine Lippen formten Worte, die außer ihm keiner hörte. Schritt für Schritt wich er zurück. Der Blickwinkel veränderte sich, und er konnte die Hand nicht mehr sehen.

Dafür entdeckte er andere, die weiter von der ersten Hand entfernt aus dem Boden gestiegen waren.

Braune Klauen, manche mit einem grünlichen Schimmer versehen. Jedenfalls sah es in den seltsamen Strahlen der hinter der grauen Wand stehenden Sonne so aus.

Ryan O'Casey schlug die Hände vor sein Gesicht und taumelte rückwärts. Er achtete nicht so sehr, wohin er ging, stolperte mit der Hacke über die aus dem Boden ragenden Bohlen und fiel rücklings gegen seinen Jeep.

Diese Berührung schreckte ihn auf. Er schüttelte den Kopf, atmete hastig, drehte sich um und merkte plötzlich, wie der Wagen mit seiner Schnauze nach vorn sank.

Für einen Moment blieb der in Hongkong lebende Engländer stehen. Er wusste selbst nicht, was das alles bedeutete, aber von allein kippte der Jeep bestimmt nicht nach vorn. Nein, daran musste jemand die Schuld tragen.

Wie auf rohen Eiern, so zittrig und vorsichtig, schritt er an der rechten Seite seines Wagens vorbei, um dorthin zu gelangen, wo dieser seltsame Vorgang geschah.

Er wagte kaum hinzusehen, riss sich dann zusammen und schaute über die Kühlerhaube.

Seine Augen weiteten sich vor Schreck. Die Adern unter seiner dünnen Haut am Hals zuckten, denn aus der dunklen Erde zwischen den beiden Bohlen ragten zwei Hände.

Gewaltige braune Klauen, die sich an dem Schutzgitter des Wagens festgeklammert hatten und das Fahrzeug in die Tiefe zerren wollten. Aber das war nicht alles.

Ryan sah Schultern und einen Kopf!

Es war ein widerlicher Schädel, ein grausames Etwas, das zwischen den beiden Schultern aufragte. Braun in der Farbe, eingetrocknet, die Proportionen verschoben, das Zerrbild eines normalen Gesichts, aber mit Augen, die seltsam grün leuchteten.

Mörderisch grün.

Das war es, was ihn zusätzlich erschreckte. In diesen Augen lag überhaupt kein Gefühl, und die aus dem braunen Schlamm ragenden, gierigen Klauen dachten nicht im Traum daran, das Schutzgitter des Jeeps loszulassen, im Gegenteil, sie wollten den gesamten Jeep in die unheimliche Tiefe zerren.

Es dauerte seine Zeit, bis Ryan O'Casey begriff, in welch einer Gefahr er schwebte, aber er reagierte genau richtig und sagte sich, dass es für ihn, wollte er dem Unheil entkommen, nur eine Möglichkeit gab, nämlich die Flucht.

Er musste nur sein Entsetzen abschütteln, durfte einfach nicht mehr daran denken, in welch einer Gefahr er schwebte. Er achtete nicht auf die Umgebung, als er zu seinem Jeep hastete und sich hinter das Lenkrad warf.

Der braune Sumpf lebte jetzt.

Überall krochen die schrecklichen Gestalten aus der Erde. Lebende, grausame Monster, Untote, Geschöpfe der Finsternis, schrecklich anzusehen und programmiert auf Mord.

Der Sumpf lebte.

Die Wolken waren jetzt so tief gesunken, dass sie den Boden fast berührten. Sie schienen eine Kraft auszuströmen, die das in der Erde lauernde Unheil weckte.

Das Grauen kam.

Was Jahrhunderte im Boden geschlummert hatte, war nicht mehr aufzuhalten.

Der Atem des Mannes ging hektisch. Seine Augen zeigten einen starren Ausdruck. Er spürte, wie sein Wagen schwankte, wie er immer mehr nach vorn gezogen wurde, und für ihn wurde es höchste Eisenbahn. Der Zündschlüssel steckte noch. Eine halbe Umdrehung reichte, und der Motor sprang an.

Er lief zwar unruhig, sogar stotternd, und der Mann musste sich ungemein zusammenreißen, um nicht die Nerven vollends zu verlieren. Der Rückwärtsgang klemmte ein wenig. Er schimpfte auf den Wagen und auf China, denn er hatte sich ihn in Shanghai geliehen, und in diesem Land an ein Auto zu kommen, glich schon einem kleinen Wunder. Normalerweise hätte das Fahrzeug längst überholt werden müssen, das jedoch war vorerst noch ein Ding der Unmöglichkeit.

Nach dem dritten Versuch hatte er es endlich geschafft. Der Gang war drin.

Dann zurück.

Da drehten die Reifen durch, denn vorn hing noch immer die verdammte Moorbestie aus dem Pesthügel, und die hatte Kraft.

Auf dem Gesicht des Mannes sammelten sich die Schweißperlen. Er fluchte auf das Land, auf seinen Wagen, keuchte und gab Gas. Die Räder wollten nicht so schnell packen, Dreck spritzte hoch. Zu beiden Seiten des Wagens flogen die Stücke weg, vorn wippte der Jeep und wurde von dem Gewicht des Monsters immer hart auf die Achse geschlagen.

Es war ein verbissener Kampf ums nackte Überleben, den er einfach gewinnen musste.

Sekunden wurden für ihn zu kleinen Ewigkeiten. Auf dem alten Knüppeldamm kämpfte er um sein Leben, während ihn die unsichtbaren Wolken eines bestialischen Leichengeruchs umwehten.

Die Pesttoten wollten ihr Opfer.

Plötzlich ein gewaltiger Ruck.

Er war frei.

Fast hätte Ryan O'Casey aufgejubelt. Er starrte durch die Scheibe und sah die bis zur Körpermitte aus dem Sumpf unter den Bohlen hervorgekrochene Bestie, wie sie die braunen Arme ausgestreckt hatte und mit den Nägeln der spitzen Finger das Holz aufkratzte. Die Augen glühten in diesem unheimlichen Grün, innerhalb des Kopfes existierte sogar ein Mund, ein dunkles Loch, aus dem eine widerlich faulige Geruchswolke strömte.

Der Ruck oder das plötzliche Freikommen hatte auch seine Nachteile, die Ryan O'Casey sehr schnell zu spüren bekam. Er wurde schräg nach hinten katapultiert, die Reifen rutschten über die Bohlen und der Jeep geriet mit beiden Hinterrädern über die Abgrenzung. Er spürte noch den Schlag, dann kippte der Wagen zurück.

Vor Angst, Enttäuschung und Wut schrie Ryan O'Casey auf. Er klammerte sich an das Lenkrad, als wäre es seine letzte Rettung. Das jedoch konnte ihm auch nicht mehr helfen, ebenso wenig wie der Wagen. Wenn er den Bestien entkommen wollte, dann nicht mehr mit dem Fahrzeug, sondern zu Fuß.

Das erkannte er trotz der Panik, die ihn beherrschte. Und ein Monster – es war das, das seinen Wagen vorn festgehalten hatte – kletterte jetzt aus dem Raum zwischen den Bohlen und richtete sich langsam auf.

Eine grauenhafte Horrorgestalt. Zum ersten Mal sah der Mann sie in Lebensgröße, und er erschrak heftig, denn das Monster war so groß wie er, nur breiter in den Schultern.

Das Moor- oder Sumpfwasser rann noch an der Gestalt nach unten und hinterließ eine glänzende Spur.

Etwas behäbig, aber dennoch zielstrebig setzte sich das braune Untier in Bewegung, die grünen Augen dabei starr auf den Jeep und den Fahrer fixiert.

Bevor Ryan O'Casey ausstieg, fiel sein Blick zufällig so in den Innenspiegel, dass er sein Gesicht sehen konnte.

Zum zweiten Mal erschrak er.

Ryan sah aus wie ein Aussätziger!

Die gesamte Haut war über und über mit Pusteln bedeckt, die an den Spitzen gelblich schimmerten und an winzige Eiterbeulen erinnerten. Es gab keinen Flecken seiner Haut, der nicht von diesem grässlichen Ausschlag in Mitleidenschaft gezogen war, und Ryan O'Casey erschrak bis ins Mark. Angst und Panik stahlen sich in seinen Blick. Das Wissen, ein Verlorener zu sein, machte ihn fast wahnsinnig.

Trotzdem dachte er daran, wie die Blase geplatzt war und ihn übersprühte.

Die Folgen sah er in seinem Gesicht.

Pest!

Verdammt, das musste die Pest sein! Als ihm dieses in den Sinn kam, begann er zu schreien. Und er schrie so laut, dass es weit über den Damm hallte, doch da war niemand, der ihn hörte. Die Schreie verklangen und verebbten schließlich.

Das Monster, das an seinem Jeep gezerrt hatte, tauchte wie ein Stück lebender Baumstamm vor dem Fahrzeug auf. Den rechten, armähnlichen Gegenstand hatte es erhoben, die meisten Sumpfrückstände waren an seiner Gestalt abgelaufen und bildeten dicke Klumpen auf den Holzbohlen des Knüppeldamms.

Der Mann im Jeep konnte ein wenig von der eigentlichen Gestalt des Wesens erkennen. Unter dem Schlamm befand sich eine etwas dunkle Haut, ebenfalls übersät mit den Beulen und Geschwüren, die er auch in seinem Gesicht entdeckt hatte.

Nur waren sie bei dem Monster größer. Fast wie Geldstücke …

Der Tod griff nach Ryan O'Casey.

Die Faust schien heranzufliegen. Der eine Schlag reichte,

um die Frontscheibe des Jeeps zu zerstören. Die Splitter bildeten einen gläsernen Regen, denn die Scheibe bestand nicht aus Kunststoff wie bei manchen dieser Geländewagen.

Unwillkürlich duckte sich O'Casey und sah aus diesem Grunde nicht, wie sich der lebende Tote an der linken Seite des Fahrzeugs vorbeibewegte und schon die Tür erreicht hatte.

Seine Klaue fand zielsicher den Griff.

Mit einem gewaltigen Ruck riss er die Tür auf, wuchtete sie nach außen und hatte nun freie Bahn.

Genau in dem Augenblick, als Ryan wieder hochkam, schnappte das Monster zu.

Ein Griff hart wie Stahl.

Es erwischte den in Hongkong lebenden Engländer im Nacken. Er schrie noch voller Verzweiflung, versuchte, sich gegen den Griff zu stemmen, doch seine Bemühungen blieben erfolglos. Er hatte nicht die Kraft, um gegen dieses Wesen anzukommen.

Es schleuderte ihn in die Höhe.

Mit dem Kopf stieß O'Casey gegen die Dachkante. Er spürte einen schneidenden Schmerz, der seine Schädeldecke wegreißen wollte, dann fiel er aus dem Wagen und wurde auf die harten Planken geschleudert, wo er sich von der Wucht des Treffers überschlug und so liegen blieb, dass seine Beine über die Abgrenzung des Knüppeldamms hinweghingen und er seine Fußspitzen gegen den harten Lehm drückte.

Ryan O'Casey war so matt und erschöpft, dass er nicht mehr hoch konnte. Sein Gegner ließ es zudem nicht zu, er wollte den Tod des Mannes und ihn zu einem der schrecklichen Wesen machen.

Nur schemenhaft nahm der Engländer wahr, was um ihn herum vorging. Die Schatten waren stärker als das Licht. Es fiel ihm schwer, etwas zu begreifen, doch er erfasste genau, dass sich sein Feind neben ihm aufhielt und als Schatten über ihn fiel, ein Zeichen, dass er sich gebückt hatte.

Wieder packte er zu.

Diesmal waren es zwei Klauen, die ihr Ziel fanden. Rechts und links an der Hüfte spürte Ryan die Hände. Gnadenlose Finger drückten in das Fleisch und pressten es zusammen, da sie durch die Kleidung drangen.

Und dann schwebte Ryan!

Das Monster hatte es tatsächlich geschafft, ihn in die Höhe zu stemmen. Plötzlich sah er den Knüppeldamm aus einer gewissen Distanz, er schwebte darüber, die Angst um sein Leben ließ sein Herz fast zerspringen und im nächsten Moment fühlte er sich leicht und frei wie ein Vogel. Er flog!

Unbewusst schlug er mit den Armen um sich. Dreimal schaffte er diese Bewegung, bevor er hart aufklatschte.

Die braune Erde, die er auf seiner Fahrt immer wieder gesehen hatte und die zum Pesthügel gehörte, wurde ihm zum Verhängnis. Es waren immer Warnungen ausgesprochen worden, über den Knüppeldamm zu fahren. Jetzt wusste der Mann, aus welchem Grund.

Die Erde war wie zäher Teer.

Und sie griff zu. Aber nicht nur sie saugte und zerrte an ihm, da waren auch die schrecklichen, aus dem Sumpf wachsenden Klauen, die nun ein Ziel gefunden hatten.

Erbarmungslos waren die Griffe der Hände.

Einer legte sich über den Mund des Mannes. Er erstickte sein Schreien. Eine zweite Klaue presste sich gegen seine Schulter, und Ryan O'Casey hatte nicht die Spur einer Chance.

Der unheimliche Sumpf verschlang ihn.

Bevor er endgültig verschwand, da beugten sich die braunen Klauen vor und halfen nach.

Sein Kopf wurde zuletzt unter die Masse gedrückt, und das Röcheln des Mannes verstummte.

Der Pestsumpf schloss sich über ihm.

Das Monster, das ihn aus dem Wagen geholt hatte, war an der Abgrenzung stehen geblieben. Es schaute so lange zu, bis sein Opfer verschwunden war. Dann erwachte es zu einer weiteren Tätigkeit. Es drehte sich um und trat an das Heck des Jeeps. Beide Arme streckte es vor, stemmte die Beine in den Boden und drückte gegen den Wagen.

Er begann zu rollen.

Hart stieß das Vorderteil nach der Schräge in den Sumpf. Es gab ein klatschendes Geräusch, der Jeep schien sich zu schütteln, dann griff die zähe Masse zu.

Ob Fahrzeug, ob Mensch, dem Sumpf entkam niemand. Da war er gnadenlos, die Pesthügel verschluckten alles.

Sie schienen aus Tausenden von zähen Händen zu bestehen und es dauerte nicht lange, bis der Jeep verschwunden war.

Nichts, aber gar nichts wies darauf hin, welch ein Drama sich vor kurzem hier abgespielt hatte.

Und als die aus dem Sumpf ragenden Hände allmählich in die Tiefe sanken, war alles klar.

Zuletzt sprang noch das Sumpfmonster in die zähe Masse.

Es versank.

Der Sumpf schloss sich wieder, während in der Ferne, wo die grauen Wolken lagen, erste Blitze den Himmel aufrissen und wie Zickzack-Speere in den Boden fuhren.

Die Menschen im Dorf warteten vergeblich auf den Weißen. Da er auch am nächsten Tag nicht eintraf, wurde eine Abordnung losgeschickt, die den Knüppeldamm abschritt.

Nur einem Zufall war es zu verdanken, dass man etwas fand. Es war ein abgebrochener Fingernagel, der auf einer Bohle klebte. Daneben sahen sie die schwarzen Streifen, die nur von Autoreifen stammen konnten.

Die Spuren reichten. Jeder wusste genau, dass die Pesthügel von Shanghai wieder ein Opfer gefunden hatten …

An diesem Tag hatte ich absolut keine Lust, an meinem Schreibtisch im Yard Building zu hocken. Deshalb beschloss ich, nach Hause zu fahren. Ein schlechtes Gewissen brauchte ich nicht zu haben, denn so viel Urlaub oder freie Tage wie mir zustanden, konnte Scotland Yard kaum bezahlen.

Dazu kam, dass Suko einen freien Tag genommen hatte und ich allein im Büro gehockt hätte. Da nichts Dringendes anlag, hatte auch mein Chef Sir James Powell nichts dagegen gehabt, dass ich mal ein paar Überstunden abfeierte.

Natürlich geriet ich in Staus. Auch die Musik aus dem Radio konnte mich nicht aufheitern.

Fast eine Stunde später stieg ich in der Tiefgarage aus. Mit zwei Männern fuhr ich im Fahrstuhl nach oben und ging in meine Wohnung. Dort haute ich mich in den Sessel und stellte die Flimmerkiste an. Es kamen Nachrichten. Wenn man sie hörte, konnte man auch trübsinnig werden, und plötzlich erschienen mir meine Probleme überhaupt nicht mehr so schlimm.

Was alles in der Welt geschah, war noch grausamer, denn das wurde offen ausgetragen, während wir mehr im Geheimen kämpften. Ich entschloss mich, zu Suko hinüberzugehen, da ich ihn heute noch nicht gesehen hatte.

Allerdings wartete ich noch über eine Stunde, räumte selbst ein wenig auf und machte in Beschäftigungstherapie, denn das musste auch mal sein. Zudem sah die Wohnung nach meinem Aufräumen immer noch nicht so aus, als hätte eine Frau Hand angelegt.

Anschließend ging ich rüber, schellte und wartete ab.

Ich hörte Schritte, Suko öffnete.

Er sah mich, und in seinen Augen blitzte es auf.

»Hallo, wie gehts?«, fragte ich locker und wollte an ihm vorbei in die Wohnung.

»John, bitte geh!«

So hatte Suko noch nie mit mir gesprochen. Hatte er etwas? »Hör mal zu, Suko, ich weiß selbst, dass ich …«

»John, verlasse die Wohnung!« Der Chinese zischte die Worte. In seinen Augen sah ich einen Ausdruck, der feindlich und warnend zur gleichen Zeit war.

Was hatte er nur?

Nein, ich war stur. Wenn sich mein Freund so verhielt, stimmte etwas nicht, und ich wollte wissen, was das war.

Suko blieb hinter mir.

Die Tür stand halb offen. Eigentlich wunderte ich mich

darüber, dass Shao nicht erschienen war, machte mir allerdings keine weiteren Gedanken und drückte die Tür auf.

Zwei Schritte ließ man mich gehen, dann sah ich die Bescherung.

Wie angewurzelt hockte Shao in einem Sessel. Und neben ihr stand ein Mensch, der ihr die Mündung einer Pistole gegen die Stirn drückte. Das war schon schlimm genug. Was noch hinzukam, war Sukos Stab. Er schaute aus der Seitentasche des Mannes, der Shao die Waffe gegen den Kopf presste, und war für Suko unerreichbar ...

Das alles nahm ich in wenigen Sekunden auf, und jetzt verstand ich auch Sukos harte Reaktion mir gegenüber. Er hatte mich aus der Wohnung haben wollen. Dies aus gutem Grund.

Es war zu spät. Auch für mich hatte sich die Falle geschlossen. Ich war ahnungslos hineingetappt.

Tief holte ich Luft. Etwas zu unternehmen, wäre Wahnsinn gewesen, denn der Mann brauchte nur den Finger zu krümmen, wenn sich einer von uns falsch bewegte, und Shao würde es nicht mehr geben. Zur Demonstration meiner friedlichen Absichten hob ich beide Hände und spürte gleichzeitig einen mir bekannten Druck im Rücken.

Es war der eines Schießeisens.

Der zweite Mann hatte hinter der Tür gelauert. Ich sah auch noch einen dritten Kerl, der sich von der Wand abstieß. Auch er war bewaffnet und lächelte kalt.

Der Kerl aber, der hinter mir stand, trieb mich ins Zimmer hinein und sagte in einem sehr höflichen Tonfall und in korrektem Englisch: »Ich bin froh darüber, dass wir Sie nicht zu holen brauchten, Mr. Sinclair. Sie ersparen uns da einiges an Mühen.«

Europäer hatte ich nicht vor mir, sondern Chinesen. Ja, die drei Männer gehörten zu Sukos Rasse. Sie machten einen nahezu unauffälligen Eindruck, trugen graue

Anzüge, weiße Hemden und irgendwie triste Krawatten. Sie schienen sich sehr überlegen zu fühlen, denn sie lächelten über ihren großen Sieg.

Und einen Sieg, den hatten sie errungen. Ich war überrascht worden, Suko ebenfalls, wie es aussah.

Shao rührte sich nicht. Sie war nur bleich geworden. Die Arme lagen auf den Sessellehnen, die Finger hatten sich um die Griffe verkrallt. Es bewegten sich nur ihre Augen.

Was wollten die Typen?

Ich musste an den Fall des Höllenboten denken, der mich nach China geführt hatte. Diese Sache spielte sich damals auf zwei Ebenen ab. Suko musste Shao befreien, die man als Druckmittel hier in London gegen ihn und mich eingesetzt hatte, während ich mich um Yuisan, den Höllenboten, kümmerte.

Doch irgendetwas war hier anders. Diese Männer gehörten meiner Ansicht nach nicht zu der damaligen Londoner Clique, die waren verschieden, auch vom Benehmen und vom Typ her.

»Bitte stellen Sie sich neben das Fenster, Mr. Sinclair«, wurde ich höflich gebeten.

Wenn man mich so aufforderte, folgte ich dem Befehl gern und baute mich dort auf.

Nun konnte ich Shao direkt ins Gesicht sehen und entdeckte die winzigen Schweißperlen auf ihrer Stirn. Die Situation stresste sie sehr.

Suko betrat den Wohnraum. Kalkig war er im Gesicht. Er hatte die Hände geballt. Die auf ihn gerichtete Mündung der Waffe interessierte ihn nicht, er hatte nur Augen für Shao und suchte krampfhaft nach einer Möglichkeit, um die Situation zu wenden.

Aber wer im Kreuzfeuer dreier Waffen steht, der denkt anders darüber. Aus diesem Grunde verhielt auch ich mich sehr ruhig und blieb mit erhobenen Händen stehen.

Der dritte Mann hinter Suko schloss die Tür. Als sie ins Schloss fiel, kam es mir wie das Zuschnappen einer Falle vor. Kaum jemand hatte bisher gesprochen, aber ich wollte wissen, was das alles zu bedeuten hatte. Deshalb fragte ich: »Weshalb sind Sie in diese Wohnung eingedrungen? Was wollen Sie von uns?«

Der Kerl, der mich erwartet hatte und aussah wie ein chinesischer Student, runzelte die Stirn. Er schien der Chef der Bande zu sein. »Es tut mir Leid, dass wir zu solchen Maßnahmen greifen mussten, aber wir sahen keine andere Möglichkeit.«

»Für was?«

»Das werden Sie noch merken.«

»Lassen Sie wenigstens die Frau frei. Danach können wir verhandeln.«

Der Mann lächelte. »Ich würde es gern, Mr. Sinclair, aber ich bin mir Ihrer nicht sicher. Es steht zu viel auf dem Spiel. Sie und Ihr Freund, unser Landsmann Suko, sind sehr bedeutende Männer ...«

»Ich zähle mich nicht als Landsmann von euch!«, zischte der Inspektor.

»Das kann ich verstehen. Wenigstens im Moment, Suko. Aber du wirst sehen, dass sich die Zeiten ändern können. Wirklich, du solltest jetzt nicht nach deinen verständlichen Gefühlen handeln. Wir sind am Drücker, und es würde uns nichts ausmachen, zu töten, wenn wir unsere Aufgabe gefährdet sehen.«

Diese so leicht dahingesprochenen Worte trafen mich hart unter die Gürtellinie.

Wen hatten wir da vor uns? Gangster aus dem Londoner Chinesenviertel oder Abgesandte eines Geheimbundes?

Nein, das alles war mir zu einfach. Zudem zählten diese Typen auch nicht zu dieser Kategorie. Ich hatte plötzlich einen völlig anderen Verdacht. Die Männer konnten dem chinesischen Geheimdienst angehören.

Wahnwitzig im ersten Augenblick, doch wenn ich genauer darüber nachdachte, war der Verdacht nicht so leicht von der Hand zu weisen. Agenten aus Rotchina. Verdammt, das hatte mir noch gefehlt. Bisher hatten wir nichts damit zu tun gehabt, nun aber waren wir voll in den Kreislauf hineingeraten.

»Noch einmal«, sagte ich. »Was wollen Sie von uns? Sie

wissen genau, dass Sie sich strafbar gemacht haben, und dies in einem Gastland ...«

»In Anbetracht der Dinge spielt dieser kleine Einbruch keine Rolle«, erklärte mir der Anführer.

»Und welche Dinge sind das?«, hakte ich sofort nach.

»Das werden Sie alles später erfahren.«

»Sie meinen also, dass wir mit Gangstern paktieren?«, mischte sich Suko ein.

»Es wird dir und deinem Freund nichts anderes übrig bleiben. Wir haben uns einmal entschlossen und führen unser Vorhaben auch durch. Ich gebe zu, auf etwas unkonventionelle Art und Weise. Bitte rühren Sie sich jetzt nicht von der Stelle.«

Das hatten wir sowieso nicht vor. Nein, diese Typen blufften nicht. Um eine sehr große Sache musste es gehen, wenn sie zu diesen Mitteln griffen.

Ich ließ einen der Eindringlinge nicht aus den Augen, als er sich seitlich meinem Freund Suko zuwandte. Die Schritte des Mannes waren kaum zu hören. Er ging sehr leicht, zudem verschluckte der Teppich die Geräusche.

Einen Schritt neben Suko blieb er stehen. In der rechten Hand hielt er die Pistole, die linke hatte er in die Jackentasche gesteckt. Blitzschnell zog er sie hervor. Ich sah etwas zwischen seinen Fingern blitzen, dachte an eine Nadel, und schon war die Sache vorbei. Der Mann hatte sofort zugestochen und Suko am Hals getroffen.

Mein Freund zuckte zusammen. Er sackte leicht in die Knie, blies pfeifend den Atem aus, und ich vernahm Shaos leisen Schrei.

Dann änderte sich Sukos Gesichtsausruck. Er wurde freundlich, ein Lächeln glitt über seine Züge, und er nickte dem Mann mit der Pistole sogar noch zu.

Verdammt noch mal. Welch ein Teufelszeug hatten ihm diese Brüder gespritzt? Mein Freund war nicht mehr Herr über sich selbst, diese Droge hatte ihn zu einem willenlosen Werkzeug gemacht. Und er befand sich in den Händen dieser Männer, die ihn nun dirigieren konnten, ohne dass Suko sich wehrte.

Dies war schlimm.

Ich atmete ein paar Mal durch, denn ich wusste, dass auch mir das gleiche Schicksal bevorstand.

Der Mann, der sich mit Suko beschäftigt hatte, kümmerte sich nicht mehr um ihn. Jetzt nahm er mich aufs Korn, lächelte dabei und kam auf mich zu, während er mir fest ins Gesicht schaute.

Konnte ich etwas tun?

Nein, ich stand im Kreuzfeuer der Waffen und starrte in die verdammte Mündung. Hinzu kam Shao, der weiterhin die Mündung gegen den Kopf gepresst wurde.

Mein Magen verkrampfte sich. Ich suchte nach einem Ausweg, doch die andere Seite hielt alle Vorteile in ihren Händen. Sie würden eiskalt sein und mich ebenfalls zu einem willenlosen Bündel machen.

Der Kerl hatte die Spritzen ausgewechselt. Er trug eine frische in der Hand. Die Nadel schaute aus seinen Fingern, und sie kam mir vor wie ein Dolch.

»Es tut wirklich nicht weh«, erklärte er und behielt sein Lächeln bei.

Unwillkürlich zuckte ich zurück, als seine Hand plötzlich vorschnellte.

Ich entkam ihm nicht. Er war noch raffinierter, als ich angenommen hatte. Sein Lächeln behielt er bei, als er nicht zustach, sondern die Nadel wie ein Messer schleuderte. Und sie traf mich.

Nicht mehr als beim Stich einer Mücke verspürte ich am Hals, aber das reichte.

Zuerst wurden meine Knie weich. Dann entstand ein Brausen in meinem Kopf, das innerhalb einer Sekunde den gesamten Körper erfasste und mich zu einem willenlosen Bündel machte.

Wachs in den Händen des vor mir stehenden Mannes. Ich sah zwar noch alles sehr deutlich, die Konturen verschwammen nicht einmal, aber ich besaß keinen freien Willen mehr.

Ich sah sogar, dass der Mann seine Pistole wegsteckte, als er vor mir stehen blieb. Sein Gesicht war seltsam breit geworden, er hatte sich verändert, doch es konnte auch mein Blickwinkel sein, der nicht mehr stimmte.

»Mr. Sinclair«, sprach er, »Sie haben gesehen, dass wir es gut mir Ihnen meinen. Ich wäre sehr dafür, dass Sie und Ihr Freund uns jetzt folgen, denn wir haben eine lange Reise vor uns und dürfen keine Zeit verlieren. Verstehen Sie?«

»Natürlich«, hörte ich mich sagen.

»Bitte, dann kommen Sie!«

Ich löste mich von der Wand. Da der Chinese auch zur Seite getreten war, hatte ich einen freien Blick auf Shao.

Sie hockte im Sessel – als Einzige von uns war sie noch normal – und starrte mich an.

Ich nahm sie bewusst überhaupt nicht wahr. Sie war für mich ein völliges Neutrum. Es war mir auch egal, als der Mann, der sie mit der Waffe bedrohte, eine Spritze hervorholte. Es war allerdings eine andere als die, mit der wir betäubt worden waren. Shao bekam die Bewegung zwar mit, sie konnte jedoch nichts an dem Lauf der Dinge ändern.

Die Spritze traf sie ebenfalls am Hals.

Ich wurde Zeuge, aber mein Verstand arbeitete langsamer als das Auge. Ich konnte die Dinge nicht so recht umsetzen, zudem wurde das Bild verändert, es zog sich ein wenig in die Breite und erinnerte mich an einen Cinemascope-Film, wie ich ihn so oft in den fünfziger und sechziger Jahren gesehen habe.

Dann sackte Shao zusammen. Zuerst rutschte ihr rechter Arm von der Lehne. Die Frau bekam einen Drall und kippte zur Seite. Schräg blieb sie im Sessel sitzen, gestützt wurde sie nur von der Lehne.

Die drei Chinesen nickten sich zu. Auf ihren Gesichtern stand ein Lächeln. Einer ging bereits zur Tür. Er öffnete sie, schaute in den Gang und nickte uns zu.

»Kommen Sie, meine Herren, wir haben eine sehr, sehr weite Reise vor uns …«

Suko und ich gingen hinter dem Mann wie gehorsame Befehlsempfänger …

Irgendwann war alles schwarz geworden.

Schwarz insofern, dass wir weder sehen, hören noch fühlen konnten. Unser gesamtes Dasein versank in diesem gewaltigen Tunnel der Finsternis, der kein Ende zu nehmen schien. Es war auch kein Widerstand vorhanden, den wir dem Tunnel eventuell entgegensetzen konnten. Er hatte uns verschlungen und würde uns erst wieder freilassen, wenn andere es wollten.

Und er ließ uns frei.

Ich spürte, wie sich im Innern des Körpers etwas regte. Ein anderer Ausdruck fiel mir nicht für das Fließen des Blutes ein, das wieder normal durch meine Adern rann.

Und die Schwärze wich.

Diese unheimliche Dunkelheit verschwand, es gab helle Flecken darin, die sich als ein grauer Dämmerschein immer weiter ausbreiteten und auch größer wurden.

Sie verdrängten die Finsternis.

Aber noch war ich nicht voll da, ich konnte zwar hören, doch es waren Töne oder Laute, die mir überhaupt nicht gefielen oder sogar unbekannt waren.

Da ertönte im Hintergrund ein seltsamer Gesang. Zwar nicht mit irgendwelchen süßen Sphärenklängen zu vergleichen, aber ähnlich fremd, und ich merkte, wie mein Wille wieder zurückkehrte. Damit auch meine Energie.

Ich wollte endlich wissen, was los war, und öffnete die Augen.

Das Grau blieb. Nur sah es wieder anders aus, und in ihm befanden sich seltsame gelbe Kreise.

Bis ich erkannte, dass es sich bei diesen Kreisen um die Ausläufer einer hellen Lampe handelte, dauerte es noch seine Zeit, und das Grau über mir war eine Decke.

»Aha, Mr. Sinclair, Sie sind wieder wach?«

Ich vernahm die Stimme, und zum Teufel noch mal, sie kam mir bekannt vor. Es war noch gar nicht lange her, da hatte dieser Mann mit mir gesprochen.

Nur – was hatte er damals von mir gewollt? Seltsam, mir fiel es nicht ein. Vor meinem Denkapparat schien eine Schicht aus Watte zu liegen, die einen großen Teil der Gedanken und Schlussfolgerungen absorbierte.

»Mr. Sinclair, Mr. Sinclair …«

Verflixt, der sollte mich doch in Ruhe lassen. Ich wollte ja nichts von ihm. Aber da berührte mich eine Hand, und nicht nur das, sie griff zu, rüttelte an meiner Schulter, sodass ich durcheinander geschüttelt wurde und mir nichts anderes übrig blieb, als die Augen zu öffnen und mich der Stimme oder dem Mann zu stellen.

Jetzt riss ich die Augen auf.

Ja, ich erkannte ihn. Es war der Mann, den ich in London gesehen hatte. Auf mein Gehör konnte ich mich noch verlassen. Wieder schaute ich in das lächelnde Konfirmandengesicht, denn der Typ hatte sich zu mir hinuntergebeugt. Er lächelte immer, aber ich glaubte nicht, dass dieses Lächeln echt war.

»Sie können aufstehen, Mr. Sinclair. Das Gegenmittel müsste bereits gewirkt haben.«

Ein Gegenmittel. Ich runzelte die Stirn. Noch funktionierte mein Gedankenapparat nicht so recht, erst allmählich kam ich dahinter, was dieser Mann gemeint hatte.

Natürlich, man hatte Suko und mir in London eine Spritze oder Ähnliches gegeben. Wir waren dann weggetreten und erwachten nun hier. Wo steckte Suko?

Siedendheiß fiel mir mein Partner ein. Plötzlich schoss ich in die Höhe, setzte mich aufrecht und stellte erst jetzt fest, dass ich auf einem Holzgestell gelegen hatte, über das jemand eine Matte gelegt hatte, damit die Unterlage einigermaßen weich war.

»Mein Partner, er …«

Der Chinese vor mir unterbrach mich erst mit einer Handbewegung, danach mit Worten. »Ihrem Partner geht es gut. Er liegt übrigens im Nebenraum. Freunde von mir kümmern sich um ihn.«

Während er mir die Antwort gab, hatte ich nachgefühlt, ob meine Waffen vorhanden waren.

Ja, ich besaß sie noch.

Kreuz, Beretta, Dolch – allerdings wohl nicht meinen Einsatzkoffer, der befand sich bei mir zu Hause.

Wo lag denn mein Zuhause? Auch diese Frage drängte sich automatisch auf. Man hatte Suko und mich entführt.

Wir waren irgendwohin geschafft worden aus noch unbekannten Gründen, und jetzt wollte ich erst einmal wissen, wo wir uns befanden.

Diese Frage stellte ich.

Der vor mir lächelte, nahm auf einem einfachen Holzstuhl Platz, den er mit der Sitzfläche von einem Tisch weggedreht hatte, und stellte sich erst einmal namentlich vor.

»Mein Name ist Quen, Mr. Sinclair. Ich sage Ihnen bewusst nicht meinen vollen Namen. Sie würden ihn kaum aussprechen können. Quen muss für Sie reichen.«

»Schön, Mr. Quen. Und wo haben Sie mich hinschaffen lassen? Befinden wir uns noch in London, in England ...«

Er schüttelte den Kopf. »Man merkt Ihnen an, Mr. Sinclair, dass sie sehr lange geschlafen haben und von Ihrer Umgebung nichts mitbekommen haben. Wir befinden uns nicht in London und auch nicht in England. Nicht einmal in Europa, sondern in der Heimat Ihres Freundes, im Reich der Mitte. Genauer gesagt, in ...«

»China!«, stieß ich entsetzt hervor.

»Stimmt, Mr. Sinclair.«

Ich fuhr mir über das Gesicht. Eine heftige Reaktion. Plötzlich hatte ich das Gefühl, jemand würde meine Kehle allmählich zudrücken. Es fiel mir schwer, Luft zu holen, und dass ich mich dennoch schnell und auch gut in die Gewalt bekam, lag wohl an meinen Reiseerfahrungen, denn sehr oft hatte ich unfreiwillige überraschende Zeitreisen unternehmen müssen, wobei ich dann in anderen Dimensionen landete.

Hier befand ich mich wenigstens noch auf dem Boden der Erde. Wenn auch China so ungemein weit von London entfernt lag.

»Wir sind hier in der Nähe von Shanghai, und Sie können sich vorstellen, Mr. Sinclair, dass wir Sie und ihren Partner nicht ohne Grund hergeholt haben.«

Ich verzog die Mundwinkel. »Das kann ich allerdings, wobei ich frage, was das alles für einen Sinn haben soll.«

»Den werde ich Ihnen gleich erklären, und betrachten Sie sich bitte nicht als unser Gefangener, sondern als Gast.

Für die vergangenen Dinge möchte ich mich höflichst entschuldigen, wir sahen leider keine andere Möglichkeit, an Sie und Suko heranzukommen.«

»Da hätte ich Ihnen mehrere nennen können«, erwiderte ich sarkastisch und wechselte sofort das Thema. »Wie lange sind wir eigentlich gereist, wenn ich das mal fragen darf?«

»Drei Tage!«

Fast hätte ich durch die Zähne gepfiffen. Himmel, das war eine lange Zeit. Ich dachte an London, an Shao, Sir James und Bill Conolly. Da war sicherlich jetzt die Hölle los, aber eine Spur nach Shanghai würde wohl kaum jemand finden.

Ich fragte auch nicht danach, wie die Leute es geschafft hatten, Suko und mich nach China zu bringen. Als Agenten beherrschte man gewisse Tricks, die kein Zoll und keine Polizei kannte. Auf englischer Seite war es ja nicht anders.

Dann schaute ich mich im Raum um. Er war sehr niedrig. Ich war von Europa her die hohen Decken gewohnt, diese Decke hier lag ziemlich tief. Vielleicht deshalb, weil die Chinesen von der körperlichen Größe her nicht an die Europäer herankamen. Irgendwie wurde ich das Gefühl nicht los, in einem barackenähnlichen Kasten zu sitzen, so eine Art Polizeiwache auf chinesisch.

Die Wände schimmerten gelblich. Ein paar Plakate bedeckten sie. Sie zeigten Motive nach Mao. Das Bild des ehemaligen großen Vorsitzenden war überhaupt nicht zu sehen. Und die Männer, die jetzt mit kernigen und kantigen Gesichtern von den Plakaten schauten, kannte ich nicht. In China wechselten die Verantwortlichen eben sehr schnell.

Zwei Türen sah ich. Eine lag zwischen zwei kleinen Fenstern. Sie mussten nach draußen führen. Die zweite befand sich an der Wand hinter mir. Sie wurde geöffnet.

Suko betrat den Raum.

Ich schluckte, denn mein Partner sah ziemlich blass um die Nase herum aus. Dann aber hielt mich nichts mehr auf der Bettkante, ich sprang in die Höhe, und auch Suko sah die Erleichterung, die mein Gesicht zeichnete. Über seine Züge glitt ein Lächeln. Wir begrüßten uns. Mir fiel wieder die Szene im Büro ein. »Alles klar?«, fragte ich.

Suko kniff das rechte Auge zu und boxte mir leicht in die Seite. »Natürlich.«

Hinter meinem Freund waren noch zwei Männer erschienen. Ich kannte sie ebenfalls aus London. Sie blieben an der Wand stehen, lächelten und taten, als wäre nichts gewesen.

Mir stieg vor Wut die Galle hoch, und ich bekam einen roten Kopf. Quen fragte, ob wir etwas trinken wollten.

Wir einigten uns auf Tee.

Einer musste ihn holen. Als er zurückkehrte, hatten wir noch kein Wort miteinander gewechselt, aber mir war klar, dass Quen gleich zur Sache kommen würde. Er drehte uns den Rücken zu, hatte die Hände darauf verschränkt und spielte mit den Fingern. Auch er gab sich nicht so unbeteiligt, wie es äußerlich den Anschein hatte.

Die Tassen bestanden aus feinem Porzellan. Der Tee schimmerte grünlich. Ich ließ Suko erst probieren, und als mein Freund genickt hatte, nahm auch ich einen Schluck.

Durch Quen erfuhr ich, dass man Suko ebenfalls eingeweiht hatte, so konnten unsere seltsamen Gastgeber endlich zum Kern der Sache kommen.

»Ja, Gentlemen«, sagte Quen und runzelte gleichzeitig seine ansonsten glatte Stirn. »Dann werde ich Ihnen mal berichten, aus welchem Grunde wir zu diesen etwas außergewöhnlichen Maßnahmen gegriffen haben …«

»Wir bitten darum«, erwiderte ich und spitzte wie auch Suko die Ohren.

Der braune Sumpf schmatzte, gurgelte, warf Blasen und brodelte an manchen Stellen.

Er lebte!

Doch es war kein natürliches Leben. Kräfte, die seit langer, langer Zeit im Verborgenen gelauert hatten, waren bereit, zurückzukehren, und sie hatten ihr erstes Opfer gefunden.

Der Mantel der Zeit hatte zwar den Sumpf überdeckt, aber er hatte das Unheil nicht aufhalten können. Unbemerkt blühte es weiter, suchte nach neuen Kräften und sammelte sich.

Wenn die Menschen glaubten, dass das, was tief unter der Erde lag, tot war, dann irrten sie. Sie hatten die Toten kurzerhand in den Sumpf geworfen, aber die Toten wollten sich rächen, und nun war ihre große Zeit angebrochen.

Wellenförmig liefen die Bewegungen unter der Erde. Als wären sie von einem gewaltigen Erdbeben produziert worden, und die längst vergessenen Toten merkten, dass die Zeit ihrer Ruhe nun endgültig vorbei war. Sie hatten einen Anstoß erhalten, es war ihnen gelungen, in den Kreislauf der Götter und der schwarzen Magie einzudringen. Nicht umsonst hatten sie so lange gewartet, um nun endlich das zu beginnen, wobei sie damals unterbrochen worden waren.

Stärker war der Gestank geworden, der über den Sümpfen schwebte. Ein widerlicher Fäulnis- und Leichengeruch, eingehüllt in Dampfschwaden, die aus der braunen Erde emporstiegen und wie Nebel von der gleichen Farbe schimmerten.

Die Blasen waren größer geworden. Wenn die Fäulnis sie aufblähte und sie dann platzten, gab es knallende Geräusche.

Jedes Mal entstanden Krater, aus denen wenig später braungrüne Pranken stießen, deren Klauen sich öffneten und schlossen, als würden sie nach unsichtbaren Gegnern greifen.

Auch der Himmel hatte seine Farbe verändert. Er war schon in den letzten Tagen sehr fahl gewesen, hatte eine graue Farbe angenommen, in die jetzt die aus dem Sumpf steigenden Dämpfe hineindrangen und sie wie lange Arme durchstießen.

Das Grauen befand sich auf dem Weg, und niemand war da, der es aufhalten konnte.

Die Menschen aber wussten Bescheid. Trotz der jahrelangen kommunistischen Herrschaft wussten sie noch von ihren alten Traditionen, denn sie blühten im Verborgenen weiter, wurden von dem Großvater an den Sohn und den Enkel weitergegeben. Flüsternd nur, aber sehr, sehr eindringlich.

Der Ort hinter dem Knüppeldamm lag schon seit Tagen in einer gespenstischen Ruhe.

Die Menschen verließen kaum die windschiefen Häuser, um irgendwelche Besorgungen zu machen, und wenn sie es taten, dann schauten sie sich furchtsam um.

Oft blickten sie auch zum Himmel, der so wirkte, als wollte er auf sie niederfallen und sie zerschmettern.

Der Geruch aus dem Sumpf hatte sich ausgebreitet. Er überdeckte das Dorf, die Luft konnte kaum noch geatmet werden, man hielt sich Tücher vor Mund und Nase, wenn man nach draußen lief.

Die Angst ging um.

Und doch musste das Tagewerk vollbracht werden. Die Menschen lebten von der Seidenraupenzucht, es gab regelrechte Kolonien, die sich am Dorfanfang befanden, gar nicht weit weg von dem unheimlichen Sumpf, und bewacht werden mussten.

Tag und Nacht waren Leute abgestellt, die ein Auge auf die Kulturen warfen. Sie allein garantierten den Fortbestand des Dorfes.

Einer dieser Wächter hieß Fu-Peng. Er war noch jung, studierte eigentlich Geschichte und Literatur in Shanghai, aber er musste für ein Jahr sein Studium unterbrechen, um auf dem Land zu arbeiten.

Man hatte kleine Häuser gebaut, in denen die Raupenzucht betrieben wurde. Obwohl es keine Klimaanlage gab, schafften es die Züchter dennoch, die Temperatur immer konstant zu halten. Wie sie das genau machten, erzählten die alten Meister niemandem. Das war Familienwissen und wurde nur jeweils an den ältesten Sohn weitergegeben.

Fu-Peng wäre gern hinter das Geheimnis gekommen, doch da schwiegen die Alten wie ein Grab. Niemand ließ sich in seine Karten schauen, und man hatte dem Studenten aus Shanghai nur Wachaufgaben zugeteilt.

Die Raupenkulturen befanden sich hinter Glas. Beschlagen waren die Scheiben, sodass Fu-Peng nicht viel erkennen konnte. Obwohl er den Job als langweilig empfand, war er dennoch froh, ihn bekommen zu haben. Kommilitonen von ihm war es da schlechter ergangen. Sie wurden zu Ausbesserungsarbeiten der Großen Mauer in das Landesinnere abkommandiert, da empfand Fu-Peng die Arbeit bei den Raupen als Erholung.

Wie jeden Tag trug er auch an diesem seine blaue, derbe Kleidung. Sie stammte noch aus der Mao-Zeit. Da Fu-Peng in den letzten Jahren kaum gewachsen war, passte ihm die Kleidung noch.

Natürlich hatte auch er bemerkt, dass einiges nicht stimmte. Der Geruch aus dem braunen Sumpf war anders geworden, stärker, intensiver, und Fu-Peng hatte sich nicht gescheut, Fragen zu stellen. Dabei war er immer sehr komisch angeschaut worden, besonders von den Alten, und die hatten ihn schließlich vor der großen Pest gewarnt.

»Ja, eine Pest hat es mal hier gegeben, das weiß ich. Aber die ist überstanden.«

Da hatten die Alten nur die Köpfe geschüttelt und ihn einen unwissenden Narren genannt. Eine Frau schließlich war dicht an ihn herangetreten und hatte ihm folgenschwere Worte ins Ohr geflüstert.

»Die Toten sind nicht tot. Sie kommen zurück. Und der Sumpf will seine Opfer ...«

An die Worte musste Fu-Peng denken, als er durch die kleine Baracke marschierte und sich die Raupen anschaute, die fast alle mit einem hellen Kokon umgeben waren. Er schüttelte den Kopf. Nein, an diese Märchen wollte er nicht glauben. Die alten Männer und Frauen wussten viele Geschichten zu erzählen, zahlreiche Legenden gab es von guten und bösen Geistern. Jede Provinz, fast jede Stadt oder jedes Dorf hatte seine großen und kleinen Götter.

Wer kannte sich da schon aus?

Fu-Peng jedenfalls nicht. Seine erste Kontrollaufgabe hatte er erledigt. Eigentlich hielt ihn nichts mehr in der kleinen Zuchtbaracke, er öffnete die Tür und trat nach draußen.

Auf der Schwelle noch blieb er stehen und verzog das Gesicht, sodass es wirkte wie ein eingeschrumpfter Apfel. Er konnte es kaum glauben, aber was er zu sehen bekam, ließ sich einfach nicht wegleugnen. Es war grauenhaft und schaurig.

Vom Sumpf her, der links von ihm lag und in den der Knüppeldamm wie ein breites Lineal hineinstach, drangen die Wolken der Pest. Widerliche Gerüche, an verwesende Leichen erinnernd, braune Dampfwolken, die den Hauch des Todes mitbrachten.

Was hatten die Alten noch gesagt?

Die Toten würden zurückkehren oder so ähnlich. Fast sah es so aus, wenn er in die braunen Nebelschleier schaute, die einen so widerlichen Gestank verbreiteten.

Da die Baracke so ziemlich als Letzte lag, konnte er nicht nur die Wolken sehen, sondern auch den braunen Sumpf. Er wusste, dass man ihn Pesthügel nannte, aber heute war es ein Pesthügel, der nicht stillag, sondern sich bewegte.

Warf er nicht Wellen?

Und quollen an zahlreichen Stellen nicht gewaltige Blasen hoch, die ihn an dünne, gläserne Kuppeln mit braunen Streifen erinnerten? Ja, so war es. Und wenn die Kuppeln platzten, weil sie dem Druck nicht mehr standhalten konnten, dann wehte jedes Mal eine neue, vom Wind getriebene Pestwolke auf das Dorf zu und erreichte zuerst die Baracke, in der Fu-Peng arbeitete.

Er schlug die Tür zu. Allerdings von innen. Dann lehnte er sich gegen das Holz, riss den Mund auf, schnappte nach Luft, keuchte und hatte das Gefühl, sich übergeben zu müssen. Überall im Mund schmeckte er den widerlichen Gestank. Er schien sich auf seiner Zunge und im Rachen festgesetzt zu haben, sodass er die Übelkeit kaum mehr ertragen konnte.

So schlimm war es noch nie gewesen. Zwar lag bei drückender Luft immer ein gewisser Gestank über dem Dorf, aber das, was er nun erlebte, war grauenhaft.

Fu-Peng wusste nicht, was er tun sollte. Auch die anderen im Ort mussten den Gestank längst bemerkt haben. Sollte er hinlaufen und mit ihnen darüber sprechen?

Eine Möglichkeit war es, dann dachte er an die harten Auflagen, die man ihm mit auf den Weg gegeben hatte. Er durfte seinen Arbeitsplatz ohne triftigen Grund nicht verlassen, und den Geruch würde niemand als triftigen Grund anerkennen, zudem Fu-Peng nicht der Einzige war, der ihn roch.

Es gelang ihm, seine Übelkeit zu unterdrücken, indem er nur durch die Nase atmete. Das klappte recht gut, und er bewegte sich auf das Fenster mit der trüben Glasscheibe zu, die immer grünlich schimmerte. Mit dem Ärmel wischte er sie erst sauber, damit er einigermaßen etwas erkennen konnte.

Auch vom Fenster aus konnte er auf den Sumpf schauen. Er sah sogar einen Ausschnitt des Knüppeldamms und hatte das Gefühl, als würden sich die alten Bohlen bewegen.

Sie schienen wellenförmig zu laufen, kamen einmal in die Höhe, übertrugen diese Bewegung auf die nächste Bohle und so weiter, bis sie das Ende des Dammes erreichten.

Er wischte über seine Augen. Es konnte sehr gut sein, dass er sich getäuscht hatte. Der Brechungswinkel des Glases zeichnete die Perspektive falsch, da sah man gewisse Dinge manchmal anders, als sie in Wirklichkeit waren.

Er trat wieder zurück und blieb in dieser unnatürlichen Haltung mit einem vorgestreckten Bein stehen.

Etwas hatte ihn irritiert. Entweder drehte er bald völlig durch und die Ereignisse hatten ihn so hart getroffen, oder es gab diesen seltsamen Grund wirklich.

Da hatte sich unter ihm etwas bewegt.

Eigentlich war es unmöglich, denn der Sumpf hörte noch vor dem Dorfeingang auf.

Er konnte nicht wandern!

Wirklich nicht?

Fu-Peng spürte, dass etwas nicht stimmte. Auch mit ihm nicht. Er war innerlich aufgewühlt, erregt, das Blut rauschte in seinem Kopf und schien mit doppelter Geschwindigkeit durch seine Adern zu schießen, er spürte die Gänsehaut, gleichzeitig ein Beweis, wie groß seine Angst auf einmal geworden war.

Und er schaute zu Boden!

Zuerst hatte er sich nicht getraut, aus Angst, etwas Schreckliches zu sehen, nun senkte er den Blick und erkannte, dass er sich nicht getäuscht hatte.

Der Boden bewegte sich!

Aber wieso? Er bestand aus festgestampftem Lehm, der unzählige Jahre überdauert hatte und ausgerechnet an diesem Tag anfing, sich zu verändern.

Er warf Wellen!

Fu-Peng wurde wieder daran erinnert, als er einen Blick auf den braunen Sumpf geworfen hatte. So ähnlich hatte die Fläche ausgesehen. Was er dort im Großen erkannt hatte, wiederholte sich nun hier im Kleinen. Der Sumpf war zu einem gefährlichen Gegner geworden, und er hielt sich nicht mehr an seinem Platz, sondern breitete sich aus.

Er wollte das Dorf verschlingen!

Als ihm dieser Gedanke in den Sinn kam, da weiteten sich seine Augen. Die Haut nahm einen fahlen Schimmer an, und Fu-Peng stellte mit Schrecken fest, dass sein rechter Fuß in etwas Weiches trat. Der Schuh drückte sich in den Boden. Nicht nur das, er sank weiter, und der Student konnte zuschauen, wie sein Knöchel verschwand.

Erst jetzt kam ihm der Gedanke, sich dagegen zu wehren. Sein Gesicht verzerrte sich vor Anstrengung, als er versuchte, das rechte Bein aus dem Boden zu reißen. Krebsrot wurde seine Haut. Noch nie im Leben hatte er sich so angestrengt, und er stellte fest, dass der Boden nicht nur an einer Stelle weich geworden war, sondern überall im Raum. Der Sumpf war gewandert, er hatte die kleine Baracke erfasst. Was so lange auf dem festgestampften Lehm gestanden hatte, geriet nun ins Wanken. Es war keine Täuschung, als Fu-Peng die Mauern sah, die ebenfalls nicht mehr ruhig standen, sondern sich bewegten. Sie zitterten und schwankten.

Noch einmal zerrte er mit aller Macht – und kam frei!

Gleichzeitig traf ihn der nächste Schock. Den rechten Fuß hatte er zwar befreien können, dafür steckte er nun mit dem linken fest, und zwar bis zum Schienbein.

Aus seinem Mund drang ein qualvolles Stöhnen. In diesen Augenblicken erlebte er einen Horror, der unbeschreiblich war. Es gelang ihm nicht mehr, das Gleichgewicht zu halten. Er kippte weg, streckte seine Arme aus und fiel gegen den Kasten, wo die Züchtungen der Seidenraupenkulturen untergebracht waren.

Mit den Handballen schlug er auf das Glas, rutschte langsam daran ab und spürte dann die raue Holzkante unter seinen Fingern, aus der sogar noch Splitter hervorstachen und in das Fleisch seiner Handballen drangen. Auf den Schmerz achtete er nicht mehr, das andere war viel schlimmer, doch das Knacken nahm er wahr.

Hinter ihm war es aufgeklungen. Fu-Peng drehte unter großen Mühen den Kopf.

Risse in der Mauer!

Heftig erschrak er, dachte den Gedanken weiter und schaute unter das Dach.

Auch dort tat sich etwas. Es bestand ebenfalls aus hartem Lehm und war mit Holzbalken verstärkt worden. Sie hatten bisher immer gehalten, doch einer bewegte sich bereits und fiel nach unten.

Der junge Mann zog den Kopf ein, riss die Arme hoch und legte sie schützend über das Haar. Es wäre nicht nötig gewesen, der Balken traf nicht ihn, sondern krachte ein Stück entfernt auf die Glasplatte des Tisches, unter dem die Kulturen gezüchtet wurden.

Das Glas zersplitterte in zahlreiche Teile, der Balken rutschte ab und fiel auf den weichen, schwammigen Sumpfboden, wo sein Gewicht ihn sofort nach unten drückte.

Und dann geschah etwas, das den bis zu den Knien im Sumpf steckenden Fu-Peng fast an den Rand des Wahnsinns trieb und ihn an seinem Verstand zweifeln ließ.

Eine Hand erschien aus dem Sumpf!

Zuerst waren es die fünf Finger, die sich zwischen seinem Körper und dem Balken aus der braunen Masse schoben, sich krümmten, streckten, dann im Gelenk drehten, sodass die offene Pranke genau auf den gefangenen jungen Studenten wies.

Der wollte zurück, wuchtete seinen Körper nach hinten, doch er steckte mit den Beinen fest, fiel, streckte instinktiv den Arm aus und stieß seine gespreizte Hand in den weichen Boden hinein, der sie aufsaugte wie ein Schwamm das Wasser.

Da hatte sich das Verhängnis vollzogen. Fu-Peng hatte auch seine allerletzte Chance verspielt.

Und die Hand griff zu. Sie wanderte. Dabei erschien ein Teil des Arms, die Bewegungsfreiheit verbesserte sich, die Hand konnte sich drehen, und fünf Finger drückten gegen den Leib des liegenden Studenten. Sie pressten seinen Oberkörper mit dem Rücken gegen den Sumpf, der dieses Opfer dankbar annahm und allmählich damit begann, es zu verschlingen, wobei noch eine zweite Hand erschien und braungrün schimmernde Fingernägel über die Haut im Gesicht des Mannes kratzten.

Fu-Peng brach sein Schweigen. Er hatte den Mund weit aufgerissen. Atmete, schrie, keuchte und sog den Pesthauch in seine Lungen. Das war ihm alles egal, für ihn gab es nur noch den braunen Sumpf, der auf ihn wie ein gieriger Schlund wirkte.

Da brach ein weiterer Balken ab.

Er fiel rasend schnell nach unten. Fu-Peng sah ihn plötzlich riesengroß vor seinem Gesicht erscheinen, einen gewaltigen tödlichen Schatten, der seinen Blickwinkel voll ausfüllte und dann auf seinen Kopf krachte.

Das Schreien erstickte.

Fu-Peng merkte nicht mehr, wie ihn die Klauen in die Tiefe des Pestsumpfes zerrten, der schwere Deckenbalken hatte ihn schon vorher erschlagen …

Hektik, Besorgnis und Angst herrschten in London!

Natürlich hatte Shao sämtliche Hebel in Bewegung gesetzt, um Suko und John Sinclair zu finden. Sie konnte sich dabei auf eine Polizei verlassen, die zu den Besten der Welt gezählt wurde. Sogar Sir James hatte sie aus einer Besprechung beim Minister geholt, und der Superintendent hatte mit Zustimmung des Ministers eine Großfahndung ausrufen lassen.

Was früher oft geklappt hatte, erwies sich in diesem Fall als ein Schlag ins Leere. Zwar befanden sich Flughäfen, Bahnlinien, Ausfahrten und auch Landstraßen unter Kontrolle, von den beiden Gesuchten fand man leider keine Spur.

Sie waren und blieben verschwunden.

Vielleicht war Shao auch zu lange bewusstlos gewesen, sodass der Vorsprung der Kidnapper gereicht hatte, um zu entkommen. Die waren längst über alle Berge, während Shao mit Sir James und einem Verhörspezialisten zusammenhockte.

Sie wollte die Beschreibungen der Männer durchgeben. Landsleute von ihr waren es gewesen, Chinesen, mehr konnte sie auch nicht sagen. Wenn es um Details ging, musste selbst Shao passen. Die drei Kerle waren einfach zu glatt, zu unauffällig gewesen, als dass es irgendein markantes Merkmal an ihnen gegeben hätte. So half auch die moderne Computertechnik nicht weiter, die Informationen waren zu dürftig.

Dann ordnete Sir James eine Razzia im Londoner Chinesenviertel an. Über hundert Polizisten durchkämmten die Straßen, Gassen und Häuser. Sie ließen kaum etwas aus. Es wurden fünf Opiumhöhlen geschlossen, zwei Saunaclubs mit blutjungen Chinesinnen ebenfalls, aber von Suko und John Sinclair fand man keine Spur.

Und niemand wollte etwas sagen.

Die Chinesen schwiegen sowieso. Wenn sie nichts verraten wollten, konnte man sie mit glühenden Zangen foltern, sie würden keinen Laut von sich geben.

Stunden dauerte die Razzia. Die Nacht ging vorbei, ein Erfolg zeichnete sich nicht ab.

Shao hatte nicht nach Hause gehen können, sondern war im Büro des Superintendenten geblieben, wo sie noch immer hoffte und zitterte, aber keinen greifbaren Erfolg präsentiert bekam.

»Gehen Sie doch nach Hause«, sagte Sir James zu ihr, als sie am Morgen die achte Tasse Kaffee trank.

Shao war eigensinnig. Sie schüttelte den Kopf und wollte bleiben.

Dann erschien Glenda Perkins zum Dienst. Sie hatte von all dem nichts mitbekommen. Als sie erfuhr, was geschehen war, wurde sie totenblass. Ein paar Minuten musste sie sich setzen, und Shao erzählte mit leiser Stimme von der Entführung.

»Und keine Spur?«, fragte Glenda.

»Nein.«

Sir James, der ebenfalls übernächtigt aussah und zudem schwere Sorgenfalten im Gesicht hatte, bat Glenda, ihm Magentabletten zu besorgen. Dazu trank er dieses kohlensäurefreie Wasser. Auf ein Frühstück wollte er verzichten, wie auch Shao.

Doch Glenda schaffte es, die Chinesin dazu zu überreden, wenigstens ein wenig zu essen.

Da stimmte sie schließlich zu. Glenda wollte in einer in der Nähe liegenden Cafeteria etwas holen.

Kaum war sie verschwunden, als das Telefon auf dem Schreibtisch des Superintendenten klingelte. Bei jedem Schellen starrte Shao den Apparat wie hypnotisiert an. Sie wartete auf eine Nachricht, doch die Hoffnung hatte sie eigentlich schon längst aufgegeben, obwohl Sir James es noch einmal versuchen wollte, und zwar mit einer Überprüfung des Mafiafürsten Logan Costello.

Er meldete sich mit barscher Stimme, nachdem er sich auf seinen Schreibtischstuhl hatte fallen lassen, sich danach jedoch kerzengerade hinsetzte, sodass auch Shao aufmerksam wurde. Sir James war so freundlich und schaltete den Lautsprecher ein, damit die Chinesin dem Gespräch folgen konnte.

Was sie zu hören bekam, war brisant.

Natürlich meldete sich der Anrufer nicht mit Namen.

Er sagte zur Einführung: »Sie vermissen Ihre beiden Spezialisten?«

Sir James schaltete sehr schnell. Durch einen Knopfdruck gab er so etwas wie Alarm, denn nun wurde eine Fangschaltung hergestellt, mit deren Hilfe es möglich war herauszubekommen, von wo der Anrufer telefonierte. Der Anrufer brauchte nur eine Weile zu sprechen. Und hinhalten wollte Sir James den Mann.

»Ich weiß nicht, wovon Sie reden«, erwiderte der Superintendent auf die Frage.

Ein Zischen erklang, das sich bösartig anhörte. »Hören Sie, Powell, auf den Arm nehmen kann ich mich allein. Und ich bin auch über Fangschaltungen und deren Funktion informiert. Ich rufe Sie später noch einmal an. Aber ohne Fangschaltung.« Nach diesen Worten erklang das bekannte Knacken. Der Bursche hatte aufgelegt.

Sir James ließ ebenfalls den Hörer fallen. Seine Stirn hatte er in Falten gelegt.

Shao blickte ihn verständnislos an. »Weshalb haben Sie den Mann nicht weiterreden lassen?«, erkundigte sie sich. »Dann hätten wir etwas über das Schicksal der beiden erfahren können …«

Sir James winkte ab. »Er will noch einmal anrufen. Zudem habe ich das Gespräch nicht unterbrochen, sondern er.«

»Trotzdem.« Shao schüttelte den Kopf. »Sie sollten versuchen, ihm keine Falle zu stellen.«

»Das werde ich auch nicht.«

Es begann die Wartezeit. Glenda Perkins erschien mit einer Tüte, die den Aufdruck der nahe gelegenen Cafeteria trug. In Stichworten wurde die dunkelhaarige Sekretärin informiert.

»Dann leben sie ja noch«, erklärte sie.

»Das wollen wir auch schwer hoffen.« Sir James lächelte schmal, während Shao ernst blieb. Sie machte sich wegen ihres Freundes Suko sehr große Sorgen.

Glenda packte ein paar Sandwiches aus. Sie besorgte Kaffee und war froh, dass Shao etwas aß.

Dann meldete sich der Apparat zum zweiten Mal.

Sofort nahm Sir James ab. Den Lautsprecher hatte er nicht ausgeschaltet, die beiden Frauen konnten mithören. Wie er wurden auch sie enttäuscht, denn es meldete sich einer der Einsatzleiter, der sich nach dem Beginn der Aktion gegen den Mafiaboss Logan Costello erkundigte.

»Verschieben Sie ihn«, erklärte Sir James.

»Wird er denn stattfinden?«

»Das kann ich Ihnen nicht genau sagen. Möglich ist es.«

»Ja Sir. Nur die Männer warten, und sie werden woanders vielleicht dringender gebraucht.«

»In einer Stunde wissen wir mehr.«

»Danke, Sir.«

Shao fragte: »Sie wollen nicht gegen Costello vorgehen?«

»Nein und ja. Ich will erst abwarten, was uns der Anrufer zu sagen hat. Seltsamerweise glaube ich nicht an den Bluff eines Wichtigtuers.«

»Das stimmt.«

Abermals vergingen Minuten. Shao kaute nur langsam. Irgendetwas sträubte sich in ihrem Innern, das Sandwich zu schlucken, dann zuckten sie und Glenda zusammen, als der Apparat anschlug.

Diesmal hatten sie Glück.

»Lassen Sie die Fangschaltung«, sagte der Anrufer als Erstes. »Sie würden dadurch alles zerstören.«

»Ist bereits erledigt.«

»Gut Powell, ich verlasse mich auf Sie. Wir haben Sinclair und auch Suko.«

»Das hatte ich mir gedacht«, erwiderte der Superintendent trocken. Aus den Augenwinkeln bemerkte er, dass sich Shao steif hingesetzt und die Hände zu Fäusten geballt hatte. »Sie zu fragen, wer Sie sind, hat wohl keinen Sinn.«

»Nein. Aber ich kann Ihnen beruhigende Informationen liefern, Powell. Wir sind keine Gegner, sondern brauchen Ihre besten Leute, damit sie uns helfen.«

Das hatte Sir James nicht erwartet.

»Und deshalb die Entführung?«

»Ja, alles musste sehr schnell gehen, da wir ein Problem haben. Ich will Ihnen nur so viel sagen. Sollten

Sinclair und Suko es schaffen, werden Sie die beiden gesund wiedersehen. Wenn nicht ...« Er lachte leise. »Sie kennen ja das Berufsrisiko.«

»Darf man fragen, wo sich die Männer befinden?«, wollte Sir James wissen.

»Ja. Nicht in Europa. In Asien. Das wärs, Sir James. Wie gesagt, Sie bekommen sie wieder, falls ...« Die letzten Worte ließ er unausgesprochen und legte auf.

Auch Sir James ließ den Hörer auf die Gabel fallen. Er wählte danach sofort eine andere Nummer und blies den Einsatz gegen Logan Costello ab. Anschließend drehte er sich auf seinem Stuhl, trank einen Schluck Wasser und schaute die beiden Frauen an. »Sie haben mitgehört. Ist Ihnen etwas aufgefallen?«

Glenda Perkins schüttelte den Kopf. »Mir nicht. Nur insofern, dass dieser Mann ein sehr klares Englisch sprach, als hätte er es auf einer Universität gelernt.«

»Ja, da gebe ich Ihnen Recht, Glenda. Auch mir kam es so vor. Und Ihnen, Shao?«

Die Chinesin hob die Schultern. »Ich habe da einen bestimmten Verdacht«, erklärte sie.

»Und welchen?«

»Es kann durchaus sein, dass wir nicht mit einem Europäer, sondern mit einem Landsmann vor mir gesprochen haben. Ich glaube, dass es ein Chinese war, der uns angerufen hat.«

»Sind Sie sicher?«

»Ich hörte es an bestimmten Betonungen. So sprechen Chinesen, wenn sie ein korrektes Englisch gelernt haben.«

»Dann wäre John in China«, platzte Glenda hervor.

Sir James lächelte. »Es ist möglich, dass man John und Suko nach China entführt hat oder noch entführen will. Aber es gibt in Asien sehr viele Chinesen. Sie können also überall auf diesem gewaltigen Kontinent stecken.«

»Ob die schon da sind?«, fragte Shao leise.

»Das glaube ich nicht. Um Personen aus dem Land zu schmuggeln, braucht man Zeit.«

»Dann sind sie für länger weg.«

»Wir müssen damit rechnen.«

Shao schüttelte den Kopf. »O Gott«, flüsterte sie, »das ist alles so grauenhaft. Ich begreife es nicht. Zuerst dachte ich ja, dass die Chinesen vorgeschoben wurden. Jetzt hörte ich die Stimme und muss sagen, dass es meine Landsleute sind, für die ich mich sehr schäme. Nach China. Was wollen sie da? Steht noch eine Rechnung offen?«

»Möglich«, meinte Sir James. »Aber ich glaube nicht daran. Man hat mir ja klipp und klar erklärt, dass gewisse Kreise in Asien unsere Hilfe brauchen. Sie haben sich John und Suko auf eine wenig freundliche Art und Weise ausgeliehen.«

»Und davon sind Sie überzeugt?«, fragte Glenda.

»Ja.«

»Wer schafft so etwas?«, hakte Shao nach.

Auch darüber war Sir James informiert. »Die Geheimdienste sind in gewissen Dingen eben allmächtig. Meiner Ansicht nach haben Sie, Shao, Besuch von einer kleinen Abordnung des chinesischen Geheimdienstes gehabt.«

Nach diesen Worten herrschte Schweigen zwischen den anwesenden Personen. Jeder musste erst einmal seine Gedanken sortieren. Bis Shao fragte: »Und was können wir tun?«

Sir James schob die Unterlippe vor. Die Augen hinter seinen dicken Brillengläsern blitzten. »Nichts können wir tun, gar nichts. Nur einfach abwarten und darauf hoffen, dass John und Suko es schaffen.«

»Wie sehen Sie denn die Chancen, Sir?«, wollte Glenda wissen.

Der Superintendent hob die Schultern. »Die Chinesen haben Probleme. Und zwar so große, dass sie allein nicht damit zurechtkommen. Wenn sie jemanden zu Hilfe holen, dann ist das Kind verdammt tief in den Brunnen gefallen, das können Sie mir glauben.«

»Es sieht also schlecht aus«, stellte Glenda Perkins mit zittriger Stimme fest.

»Ich möchte mich da nicht festlegen, aber wir müssen mit allem rechnen, wie bei jedem Fall.«

Shao wurde nach dieser Antwort des Superintendenten noch blasser.

Wir hatten damit gerechnet, dass Quen mit seinem Bericht beginnen würde, doch wir sahen uns getäuscht. Er lächelte nur hintergründig, entschuldigte sich, ging zur Tür und öffnete sie zuerst einen Spalt, durch den er nach draußen schaute. Dann zog er sie weiter auf, nickte zufrieden und ließ einen Mann eintreten, der wie der alte Konfuzius aussah. Es war wirklich ein uralter Mann. Er glich schon einem Zombie, wenn ich mir so seine Gesichtshaut anschaute, die eigentlich gar keine war, sondern sich aus zahlreichen Fältchen zusammensetzte, sodass der Mund kaum zu erkennen war.

Natürlich trug er einen Zopf, der ihm lang bis auf den Rücken hing. Er hatte sich auch nicht in die Einheitskleidung pressen lassen. Seine Schultern hielten ein Gewand, das fast bis auf den Boden reichte, gelblichbraun schimmerte und an einigen Stellen Drachenmuster zeigte.

Bei ihm fielen auch die Hände auf. Sie waren schmal und hatten sehr lange Finger, die deshalb besonders auffielen, da er die Hände vor der Brust zusammengelegt hatte, als er uns begrüßte. Das Alter hatte seinen Rücken gebeugt. Ich erhob mich und deutete ihm an, sich auf die Bettkante zu setzen.

Er lächelte uns zu, verbeugte sich abermals und nahm danach den ihm zugewiesenen Platz ein.

Ein ehrfürchtiges Schweigen hatte sich über den Raum gelegt. Dieser Greis hatte bestimmt seine neunzig Jahre auf dem krummen Rücken, wenn nicht noch mehr.

Quen übernahm wieder das Wort. »Das ist Ai-Fu-Tschi. Ein Weiser, wie die Leute sagen, einer, der die Götter beschwören kann. Aber deshalb haben wir ihn nicht kommen lassen. Er ist gleichzeitig der älteste Einwohner des Dorfes, in dem wir uns befinden. Er kennt die Geschichte am besten und wird, wenn Sie Fragen haben, Ihnen gern zur Verfügung stehen.«

»Sie sind gut vorbereitet«, sagte ich.

»Das müssen wir immer sein, Mr. Sinclair.«

»Dann fangen Sie mal an«, sagte Suko, der sich an die Wand gelehnt und die Arme vor der Brust verschränkt hatte.

»Wie Sie wissen, haben wir Sie auf eine etwas außergewöhnliche Art und Weise nach China und damit in die Nähe von Shanghai schaffen lassen. Wir befinden uns hier in einem kleinen Ort nahe der größten Stadt Chinas. Hier werden seit Generationen Seidenraupen gezüchtet, und die Menschen verdienen ihren Lebensunterhalt damit. Aber das ist nicht das Problem. Die Pest ist schlimmer.«

Ich runzelte die Stirn, wollte etwas sagen, doch Quen hob die Hand und ich schwieg.

»Die Pest hat hier vor einigen Jahrhunderten gewütet und unzählige Opfer gefunden. Man hat die meisten auf kaiserliche Anordnung hin verbrannt, aber nicht alle Überlebenden sind diesen Befehlen nachgekommen. Sie wollten ihre Verwandten einfach nicht dem Feuer übergeben und lehnten das Diktat ab. Aus dieser Umgebung wurden die Toten z. B. in den Sumpf geworfen, der das Dorf praktisch einschließt. Verbindung zur Außenwelt besteht nur durch einen alten Knüppeldamm, den Sie sicherlich noch zu sehen bekommen. Seit dieser Zeit heißen die Hügel um das Dorf Pesthügel. Man warf die Toten also in den Sumpf, und damit hatte es sich.«

»Sind sie als Moor- oder Sumpfleichen wieder zurückgekommen?«, wollte ich wissen.

»Genau, Mr. Sinclair. Sie haben das Problem erkannt. Wir sind der Meinung, dass die Toten als Moorleichen erschienen. Als lebende Leichen, Zombies, wie man bei Ihnen sagt.«

»Und der Grund?« Die Frage stellte Suko. Sie war auch berechtigt, denn bei unseren Gegnern geschah auch nichts ohne Ursache oder tiefere Bedeutung.

»Darauf komme ich noch«, erklärte uns Quen. »Lassen Sie mich vorher von dem ersten Toten berichten, einem Landsmann von Ihnen. Er hieß Ryan O'Casey, stammte aus England, wohnte allerdings schon lange in Hongkong und arbeitete als Verkaufsleiter bei einer Firma, die Naturseide nach Europa exportierte. Er nahm den Männern dieses Dorfes die Seide ab und verkaufte sie. Ryan O'Casey besaß das Vertrauen der höheren Stellen, er konnte sich hier frei bewegen. Um das Dorf zu erreichen, musste er auch den Knüppeldamm benutzen. Für diese Strecke nahm er einen Jeep, mit einem anderen Wagen ist der Damm kaum zu befahren. O'Casey war so lange im Geschäft, dass er den Damm in- und auswendig kannte. Man kann sagen, dass er von jeder Bohle wusste, wo sie lag. Umso erstaunlicher ist es, dass er dieses Dorf nicht mehr erreichte. Das kann viele Gründe haben, wenn er nicht vom Ort aus beobachtet worden wäre. Ein Mann hat ihn gesehen, und dieser Mann sah auch die Toten aus dem Sumpf. Die Pesthügel entließen ihre furchtbaren Gestalten, denen O'Casey in die Arme fuhr. Sie töteten ihn, zogen ihn in ihren Sumpf, und der Wagen verschwand ebenfalls, sodass von Ihrem Landsmann, Mr. Sinclair, nichts mehr zu finden war. Wir haben den Fall untersucht, weil wir den Aussagen des Zeugen nicht trauten, mussten anschließend einsehen, dass der Mann Recht hatte, denn auch wir sahen die Zombies auf dem Pesthügel. Arme, die sich in die Höhe reckten. Sie drangen aus dem Sumpf, wir sahen gefährliche Hände, braun, grün und schuppig. Finger, die sich zu Fäusten schlossen, wieder öffneten. Ich kann Ihnen sagen, es war schrecklich.«

»Und Sie haben nichts dagegen unternommen?«, wollte mein Freund Suko wissen.

»Doch. Wir haben Sie geholt.«

Da musste ich lachen.

Quen aber redete weiter. »Ihr Ruf hat sich herumgesprochen. Man gab uns gute Tipps, und da wir diesen Vorfall auf keinen Fall an die große Glocke hängen wollten, werden Sie sich um die Pesttoten kümmern. Wir könnten es auch unter Umständen selbst erledigen, aber …«

Ich winkte ab. »Klar, lebende Tote passen nicht in Ihr Parteiprogramm, nicht wahr?«

Das war hart gesprochen, entsprach allerdings auch der Wahrheit, auch wenn der Funktionär mir nicht zustimmte.

»Und Sie meinen, dass wir mit diesem Spuk fertig werden?«, wollte Suko wissen.

»Sonst hätten wir Sie nicht geholt«, lautete die schlichte Antwort des Chinesen.

»Das war Kidnapping«, stellte ich richtig.

»Ungewöhnliche Dinge erfordern eben ungewöhnliche Maßnahmen. Sie brauchen nicht zu versuchen, mit London zu telefonieren. Das ist von hier nicht möglich. Allerdings haben meine Leute Ihrem Chef Bescheid gegeben, dass es Ihnen gut geht.«

»Wie großzügig«, erwiderte ich spöttisch.

Er überging den Einwand und meinte: »So viel wollte ich Ihnen sagen. Alles andere wird Ihnen Ai-Fu-Tschi, der Weise, wohl besser erklären können.«

»Was denn?«

»Es gibt da eine alte Geschichte, die sich bis zum heutigen Tag gehalten hat.«

Ich warf Suko einen auffordernden Blick zu. Was sollte man erst groß übersetzen, wenn mein Partner sowieso Chinesisch sprach und verstand? Vielleicht sprach er sogar diesen Dialekt, mit dem man sich hier verständigte.

Suko versuchte es. Als ich die Laute hörte, die aus seinem Mund drangen, wirkte mir mein Partner sehr fremd. So hatte ich ihn selten reden hören, aber ich sah, dass der Alte ein paar Mal nickte. Ein Beweis, dass Suko diesen Dialekt verstand.

Das war natürlich vorzüglich.

Es wurde zu einem Zwiegespräch zwischen Suko und dem alten Mann. Einmal redete mein Freund, dann antwortete Ai-Fu-Tschi. Er unterstrich seine Sätze mit hastigen Handbewegungen, für mich ein Zeichen, dass er innerlich erregt war.

Oft deutete der Alte auf die Tür, dann zum Fenster und auch mal zur Decke. Als er wieder in Richtung Tür zeigte, löste sich Suko von seinem Platz und öffnete sie weit.

Schon bei meinem Erwachen aus der Bewusstlosigkeit war mir der seltsame Geruch aufgefallen. Es hatte irgendwie nach Verwesung und Fäulnis gestunken, war aber noch zu ertragen gewesen, nur als Suko die Tür aufzog, da drang der Gestank direkt in den Raum und raubte uns fast den Atem.

»Mann, mach zu!«, rief ich.

Suko schloss die Tür schnell, und Quen sagte: »So ist es eben, Mr. Sinclair, das sind die Pestwolken aus dem Sumpf. Sie riechen, dass wir Ihnen keinen Bären aufgebunden haben.«

»Pestwolken sagen noch nichts über lebende Tote«, stellte ich richtig.

Danach schwiegen wir, denn Suko unterhielt sich wieder mit dem alten Ai-Fu-Tschi.

Ich beobachtete den Mann. Er ging sehr mit. Auch auf seinem Gesicht spiegelte sich das wider, was er empfand. Als ich ihn zum ersten Mal gesehen hatte, waren seine Augen kaum zu erkennen gewesen. Nun aber entdeckte ich sie. Sie wirkten wie kleine, blasse Kugeln in einem Gesicht, das sich nur aus Falten zusammensetzte.

Schließlich nickte er, und Suko stieß prustend die Luft aus, bevor er sich an mich wandte: »Jetzt weiß ich einiges mehr, Alter.«

»Und was?«

»Wirst du gleich hören. Ich kann dir aber schon eins sagen: Leicht werden wir es nicht haben.«

»Damit rechnete ich auch nicht.«

»Na ja, okay.« Suko gab sich ganz weltmännisch und hob beide Schultern an. »Der Alte berichtete mir von einer Untat oder einem Vergehen, das lange zurückliegt. Hier hat ja die Pest geherrscht. Viele Kranke wurden verbrannt, wie Quen sagte, und einige in den Sumpf geworfen. Unter diesen Menschen, die man dem Sumpf übergab, befand sich einer, der anders war als die anderen. Man konnte ihn zwar nicht als den Dorfheiligen bezeichnen, doch als einen Medizinmann, der versprochen hatte, die Kranken wieder zu heilen. Er beschwor die Götter, hockte nächtelang in seiner Hütte, während um ihn herum die Leute starben und das Schreien der Kranken in seinen Ohren gellte. Dann kamen die Soldaten des Kaisers. Sie sprengten in das Dorf und richteten die großen Scheiterhaufen auf, wo die Pestkranken sterben sollten. Man sagte dem Weisen Bescheid, dass Soldaten angekommen waren. Und dieser Mann ergriff die

Initiative. Er holte sich einige Getreue zusammen, um mit ihnen die Flucht zu wagen. Während die Soldaten ihren Rausch ausschliefen – sie verbanden eine Strafexpedition immer mit viel Reiswein –, schlichen der Medizinmann und fast alle männlichen Einwohner aus dem Dorf, um sich im nahen Sumpf zu verstecken. Leider ist der Plan verraten worden. Nicht alle Soldaten waren betrunken. Einige von ihnen lauerten am Dorfende auf die Menschen, sahen plötzlich die Pestkranken und machten mit ihnen kurzen Prozess. Sie schleuderten sie in den Sumpf, auch den Medizinmann, der übrigens auch den Namen ›Jademann‹ trug.«

»War das alles?«, fragte ich.

»Fast.«

»Und die Moral von der Geschichte?«

»Kommt jetzt«, erwiderte Suko. »Man hatte dem Burschen nicht umsonst den Namen Jademann gegeben. In der chinesischen Mythologie ist der Erhabene aus Jade einer der höchsten Götter. Ihm hat der Medizinmann gedient und sich jahrelang mit seinem Zauber beschäftigt, den der Erhabene aus Jade hinterließ. In einer stürmischen Nacht soll er dem Magier erschienen sein und ihm etwas gegeben haben, das er mit in den Sumpf nahm. Es war ein langer Dolch aus Jade, dessen Klinge mit dem Blut des Medizinmannes gefüllt werden musste, sodass der Dolch immer rot schimmerte. Das hat der Knabe getan und bekam somit die Macht.«

»Auch über die Toten?«

»Die Legende besagt, dass er die Menschen, die mit ihm in den Sumpf geworfen wurden, kurz vor ihrem Tod mit dem blutgefüllten Jadedolch berührt hat.«

»Dann muss er ihnen Wunden zugefügt haben«, folgerte ich.

»So wird es gewesen sein.«

»Haben sie damit ein untotes Leben bekommen?«

Suko hob die Schultern. »Genaues weiß niemand. Es wird aber so gewesen sein.«

Ich runzelte die Stirn. »Aus welchem Grunde sind die Sumpfmonster gerade jetzt zurückgekehrt?«

»Dafür gibt es keine direkte Erklärung, nur eine Vermutung, die mir Ai-Fu-Tschi genannt hat. Es muss irgendwie mit den tektonischen Gegebenheiten dieses Landstrichs zusammenhängen, erklärte er. Wie wir aus unseren Zeitungen wissen, hat es in Zentralchina ungeheuer starke Erdbeben gegeben. Das liegt zwar schon länger zurück, aber die Ausläufer des Erdbebens müssen auch diesen Sumpf erfasst haben. Was wissen wir denn, was unter der braunen Oberfläche alles geschehen ist? Da können Umwälzungen stattgefunden haben. Untote, die jahrelang tief unten geschmachtet hatten, wurden wieder an die Oberfläche gedrückt. Das ist auch meine Erklärung.«

Ich nickte. »Das wird es wohl sein«, erklärte ich und schaute Quen an, der in den letzten Minuten kein Wort gesprochen hatte. »Was sagen Sie denn als Offizieller dazu?«

»Nichts.«

Ich lachte. »Sie nehmen es so hin?«

»Ja und nein. Ich würde es natürlich nie offen zugeben, deshalb muss die Gefahr im Keim erstickt werden, und aus diesem Grunde haben wir Sie holen lassen.«

»Wirklich toll.« Ich grinste schief und schaute meinen Freund Suko wieder an.

»Gibt es eine Gegenwaffe, mit der der Jademann besiegt werden kann?«

»Nein. Wenigstens kennt Ai-Fu-Tschi keine. Der Fall liegt auch kompliziert, denn der Erhabene aus Jade war kein schlechter Dämon, sondern ein guter Geist. Willst du ihn mit weißer Magie bekämpfen, John? Das wird kaum klappen.«

Wenn ich darüber nachdachte, hatte Suko vielleicht Recht. Es würde wirklich haarig werden, denn wir hatten wenig Konkretes in der Hand. Wir mussten uns erst einmal auf das Glück verlassen.

»Und wie sollen wir vorgehen?«, wandte ich mich an Quen. »Haben Sie sich schon darüber Gedanken gemacht?«

»Ich kann Ihnen nur mit Vorschlägen dienen.«

»Dann bitte.«

»Die Gefahr geht vom Sumpf aus. Es ist unmöglich, ihn trockenzulegen, deshalb sollte man die Bestien da bekämpfen, wo sie aus der braunen Erde steigen.«

Ich schüttelte den Kopf. »Nein, wir werden nicht in das Sumpfgebiet hineingehen, denn das käme einem Selbstmord gleich. Zudem kennen wir die Wege, die es vielleicht gibt, nicht.«

Da lächelte Quen ein wenig überlegen. »Sie vergessen eins, Mr. Sinclair. Es existiert dort der Knüppeldamm. Er durchschneidet den Sumpf und ist begehbar.«

Das stimmte allerdings. »Und doch hat es meinen Landsmann dort erwischt.«

»Er war unvorbereitet. Sie werden es nicht sein.«

Dieser Knabe hatte auch für alles ein Gegenargument. Ich musste da passen. Und ablehnen konnten wir nicht, sonst wären wir selbst noch im Sumpf gelandet.

Die Raffinesse der Chinesen war wirklich nicht zu überbieten. Obwohl ich die Tat verachtete, kam ich nicht umhin, diese Leute irgendwie zu bewundern. Sie hatten uns in Zugzwang gebracht, und wir waren ihnen ausgeliefert. Was Dämonen nicht geschafft hatten, brachten diese Leute durch einen fast simplen Trick fertig. So etwas war mir in meiner Laufbahn auch noch nicht passiert.

Ich wandte mich wieder konkreteren Dingen zu und damit meinem kompetenten Gesprächspartner Quen. »Was ist alles noch passiert?«, wollte ich von ihm wissen.

»Bisher nur der eine Mord. Und der hat uns gereicht.« Mit der letzten Antwort war er mir fast sympathisch geworden.

Ich lächelte und fragte weiter: »Gibt es hier eigentlich auch Gasmasken?«

»Nein, wieso?«

Ich deutete in Richtung Tür. »Den Gestank draußen können vielleicht Schweine aushalten, aber dazu zählen wir uns nicht. Wir haben keine langen Ohren und auch keine Ringelschwänze.«

»Das glaube ich Ihnen gern.« Quen lächelte. »Nur

müssen Sie sich den Gegebenheiten hier anpassen. Die Menschen aus dem Dorf tragen auch keine Masken. Wird der Gestank zu schlimm, binden sie sich Tücher vor Mund und Nase. Damit kann ich ihnen dienen.«

»Danke, die haben wir selbst.«

Draußen entstand plötzlich Lärm. Jemand schrie laut und klagend. Andere Stimmen fielen mit ein. Mir kam es vor, als würden wir ein großes Jammern erleben. Irgendetwas musste passiert sein, das die Leute so sehr aufregte.

Der Meinung war auch Quen. Hastig machte er kehrt und lief zur Tür. Mit einem heftigen Ruck öffnete er sie.

Augenblicklich wurde das Geschrei lauter, aber auch die stinkenden Wolken drangen in den Raum. Ich hatte einen freien Blick nach draußen auf die Straße, deren Belag aus festgestampftem Lehm bestand, und ich konnte die braunen, langen Nebelschleier sehen. Stinkende Grüße aus dem verdammten Pestsumpf.

Jemand rannte auf den offenen Eingang zu. Er war sehr aufgeregt und wedelte mit beiden Armen. Sein Gesicht glänzte, als hätte man es mit einer Speckschwarte eingerieben.

Quen fing ihn ab.

Dann begann der Mann zu sprechen. Er hörte sich seltsam an, denn er stieß die Laute hastig aus. Seine Stimme überschlug sich, ich bemerkte, dass Quens Begleiter aufhorchten und auch Suko zusammenzuckte.

»Was ist denn?«, wandte ich mich an meinen Partner.

»Da ist was passiert«, flüsterte Suko mir zu. »Muss eine harte Sache gewesen sein. Es gab einen Toten.«

»Mord?«

»Kann sein. Der Sumpf oder die Geister aus dem Sumpf werden ihr erstes Opfer geholt haben.«

»Ihr zweites«, verbesserte ich meinen Partner.

»Meinetwegen auch das.«

Jetzt wandte Quen sich um und winkte uns zu. Wir waren mit wenigen Schritten bei ihm. Der Mann, mit dem er gesprochen hatte, lehnte an der Wand und presste seine Hand auf die Brust, die sich unter seinen Atemzügen hob und senkte.

»Was ist geschehen?« Diese Frage hatte ich an Quen gestellt.

»Es hat einen Toten gegeben. Einen jungen Studenten, der in einem der Zuchthäuser auf die Raupenkulturen Acht geben sollte. Nicht weit von hier, nur ein paar Schritte.«

»Die Zombies?«, fragte ich.

»Keine Ahnung, aber alles deutete darauf hin. Es gibt keine Zeugen, nur ein zusammengebrochenes Haus.«

»Wie das?«

Quen hob die Schulter. »Es hört sich zwar seltsam an, aber wie mir der Mann hier berichtete, ist der Boden in der Nähe des eingestürzten Hauses sehr weich und nachgiebig.«

»Wie im Sumpf – oder?«

»Ja.«

»Dann muss der Sumpf gewandert sein«, bemerkte Suko und ballte die Hände zu Fäusten.

Ich hatte ihn nicht kommen hören, aber ich vernahm seine Stimme. Ai-Fu-Tschi sagte etwas, das Suko mir mit leiser Stimme übersetzte.

»Und der Sumpf wird kommen und diejenigen fressen, sie sich schuldig gemacht haben …«

Ich schluckte. Nicht nur der verdammte Gestank trieb mir fast den Magen in die Kehle, auch das, was Suko gesagt hatte, war nicht dazu angetan, meinen Zustand zu verbessern. Alle Anzeichen deuteten darauf hin, dass der Sumpf es tatsächlich ernst meinte und sich der alte Fluch erfüllen würde.

Das gefiel mir überhaupt nicht.

»Wir müssen hin!«, sagte Quen. »Und zwar jetzt. Sofort. Zögern hilft nichts. Bevor weitere Menschen …«

Er verstummte, denn wie auch wir hatte er den Schrei vernommen, der hinter uns aufgeklungen war.

Gemeinsam flirrten wir herum.

Unsere Augen wurden groß, denn einen von Quens Begleitern hatte es erwischt.

Mit beiden Beinen steckte er fast bis zu den Knien im sumpfigen Boden …

Wir sahen ein schlimmes Bild.

Vielleicht zwei Sekunden starrten wir darauf, bevor wir reagierten, doch die Zeit reichte, um sich die Einzelheiten einzuprägen.

Der Mann hatte die Arme halb erhoben und die Hände geballt. Sein Gesicht war verzerrt, weit stand der Mund offen, ebenso die Augen. Die Haut hatte eine krebsrote Farbe angenommen, ein Zeichen dafür, wie sehr er sich anstrengte, dieser hundsgemeinen und tödlichen Falle zu entrinnen.

Er zerrte mit aller ihm zur Verfügung stehenden Kraft, und er schaffte es sogar, das rechte Bein frei zu bekommen, doch der nächste Tritt brachte ihn wieder in höchste Bedrängnis.

Abermals sackte er ein. Und wieder stand er mit zwei Füßen im sumpfigen Boden.

Dieser Boden hatte die Ausmaße des gesamten Raumes eingenommen. Es gab nichts mehr, das an normale Erde erinnerte. Nur noch eine braune zähe Masse, die durch den Raum wellte.

Möbelstücke versanken ebenso wie der Mann. Wir schauten auf unsere Füße, da jedoch war alles normal.

Der zweite Mann wollte vorspringen und seinem Freund helfen. Ich bekam ihn an der Schulter zu packen, griff hart zu und schleuderte ihn wieder zurück.

»Wollen Sie auch versinken?«, schrie ich dabei.

»Aber wir müssen etwas tun!«

»Klar, nur nicht so.« Ich drehte mich um. »Wir brauchen eine Stange oder ein Seil, schnell. Sorgen Sie dafür, Quen!«

Der stand bereits mitten auf der Straße und schrie seine Befehle. Er zog plötzlich eine Pistole und schoss zweimal in die Luft. Das Zeichen verstanden die Leute. Sie begannen zu rennen, verfolgt vom Echo der Schüsse und von den Schreien Quens und seines Begleiters, der immer tiefer in den Sumpf hineingeriet und uns aus weit geöffneten Augen flehentlich anschaute.

Ich konnte nichts anderes tun, als ihm Mut zuzusprechen. Mehr lief wirklich nicht.

»Halten Sie aus!«, rief ich. »Bleiben Sie um Himmels willen ruhig. Wir werden Ihnen helfen.«

Er starrte mich nur an.

»Verdammt, John, die Mauern!« Die Worte hatte Suko gesprochen. Ich wandte meinen Blick von dem Chinesen ab und schaute auf ein Fenster. Zwischen der Oberkante und dem Dach zeigte die Lehmmauer einen Riss, der sich immer mehr verbreiterte und schon die Dicke eines normalen Zeigefingers angenommen hatte. Wenn das so weiterging, würde mit diesem Haus das Gleiche geschehen wie mit dem, wo die Seidenraupen gezüchtet wurden.

Verdammt, wann kam nur das Seil?

Endlich sah ich einen alten Chinesen. Er verließ ein Haus und hatte sich ein Seil über die Schulter gelegt.

Während ihm Quen entgegenrannte und der alte Ai-Fu-Tschi zur Seite trat, damit wir Platz hatten, stellten Suko und ich uns in Positur. Ich winkte Quen, uns das Seil herüberzuwerfen. Er nickte kurz und schleuderte es uns zu.

Suko fing es auf. »Geben Sie Acht!«, schrie er dem bedauernswerten Mann zu.

Der steckte bis über die Knie im Sumpf. Er stand da in einer Haltung mit gespreizten und dem rechten vorgestreckten Bein. Beim ersten Wurf griff er daneben, so nervös war er.

Erst der zweite Versuch klappte.

»Festhalten!«, schrie ich. »Am besten ist es, wenn Sie sich das Seil um den Arm wickeln.«

Er nickte und folgte meinen Anordnungen, während Suko auf unserer Seite das Gleiche tat.

»Alles klar?«, rief er.

Der Mann nickte. Sein Gesicht war nach wie vor von Angst und Panik gezeichnet. Er schluchzte und jammerte, sein Schreien klang erstickt. Wahrscheinlich besaß er nicht mehr die Kraft dazu.

»Aufpassen!«, rief Suko ihm zu, und dann zeigte mein Freund, welch eine Kraft in seinem Körper steckte.

Der Inspektor beugte sich so weit zurück, wie es möglich war. Ich vernahm seinen keuchenden Atem, er verdrehte die Augen, seine Lippen zitterten, und an der Stirn traten zwei Adern so dick hervor wie Fingerstränge.

Schaffte er es?

Ich schaute nicht nur auf ihn, sondern auch auf den Begleiter Quens. Er war nach vorn gekippt, lag jetzt bäuchlings auf dem sumpfigen Boden. Seine Hände hatten sich förmlich in das Seil gedreht. Es war weiter vorn straff gespannt und schnitt hart in seine Haut. So stark, dass links und rechts davon das Fleisch deutlich hervorquoll.

Er ächzte.

Der Speichel sprühte von seinem Mund. Der Schweiß rann über seine Stirn und lief in die Augenbrauen. Der Mann gab wirklich alles, aber ob es reichte, war fraglich.

Und auch Suko kämpfte. Er wollte diesen Menschen nicht den unheimlichen Kräften des Sumpfes überlassen.

»Hilf mir, John!«

Er stieß den Befehl zischend hervor. Ich hatte darauf gewartet, wollte meinem Partner aber nicht vorgreifen und packte nun das Seil, um es kräftig zu ziehen.

Gemeinsam unternahmen wir alles Menschenmögliche, um den Mann dieser Hölle zu entreißen.

Es wurde ein gnadenloser Kampf. Verbissen, zäh – wir rangen um jeden Zentimeter, wobei der Sumpf aus tausend braunen Armen zu bestehen schien, die ihr Opfer nicht losließen.

Der Kampf wogte hin und her.

Suko hatte sich weit zurückgebeugt. Ich kniete am Boden, hatte mein Kreuz durchgedrückt und das Seil um die Hände gewickelt.

Wir hatten Erfolg.

Bisher war der Sumpf stärker gewesen. Mit vereinten Kräften jedoch gelang es uns, den Chinesen aus dieser zähen Masse zu befreien.

Stück für Stück rutschte er. Der Mann wimmerte nur noch. Er war mit seinen Nerven am Ende, eine verständliche Sache.

Leider ging es nicht so rasch, wie wir es uns vorgestellt hatten. Eine zweite Gefahr kam ebenfalls noch hinzu.

Es war das Gebäude an sich.

Gebaut für einen festen Grund, der sich nun verändert hatte, reagierten auch die Mauern. Zwar bestanden sie nicht aus einzelnen Steinen, so wie die Häuser in Europa, aber auch die Mauern aus festgestampftem Lehm konnten sehr schwer sein, wenn sie kippten.

Risse hatten sie schon.

»John, noch härter!«, keuchte Suko.

Er hatte Recht, denn nicht nur die Mauern waren in Mitleidenschaft gezogen worden, auch das Dach lag nicht mehr so fest und geriet ebenfalls in Bewegung.

Schon rieselte der Lehm über die Innenwände, dann fielen die ersten Brocken hervor, und eine dritte Gefahr machte uns plötzlich zu schaffen. Eine Gefahr, von der wir bisher nur gehört, sie allerdings nicht gesehen hatten.

Sie kam aus der Tiefe des Sumpfs!

Ein Zombie!

Nicht weit von dem bedauernswerten Mann entfernt geriet der Boden in seltsame Schwingungen. Er warf meiner Ansicht nach stärkere Wellen, als würde sich unter ihm etwas bewegen.

Es war in der Tat so, und etwas stieß aus dem braunen Sumpf hervor.

Eine Hand!

Übergroß kam mir die Klaue vor. In der Farbe und Art an einen kurzen Baumstumpf erinnernd. Fünf Finger, die gespreizt waren und ihre spitzen Nägel zeigten.

In der Hand und am Stück des Unterarms sah ich dicke Furchen. Sie schienen hineingeschabt zu sein, und in den kleinen Mulden schimmerte es grünlich.

Eine Pranke des Grauens bot sich unseren Augen. Ohne dass ein Teil des Oberkörpers gefolgt wäre, drehte sie sich plötzlich und wies mit ihrer geöffneten Fläche auf den noch immer im Sumpfboden steckenden menschlichen Körper.

Sie spürte ihn, sie roch ihn, und ihre Absicht war klar.

Töten!

Das wussten Suko und ich. Ohne dass wir uns gegenseitig zu verständigen brauchten, setzten wir noch mehr ein und zogen mit aller uns zur Verfügung stehenden Kraft.

Es ging um Sekunden.

Nur einer konnte Sieger sein.

Wie das weit aufgerissene Maul eines Haifisches, in das unfreiwillig eine Beute hineingeschwommen ist, so schnappte die Hand urplötzlich zu. Auf einmal klatschte sie auf den Rücken des Mannes, klammerte sich in seiner Kleidung fest und begann damit, den Chinesen wieder zurückzuziehen.

Jetzt hatten wir es nicht nur mit einer Kraft zu tun, sondern auch mit einer zweiten, die der ersten ebenbürtig war.

Die Hand des Zombies kannte keine Gnade. Sie war eisenhart, sie wollte die Vernichtung menschlichen Lebens, und es gelang ihr tatsächlich, sich unseren Bemühungen so entgegenzustemmen, dass wir nicht die Spur einer Chance mehr hatten.

Die Klaue half weiterhin mit, den Mann in die gefährliche schwammige Erde zu drücken.

Ich ließ plötzlich los. Suko hatte ich über mein Vorhaben nicht informiert. Als nur noch die Hälfte der Kraft an diesem Ende des Seils hing, wurde er davon überrascht und ein Stück in den Raum hineingerissen, wobei er in die gefährliche Nähe es Sumpfs geriet, denn Suko hatte mit einem Teil seines Oberkörpers die Schwelle bereits überwunden.

»Seil nachlaufen lassen!«, schrie ich meinem Partner zu.

Da krachten Schüsse. Hinter mir waren sie aufgeklungen. Ich zuckte zusammen und sah, wie die Kugeln vor mir in die aus dem Boden ragende Hand einschlugen.

Es war riskant von Quen zu schießen, denn er hätte leicht seinen eigenen Mann treffen können, doch der Chinese war ein wahrer Meisterschütze. Er jagte das Blei in das Gelenk und in den Teil des Unterarms, der noch aus dem Sumpf ragte.

Die Reaktion war ähnlich der, als hätte er gegen einen Baumstamm geschossen. Aus dem Unterarm wurden

Stücke herausgefetzt, die mich an Rinde erinnerten, aber die Hand konnte er nicht zerstören.

Und der Mann schrie. Er wusste plötzlich, dass auch wir ihm kaum noch helfen konnten. Zudem hatte die Klaue ihn so weit in den Sumpf gedrückt, dass es ihm unmöglich war, sich zu befreien.

Es waren schlimme Augenblicke für uns alle. Wir mussten mit ansehen, wie ein Mensch starb, und ich griff ebenfalls zur Pistole, während Suko noch eisern den Strick festhielt.

Bevor ich jedoch abdrücken konnte, war es schon geschehen. Keiner von uns hatte mehr auf das Dach geachtet, das gefährlich breite Risse bekommen hatte, die die Abdeckung in mehrere schwere Teile spalteten.

Sie fielen nach unten.

Ich schloss für Sekunden die Augen, wollte das Schreckliche nicht sehen. Wir vernahmen ein hartes Platschen, als die einzelnen großen Stücke auf den Boden aufschlugen, und als ich die Augen wieder öffnete, sah ich den Staub, der hochwallte und das gnädig verdeckte, was sich unter den herabgefallenen Platten abspielte.

Sie bewegten sich noch. Ein Zeichen, dass der Mann nicht aufgegeben hatte.

Wir hörten dumpfe Laute, ein Gurgeln und Röcheln, sahen jedoch nichts, und es gab wohl keinen Zuschauer, dem es nicht eiskalt den Rücken hinablief.

Dem Chinesen unter den Dachteilen konnte niemand mehr helfen. Auch wir nicht.

Betroffen blieben wir stehen. In unseren Gesichtern spiegelte sich das Grauen wider, das wir allesamt empfunden hatten.

Es war ein Gefühl, das ich kaum beschreiben konnte. Schon des Öfteren hatte es mich gepackt, immer dann, wenn ich eine Niederlage eingestehen musste.

Und das hier war eine Niederlage.

Ich schluckte. Dann drehte ich mich zur Seite und erkannte Quen. Auch sein Gesicht war grau geworden. Falten zeichneten die Haut. Sein Adamsapfel bewegte sich beim Schlucken auf und nieder. Er schien durch mich hindurchzuschauen, und mit tonloser Stimme fragte er: »Was ist eigentlich geschehen?«

Sein Geist musste verwirrt sein, anders konnte ich mir seine Reaktion nicht erklären.

Der zweite Mann lehnte an der Hauswand. Er zitterte, und Suko starrte auf seine Handflächen. Sie wiesen einige Wunden auf, die das harte Seil gerissen hatte. Das Blut hatte Streifen hinterlassen.

»Er ist tot«, sagte ich zu Quen.

Kaum hatte er meine Worte gehört, als sich sein Blick wieder klärte. Er wischte über seine Augen, als wollte er einen letzten Schleier fortputzen, dann nickte er und murmelte: »Tot, ja, er ist tot …« Schließlich senkte er den Kopf und ging zur Seite.

Leiernd gesprochene Worte ließen mich aufhorchen. Ich wandte mich um und sah den alten Ai-Fu-Tschi auf dem Boden knien. Er spannte einen mich an Leder erinnernden Streifen zwischen seinen Fingern, auf dem seltsame goldene Perlen glänzten, die er, wenn er einige Worte seines Gebetes gesprochen hatte, jedes Mal küsste.

Weit beugte er sich dabei vor. Seine Lippen berührten die Perlen, bevor das Spiel wieder von vorn begann.

Ich hatte nicht die Muße, ihn zu fragen, denn jetzt galt es, weitere Gefahren zu bannen.

Die ersten Menschen trauten sich wieder aus den Häusern. Sie sahen die Bude mit dem eingestürzten Dach, wussten jedoch nicht genau, was geschehen war.

Quen erzählte nichts. Sie würden es früh genug erfahren.

Im gleichen Augenblick stürzten die Mauern ein. Sie fielen nach innen, und der Vergleich mit einem Kartenhaus kam mir in den Sinn. Unwillkürlich sprang ich zurück, obwohl nicht die Gefahr bestand, dass ich getroffen wurde.

Normalerweise erwartet man bei Hauseinstürzen ein Krachen. Das war hier nicht der Fall. Zwar staubte es fürchterlich, doch die Mauern waren auf den weichen Untergrund gefallen, und der Sumpf, mit neuer Nahrung versorgt, begann zu schmatzen.

Er zog die Teile in seine dunkle, unergründliche Tiefe. Staunende und entsetzte Augen schauten zu. Wir aber, die wir ausgezogen waren, um das Grauen zu stoppen, durften unsere Blicke nicht mehr länger an dem Ort des Geschehens kleben lassen, sondern mussten etwas unternehmen.

»Jetzt zeigen Sie mal, was Sie können!«, sagte ich zu Quen, der sich noch immer nicht rührte.

»Was soll denn geschehen?«

»Das werden wir sehen. Erst einmal müssen wir feststellen, wie weit sich der Sumpf bereits ausgebreitet hat und welch eine Strecke er nimmt. Mich wundert es, dass man unter der Straße nichts spürt.«

»Unter dem Lehm liegen zum Teil Steine«, sagte er.

»Man hat es mir berichtet.«

Suko dachte schon weiter. »Und wie verhält es sich mit dem Damm, der durch den Sumpf führt?«

»Da ist es ähnlich. Ein Teil Steine, dann wieder Lehm. Es wechselt sich ab.«

Nach diesen Worten stellten wir fest, wie der Sumpf nun eigentlich wanderte. Dabei fiel mir etwas Seltsames auf. Nur an einer Seite grenzte der Sumpf an das Dorf. Zur anderen hin, nach Osten, begann hügeliges Gelände, und terrassenförmig angelegte Berge bauten sich auf.

Ich sah auf den Terrassenstufen sogar einige Hütten stehen, und der Gedanke, dorthin zu flüchten, kam mir automatisch.

Darüber sprach ich auch mit Quen.

Er nickte bedächtig. »Ja, das wäre eine Möglichkeit. Wir müssten das Dorf evakuieren.« Er schaute auf seine flache Uhr. »Und wann?«

»Wenn es geht, sofort. Kümmern Sie sich darum?«

»Sicher, ich erledige das.« Er nickte seinem Begleiter zu, der sich wieder einigermaßen gefangen hatte und mit einem Tuch den Mund abwischte. Er war jetzt nicht mehr so blass im Gesicht wie zuvor. Trotzdem flackerte sein Blick weiterhin.

In chinesischer Sprache erhielt er die Anweisungen seines Chefs. Obwohl ich nichts von alldem verstand, begriff ich, was er meinte, denn er unterstrich seine Worte mit zahlreichen Gesten und deutete auf die der Straße entlang aufgebauten Häuser.

Ich sah, dass die Aufgabe in guten Händen lag, und lief Suko nach, der dort stehen geblieben war, wo die Straße endete und der alte Knüppeldamm begann.

Mein Partner war innerhalb der aus dem Sumpf steigenden braunen Dunstschwaden nur schemenhaft zu erkennen. Auch mir wurden diese Schwaden entgegengeweht, und ich hatte meine liebe Mühe und Not, immer rechtzeitig Luft zu holen, denn jedes Mal presste ich mein Taschentuch vor den Mund.

Neben Suko blieb ich stehen.

Der Inspektor warf einen kurzen Blick in mein angespanntes Gesicht und deutete dabei nach vorn. »Da ist er«, sagte er.

Er meinte den Sumpf.

So weit das Auge reichte, sah ich nur die verdammte braune Fläche. Sie erinnerte mich an einen dunklen, aus Torf bestehenden See, der aber nie ruhig war, sondern sich bewegte.

»Lass uns auf den Damm gehen«, schlug ich vor.

Es waren nur ein paar Schritte, dann hatten wir die dicht nebeneinander gelegten Holzbohlen erreicht.

Dort blieben wir erst einmal stehen. Wir achteten jetzt nicht so sehr auf den Sumpf, sondern schauten nach, welche Zerstörungen er bereits angerichtet hatte.

Quen hatte von der Seidenraupen-Kultur gesprochen. Diese Züchtungen waren in mehreren barackenähnlichen Bauten untergebracht worden. Von den Häusern gab es nur noch Trümmer. Der wandernde Sumpf hatte dafür gesorgt. Und er bewies uns weiterhin, wie gierig er war, denn er saugte die einzelnen Teile in sich auf. Dabei erinnerte er mich an einen Schlund, der einfach unersättlich ist.

Plötzlich spürten wir das Vibrieren unter unseren Füßen. Es war nur ein kurzes Zucken, das allmählich verlief, aber sowohl Suko als auch ich waren gewarnt.

Da tat sich etwas.

Sicherheitshalber gingen wir ein paar Schritte vor. Ich war schneller als Suko und sah auch die Hände, die zu beiden Seiten des Dammes aus dem Sumpf stiegen.

Mein Blick wurde so von ihnen angezogen, dass ich auf den Damm selbst nicht achtete, und das war ein schwerer Fehler. Der Sumpf brodelte nicht nur rechts und links des Knüppeldamms, sondern auch unter mir. Ich merkte es leider zu spät, denn dicht vor mir brachen plötzlich die alten Holzbohlen auf.

Eine unwiderstehliche Kraft drückte sie in die Höhe, sie splitterten auf, und Teile davon schossen dicht vor meinem Körper hoch, bevor eine Hand aus der Öffnung stach und gedankenschnell mein rechtes Bein umklammerte.

Instinktiv warf ich mich zurück, doch meine Reaktion erfolgte zu spät. Die Finger packten zu und rissen mir das Standbein weg.

Lang fiel ich auf den Rücken.

Im nächsten Augenblick schob sich der Körper eines Sumpfmonsters aus der Öffnung …

Quen musste seinen Assistenten erst anschreien, bevor dieser überhaupt zu einer Handlung fähig war.

»Sie nehmen die rechte Häuserseite, und ich die linke!«, brüllte der Geheimdienstmann.

Endlich hatte der andere begriffen. Niemand der beiden Offiziellen wusste genau, wie weit sich der Sumpf bereits ausgebreitet hatte, die Straße jedenfalls war von ihm nicht erfasst worden, hier konnte man sich noch normal bewegen.

Quen wartete, bis sein Mitarbeiter in einem Haus verschwunden war, und kümmerte sich dann um seine Seite.

Kaum hatte er die Tür geöffnet, als er abrupt stehen blieb.

Der Boden bebte.

Aber kein Mensch steckte in ihm. Zum Glück nicht, die Bewohner hatten ihr Haus verlassen. Trotzdem wollte sich der Mann erst davon überzeugen und machte sich mit lauter Stimme bemerkbar. Sie hallte durch ein leeres Haus, eine Antwort erhielt er nicht.

Das Nächste.

Hier traf ihn das Entsetzen.

Jenseits der Tür lag ein großer Raum. Ein kleiner Altar stand links in einer Ecke, und ihm gegenüber befand sich die Feuerstelle, die jetzt erloschen war.

Aber zwischen Tür und dem gemauerten Kamin hielt sich eine alte Frau auf. Die Distanz konnte sie nicht überwinden, da sich der Boden vor ihr bewegte, sich ein Krater bildete und eine braungrüne Klaue entließ, deren Finger eine Faust bildeten.

Die Frau zitterte vor Angst.

Sie trug ein Kopftuch, unter dem dünne Haare hervorschauten, die einen silbrigen Schimmer aufwiesen. Entsetzt und um Hilfe suchend schaute sie den Mann an, doch Quen konnte nichts tun, für einen Sprung war die Distanz zu groß, und auch wenn er es knapp geschafft hätte, musste er noch immer mit der Frau zurück.

»Hol mich hier weg!«, wimmerte sie.

Quen suchte blitzschnell nach einer Möglichkeit, es dennoch zu schaffen.

Ja, es gab eine Chance. Die Frau konnte ihr Leben verlängern, wenn sie auf den breiten Rand der Feuerstelle kletterte und er inzwischen ein langes Brett fand, das er anlegen konnte.

Und das sagte ihr Quen auch.

Die alte Frau begriff nicht sofort.

»Verdammt, klettere auf die Feuerstelle! Es eilt, sonst frisst dich der Sumpf.«

Er wusste nicht, ob sie seinen Forderungen nachkam, denn hinter ihm erklangen plötzlich hastige Schritte auf. Ein junger Mann lief die Straße entlang, schlug einen Bogen, und Quen sah, dass der Heranstürmende sich ihn als Ziel ausgesucht hatte.

»Meine Großmutter!«, schrie er, als er nahe genug heran war. »Meine Großmutter, sie ist noch da!«

»Ja, ich weiß!«

»Ich – muss sie holen!« Er wollte an Quen vorbei, doch

dagegen hatte der Mann vom Geheimdienst etwas. Der Junge lief gegen den ausgestreckten Arm und prallte zurück.

»He, Sie, ich meine ...«

»Hau ab, Mann!«

Da drehte der Junge durch. Er war auf die Straße zurückgetaumelt und fing sich jetzt wieder.

Quen kam bald die Galle hoch. Da machte ihm dieser Bursche noch Ärger. Zudem wurden sie von einigen Dorfbewohnern beobachtet, die weiter hinten standen und zuschauten.

Auf eine körperliche Auseinandersetzung wollte Quen es nicht ankommen lassen, er zog seine Pistole und ließ den jungen Mann in die Mündung schauen. »Wenn du nicht bald verschwindest, füttere ich dich mit einer Kugel!«

Der Blick des anderen irrte zwischen der Waffe und den Augen Quens hin und her.

»Weg mit dir!« Quen drückte ab, und das Projektil pfiff haarscharf am Ohr des anderen vorbei.

Dies gab den Ausschlag. Der junge Mann sprintete zu den anderen. Quen aber atmete auf. Er steckte die Pistole weg und drehte sich um.

Genau in diesem Augenblick geschah das Malheur. Wie auch bei der Parteibude hatten die Mauern dieses Hauses dem wankenden Boden nicht standhalten können. Sie krachten zusammen.

Zuerst die Seite des Hauses, die der Straße zugewandt lag. Quen, der noch mit Grauen an die alte Frau dachte und dem auch sein Mitarbeiter wieder einfiel, schüttelte den Kopf. Es war eine hilflose Geste, die eigentlich alles ausdrückte.

Totale Leere, unfähig, noch großen Widerstand zu leisten. Er fand sich mit seinem Schicksal ab.

Langsam rutschte das Dach vor. Die Mauer war längst gefallen, und als Quen durch eine Lücke in der Staubwolke schauen konnte, da entdeckte der Agent die Frau.

Ob sie sich noch auf den Rand des Kamins hatte retten können, spielte nun keine Rolle mehr. Sie schien tot zu sein, denn die schreckliche, aus dem Boden aufragende Hand hielt mit ihren braunen Fingern die Kehle umklammert.

Das Dach krachte zusammen. Die Trümmer entzogen Quen den Blick auf das nächste Sumpfopfer.

Für einen Moment senkte er den Kopf. Depressionen wollten ihn überfallen. Sein glattes Gesicht verzog sich, als hätte er starke Schmerzen. Danach gab er sich einen innerlichen Ruck, die Gestalt des Mannes straffte sich, und er drehte den Kopf.

Quen schaute die Straße entlang. Er blickte in Richtung Dorfende. Sinclair hatte von diesen Terrassen gesprochen. Dorthin konnten die Menschen fliehen.

Und sie waren bereits geflohen, auch ohne dass Quen es ihnen erst groß befohlen hatte.

Er sah sie, wie sie den Berg hochkletterten, denn dort, wo das Gelände in Terrassen angelegt war, wurde Reis angebaut. Da befanden sich die großen Felder.

Männer, Frauen und Kinder hatten die Flucht ergriffen. Sie ließen ihre Habe im Stich, die der verdammte Mördersumpf ihnen nehmen würde. Die Pesthügel waren erbarmungslos. Sie würden den gesamten Ort fressen wie ein gewaltiges Ungeheuer.

Als zwei Bretter gegeneinander schabten, wurde Quen aufmerksam. Er vernahm das Geräusch, drehte sich um und sah zu dem zuletzt zerstörten Haus hin.

Dort bewegte sich etwas.

Der Wind konnte es nicht sein, der die Bretter nicht ruhig liegen ließ. Da geschah etwas anderes.

Quen lief eine Gänsehaut über den Rücken. Er ahnte schon, was sich dort abspielte und seinen Augen verborgen blieb.

Allerdings nicht mehr lange. Ein Brett wurde so zur Seite gedrückt, dass Quen freie Sicht hatte. Und er sah die verfluchte Hand, die das Brett umklammerte, es von sich schleuderte, damit nicht nur sie freie Bahn hatte, sondern auch das widerliche Monster aus der Tiefe des Pesthügel-Sumpfs.

Der Untote kam.

Er sah aus wie die anderen. Braun und knorrig. Eine aufgerissene Haut, in deren Mulden es grünlich schimmerte. Das Untier hatte einen Mord auf dem Gewissen, aber es dachte nicht daran, es damit genug sein zu lassen.

Es wollte mehr!

Töten, alles mit in den verdammten Sumpf hineinziehen. So lautete seine Devise.

Und es stieg empor.

Das Brett wurde zur Seite geschleudert. Jetzt gab es kein störendes Hindernis mehr, der Weg zu dem nächsten Opfer lag frei vor ihm. Quen lief es kalt den Rücken hinunter. Er hatte erlebt, wie wenig er mit Kugeln ausrichten konnte, trotzdem zog er seine Waffe, blieb auf der Straßenseite stehen und feuerte.

Als der Schuss krachte und das Echo über die Straße rollte, da brach hinter ihm das nächste Haus zusammen.

Der Sumpf stoppte nicht.

Und auch auf der gegenüberliegenden Straßenseite hielten die Mauern eines Gebäudes nicht mehr stand. Donnernd fiel ein Dach ineinander. Quen sah es, als er sich hastig umdrehte.

Er dachte an seinen Mitarbeiter.

Quen selbst hatte ihn losgeschickt, damit er die andere Seite kontrollieren konnte. Gehört hatte er bisher nichts von ihm.

Sollte sich Husan, so hieß der Mann, vielleicht übernommen haben? Während das Monster zielsicher über die Straße wanderte, drehte Quen den Kopf und schrie den Namen seines Mitarbeiters.

Laut hallte seine Stimme über die Straße, doch er bekam leider keine Antwort.

Abermals versuchte er es.

Und da hörte er die Schreie!

Kalt lief es ihm den Rücken hinab. Die Schreie waren schräg gegenüber aufgeklungen, und Quen rannte los. Zwei Häuser vor dem, das zuletzt eingestürzt war, riss er die alte Tür auf und schaute in den Bau.

Jetzt gellten die Schreie ihm entgegen, und seinen Augen bot sich ein grauenvolles Bild.

Bis zu den Hüften steckte Husan im Boden. Seine Hände aber hielt er hoch, denn er umklammerte mit allen zehn Fingern ein schreiendes kleines Kind …

Eigentlich hätte ich mit einem heimtückischen Angriff rechnen müssen. Dass er nun erfolgt war, überraschte mich nicht. Auch nicht die Kraft, die in der verdammten Klaue steckte. Mein rechter Knöchel schien in einem Schraubstock zu stecken.

Ich sah Suko aus meiner Froschperspektive, und seine Bewegungen wirkten gelassen, als er unter die Jacke griff und seine starke Waffe hervorholte.

Die Dämonenpeitsche!

Schweigend schlug er einen Kreis über den Boden, und die drei aus der Haut des Dämons Nyrana bestehenden Riemen rutschten hervor. In ihnen steckte eine sehr starke schwarzmagische Kraft und ich hoffte, dass sie stärker war als die Existenz dieser Sumpfmonster.

Das Wesen benutzte mich auch als Stütze. Es griff nicht nur zu, es zog sich gleichzeitig mit seinem hässlichen Schädel und den Schultern aus dem Pesthügel hervor, wobei es mehrere alte Bohlen zur Seite drückte.

»Schlag doch zu!«

Suko hatte meine Worte gehört und grinste. »Sei doch nicht so voreilig«, erwiderte er. Den rechten Arm hatte er bereits erhoben, über sein Gesicht glitt ein Lächeln, die Augen waren starr auf das aus dem Boden kriechende Monster gerichtet.

Suko schlug mit der Routine eines Könners. Er drehte den kurzen Stiel der Peitsche dabei so, dass die Riemen dicht zusammenblieben und alle drei voll ins Zentrum trafen.

In Längsrichtung klatschten sie gegen den Schädel des Monsters. Was die Kugel nicht geschafft hatte, das brachten die drei Riemen der Dämonenpeitsche fertig.

Sie zerhieben den Kopf!

Das Monster zuckte noch einmal in die Höhe. Zum ersten Mal hörten wir auch ein Geräusch, denn bisher hatten wir das Gefühl gehabt, ein stummes Wesen vor uns zu haben.

Es war ein Stöhnen und gleichzeitig ein Knirschen. Das Stöhnen drang aus dem Maul, das Knirschen erklang deshalb, weil der Körper auseinander brach.

Auch der Griff löste sich von meinem Knöchel, und ich sprang schnell auf die Füße.

Kaum stand ich, als ich die Geräusche vernahm.

Sie jaulten über den braunen Sumpf hinweg. Es waren klagende Laute, ein hohes Winseln und Greinen, und es drang aus zahlreichen Mäulern, denn wir erkannten plötzlich, dass sich mehrere Körper bis weit über die Hüften aus dem Boden des Pesthügels geschoben hatten und diesen Totengesang anstimmten.

Suko und ich waren fasziniert und abgestoßen. Dieses schaurige Geheul ging uns durch und durch. Wir schüttelten die Köpfe und wandten uns ab, um wieder ins Dorf zurückzugehen.

Hier oben auf dem Knüppeldamm waren wir zwar nicht hilflos, aber viel konnten wir nicht ausrichten. Die Gegner befanden sich in der Überzahl.

»Was jetzt?«, fragte Suko. »Sollen wir sie im Dorf erwarten?«

»Bleibt uns wohl nichts anderes übrig«, erklärte ich. »Im Sumpf sind wir einfach unterlegen.«

»Und die Menschen?«

»Werden hoffentlich geflüchtet sein.«

Wir hatten das Dorf wieder erreicht, blieben stehen und entdeckten die weiteren Verwüstungen. Es sah schlimm aus. Auf der rechten Seite waren nicht nur die Bauten mit den Raupenkulturen zusammengefallen, sondern auch Wohnhäuser. Die Mauern hatten den von unten her drückenden Kräften nicht standhalten können. Ein Weg der Trümmer begleitete den rasch wandernden Sumpf.

Seltsamerweise hatte sich die Straße noch gehalten, aber auch sie wurde in Mitleidenschaft gezogen. Suko und ich merkten es zur selben Zeit.

»Da stimmt doch etwas nicht«, sagte mein Partner und blieb stehen.

Auch ich verhielt meinen Schritt.

Wir traten hart gegen den Boden.

Er gab wenig Widerstand. Unsere Füße sanken sogar ein. Und dies deutete darauf hin, dass auch die Straße nicht mehr verschont wurde. Ihr Untergrund hatte bis jetzt noch gehalten. Nun aber verlangte der Sumpf sein Recht.

Wir mussten uns beeilen, sonst steckten wir doch noch fest.

Ein paar Yards weiter konnten wir wieder besser laufen. Als wir uns umdrehten, da sahen wir, dass sich die Straße auch vor uns bewegte.

Ein Schuss ließ uns abermals herumfahren.

Nicht weit entfernt entdeckten wir Quen. Er hatte auf ein Monster erfolglos geschossen, rannte jetzt und sah uns nicht.

Das Monster blieb zurück.

Konnte es durch geweihtes Silber zerstört werden? Bisher war ich nicht dazu gekommen, es auszuprobieren, ich zog meine Waffe und legte an.

Suko drückte meinen Arm nach unten.

»Nein«, sagte er, »keine Munitionsverschwendung, wir erledigen es mit der Peitsche.« Kaum hatte er die Worte gesprochen, als er schon vorrannte, im Laufen ausholte und die drei Riemen dann über die Gestalt des Monsters zog.

Es wurde von der Kraft zu Boden geschleudert, versuchte noch einmal, sich aufzurichten, doch diese Bemühungen waren vergebens. Die magische Kraft der Peitsche hatte ausgereicht, um das Wesen zu zerstören.

Wir hatten es besiegt.

Teile blieben zurück. Als ich auf sie trat, knisterte es, als hätte ich meinen Fuß auf Laub gesetzt. Ich atmete tief durch. Inzwischen dachte ich daran, dass wir diese Monster wohl nur der Reihe nach und mit Schlägen der Dämonenpeitsche besiegen konnten.

Und dann hörten wir das Weinen. Beiden war uns sofort klar, dass nur ein Kind so schreien konnte …

Husans Gesicht zeigte all die Angst, die er empfand. Trotzdem hatte er die Arme hochgerissen und hielt das kleine Mädchen mit beiden Händen umklammert. Er wollte es retten, auch wenn er selbst nicht mehr zu retten war.

Sein Blick war zum Eingang gerichtet. Er sah Quen zwar, doch er nahm ihn überhaupt nicht wahr.

»Husan!«, schrie Quen seinen Mitarbeiter an. »Das Kind, verdammt, geben Sie mir das Kind!«

Der Agent schien aus einem bösen Traum zu erwachen. Sekundenlang klärte sich sein Blick, dann legte er die Stirn in Falten und schüttelte den Kopf.

»Das Kind, verdammt!« Quen beugte sich vor. Er streckte die Arme aus, hütete sich jedoch, die Schwelle des Hauses zu überschreiten, denn der Boden hatte sich zu einer tückischen Falle entwickelt, in die sein Mitarbeiter bereits hineingetappt war.

»Wirf es rüber!«, schrie Quen. Er selbst beugte sich vor, ein Zeichen, dass er gewillt war, die Kleine aufzufangen. Es wurde auch Zeit, denn der Sumpf war gefräßig, und Husan sackte von Sekunde zu Sekunde tiefer.

Quen konnte sich ausrechnen, wann der braune Schlamm über dem Kopf seines Mitarbeiters zusammenschlug. Und mit jeder Handbreite, die er tiefer sank, verlor er mehr an Kraft, die ihm vielleicht fehlte, um das Mädchen werfen zu können.

»Los, jetzt!«

Diesmal hatte Husan verstanden. Er schaute noch einmal auf Quen, beugte sich dann zurück, holte weit aus und ließ im nächsten Moment das Mädchen los.

Sein Schreien begleitete den kurzen Flug des Kindes. Quen hatte seine Arme so ausgestreckt, dass das Kind von ihm gegriffen werden konnte. Und er bekam es zu packen. Allerdings nicht so gut, denn er musste nachgreifen, und diese Bewegung, verbunden mit dem Gewicht des Kindes, brachte ihn ein wenig aus dem Gleichgewicht.

Einen Schritt ging er vor.

Nur einen kleinen, aber dieser eine Schritt war eben zu

viel. Plötzlich spürte er unter seinem rechten Fuß kaum noch Widerstand, der Schuh verschwand in der weichen Masse, und während er das Kind gegen seine Brust presste, wurde ihm klar, dass der Sumpf ihn gepackt hielt.

Für den Moment drohte die Panik ihn zu übermannen, dann ließ ihn Husans Schreien seine eigenen Sorgen vergessen.

Dicht vor seinem Mitarbeiter kroch eine Gestalt aus dem Sumpf. Diesmal drangen nicht nur die Hände hervor, nein, der gesamte Körper verließ die unheilige Tiefe.

Die Arme des Monsters waren hochgereckt, die Hände gekrümmt, und die fanden ihren Halt auf den Schultern des Chinesen. Da lasteten sie wie schwere Gewichte.

Husan schrie in seiner Verzweiflung. Er schlug gegen das Monster, doch seine Kräfte reichten nicht aus, um gegen den lebenden Sumpftoten anzukommen.

Die Pestleiche drückte ihn immer tiefer in den Sumpf hinein, der bereits sein Kinn erreicht hatte und plötzlich in den offenen Mund drang und ihn ausfüllte.

Aus dem Schreien wurde ein Gurgeln, danach war nichts mehr von Husan zu hören.

Aus – vorbei!

Der harte Agent Quen aber schluchzte auf. Was er gesehen hatte, war einfach zu viel für seine Nerven gewesen. Er konnte nichts mehr begreifen, nichts mehr fassen, wünschte sich weit weg, aber das Schreien des Kindes und sein festsitzender Fuß machten ihm klar, in welch einer Situation er sich tatsächlich befand.

Quen kam ohne Hilfe nicht mehr weg.

Zuerst dachte er an das Kind. Für sich selbst hatte er schon zu viel Zeit verloren, denn der Sumpf saugte weiter, er wollte kein Opfer hergeben.

Auch das Wesen war geblieben.

Nachdem es Husan in die tödliche Tiefe gedrückt hatte, wandte es sich langsam um, denn nahe der Tür befand sich noch ein zweites Opfer.

Quen dachte an das Kind. Er musste es retten und stellte das weinende Mädchen hinter sich zu Boden. Dann brüllte er es an. »Lauf weg, Kleine! Verdammt, lauf weg!«

Das Kind hörte nicht. Sein Gesicht war tränennass.

»Weg!«

In dem Augenblick stürmten zwei Männer heran.

Wir brauchten wirklich nicht viel Zeit, um erkennen zu können, welches Drama sich vor unseren Augen abspielte.

Es war die Hölle.

Quen hatte ein Kind retten können, er selbst jedoch befand sich in einer prekären Lage. Seinen rechten Fuß hielt der verdammte Sumpf fest umklammert, und er selbst klammerte sich voller Verzweiflung an der Hauswand fest.

Wir konnten auch an ihm vorbeischauen. Das widerliche Sumpfmonster war einfach nicht zu übersehen.

Suko warf mir die Dämonenpeitsche zu, damit er die Hände frei hatte, denn die brauchte er jetzt.

Suko machte es wie ein Ringer. Von hinten schob er seine Arme unter die Achseln des Mannes und faltete die Hände vor der Brust des Agenten zusammen.

Dann zog er.

Suko hatte Kraft. Hinzu kam, dass Quen nur mit einem Beim im Morast steckte, also noch nicht voll erfasst worden war und die Befreiungschancen besser standen.

Mein Freund schaffte es tatsächlich, den chinesischen Agenten dem Sumpf zu entreißen. Als sein Fuß mit einem seltsam schmatzenden Geräusch den Morast verließ, bekamen Suko und Quen das Übergewicht. Sie kippten beide nach hinten und fielen zu Boden, noch bevor sie von mir aufgefangen werden konnten.

Ich hatte nun freie Bahn.

Das Monster hielt seine Arme schon griffbereit ausgestreckt. Es hatte sein Opfer packen wollen, stattdessen bekam es nun die Dämonenpeitsche zu spüren.

Und das gleich zweimal.

Ich hieb mir meine Wut aus dem Leib, als ich die Riemen auf Schädel und Körper klatschte. Beides wurde zerstört, und aus den offenen Stellen drang mir ein bestialischer Gestank entgegen.

Die Teile klatschten zurück in den Sumpf, wo sie allmählich zu Staub wurden und noch weiter auseinander brachen.

Für mich wurde es Zeit, den Platz auf der Türschwelle zu verlassen, denn der schwankende Boden rüttelte wieder an den Mauern des Hauses. Sie bewegten sich bereits, sogar die ersten Risse entstanden. Ich sprang hastig zurück, blieb neben Suko, Quen und dem Kind stehen und sah, wie das Haus zerfiel.

Dach und Mauern schienen für einen Moment zu tanzen, bevor sie endgültig zusammenbrachen.

Wieder war etwas zerstört worden. Wie lange wollten diese unheiligen Kräfte denn noch toben?

»Danke«, keuchte Quen, »vielen Dank ...«

Er stand da, hatte den Kopf gesenkt und atmete schwer. Diese Vorfälle hatten den eisenharten Mann schwer erschüttert. Zwei Polizeibeamte hatte er aus London entführt, dies war ihm exzellent gelungen, doch den Vorfällen in seiner Heimat stand er fassungslos gegenüber.

»Sie bedanken sich bei dem Mann, den Sie entführt haben. Das ist neu.« Ich konnte mir diese Bemerkung einfach nicht verkneifen, während ich Suko die Dämonenpeitsche mit einem Kopfnicken zurückgab.

»Manchmal geht das Leben seltsame Wege«, erwiderte Quen. »Hätte ich Sie nicht entführt, wäre ich jetzt vielleicht nicht mehr am Leben. Daran muss ich auch denken.«

»Aus Ihrer Lage gesehen haben Sie Recht«, stimmte ich ihm zu.

Das kleine Mädchen weinte. Zum Glück hatten wir es retten können. Quasi im letzten Augenblick, und bedanken konnte es sich bei Quen, der wirklich alles eingesetzt hatte. Sogar sein eigenes Leben. Das rechnete ich ihm verdammt hoch an.

»Ich bin noch übrig«, flüsterte er und schüttelte den Kopf. »Verdammt, wenn ich das vorher gewusst hätte ...«

»Es ist nicht mehr zu ändern«, sagte ich. »Hier können wir nicht mehr bleiben, denn der Pestsumpf beginnt damit, allmählich auch die Straße zu erfassen. Er muss den Untergrund inzwischen aufgewühlt haben.«

»Wo sollen wir hin?«, fragte Quen. »Auch zu den anderen auf den Terrassenfeldern?«

»Es bleibt uns nichts anderes übrig«, erklärte ich.

»Damit haben wir nichts gewonnen. Die Moorleichen werden nicht gestoppt.« Quen schaute mich fragend an.

»Das stimmt allerdings.«

»Und wie sollen wir sie vernichten?«

Ich hob die Schultern. »Sie sehen uns ratlos, Quen. Vielleicht sollte man noch einmal mit Ai-Fu-Tschi reden. Der weise Mann scheint mir einiges mehr zu wissen.«

»John!« Sukos Stimme klang warnend, und ich drehte mich zu meinem Partner um.

Der Inspektor hatte das kleine Mädchen an seine Hand genommen. Die andere, freie, hielt er ausgestreckt und deutete dorthin, wo das Dorf zu Ende war und der Knüppeldamm begann.

Das Grauen hatte sich dort etabliert.

Begleitet von den stinkenden Sumpf- und Pestnebeln, waren die lebenden Leichen aus dem Sumpf gekrochen und schoben sich in einer breiten Reihe langsam näher.

Die Invasion des Schreckens nahm ihren Fortgang …

Man mutete uns verflucht viel zu! Es war eine regelrechte Horrorflut, die sich über die Straße wälzte und sicherlich uns als Ziel hatte.

Seltsamerweise konnten sich diese braunen, makaberen Gestalten auf dem weichen Boden bewegen, im Gegensatz zu uns, da wir den Gesetzen der Physik gehorchten.

Sekundenlang sprachen wir kein Wort. Ein jeder nahm den Eindruck auf, der sich unseren Augen bot.

Während Suko und ich der Invasion ein wenig gelassen entgegenschauten – wir erlebten so etwas nicht zum ersten Mal –, war es für Quen sehr, sehr schlimm.

Er sprach zwar kein Wort. Was er jedoch empfand, konnte man von seinem Gesicht ablesen.

Immer wieder schüttelte er den Kopf, dabei stand sein Mund halb offen, und der Atem drang pfeifend über die Lippen.

Eine Armee des Schreckens näherte sich uns. Ich hatte angefangen zu zählen, bei der Zahl zwanzig jedoch gestoppt. Ob zwanzig oder zehn mehr, was spielte das für eine Rolle?

Sie bewegten sich seltsam schwankend. Irgendwie steif, schwerfällig, und die stinkenden braunen Pestwolken begleiteten sie wie lange Leichentücher.

Auch der Himmel war düsterer geworden. Vielleicht weil die Wolken das Licht so sehr veränderten. Alles passte zusammen, die Atmosphäre in diesem Dorf war vergiftet worden, und hinter uns fiel das nächste Haus zusammen.

Ich fasste dieses Geräusch als ein Startsignal auf. Länger konnten wir nicht bleiben, wir mussten zu den anderen. Niemand widersprach mir.

Suko reagierte als Erster. Er packte das kleine Mädchen und hob es auf seine Schultern.

Dann flüchteten wir.

Ich machte mir schwere Gedanken darüber, ob wir in der Lage waren, die Invasion zu stoppen. Unter Umständen musste der gesamte Sumpf trockengelegt und ausgebrannt werden. Allein konnten wir so etwas nicht schaffen. Da musste Hilfe her.

Vielleicht sogar Militär.

Bei einem kurzen Stopp sprach ich Quen darauf an. Er nickte heftig, holte ein paar Mal Luft und erwiderte dann: »Wissen Sie, Sinclair, daran habe ich auch gedacht, nur existiert keine telefonische Verbindung mehr nach Shanghai. Das einzige Telefon stand in der Parteizentrale, und die ist zerstört worden.«

»Dann sind wir praktisch Gefangene.«

»So ungefähr.«

Suko hatten unserem Dialog gelauscht. Das Mädchen saß weiterhin auf seiner Schulter und klammerte sich an den hocherhobenen Armen fest. »Dann müssten wir es so machen wie früher im Wilden Westen. Einen Boten losschicken.«

»Das ist natürlich eine Möglichkeit«, gab Quen zu. »Allerdings wird dies lange dauern. Inzwischen haben die Bestien das Dorf längst zerstört.«

Da hatte er Recht. Zudem bekamen wir mit, wie abermals drei Häuser auf einmal zusammenstürzten.

Es war schlimm.

Und die Untoten drangen weiter vor. Sie hielten sich auf der Straße, die den Ort teilte. Dabei schlenkerten sie mit den Armen und erinnerten mich in diesen Augenblicken an Puppen.

Ich drehte mich um und schaute zu den Terrassenfeldern hin. Dort hatten sich die Leute versammelt und winkten uns zu, denn sie hatten einen freien Blick auf das Dorf.

Auch den weisen Ai-Fu-Tschi erkannte ich unter ihnen. Mit ihm musste ich noch ein Wort reden, er kannte die Geschichte am besten, vielleicht wusste er einen Rat.

»Los, weiter!«, drängte ich.

Die anderen hielt auch nichts mehr an ihrem Platz. So schnell es ging, setzten wir uns in Bewegung.

Wir rannten, denn jeder von uns wusste genau, dass der Sumpf nicht stehen blieb. Wir wollten ihm keine Chance geben, uns einzuholen, denn dann wären wir endgültig verloren.

Immer wieder warf ich während des Laufens einen Blick über die Schulter, weil ich das Chaos mit eigenen Augen verfolgen wollte. Es war in der Tat ein Chaos.

Nicht nur aus dem Sumpf kletterten die braungrünen Monster, sie krochen auch unter den zusammengebrochenen Häusern hervor, hatten die Arme ausgestreckt und gesellten sich zu ihren scheußlichen Artgenossen.

Die Armee wurde von Minute zu Minute größer. Doch wir mussten kämpfen! Auf die Einwohner des Dorfes konnten wir nicht zählen, sie bedurften selbst des Schutzes.

Schließlich hatten wir die letzten Häuser erreicht. Die

Straße führte noch weiter, sie teilte ein großes Reisfeld, über das der Wind strich und die grünen Halme bewegte. Sie wuchsen aus dem Wasser, das brackig zwischen den Pflanzen schimmerte.

Auch über den Feldern lagen bereits die braunen Dämpfe. Der Wind hatte sie von den Pesthügeln her über das Dorf hinweg und auf die Felder getrieben.

Die Luft war kaum zu atmen. Ich hatte einen Geschmack im Mund, den man nicht beschreiben konnte, und meinen Freunden erging es sicherlich nicht anders.

Wir mussten uns links halten, liefen über einen Trampelpfad, der bereits anstieg, an Höhe gewann und zwischen die seltsamen Terrassenfelder führte, wo auch die Einwohner warteten.

Sie winkten uns zu. Ich sah, wie eine Frau die Hände über dem Kopf zusammenschlug und in die Knie brach. Später erfuhr ich, dass sie die Mutter des Kindes war, das Suko auf seinen Schultern trug. Ihre Reaktion war ein Ausdruck der Erleichterung gewesen.

Ein Mann lief uns entgegen. Es war Ai-Fu-Tschi. Für sein Alter bewegte er sich erstaunlich gewandt und atmete kaum schneller, als er vor uns stehen blieb.

Er sprach auf Suko und Quen ein. Ich verstand kein Wort und ließ mir die Sätze übersetzen.

»Er ist froh, dass wir es geschafft haben«, erklärte Suko, wobei er sich bückte und das Kind von den Schultern drückte. Die Kleine hatte kaum den Boden berührt, als sie losrannte und ihrer Mutter entgegenlief.

»Frag ihn mal, ob wir etwas tun können!«, sagte ich zu meinem Partner.

Suko wandte sich wieder an den Alten.

Er redete eindringlich, sein Gesicht war ernst und er sprach länger mit ihm, sodass ich Zeit hatte, mich umzuwenden und einen Blick hinunter in das Tal zu werfen, wo das Dorf zu unseren Füßen lag.

Das zerstörte Dorf, musste ich sagen, denn wir sahen, wie weitere Häuser ineinander fielen.

Dies wirkte gespenstisch, da wir uns ziemlich hoch befanden und kaum Geräusche mitbekamen. Ich hatte dabei das Gefühl, einen Zeitlupenfilm zu erleben. Das Dorf wurde von unheimlichen Kräften zerstört. Sie rissen Mauern nieder, deckten Dächer ab und ließen gelblich schimmernde Staubwolken in die Höhe wallen.

Dazwischen sahen wir die Untoten.

Sie hatten etwa die Hälfte des Weges hinter sich gelassen und schritten auf das Dorfende zu.

Mir war klar, dass sie auch den Weg, der zu den Terrassen führte, hochkommen würden.

Eine schnelle Entscheidung wurde verlangt.

Suko tippte auf meine rechte Schulter. Er hatte mit dem Weisen geredet, und der Mann war jetzt verstummt.

Auch Quen hörte zu, was mein Freund zu sagen hatte, denn zuvor hatte der Agent der Unterhaltung nicht gelauscht, sondern die Leute weiter hoch auf den Hügel geschickt.

»Eigentlich geht es um den Jademann«, sagte Suko.

»Wieso?«

»Ai-Fu-Tschi sagt, dass er der große Dreh- und Angelpunkt in diesem höllischen Spiel ist.«

»Das heißt, wir müssen ihn ausschalten.«

»Genau.«

»Aber wie?«

»Ai-Fu-Tschi hat da eine Idee«, murmelte Suko und schaute mich mit gerunzelter Stirn an. »Er sagt, dass wir unbedingt den Jademann locken müssen, denn er ist der Anführer. Wenn wir ihn vernichten, könnten sich die anderen wieder in ihre Sümpfe zurückziehen …«

»Um irgendwann wiederzukommen«, fiel ich meinem Freund ins Wort.

»Lass mich ausreden, John. Oder um für immer zu zerfallen. So sprach der Weise.«

»Hat er irgendwelche Vorschläge gemacht, wie wir dem Jademann an den Kragen gehen können?«

»Auch das.« Suko atmete tief ein. »Ich weiß aber nicht, ob wir darauf eingehen sollen.«

»Sag schon.«

»Jemand muss sich opfern!«

Vier harte Worte, die der Inspektor da ausgesprochen

hatte. Ein Mensch sollte sein Leben lassen, um andere Leben zu retten. War das möglich? Konnte ich auf so etwas eingehen?

Meine Stimme klang rau, als ich fragte: »Wer soll derjenige sein, der diesen schweren Gang antritt?«

»Ai-Fu-Tschi hat dabei an sich selbst gedacht«, erklärte mir Suko. »Keinem anderen wollte er so etwas zumuten. Er habe lange genug gelebt, und wenn er sein Leben mit dieser Tat abschließen könne, wäre das für ihn eine Erfüllung.«

Welche Worte sollte ich dafür benutzen? Es war eine Geste, die man sich kaum vorstellen konnte, nicht in einer Zeit wie dieser, wo Märtyrer wahrlich dünn gesät sind. Da wollte dieser alte Mann sein Leben hingeben, um andere zu retten.

Welch eine Tat!

»Gibt es keine andere Möglichkeit?«, fragte ich.

»Nein, John. Wir haben viele durchgesprochen, doch zu einem Ergebnis sind wir nicht gekommen. Wenigstens nicht zu einem anderen. Es bleibt bei dem Opfergang.«

Ich trat einen Schritt zur Seite, um den Weisen sehen zu können. Er hielt sich bei Quen auf und sorgte mit dafür, dass die Menschen weiter die Stufen der Terrassen hoch schritten, um von den Sumpfmonstern so weit wie möglich entfernt zu sein.

Wir standen näher am Dorf. Ich konnte auf die langen braunen Schleier schauen. Die Pestwolken zeichneten den Weg der unheimlichen Gestalten nach. Als eine nie abreißende Fahne standen sie über dem Dorf, in dem sich die untoten Leiber verteilt hatten.

Die Moorleichen wühlten sich voran. Sie suchten nach Überlebenden, und mit ihnen kam der Sumpf.

Er entließ neue Gestalten, sodass dem Betrachter – mir zum Beispiel – angst und bange wurde.

Dieser Boden verbarg das Grauen. Ich schaute hinüber zum Knüppeldamm. Selbst aus dieser Entfernung konnte ich erkennen, dass er an einigen Stellen gerissen war.

Was lange Jahre gehalten hatte, wurde von unheimlichen Wesen radikal vernichtet.

Das Dorf war zu eine Stätte des Todes geworden, zu einem Ort des Grauens.

Kein normales Leben konnte mehr zwischen den Mauern der eingestürzten Häuser existieren.

Hinter mir rollten Steine und tickten gegen meine Hacken. Ich drehte mich um und sah den weisen alten Mann auf mich zukommen. Die übrigen Dorfbewohner waren von Quen in die oberen Regionen dieses Terrassenberges geschafft worden, wo sie abwartend stehen blieben und genau verfolgten, was sich zwischen uns anbahnte.

Suko sprach mit dem Alten.

»Er will wissen, ob wir bereit sind«, wandte sich mein Partner an mich.

Ich nickte.

»Dann will er gehen.«

»Aber nicht allein, wir kommen mit. Übersetze ihm das.«

Suko hielt sich daran. Ich beobachtete derweil das Gesicht des Ai-Fu-Tschi. Es zeigte plötzlich Erschrecken. Dann schüttelte er den Kopf und wies rasch hintereinander auf Suko und mich.

»Er hat etwas dagegen«, erklärte mein Partner.

»Aus welchem Grund?«

»Meine Landsleute sprechen ja immer sehr blumenreich. Ai-Fu-Tschi sagte, dass wir noch in der Blüte unseres Lebens stünden und es uns auf keinen Fall leisten könnten, der Gefahr …«

Ich winkte ab. »Hör auf, Suko, und sage ihm, dass es dabei bleibt. Wir werden ihn begleiten.«

»Klar.« Mein Freund grinste. Dann sprach er mit dem Weisen, der die Hände über dem Kopf zusammenschlug und es trotz dieser Geste nicht schaffte, uns umzustimmen.

Allerdings wurde es für uns Zeit. Suko dachte ähnlich wie ich und fasste den alten Ai-Fu-Tschi am Arm, bevor er ihn herumzog und den Weg zum Dorf hinabging.

Verfolgt von den Gebeten der Einwohner, begann unser Gang in eine Pesthölle der lebenden Toten …

Erst jetzt, als wir vielleicht zwanzig Schritte gelaufen waren, merkte ich, wie klar die Luft noch auf dem Hügel gewesen war, denn nun tauchten wir hinein in diesen widerlichen Brodem, der uns abermals den Atem raubte.

Ich hustete einige Male tief durch, besser wurde es auch nicht, und der Gestank nahm zu.

Es waren ja nicht allein die aus dem Sumpf aufsteigenden Wolken, die ihn mitbrachten, auch die lebenden Pestleichen stanken bestialisch.

Wir hatten den alten Fu in die Mitte genommen. Er hielt wieder seinen seltsamen Talisman in der Hand, und mein Blick saugte sich an den kleinen, goldenen Knöpfen oder Kugeln fest.

»Frag ihn mal, was er da hat«, bat ich meinen Freund und Kollegen.

Suko übersetzte und gab mir eine Erklärung, nachdem er die Antwort bekommen hatte. »Es ist ein Zeichen des Großes Gottes, und zwar des Großen Erhabenen. Von seinen Ahnherren hat Ai-Fu-Tschi es geerbt. Die Perlen bestehen aus den Tränen einer enthaupteten Prinzessin, die ebenfalls sterben musste wie ihr Reittier, ein weißer Hirsch. Er hat ein kleines Stück seines Fells hergegeben, und mein Ahnherr hat es bekommen. In diesem Fell lebt die Kraft der guten Geister, vereint mit den goldenen Tränen der enthaupteten Prinzessin, die noch immer als Geist verehrt wird und hin und wieder sogar erscheint.«

Das alles war zwar sehr blumenreich und schön erklärt, aber ob es stimmte, wusste ich nicht. Wir mussten uns Gewissheit verschaffen.

In der chinesischen Mythologie kannte ich mich so gut wie überhaupt nicht aus, und auch Suko, selbst Chinese, hielt sich da immer zurück, wenn ich ihm diesbezügliche Fragen stellte. Die Materie war so kompliziert, dass er da selbst nicht richtig durchschaute. Wenn das seltsame Stück Leder tatsächlich vom Fell eines weißen Hirsches stammen sollte, dann hätte es eigentlich hell sein müssen, was allerdings nicht der Fall war. Es zeigte eine bräunliche Farbe, wahrscheinlich hatte es sich im Laufe der Zeit verfärbt.

Als Ai-Fu-Tschi seinen Schritt verhielt, blieben auch Suko und ich stehen. Wir wussten nicht, was er wollte, aber der Alte streckte seinen mageren Kopf vor, wobei sich sein Hals dehnte und mich an den eines Vogels erinnerte.

Suko sprach mit ihm und nickte, bevor er sich an mich wandte. »Er sucht den Jademann.«

»Hat er ihn gefunden?«

»Nein.«

»Der hält sich im Sumpf versteckt«, sagte ich und winkte ab. »Ich glaube kaum, dass er erscheinen wird.«

»Ai-Fu-Tschi will ihn holen.«

Jetzt war ich überrascht. »Wie das?«

»Durch Beschwörung.«

Ich fragte nicht mehr weiter, wie der Alte die Beschwörung genau durchführen wollte, sondern sah gemeinsam mit Suko zu, als er ein paar Schritte zur Seite ging und sich zwischen zwei Terrassenstufen auf einem Flecken Erde niederließ.

Im Kreuzsitz hatte er Platz genommen. Das seltsame Stück Leder hielt er mit beiden Händen fest. Er hatte die Enden jeweils zwischen die Daumen und Zeigefinger genommen.

Ich war in der Tat gespannt, wie es weitergehen würde. Die Ruhe des Alten machte mich irgendwie nervös. Schließlich hatten auch unsere Feinde längst bemerkt, wohin wir geflohen waren, und einige der braunen Gestalten wandten sich bereits vom Dorf ab, um in den schmalen Trampelpfad einzubiegen, der in die Terrassenhügel führte.

Ai-Fu-Tschi begann zu singen. Schrill und laut. Ein Ohrenschmaus war es nicht gerade.

Der Singsang des Alten war für meine Ohren eine Zumutung. Die hohen Töne schmerzten, ich versuchte abzuschalten und mich auf die Bestien zu konzentrieren, die über den Trampelpfad kamen.

Es waren sechs an der Zahl.

Sie glichen sich wie ein Ei dem anderen. Knorrig wirkende, braune Gestalten mit plumpen Bewegungen, mehr an Bäume erinnernd als an Menschen. Dazu die eingefurchte Haut, ein Auf und Ab aus Kanten, Höhen und Tälern, sodass die Oberfläche so wirkte wie das Relief einer Landkarte.

Auch Suko hatte die Gestalten gesehen, die hintereinander den Pfad hoch schritten, begleitet von den widerlich riechenden Wolken des Pest- und Leichengeruchs.

Ai-Fu-Tschi hockte auf seinem Platz, als würde ihn das alles nichts angehen. Er hatte nur Augen für das Leder mit den seltsamen goldenen Perlen. Er hielt den Kopf nun gesenkt, während nach wie vor die hohen, schrillen Laute aus seinem Mund drangen.

Ich war gespannt, wie sich noch alles entwickeln würde, denn bisher waren nur unsere Gegner am Zug.

Und die näherten sich.

Yard für Yard legten sie zurück. Auch die geflüchteten Dorfbewohner hatten sie inzwischen entdeckt. Wir hörten Schreie über uns. Als ich den Kopf drehte, sah ich Quen am Rande einer Terrassenstufe stehen und mit beiden Armen winken.

Klar, dass auch er es eilig hatte. Dieser knallharte Agent besaß nicht mehr die Geduld seiner Vorväter.

Ich hob die Schultern. Ein Zeichen, dass ich auch nichts beschleunigen konnte und selbst abwarten musste.

»Wird allmählich Zeit, dass wir uns um die Pesttoten kümmern«, meinte Suko.

Damit hatte er mir aus der Seele gesprochen, denn die sechs lebenden Leichen brauchten nur noch um eine Kurve zu gehen, um uns zu erreichen. Zudem hatten sich bereits weitere ihrer makabren Artgenossen am Beginn des Trampelpfads versammelt.

Das sah nicht gut aus.

Lässig entrollte Suko seine Peitsche

Der verdammte Pestgestank hatte noch mehr zugenommen. Am liebsten hätte ich mir ein Tuch gegen die Nase gepresst, aber ich musste beide Hände freihaben.

Wir warteten.

Schlagbereit stand Suko mit seiner Peitsche, ich stand einen halben Schritt hinter dem Inspektor.

Schon hörten wir ihre Schritte. Sie hinterließen auf dem weichen Boden dumpfe Geräusche, und die Pestwolken, die sie mitbrachten, strömten jetzt verstärkt auf uns zu.

Sehr klar waren die lebenden Leichen durch den braunen Schleier nicht zu erkennen, sie waren von braunen Nebelwolken umhüllt.

Dann erschien der Erste.

Der Zweite folgte ihm auf dem Fuß, blieb dann stehen und richtete sich nach seinem Artgenossen.

Auch die anderen gingen nicht mehr weiter. Suko zog daraus die Konsequenzen, er zögerte mit einem Schlag.

Was war geschehen?

Erst jetzt fiel mir auf, dass der hohe Gesang des alten Ai-Fu-Tschi verstummt war. Der Mann selbst hockte nicht mehr am Boden, hatte sich erhoben und seine Arme so in die Höhe gereckt, dass sie zu beiden Seiten seines Kopfes gegen den Himmel wiesen. Zwischen seinen Händen spannte er das kleine Stück Hirschleder mit den goldenen Perlen. Der Alte hatte das Leder so gedreht, dass die Perlen auf die sechs lebenden Pestleichen wiesen.

Unruhe entstand unter den Bestien.

Sie duckten sich zusammen, als hätten sie Schläge bekommen. Für mich gab es dafür nur eine Erklärung. Sie mussten die weißmagische Aura des Ai-Fu-Tschi gespürt haben.

Würden sie weichen?

Plötzlich begannen die Perlen zu glühen. Der goldene Farbton verschwand. Von innen her zog eine andere Farbe auf, ein leichtes Rosa, das sich allerdings in Sekundenschnelle verdichtete und zu einem glühenden Rot wurde.

Im nächsten Augenblick hielten wir den Atem an. Denn vor unseren Augen geschah etwas Unheimliches und Unwahrscheinliches. Zum ersten Mal in meinem Leben erlebte ich die Existenz und das Dasein einer alten chinesischen Magie – und auch deren Wirkung!

Aus den Perlen wurden Geschosse.

Der Reihe nach lösten sie sich von dem Lederband und jagten wie rotglühende winzige Kugeln auf den ersten Moortoten zu. Kraftvoll hieben sie gegen dessen Gestalt, begannen am Hals und zeichneten die rote Linie immer weiter über den Oberkörper nach unten.

Brust, Bauch, Arme, Beine – nichts wurde verschont. Die Perlen verteilten sich in einer mathematischen Präzision.

Sie blieben stecken!

Es waren Sekunden des Abwartens, bevor der alte Chinese wieder sein seltsames Lied sang.

Einer nur war von den Perlen getroffen worden, die anderen wichen zurück, und wir alle vernahmen das Knirschen, das entstand, als sie sich bewegten.

Sie hatten etwas abbekommen. Zwar nicht sichtbar, aber die weiße Magie, die hier herrschte, musste ihnen zu schaffen machen. Es fiel ihnen sehr schwer, sich zurückzuziehen, sie hatten Mühe, sich auf den Beinen zu halten, knickten sogar ein und fielen vornüber zu Boden, wobei aus zahlreichen Stellen ihrer Haut die braunen Pestdämpfe drangen. Zum Glück wehte der Wind sie von uns weg, und ich leistete dem alten Ai-Fu-Tschi im stillen Abbitte, seine Magie schien doch geholfen zu haben.

Das war längst nicht alles. Nun begann auch der zu reagieren, der von den glühenden Perlen getroffen worden war.

Sie hatten sich in seiner Haut festgesetzt, regelrecht hineingebrannt und waren nun dabei, sie allmählich aufzulösen.

Suko und ich rechneten damit, dass dieses Wesen zu Staub zerfallen oder zumindest zerstört werden würde, darin allerdings sahen wir uns beide getäuscht.

Etwas anderes geschah.

Die braune, an starke Ringe erinnernde Haut löste sich ab. Sie wurde plötzlich wie Pudding und klumpte dort, wo die Perlen getroffen hatten, bevor sie in langen Streifen am Körper nach unten rann.

Etwas anderes kam darunter zum Vorschein.

Mit einem Skelett hatten wir gerechnet und wurden abermals enttäuscht.

Nicht ein Skelett erschien, sondern ein Körper! Eine stockig schimmernde, leicht grün angehauchte Leiche mit einem fleckigen Gesicht, in dem die schräggestellten Augen sofort auffielen. Lippen waren nicht mehr vorhanden, nur noch Stücke der Haut konnten wir sehen. Aber es gab den Hals und dort wieder etwas Besonderes.

Etwas hing an einer Schnur vor seiner Brust …

Der Jadedolch!

Seine Klinge schimmerte dunkelrot!

Ich erinnerte mich wieder an die Worte des Alten. Dieser Dolch war mit Blut gefüllt. Geglaubt hatte ich es nicht so recht, nun wurde ich eines Besseren belehrt.

Nackt stand er vor uns.

Eine lebende Leiche, vielleicht Hunderte von Jahren alt, an deren Gestalt die letzten Reste eines braunen Sumpfes herabrannen und vor ihren Füßen im Boden versickerten.

Ai-Fu-Tschi war von dem Erfolg seiner Beschwörung selbst überrascht. Er taumelte ein paar Schritte zurück und breitete die Arme aus, wobei er das jetzt leere Leder in einer Hand behielt.

Suko hatte seinen rechten Arm sinken lassen. Die Riemen der Dämonenpeitsche berührten den Boden. Wie auch ich, so war mein Partner ebenfalls gespannt, wie sich die Auseinandersetzung zwischen dem Jademann und Ai-Fu-Tschi zuspitzen würde.

Der Alte begann zu reden. »Du hast Unrecht getan, Jademann. Du bist es gewesen, der die alten Gesetze nicht beachtete, und deshalb hast du kein Recht mehr auf ein Leben!«

Ein krächzendes Gelächter drang aus dem lippenlosen Maul. »Ich kein Recht auf Leben mehr? Die anderen tragen die Schuld. Sie sind es gewesen, die uns in den Sumpf warfen, weil wir die Pest hatten. Aber ich habe zuvor zu den guten Geistern gebetet, sie erhörten mich, der Erhabene aus Jade schickte mir seinen mit Blut gefüllten Dolch, damit ich ihn an mich nahm, um die Pest zu heilen.

Die Schergen aber waren schneller. Ich kam nicht mehr dazu, die Kräfte des Siebenten Himmels zu erwecken. Wir wurden gepackt und mitgenommen. Doch während man uns auf den Sumpf zuschleifte, da dachte ich an den Erhabenen aus Jade, der mir zwar den Dolch gegeben, uns sonst aber im Stich gelassen hatte. Und meine Demut ihm gegenüber kehrte sich um. Sie verwandelte sich in einen grenzenlosen Hass. Jetzt rief ich nicht mehr den Erhabenen aus Jade an, sondern die Geister der Finsternis. In den letzten Minuten meines Lebens beschwor ich sie und versprach ihnen den mit Blut gefüllten Dolch, wenn sie mich und die Menschen dafür retteten. In Gedanken erschienen mir die Gestalten der Schattenwelt und versicherten mir, dass ich nicht sterben, sondern nur ruhen würde, bis die Zeit des großen Donners anbrach und sich in der Erde die Geister gegen die Menschen erhoben, um die Unwürdigen zu verschlingen. Wenn dieses Ereignis eintritt, wann immer es auch war, sollte ich derjenige sein, der wieder freikommt. Ich und die anderen, die die Schergen des Kaisers in den Sumpf geworfen hatten. Dann würde ich mein Versprechen erfüllen und den Geistern der ewigen Finsternis den mit Blut gefüllten Dolch geben, damit sie die Macht über den Erhabenen aus Jade bekommen.«

Es waren Worte, die mir den Atem stocken ließen. Als ich auf meine Hand schaute, sah ich die Gänsehaut, die über den Rücken kroch. Mir wurde plötzlich bewusst, dass wir aus purem Zufall in eine Entscheidungsschlacht zwischen Gut und Böse geraten waren. Es ging ausschließlich um diesen Dolch mit dem seltsam gedrehten Griff und der Klinge, die fast wie ein langgezogenes Oval wirkte, wobei sie unten sehr spitz zulief und innerhalb des Ovals mit dem Blut des Erhabenen aus Jade gefüllt war.

Natürlich hatte der Dämon in einer Sprache geredet, die ich nicht verstand, aber Suko hielt sich dicht neben mir auf und flüsterte mir die Übersetzung ins Ohr.

Er gab mir auch die Worte des weisen Ai-Fu-Tschi zu verstehen, der dem Jademann antwortete.

»Die Erde hat gebebt«, gab er zu. »Gewaltige Kräfte sind freigekommen, die Natur hat Tausende von Menschen verschlungen, und die Geister der Tiefe haben schwere Rache genommen. Aber dir, Jademann, soll deine Rache nicht gelingen, nicht solange ich vor dir stehe und atme. Die Perlen der geköpften Prinzessin Li haben mir geholfen, die Haut des weißen Hirschs gab mir Kraft, und ich fühle mich so stark, dass ich auch dir widerstehen kann. Du sollst zurückkehren in den Sumpf und diesmal auf alle Zeiten dort bleiben. Zusammen mit deinen Dienern, die sich an Menschen vergreifen, obwohl diese ihnen nichts getan haben. Das ist ein schweres Unrecht. Ebenso schwer wie das der Schergen des Kaisers. Glaube es mir, Jademann, du kannst nicht gewinnen – niemals …«

Bis jetzt hatten sich die guten Geister auf die Seite des weisen, alten Mannes gestellt, ich allerdings war skeptisch, ob dies so bleiben würde. Als ich einen raschen Blick nach links warf, da sah ich, dass die fünf Begleiter des Jademannes restlos zerstört waren. Sie hatten der Magie nicht widerstehen können.

Kein weiterer lebender Toter folgte mehr dem Trampelpfad in die Hügel hinein. Sie warteten ab, wie der Kampf ausgehen würde, ebenso wie wir nicht eingriffen.

Der Worte waren genug gewechselt – Taten würden folgen.

Das geschah auch!

Es war der Jademann, der seine mit stockigen Leichenflecken übersäten Arme hob und die rechte Hand um den Dolch legte. Diese Waffe faszinierte mich. Sie strahlte etwas Unheimliches aus. Ich hatte noch nie einen leicht grünlich schimmernden Dolch aus Jade mit Blut gefüllt gesehen. Dass es so etwas geben würde, daran hatte ich nicht einmal gedacht.

Ich vernahm, wie er den Namen des Alten aussprach. Die Worte Ai-Fu-Tschis konnte ich verstehen. Was er danach sagte, bekam ich nicht mit, und ich fragte Suko danach.

Mein Partner, ebenso fasziniert und gebannt wie ich,

hob die Schultern. »John, ich kann es dir nicht sagen. Der redet in einer Sprache, die ich nie gehört habe.«

»Ein uralter Dialekt?«

»So ungefähr.«

Uns war diese Auseinandersetzung fremd. Sie wurde nicht mit Gewalt geführt, sondern mit Worten. Beide redeten heftig aufeinander ein, und doch merkten wir, dass sich ein unsichtbares Spannungsfeld über unsere Köpfe gelegt hatte. Es war wirklich außergewöhnlich, und wenn ich mir den Alten so anschaute, dann glich er ebenfalls einer lebenden Leiche.

Der aus dem Sumpf gekommene Jademann hatte noch immer seine Hand um den Dolch gekrallt. Verbunden war er mit einer Schnur, die um den Hals des Untoten hing. Woraus diese Schnur bestand, konnte ich nicht erkennen.

Dann drehte Ai-Fu-Tschi den Kopf. Er sprach jetzt zu uns, aber ich verstand ihn nicht, und mein Freund musste übersetzen.

»Was sagt er?«, fragte ich Suko und schaute den Inspektor dabei an.

Das war ein Fehler, wie wir später feststellen mussten.

Suko meinte zu mir: »Der Alte ist verzweifelt. Der Jademann will nicht aufgeben, sondern kämpfen. Seine Rache darf keinen Stillstand erfahren, deshalb wird er ...« Plötzlich stockte Suko und schrie dann ein lautes: »Verdammt!«

Zu spät.

Viel zu spät hatten wir mitbekommen, welchen Trick der Jademann noch auf Lager hatte. Wir waren abgelenkt worden, und er hatte seine Hand noch fester um den Dolchgriff geklammert und schließlich mit einem Ruck das Band von seinem Hals gelöst.

Das war sehr schnell geschehen. Suko, Ai-Fu-Tschi und ich kamen nicht dazu, irgendetwas zu unternehmen, denn der Jademann schleuderte seinen mit Blut gefüllten Dolch aus dem Handgelenk.

Und er traf.

Als wir den röchelnden Laut hörten, da wankte der

alte Ai-Fu-Tschi bereits. Und wir sahen mit Schrecken, dass der Jademann sehr genau gezielt hatte.

Der Dolch steckte in Ai-Fu-Tschis Hals!

Es waren Sekunden der Erstarrung, des Schreckens, die auch an uns nicht vorbeigingen. Und diese Zeitspanne nutzte der Jademann geschickt aus. Er bewegte sich sehr schnell, riss den Dolch aus der Halswunde und verschwand mit gewaltigen Sprüngen aus unserer unmittelbaren Nähe.

Wir hörten das grelle Lachen, und dieses Geräusch brachte uns zurück in die Wirklichkeit.

Ai-Fu-Tschi lag auf dem Rücken. Seine Arme hatte er ausgebreitet, aus der Wunde am Hals quoll dunkles Blut, und es wurde mit jeder verstreichenden Sekunde mehr aus der Ader gepumpt.

Mit einem Satz erreichten wir ihn, gingen neben ihm in die Knie und schauten uns die Leiche an.

Weder Suko noch ich glaubten, dass der Alte überleben würde, aber er spielte dem Sensenmann noch einen letzten Streich. Obwohl der Tod seine Schatten bereits über die verlöschenden Augen gelegt hatte, riss sich Ai-Fu-Tschi noch einmal zusammen und hob seinen Oberkörper an. Er wollte uns etwas sagen, öffnete den Mund, aus dem zwei dünne Blutfäden sickerten, und mit letzter Kraft stieß er einige abgehackte Worte hervor, die ich nicht verstand.

Suko jedoch hörte genau hin.

Und er nickte. Dann gab er eine Antwort, aber die konnte Ai-Fu-Tschi bereits nicht mehr hören. Er war tot. Die gebrochenen Augen des alten Mannes starrten in den grauen Himmel.

Langsam richtete sich mein Freund auf.

»Was hat er gesagt?«, wollte ich wissen.

»Dass wir es allein nicht schaffen.«

»Wer sollte uns helfen?«

»Die kopflose Prinzessin Li!«

Meine Augen wurden groß. Eine Kopflose sollte uns

hier zur Seite stehen und den unheimlichen Zauber vernichten? Das konnte ich einfach nicht glauben.

Ein paar Mal musste ich schlucken und hob auch die Schultern. Mehr schaffte ich nicht.

»Wir müssen ihn finden«, sagte Suko und wurde wie ich aufmerksam, als wir über uns die Rufe hörten.

Quen hatte geschrien. Auch für ihn und die anderen war eine Hoffnung zerbrochen. Sie hatten fest mit dem Alten gerechnet, nun mussten sie feststellen, dass die Gegenseite doch stärker geworden war.

Wir ließen ihn herankommen. Ich deutete auf die Leiche. Quen blieb stehen, er wurde blass.

»Dann ist unsere letzte Chance vertan«, sagte er.

»Noch leben wir.«

»Trotzdem.« Er schüttelte den Kopf. »Wie mir die Leute sagten, kannte nur Ai-Fu-Tschi die alten magischen Regeln. Ich habe sie nicht gelernt und kann deshalb nichts ausrichten. Ihnen wird es ähnlich ergehen.«

»Da bin ich mir nicht so sicher«, erwiderte Suko. Er bückte sich und nahm das kleine Stück Leder zwischen den Fingern des Toten weg.

»Wieso?«

»Erklären kann ich es schlecht, sagte der Inspektor. »Wir sollten abwarten, Quen.«

»Und was sage ich den Menschen?«

»Dass der Kampf bis jetzt unentschieden steht.«

Zweifel traten in Quens Blick. Dann fragte er: »Kann ich ihnen nicht helfen?«

»Nein. Wir haben von Ai-Fu-Tschi die nötigen Informationen bekommen, die uns vielleicht einen Sieg bringen.«

»Ich gönne ihn uns, wirklich!« Quen nickte uns zu, drehte sich und ging den Weg wieder zurück.

»Wo steckt der Jademann?« Suko hatte die Frage gestellt und den Nagel damit auf den Kopf getroffen. Nur er war wichtig, alles andere zweitrangig.

Unser Gegner konnte wieder zurück zu den anderen gelaufen sein. Das wäre die normalste Möglichkeit gewesen, denn dort hatte er die besten Chancen zu entkommen.

Er war auch zurückgelaufen, jedoch nicht bis in das Dorf. Zwischen uns und den zusammengebrochenen Häusern war er stehen geblieben, hatte seinen Körper gestreckt. Aus seinem Mund drangen dabei kehlige Laute, die an Vogelgezwitscher erinnerten. Weder Suko noch ich konnten etwas verstehen, was sich jedoch änderte, denn plötzlich schrie er Worte.

Und die verstand Suko. Flüsternd übersetzte er sie mir sinngemäß. »Er ruft die Geister der Finsternis an, denn er will die Seelen seiner Toten aus dem Jenseits holen.«

Ich begriff nicht sofort. »Welche Seelen?«

»Die der Diener. Das sind doch seelenlose Geschöpfe ...«

»Schon klar.«

Wir hätten ihn natürlich angreifen können, aber er hatte für Rückendeckung gesorgt, denn einige der Moorleichen umstanden ihn und schauten zum Hügel hoch.

Der Jademann umklammerte seinen geheimnisvollen Dolch. Wir sahen das Blut in seinem Innern schimmern, ein großer Tropfen schien in der Luft zu stehen, und dann sahen wir mit eigenen Augen den Erfolg dieser unheimlichen Beschwörung ...

Weit hinten, wo sich der gefährliche Sumpf ausbreitete, begann es. Dort lagen zwar noch immer die stinkenden Pestdämpfe über der braunen Masse, aber sie wurden plötzlich verdrängt.

Andere Schleier erhoben sich aus dem Pestmoor, die sich auch in der Farbe unterschieden.

Sie waren dunkel, fast schwarz!

Und wieder erinnerten sie mich an große Tücher, aber ich wusste genau, dass es keine Tücher waren, sondern die Geister der lebenden Moorleichen.

Sie blieben auch nicht ruhig, und der Wind trug ihr Heulen zu uns heran.

Ich bekam eine Gänsehaut, als ich die Laute vernahm. Wie das Wehklagen vergehender Ghouls hörte es sich an.

Die schwarzen Schleier trieben näher und näher. Sie wehten heran, als würden sie von unsichtbaren Händen gedrückt, und sie vereinigten sich über dem Dorf zu einem rasenden, tanzenden Wirbel.

Der Himmel hatte sich verdüstert. Es herrschte plötzlich ein seltsames Zwielicht. Immer mehr Geister stiegen aus dem Sumpf, trafen mit den anderen zu einem tanzenden Kreisel und schleuderten uns eine wahre Orgie aus Heulen, Pfeifen und Brausen entgegen.

Die Jenseitswelt hatte ihre Pforten geöffnet und schickte ihre Boten.

Hoch aufgerichtet stand der Jademann. Seine Arme hielt er geöffnet, als wollte er die Geister umfangen.

Er lockte sie.

Auch seine Diener waren unruhig geworden. Sie kreisten ihn nicht mehr ein. Als hätten sie für uns unhörbare Befehle erhalten, so setzten sie sich plötzlich in Bewegung und liefen auf das Dorf zu, um zu ihren Seelen zu gelangen.

Der Jademann stand allein.

War das unsere Chance?

Als ich Suko anschaute, da erkannte ich an seinem Gesichtsausdruck, dass er ähnlich dachte wie ich. Wir durften nicht mehr zögern und mussten den Jademann angreifen.

Ich nickte meinem Partner zu. »Los, Alter, den packen wir uns!«

Danach hielt uns nichts mehr.

Ohne uns zuvor abgesprochen zu haben, wusste jeder genau, was er zu tun hatte. Wir nahmen unseren Gegner in die Zange. Suko kam von rechts, ich hatte den linken Weg eingeschlagen. Auf unserem Weg nach unten ließen wir nie die Geister der Moorleichen aus den Augen. Sie wirbelten noch immer über dem Dorf und dachten nicht daran, uns zu attackieren.

Der Jademann schrie seine Beschwörung. Die mit Blut gefüllte Dolchklinge stach aus seiner Hand. Deutlich war sie zu sehen, da er die Arme sehr hoch erhoben hatte, und mich durchzuckte eine fantastische, wenn auch irre Idee.

Ich blieb plötzlich stehen.

Die Beretta schien mir von selbst in die Hand zu fliegen. Dabei hatte ich Mühe, meinen Atem und auch meine Nerven unter Kontrolle zu bekommen, denn vor mir lag eine so wichtige Aufgabe, dass ich auf keinen Fall zittern durfte!

Ich streckte den rechten Arm aus. In der Hand hielt ich die Beretta. Geladen war sie mit geweihten Silberkugeln.

Wir groß die Entfernung zwischen dem Jademann und mir war, konnte ich nur schätzen.

Zwanzig Yards vielleicht?

Ich stand in einer schrägen Linie zu ihm. Als ich kurz den Blick wechselte, entdeckte ich Suko, der sich geduckt hatte und auf mich schaute. Er hatte ebenfalls begriffen, was ich wollte, denn er nickte mir zu.

Ein Schuss musste reichen.

Das Heulen über dem zerstörten Dorf hatte noch mehr zugenommen. Ein grauenvolles Geräusch, ein hohes Pfeifen, Jaulen und Kreischen. Die Seelen der Moorleichen befanden sich in einem orgiastischen, wilden Zustand. Sie würden irgendwann ihre Kraft erreicht haben, um uns ebenfalls zu vernichten.

Ihre Vorboten trafen mich bereits.

Es war ein Windstoß, der überfallartig von oben kam, meinen Körper durchschüttelte und mir die Haare zerrupfte. Ich schwankte sogar etwas und konnte diesen heftigen Stoß nur mühevoll ausgleichen. Meine Augen wollten anfangen zu tränen, nur das nicht, denn dann würde ich sicherlich danebenschießen.

Das Heulen wurde zum Inferno.

Jetzt griffen die Geister an.

Noch mehr verdunkelte sich der Himmel, aber die Gestalt des Jademannes hob sich wie ein Schattenriss davor ab.

»Johnnnn!«

Das war Sukos Stimme. Er sah die Gefahr besser als ich, da ich mich auf einen Punkt nur konzentrierte.

Kein Zögern mehr, ich schoss!

Nicht nur einmal, sondern zweimal drückte ich ab. Die Feuerblumen vor der Mündung gingen ineinander über. Ich drückte mir selbst die Daumen, dass es klappte, zitterte und vernahm plötzlich einen gellenden Schrei. Gleichzeitig platzte die aus den Fäusten ragende Klinge des mit Blut gefüllten Jadedolchs auseinander, und über den Jademann ergoss sich ein roter Regen.

»Hervorragend!«, brüllte Suko, schnellte aus seiner geduckten Haltung hoch und jagte gegen die Kräfte des heulenden Geistersturms auf den Jademann zu.

Er wollte ihm den Rest geben.

Meine Sichtperspektive war nicht besonders, deshalb konnte ich nicht erkennen, wie es meinem Partner erging.

Suko hatte sich den Weg schon zuvor ausgesucht. Er nahm die kürzeste Strecke, lief im Zickzack und bekam mit, wie der Jademann seine Arme langsam sinken ließ.

Er bot ein grauenhaftes Bild!

Das Blut aus dem Dolch hatte sich über seinen Kopf ergossen, war dort natürlich nicht zur Ruhe gekommen, sondern hatte sich verteilt. In langen Streifen rann es über sein Gesicht, zog Muster über den stockigen Körper und der Lebenssaft des Erhabenen aus Jade kehrte seine Kräfte nun um.

Sie wandten sich gegen den Diener, der in den letzten Sekunden seines eigentlichen Todes noch die Mächte der Finsternis angerufen hatte. Das Blut zerstörte ihn!

Es riss Furchen in den Körper, grub die Haut des lebenden Untoten auf, als hätte jemand ein unsichtbares Messer genommen und tiefe Rinnen hineingeschnitzt.

Der Jademann wurde vernichtet.

Suko blieb stehen.

Gebannt schaute er zu und blickte nur kurz zur Seite, als er mich anlaufen sah.

Ich stoppte ebenfalls. Mein Atem ging keuchend. Um uns herum befand sich plötzlich eine Hölle aus jaulenden, tobenden und kreischenden Geistern. Sie hatten den Wind mitgebracht, der an unserer Kleidung zerrte, sie aufblähte, flattern ließ, und wir mussten uns breitbeinig hinstellen, um nicht umgerissen zu werden.

Der Jademann brach in die Knie.

Wo das Blut seine Spuren und Furchen hinterlassen hatte, da splitterte der Körper auseinander. Stücke fielen aus dem Gesicht, wir sahen die Skelettknochen und hörten gleichzeitig ein anderes Geräusch, das sogar noch den orkanartigen Wirbel über unseren Köpfen durchbrach.

Synchron hoben wir die Köpfe.

»Die Prinzessin!«, rief Suko.

Ja, das war sie. Oder vielmehr ihr Geist. Er musste aus den Tiefen der Dimensionen freigekommen sein, und wir sahen eine hell schimmernde Frauengestalt auf einem weißen Hirsch sitzen. Die Frau schwang ein grünlich schimmerndes Schwert aus Jade. Mit der linken Hand hielt sie einen Zügel umklammert, während sie die Rechte mit dem Schwert in einem weiten Boden führte.

Nur etwas unterschied sie von den anderen Frauen oder Personen.

Die Prinzessin Li hatte keinen Kopf mehr.

Wo er sich befand, wussten wir nicht, es spielte auch keine Rolle, denn das kopflose Geistwesen auf dem strahlend weißen Hirsch fuhr wie ein rächendes Gewitter in die tanzenden Geister der Moorleichen hinein.

Und sie räumte auf.

Wie eine Künstlerin schwang sie ihre Waffe, und die Klinge traf zielsicher die über der Stadt wirbelnde Geisterschar. Sie stach und jagte hinein, wir hörten entsetzte, irgendwie fern klingende Schreie, Blitze zuckten durch die rotierenden Kreise der tanzenden, schwarzen Geister, und die Klinge hieb diese nicht fassbaren Gestalten in regelrechte Fetzen, die verwehten und noch einmal jammernde Schreie ausstießen.

Uns aber schien die Prinzessin nicht zu sehen. Als das kopflose Geistwesen seine Aufgabe erledigt hatte, vernahmen wir dicht über uns ein gewaltiges Brausen, dann wischte etwas herbei und riss Suko das Stück Haut aus den Fingern. Als sich mein Freund von dem heftigen Schreck erholt hatte und den Kopf drehte, jagte die Prinzessin auf ihrem weißen Hirsch bereits den Wolken zu.

Als letzten Eindruck von ihr nahmen wir eine golden glänzende Spur wahr, als würden zahlreiche Perlen ihre Körperformen nachzeichnen. Dann hatte die Unendlichkeit sie erfasst und verschlungen.

Ihr Auftauchen und ihr Verschwinden blieben Suko und mir ein Rätsel.

Wir wandten uns dem Jademann zu.

Zu einem Skelett mit morschen Knochen war er geworden. Die einzelnen Stücke zerfielen, als wir dagegen traten.

Und seine Diener?

Es gab sie nicht mehr. Die Prinzessin Li hatte ihre Geister zerstört und damit auch den seelenlosen Körpern die Existenz geraubt.

Die Menschen atmeten auf.

Ein Jubelsturm umgab uns plötzlich. Die gesamte Einwohnerschaft, Quen an der Spitze, lief auf uns zu.

Mein Gesicht verzog sich zu einem Grinsen, als ich zu Suko sagte: »Das wärs dann wohl.«

»Und wie«, erwiderte mein Partner ...

Man würde das Dorf wieder aufbauen und die Seidenraupenkulturen neu züchten. Das alles wurde in den nächsten Stunden besprochen. Quen versprach, sich bei der Zentrale der Partei dafür einzusetzen, dass den Menschen die nötige Hilfe gewährt wurde.

Um uns kümmerte er sich nicht. Wir standen inmitten des zerstörten Dorfes und prüften den Boden. Er war hart und fest wie eh und je. Auch an den Stellen, wo die Häuser zusammengebrochen waren, hatte der Untergrund wieder seine normale Beschaffenheit angenommen.

Irgendwann erkundigte ich mich bei Quen, ob es nicht Zeit wäre, an unsere Rückkehr zu denken. Schließlich wurden wir in London erwartet, und wir hatten beide keine Lust, hier noch einen längeren unfreiwilligen Urlaub zu verbringen. »Wir müssen nach Shanghai«, sagte er. »Dort gibt es einen Flugplatz.«

»Zu Fuß?«

»Ich habe schon einen Boten losgeschickt«, erwiderte er lächelnd und bedankte sich noch einmal bei uns.

»Wofür?«, fragte ich. »Sie hätten es auch ohne uns geschafft.«

»Dessen bin ich mir nicht sicher. Schließlich waren Sie das auslösende Moment.«

»Und Sie müssen sich für ein Kidnapping verantworten, Quen.«

Da lächelte er nur und sagte: »England ist weit, Gentlemen ...«

Womit er verdammt Recht hatte. Auch uns stand noch eine weite Reise bevor, die wir wenige Stunden später antraten, als eine Abordnung aus Shanghai eintraf. In einem alten Militärwagen wurden wir zum Flughafen geschafft. Dort verabschiedete sich Quen von uns.

»Wer weiß«, sagte er, »vielleicht sehen wir uns noch mal wieder.«

»Aber nur in einem China-Restaurant«, erwiderte ich, drehte mich um und ging. Suko folgte mir. Beide hörten wir nicht, wie der Agent murmelte: »Die Wege des Großen Erhabenen aus Jade sind unergründlich und ebenso verworren wie die Fäden des Schicksals. Daran solltet ihr immer denken ...«

Werwolf-Terror in Soho

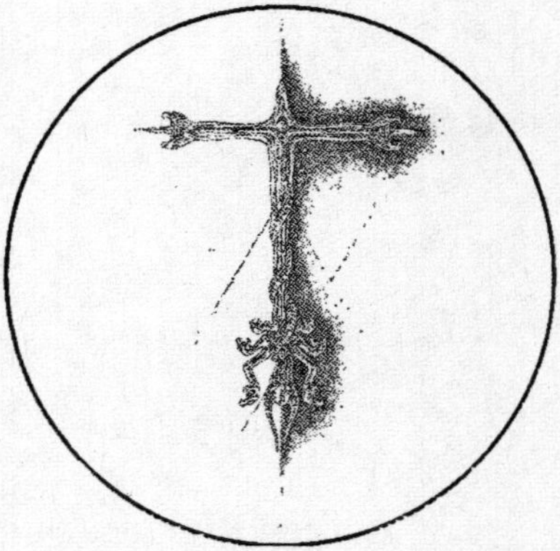

London im November!

Gerade diese Stadt hat eine besondere Beziehung zu dem zweitletzten Monat des Jahres, den man als den nebelreichsten bezeichnet. Und der Londoner Nebel ist ebenso berühmt wie die Tower Bridge oder der Buckingham Palace.

Regen! Dicke, schwere Wolken, ein bleigrauer Himmel, nie wird es richtig hell. Glänzende, vom Nieselregen genässte Straßen und die dicken, oft undurchdringlichen Nebelschwaden zwischen den Häusern und über den Dächern der Millionenstadt.

Wie lange Gardinen fallen sie in die Straßenschluchten, wallen, drehen sich, quirlen weiter und dämpfen den Lärm des Tages.

Nebel – ein Feind der Autofahrer, ein Freund der Gesetzlosen. Sie nutzen ihn aus, verschwinden wie Schatten in seinem dämmrigen Grau und narren die Polizei.

Aber nicht nur menschliche Verbrecher lieben den Nebel. Auch andere Geschöpfe nutzen seinen Schutz aus.

Zusammen mit einer stockfinsteren Nacht verbirgt er die Wesen, die normalerweise das Licht des Tages scheuen und auch allen Grund dazu haben.

Es sind die Diener der Finsternis, die unheimlichen Wesen aus den Tiefen der Dimensionen – Monster, Dämonen, Geister. Existenzen, die einer Menschheit den Kampf angesagt haben, die sie unterjochen wollen, um selbst die Führung zu übernehmen.

Ungeheure Machtmittel stehen ihnen zur Verfügung. Menschenleben zählen nicht, denn sie kennen nur ein Ziel – die absolute Herrschaft zu erringen.

Auch an diesem Abend waren sie wieder unterwegs, um einen fürchterlichen Plan in die Tat umzusetzen. Die finsterste Hölle schien sie ausgespieen zu haben, und doch benutzten sie, die artfremden Wesen, die Errungenschaften der Technik. Nur so konnten sie sich in den Kreislauf der Menschen einfügen, ohne allzu sehr aufzufallen, um dann, wenn ihre Zeit gekommen war, hart und erbarmungslos zuzuschlagen.

Und der Nebel deckte ihre Taten zu …

An diesem Dienstagabend war er besonders schlimm. Von den Ufern der Themse war er aufgestiegen, lautlos über die Wiesen gekrochen und hatte sich vom Nachtwind hinein in die City tragen lassen. Aus dem sowieso schon über der Stadt liegenden Dunst wurde eine graue, undurchdringliche Nebelsuppe, die selbst das Scheinwerferlicht der zahlreichen Autos aufsaugte wie ein Schwamm das Wasser.

Rushhour in London!

Für die meisten Menschen eine mittlere Katastrophe. Jetzt, wo der Nebel noch hinzukam, verdichtete sich die Katastrophe zu einem regelrechten Verkehrschaos.

Die doppelte bis dreifache Zeit brauchte der Autofahrer für seine täglich zu fahrenden Strecken, und dem Nebel schien es Spaß zu bereiten, die Nerven der Menschen auf die Probe zu stellen, denn er breitete sich weiter aus.

Zog in trägen, dicken Schwaden in Richtung Norden, ließ sich treiben und bedeckte bald die gesamte City von London. Er stoppte nicht, denn er wollte mehr, und die Themse war in diesem Fall eine unerschöpfliche Quelle.

Soho!

Berühmt und berüchtigt. Ein Ortsteil, den Touristen gern besuchen, weil sie einen gelinden Schauer verspüren, wenn sie durch die schmalen Straßen und Gassen wandern.

Man hielt das Image bewusst aufrecht, obwohl es von dem alten viktorianischen Soho nicht mehr allzu viel gab. Die moderne Vergnügungsindustrie hatte hier ihren Einzug gehalten. Peepshows, Porno-Shops, Erotik-Läden, Bars, Nepp-Kneipen, Pizzerias, China-Restaurants, dazwischen die kleinen Theater, die zahlreichen Kinos und Kabaretts, sie bildeten jetzt die bunte und farbige Kulisse dieses Stadtteils.

Ein Meer aus grellen, kolorierten Reklamewänden und zuckenden Leuchtstoffröhren, die entweder die Namen der Lokale weithin sichtbar machten oder in stilisierter Form zeigten, was dem Besucher dieser Schuppen dort geboten wurde.

Zumeist waren es leichte Mädchen, die einen Körper aus Leuchtstoffröhren hatten und zwischen deren grellen, geöffneten Lippen Sprechblasen hervorquollen.

Das alles bot Soho seinen Besuchern jeden Tag, über die späte Nacht hinaus bis in den frühen Morgen hinein.

Der Nebel veränderte alles.

Urplötzlich schuf er eine andere Atmosphäre. Er nahm Besitz von den schmalen Straßen, engen Gassen, er legte seinen grauen Schleier über die aufreizende Werbung, spielte mit den roten Leuchtreklamen und ließ sie aussehen wie in der Luft schwebende Blutflächen.

Die Geräusche wurden stark gedämpft. Konturen verwischten, Menschen wurden zu Schemen, das aus den Lokalen fallende Licht versickerte schon nach wenigen Schritten.

Touristen bekamen Angst!

Wenn der Nebel über Soho lag, dann war auf einmal etwas von der Atmosphäre zu spüren, die diesen Stadtteil so berühmt gemacht hatte. Da glaubten furchtsame Gemüter, dass hinter jeder Hausecke und düsteren Straße ein neuer Jack the Ripper lauerte, da flüchtete man dorthin, wo es heller war und das Licht ein wenig Schutz bot.

Wie lautlos heranrollende Ungeheuer wirkten die Fahrzeuge, die dicht hintereinander fuhren, sodass sie sich mit ihren Stoßstangen schon fast berührten.

Nur im Schritttempo ging es voran. Der Nebel verzerrte die Klänge der Autohupen zu unheimlichen Geräuschen, und wenn die Reifen über das nasse Pflaster rollten, dann schmatzten sie wie ein uralter Ghoul bei seiner makabren Mahlzeit.

Die Gefahr wuchs.

Lichtscheue Gestalten, sonst in tiefen Kellern oder Verstecken verborgen, erschienen wieder. Man fand sich, man traf sich. Für die folgende Nacht wurden die Coups genau ausbaldowert, und manches scharfe Messer lag bereit, um Tod und Elend zu säen.

Die grauen Schleier machten alle Menschen gleich. Und keiner hatte mehr die Zeit, auf irgendwelche Fahrzeuge zu achten. Jeder war mit sich selbst und vor allen Dingen mit dem Nebel beschäftigt, sodass diejenigen, die nicht gesehen werden wollten, das Wetter als ideal empfanden.

Dazu gehörten auch die Insassen des silberfarbenen Rolls-Royce. Ein toller Wagen, mit einem Motor versehen, der mehr einer flüsternden Stimme glich.

Lautlos rollte er dahin, tauchte ein in die Nebelschwaden und wurde von ihnen verschluckt. Hin und wieder, wenn der Wind den Nebel ein wenig aufgerissen hatte, war er wieder für einen Moment zu sehen. Ein zufällig am Straßenrand stehender Passant wunderte sich, dass die hinteren Fenster des Wagens trotz des Nebels durch Vorhänge verdeckt waren, denn hineinschauen konnte auch so niemand.

Der Wagen verschwand, und der Passant hielt ihn für einen Spuk. Wer mochte da unterwegs sein?

Es gab viele Möglichkeiten, doch auf die Wahrheit wäre der Mann nie gekommen.

Hinter dem Steuer saß eine Frau. Sie hatte ein schmales Gesicht, das von lockigen, blonden Haaren umrahmt wurde. Wer das Gesicht sah, hätte die Frau zu denjenigen weiblichen Personen gezählt, die genug Geld hatten, um den Tag in teuren Modegeschäften oder exklusiven Cafés zu verbringen. Wer allerdings so dachte, der täuschte sich und hätte lieber auf die Hände der Frau schauen sollen.

Es waren keine menschlichen Hände, sondern Pranken. Und sie gehörten einer Bestie – einem blutgierigen Geschöpf, einer Werwölfin.

Denn hinter dem Lenkrad des Rolls hockte keine Geringere als Lupina, die Königin der Wölfe!

Bereits seit einigen Tagen hielt sie sich in London auf und hatte geschickt ihre Fäden gezogen. Ihr Plan war so unvorstellbar, dass wohl kein mit einem gesunden Menschenverstand ausgerüstetes zweibeiniges Wesen ihn für durchführbar gehalten hätte.

Doch Lupina wollte es schaffen. Und sie brauchte diesen Wagen. Nicht weil er so auffällig war, sondern weil er

Platz bot. Denn Lupina saß nicht allein in dem Luxusfahrzeug.

Im Fond des Wagens hatte sich jemand zusammengekauert. Beim ersten Blick sah er aus wie ein großer Hund, doch wer genauer hinsah, der stellte fest, dass er keinen Hund vor sich hatte, sondern einen Wolf.

Lupinas Sohn!

Luparo hieß er. Früher hatte er auch schon unter dem Namen Orapul existiert. Die Königin der Wölfe hatte damals, als sie noch zur Mordliga gehörte, lange Zeit nach ihrem Sohn gesucht. Zahlreiche Irrwege lagen hinter ihr, bevor sie es endlich schaffte, Luparo zu finden. Aber jetzt war er da. Und sie hatte damals sogar einen Bruch mit der Mordliga riskiert, war zu einer Todfeindin von Solo Morasso geworden, der sie daraufhin auf die schwarze Liste gesetzt und ihr Lady X, die Vampirin, hinterhergeschickt hatte. Zu einer Rückkehr war Lupina nicht zu bewegen gewesen, also hatte Lady X zum letzten Mittel gegriffen und die Königin der Wölfe mit einer Garbe aus der Silberkugel-MPi getötet.

Alle hielten sie für tot, doch das stellte sich als Irrtum heraus. Lupinas Geist überlebte seltsamerweise. Etwas Ungeheuerliches war geschehen, ein Novum in der schwarzen Magie, denn ihr Geist vereinigte sich mit dem ihres Sohnes, und da in dessen Körper plötzlich zwei Seelen lebten, musste es zwangsläufig zu einer Spaltung kommen.

Es entstand eine neue Lupina!

Wer da seine teuflischen Hände mit im Spiel gehabt hatte, konnte nur geraten werden. Lupina selbst, die es nicht genau wusste, machte sich ihre Gedanken, und sie dachte an die Kreatur, die auch der Vater ihres Sohnes war.

Fenris, der Götterwolf!

Durch seine unvorstellbare Magie war es gelungen, Lupina wieder zum Leben zu erwecken, sodass sie jetzt eine Doppelexistenz führen konnte.

Davon wusste auch Lady X, ihre Mörderin.

Die Scott, wie die Vampirin mit bürgerlichem Namen

geheißen hatte, war natürlich konsterniert gewesen. Doch zu einer großen Auseinandersetzung zwischen den beiden war es nicht mehr gekommen, dafür lagen die Interessen zu gleich, aber sie hatten einen Burgfrieden geschlossen und gingen sich aus dem Weg.

Schließlich gab es für sie gemeinsame Gegner. Und da stand vor allen Dingen der Geisterjäger John Sinclair an der Spitze.

An ihn jedoch wollte Lupina vorerst nicht denken, sie musste ihren eigenen Plan verfolgen, der alles bisher da Gewesene in den Schatten stellte. Wenn es gelang, saß sie an den Schalthebeln der Macht. Dann war sie eine wahre Königin.

Der Nebel machte ihr überhaupt nichts aus. Im Gegenteil, er deckte wie gerufen ihre Pläne zu, und wem fiel schon ein Wagen im Nebel auf, der zudem fast von der gleichen Farbe war wie die grauen, in den Straßen hängenden Schleier?

Als sie an einer Ampel stoppte, drehte sie kurz den Kopf, sah ihren Sohn und streckte die Pranke aus. Sie wühlte sie in das herrlich dichte Fell des Tieres, und Lupina vernahm als Dank das satte Knurren aus dem Fond des Wagens.

Sie und ihr Sohn gehörten zusammen. Niemand würde es noch wagen, sie zu trennen.

Die Ampel schaltete um.

Ein zerfaserndes grünes Auge leuchtete innerhalb der Nebelschwaden. Nur allmählich konnten die Wagen starten, und der Rolls mit den beiden dämonischen Insassen rollte soeben noch bei Grün über die Ampel.

Dann verschluckte ihn wieder der Nebel.

Weit hatte Lupina nicht mehr zu fahren. Bei normalem Wetter eine Strecke von wenigen Minuten, doch in dieser Nebelsuppe brauchte sie die dreifache Zeit.

Den Treffpunkt hatte sie sich ausgesucht, und über ihr Gesicht glitt ein Lächeln, als sie daran dachte, dass der andere, der sicherlich schon im Lokal wartete, nervös und aufgeregt sein würde.

Sollte er …

Geisterhaft tauchte ein Hinweisschild auf. Es war zum Glück nicht zu hoch angebracht, und trotz des Nebels konnte Lupina die Schrift auf der Tafel lesen.

Gino's stand dort.

Nur wenige wussten, was sich hinter diesem Namen verbarg. Gino's gehörte zu den Toplokalen in London. Es war eine hervorragende Pizzeria mit gut gewürzten Gerichten und gepfefferten Preisen, sodass sich nur ein gewisses Publikum bei Gino einfand.

Und noch weniger wussten, dass Gino dieses Lokal nicht gehörte, sondern in Wirklichkeit Logan Costello, dem gefährlichen Mafia-Capo von Groß-London.

Eine Zufahrt führte zum Lokal.

Die Fenster waren erleuchtet, obwohl Lupinas Raubtieraugen von dem Gebäude selbst nichts sehen konnten. Aber die verschleierten hellen Lichter waren zu erkennen, und die Erinnerung an eine Waschküche wurde wach, wenn man die Nebelschwaden sah, die vor den Fenstern auf und nieder wallten.

Vor dem Haus, wo die hohen Bäume wuchsen, gab es einen kleinen Parkplatz.

Auf ihn lenkte Lupina den Rolls.

Die Reifen rollten über eine kleine Erhebung, zwei schwankende Windlichter markierten die Einfahrt, und dann sah die Werwölfin in den wallenden Schwaden der Nebel die abgestellten Fahrzeuge der Gäste. Für den Rolls gab es noch eine Lücke.

Sie lenkte das Gefährt nach links, rollte in die Lücke hinein und stellte den Motor ab.

»Wir sind da«, sagte sie nach hinten gewandt, stieg jedoch nicht aus, sondern duckte sich im Sitz zusammen.

Nun geschah etwas, das einen Beobachter in Erstaunen, wenn nicht in Angst und Schrecken versetzt hätte.

Lupina verwandelte sich.

Sie konnte diesen Prozess steuern und sorgte dafür, dass ihr Fell verschwand und einer leicht gebräunten Haut Platz schuf. Die Haare blieben, das Gesicht auch, niemand wurde mehr daran erinnert, eine Werwölfin, ein Geschöpf der Finsternis, vor sich zu haben.

Sie zog die bereitliegende Kleidung an und gab ihrem Gesicht mit ein wenig Schminke den letzten Schliff.

Dann stieß sie die Tür auf.

Einen Mantel hängte sie noch lässig über ihre Schultern. Der Wagenschlag schwang zu.

Zurück blieb Luparo als stummer, gefährlicher Wächter ...

Nebel in London!

Auch das noch. Aber wir hatten damit rechnen müssen, nachdem wir aus Shanghai zurückgekehrt waren. Ein sagenhaftes Abenteuer lag hinter uns. Wir hatten gegen die lebenden Leichen aus einem Pestsumpf gekämpft und den Geist einer kopflosen Prinzessin kennen gelernt.

Auf der Rückreise, die sich wegen der Zwischenlandungen über mehrere Stationen hinzog, hatten Suko und ich schon ein komisches Gefühl gehabt.

Deshalb entschlossen wir uns, die meiste Zeit zu schlafen. Den Vorsatz führten wir auch durch, ließen uns zu den Mahlzeiten wecken und schlossen ansonsten die Augen.

Natürlich atmete man auf, uns wieder gesund und munter im Yard Building zu sehen, besonders Shao war froh darüber, ihren Freund endlich in die Arme schließen zu können, doch Sir James, unser Chef, ließ den beiden für eine große Wiedersehensfeier keine Zeit. Zwei Stunden gab er uns, gegen 16 Uhr sollten wir wieder im Büro sein. Ein sehr dringender Fall lag an.

Worum es ging, das hatte uns der Alte nicht verraten.

Wir waren pünktlich. Über das Shanghai-Abenteuer sollte ich so schnell wie möglich einen Bericht verfassen, ansonsten konnte ich es vergessen. Der nächste Weg führte uns in den Keller des Yard Building. Dort liegen auch die Zellen für Untersuchungshäftlinge, und in einer Zelle wartete ein Mann namens Mario Ireland.

Er gehörte zu den Typen, die ich nicht mochte. Seine magere Gestalt steckte in einem viel zu weiten braunen

Anzug, das Gesicht zeigte einen verschlagenen Ausdruck, und die Augen wieselten hin und her.

Dieser Kerl hätte seiner Großmutter den letzten Cent ihrer Rente weggenommen, um sich dann zu verkrümeln.

Zudem stank er nach Pomade und einem widerlichen Rasierwasser. Bei einer Razzia war Mario Ireland aufgegriffen worden. Drei Tütchen Heroin fand man in seinen Jackentaschen. Genug, um ihn erst einmal einzulochen.

Und davor hatte er Angst. In den Knast wollte er aufgrund seiner schlechten Erfahrungen mit Gefängnissen auf keinen Fall, und so bot er Informationen an.

Informationen über einen Mann, bei dem Polizisten aufhorchten und glänzende Augen bekamen.

Logan Costello!

Jahrelang hatte die Polizei versucht, diesen Kerl zu erwischen, doch ihm war nie etwas zu beweisen gewesen. Er hatte es immer verstanden, sich geschickt im Hintergrund zu halten. Bei den normalen Yard-Beamten war auch bekannt, dass sich gerade Sir James Powell um Costello kümmern wollte, denn der Mafiaboss stand mit den Mächten in Verbindung, die Powells kleine Abteilung bekämpfte.

So war es kein Wunder, dass sich Sir James den Knaben selbst vorknöpfte. Dessen Aussagen waren sehr interessant. Unser Chef schaltete sofort und alarmierte uns, damit wir uns noch einmal anhörten, was der Knabe zu sagen hatte.

Es ging nur in zweiter Linie um Costello. Etwas anderes war viel wichtiger.

Costello besaß mehrere Wagen, unter anderem auch einen exklusiven Rolls-Royce. Und den hatte er verliehen. Und zwar an eine Frau. Mario hatte sie nie gesehen, aber ihren Namen gehört.

Lupina!

Er war ihm seltsam vorgekommen, und er hatte ihn gut behalten. Noch am selben Abend war er gefasst worden und konnte nun seinen Trumpf ausspielen.

Auch uns elektrisierte der Name!

Lupina gehörte zu unseren Todfeinden. Sie hatte dem Sensenmann ein Schnippchen geschlagen. Wie sie das genau geschafft hatte, wussten wir nicht, uns war nur bekannt, dass sie und ihr Sohn Luparo existierten, und das reichte.

Stellte sich die Frage, was Lupina vorhatte. Manchmal ist es von großer Bedeutung, wenn man eine gut funktionierende Organisation im Rücken weiß.

Uns genügte ein Anruf bei einer bestimmten Stelle, und so erfuhren wir das Kennzeichen des Rolls.

Eine stille Fahndung lief an. Alle verfügbaren Streifenwagenbesatzungen waren angewiesen worden, auf das Kennzeichen zu achten. Dann aber kam der Nebel.

Deshalb fluchte ich so auf das Wetter.

Das Gespräch mit Mario Ireland lag längst hinter uns. Suko und ich hockten im Bentley und gondelten durch London, denn wir waren von einer Nachricht aufgeschreckt worden.

Man hatte den silbergrauen Rolls in Soho gesehen!

Von der Victoria Street bis nach Soho ist es nur ein Katzensprung. Normalerweise. Aber nicht bei dieser verdammten Nebelsuppe, die in mehrschichtigen Schwaden alles bedeckte und den Verkehr fast lahm legte.

Wir befanden uns nördlich des Piccadilly Circus, aber noch nicht an der Oxford Street. Trotzdem steckten wir mitten im Trubel. Das heißt dort, wo Soho am urwüchsigsten ist. Nur sahen wir davon nicht viel, weil wir über die Straße schlichen und ich als Fahrer mich nur an den Heckleuchten der vor mir rollenden Wagen orientierte.

Lupina lag mir wie ein Klotz im Magen. Ich kannte ihre Raffinesse und Brutalität. Sie ging im wahrsten Sinne des Wortes über Leichen, wenn es ihre Pläne erforderten.

Und Leichen blieben immer zurück.

Allerdings fragte ich mich, welch einen Plan sie nun wieder ausgeklügelt hatte. Ich hoffte nur, dass wir ihn rechtzeitig genug vereiteln konnten.

Der Wagen war in Soho gesehen worden. Man hatte versucht, ihn zu verfolgen, und wir erwarteten praktisch jede Minute eine neue Meldung. Falls den Beamten das Fahrzeug im dichten Nebel nicht entwischt war. Das wäre fatal gewesen.

Suko, der links neben mir saß, schaute nur auf das Telefon. Er schien es hypnotisieren zu wollen, und ich schüttelte den Kopf. »Lass es sein, Alter, das meldet sich nur, wenn es Lust hat.«

»Vielleicht hat es jetzt Lust?«

Ich lachte. Doch nur kurz, denn der Apparat meldete sich tatsächlich. Damit hatte ich jetzt nicht gerechnet.

»Siehst du«, sagte Suko und hob ab.

Mithören konnte ich nicht, nur eine quäkende Stimme drang an mein Ohr, aber was sie sagte, war nicht zu verstehen.

Gespannt war ich auf Sukos Antwort und freute mich, als ich sie hörte. »Okay, bleiben Sie dran. Sicher, wir kommen hin.«

»Was war los?«

»Sie haben ihn noch«, erklärte Suko.

»Klasse. Und wo fahren sie hin?«

»Der Wagen befindet sich weiterhin in Soho. Zuletzt ist er in der Berwick Street gesehen worden.«

»Das ist nicht weit von uns.«

»Eben.«

Ich konnte auf der Straße bleiben und brauchte vorerst nicht ab. Wir wussten auch, dass eine blondhaarige Person den Rolls steuerte. Das konnte nur Lupina sein, denn sie allein hatte blondes Haar. Stoppen sollten die Kollegen den Rolls auf keinen Fall. Ich kannte Lupina. Die würde über die ahnungslosen Menschen kommen wie ein Unwetter. Da mussten wir hübsch vorsichtig sein.

Als ich wieder einmal stoppen musste, traf die nächste Meldung ein.

Diesmal meldete ich mich.

»Sir.« Die Stimme des Polizisten klang ein wenig nasal. »Wir haben leider Pech gehabt …«

»Sagen Sie bloß, dass er verschwunden ist.«

»Ja.«

»Shit!«

Nach meiner Antwort wusste der Mann nichts mehr zu sagen, bis ich schließlich fragte: »Wo haben Sie ihn zuletzt gesehen?«

Der Beamte erklärte mir den Standort. »Bleiben Sie da, wir kommen zu Ihnen.«

»Jawohl, Sir.«

Ich warf wütend den Hörer auf die Gabel. Suko hatte alles mitgehört. Er hob die Schultern. »Pech.«

»Dabei kann man ihnen bei diesem hundsgemeinen Nebel nicht einmal einen Vorwurf machen.«

Auch wir kamen vorerst nicht weiter. Nach einigen Minuten war ich es leid und mogelte mich an den Wagen vorbei. Diesmal genierte ich mich nicht, das Rotlicht zu benutzen, mit dem seit einiger Zeit der Bentley ausgerüstet war. Ich setzte die Warnleuchte auf das Dach. Dort wurde sie mittels eines Magnethafters gehalten.

Viel nutzte es nicht. Die sich vor uns befindlichen Wagen konnten kaum zur Seite gefahren werden, weil ihre Fahrer keine Lücke oder keinen Platz fanden.

Irgendwie schaffte ich es dennoch, mich durchzumogeln, und wir erreichten den Treffpunkt. Um besser erkannt zu werden, hatte der Streifenwagen Rotlicht eingeschaltet. Auf dem Dach drehte sich lautlos die Leuchte und schuf aus dem in unmittelbarer Nähe wallenden Nebel blutige Wolken.

Ich fuhr auf den Gehsteig und hielt. Als Suko und ich den Wagen verließen, kamen uns die beiden Beamten entgegen. Selbst im Nebel konnte ich erkennen, dass sie ein schlechtes Gewissen hatten.

Ich beruhigte sie, indem ich sagte: »Nun machen Sie sich mal keine Gedanken. Was Ihnen passiert ist, kann jedem zustoßen. Vor allen Dingen bei diesem Wetter.«

Sie nickten dankbar. Auf ihren Gesichtern zeichnete sich Erleichterung ab. Im Dienst zu versagen ist nie gut, doch wir alle sind Menschen und haben Schwächen.

Obwohl ich diese Ecke von Soho kannte, kam sie mir fremd vor. Dafür sorgte der Nebel, der sich einfach nicht wegwischen ließ. Er lag überall, quoll in jede Ritze, drängte sich lautlos durch Spalten und Risse.

»Und hier haben Sie ihn aus den Augen verloren?«, erkundigte sich Suko. Er war mit den beiden Polizisten ein Stück vorgegangen und kaum noch zu erkennen. Seine Stimme klang ebenfalls seltsam dumpf.

»Ja, Sir.«

Ich gesellte mich zu den drei Männern. Das Rotlicht erreichte mich nicht mehr. Es schien als sich drehender Blutfleck mitten in der Luft zu stehen.

Manchmal glitten Wagen über die Straße.

Wir hörten sie nicht. Gespensterhaft huschten sie an uns vorbei. Wenn Hupen erklangen, vernahmen wir das Geräusch nur gedämpft.

Die Bewegungen der Welt um uns herum schienen um die Hälfte langsamer abzulaufen als normal.

Wir entfernten uns von den parkenden Autos. Da die Polizisten den Rolls hier in der Gegend verloren hatten, musste es meiner Ansicht nach eine Seitenstraße oder ähnliches geben, das der Fahrer des Rolls als Fluchtmöglichkeit genutzt hatte.

»Hier zweigt keine Straße ab«, sagte einer der Beamten, als ich ihn darauf angesprochen hatte.

»Da ist ein Schild!« Suko hatte es entdeckt. Er war vor uns hergegangen und blieb nun stehen.

Auch wir stoppten.

Suko hatte seinen Kopf in den Nacken gelegt. Vor dem Schild, das auf einem Pfahl steckte, wallten die trägen Nebelschwaden. Es bereitete Mühe, die Schrift zu entziffern, schließlich schaffte es Suko, denn er hatte die besten Augen von uns.

»Gino's«, las er laut.

»Das ist ein Lokal. Eine Pizzeria«, erklärte einer der Polizisten. »Wir kennen es. Ein nobler Schuppen. Wenn Sie dort essen wollen, zahlen Sie das Dreifache wie in einer normalen Pizzeria.«

»Und wem gehört der Laden?«, wollte ich wissen.

»Eben diesem Gino.«

»Sie kennen ihn?«

Der Polizist nickte heftig. »Ja, Sir. Wir hatten mal einen Einsatz. Liegt ungefähr zwei Jahre zurück, da war der

Schuppen noch nicht so nobel. Gino hatte da Besuch von Typen bekommen, die einem gar nicht gefallen konnten. Sahen nach Mafiosi aus. Wir konnten nichts machen. Da wollte keiner seinen Mund aufreißen und reden.«

»Was geschah dann?«

»Einige Wochen später wurde das Restaurant umgebaut. Da waren sie schnell mit bei der Hand.«

»Und was vermuten Sie?«

»Die Mafia, Sir. Sie hat den Laden übernommen. Ist doch oft so in London. Die Spaghetti-Killer kümmern sich um ihre Landsleute, die hier Lokale eröffnen, und verlangen ›Schutzgebühren‹. So wird es auch dort sein.«

Ich schaute den Beamten an und nickte langsam. »Was Sie gesagt haben, ist gut.«

Er wurde direkt verlegen.

Suko schaltete schnell. »Denkst du an Logan Costello, John?«

»An wen sonst?« Es war leicht, auf Costello zu kommen. Die Aussagen des gefassten Kleindealers, die Frau im Wagen, die Lupina heißen sollte, das plötzliche Verschwinden des Rolls und jetzt dieses Lokal, das sich als Pizzeria entpuppte.

Da brauchte man nur zu addieren, und das Ergebnis lag auf der Hand.

Suko war ebenfalls meiner Ansicht. Er drehte schon ab und ging wieder zum Wagen zurück.

»Sollen wir hier bleiben, Sir?«, wurde ich gefragt.

Ich schüttelte den Kopf. »Nein. Ihr Einsatz ist beendet. Vielen Dank noch, meine Herren.«

»Für was?«

»Sie haben uns mit Ihren Aussagen einen ausgezeichneten Tipp gegeben. Im Nachhinein war es sogar gut, dass Sie den Wagen aus den Augen verloren haben.«

Die beiden Polizisten starrten mich aus so großen Augen an, dass ich unwillkürlich lachen musste. Wäre ich in ihrer Lage gewesen, ich hätte auch nichts begriffen …

Er lauerte im Rolls!

Zusammengeduckt hockte er im Fond dieses Luxus-Wagens. Da es dunkel war, verschmolz er mit dem Schatten des Wageninnenraumes. Nur seine Augen waren zu sehen.

Kalte Augen. Funkelnd, ohne Gefühl. An Diamanten erinnernd. Gelblich in der Farbe und ungemein klar.

Raubtieraugen …

Luparo konnte warten. Er besaß die Geduld eines Tieres. Tagelang konnte er an einem Fleck liegen, ohne sich zu rühren, aber wenn er dann explodierte, gab es Tote.

Das wussten die Wenigsten.

Auch nicht die beiden jungen Männer, die sich wie Schatten innerhalb der dunkelgrauen Nebelsuppe voranbewegten. Sie waren kaum zu hören. Erstens schluckte der Nebel die Geräusche ihrer Schritte, und zweitens trugen sie noch Schuhe mit Specksohlen, die ihnen von vornherein ein fast lautloses Laufen ermöglichten.

Die jungen Männer gehörten einfach zu Soho. Sie waren in diesem Stadtteil geboren, aufgewachsen und hatten hier ihre ersten Erfahrungen gesammelt.

Negative Erfahrungen. Diebstahl, Bandenunwesen, Schlägereien. Nicht immer hatten sie gewonnen, andere Banden waren stärker gewesen, und so hatten sie sich entschlossen, es auf eigene Faust zu versuchen. Sie bildeten ein Duo.

In der Branche hießen sie nur »The Safeties«. Die Sicheren. Und sie gingen auf Nummer sicher bei ihren Raubzügen. Spezialisiert hatten sie sich auf Autos. Allerdings nur auf Wagen der Luxusklasse, denn sie brachten noch etwas, wenn ihr Geschäftspartner sie in den Orient verschob. Zudem kannten die beiden Diebe genau die Plätze in London, wo man in aller Ruhe die Wagen stehlen konnte.

Den Nebel fanden sie natürlich stark. Sie hatten so lange gewartet, bis er sich über die Stadt legte, und waren dann losgezogen.

Obwohl sie wussten oder ahnten, dass hinter Gino's

die Mafia steckte, scheuten sie sich nicht, auch diesem Parkplatz einen Besuch abzustatten. Schon einmal hatten sie dort einen dicken Mercedes abschleppen können, der ihnen einiges eingebracht hatte.

Heute sollte es wieder so ein Wagen sein. Auch im Nebel kannten sie sich aus. Verlaufen konnten sie sich nicht. Man hätte ihnen noch zusätzlich die Augen verbinden können, es wäre auf das Gleiche hinausgelaufen.

Zusammen zählten sie vierzig Jahre. Der eine hieß Peter Light und trug sein Haar in Form eines Punkerschnitts. Er schmückte sich auch gern mit Orden und alten Ehrenabzeichen, bei seinen Raubzügen jedoch verzichtete er auf diesen Schmuck. Das Klirren des Metalls hätte ihn zu leicht verraten. Nur von seinen Ohrringen trennte er sich nicht. Es waren zwei goldene Reifen, die fast sogar die Schulter berührten.

Nummer zwei im Bunde hörte auf den Namen Slicky. Er war von der Körperlänge her der größere. Meist wirkte er leicht schlaksig. Das blonde Haar lag gescheitelt auf seinem Kopf, und wer ihn sah, hielt ihn kaum für einen Einbrecher, sondern eher für einen sympathischen jungen Mann. Zudem lächelte er viel. Ein Geburtsfehler, denn an seinem linken Mundwinkel war ein Nerv eingeklemmt.

Bewacht war der Parkplatz nicht, das wussten die beiden Diebe genau.

Als die Schatten der Bäume aus der grauen Suppe erschienen, blieben sie für einen Moment stehen. Slicky holte bereits das Einbrecherwerkzeug aus der Tasche. Er war der Mann mit den sensibleren Fingern, jedenfalls behauptete er das immer, und sein Kumpel hatte nichts dagegen, so blieb ihm die Aufgabe des Schmierestehens, während Slicky schnell und geschickt arbeitete.

Von der Seite her betraten sie den Parkplatz. Es raschelte kaum, als sie die Zweige eines ordentlich gestutzten Busches zur Seite drückten und sich freie Bahn verschafften.

Slicky setzte als Erster seinen Fuß auf den feuchten Asphalt, schaute sich witternd um und stieß einen Zischlaut aus. Für Peter ein Zeichen. Die Luft war rein.

Als die beiden Autoknacker einige Schritte gegangen waren, stolperten sie fast über den ersten Wagen.

Es war ein Rolls!

Slicky lachte leise. »Das wäre doch was für uns«, flüsterte er, während seine Blicke bereits über die Karosserie des silbergrauen Wagens glitten, auf dem der Nebel einen feuchten Film hinterlassen hatte. »Was meinst du denn?«

»Schau dir die Kiste genauer an.«

»Das mache ich auch.«

Slicky schlich um den Wagen herum. Er hatte so seine Tricks. Alarmanlagen erkannte er sehr schnell. Von außen war nichts zu sehen. Dann blieb er an der rechten Seite stehen und schaute durch die Seitenscheibe in das Innere.

Er musste sein Gesicht schon sehr dicht an das Fenster bringen, um überhaupt etwas erkennen zu können, denn die getönten Scheiben waren von innen beschlagen.

Es war schwer, etwas zu sehen.

Slicky ließ sich Zeit. Er war nicht nervös, denn er wusste Peter in seinem Rücken.

Sosehr er auch forschte, den Auslöser einer Alarmanlage konnte er nicht entdecken.

»Scheint sauber zu sein«, bemerkte er.

»Dann knack ihn.«

»Okay.«

»Weißt du, was mir aufgefallen ist?«, fragte Peter.

»Nein.«

»Die hinteren Scheiben sind durch Vorhänge verdeckt. Ob die irgendetwas zu verbergen haben?«

»Das können wir später feststellen. Erst einmal muss ich das Ding aufkriegen.«

»Warte, da kommt jemand!«

Slicky reagierte sofort. Er war schnell und geschmeidig. Zusammen mit seinem Kumpan tauchte er in die Deckung der Büsche und wartete dort ab.

Ein Pärchen hatte die Pizzeria verlassen. Die beiden schienen gut gegessen zu haben, denn sie lachten auf dem Weg zu ihrem Wagen. Da die Frau sich bei ihrem Mann eingehängt hatte, wirkte es so, als wären die zwei Personen miteinander verschmolzen.

Sie passierten den Rolls, ohne einen Blick zur Seite zu werfen. Ihr Wagen stand einige Yards entfernt. Wegen des Nebels war er kaum zu sehen.

Die Autoknacker achteten genau auf die Einstiegsgeräusche, dann durchdrang Licht den Nebel, und sie sahen in den beiden hellen Tunnels die Wolken quellen.

Rückwärts fuhr der Wagen aus der Lücke. Eine kurze Wende, dann rollte er lautlos vorbei. Es war ein Rover.

Eine Minute gaben die Diebe noch zu. Danach lösten sie sich aus ihrem Versteck, und Slicky machte sich an die Arbeit. Er nahm sich die Beifahrertür vor.

Rolls-Schlösser kannte er. Wieder einmal kam ihm seine Lehre als Feinmechaniker zugute. Er wusste genau, wie er die Dinger aufbekommen konnte, und das richtige Werkzeug besaß er ebenfalls.

Er hatte sich hingekniet. Kaum ein Geräusch war zu hören, als er an dem Schloss herumwerkelte.

Und doch waren die beiden längst bemerkt worden. Im Innern des Autos hatte ein tödliches Raubtier mit kalten, gelben Augen längst seinen Kopf angehoben.

Luparo lauerte …

Davon ahnten die Autoknacker nichts. Peter stand Schmiere, und Slicky arbeitete mit ruhigen Händen, denn er fühlte sich völlig ungestört und sicher.

»Wie läufts?«, fragte Peter flüsternd.

»Nicht gut.«

»Wieso?«

Slicky lachte leise. »Ich wollte eigentlich meinen Rekord einstellen, das gelingt mir nicht.«

»Hauptsache, du kriegst die Kiste auf.«

»Das will ich doch meinen.«

Noch eine Minute mussten sich beide in Geduld fassen. Dann war es so weit, und Slicky pfiff durch die Zähne. Es war ein besonderer Pfiff. Das Siegeszeichen.

»Alles klar«, meldete er.

Peter erschien wie ein Schatten. Neben Slicky blieb er stehen, der dabei war, sich zu erheben und das Besteck wieder in das Tuch zu rollen, damit er es wegpacken konnte.

»Sie können einsteigen, Sir!«, sagte er zu seinem Freund.

»Danke.« Peter verbeugte sich. »Wollen Sie nicht die Tür öffnen, Charles?«, erkundigte er sich im nasalen Tonfall eines hochherrschaftlichen Lords.

»Das machen Eure Majestät mal lieber selbst.«

»Kein Benehmen mehr, das Personal heute.« Peter streckte den Arm aus und fasste an den Griff. Kühl fühlte er sich auf seiner Haut an. Er probierte ein wenig, und dann zog er die Tür auf.

Kein Laut entstand. Sie war gut geölt. Ledergeruch und der Duft von edlen Hölzern strömten dem sich bückenden Peter entgegen.

Aber da war noch etwas anderes.

Peter zögerte und zog die Nase hoch. Er war schon in mehrere Rolls eingestiegen, den Geruch empfand er als erotisierend, wie er mal gesagt hatte, aber hier störte ihn etwas.

Da war noch was ...

»He, was ist?«, fragte Slicky. »Willst du auf einmal nicht mehr?«

»Doch, doch – nur ...«

»Sag schon. Du machst mich nervös.«

Peter blieb in seiner geduckten Haltung. Er drehte nur den Kopf, als er seinen Freund anschaute. »Riechst du nichts?«

»Nein.«

»Dann beug mal deinen Schädel in den Wagen, da wirst du es schon merken.«

Die beiden lösten sich ab. Slicky hatte das Besteck weggesteckt, seine Hände waren frei. Er stützte sich auf die seitliche Sitzkante, streckte seinen Kopf vor, schnüffelte, drehte auch das Gesicht, schaute in den Fond und sah die Bewegung.

Für die Dauer von einer Sekunde schien er regelrecht einzufrieren. Ein Mensch war es nicht, der im Fond lauerte, der sah anders aus und hatte auch nicht solche Augen.

Es gab nur eine Möglichkeit.

Ein Hund!

Schon hörte er das Knurren, in das sich zusätzlich ein heiseres Fauchen mischte.

Und dann wuchtete sich der Körper vor, wurde übergroß vor Slickys Augen, der rasende Angst bekam und einen Schrei des Entsetzens ausstieß …

Als die Frau das Lokal betrat – den Mantel hatte sie an der Garderobe abgegeben –, bekamen einige der anwesenden Männer Stielaugen. Die Blonde war eine Wucht.

Und wie sie sich bewegte.

Das war schon fast künstlerisch zu nennen. Dieser Gang, dieses Schreiten, so manches Mannequin konnte sich davon eine Scheibe abschneiden. Die hochgereckten Schultern, die ihre Bewegungen ausglichen, das Lächeln auf dem Gesicht und die seltsamen Augen, die eine grüngelbe Farbe hatten und deshalb besonders auffielen.

Da hielten wirklich einige den Atem an.

Und auch Lester del Roy, denn ihm allein galt der Besuch dieser Frau. Er hatte sich mit ihr verabredet und einen Tisch in einer kleinen Nische reservieren lassen.

Kaum hatte er seine neueste Eroberung entdeckt, als er den Stuhl zurückschob, das Jackett seines dunkelblauen Blazers glatt strich und sich erhob.

Lupina lächelte. Und sie lächelte nur ihn an, den dunkelhaarigen Mann mit dem Oberlippenbart und den breiten Schultern. Dieses Lächeln, das nur Lester del Roy galt, machte ihn sehr stolz. Sogar eine gewisse Röte schoss in seine Wangen, und er atmete tief durch. Der dreiunddreißigjährige Mann fühlte sich plötzlich wie ein Primaner bei seinem ersten offiziellen Rendezvous in der Tanzschule.

»Lavinia, ich freue mich, dass Sie gekommen sind«, begrüßte er sie und streckte seine Arme aus, um mit seinen Händen die ihren zu umfassen.

Lupina hatte natürlich nicht ihren richtigen Namen verraten. Lester del Roy kannte sie nur unter Lavinia. Mehr nicht. Keinen Zunamen.

Er hatte ihr einen Stuhl zurechtgerückt, und Lupina nahm lächelnd Platz. »Haben Sie lange warten müssen, Lester?«, erkundigte sie sich.

»Nein, nein, bei diesem Nebel freut es mich sowieso, dass Sie überhaupt gekommen sind.«

»Ich halte meine Versprechen eben«, erwiderte die Königin der Wölfe lächelnd. »Immer«, fügte sie hinzu und schaute dem Mann tief in die Augen, der abermals von dem Blick gebannt wurde.

Lester bekam einen trockenen Hals. Was diese faszinierenden Augen alles versprachen, und wenn das einmal eintraf, dann …

Seine Fantasien und Gedanken wurden unterbrochen, als der Ober an den Tisch trat, sich entschuldigte und die Speisekarte reichte. Er fragte auch nach den Getränkewünschen.

Lupina bestellte eine Karaffe Wein. Einen aus der Toskana importierten. Nachdem der Ober gegangen war, drehte sie sich und schaute sich im Lokal um.

»Nett ist es hier«, sagte sie.

»Ja, es gefällt mir auch.«

»Vor allen Dingen isst man hier ungestört. Die Aufteilung der Nischen ist gelungen. Und das dunkle Holz zu den helleren Wänden mit den Malereien darauf finde ich auch gut.«

»Mich hat es ebenfalls beeindruckt.«

»Dann sind Sie schon des Öfteren hier gewesen?«, lächelte Lupina. »Wahrscheinlich mit einigen Frauen, die …«

Lester del Roy legte eine Hand dorthin, wo das Herz unter der Brust schlägt. »Ich gebe Ihnen mein Ehrenwort, Lavinia, das ist der zweite Besuch. Beim ersten Mal hat es mir so gut gefallen, dass ich beschlossen habe, zurückzukehren. Ich war damals übrigens allein hier.«

»Nicht mit der Queen?«

Lester lachte. »Sie sind meine Queen.«

Der Ober kam und brachte den Wein. Er stellte auch warmes Stangenbrot und Butter auf den Tisch.

Lavinia und Lester prosteten sich zu. Sie tranken auf

den Abend und hofften, dass der Nebel verschwunden sein würde, wenn sie das Lokal verließen. Danach suchten sie die Gerichte aus. Beide entschieden sich für eine italienische Fischsuppe als Vorspeise, danach wollten sie die Spaghetti à la Gino probieren, die auf der Karte als eine kleine Gaumenfreude angekündigt wurden.

»Die Fischsuppe ist übrigens ausgezeichnet«, erklärte Lester. »Nur aus frischen Meerestieren.«

Lupina legte die Speisekarte zur Seite. »Ich lasse mich überraschen.«

»Darf ich Sie etwas fragen?«

»Gern.«

Lester del Roy drehte sein Glas zwischen den kräftigen Fingern. »Mich wundert es, dass eine Frau wie Sie unverheiratet ist. Oder nicht wenigstens einen Freund hat, der ihr alles kaufen kann. Pelze, Autos, Schmuck. Sie wissen selbst, dass Sie faszinierend aussehen …«

Da lachte Lupina. »Hören Sie auf, Lester. Nein, nein, so ist es nun wirklich nicht.«

»Doch.« Er nickte heftig.

»Vielleicht habe ich den Richtigen noch nicht gefunden.«

Lupina streckte ihren Arm über den Tisch und fasste nach der Hand des Mannes. Über eine Kerzenflamme hinweg trafen sich ihre Blicke, und was Lester in den Augen der Frau las, war ein Versprechen, die Nacht gemeinsam zu verbringen. So viel Erfahrung besaß er, um dies zu erkennen.

Er ahnte allerdings nicht, mit wem er zusammensaß und welche Pläne dieses Wesen vor ihm verfolgte. Lester sah in Lavinia nur die Frau, nicht das Raubtier.

Ohne ihre Hand loszulassen, fragte er: »Was machen Sie eigentlich beruflich, Lavinia?«

»Ist das so interessant?«

»Für mich schon. Ich will viel von Ihnen wissen, eigentlich alles, verstehen Sie?«

»Natürlich, das begreife ich, aber …« Sie hob die Schultern. »Ich arbeite in einem Kaufhaus.«

»Gut. Als was?«

»Raten Sie mal.« Sie griff zum Weinglas und nahm einen winzigen Schluck von dem Roten.

»Mode, Kosmetik?«

»Eines von den beiden ist richtig.«

Lester reichte ihr den Korb mit dem warmen Weißbrot. »Ich würde mehr auf Mode tippen.«

Lupina nahm eine Scheibe Brot. »Wieso?«

»Weil die Mädchen in den Kosmetik-Abteilungen wie Malkästen durch die Welt laufen.«

»Das ist aber kein Kompliment für die Kolleginnen.«

»Aber eine Tatsache.« Auch Lester nahm Brot und bestrich es mit der gesalzenen Butter.

»Und Sie?«, fragte Lupina. »Macht Ihnen Ihr Job Spaß?«

Lester hob die Schultern. »Manchmal ist es hektisch, dann wieder langweilig.«

»Aber Sie sehen die Queen oft?«

»Sicher. Und nicht nur sie. Auch die Familie.«

Lupina schluckte einen Bissen Brot herunter. »Sagen Sie mal ehrlich. Ist Lady Di tatsächlich so nett, wie die Zeitungen immer schreiben? Sie müssten es wissen.«

»Noch netter, Lavinia.«

»Ehrlich?«

»Ja. Lady Di ist völlig natürlich geblieben.«

»Was man von den übrigen Mitgliedern der Familie wohl nicht behaupten kann.«

»Das haben Sie gesagt, Lavinia.«

»Das weiß ich aus Zeitungen.«

»Lesen Sie viel?«

»Ich komme kaum dazu. Ihnen wird es da anders gehen, als einem Mann der königlichen Leibwache.«

»Das sagen Sie mal nicht. Wir sind ganz schön durcheinander gewürfelt worden, als vor kurzer Zeit jemand in das Schlafzimmer der Queen eingedrungen ist. Das war eine haarige Sache, kann ich Ihnen sagen. Ich hatte zum Glück dienstfrei, sonst stünde ich jetzt auf der Straße. Kollegen von mir ist es so ergangen.«

»So hart sind die Sitten?«

»Und wie.«

»Aber der Mann hat doch nichts getan.«

»Das nicht. Er hätte aber etwas tun können. Allein diese Vorstellung reichte, um einige Vorschriften zu ändern.«

»Und Sie haben alles überstanden?«, erkundigte sich Lupina. »Ohne irgendwelche Blessuren?«

»Zum Glück. Ich bin sogar aufgestiegen.«

»Ja? Kann man das?«

»Klar.« Lester lächelte über die angebliche Unwissenheit dieser Frau. »Man hat mich zu einem Gruppenführer ernannt.«

Sie ließ Lesters Hand plötzlich los und klatschte wie ein kleines Kind, wobei ihre Augen seltsam funkelten. »Toll, wirklich toll. Da darf man Ihnen nur gratulieren.«

Lester wurde rot. Er rutschte vor Verlegenheit auf seinem Stuhl hin und her. »So dürfen Sie das nicht sehen, Lavinia. Was ist das schon? Es gibt unzählige Männer, die mehr sind als ich.«

»Vielleicht, aber niemand ist der Queen so nahe. Als Außenstehender, meine ich.«

»Das gebe ich allerdings zu.«

Die Fischsuppe wurde serviert. Der Ober brachte sie auf einem kleinen Wagen. Er schob ihn heran. Eine große silberne Schale stand bereit. Der Deckel war ebenfalls aus Silber und wurde nun abgehoben.

Der herrliche Duft strömte den beiden entgegen. Lester bekam glänzende Augen. »Das ist fantastisch«, lobte er.

»Darf ich dann servieren?«, erkundigte sich der Ober. Er trug eine rote kurze Jacke und eine schwarze Hose mit messerscharfen Bügelfalten.

»Wir bitten darum.«

Zuerst bekam Lupina etwas. Die Suppe war heiß, über der Oberfläche lag ein feiner Dampfstreifen. Auch die gewärmten Teller konnte der Ober nicht mit bloßen Händen anfassen. Er schützte sie mit einem weißen Tuch.

Wenig später aßen die beiden.

Nach den ersten Schlucken nickte Lupina anerkennend. »Die ist wirklich ausgezeichnet«, erklärte sie.

»Ja, sehr.«

Es war von einem großen Vorteil für sie, dass sie sich benehmen konnte wie ein normaler Mensch. Dies spielte sie nun voll aus, während sie in Gedanken weiter weg war. Sie dachte an die Zukunft und damit auch an den vor ihr sitzenden Mann.

Er war reif!

Und er war ihr voll in die Falle gegangen, denn gerade ihn hatte sie sich ausgesucht.

Sie aßen, lächelten, und Lupina erwiderte die etwas forschenden Blicke des Mannes. Unter dem Tisch hatte er sein Bein ausgestreckt. Es kam zu Berührungen, denen Lupina nicht auswich, im Gegenteil, sie verstärkte den Druck von ihrer Seite und gab Lester somit ein Signal, dass sie einverstanden mit seinen Gedanken war.

Als Lester del Roy die Hälfte der Fischsuppe gegessen hatte, legte er den Löffel zur Seite. »Wissen Sie eigentlich, Lavinia, dass Sie wunderbare Augen haben?«

»Ach, hören Sie auf ...«

»Hat Ihnen noch niemand dies gesagt?«

»Doch – schon ...« Sie wand sich ein wenig, spielte die Verlegene. »Ich finde, es ist übertrieben.«

»Nein, nein.« Bestimmt schüttelte der Mann den Kopf. »Nichts ist übertrieben. Gar nichts. Ihre Augen sind von einer Faszination, wie ich sie noch nie erlebt habe. Glauben Sie mir. Diese Farbe ist und muss einfach einmalig auf der Welt sein.«

»Bitte, nun übertreiben Sie.«

»Darf ich noch nachfüllen?« Die Stimme des Obers unterbrach ihr Zwiegespräch. Lupina war froh darüber. Sie wollte den Dialog sowieso auf ein anderes Thema lenken.

»Gern«, erwiderte sie schnell. »Die Suppe ist so ausgezeichnet, dass das Hauptgericht kaum besser sein wird.«

»Da täuschen Sie sich mal nicht«, erklärte der Ober. »Sie werden von dem Hauptgericht ebenfalls überrascht sein. Das kann ich Ihnen versichern, Madam.«

»Da bin ich gespannt.«

Der Ober wechselte die Teller aus. Noch einmal konnten sie kräftig zulangen. In der Schale war die Suppe zudem heiß geblieben. Lupina fragte: »Wann müssen Sie denn morgen wieder anfangen?«

»Um achtzehn Uhr.«

»Was? Dann erst?«

»Ja. Dafür habe ich in der Nacht keine Zeit.«

Die Werwölfin lachte. »Dann müssen Sie den Schlaf der Queen überwachen.«

»So ist es.«

»Und wo befinden Sie sich da?«

Lester del Roy runzelte die Stirn. »Eigentlich dürfte ich es Ihnen nicht verraten. Es ist streng verboten, über diese Betriebsgeheimnisse zu plaudern, wissen Sie.«

»Halten Sie mich denn für einen Einbrecher?« Lupina legte den Löffel zur Seite, produzierte einen erstaunten Ausdruck auf ihr Gesicht und schüttelte den Kopf. »Also, das verstehe ich nicht ...«

Der Mann wand sich. »So schlimm ist es auch nicht. Natürlich weiß ich, dass Sie kein Einbrecher oder Attentäter sind, aber die Vorschriften besagen nun mal, dass ich nicht darüber reden darf.«

»Ich möchte auch nur wissen, ob Sie sich innerhalb des Buckingham-Palastes aufhalten oder draußen.«

»Innerhalb.«

Lupina hatte sich ausgezeichnet unter Kontrolle. Sie zuckte nicht zusammen, obwohl sie innerlich triumphierte. Es lief besser, als sie angenommen hatte.

»Aber das Schlafzimmer lassen Sie in Ruhe«, spann sie den Faden weiter fort und lachte dabei, womit sie dem weiteren Gespräch eine etwas heitere Note geben wollte.

»Da kommt niemand rein.«

»Auch nicht der Prinzgemahl, wenn ich recht aus den Zeitungen informiert bin.«

Lester del Roy hob die Schultern. »Ich weiß es nicht genau. Reporter sind ja immer schlauer.«

»Wo müssen Sie sich denn aufhalten? Dürfen Sie auch durch die Gänge streifen?«

»Nur in einem bestimmten Bereich des Palastes. Es gibt eben Räume, die gehören zu den privaten Tabu-Zonen der königlichen Familie. Ist ja auch verständlich.«

»Sicher.« Lupina nickte.

»Erzählen Sie doch einmal etwas von sich«, forderte Lester del Roy seine Begleiterin auf.

Lupina hob die Schultern. »Was soll ich da sagen? Ich arbeite in einem Kaufhaus, muss viel stehen, und es gibt immer Hektik. Wie bei der Pamela Ewing aus Dallas.«

»Sie sind Einkäuferin?«

»So ähnlich.« Nach dieser Antwort kippte Lupina den Teller und aß den letzten Rest Suppe.

Auch Lester del Roy hatte seinen Teller geleert. Aufatmend setzte er sich zurück und reinigte seine Lippen mit der Serviette. »Jetzt bin ich mal auf das Hauptgericht gespannt.«

»Ob wir das noch schaffen?«

Lester lachte. »Wir müssen, Lavinia, wir müssen.« Er griff zum Weinglas und prostete seiner neuerworbenen Flamme zu. »Allerdings könnten wir eine längere Pause einlegen. Soll ich es dem Ober sagen?«

»Das wäre mir recht.«

Der Mann war soeben an den Tisch getreten, um abzuräumen. Er hatte Verständnis für den Wunsch.

Lupina aber hörte überhaupt nicht, was die beiden Männer miteinander besprachen. Ihre innere Glocke hatte plötzlich Alarm geschlagen. Ein seltsames Kribbeln legte sich auf die Haut, sie empfing die Ströme ihres Sohnes.

Gefahr!

Luparo befand sich in Schwierigkeiten!

Dies und nichts anderes hatten ihre Sinne vernommen. Sie musste etwas tun, der Plan schien plötzlich gefährdet zu sein, und mit einem heftigen Ruck sprang sie von ihrem Platz hoch, während die Pupillen ihrer Augen auf einmal in Flammen zu stehen schienen …

»Ist das eine Kriecherei«, beschwerte sich Suko. »Da kann man hinspucken, und wie lange fahren wir?«

»Ich habe die Minuten nicht gezählt.«

»Denkst du ich?«

Wir rollten über einen Weg, der in keinem Stadtplan Londons eingezeichnet war. Es war die Zufahrt, die zu der Pizzeria hinführte. Unbekanntes Terrain für uns, deshalb waren wir so vorsichtig und rollten noch langsamer.

Endlich sahen wir Lichter.

Wie Flecken schimmerten sie innerhalb der Nebelsuppe. Es mussten die erleuchteten Fenster des Lokals sein. Da sie dicht nebeneinander lagen, sah es so aus, als würden die Lichter eine verwaschene Linie in den dunkelgrauen Nebel zeichnen.

»Es müsste doch auch einen Parkplatz geben«, meinte Suko. Er hielt nach einem Schild Ausschau und entdeckte eins.

»Hast du es gefunden?«, fragte ich.

»Ja. Du musst nach links.«

»Okay.«

»Halt mal!«

Sukos Stimme hatte scharf geklungen. Ich tippte auf das Bremspedal, und der Inspektor stieß den Wagenschlag auf. Er neigte sich aus dem Fahrzeug und lauschte.

Auch ich spitzte meine Ohren.

Und beide vernahmen wir die wütenden Schreie, die, durch den Nebel gedämpft, an unsere Ohren drangen …

Lester del Roy verstand die Welt nicht mehr. Durch das heftige Aufspringen seiner Partnerin war er von einem Augenblick zum anderen aus dieser herrlichen Stimmung gerissen worden. Die Frau stand vor dem Tisch, hatte ihre Hände auf die Platte gestützt und schien innerhalb von Sekunden einen inneren Umschwung erlebt zu haben, denn sie zitterte, als hätte jemand kaltes Wasser über sie gegossen. Dabei hatte sich die Farbe ihrer Pupillen noch mehr intensiviert, das seltsame Grüngelb konnte man als schockfarben bezeichnen, und das Gesicht der Frau zeigte einen harten, verschlossenen Ausdruck.

Auch Lester erhob sich. »Was ist denn los?«, erkundigte er sich mit besorgter Stimme.

»Nichts, gar nichts ...«

»Wieso? Du bist doch ...«

Sie schüttelte den Kopf. »Lass mich!« Auch sie ging zum Du über und hob die Hand, wobei sie die Finger spreizte, deren Kuppen über die nasse Stirn strichen.

Lester hielt noch immer seine Tuch-Serviette fest. Jetzt legte er sie zur Seite und kam mit zögernden Schritten um den Tisch herum. Er fasste ihren Arm an, und sie ließ es geschehen. »Ist dir nicht gut, Lavinia, geht es dir schlecht?«

»Nein, nein – eigentlich ja.« Sie schaute ihn an. »Nur eine momentane Schwäche. Der Tag heute war wohl ein wenig zu viel für mich. Ich muss mich erholen.«

»Sollen wir nach draußen gehen?«

Als der Mann diese Frage stellte, da triumphierte die Werwölfin innerlich. Genauso hatte sie es sich vorgestellt. Jetzt brauchte sie nicht den Vorschlag zu machen. Sie konnte sich gut aus der Affäre ziehen.

»Ich glaube nicht, dass ich das Hauptgericht noch zu mir nehmen kann. Verstehe das bitte richtig, aber ...«

»Natürlich, Lavinia, das ist mir klar. Warte, ich begleiche nur die Rechnung.« Auf einen Wink kam sofort der Ober herbei, der sie bedient hatte.

»Bitte die Rechnung!«

»Aber Sie haben ...«

»Meine Begleiterin fühlt sich nicht wohl«, erklärte Lester mit drängender Stimme und einem kurzen Seitenblick auf Lavinia. »Können Sie sich vielleicht beeilen?«

»Natürlich, Sir. Einen Moment, es wird sofort erledigt.« Der Ober wandte sich ab. Auf einem Taschenrechner addierte er, bevor er alles noch einmal aufschrieb.

Die Preise waren gesalzen. Lester zahlte, ohne mit der Wimper zu zucken.

Lupina spielte ihren Part ausgezeichnet. Sie gab sich erschöpft, krank und hielt sich an der Stuhllehne fest. Als der Ober den Mantel brachte, nickte sie dem Mann dankbar zu, der ihr zudem noch in das Kleidungsstück hineinhalf.

Lester del Roy bedankte sich bei ihm für die freundliche Bedienung und reichte Lupina den Arm. Gemeinsam durchquerten sie das Lokal und gingen zum Ausgang.

Lupina drängte sich eng an ihren Begleiter. Ihr Gang war schleppend. Sie hatte Mühe, sich zurückzuhalten, denn in ihrem Gehirn überschlugen sich die Warnsignale.

Lupina stand in geistigem Kontakt zu ihrem Sohn. Und da war etwas passiert, jemand hatte Luparo aufgeschreckt.

Als sie das eigentliche Restaurant verlassen hatten, mussten sie noch durch eine kleine Halle gehen.

Ein Mädchen öffnete ihnen die Tür.

Lester bedankte sich mit einem Kopfnicken, während Lupina starr geradeaus schaute.

Dann traten sie in die Dunkelheit und den Nebel. Drei Stufen führten nach unten.

Sie hatten kaum die oberste berührt, als Lester del Roy von der Aktion seiner Begleiterin überrascht wurde. Lupina riss sich kurzerhand los und verschwand.

Der Nebel verschluckte sie wie ein Geist.

Zurück blieb ein fassungsloser Lester del Roy …

Slicky konnte es nicht fassen!

Er und sein Freund hatten den Rolls leer geglaubt, doch in diesen Augenblicken wurden sie eines Besseren belehrt. Der schwarze Körper wuchtete auf ihn zu, er schien den gesamten Wagen auszufüllen, und Slickys Schrei war nur kurz, denn er verstummte, als das Tier gegen ihn prallte und ihn zurückstieß.

Der harte, brutale Stoß katapultierte ihn aus dem Wagen. Er warf zwar noch seine Arme vor, die Hände fanden auch das Fell des Tieres, doch seinen Fall konnte er nicht mehr stoppen.

Auf dem Rücken blieb Slicky liegen. Er schlug mit dem Hinterkopf auf und spürte die Pfoten des Tieres auf seinem Körper. Sie drückten durch die Kleidung und kamen ihm vor wie schwere Säulen.

Der ganze Vorgang hatte nur Sekunden gedauert. Schreckliche Sekunden, die ausgereicht hatten, um das Entsetzen in Slicky hochzujagen, und auch sein Partner Peter Light, der einige Schritte entfernt stand und im Nebel wie ein Gespenst wirkte, war völlig überrascht worden und reagierte nicht.

Slicky sah die Schnauze des Tieres. Er erkannte die gnadenlosen Raubtieraugen und sah auch das ungeheuer dichte Fell, das schon mit dem eines Bären zu vergleichen war.

Das Maul stand offen!

Scharfe Zähne in zwei Reihen, dazwischen die aus der Schnauze hängende Zunge, und dem Dieb wurde plötzlich klar, dass ihm die Bestie keine Chance lassen würde.

Das tat sie auch nicht.

Zuerst klatschte die Zunge gegen seinen ungeschützten Hals, dann berührten ihn die Zähne.

Und die bissen zu!

»Slicky!«, ächzte der zuschauende Freund. »Verdammt, Slicky!«, heulte er dann und schüttelte wild den Kopf, bevor er anfing zu schreien.

Aber Slicky gab keine Antwort mehr. Er konnte keine geben, denn er war tot.

Das begriff Peter nicht sofort. Er merkte es spätestens, als der Wolf sich schüttelte und den leblosen Körper verließ. Dabei knurrte er drohend, hob den großen Kopf an, und Peter sah die blutverschmierte Schnauze des Tieres.

Etwas in seiner Brust schien zu zerreißen. Wie er es schaffte, dem Sprung des Wolfes auszuweichen, wusste er selbst nicht zu sagen, jedenfalls wischte das Tier an ihm vorbei, landete auf allen Vieren und schwang sofort wieder herum.

Auch Peter kreiselte.

Seine Hand verschwand dabei unter der Jacke. Noch in der Bewegung riss er sie wieder hervor, und plötzlich blitzte aus seiner Faust die Klinge eines Messers.

Er trug das Stilett immer bei sich, noch ein Relikt aus der frühen Jugendzeit, als sich die Banden gegenseitig mit Messern bekämpft hatten.

Damit konnte Peter umgehen.

Er wusste, dass der Wolf immer schneller war als er, aber er musste sich der Bestie stellen.

Luparo war stehen geblieben. Er hatte sich ein wenig geduckt, sein Fell zeigte sich gesträubt. Die kalten Augen fixierten den jungen Mann mit dem Messer, und der Wolf hatte keine Angst vor dieser Klinge. Damit konnte er nicht getötet werden.

Auch Peter war auf Distanz gegangen. Die alten Kampftechniken fielen ihm wieder ein. Er stellte sich breitbeinig hin. Das Messer hielt er in der rechten Hand. Fest umklammerten seine Finger den Griff, und die Klinge zeigte schräg nach oben und zielte in Richtung Wolfskopf.

Die beiden boten ein unheimliches Bild.

Wie Schatten standen sie innerhalb der gewaltigen Nebelsuppe. Umwallt von den wogenden, wehenden Schleiern, die wie unsichtbare Hände vorstießen, ihnen entgegenquollen und sie als gespenstische Tücher umwoben.

Es war still geworden.

Zwar keuchte Peter heftig, der Atem stand vor seinen Lippen und vermengte sich mit den grauen Nebelschleiern.

Luparo sprang.

Es gehörte zu seinen Fähigkeiten und Techniken, sich gedankenschnell abzustoßen, seinen Gegner nicht zu warnen und voll in ihn hineinzugehen.

Aber Peter hatte Acht gegeben!

Der rechte Arm blieb nicht mehr an der Stelle. Die Hand schlug einen Halbkreis, der Schatten des Wolfs wurde größer, und in ihn hinein drehte der junge Mann das Messer.

Die Klinge versank im Fell.

Jetzt musste das Blut strömen, musste der Körper zucken, denn Peter hatte Luparo an der Flanke erwischt.

Stattdessen wurde der junge Mann umgeworfen. Ihm drohte das gleiche Schicksal wie seinem Freund, der Körper des Tieres nagelte ihn am Boden fest, er bekam kaum noch Luft, und mit einer großen Kraftanstrengung gelang es ihm, das Messer aus der Wunde zu ziehen.

Das Knurren wurde heftiger. Heißer Atem fuhr in sein Gesicht.

Er stach wieder zu, der Wolf schüttelte sich wie nach einem Mückenstich, dann biss er zu.

Wie Peter seinen Arm hochbekam, konnte er selbst nicht sagen. Er lag jedoch quer vor seiner Kehle, und die Zähne trafen nicht den Hals, sondern nur den Arm, wo sie die Kleidung zerrissen und in das Fleisch drangen.

Peter spürte diesen rasenden Schmerz. Tränen traten in seine Augen, er wollte schreien, doch nur ein Krächzen drang aus seinem Mund, zudem drückte er sich selbst die Kehle zu.

Er schloss mit seinem Leben ab.

In diesem Moment peitschten Schüsse!

Wir hatten die Schreie genau vernommen. Bei klarem Wetter wäre es kein Problem gewesen, herauszuhören, wo sie aufgeklungen waren. Im Nebel jedoch sah alles anders aus.

Da wurde die Akustik verzerrt, zudem kam noch die Sichtbehinderung hinzu, wir mussten uns erst auf dem fremden Gelände orientieren.

Waren sie weit entfernt oder nah?

Eine Frage, auf die wir vorerst keine Antwort finden konnten, denn uns blieb nichts anderes übrig, als herumzusuchen.

»Wir müssen getrennt vorgehen!«, schlug Suko vor.

Er hatte mein Einverständnis. Ohne uns weiter abzusprechen, wusste jeder, was er zu tun hatte.

Suko verschwand rechts von mir. Er tauchte ein in die Wand aus Nebel und Düsternis. Da er diesen Weg einschlug, hatte er sich das Lokal als Ziel ausgesucht, ich aber lief dorthin, wo ich dunklere Flecke innerhalb des Nebels erkennen konnte.

Sie befanden sich in einer gewissen Höhe, und ich wurde an Bäume erinnert.

Das musste ein Platz vor dem Lokal sein, vielleicht für Wagen. Ich kannte nämlich ähnliche Parkplätze und hatte darauf schon des Öfteren meinen Bentley abgestellt.

Meine Beretta hatte ich gezogen und fluchte auf diesen verdammten Nebel. Der nahm einem jede Sicht. Ich hätte längst den Ort des Geschehens erreichen können, aber so irrte ich noch immer herum.

Verflucht auch.

Und ich hörte wieder die Schreie. Zwar noch dumpf, aber dennoch besser zu vernehmen als beim ersten Mal. Ein Beweis, dass ich mich dem Ort immer weiter näherte.

Jetzt wurde es kritisch.

Ich blieb stehen. Schatten vor mir. Schatten, die sich bewegten, was allerdings auf einer Täuschung beruhte, denn die Nebelschwaden spielten mir etwas vor.

Da musste sich irgendeine Abgrenzung befinden, vielleicht eine aus Bäumen oder Büschen bestehende Trennlinie, die irgendetwas abteilte.

Ich brach hindurch.

Zweige peitschten gegen meine Hosenbeine. Wenig später erreichte ich wieder den normalen Asphalt und sah die düsteren Figuren vor mir in die Höhe wachsen.

Autos.

Abgestellte Wagen, die im tanzenden Nebel unheimlich wirkten. Ich lief weiter.

Ein paar Schritte nur, dann sah ich den Umriss. Auf dem Boden wälzte er sich, ich hörte das drohende Knurren, dazwischen ein gefährliches Fauchen und ein Geräusch, das nicht von einem Tier, sondern nur von einem Menschen stammen konnte.

Noch lebte er.

Ich streckte den Arm aus, schwenkte die Waffenmündung und feuerte …

Konsterniert blieb Lester del Roy auf der obersten Treppenstufe stehen. Damit hätte er nicht gerechnet. Ohne es zu wollen, wischte er über seine Augen, er glaubte an eine Täuschung, doch als er nach vorn schaute und in den Nebel starrte, war von seiner Begleiterin nichts mehr zu sehen.

Die wallende Wand hatte sie verschluckt.

Lester del Roy schüttelte den Kopf. Er glaubte, geträumt zu haben, aber da lag noch ein Hauch jenes Parfüms in der Luft, das ihn bei Lavinia so angeregt hatte.

Nein, geträumt hatte er nicht.

Wo steckte sie nur?

Fast stolperte er die beiden restlichen Stufen nach unten. Er rief Lavinias Namen, aber nur seine kratzig und hohl klingende Stimme wurde von der Nebelwand aufgesaugt. Eine Antwort erhielt er nicht.

Lavinia hatte ihn genarrt!

Aber das war für ihn unvorstellbar. Nein, welchen Grund hätte sie haben sollen? Sie hatte sich mit allem einverstanden gezeigt, war mit ihm Essen gewesen, hatte gegen seine Berührungen nichts einzuwenden gehabt, und nun verschwand sie so mir nichts dir nichts, ohne ein einziges Wort zu sagen, im dicken Nebel.

Da stimmte doch etwas nicht.

Lester del Roy blieb vor der Treppe stehen. Hatte er einen Fehler gemacht? War er doch zu weit gegangen? Nein, das konnte er sich nicht vorstellen, er hatte um die Frau geworben, wie ein Kavalier der alten Schule hatte er sich benommen und die Frau nicht angemacht, wie es sonst üblich war.

Tief atmete er durch. Die feuchte Luft drang in seinen Rachen. Er musste husten, dieser Nebel war nicht gut für die Atemwege, er schlug auf die Atemorgane.

»Lavinia!« Fast verzweifelt klang seine Stimme, als er den Namen der Frau rief, und er erschrak, als er hinter sich ein Geräusch vernahm. Hastig drehte er sich um.

Die Tür des Lokals war geschlossen worden. Sie hatte eine große Scheibe. Hinter dem Glas erkannte er schemenhaft das Mädchen, das ihnen auch die Tür geöffnet hatte.

Im Nebel blieb er stehen.

Ein einsamer Mensch, umwallt von den tanzenden Schleiern der grauen Dunstwolken. Zögernd setzte er seine Füße vor. Die Überraschung hatte er überwunden. Nun kam ein anderes Gefühl hinzu.

Die Angst ...

Ja, er hatte Angst um Lavinia, machte sich große Sorgen, denn innerhalb dieser grauen, undurchdringlichen Suppe konnten tausend Gefahren lauern. Soho war noch immer ein gefährliches Pflaster, und diese Gefahr potenzierte sich bei so einem Wetter.

Wo konnte sie stecken?

Abermals rief er ihren Namen. Er lauerte auf Antwort. Sie musste sich doch melden. Auch wenn der Nebel über dem Feld lag, laut genug hatte er schließlich gerufen.

Seine Augen begannen zu brennen. Es ist nicht jedermanns Sache, in die graue Suppe zu starren. Die seltsamen zerfließenden Gebilde wurden zu Figuren. Sie gaukelten ihm Gestalten vor, unheimliche Gespenster, die ihren Reigen vor seinen Augen tanzten.

Keine Spur von Lavinia ...

Wie mit kalten Fingern geführt, kroch die Gänsehaut über seinen Rücken. Die Angst ließ seinen Magen klumpen. Er lauschte, horchte auf Schritte und hörte plötzlich die dumpf klingenden Detonationen.

Schüsse?

Als ihm dieser Gedanke kam, erschrak er zutiefst. Mein Gott, wer sollte da schießen und auf wen?

Sein Herzschlag trommelte. Er steigerte sich, die Schläge spürte er oben im Kopf, sie schmerzten förmlich unter seiner Schädeldecke. Obwohl er in den gängigen Kampftechniken ausgebildet worden war, fürchtete er sich dennoch.

Diese Gegend hier war unheimlich. Ein Gegner konnte im Hintergrund lauern und heimtückisch zuschlagen.

Schritte!

Ja, jetzt hörte er sie.

Sie schienen überall zu sein, der Nebel ließ kaum eine Orientierung zu, aber er konzentrierte sich genauer, versuchte andere Eindrücke auszuklammern und gelangte zu dem Schluss, dass die Schritte rechts von ihm aufgeklungen waren.

Hastig wandte er sich um.

Wallende, wogende Schleier. Gefährlicher Nebel, der zu wandern schien, aber befand sich nicht eine Kontur innerhalb dieser grauen Kreise? Malte sie sich nicht deutlich ab?

Lester del Roy hielt den Atem an. Ein paar Schritte bewegte er sich in die Richtung, die Arme hatte er dabei vom Körper gespreizt, die Hände waren leicht gekrümmt.

Karate-Kanten …

Und er sah die Gestalt.

Wie eine Figur stand sie da. Unbeweglich, kaum atmend.

Noch näher ging er heran. War das derjenige, der geschossen hatte? Wenn ja, dann musste Lester damit rechnen, auf einen bewaffneten Gegner zu treffen.

Del Roy wurde noch vorsichtiger. Der andere stand und drehte sich nicht um. Er schien ahnungslos zu sein …

Nach zwei Schritten war Lester del Roy so nahe an ihn herangekommen, dass er ihn besser erkennen konnte.

Und da blieb er stehen.

Er schlug sich gegen die Stirn und glaubte, durchzudrehen. Jetzt hatte er die Gestalt erkannt.

Das war kein Mann, sondern eine Frau!

Er sah sie nur von hinten, aber das lange blonde Haar, das dunklere Kleid dazu, diese Dinge redeten eine deutliche Sprache. Er schaute auf den Rücken der geheimnisvollen Lavinia!

Lester hatte sie wieder – zum Glück!

»Lavinia!« Jetzt hielt ihn nichts mehr. Er sprach sie an, lief auf sie zu, und sie drehte sich gedankenschnell um.

Unbeschreiblich war sein Schrecken, als er in das sich zwischen den Haaren befindliche Gesicht schaute.

Es war die Fratze einer Bestie!

Auch jetzt bereitete der Nebel mir Schwierigkeiten. Zwar hatte ich abgedrückt, doch meine Kugel traf nicht die Gestalt auf dem Boden, sondern jaulte vorbei.

Aber sie hatte eine gewisse Effektwirkung!

Da sprang jemand auf!

Ein Mensch war es nicht. Menschen krabbeln nicht auf allen Vieren. Nein, das war ein Hund – oder …

Der Gedanke schlug bei mir ein wie ein Blitzstrahl. Lupina hatte ich nicht vor mir, das war trotz des wallenden Nebels zu erkennen, aber ich wusste, dass die Werwölfin in der letzten Zeit nur selten allein unterwegs war.

Sie hatte sich einen Begleiter zugelegt.

Luparo – ihren Sohn!

Er wurde auch Schwarzwolf genannt und war als Vierbeiner eine brandgefährliche Bestie, die auf Mord programmiert war. Er und Lupina hingen irgendwie zusammen. Ob sie eine Einheit bildeten und sich trennen konnten, wusste ich nicht, aber sie mussten eine Art Doppelleben führen. Lupina war durch Silberkugeln nicht zu vernichten gewesen, vielleicht ihr Sohn?

Ich legte an.

Er schien gewittert zu haben, was ich vorhatte, stieß sich ab und setzte mit einem gewaltigen Sprung über das Autodach des neben uns parkenden Wagens hinweg.

Der Rolls nahm mir die Sicht.

Nachdem ich mich mit einem Blick davon überzeugt hatte, dass ein auf dem Boden liegender Mensch noch lebte, jagte ich wie ein Irrwisch um den Wagen herum und suchte den Schatten.

Luparo war verschwunden.

Nicht einmal das Klatschen der Pfoten vernahm ich oder einen heulenden Laut, der Nebel schien die Bestie in sich aufgesaugt zu haben.

Ich dachte an meinen Freund und Kollegen Suko. Vielleicht hatte er mehr Glück und konnte ihn stellen. Für mich war er entwischt. Ich lief wieder zurück und schaute in den Rolls.

Eine Tür stand offen. Fast wäre ich über den am Boden liegenden Mann gestolpert. Parallel zum Wagen lag er. Seine Augen waren aufgerissen, der Blick gebrochen.

Ich hatte einen Toten vor mir, von Luparo auf eine schreckliche Art und Weise umgebracht.

Den anderen hörte ich stöhnen. Für ihn war mein Eingreifen gerade rechtzeitig gekommen.

Wo steckte Lupina?

Ihr Sohn, der Schwarzwolf, konnte keinen Wagen lenken. Das musste sie schon übernehmen, aber von Lupina entdeckte ich nichts. Sie hatte das Weite gesucht.

Es hatte für mich keinen Sinn, durch den Nebel zu laufen. Nach ein paar Schritten blieb ich stehen. Ich wollte nicht nach Suko rufen. Er hätte seinen Standort sowieso nicht preisgegeben. Viel wichtiger für mich waren momentan die Opfer des Schwarzwolfs Luparo.

Der junge Mann neben der aufgeklappten Tür des Rolls-Royce war tot. Aber da gab es noch den anderen. Er musste mir sagen, welches Drama sich hier abgespielt hatte, vorausgesetzt, er war nicht zu schwer verletzt, sodass ich mit ihm reden konnte.

Ich drehte mich wieder um, schaute dabei zu Boden und wollte ihn gerade ansprechen, als ich die Worte verschluckte.

Die Stelle, wo er zuvor gelegen hatte, war leer!

Für einen Moment stand ich ein wenig ratlos dar. War der Mann durchgedreht? War seine Angst so groß gewesen, dass er es nicht mehr hatte aushalten können?

Damit musste ich rechnen.

Ihn im Nebel zu suchen erwies sich als fast unmöglich.

Plötzlich hörte ich ein Geräusch. Und zwar vor mir, wo sich auch die Büsche befanden, die den Parkplatz umrahmten. Es klang so, als würden Zweige aneinander schaben, und im nächsten Augenblick wollten sich meine Haare hochstellen, denn aus den Büschen vernahm ich ein klagendes Jaulen und Knurren.

Ich hatte Erfahrung und brauchte nicht erst groß zu raten, was der Nebel verbarg.

Jemand war dabei, sich in einen Werwolf zu verwandeln. Und das ohne Vollmond …

Ein Albtraum, ein Geschöpf des Schreckens, Wahnsinn – oder nur ein Spaß?

Vielleicht eine Maske, um ihn zu erschrecken. Obwohl Lavinia nicht der Typ war, der sich diese Art Späße leistete.

Lester versuchte zu grinsen, was ihm sehr schwer fiel und auch nicht mehr als ein Zucken seiner Gesichtsmuskeln war. Er holte ein paar Mal tief Luft, bevor er es schaffte, eine Frage zu stellen. »Bist du es, Lavinia?«

»Ja!« Ein Wort nur, eine Antwort. Fauchend ausgestoßen, und dabei bewegte sich die Maske, allerdings so, dass der Mann Zweifel hatte, es hier mit einer wirklichen Maske zu tun zu haben. Das hier war täuschend echt, und er spürte auch den heißen Atem, der ihm entgegengeweht wurde.

Kein menschlicher Atem …

Er zuckte zusammen. Einmal, zweimal, als hätten ihn Peitschenhiebe getroffen. Der Nebel kam ihm plötzlich wie eine gewaltige Falle vor, aus der es kein Entrinnen gab. Das schreckliche Monstrum vor ihm, ein Werwolf mit blonden Haaren, die allmählich verblassten und überwechselten in ein dunkles Fell, sodass von der ehemaligen Frau nichts mehr vor ihm stand.

Sie war zu einer Bestie geworden!

Seine Lavinia!

In diesen Augenblicken begriff er die gesamte Tragweite des Geschehens. Er selbst war plötzlich zum Mittelpunkt eines grausamen Dramas geworden, Akteur in einem Horrorfilm, bei dem sich alles um ihn allein drehte.

»Lavinia, ich …« Lester del Roy streckte dabei seine Arme aus. Es war eine hilflose, bittende Geste, die andere sollte sie sehen, und der hässliche Wolfsschädel bewegte sich von einer Seite zur anderen. Einen Moment später stellte Lester fest, dass diese Bestie auch reden konnte.

»Nein«, sagte sie. »Ich bin nicht Lavinia. Nicht mehr. Ich bin Lupina, die Königin der Wölfe.«

»Wölfe?«

»Ja, die Königin der Werwölfe. Ich bin das Wesen, dem

sie gehorchen, gehorchen müssen, und ich werde auch dich in meinen Kreis einreihen. Ich habe lange auf dich gewartet, Lester!«

»Aber was soll …?«

Lupina ließ den Mann nicht aussprechen. Sie bewegte sich vor. Ein schneller Schritt, lautlos geführt. Die Kleiderfetzen bewegten sich dabei wie Reste von Fahnen. Lester schaute in die gefährlichen Augen. Er wurde an kalte Sterne erinnert. Grausam schauten sie ihn an, und er las darin ein Versprechen.

Den Tod!

Es war ein harter Schlag. Der Anzugstoff hatte dem nichts entgegenzusetzen. Er wurde von den Krallen zerfetzt.

Lester del Roy hörte das Reißen, sein Gesicht verzerrte sich, die Bewegung stoppte, und noch in derselben Sekunde verspürte er den Schmerz.

Scharf und bitter.

Da wurde ihm klar, dass die Krallen der Bestie in seine Haut gedrungen waren.

Das konnte man nicht mehr als Spaß bezeichnen. Im Gegenteil, es war blutiger Ernst, der Mann ahnte, dass er um sein Leben kämpfen musste.

Mensch gegen Bestie!

Hatte er noch eine Chance! Lester del Roy dachte optimistisch. Er war kein Schwächling, und er traute sich auch zu, einen Kampf durchzustehen. Ja, er wollte es sogar.

Keinen Sieg der Bestie!

Durchtrainiert musste Lester del Roy sein. Das verlangte sein Job. Schließlich hatte er die höchste Persönlichkeit des Staates zu schützen, die Queen. Und da musste man schon etwas leisten.

Er schlug zu.

Diesmal nahm er die Handkante, und er bedauerte den Hieb nicht einmal, freute sich sogar, als er einen harten Treffer landen konnte, der einen Menschen sicherlich zu Boden geschickt hätte, nicht aber die verwandelte Frau.

Sie nahm den Schlag zwischen Schulter und Maul,

zuckte zwar und torkelte auch zur Seite, aber sie hielt sich auf den Beinen und fuhr fauchend herum.

Angriff!

Lester sah den dunklen Körper aus der Nebelröhre auftauchen. Ein riesiges Monster, gefährlich und zerstörend.

Diesmal schlug er mit beiden Handkanten zu. Sie kamen links und rechts wie Sicheln. Abermals war das Wesen nicht zu verfehlen. Die Schläge schüttelten es durch, das Fauchen wurde böse, wütend, der Mann stand wie ein Baum, bis Lupina gegen ihn prallte.

Da merkte er, wie schwer sie geworden war und welch eine Wucht hinter dem Sprung lag.

Zwar spreizte er gedankenschnell seine Beine, um den Fall zu bremsen, doch die Werwölfin riss ihn einfach um.

Für den Mann wurde die Welt zu wirbelnden Schatten. Er knallte zu Boden, Lupina lag plötzlich auf ihm, und schon führte sie den nächsten Schlag.

Diesmal wurde Lester an der Brust getroffen.

In seiner Panik wusste er nicht mehr, was er unternehmen sollte. Er riss einfach den Mund auf und schrie. Vielleicht würde er Hilfe erhalten, doch der Nebel reagierte wie Watte. Er schluckte die Schreie des Mannes.

Und dann waren plötzlich die Zähne da.

Hart, spitz wie Messer. Sie schauten aus dem Ober- und Unterkiefer. Zerfetzten Kleidung, rissen sie auf wie Papier, fanden das Fleisch, das Maul schloss sich. Lester verspürte den wilden Schmerz, der ihn zu zerreißen drohte, glaubte sein Blut zu sehen, und die Welt verschwand vor seinen Augen.

Der Nebel wurde rot.

Eine blutige Wand baute sich vor seinen Augen auf, die kaum noch durchlässig war, und hinter der Wand sah er die Bestie als einen gefährlichen Schatten, der sich schnell bewegte.

Lester del Roy wurde nicht bewusstlos. Irgendwie bekam er noch mit, dass nicht nur etwas außerhalb seines Körpers geschah, sondern auch innerhalb.

Ein gewaltiges Rauschen erfüllte ihn. Das Blut schien

sich zu verwandeln, er hatte das Gefühl, als würde es kochen und stärker durch seine Adern fließen. Durch viel zu kleine Adern, die den Blutstrom nicht weiterleiten konnten.

Er wusste nicht, was mit ihm geschah, sah nur die schattenhaften Bewegungen hinter der roten Nebelwand und glaubte, schwere Pranken zu spüren.

Man wuchtete ihn hoch.

Auch das bekam er nur am Rande mit. Wie ein lebloses Bündel hing er über einer Schulterseite der Werwölfin, die mit ihrer Beute in das Grau des Nebels tauchte.

Und er sah auch nicht den Schatten, der sich aus den wallenden Schwaden löste. Mit gewaltigen Sätzen hetzte er heran.

Luparo hatte seine Mutter gefunden …

Suko blieb abrupt stehen.

Schreie!

Ja, er hatte Schreie gehört. Dumpf, klagend, voller Schmerz.

Irgendwo vor oder hinter ihm musste sich etwas ungemein Grauenhaftes abspielen. Für den Chinesen war es deshalb so schlimm, weil er nichts sehen konnte. Keinem menschlichen Auge gelang es, diese wallenden Schwaden zu durchdringen. Sie deckten alles zu, schienen wie Leim in der Luft zu kleben, und Suko verfluchte die gesamte Situation, die ihn so unbeweglich machte.

Kalt lief es seinen Rücken hinab. Sein Atem ging keuchend. Er vermischte sich mit dem Nebel und stieß vor den Lippen in die Feuchtigkeit hinein.

Wo lauerte der Gegner!

Und wer hatte geschrien?

Ein Schatten!

Suko bemerkte ihn, als er schon fast an ihm vorbeigerannt war. Wie ein dunkler Streifen war er, wie er wieder in den grauen Tunnel eintauchte und für den Inspektor unsichtbar wurde.

Weg – verschwunden …

Tief atmete der Chinese durch. Seine Hände zitterten, die Gesichtsmuskeln zuckten, die Augen starrten und die Blicke brannten sich förmlich in den Nebel hinein.

Nichts zu sehen …

Aber Suko hatte sich genau gemerkt, wo der Schatten verschwunden war. Rechts von ihm war er eingetaucht, dort musste er ein Ziel wissen, und Suko blieb auch nicht mehr stehen, sondern setzte sich ebenfalls in Bewegung.

Leider konnte er nicht so schnell laufen wie der Schatten. Er war ein Mensch, der andere ein Tier …

Allerdings hatte er einen Bezugspunkt. Das schwache Licht, das aus den Fenstern des Lokals drang. Ein unheimlich wirkender Schein, so seltsam fremd, als würde er überhaupt nicht dazugehören. Suko glaubte sich zu erinnern, dass der Schatten in die Richtung gehuscht war, wo er das Licht sah.

Dort musste er hin. Und er ging schneller. Er nahm jetzt keine Rücksicht mehr auf die graue Suppe, es war ihm egal, wie dicht sie lag. Suko wollte nur einen Sieg.

Seine Schritte waren kaum zu hören. Die Sohlen unter den Füßen dämpften die Geräusche, er selbst achtete darauf, dass sein Atem nicht gehört werden konnte, denn er wusste nicht, ob noch mehrere Gegner in der grauen, undurchdringlichen Suppe lauerten.

Suko wurde zu einem Schatten, der durch den Nebel huschte. Er ging schnell, seine Augen brannten vom langen Starren. Zusammengekniffen waren seine Lippen, das Licht wurde etwas größer, und der Chinese erkannte gelbe, zerfasernde Ringe, die ihn an verschwommene Augen erinnerten.

Dann rutschte er aus.

Auf den Boden hatte er nicht achten können. Sein Schritt verwandelte sich in einen Spagat, er schaffte kaum das Gleichgewicht, ruderte mit den Armen und konnte sich so eben noch auf den Beinen halten.

Er drehte sich um.

Automatisch fiel sein Blick dabei nach unten, weil er sehen wollte, was auf dem Boden lag und worauf er ausgerutscht war.

Ein dunkler Fleck. Durch seinen Schritt und die große Sohle in die Länge gezogen.

Der Chinese bückte sich. Er tauchte den Finger in die lange Lache ein, hob den Arm und führte die Fingerspitze dicht an seine Augen.

Sie zeigte einen feuchten, dunklen Fleck.

Bestimmt kein Teer oder Öl. Suko war sicher, dass Blut an seiner Fingerspitze klebte.

Menschenblut …

Ein Schauer lief über seinen Rücken, und er dachte mit Schrecken an das Drama, das sich hier unter den wallenden Nebelschleiern abgespielt hatte …

Mir lief es kalt über den Rücken, als ich die Geräusche hörte, die aus den schattenhaft wirkenden, niedrigen Büschen drangen. Es waren grausame Laute, durch die grauen Schwaden seltsam verzerrt und gedämpft klingend, aber dennoch so deutlich zu vernehmen, dass mir klar wurde, welcher Vorgang sich da abspielte.

Jemand wurde zur Bestie!

Mein erster Gedankengang war schon richtig gewesen. Ich warf noch einen Blick auf den Toten.

Von ihm drohte keine Gefahr mehr. Er würde sich nicht mehr erheben und als Werwolf durch den Nebel irren, dieser Mann war erledigt, aber der andere, der, den ich nicht sah, er konnte plötzlich als Bestie aus den Büschen stürmen und mich angreifen.

Kein angenehmer Gedanke, und das Keuchen, Schmatzen und Würgen trug auch nicht gerade dazu bei, meine Stimmung aufzulockern.

Die Gefahr wuchs.

Noch lauerte er. Aber wenn die Verwandlung abgeschlossen war, dann würde er mich, den Menschen und gleichzeitig das Opfer, schon riechen, dessen war ich mir sicher.

Es war schwer, die ungefähre Richtung zu bestimmen, aus der die Geräusche klangen.

Der Nebel verzerrte alles, mir war nur klar, dass sie vor

mir entstanden, und ich setzte mich in diese Richtung in Bewegung.

Schritt für Schritt schlich ich voran. Hinter mir verschwammen die Umrisse des Rolls, bis sie schließlich nicht mehr zu sehen waren.

Das Knurren nahm an Stärke zu.

Es wurde zu einer Drohung, einer Warnung, sich nicht mehr weiter zu nähern.

Ich hielt die Beretta fest in der Faust. Natürlich hätte ich aufs Geratewohl in den Nebel hineinfeuern können, aber das wollte ich nicht. Keine Treffer dem Zufall überlassen, sondern nur schießen, wenn ich mir sicher war.

Meine Schritte waren so gut wie nicht zu hören. Dennoch ging ich davon aus, dass mich der Werwolf bemerkte. Wenn er mich vielleicht nicht sah, dann witterte er mich.

Angestrengt starrte ich in den Nebel. Ich suchte nach Anzeichen, nach einem Augenpaar, kalt, gelb und tödlich wie zwei verwaschen wirkende Sterne.

Als mich die Arme der Büsche fast berührten, blieb ich stehen. Ich spürte in Höhe der Knie einen Druck gegen den Stoff der Hose. Es waren die feuchten, kahlen Zweige des den Parkplatz abtrennenden Buschs, die mich berührten.

War er noch da?

Ja, er steckte weiterhin vor mir und hielt sich in Deckung. Aber ich vernahm die Laute, das schwere Hecheln, vermischt mit einem bösen Knurren.

Er lauerte …

Und er sprang!

Ein gewaltiger Satz brachte ihn über die Büsche hinweg. Mit einem Teil des Körpers streifte er noch die harten Zweige, ich hörte ihr Brechen und zog den Kopf ein, während ich mich gleichzeitig zur Seite warf, um eine bessere Schussposition zu haben.

Neben mir klatschte die Bestie zu Boden.

Ich kreiselte herum.

Wir befanden uns jetzt so nahe voreinander, dass wir uns trotz des Nebels erkennen konnten.

Ein Mensch war in den letzten Minuten zum Werwolf geworden, doch die Verwandlung war noch nicht völlig abgeschlossen. Er befand sich in einem Übergangsstadium, wobei die Bestie in ihm schon zum Durchbruch gekommen war, das hatte der plötzliche Angriff auf mich bewiesen. Von seinem menschlichen Kopf war kaum noch etwas zu erkennen. Überall spross bereits das Fell. Lange, weiche Haare, die aus den Wangen drangen und sich im schwachen Wind bewegten.

Auch das Kinn und die Nase waren längst weiter vorgeschoben. Sie hatten sich zur Wolfsschnauze entwickelt. Die Zähne der Bestie waren um das Doppelte gewachsen. An ihren Enden liefen sie spitz zu.

Ein gefährliches Wesen, das sich in einem mordgierigen Zwischenstadium befand.

Anscheinend wusste es nicht, was es tun sollte. Noch war es mit sich selbst und der grauenhaften Metamorphose beschäftigt, und es starrte auf seine Hände, wo bereits das Fell aus der Haut wuchs und zu einem dunklen Pelz wurde.

Der Werwolf entwickelte sich.

Und er würde töten!

Ich hob die Waffe. Genau zielte ich zwischen seine Augen. Er durfte mir nicht mehr entkommen, meine Lippen pressten sich hart zusammen, der Finger umklammerte den Drücker, ich schaltete sämtliche Gefühle aus, und als sich der Werwolf zum Sprung duckte, um mich von den Beinen zu reißen, da feuerte ich.

Der Nebel verschluckte die fahle Mündungsflamme vor meiner Waffe. Sie war kaum zu erkennen, aber ich sah, wie die Kugel in den Schädel des Werwolfes hieb und die Bestie zerstörte.

Es war mir nicht leichtgefallen, einfach abzudrücken, aber ich kannte keine andere Möglichkeit, dieses Wesen aus dem Weg zu räumen, damit es nicht zu einer Gefahr für die anderen Menschen wurde.

Der Tod musste sein!

Ein Zucken ging durch den Leib. In den letzten Sekunden seiner Existenz riss das Tier noch einmal sein

Maul auf. Ein nervenzerfetzendes Heulen und Jaulen drang aus dem Maul, voller Qualen, grausam und vergehend, denn gegen das geweihte Silber hatte die Bestie nicht die Spur einer Chance.

Der mit Fell bedeckte Körper fiel zusammen. Zuckend drehte er sich auf dem kalten, feuchten Boden, und der Nebel legte sich wie ein grauer Schleier über ihn und umhüllte seinen Todeskampf gnädig.

Ich stand da und hatte den rechten Arm nach unten hängen lassen. Die Mündung der Waffe wies zu Boden. Wohl war mir nicht. Ich hatte töten müssen, weil ich um Minuten zu spät gekommen war. Und zwei Menschen befanden sich nicht mehr unter den Lebenden.

Obwohl es mich eine innere Überwindung kostete, kniete ich neben dem Werwolf nieder. Eine Gesichtshälfte war von meiner Kugel zerstört worden, die andere wurde wieder normal. Das Fell verschwand dort ebenso wie am übrigen Körper, und vor mir lag ein normaler, wenn auch toter Mensch. Er war erlöst worden.

Doch seine eigentlichen Mörder hatten im Schutze der Nacht und des Nebels das Weite gesucht.

Was hatte ich für Anhaltspunkte? Okay, ich wusste, dass wahrscheinlich Luparo im Innern des Rolls gesessen hatte. Da er keinen Wagen steuern konnte, musste er einen Chauffeur gehabt haben. Es kam nur eine Person in Betracht. Lupina!

Das hatte auch der Spitzel erklärt. Lupina mischte wieder kräftig mit. Und der Rolls-Royce gehörte dem Mafia-Capo Logan Costello. Es musste wieder eine Verbindung zwischen ihm und Lupina geben. Das hatte auch nach dem Tod des Solo Morasso nicht aufgehört.

Mir fiel Suko ein. Himmel, wo mochte der Inspektor stecken? Hatte er sich im Nebel verirrt? Kaum, dazu war das Gelände zu sehr begrenzt. Außerdem musste er die Schüsse gehört haben, ich rechnete damit, dass er bald auftauchen würde.

Inzwischen wollte ich von meinem Bentley aus die Mordkommission alarmieren.

Kaum hatte ich mich in Bewegung gesetzt, als ich aus

dem Nebel heraus dumpfe Schritte hörte. Sofort nahm ich eine angespannte Haltung ein. Es konnte auch ein Feind sein. Vorsichtig ging ich hinter der Kühlerschnauze des Bentley in Deckung.

Ein Schatten erschien rechts von mir, wurde deutlicher, und ich konnte aufatmen.

Es war kein Feind, sondern Suko.

Ich löste mich aus der Deckung, stellte mich hin und winkte. »He, hier bin ich.«

Suko stoppte, drehte sich um, sah mich und kam näher. Wir trafen uns neben der offen stehenden Tür des Luxuswagens.

Der Chinese sah nicht nur mich, sondern auch die beiden schattenhaften Gestalten am Boden. »Tot?«, fragte er.

»Leider.«

»Hast du sie …?«

»Nein, nur einen. Den anderen hat Luparo auf dem Gewissen. Er hat ihn nicht zum Werwolf gemacht, sondern ihn getötet.« Ich berichtete Suko, wie sich die Geschichte abgespielt hatte. Was zuvor geschehen war, darüber konnten wir beide nur Vermutungen anstellen, die einer Wahrheit jedoch ziemlich nahe kamen, dessen waren wir uns sicher.

»Eigentlich wollte ich die Mordkommission anrufen«, erklärte ich meinem Freund.

»Lass dich nicht aufhalten, John. Die Kollegen werden sich freuen. Nebeleinsatz – toll.«

»Mich fragt auch keiner.« Als ich die Worte gesagt hatte, stand ich schon am Bentley und tauchte hinein.

Natürlich regten sich die Kollegen auf. Ich bekam sogar Chiefsuperintendent Fullbright an die Strippe, einen hohen Polizeibeamten, der sich bei der Mordkommission herumtrieb.

Als er hörte, wer da etwas meldete, bekam er fast einen Anfall und begann zu fluchen.

»Tut mir Leid, Sir, aber es muss nun mal sein. Könnten Sie Ihre Leute herbeordern?«

»Ja, verdammt, ja. Ich werde mich mit Sir James über den Fall unterhalten …«

»Der hat auch keinen Einfluss auf gewisse Arten von Wesen, mit denen wir es zu tun haben. Unsere Gegner halten sich eben nicht an die Regeln, sorry.« Damit legte ich auf.

Das war geschafft.

Suko wartete auf mich. »Sauer?«, fragte er.

»Angesäuert. Ich habe mit dem alten Fullbright gesprochen.«

»Ach je.« Auch Suko kannte ihn. Er wusste, dass der Chiefsuperintendent nicht viel von uns hielt. Zudem hatte er sich geärgert, dass Sir James damals geadelt worden war und er nicht.

Wir vergaßen den Mann. Ich klopfte mir eine Zigarette aus der Packung, zündete das Stäbchen an und blies den Rauch in den Nebel, mit dem er sich schnell verquirlte.

»Was können Lupina und ihr Sohn vorhaben?« Suko stellte die Frage und traf damit den Nagel auf den Kopf.

»Daran denke ich auch die ganze Zeit. Die beiden können London zu einem Tollhaus machen.«

»Vielleicht steht der Plan mit Costello in Verbindung?«

Ich nickte. »Da werden wir den Hebel ansetzen.«

»Sollen wir zu ihm?«

»Klar.«

Suko lachte leise. »Costello wird sich freuen.« Es war natürlich gegenteilig gemeint. Der Mafioso Logan Costello und wir passten nicht zusammen. Wir waren wie Feuer und Wasser. Costello wusste, dass wir ihm auf den Fersen waren und immer versuchten, ihm etwas zu beweisen. Bisher war es weder uns noch anderen Kollegen gelungen. Logan Costello führte die alte sizilianische Tradition der Mafia in London fort. Die sogenannte ehrenwerte Gesellschaft hatte in der Millionenstadt an der Themse einen hervorragenden Stützpunkt.

Ich trat die Zigarette aus und telefonierte abermals. Diesmal mit Sir James.

Er wusste schon Bescheid, denn Fullbright hatte ihn angerufen. Mein Chef lachte. »Ich gönne dem alten Raubein mal ein bisschen Arbeit. Das schadet ihm überhaupt nichts.«

Damit hatten wir Rückendeckung.

Natürlich blieben wir nicht allein auf dem Parkplatz. Hin und wieder sahen wir die schattenhaften Gestalten der Restaurantgäste, die kamen, um ihre Fahrzeuge abzuholen.

Uns aber beschäftigte nur eine Frage: Was hatten Lupina und Luparo im Sinn?

Der Schwarzwolf hielt sich eng bei seiner Mutter. Auf seinen vier Pfoten tappte er neben Lupina her. Manchmal drückte er seinen Körper auch an sie, denn er wollte immer in ihrer Nähe bleiben. Das Maul hatte er geöffnet, das Blut abgeleckt, jetzt hing nur noch die lange Zunge aus der klaffenden Öffnung.

Lupina hetzte durch den dichten Nebel. Im Gegensatz zu vielen Menschen konnte sie besser sehen. Ihr Opfer hatte sie über die Schulter geworfen. Es lag dort wie eine gewaltige Last, doch Lupina machte es nichts aus, den Diener zu tragen.

An den Geräuschen, die er hin und wieder ausstieß, erkannte sie, dass er sich längst in die Bestie verwandelt hatte. Er war zu einem Werwolf und damit zu ihrem Diener geworden, und sie konnte ihn für ihre Zwecke einsetzen. Der Vorgang hatte reibungslos geklappt.

Immer dichter wurde der Nebel. Die Horror-Kulisse war für Lupina und ihren Sohn wie geschaffen. Gespenstisch leuchteten vereinzelt stehende Lampen. Sie schienen in der Luft zu schweben, von den Laternenpfosten war nichts zu sehen.

Die beiden hatten eine Straße erreicht. Dort blieben sie für einen Moment stehen. Lupina musste sich erst orientieren. Sie wollte sich nicht zu weit von ihrem eigentlichen Ziel entfernen, und das war der große Green Park, eine Oase für Touristen, denn genau dort, wo Green und St. James Park ineinander liefen, befand sich der Buckingham-Palast in der Nähe, die Arbeitsstätte des mutierten Lester del Roy.

Sie huschten über eine Straße. Autos fuhren.

Geisterhaft anzusehen, wenn sie sich näher schoben. Dies geschah lautlos, denn die dicke, graue Wand verschluckte die Geräusche. Und die Fahrer sahen von Lupina, ihrem Sohn und Lester del Roy nichts. Auf jeden Fall hätten sie nie erkannt, um wen es sich handelte.

Nachts sind alle Katzen grau. Besonders bei Nebel. Dieses Sprichwort traf bei den Wesen genau zu.

Eine heftige Bewegung des ehemaligen Menschen ließ selbst Lupina zusammenzucken.

Sie blieb stehen. Sofort verhielt auch Schwarzwolf seinen Schritt. Er legte sich zu Boden nieder, bewegte den Kopf und sicherte nach allen Seiten. Seine gelben Raubtieraugen nahmen alles wahr. Zudem konnte er die Gefahr riechen.

»Was hast du?«, fragte Lupina del Roy.

Als Antwort erhielt sie ein Schütteln. Für sie ein Zeichen, dass Lester von ihrer Schulter wollte.

Sie ließ ihn abrutschen, del Roy stand auf beiden Füßen und stieß ein drohendes Knurren aus.

Lupina lachte. Ihr Sohn beobachtete den neuen Artgenossen kaum. Er musste die neue Umgebung im Auge behalten.

»Nun«, fragte Lupina, »wie fühlst du dich?«

Der Werwolf schüttelte den Kopf. Er konnte als Bestie nicht sprechen und musste sich anderweitig bemerkbar machen.

Lupina verstand ihn.

Sie nickte, bevor sie sagte: »Ja, ich weiß, du brauchst Opfer. Die sollst du auch bekommen …«

Kaum hatte sie das letzte Wort ausgesprochen, als der Werwolf schon im Nebel verschwand, und das passte Lupina nicht. Er musste ihr gehorchen, sie würde ihm sagen, was er zu tun und zu lassen hatte. Ein scharfer Fauchlaut drang aus ihrem Maul. Sogar Luparo reagierte, denn er richtete sich auf.

Besaß sie Macht über ihren neuen Diener? Es würde sich in den nächsten Sekunden zeigen!

Lester del Roy gehorchte. Zuerst war nur ein Schlurfen zu hören, danach Schritte, die im Nebel tappten, und einen Moment später erschien die Horrorgestalt, umflort von den langen, sich drehenden Nebelschwaden. Vor Lupina blieb er stehen.

»Du gehorchst mir!«, fauchte ihm die Königin der Wölfe entgegen. »Jeder Werwolf auf dieser Erde hat mir zu gehorchen. Begreifst du das endlich, Lester?«

Del Roy hob die Schultern und bewegte seinen Kopf nach vorn. Es sah schaurig aus, wie er aus dem Kragen hochwuchs. Der widerliche, pelzige, haarige Schädel mit der vorgeschobenen Schnauze, von der blasser Geifer sprühte.

Lupina, die wieder ein normales Menschengesicht zeigte und nur den Körper eines Wolfs hatte, gestattete sich ein Lächeln. »Ich kann dich verstehen, du willst töten, aber es sind keine Menschen da. Noch nicht.«

Del Roy drehte sich auf dem Absatz um, fiel in die Hocke, reckte seinen Kopf gegen den Himmel und begann zu jaulen. Aus seinem Maul drangen schreckliche Töne. Es war ein wildes, klagendes Geräusch, das schließlich von den wallenden Schleiern und Wolken verschluckt wurde. Unwillig drehte der Wolf seinen Kopf, die Augen leuchteten, er suchte ein Opfer, er wollte seinen Trieb stillen.

Und Lupina wusste, dass sie ihn nicht lange hinhalten konnte. Sie kannte sich schließlich am besten mit den Wölfen aus. Wenn sie ihm jetzt nicht zustimmte, dann würde er seine eigentliche Aufgabe kaum exakt erledigen können.

Aber konnte sie ihn allein gehen lassen? War es nicht zu gefährlich, ihn außer Kontrolle zu lassen?

Ja, es war riskant. Bis zum anderen Abend musste sie ihn unbedingt unter ihrer Kontrolle behalten. Was dann geschah, das war allein seine Sache.

Schließlich bewegte sie ihren Kopf. Es sollte ein Nicken andeuten. »Es ist gut, Lester«, flüsterte sie. »Du wirst dein Opfer bekommen. Wir gehen es gemeinsam suchen …«

Da jaulte der Werwolf vor Freude, und auch Luparo drückte seinen geschmeidigen Körper langsam in die Höhe …

Bei Leuten wie Logan Costello nahmen wir keine Rücksicht, ob es Tag oder Nacht war. Er kannte dies auch nicht, wenn er rücksichtslos seine verbrecherischen Pläne durchführte.

Nach der Vernichtung des Solo Morasso hatten wir geglaubt, dass die Position des Logan Costello geschwächt sein würde. Diese Hoffnung hatte sich leider nicht erfüllt. Zwar hielt er sich ein wenig zurück, aber er musste sich den neuen Gegebenheiten und vor allen Dingen der neuen Führung der Mordliga angepasst haben.

Und das bedeutete nichts anderes, als dass er Lady X treu zur Seite stand.

Sie hatte ja das Erbe des Morasso fortgeführt, und dies mit aller Konsequenz. Auch besaß sie den leicht zu manipulierenden Würfel des Unheils, den ich so gern gehabt hätte. Bisher jedoch war es mir nicht mehr gelungen, ihn in meinen Besitz zu bringen.

Diese Gedanken strömten mir durch den Kopf, als wir wieder durch die dicke Suppe fuhren. Auch Nebelscheinwerfer nutzten da nicht mehr viel. Zum Glück hatte der Verkehr sehr stark nachgelassen. Er war auf ein Minimum beschränkt worden. Wer nicht unbedingt musste, der ließ seinen Wagen zu Hause.

Wir mussten Costello finden.

Sir James hatte sich eingeschaltet. Er wollte herausfinden lassen, wo sich der Mafioso verkrochen hatte, um uns dann Bescheid zu geben. Wir wussten aus Erfahrung, dass Costello sich oftmals nachts in seine Clubs zurückzog, von denen er einige kontrollierte. Das waren Nachtlokale, die einen guten Gewinn abwarfen und hinter deren Kulissen es nicht immer sauber zuging, aber man konnte ihm nichts nachweisen. Costello achtete streng darauf, dass nach außen alles korrekt blieb. Kein Mädchen unter achtzehn Jahren arbeitete bei ihm. Was er allerdings heimlich in den Orient oder nach Südamerika verkaufte, war wesentlich jünger. Auch das nahmen wir nur an, einen Beweis hatten wir noch nicht.

Die meisten seiner Lokale lagen natürlich in Soho.

Zwar hatte er sich auch im vornehmen Londoner Westend etabliert, es gab da sogenannte Swinger-Clubs, doch Costello selbst ließ sich dort kaum blicken.

Wir wollten auch nicht aus Soho heraus, fuhren einen Parkplatz an und warteten. Mit den Leuten der Mordkommission waren wir klargekommen. Wenn noch Fragen auftauchten, würde man uns Bescheid geben.

Suko und ich warteten darauf, dass sich das Telefon meldete. Kaum hatte ich den Motor abgestellt, als ich bereits zum Hörer greifen konnte. Sir James war es. Und er hatte eine Erfolgsmeldung.

»Wir haben ihn«, sagte er. »Logan Costello befindet sich in einem Massage-Club.«

»Wo?«

»In Soho.«

Frage und Antwort reimten sich sogar, ich lächelte. Dann gab Sir James uns die genaue Anschrift.

Es war nicht einmal weit von uns. Ich erkundigte mich nach dem Leumund des Clubs.

»Offiziell medizinisch, aber daran glaubt keiner.«

»All right, dann wollen wir Costello mal einen Besuch abstatten und ihm ein wenig auf die Zehen treten.«

»Geben Sie Acht. Seine Leibwache schläft nicht.«

»Wir auch nicht, Sir.«

Suko rieb sich die Hände. »Wenn die Burschen frech werden, schüttle ich sie durcheinander. Ich habe lange keine richtige Rauferei mehr gehabt. Sich immer nur mit Dämonen herumzuschlagen frustriert.«

»Du hast vielleicht Sorgen.« Ich wusste, dass mein Freund es nicht so meinte. Was er da produzierte, war Schau. Tatsächlich war Suko ein sehr friedlicher Mensch.

Es wurde trotz allem eine große Sucherei. Costello hatte den Ort gut gewählt, er lag in einer Seitenstraße und zudem in einem Haus, das zur Straße hin sehr schmal wirkte, sich jedoch nach hinten weit öffnete.

Vor dem Haus brannten zwei Laternen. Das Licht drang nicht einmal bis zur Fassade.

Ich fand einen Parkplatz, wir stiegen aus und schritten auf die Eingangstür zu.

Sie war hell gestrichen, das sahen wir trotz der dicken Nebelsuppe. In der Tür gab es ein Guckloch. Es wirkte auf uns wie ein künstliches Auge.

Auch eine Klingel entdeckte ich. Ich legte meinen Daumen auf den Knopf, hörte allerdings nichts. Dafür erklang kurz darauf eine blechern klingende Lautsprecherstimme. Eine Frau sprach.

»Was möchten Sie, Sir?«

»In den Club.«

Lachen. Sehr unecht. »Sind Sie Mitglied?«

Mir lag die alte Witzantwort auf der Zunge, doch ich dachte an die Gefahr, die uns umgab, und auch an Logan Costello, deshalb erwiderte ich: »Nein, wir sind keine Mitglieder.«

»Dann tut es mir Leid ...«

»Scotland Yard!« Diesmal klang meine Stimme härter. »Sie werden uns hereinlassen, oder wollen Sie, dass hier die Polizei auftaucht und alles auf den Kopf stellt?«

»Nein, nein, natürlich nicht. Obwohl wir nichts zu verbergen haben. Bitte, kommen Sie.«

Die Tür wurde aufgedrückt, wir hatten freien Zugang und sahen endlich die Frau, der die Stimme gehörte. Sie machte tatsächlich einen soliden Eindruck, war um die vierzig, das rötlichbraune Haar wurde von blonden Strähnen gespalten, und die gesamte Fülle fiel fast bis auf die Schultern. Die Frau trug die Kleidung eines Bademeisters. Eine weiße Leinenhose und einen hüftlangen Kittel.

»Darf ich Ihre Legitimation sehen?«, erkundigte sie sich freundlich.

Die zeigten wir ihr.

Es roch schon nach Sauna und Massage. Der Geruch von Öl und Parfüm schwängerte die Luft. Die Einrichtung war sachlich und nüchtern. Es gab eine Kasse und eine Garderobe.

»Und womit kann ich Ihnen dienen?«, wurden wir gefragt.

»Ich weiß nicht, ob Sie es können«, erklärte ich. »Wir möchten zu Mr. Costello.«

»Oh, ich weiß nicht ...«

»Erzählen Sie keine Märchen«, erwiderte ich. »Wir wissen, dass Mr. Costello hier ist.«

Sie senkte den Blick, hob die Schultern und meinte: »Dann folgen Sie mir bitte.«

In die Schwitzräume führte sie uns nicht, sondern in eine kleine Bar. Der Boden dort bestand aus hellem Marmor. Strahler spendeten Licht, und auf der fast weißen Erde standen die kleinen Sessel mit den roten Bezügen.

Wir sahen Mädchen. Sie bedienten und waren normal gekleidet. Nichts machte einen halbweltartigen Eindruck, und es wäre auch alles normal in der halb gefüllten Bar gewesen, wenn ich nicht Logan Costello entdeckt hätte.

Er saß eingeklemmt zwischen zweien seiner Leibwächter. Dunkelhaarige Typen mit kantigen Gesichtern. Ich wusste, dass Costello sie zumeist in Italien rekrutierte. Die Kerle, die er in London gefunden hätte, wären der Polizei zu gut bekannt gewesen.

Der Mafioso bekam fast tellergroße Augen, als er uns sah. Damit hatte er nicht gerechnet. Irgendwie erinnerte er mich immer an Dr. Tod. Seine Gesichtszüge zeigten einen ebenso rücksichtslosen Ausdruck, die Augen blickten kalt und gnadenlos, das Kinn glich einem Fels. Er trug einen blauen Anzug und eine schmale Krawatte.

Auch seine Leibwächter hatten die Reaktion ihres Herrn und Meisters bemerkt. Sie erhoben sich gleichzeitig wie Marionetten, und ihre Hände näherten sich den Jackettausschnitten.

Costello sprach hastig auf sie ein, so schnell, dass ich kein Wort verstand.

Die Leibwächter zogen sich zurück. Sie verließen den Tisch, bauten sich an der kleinen Bar auf, ohne uns allerdings aus den Augen zu lassen.

»Sinclair und Suko. Was verschafft mir die unverdiente Ehre, meine Herren?«

»Ob es eine Ehre ist, weiß ich nicht«, erwiderte ich, »auf jeden Fall haben wir uns Mühe gegeben, Sie zu finden.«

»Und das bei dem Wetter«, warf Suko ein. »Finde ich gut.« Costello grinste dünn. »Kann ich Ihnen helfen? Ist mal wieder jemand verschwunden? Wie damals Ihre Sekretärin, Sinclair?«

»Nein, aber ich will von Ihnen etwas wissen.«

»Nur zu.« Er lehnte sich zurück und griff zu seinem Weinglas, aus dem er einen Schluck nahm.

»Es geht um Ihren Wagen, den Rolls-Royce.«

Sein Lachen unterbrach mich. Hastig stellte er das Glas ab. »Seit wann kümmert sich Scotland Yard um gestohlene Autos? Ich finde es ja großartig, dass sich die Polizei so eine Mühe gibt, und Sie steigen gewiss in meiner Hochachtung ...«

»Was soll das Gerede, Costello?«

Er lachte wieder und schlug sich auf die Schenkel. Ich sah an seinen Fingern Ringe blitzen. »Sinclair, Sie überraschen mich immer wieder. Ehrlich ...«

»Kommen Sie zur Sache.«

Er beugte sich vor, hob dabei den Kopf, der rot angelaufen war, und er erinnerte mich an einen aufgeblasenen Ochsenfrosch. »Ich kann über Sie wirklich nur lachen. Den Wagen, den Rolls, habe ich schon längst als gestohlen gemeldet. Dass Sie ihn gefunden haben und mir persönlich die gute Nachricht überbringen wollen, finde ich toll. Wissen Sie, ich hänge sehr an diesem Fahrzeug ...«

»Das Auto ist unwichtig«, sagte Suko.

»Geht es nicht um den Rolls?« Es war eine hämische Frage. Costello konnte sie sich ohne weiteres erlauben, denn er saß tatsächlich mal wieder am längeren Drücker. Irgendwie musste er es geahnt haben, dass die Sache mit seinem Wagen nicht gut ging, und er hatte ihn sicherheitshalber als gestohlen gemeldet. Die alten, aber sehr wirkungsvollen Tricks, das mussten wir zugeben.

»Bei diesem Wetter so schnell einen Gegenstand zu finden ist wirklich eine Leistung«, erklärte er. »Ich hätte sie der Polizei gar nicht zugetraut. Alle Achtung. Darauf möchte ich Ihnen gern ein Glas ausgeben, meine Herren.«

»Danke, wir verzichten«, sagte Suko. Er sprach damit in meinem Sinne.

Costello hob die Schultern. Bei der nächsten Frage wechselte er seinen Tonfall. Er wurde ein wenig lauernd. »Haben Sie den hinterhältigen Dieb fassen können?«

Ich wollte ihn nicht belügen, er hätte es sowieso herausgefunden, deshalb sagte ich die Wahrheit. »Nein, Mr. Costello, den Dieb haben wir noch nicht.«

»Oh, das enttäuscht mich.« Wieder zog das alte Lächeln sein Gesicht in die Breite. Er spielte sich auf wie ein Pascha, und wir fühlten uns als Verlierer.

»Ist sonst noch etwas?«

Ich lächelte zurück, obwohl es mir schwer fiel. »Nein, Costello, es ist nichts mehr.«

»Dann habe ich mich über Ihren Besuch gefreut, Gentlemen. Ich danke Ihnen sehr.«

Ich hatte noch etwas auf dem Herzen. »Diesmal hat der Trick geklappt, Costello, aber ich bin sicher, dass Sie nicht immer mit einem blauen Auge davonkommen. Überreizen Sie Ihre Karten nicht, sonst können wir uns die Hände reiben …«

Nach diesen Worten machten wir kehrt und gingen. Draußen schüttelte Suko den Kopf. »Wenn ich den sehe, muss ich immer an mich halten, um ihm nicht seinen Schädel zurechtzusetzen. Was dieser Hundesohn alles auf dem Gewissen hat, wie viel Leid, Tränen und Elend auf sein Konto gehen …«

Ich winkte ab. »Hör auf, Suko, es hat keinen Sinn! Wir können nichts beweisen. Es gibt ihn, und damit haben wir uns leider abzufinden. So schlimm dies auch ist.«

»Sprechen wir von Lupina. Was wird sie vorhaben?«

Ich war an der Fahrerseite des Bentley stehen geblieben und schaute Suko über das Autodach hinweg an. »Keine Ahnung, aber etwas Gutes kann es nicht sein. Ich schätze sogar, dass irgendwie ein großes Ding laufen wird. Hinzu kommt der Nebel, der ja für sie wie ein schützender Mantel wirkt. Wir sehen auf jeden Fall nicht gut aus.«

»Noch nicht«, erwiderte Suko voller Optimismus, und Zuversicht konnten wir beide wirklich gebrauchen, gerade nach einem Besuch wie dem, der hinter uns lag.

Noch immer spürte Jill McCormick das Brennen auf beiden Wangen. Ihr Mann hatte sie geschlagen.

Wieder einmal ...

Betrunken war er nach Hause gekommen. Er hatte Spätschicht gehabt, von 14 Uhr bis in den späten Abend hinein. Dass er als Kellner arbeitete, war ja nicht schlimm, aber das Lokal, in dem er die Gäste bedienen musste, konnte man als unter dem Strich bezeichnen.

Es war eine Kaschemme, dementsprechend war das Publikum. Er hatte zusammen mit den Gästen getrunken, dann hatte es Streit gegeben, und er war zusammengeschlagen worden. Mit aufgeschlagener Lippe und leicht blau schimmernden Augen hatte er schließlich vor seiner Frau gestanden. Als sie ihn fragte, was passiert war, da drehte er durch und ließ seine angestauten Aggressionen an ihr aus.

Das zweite Mal innerhalb einer Woche, dass Jill dies durchmachen musste. Sie konnte einfach nicht mehr. Die nervliche Belastung war zu groß gewesen, und sie war einfach losgerannt, hatte das Haus verlassen, ohne sich einen Mantel überzuziehen, und war hineingerannt in die kalte Nebelnacht.

Sie wohnten in Soho. In einem Hinterhaus lebten sie in zwei Zimmern. Umrahmt von schlimmen Existenzen – Ganoven und Arbeitsscheuen. Jill war erst vierundzwanzig, aber das harte Leben hatte Spuren in ihrem Gesicht hinterlassen. Sie sah aus wie über dreißig, nur ihre Figur, die konnte sich noch sehen lassen, und manchmal, wenn das Geld überhaupt nicht reichte, was ihr Mann ihr auf den Tisch legte – das meiste vertrank er selbst –, dann ging sie in die City von London und verdiente sich mit ihrem Körper ein paar Scheine nebenbei.

Geschäftsleute wussten eben ihren Körper zu schätzen.

Sie rannte.

Automatisch bewegte Jill die Beine. Sie wusste noch nicht, wohin sie lief, im Prinzip war es ihr egal, sie wollte nur weg von ihrem Mann.

Der Nebel und die Tränen hatten einen feuchten Film auf ihre Haut gelegt, ihr Gesicht war verzerrt, das braune

Haar flatterte strähnig um ihren Kopf, und sie lief weiter, ohne darauf zu achten, dass sie Straßen überquerte, die auch noch befahren waren.

Manchmal huschte sie dicht vor den Kühlerschnauzen der Wagen her, sie hörte auch das seltsam dumpf klingende Hupen, nahm die Geräusche jedoch kaum wahr.

Jill McCormick hatte andere Sorgen.

Sie merkte überhaupt nicht, dass sie die Straße verlassen hatte und über weichen Rasen lief. Jill hatte einen kleinen Park erreicht. Von den Bäumen war nur etwas zu ahnen, dunkle, gefährlich aussehende Wesen, die innerhalb des grauen Nebels einen drohenden Eindruck machten.

Aber ihre Schritte wurden langsamer. Das schnelle Rennen hatte sie ungemein viel Kraft gekostet, sie kam einfach nicht mehr richtig von der Stelle, die Füße schleiften über den Boden, der Kopf fiel nach vorn, der Atem drang stoßweise aus ihrem weit geöffneten Mund, und aus den Augen stürzten wieder die Tränen.

Dann sah sie das Licht.

Ein schwebender, heller Kopf im Grau des Nebels. Unheimlich anzusehen, geisterhaft, und als sie näher kam, sah sie an ihrer rechten Seite einen langen Schatten, der vor ihr innerhalb der Nebelsuppe verschwand. Automatisch tastete sie nach dem Schatten und spürte unter ihren Fingern das kalte, feuchte Gestein.

Das Licht in der Luft wurde klarer. Ein Beweis, dass sie die Laterne erreicht hatte. Jill legte den Kopf in den Nacken, holte tief Luft und starrte in die Höhe.

Gelblich schimmernde Schwaden umwallten die Laterne, die sich nicht aus einer, sondern aus drei Leuchten zusammensetzte. Sie bestanden aus Glas und hatten an ihrem Kopfteil einen metallenen Aufsatz.

Irgendwie gab ihr das Licht eine gewisse Geborgenheit. Sie wusste selbst nicht, wie das kam, aber sie fühlte sich ein wenig wohler, obwohl sie noch immer erschöpft war und das Herz hart in ihrer Brust klopfte. Aber dafür schien ihr Magen gewandert zu sein. Jill hatte das Gefühl, als müsste sie sich jeden Moment übergeben.

Eine Hand hielt sie um den Laternenpfahl geklammert, der andere Arm schlenkerte hin und her. Trotz der Kälte und des dünnen Kleides, das sie trug, war sie verschwitzt, doch der nasse Film auf ihrer Haut kühlte sehr schnell ab, und Jill begann zu frieren.

Es mündete in einem Zittern. Jill stand da und klapperte mit den Zähnen.

Und sie hatte Angst!

Im Augenblick brauchte sie sich nicht zu fürchten. McCormick war, nachdem er sie geschlagen hatte, wie ein Stück Holz auf das alte Bett gefallen und eingeschlafen. Sie hatte schon daran gedacht, ihm den Schädel einzuschlagen, damit die Qual endlich vorbei war, aber sich zu so etwas zu überwinden, besaß sie nicht die Kraft. Sie rächte sich an ihrem Mann, wenn sie ihn betrog. Das gab ihr dann ein wenig Genugtuung.

Für eine Weile hörte sie nur ihren eigenen Atem. Auch der beruhigte sich wieder, und als er so ziemlich normal geworden war, gelang es ihr, sich wieder auf die Geräusche in ihrer unmittelbaren Umgebung zu konzentrieren.

Und da hörte sie etwas.

Schritte!

Dumpf klangen sie im Nebel. Was sie sonst nicht einmal erschreckt hätte, bekam hier einen unheimlichen und gefährlichen Beigeschmack. Einer Täuschung war Jill nicht erlegen. Sie hatte sich wieder so weit konzentrieren können, dass es tatsächlich Schritte waren, die da an ihr Ohr drangen.

Abermals lief es ihr kalt den Rücken hinab. Wer schlich da im Nebel auf sie zu?

Eine Antwort konnte sie sich nicht geben, denn sie sah nichts außerhalb der tanzenden, wogenden Schleier.

Jill McCormick löste ihre Hand von dem Laternenpfosten und duckte sich ein wenig. Die Augen hielt sie weit geöffnet, um möglichst viel sehen zu können.

Die Schritte verstummten.

Hatte sie sich letzten Endes doch getäuscht? Jill wünschte es sich selbst, doch einen Moment später, als sie den Kopf ein wenig nach rechts drehte, sah sie etwas anderes.

Lichter!

Verschwommen, verwaschen, doch gefährlich wirkend. Gelblich schimmerten sie innerhalb der grauen Suppe, zwei leuchtende Augen.

Augen in Hüfthöhe? Hatte sich dort jemand geduckt? Kalt strich es Jill über den Rücken, als sie das gefährliche Knurren vernahm, das ihr aus dem Nebel entgegenschwang.

Jill McCormick war wegen dieser Entdeckung so durcheinander, dass sie erst beim zweiten gefährlichen Knurren erkannte, dass vor ihr ein Tier lauern musste.

Ein Hund!

Vor Tieren hatte sie sich zwar nicht gerade gefürchtet, geliebt hatte sie sie aber auch nicht. Sie stand ihnen neutral gegenüber, doch sie bekam Herzklopfen.

Wer ließ des Nachts schon im dicken Nebel einen Hund allein laufen? Oder befand sich sein Herr bei ihm?

Dann kam das Tier näher.

Zuerst bewegten sich nur die Augen, weil der Kopf nicht ruhig gehalten wurde, und innerhalb der sich drehenden und wallenden Schleier wuchs eine Gestalt hoch. Die Umrisse zeichneten sich ab. Jill stellte fest, dass sie tatsächlich einen Hund vor sich sah.

Und welch ein Tier!

Es reichte ihr bis zur Hüfte, sah ungemein gefährlich aus, wobei es sich auf lautlosen Pfoten der reglos dastehenden Frau näherte. Eine Chance zur Flucht hatte sie vertan, das wusste Jill. Sie hätte früher weglaufen sollen, nun blieb ihr nur noch eins. Sich reglos hinzustellen und darauf zu hoffen, dass der Hund nicht angriff.

Sie ging ein wenig zurück und presste sich gegen die kalte Steinmauer. Wieder wühlte sich die Angst förmlich in ihr hoch, denn der Hund war inzwischen so nahe, dass er sie bereits mit seiner Schnauze berühren konnte.

Jill McCormick vereiste innerlich. Ihre Augen wurden noch größer, sie erinnerten an blasse Kugeln in einem noch blasseren Gesicht, die Angst machte sie steif, denn sie hatte etwas gesehen, was einen Albtraum an Gefühlen in ihr hochspülte, und sie spürte einen kalten, grausamen Horror, der sie regelrecht terrorisierte.

Hinter dem Wolf lösten sich zwei Schatten.

Unheimliche Gestalten, menschengroß, aber keine Menschen im eigentlichen Sinne.

Bei dem linken, da sah sie blondes Haar, ein zwar menschliches Gesicht, doch einen dunklen Körper, wie ihn auch ein mit Fell bedecktes Tier haben konnte.

Der andere war eine Bestie!

Ein Monster mit einem Wolfsschädel, größer als sie, und das Maul war weit aufgerissen.

Gefährliche Reißzähne schimmerten ihr entgegen …

Da wusste sie plötzlich, dass sie keine Chance mehr hatte. Diese aus dem Nebel erschienenen Horrorwesen hatten sie eingekreist, eingekesselt und würden sich nicht scheuen, sie in den ewigen Tod zu treiben. Der Hund gehörte dazu.

Aber war es überhaupt ein Hund?

Selten erreichte ein Tier dieser Gattung so eine Größe. Nein, das musste ein Wolf sein, ein gefährliches Untier, das zu den beiden anderen Gestalten gehörte.

Was wollten sie?

Die Frau begann plötzlich zu sprechen. Jill McCormick wunderte sich, dass sie mit menschlicher Stimme redete. Sie hätte eher ein Fauchen erwartet, und die Worte drangen wie ein Todesurteil an ihre Ohren.

»Nimm sie dir!«

Nicht der Vierbeiner sprang, sondern der andere. Aus den Nebelschleiern wuchtete er seinen Körper vor, breitete die armartigen Pranken aus und gab Jill keine Chance.

Die Frau spürte den Schlag. Mit der rechten Pranke war er geführt worden, und er schleuderte sie herum, sodass sie weg von der Laterne taumelte.

Hilflos war sie …

Dann griffen beide Tatzen zu.

Hart, gnadenlos, Jill spürte sie an den nackten Schultern, das Kleid zerriss, entblößte sie, vor ihr stach das schreckliche Gesicht aus dem Nebel, die Fratze der Bestie mit dem aufgerissenen Maul, das so voller Gier steckte.

Und ihr Hals lag frei.

Zwischen den beiden zugreifenden Armen bewegte die Bestie den Kopf. Sie schleuderte ihn vor. Der heiße Raubtieratem streifte das Gesicht der bedauernswerten Frau, und dann waren die Zähne plötzlich an ihrer Kehle.

Der Biss!

Lupina lächelte und schaute zu. Sie wollte ihren neuen Diener nicht zurückhalten, er sollte seinen Trieb austoben und sich damit noch mehr in ihre Hand begeben.

Er ließ sich die Chance nicht entgehen.

Seine Zähne waren tödliche Instrumente, denen ein Mensch nichts entgegenzusetzen hatte. Eine Chance bekam Jill McCormick nicht mehr. Der Werwolf ließ sie nicht los, und seine Bewegungen folgten ihrem Körper, als sie in die Knie sackte, bevor sie schließlich mit dem Rücken zu Boden schlug.

Luparo schaute wie seine Mutter ebenfalls zu. Dabei rannte er aufgeregt um die Bestie und sein Opfer herum, doch die Frau sollte Lester del Roy allein gehören.

Lupina wollte es so.

Ihr scharfer Zuruf stoppte Luparo in seinen Bewegungen. Der Schwarzwolf folgte ihr. Neben seiner Mutter nahm er Platz.

Sie aber war zufrieden. Es lief alles so, wie sie es geplant und sich vorgestellt hatte. Wenn jemand den Sieg davontrug, dann nur sie und ihre Freunde.

Als sich Lester del Roy aufrichtete, klebte der rote Lebenssaft der toten Frau in seinem Gesicht. In den Augen aber stand ein Leuchten, das Lupina bei ihm noch nicht gesehen hatte.

Wenn man bei einem Werwolf überhaupt von einem glücklichen Gefühl sprechen konnte, dann musste sich der ehemalige Mensch Lester del Roy so fühlen …

Depressionen kannten Suko und ich eigentlich nicht, aber bei diesem Fall konnte man schon welche bekommen.

Die Nacht war vorbei, der Morgen hatte begonnen, und noch immer lag der verfluchte Nebel dick wie Watte über London. Er machte alles so fremd, so unwirklich.

Das Hupen der Autos erschien mir wie ferne Signale von einem fremden Stern, die Menschen waren nur als Schatten zu sehen, die Bewegungen wirkten wie eingefroren, und das Leben lief nur in Zeitlupe weiter.

Ich gehörte zu denjenigen, die sich durch London mit dem Wagen quälten. Suko saß neben mir. Viel geschlafen hatten wir beide nicht, wir selbst konnten nicht angreifen, sondern mussten einen Schlag der Gegenseite abwarten.

Obwohl ich schon eine halbe Stunde früher von meiner Wohnung abgefahren war, kamen wir zu spät. Glenda war bereits da. Sie hatte die U-Bahn genommen, und der Kaffeeduft stimmte uns fröhlicher.

»Die Untersuchungsergebnisse«, meldete Glenda nach dem Gutenmorgengruß.

»Welche?« Ich schaltete nicht so schnell.

»Sicher die von der Nacht«, erklärte Suko.

Natürlich, der Rolls war auf Spuren untersucht worden. Suko und ich ließen uns im Büro nieder.

Viel hatten die Kollegen für uns nicht herausgefunden. Anhand der Fingerabdrücke hatten sie jedoch feststellen können, wer die beiden Toten waren.

Die Namen sagten mir nichts. Zwei kleine Großstadtfische, die im Dschungel von Soho untergegangen waren.

»Sie werden wohl zufällig in den Kreislauf des Grauens hineingeraten sein«, meinte Suko und ich schloss mich seiner Ansicht an.

Glenda brachte den Kaffee und den Tee. »Vielleicht bringt das euch auf andere Gedanken«, sagte sie.

Ich grinste schief. »Muss es das denn?«

Glenda blieb neben mir stehen und stützte ihre Hände in die Seite. »Ist dir eine Laus über die Leber gelaufen?«

»Sogar eine große«, meinte Suko. »Sie hört auf den Namen Lupina.«

»Ach je.«

Damit hatte Glenda alles gesagt. Sehr gern wollte sie wissen, was vorgefallen war, ich erklärte es ihr in Stichworten und fragte sie dann, ob sie einen neuen Rock hätte.

»Genau, Mr. Scharfblick. Ein Sonderangebot. Wildleder.«

»Grün steht dir nicht.«

»Das ist kein Grün, sondern erbsenfarben«, erklärte sie, »passend zum Pullover, merk dir das, du Kleidermuffel.«

Als Glenda verschwunden war, meinte Suko: »Kannst ja mal probieren. Vielleicht schmeckt der Pullover auch nach Erbsen.«

»Wie witzig. Ich ...«

Das Telefon unterbrach mich. Ich war schneller als Suko und nahm den Hörer.

Nur kurz hörte ich zu. Dann sagte ich: »All right, wir kommen sofort. Und auch bei Nebel.«

»Was gibt es denn?«, fragte Suko.

Ich stand bereits. »Man hat eine Frauenleiche gefunden.«

»Wo?«

»Gar nicht mal weit von hier. Zwischen Green und St. James Park.«

»Was haben wir damit zu tun?«

»Wir sollten uns die Tote ansehen. Da muss ein Irrer gewütet haben, so jedenfalls sagte es der zuständige Beamte, der mich informierte.«

»Ein Werwolf!«

»Das können wir annehmen.«

Den Kaffee hatte ich nur zur Hälfte ausgetrunken, Glenda würde sauer sein, darüber konnte ich mir jetzt keine Gedanken machen, der Fall hatte Vorrang.

Wenig später befanden wir uns als ein kleines Teil innerhalb des gewaltigen Nebelpuzzles.

Von der Victoria Street war es wirklich nur ein Katzensprung, doch in dieser grauen Suppe wurde der Weg zu einer regelrechten Qual für den Autofahrer.

Wir wären fast von einem Lastwagen gerammt worden, der an meiner rechten Seite wie ein gewaltiges, düsteres Ungeheuer aus dem Nebel erschien und erst im allerletzten Augenblick stoppte.

Ich fuhr weiter. Mein Herzschlag hatte sich schon ein wenig beschleunigt.

An der Grenze der beiden Parks, wo sich das Queen Victoria Memorial befindet, gerieten wir in den Kreisverkehr und fuhren anschließend auf einem schmalen Weg in den Green Park hinein. Ich scheute mich nicht, den Bentley über den Rasen zu fahren, und musste schließlich stoppen, als eine niedrige Mauer vor mir aufragte, hinter der ich schattenhafte Gestalten sah.

Das waren die Kollegen der Mordkommission, die uns gerufen hatten. Wir gingen zu ihnen.

Den Chef sah ich nicht sofort. Er kroch mit den Beamten der Spurensicherung auf dem Boden herum, erst als man ihm Bescheid sagte, kam er auf uns zu.

Ich wusste ja, wer es war, und erwartete schon ein Donnerwetter, doch Chiefinspektor Tanner blieb diesmal seltsam ruhig. Er drückte uns stumm die Hand und sog kräftig an seiner Pfeife.

Wie immer hatte er den Hut weit im Nacken hängen, seinen Mantel trug er meist auch im Sommer, die Weste war schief geknöpft, und das Jackett stand ebenso offen wie der Mantel.

»Was ist los?«, fragte ich ihn. »Sie schimpfen ja nicht.«

Er schaute uns an und blies eine Qualmwolke gegen unsere Gesichter. Da Suko und ich nahe beieinander standen, traf er uns beide. »Verdammt, ich habe viel gesehen, aber das hier gehört zum Schlimmsten.«

Jetzt verstanden wir ihn.

Noch bevor die Plane von der Leiche abgehoben wurde, waren unsere Gesichter kantig geworden.

Und dann sahen wir die Frau.

Mein Gott, das war ein Albtraum. Ohne es zu wollen, begann ich zu zittern und mir lief es kalt und heiß den Rücken hinab.

»Reicht es?«, fragte Tanner.

Suko und ich nickten zur gleichen Zeit, und die Plane fiel wieder zurück. Gnädig verbarg sie diesen schlimmen Anblick.

Ich griff zu den Zigaretten. Chiefinspektor Tanner gab mir Feuer. Meine Hände zitterten, auch der alte, im Dienst ergraute Kollege war nicht besser dran.

»Eine Erklärung, Sinclair?« Er schaute dabei mich und Suko an.

Der Chinese gab ihm die Antwort. »Werwölfe, so etwas lässt auf Werwölfe schließen.«

Tanner lachte nicht. Die meisten seiner Kollegen hätten es getan, doch er blieb ruhig und nickte nur. »Ist das eine Vermutung, oder haben Sie schon Spuren?«

»Leider.« Die Antwort gab ich.

»Besteht eine Chance, dass Sie die Bestien packen?«

Da mussten wir passen.

»Dann wissen Sie auch nicht, was sie vorhaben?«

»Nein, Tanner, leider nicht.« Ich ließ den Rauch durch die Nasenlöcher ausströmen. Meine Stirn hatte sich in Falten gelegt. Angestrengt dachte ich darüber nach, dass sich Lupina in London befand, und sie hatte bereits ihre Spuren hinterlassen.

Blutige Spuren …

»Kann es einen besonderen Grund gehabt haben, dass hier der Mord geschah?«, wollte Tanner wissen.

»Möglich«, erwiderte ich. »Diese Gegend hier um den Buckingham-Palast ist touristenintensiv. Die Leute lassen sich auch im Nebel nicht von ihren Touren abhalten. Lupina und ihre Helfer können kommen wie die Schatten und unbemerkt zuschlagen.«

Chiefinspektor Tanner deutete dorthin, wo die abgedeckte Leiche lag. »Mich wundert die Kleidung der Toten. So läuft man bei diesem Wetter nicht herum. Die Frau trug nur das rote Kleid, dessen Fetzen Sie noch gesehen haben.«

»Kennen Sie ihren Namen?«

Tanner schüttelte bedauernd den Kopf. »Sie hatte nichts bei sich, woran wir sie hätten identifizieren können. Das ist es ja, was mich so sauer macht.«

»Ein zufälliges Opfer«, bemerkte Suko.

»Darauf kann es hinauslaufen«, gab ihm Tanner Recht.

Ich wunderte mich wieder einmal, wie schnell Neugierige sein können. Trotz des Nebels hatten sie uns eingekreist. Sie mussten aus Höhlen und Ecken gekrochen sein, doch die Beamten scheuchten sie zurück.

»Kann ich sonst noch etwas für euch tun?«, erkundigte sich der Chiefinspektor.

Wir gaben ihm eine negative Antwort.

»Dann wünsche ich mir nur, dass ihr die verfluchte Bestie so rasch wie möglich zu fassen bekommt«, sagte er mit rauer Stimme.

»Da sagen Sie was, Tanner.«

Wir hatten hier nichts mehr zu suchen, nickten dem Kollegen zu und gingen wieder zu unserem Wagen. Bevor wir einstiegen, meinte Suko: »Die beiden letzten Schauplätze liegen nicht einmal weit voneinander entfernt. Zufall?«

»Du meinst, die Ereignisse konzentrieren sich auf Soho und Umgebung.«

»So ist es.«

»Dahinter kann natürlich System stecken, muss aber nicht. Ich weiß nicht, wie Lupina vorgeht und welch finsteren Plan sie in ihrem Hirn ausgebrütet hat, doch ich bin sicher, dass sie etwas Großes vorhat. Sie wird rangehen.«

»Und an wen?«

Ich bückte mich und schloss den Wagen auf. »Wir wollen hoffen, dass wir es nicht erst erfahren, wenn es zu spät ist, dann käme es einer Katastrophe gleich …«

Lester del Roy hatte seine genauen Befehle erhalten. Er war jetzt kein Mensch mehr, sondern ein Werwolf. Sobald der Tag graute, verwandelte er sich wieder zurück.

Dafür brauchte er nicht erst das allmähliche Verblassen des Vollmonds, sondern reagierte auf einen geistigen Befehl seiner Herrin Lupina. In einem nebelgeschützten Hinterhof vollzog sich die Verwandlung. Aus der Bestie wurde wieder ein Mensch.

Dann entließ die Königin der Wölfe ihren Diener. Zuvor hatte sie ihm noch genaue Instruktionen mit auf den Weg gegeben. Lupina war sicher, dass der andere sie auch einhalten würde.

Lester del Roy ging seinen Weg, als wäre nichts gewesen. Er bewohnte zwei kleine Zimmer in einem Dreifamilienhaus nahe der Grenze zu Chelsea. Unten befand sich eine Metzgerei, darüber wohnten die Besitzer des Ladens – sie waren gleichzeitig die Hauseigentümer –, und wo die Wände schräg wurden, hatte sich Lester del Roy eingenistet.

Als er die Straße betrat, lag auch hier der Nebel in mehreren Schichten übereinander. Er quirlte und wallte. Das Licht der Straßenbeleuchtung drang so gut wie überhaupt nicht hindurch.

Vor dem Haus war es heller.

Und dort herrschte bereits Betrieb, denn der Metzger war mit seinem Wagen vom Großmarkt zurück. Mit einem Gehilfen zusammen lud er aus und schaffte die Fleischbrocken in die hinter der Metzgerei liegende Kühlkammer.

Lester del Roy hätte sich gern ungesehen vorbeigeschlichen, doch die Männer hatten Pechfackeln angezündet, ein altbewährtes Mittel, um den Nebel ein wenig durchsichtiger zu machen, was ihnen auch gelungen war.

»So früh kommen Sie, Mr. del Roy?«, rief der Metzger und winkte dem Werwolf zu.

»Ja, die Nacht war hart.«

»Hoffentlich auch schön.«

»Bestimmt.«

Der Metzger kam näher. Ein verständnisvolles Grinsen zeichnete sein Gesicht. »Wissen Sie, dass ich Sie immer heimlich beneide, del Roy?«

»Wieso?«

Der Mann blieb stehen. Der Lichtschein der Fackel tanzte auf ihm. Eine Gesichtshälfte sah seltsam feurig aus. »Ist doch klar, Mensch. Sie sind Junggeselle, haben zudem einen guten Job, und in den heutigen Zeiten müssten Ihnen die Weiber doch die Tür einrennen.«

»So schlimm ist es nicht.«

»Kommen Sie, stapeln Sie nicht tief. Unsereins muss den langen Tag über Fleisch hacken, Wurst kochen und ...« Er sprach nicht mehr weiter, dafür nahmen seine Augen einen erstaunten Ausdruck an, was Lester del Roy wohl bemerkte.

»Ist etwas?« Seine Stimme klang irritiert.

»Ja, Blut.«

»Wo?«

»An Ihrem Kragen. Haben Sie sich geschnitten?«

Ein heißer Schreck durchfuhr Lester del Roy. Verflucht, daran hatte er nicht mehr gedacht. Er sah das neugierige Gesicht seines Hausbesitzers wie in einer Großaufnahme vor sich und auch den fragenden Ausdruck in den Augen. Aus diesem Grunde suchte er fieberhaft nach einer Ausrede und ihm fiel rasch eine logische Erklärung ein.

»Wissen Sie, ich war in Soho. Na ja, ich hatte noch Durst, und in einer Kneipe traf ich auf zwei Burschen, die mich mit einem Krösus verwechselten. Einer von ihnen hatte ein Messer. Er ritzte mich ein wenig, das ist alles.«

»Ach so!« Der Fleischer zeigte beim Grinsen die Zähne. »So ist das. Dann erholen Sie sich mal von dem Stress der Nacht.«

»Ja, das muss ich auch. Am späten Nachmittag beginnt wieder der Dienst.«

»Und geben Sie Acht, dass keiner in das Schlafzimmer der Queen läuft und ihr unsittliche Anträge macht.«

»Ich passe schon auf.« Lester del Roy drehte ab. Er nahm den Schlüssel aus der Tasche und war froh, die Lage heil überstanden zu haben. Er öffnete die Haustür, betrat den engen Treppenflur und huschte leichtfüßig in die obere Etage, wo seine beiden Zimmer lagen. Hinzu kam ein winziger Waschraum, in dem es außer der Toilette noch eine Duschkabine gab.

Diesen Raum betrat der Mann zuerst. Er riss die Tür auf, machte Licht und besah sein Gesicht im Spiegel. Die eingefallenen, grau wirkenden Wangen fielen ihm nicht auf, er schaute nur dorthin, wo sich der Hemdkragen befand.

Rot …

Das Blut hatte sich eingesaugt und auch verteilt. Wie eine rote Halskrause wirkte der Kragen.

Der Mann schluckte. Dann stieß er einen Fluch aus und riss sich förmlich die Kleidung vom Körper. Anschließend stellte er sich unter die Dusche und wusch seinen gesamten Körper, nicht nur den Hals. Danach fühlte er sich besser.

Wenn Lester del Roy früher mal eine Nacht durchgemacht hatte, vollführte er am anderen Morgen immer das gleiche Ritual. Da kochte er seinen Kaffee, aß einige Schnitten Brot dazu und schlug mehrere Eier in die Pfanne. An diesem Tag spürte er kein Verlangen nach einem Frühstück, überhaupt interessierten ihn seine menschlichen Gewohnheiten nicht mehr. Er war kein Mensch mehr, nur noch eine an einen Menschen erinnernde Hülle. Im Spiegel besah er sich. Wie ein Dressman drehte er sich vor der Scheibe, schaute jeden Hautfetzen seines Körpers an, entdeckte jedoch keine Unterschiede und nickte zufrieden.

Nein, niemand würde ihm ansehen, dass hinter dieser menschlichen Maske ein Werwolf steckte.

Aber er war einer. Er brauchte nur daran zu denken, wie er die Frau getötet hatte. Das hatte einfach sein müssen, er hatte nicht anders gekonnt, und er würde schon am Abend die nächsten Opfer finden, so lange musste er sich ruhig verhalten.

Kein Aufsehen erregen, alles sollte normal laufen, bis die Nacht der Entscheidung angebrochen war.

Er hielt sich über zwei Stunden im Bad auf. Dann betrat er das kleine Schlafzimmer und wählte sehr sorgfältig seine Kleidung aus, die er für den Abend anzog.

Lester del Roy drapierte sie auf einen Stuhl, nachdem er sie fast pedantisch zusammengefaltet hatte, um sich danach hinzulegen.

Er lag auf seinem Bett. Die Blicke stachen gegen die allmählich grau werdende Decke.

Seine Gedanken jedoch drehten sich nur um den großen Plan. Am Abend sollte er erfüllt werden …

Der berühmte Wachwechsel hatte längst stattgefunden. Diesmal wurden die Männer in den roten Jacken, den schwarzen Hosen und den hohen Bärenfell-Mützen nicht von zahlreichen Touristen beobachtet und fotografiert, denn der dichte Nebel ließ keine vernünftige Aufnahme zu. So kam es, dass der Wechsel fast unter Ausschluss der Öffentlichkeit stattfand, und genau in diese Zeit fiel die Ankunft des Leibwächter-Bosses Lester del Roy.

Er kannte das gewaltige Areal des Palastes, wusste über jeden Fußbreit Boden Bescheid und fand sich auch im Nebel zurecht. Für das Personal gab es einen Extra-Eingang. Lester konnte mit seinem Wagen hinfahren, doch darauf hatte er bei dem Nebel verzichtet. Die Tube – die U-Bahn – hatte ihn bis zum St. James Park gebracht. Den Rest des Weges war er zu Fuß durch den dicken Nebel gelaufen.

Fernab vom sonstigen Touristenwirrwarr betrat er das parkähnliche Gelände. Niemand merkte ihm an, welch eine Veränderung mit ihm geschehen war, auch nicht der Mann an der Pforte des kleinen Seiteneingangs. Er grüßte freundlich, und Lester konnte passieren.

Der Rasen um den Palast herum glich einer gepflegten Parklandschaft, ebenso die Wege, die die Grünzone durchschnitten. Zahlreiche Gärtner sorgten dafür, dass beides immer vorzeigbar blieb. Besonders im Herbst hatten sie viel mit dem Laub zu tun. Gewaltige Kehrmaschinen räumten es zur Seite.

Der Mann hatte kaum das Tor passiert und war von den Nebelschwaden verschluckt worden, als sich ein Schatten dem hohen Gitter näherte, das das Gelände umschloss.

Es war ein Tier – ein Wolf.

Er rannte hechelnd durch die Nacht, sah plötzlich das Hindernis, machte noch einmal kehrt und nahm einen gewaltigen Anlauf. Sekunden später bewies der Schwarzwolf, welch eine Kraft in seinem geschmeidigen Körper steckte. Er wuchtete sich hoch, stieß sich dann ab und überwand mit dem ersten Sprung bereits das Gitter.

Lupina hatte ihn geschickt und Lupina behielt ihn

auch unter Kontrolle, ebenso wie ihren Diener Lester del Roy.

Der hatte etwa die Hälfte der Strecke überwunden, als ihn der Befehl traf.

Sofort blieb der Mann stehen.

In seinem Gehirn hörte er eine Stimme. Sie klang nah und gleichzeitig weit entfernt, und sie befahl ihm, sich genau danach zu richten, was ihm gesagt wurde.

»Ja!«, keuchte er. »Ja, verdammt, ich tue es!«

Die nächsten Schritte ging er wie eine Marionette, die an einem langen, unsichtbaren Faden hängt. Er stand jetzt voll unter der Kontrolle seiner Herrin, und er fühlte sich auch anders. Wieder war es sein Blut, das reagierte. Es schien erhitzt worden zu sein und schneller durch die Adern zu fließen.

Wärmende Wellen strömten durch seinen Körper, sein Kopf schien auf das Doppelte anzuschwellen, und er hatte das Gefühl, sich jeden Augenblick verwandeln zu müssen.

Lester sprach mit sich selbst. Er wollte seine Stimme hören. »Ja, ich werde es packen. Ich schaffe es. Ich mache sie fertig, alle. Keiner kommt gegen mich an – keiner …«

Er lauschte den Worten nach und stellte fest, dass die Stimme anders geklungen hatte als früher.

Rauer, nicht mehr so menschlich …

Lester war sicher, dass das Tier schon sehr bald in ihm zum Durchbruch kommen würde.

Als ihn ein Schatten überholte, wandte er nur kurz den Kopf und lächelte dann.

Luparo war da. Seine Mutter hatte ihn zur Unterstützung geschickt, damit er ihm half.

Dann traf ihn das Licht. Wie ein Hauch verschwand der Wolf im Nebel und Lester blieb stehen.

Der Lampenstrahl fiel direkt in sein Gesicht, was ihm überhaupt nicht passte.

»Ach, du bist es«, sagte eine bekannte Stimme. Der Mann vor ihm gehörte zu der internen Wachmannschaft. »Du kommst spät, Lester.«

»Der Nebel.«

»Okay, ich gehe dann rein. Die anderen warten.«

»Ja, ja, ich bin gleich da.«

Wie immer hatten sie vor dem offiziellen Dienstantritt eine kurze Besprechung. Lester del Roy leitete sie. Am heutigen Tage hätte er gern darauf verzichtet. Leider ließ sich das nicht machen. Das Protokoll musste eingehalten werden.

Er schwitzte plötzlich. Der Mitarbeiter hatte ihn allein gelassen. Neben der Eingangstür, über der eine trübe Lampe brannte, die das Auge einer Kamera verbarg, blieb er stehen und lehnte sich an die Wand. Lester brauchte ein paar Sekunden Ruhe, er musste versuchen, seinen Trieb zu bremsen, erst wenn die Besprechung vorbei war, konnte er sich voll auf seinen Plan konzentrieren.

Er schaffte es.

Allmählich ging es ihm wieder besser. Er löste sich von der Wand, drehte sich um und schlüpfte durch die offen stehende Tür. Dahinter nahm ihn ein düsterer Flur auf. Ziemlich eng, hinzu kam die steile Wendeltreppe, die nach oben führte. Der nackte Stein der Mauer hielt selbst den stärksten Granaten stand. Im Sommer konservierte er die Kühle, im Winter die Wärme.

Als er die Hälfte der Treppe hinter sich gebracht hatte, warf er noch einen Blick zurück.

Wie ein Geist, so lautlos huschte der Schatten des Tieres in den Flur. Luparo kam!

Lester del Roy zuckte zusammen. Damit hatte er nicht gerechnet, aber Luparo blieb am Fuß der Treppe hocken, hatte nur seinen Kopf in den Nacken gelegt und beobachtete den Mann aus kalten, grausamen Raubtieraugen.

Eine kalte Welle kroch über den Rücken des Mannes. Er hatte das Gefühl, dass ihm die Königin der Wölfe nicht traute. Sie schickte ihren Sohn, um ihn unter Kontrolle zu haben.

Lester hoffte nur, dass Luparo nicht von den Männern der Wache gesehen worden war, denn was das Kameraauge erfasste, sahen die Leute auf mehreren Monitoren.

Vielleicht bemerkten sie auch nichts, denn der Nebel lag draußen sehr dick.

Lester ging weiter, erreichte eine Tür, die verschlossen war und zu der er den passenden Schlüssel besaß. Er drehte ihn im Schloss, stieß die Tür auf und erreichte einen nüchtern eingerichteten Gang. Bevor er die Tür wieder schloss, schaute er sich noch einmal um.

Luparo hetzte heran.

Er war ungemein schnell und schlüpfte durch den Spalt zwischen Tür und Fassung.

Del Roy schaute auf das Tier. Es hatte sich hingesetzt, und da vernahm er bereits die Stimme seiner Herrin.

Luparo wird dafür sorgen, dass alles glatt geht.

Lester del Roy erwiderte nichts. Schnurstracks schritt er auf ein Zimmer zu, aus dem die Stimmen kamen.

Sechs Leute waren in dem Raum versammelt. Burschen wie er, knallhart ausgebildet, die interne Wachmannschaft der Queen.

Die Augenpaare richteten sich auf den eintretenden Mann. Lester versuchte zu lächeln, während über seinen Rücken kalte und heiße Schauer liefen. Zudem musste er sich bereits auf seine nächsten Sätze konzentrieren, der Ablauf des genauen Plans durfte nicht verzögert werden.

Er entschuldigte sich zuvor für die Verspätung. Man hatte Verständnis. Dann stellte er die Anwesenheitsliste zusammen. Niemand vom Wachpersonal fehlte.

Es lief also bestens.

Wieder wurden Zweiergruppen eingeteilt. Es waren immer die gleichen Leute, die Streife gingen. Vor den Monitoren blieb Lester del Roy zurück. Er hatte die Gesamtbewachung zu verantworten.

Auch in der näheren Umgebung der Queen beobachteten versteckt angebrachte Kameraaugen die einzelnen Gänge, Flure und Treppen. In die königlichen Gemächer selbst durfte niemand eindringen.

»Die Streifen klar?«, fragte Lester.

Die Männer nickten.

Danach gab Lester die Walkie-Talkies und die Waffen aus. Jeder erhielt seine Pistole. Und ein jeder musste den Empfang der Waffe quittieren. Ein sich jeden Abend wiederholendes Ritual.

Danach wurden die Männer paarweise entlassen. Als die letzten die Tür hinter sich schlossen, atmete Lester del Roy auf, zuckte jedoch zusammen, als er das Geräusch an der Außenseite der Tür vernahm.

Ein Kratzen und Scharren …

Unheimlich anzuhören. Normalerweise hätte sich der Mann gefürchtet, aber nicht als Werwolf.

Er wusste, wer da Einlass begehrte, ging zur Tür und öffnete.

Luparo sprang in den Raum.

Hastig zog del Roy die Tür wieder zu. Er wollte etwas sagen, aber seine Stimme erstickte bereits im Keim. Plötzlich wurde ihm heiß. Sein Blut schien erhitzt zu werden, raste durch die Adern, vor seinen Augen drehte sich alles, weil sich in seinem Schädel das kochende Blut zu konzentrieren schien, und der Schweiß drang Lester aus allen Poren.

Die Verwandlung zum Werwolf setzte ein.

An den Händen begann es. Die Haare nahmen einen anderen Farbton an. Sie wurden gleichzeitig dunkler und dichter. Fell wuchs.

Der Schmerz im Gesicht glich einem gewaltigen Ziehen. Er wurde so heftig, dass Lester aufstöhnte, den Kopf schüttelte und sich zu Boden warf. Dort rollte er sich herum, schrie, keuchte und stöhnte, wobei ihn zwei kalte Augen beobachteten.

Längst waren die Fingernägel zu Krallen geworden und die Hände zu Tatzen oder Pranken. Und der Kopf verformte sich, als würden unsichtbare Hände daran ziehen.

Aus dem Mund entwickelte sich die Schnauze, die Zähne wuchsen, die Stimme verschwand, stattdessen konnte er nur noch fauchen, und der Schädel schien zu platzen.

Nur ein Gedanke hatte darin Platz.

Blut!

Er lechzte nach Blut, und er würde den Befehlen seiner Herrin gehorchen.

Die Kleidung riss er entzwei. In der Nacht hatte er sie

anbehalten, hier schaffte er es nicht mehr, auch die Schuhe schleuderte er weg, und aus seinem weit aufgerissenen Maul drang ein klagendes Heulen, das den Raum ausfüllte.

Dann lag er still.

Sekundenlang musste er sich von dem gewaltigen Stress der Verwandlung ausruhen, bevor er die Kraft fand, einen Arm zu heben und seine rechte Pranke um den Rand des Pults zu klammern, hinter dem er vorhin als Mensch gesessen und seine Instruktionen gegeben hatte.

Eine Bestie stemmte sich hoch.

Schwarzbraun schimmerte das Fell. Kalt leuchteten die Augen. Er schüttelte sich, das Knurren wurde tief in seiner Kehle geboren, und er blähte seinen Brustkorb auf, wobei die letzten Hemdknöpfe wegsprangen.

Der Werwolf war fertig.

Lupinas Plan trat in die zweite Phase. Er, Lester del Roy, hatte nun freie Bahn.

Und zwar zur Queen!

Als er daran dachte, wurde sein Körper vor Freude geschüttelt. Sie sollte nicht mehr als Mensch weiterleben, und er würde es sein, der sie biss.

Das erfüllte ihn mit Hochgefühl.

Luparo blieb an seiner Seite, als er auf die Tür zuging, die in diesem Augenblick aufgerissen wurde …

Von seiner Mutter hatte Dean Lancaster das fuchsrote Haar geerbt, von seinem Vater den kompakten Körperbau und die Vergesslichkeit, wie Dean immer sagte.

Vergesslichkeit insofern, dass er immer etwas auf die lange Bank schob und dann nicht mehr daran dachte. So war es auch, als er mit seinem Kumpel den Instruktionsraum verlassen hatte. Sie waren die Letzten gewesen, schlenderten den Gang entlang, um in den Teil des Palastes zu gelangen, den sie zu überwachen hatten. Auf nicht einmal halber Strecke stoppte Dean plötzlich und schlug sich gegen die Stirn.

»Was ist los?«, fragte sein Kumpel.

»Verdammt, ich habe etwas vergessen und muss noch einmal zurück.«

»Wieso?«

»Da ist eine Kamera ausgefallen, das will ich Lester sagen. Du weißt doch, wie empfindlich er reagiert, wenn er nicht über alles informiert ist.«

»Soll ich solange warten?«

»Kannst du machen.« Dean drehte schon ab. Über den blank geputzten Boden lief er mit schnellen Schritten zurück. Die kahlen Wände fingen das Echo auf und gaben es hallend zurück.

Dean ärgerte sich mal wieder über seine Vergesslichkeit. Gleichzeitig lächelte er auch. Eben wie der alte Lancaster, daran konnte er nun nichts ändern.

Anzuklopfen brauchte er nicht erst, aber er hörte, als er vor der Tür stehen blieb, seltsame Geräusche dahinter aufklingen. Die passten überhaupt nicht in den üblichen Ablauf.

Lancaster schüttelte den Kopf. Er gab sich ziemlich verwundert, seine Hand fand die Klinke, drückte sie nach unten, und dann riss er die Tür mit einem Ruck auf.

Im ersten Moment glaubte er, sich im Zimmer geirrt zu haben. Beim zweiten Überlegen dachte er daran, einen Horrorfilm zu sehen. Erst beim dritten Nachdenken kam er dazu, die Lage richtig einzuschätzen.

Vor sich sah er einen Werwolf!

Ein mannshohes Tier, das sich soeben aufgerichtet hatte, seinen Kopf drehte und auf die Tür starrte.

Das war nicht alles.

Ein schwarzbrauner Wolf kauerte zu seinen Füßen und starrte den Mann aus seinen gelben Raubtieraugen kalt an.

Und der zweite Wolf reagierte auch als Erster.

Über eine der Monitorkonsolen sprang er hinweg. Sein Ziel war die Tür und damit der auf der Schwelle stehende Mann.

Dean Lancaster war zwar hin und wieder ein wenig vergesslich, doch er besaß ein ausgezeichnetes Reaktionsvermögen. Der Mann tat das einzig Richtige in seiner Lage und rammte die Tür zu.

Kaum war sie ins Schloss gefallen, als sie erzitterte. Der Wolf war gegen die Tür gekracht.

Da hatte Dean Lancaster bereits abgedreht und hetzte mit gewaltigen Schritten den Gang entlang, um sich in Sicherheit zu bringen. Er schrie dabei Alarm, seine Stimme hallte durch den Palast, und er sah plötzlich seinen Kameraden in der Gangmitte stehen.

Dean Lancaster stoppte nicht, als er ihn erreicht hatte, sondern schleuderte ihn herum.

»Wir müssen weg!«, brüllte er.

»Was ist …«

»Werwölfe!«

Die Augen des anderen wurden groß. Er trat einen Schritt zurück, aber Dean ließ ihm keine Zeit. Er riss den Freund mit, denn nicht weit entfernt befand sich hinter einer Tür die Alarmzentrale.

Da mussten sie hin, bevor sie der unheimliche Wolf einholte.

Sie waren gerade verschwunden, als Luparo die Stelle erreichte, wo sie zuvor noch gestanden hatten.

Da hatte der für den Wolf nicht sichtbare Dean Lancaster bereits Alarm gegeben. Nicht nur innerhalb des Palastes. Was hier geschah, war unbegreiflich. Die Polizei musste her. Scotland Yard!

Die beiden Männer aber warteten zitternd ab …

So kam es, dass wir von dem Auftauchen der Wölfe erfuhren. Der Alarmruf war von der Zentrale sofort in unser Büro weitergeleitet worden. Man hatte dort schnell geschaltet, als das Wort Werwölfe gefallen war.

Beide waren wir blass geworden, als wir erfuhren, von wo der Alarmruf kam.

Buckingham Palace!

Das durfte nicht wahr sein. Werwölfe im Palast der Königin, ganz in der Nähe der Queen, und niemand hatte sich auf dieses Ereignis einstellen können.

Unwahrscheinlich!

Beide hatten wir den Plan der Lupina begriffen. Jetzt wussten wir genau, was die Königin der Wölfe vorhatte. Nie im Leben hatten wir damit rechnen können, überhaupt nicht daran gedacht, aber die Tatsache bewies wieder einmal, wie gefährlich Lupina war.

Sie nahm jedes Hindernis eiskalt. Mir wurde flau, wenn ich daran dachte. Über meinen Rücken lief es kalt, die Queen als Werwolf konnte ich mir wirklich nicht vorstellen.

Alle Spuren deuteten daraufhin.

Gern wären wir schnell gefahren, doch der verfluchte Nebel hatte kein Erbarmen.

Suko stand in permanenter Verbindung mit der Zentrale. Der Hörer schien an seinem Ohr zu kleben. Er empfing die wechselnden Meldungen, sprach hin und wieder mit Sir James, der den Einsatz von seinem Büro aus leitete.

Wir waren ja nicht die Einzigen, die man zur Rettung der Königin aufgeboten hatte. Spezialeinheiten sammelten sich. Die Wache der Queen wusste Bescheid, nur würden die Leute – so gut ausgebildet sie auch waren – kaum gegen die Bestien ankommen, denn die Werwölfe schluckten die normalen Kugeln.

»Kannst du nicht abheben?«, fragte mich Suko in einer Pause.

»Leider nicht.«

Ich tat wirklich mein Bestes und fuhr bereits unverantwortlich schnell in Richtung Buckingham-Palast. Er lag einen Steinwurf vom Schauplatz des zweiten schrecklichen Verbrechens entfernt, aber wer hatte ahnen können, dass sich Lupina auf den Palast konzentrieren würde?

Niemand, auch wir nicht.

Hin und wieder wurde der Nebel von dem geisterhaft leuchtenden Rotlicht der Streifenwagen aufgerissen.

Blutige Bahnen schienen die graue Suppe zu durchstreifen. Ich überholte manchmal halsbrecherisch und hatte Glück, dass ich in der grauen Suppe nicht irgendein Fahrzeug rammte.

Suko telefonierte wieder.

Er sprach sehr ruhig, empfing Instruktionen und leitete sie an mich weiter, sodass mir klargemacht wurde, wohin ich zu fahren hatte.

Wo sich die beiden Parks treffen, da liegt gar nicht weit entfernt der Buckingham-Palast. Ein gewaltiges Gebäude, von der Architektur her etwas Besonderes, hinzu kommt die tägliche Wachablösung, die große Touristenattraktion, und natürlich die Gemächer der königlichen Familie, die im Palast liegen.

Bisher hatten sie als sicher gegolten, bis es einem Mann gelungen war, in das Schlafzimmer der Queen einzudringen. Man hatte natürlich Konsequenzen gezogen und die Wachen verstärkt. Eine Wiederholung sollte ausgeschlossen sein.

Aber man hatte nicht mit Lupina, der Königin der Wölfe, gerechnet. Sie war von dieser Tat des Mannes animiert worden und versuchte nun das Gleiche.

Vielleicht sogar mit Erfolg, wenn wir nicht rechtzeitig erschienen und sie daran hinderten.

Über die offiziellen Wege bis dicht vor den Palast zu fahren, hätte zu viel Zeit gekostet. Aus diesem Grunde steuerte ich den Bentley querfeldein über den ›heiligen‹ Rasen. Er war durch die Feuchtigkeit tief und seifig geworden, ich hatte Mühe, meinen Wagen in der Spur zu halten, in den hellen Lichttunnels sah ich plötzlich eine Gestalt mit beiden Armen winken.

Ich stoppte.

Bevor der Mann die Tür aufreißen konnte, war ich schon draußen. Suko jumpte ebenfalls aus dem Fahrzeug.

Vom Gesicht her kam mir der Bursche bekannt vor. Er war breit gebaut, trug eine schwarze Lederjacke, hatte dichtes braunes Haar und eine Narbe im Gesicht.

Jetzt fiel mir auch der Name wieder ein. Der Typ hieß Al Slade und war der Chef einer Antiterror-Brigade.

»Sinclair, endlich!«

»Wir konnten nicht schneller.«

»Schon gut.«

»Wie sieht es aus?«, wollte ich wissen.

»Ich habe meine Leute bereits verteilt. Sie warten nur auf meinen Befehl, um den Palast zu stürmen.«

»Das werden Sie hübsch bleiben lassen, Slade!«

Er schaute mich an, als wäre ich geisteskrank. »Hören Sie mal, meine Männer und ich sind Spezialisten. Wir können ...«

»Sie können meinetwegen Geiseln aus den Händen irgendwelcher Terroristen befreien, Slade, aber das hier ist unser Job. Halten Sie uns nur den Rücken frei.«

»Sie wollen allein ...«

»Nein, zu zweit. Und wir kennen uns mit Werwölfen aus.«

»Noch habe ich keinen gesehen!«

»Das wünsche ich Ihnen auch nicht.«

Aber Al Slade stellte sich stur. Er wollte auf jeden Fall mitmischen. Bevor wir uns lange stritten, zeigte ich ihm meinen Sonderausweis. Der gab mir Vollmachten, die ich nicht gern ausspielte, aber in diesem Fall war es berechtigt.

Slade machte einen Rückzieher.

»Sie können uns trotzdem hilfreich sein, indem Sie uns berichten, wie man am besten in den Palast kommt.«

»Der Haupteingang ist geschlossen.«

»Dann nehmen wir einen anderen. Seien Sie doch nicht so unbeweglich, Mensch.«

Das wollte Slade nicht auf sich sitzen lassen. Zu dritt hasteten wir los.

Wir liefen über den feuchten Rasen, tauchten ein in die dicke Nebelwatte und sahen zahlreiche Gestalten um uns herum, denn immer mehr Polizisten trafen ein.

Das gesamte Gelände wurde abgeriegelt. Bei normalem Wetter hätte keine Maus entkommen können, doch innerhalb des Nebels war es leicht, durch die Maschen zu schlüpfen.

Wir erreichten den Eingang. »Hier geht das Wachpersonal immer in den Palast«, erklärte uns Slade. »Soll ich nicht doch lieber ...«

Ich schüttelte den Kopf. »Nein, Sie bleiben hier. Wenn wir Sie brauchen, geben wir Ihnen Bescheid.«

Es war ihm anzusehen, wie wenig ihm das passte. Darauf konnte ich keine Rücksicht nehmen. Wenig später waren wir durch die Tür geschlüpft und fanden uns in einem Gang wieder, von dem eine Treppe in die obere Etage führte.

Ich deutete auf die Treppe.

Suko verstand. Er lief als Erster los. Beide hatten wir unsere Waffen gezogen. Wenn sich eine Bestie blicken ließ, konnten wir sofort schießen. Ich hoffte, dass noch niemand getötet worden war. Für die Werwölfe musste es ein Leichtes sein, die Menschen anzufallen. Wenn sie sich einmal im Blutrausch befanden, dann waren sie nicht aufzuhalten.

Es war seltsam ruhig im Innern des Palastes. Uns kam es wie die Ruhe vor dem Sturm vor.

Hintereinander bewegten wir uns durch den Gang in der ersten Etage. Unsere Blicke waren überall. Die gähnende Leere vor uns strömte eine seltsame Gefahr aus, und mir lief es kalt den Rücken hinab. Ich sah zahlreiche Türen. Hinter jeder konnten sie lauern. Vor uns, am Ende des Ganges, erkannte ich eine geschlossene Doppeltür. Wahrscheinlich war dort der Trakt dieses Palastteils zu Ende, und hinter der Tür ging es dann direkt ins Zentrum.

Suko sah eine Tür, die offen stand. Er machte mich darauf aufmerksam, und wir erreichten sie mit zwei Schritten.

Als wir die Schwelle übersprangen, tauchten wir nach rechts und links weg, überblickten die Lage und stellten fest, dass wir uns in der Zentrale befanden.

Eine große, halbrunde Konsole stand in der Mitte des Zimmers. Die Konsole enthielt mehrere Monitore. Fernsehkameras überwachten einen Großteil des Palastes, und wir warfen einen Blick auf die Bildschirme.

Leere Gänge.

Ich ging tiefer in den Raum hinein, während Suko bei den Monitoren stehen blieb.

Beim Eintritt war mir schon der seltsame Geruch aufgefallen. Irgendwie streng und tierisch. Es war der typische Werwolf-Geruch, wie ich ihn schon oft wahrgenommen hatte.

Für mich ein Beweis, dass sich Lupina oder ihr Sohn hier aufgehalten hatten.

Ich erinnerte mich wieder an die Meldung, die an Scotland Yard weitergegeben worden war. Von einem Mann der Wache war der Werwolf gesehen worden. Der Zeuge hatte eine kurze Beschreibung gegeben, die ebenfalls an uns weitergeleitet worden war.

Lupina war es nicht gewesen, die der Mann gesehen hatte. Da stimmte die Beschreibung nicht. Es musste ein anderer gewesen sein. Aber wer?

Wahrscheinlich hatten die Werwölfe bereits ihr erstes Opfer gefunden. Wenn ich Lupina und ihren Sohn hinzuaddierte, kam ich auf drei gefährliche Gegner.

Und drei Werwölfe konnten schon eine Hölle entfesseln, das stand fest.

Es waren trübe Gedanken, die mich beschäftigten. Drei Werwölfe, von denen wir nur so viel wussten, dass sie sich vielleicht im Innern des Palastes aufhielten, doch uns war nicht bekannt, wo wir sie genau finden konnten.

Da blieb uns nichts anderes übrig, als weiterhin zu suchen. Ich drehte mich um und wollte Suko sagen, dass wir den Raum verlassen konnten, als sich mein Partner versteifte.

»John, komm her!«

Schnell lief ich um die Konsole herum und blieb neben meinem Freund stehen.

Suko starrte auf einen Monitor. Das Bild, das sich unseren Augen bot, konnte man als schrecklich bezeichnen.

Durch einen der Gänge hetzte ein Mann. Verzweifelt versuchte er seinem Verfolger zu entkommen, einer blutgierigen Bestie namens Luparo. Das alles lief in erschreckender Lautlosigkeit vor unseren Augen ab, und als Luparo sprang, da hatten wir das Gefühl, als würde er sich direkt in das Auge der Kamera hineinwuchten, so groß wurde er plötzlich.

In diesem Zimmer hielt uns nichts mehr. Jetzt ging es um das Leben eines Menschen, und wir jagten los …

Al Slade war obersauer.

Bisher hatte er die Einsätze immer geleitet. Man hatte ihm die Verantwortung übertragen, und nun war er ins zweite Glied zurückgeschoben worden. Dies passte ihm überhaupt nicht in den Kram. Schließlich war er wer, und es zählte beileibe nicht nur dieser John Sinclair, von dem er zwar einiges gehört hatte, ihn aber nicht so ernst nahm. Ebenso wie den Chinesen, der zumeist an dessen Seite kämpfte.

Das Sprechgerät meldete sich. Slade hatte es in der Außentasche seiner Lederjacke stecken. Und zwar in der linken, damit es von der rechts über seiner Schulter hängenden Maschinenpistole nicht behindert wurde. Er zog das Gerät hervor und rief zurück.

Einer seiner Unterführer meldete, dass der Ring um den Palast nun geschlossen wäre, und er fragte gleichzeitig, wann der Angriff starten sollte.

Al Slade dachte nach. Am liebsten hätte er auf eigene Faust den Befehl gegeben, aber da hielt ihn etwas ab. Nein, das ging nicht so einfach. Er konnte sich nicht darüber hinwegsetzen, deshalb befahl er dem Mann, noch zu warten.

»Aber Sir, wir …«

»Warten Sie. Ende!« Slade schaltete das Gerät aus, drehte sich um und wurde steif.

In seiner Nähe stand jemand. Eine Gestalt, im Nebel kaum zu erkennen, sondern nur als Schatten wahrzunehmen.

Gehörte der Unbekannte zu seinen Männern?

Während Al Slade die Maschinenpistole von der Schulter rutschen ließ, sprach er die Gestalt an.

»Wer sind Sie?«

Sie kam näher. Der Nebel schien sich etwas von ihr zu lösen, und die Augen des Mannes wurden groß, als er eine Frau mit blonden Haaren erkannte.

Er hatte noch nie etwas von Lupina gehört oder gesehen, deshalb wusste er nicht, welch eine tödliche Gefahr sich da vor ihm aufhielt. Er senkte den Lauf der Waffe.

Und das war sein Fehler.

Hinzu kam der Nebel, der die Gestalt der Lupina verwischte, und Al Slade sah den dunklen Körper nicht, sondern nur das hellere Gesicht zwischen den blonden Haaren.

Lupina sprang.

Slade reagierte, riss die Waffe hoch, feuerte aus der Hüfte und fiel erst zu Boden, als er sich gedankenschnell zur Seite rollte. Kein Stuntman hätte dies besser geschafft. Der Angriff verfehlte Slade knapp. Er konnte sich umdrehen und die Maschinenpistole hochreißen.

Bei einem Mann hätte er sofort geschossen, aber vor ihm stand eine Frau.

Sein Zögern wurde ihm zum Verhängnis.

Der Prankenhieb war so hart geführt, dass er ihm die Maschinenpistole aus den Fingern schleuderte, und dann war Lupina, die Königin der Wölfe, über ihm.

Erst jetzt sah der Mann ihren tatsächlichen Körper, und er wusste auch, dass er kaum eine Chance haben würde. Die Krallen fetzten seine Kleidung auf, er wurde hochgewuchtet, und ein Stich mit der Pranke war auf seine Kehle gezielt.

Al Slade konnte seinen Hals nicht mehr schützen. Er spürte rechts unter dem Kinn das scharfe Brennen. Sein Hals schien in Flammen zu stehen. Heiß pulste sein Blut aus der Wunde, und er rammte seinen Fuß vor.

Es war eine Reaktion, die ihm tatsächlich noch einmal Luft verschaffte, denn der rechte Fuß traf das weiche Fell, und fast versank er darin. Lupina wurde zurückgeworfen.

Slade lag am Boden. Er wälzte sich um die eigene Achse. Zwar spürte er die Schmerzen, aber sein Gehirn arbeitete nach wie vor klar. Er wusste Bescheid.

Dieses verdammte Wesen vor ihm war unbesiegbar. Er konnte es mit den Waffen, die ihm zur Verfügung standen, nicht schaffen. Einfach unmöglich so etwas, und er musste dem Geisterjäger John Sinclair Recht geben, der ihn gewarnt hatte.

Lupina sah den Mann am Boden liegen. Ihr Gesicht wurde zu einer Fratze, als die Blutgier in ihr hochstieg.

Sie schüttelte sich, spürte, dass sich ihr Fell sträubte, und ein gefährliches Knurren drang aus ihrem offenen Maul.

Im nächsten Augenblick zeigte es sich, dass Lupina ihren Mordwillen auch kontrollieren konnte. Sie warf sich nicht auf das Opfer, um ihm den Rest zu geben, sondern dachte an ihre eigentliche Aufgabe.

Gedankenschnell warf sie sich herum. Durch die offen stehende Tür huschte sie lautlos in das Innere des Buckingham-Palastes, während Al blutend am Boden lag und verzweifelt gegen seine Bewusstlosigkeit anzukämpfen versuchte.

Die Gefahr für die Queen aber wuchs …

Wir hetzten durch den Palast.

Breite Gänge hatten uns aufgenommen. Nach der Doppeltür waren wir in einem Saal gelandet, von dem die Gänge sternförmig abzweigten. Wir konnten wählen, wohin wir laufen wollten, und wussten nicht, in welchem sich das Drama abspielte.

Dann hörten wir den Schrei und tauchten in den Gang ein, der schräg links von uns zu sehen war.

Er war breit genug, sodass wir nebeneinander laufen konnten.

Weiter vorn sahen wir es schon.

Wolf und Mensch!

Der Mensch lag am Boden, der Wolf hockte auf ihm, hörte unsere Schritte und drehte den Kopf.

Genau in dem Augenblick schoss ich.

Der Schuss hallte sehr laut, das Echo wanderte förmlich an den kahlen Wänden entlang, und der Wolf, es war Luparo, sprang in die Höhe, landete wieder auf den Füßen und rannte davon. Die Entfernung zwischen ihm und uns vergrößerte sich gedankenschnell, sodass wir das Nachsehen hatten.

Mit der ersten Kugel war mir kein Treffer gelungen.

Neben dem Mann stoppte ich.

Er lebte nicht mehr. Luparo hatte wieder schrecklich gewütet. Und dieser Mann würde auch nicht zu einem

Werwolf werden, er verwandelte sich nur dann, wenn er gebissen worden war und am Leben blieb. Das Beißen war dabei sehr wichtig.

Auch Suko schoss.

Der Chinese hatte sich hingekniet und seinen Arm ausgestreckt. Vielleicht konnte er es noch mit einer Kugel schaffen, aber das geweihte Silbergeschoss jaulte an dem flüchtenden Tier vorbei und fuhr ratschend über die Wand. Dann war Luparo verschwunden. Er wieselte um eine Ecke am Ende des Ganges, wo er rechts in einem anderen verschwand.

»Hinterher!«, schrie ich.

In meinem Innern tobte ein ungeheurer Zorn und Hass. Ich brauchte nur an den Toten zu denken, das war Stimulans genug für mich. Diesmal wollte ich Luparo vernichten.

Wir rannten so schnell, wie wir konnten. Als wir uns am Ende des Ganges ebenfalls nach rechts wandten, da war von Luparo nichts mehr zu sehen.

Ich aber hatte ein komisches Gefühl. Dieser Trakt des Schlosses war für den Normalsterblichen und besichtigenden Touristen nicht zugänglich, denn hier lebte die Königin.

Ein wenig flau wurde mir schon, auch meine Gesichtsfarbe schwand dahin, sodass Suko mich fragte: »Was hast du?«

»Wir sind nahe der Queen.«

»Und Luparo noch näher!«

»Ja, verdammt …«

Er war kein Mensch mehr, sondern ein Tier. Eine wilde Bestie. Mordgierig, aber mit einer gewissen Raffinesse versehen, die seinen Trieb für eine bestimmte Zeit zügelte.

Der Wolf hatte sich von ihm getrennt, er war seinen eigenen Weg gegangen, während Lester del Roy den direkten nahm.

Er kannte sich im Palast so gut aus, als wäre er hier geboren worden. Jeder Stein war ihm bekannt, jeder Zoll der Gänge, und er wusste vor allen Dingen, wie er in die Nähe der Queen gelangen konnte.

Das war wichtig!

Von Lupina, seiner Herrin, hatte er den geistigen Befehl erhalten, sich in die Nähe der Queen zu wagen. Da sie es momentan nicht schaffte, musste er sich um die Königin kümmern, und nichts hätte er lieber getan. Er würde sie anfallen, sie sollte keine Chance haben, aber er wollte sie nicht töten, sondern aus ihr eine Dienerin machen.

Eine Königin sollte der anderen dienen. So hatte es Lupina in ihrem Plan vorgesehen, und so würde Lester del Roy ihn auch erfüllen.

Er gelangte in die große Säulenhalle. Still war es hier. Lester del Roy hatte es verstanden, sich bisher so zu bewegen, dass er von seinen ehemaligen Mitarbeitern nicht gesehen worden war. Und in der Halle gaben ihm die Säulen Deckung.

Hinter einer blieb er stehen.

Jetzt war er von der Gangseite her gedeckt, aber auch zu der großen Tür hin, die in die Privatgemächer der königlichen Familie führte. In dieser Halle empfing die Queen sehr oft Gäste. Heute aber war keiner der kostbaren Leuchter eingeschaltet. Nur die Notbeleuchtung brannte. Kleine, an den Wänden befestigte Lampen, die einen gelblich trüben Schein abgaben.

In der Halle existierte mehr Schatten als Licht. Und wo Schatten war, da fühlte sich der Werwolf wohl.

Plötzlich zuckte er zusammen. Er hatte entfernte Geräusche vernommen, zuerst ein Krachen und danach ein peitschendes Schwingen, das entsteht, wenn ein Schuss ausrollt.

Lester del Roy verkrampfte sich. In dieser Haltung blieb er einige Sekunden, während sich hinter seiner Stirn die Gedanken jagten. Was hatte das zu bedeuten? Wer feuerte da?

Eigentlich konnten es nur seine ehemaligen Kollegen sein, die geschossen hatten. Wahrscheinlich waren sie auf Lupina oder ihren Sohn gestoßen.

Da hörte er Schritte.

Hastige, rennende Schritte, die näher kamen, lauter wurden und Echos von den Wänden zurückwarfen.

Auch Lester del Roy verließ seine Deckung.

In einem der Gänge sah er eine Gestalt. Es war Dean Lancaster. Der Mann rannte keuchend. Noch hatte er del Roy nicht gesehen und befand sich innerhalb des Ganges. Dann aber betrat er den großen Saal, und nun zeigte sich auch del Roy.

Ein gewaltiger Sprung brachte ihn so weit in die Nähe des heraneilenden Dean Lancaster, dass der Mann praktisch über ihn stolpern musste.

Lancaster sah den Werwolf, hörte das Fauchen und wusste augenblicklich Bescheid.

Sein Lauf war schwer zu stoppen. Er stand nicht sofort, torkelte weiter, prallte gegen eine Säule und hielt sich dort fest. Seine Blicke irrten zu der prächtigen, handgeschnitzten Holztür hin, hinter der die Gemächer der Queen lagen, und Lester del Roy wusste genau, was der andere vorhatte.

»Nein!«, knurrte er, wobei seine Stimme kaum zu verstehen war. »So nicht, mein Lieber. Da kommst du nicht rein, das schwöre ich dir!« Einen Schritt brauchte er nur, um dem anderen den Weg abzuschneiden.

Lancaster fielen fast die Augen aus den Höhlen. Er starrte die Bestie an, und er wusste, dass er sie nur mit Waffengewalt aus dem Weg räumen konnte.

Dean zog seine Dienstpistole.

Es war eine Luger, sie alle trugen die Waffen, und bevor er schoss, knirschte er noch: »Aus dem Weg, Bestie! Los, verschwinde! Geh mir aus den Augen!«

Lester del Roy dachte nicht daran. Er wusste genau, dass im Magazin der Waffe nur Bleikugeln steckten, und die konnten ihm nichts anhaben.

Sollte der andere schießen!

Dean Lancaster zielte genau. Die breite, mit Fell bedeckte Brust seines Kollegen war überhaupt nicht zu verfehlen, er würde die Kugel hineinjagen und …

Dean Lancaster drückte ab.

Die Waffe ruckte nicht einmal in seiner Hand, so gut hielt er sie fest. Das Blei fauchte aus dem Lauf, und es hieb mit einem gewaltigen Schlag in die breite Brust der Bestie.

Der Werwolf riss die Arme hoch.

Sekundenlang durchzuckte Dean Lancaster ein Gefühl der Freude. Hatte er es doch geschafft? Konnte er mit Blei diese Bestie vernichten?

Das Gefühl verschwand. Dafür stieg ein anderes in ihm hoch. Die Angst war im nächsten Augenblick da, und sie gestaltete sich wie eine unsichtbare Fessel, die die Brust des Mannes umspannte.

Dean fiel das Atmen schwerer. Er hatte den Mund aufgerissen, schaute auf den Werwolf und musste mit ansehen, wie er sich bewegte. Dabei rann heller Geifer aus seinem Mund, der fürchterlich roch und in dicken Tropfen zu Boden fiel.

Als Lache blieb er dort liegen.

Lester del Roy aber ließ sich nicht aufhalten. Sein Opfer stand griffbereit vor ihm, er brauchte nur noch zuzupacken, und er würde ihn zu fassen kriegen.

Da sprang der andere zurück.

Im letzten Augenblick hatte Dean Lancaster es begriffen. Unsichtbar schwebte die knöcherne Klaue des Sensenmannes bereits über ihm, als er mit einem heftigen Schwung seinen Körper zurückwarf und dem Griff der Bestie damit entging.

Sofort kreiselte Lester del Roy herum. Er wollte sich nicht geschlagen geben, wirbelte wieder auf den Mann zu, schaute in ein fahles Mündungslicht, spürte auch den Einschlag der zweiten Kugel, doch auch von ihr ließ er sich nicht stoppen.

Sein zweiter Sprung erreichte den Mann.

Diesmal hatte Dean keine Chance. Der schwere Körper prallte gegen ihn, er spürte die Schläge der Krallen und wurde bis gegen die Wand zurückgeworfen.

Mit dem Rücken krachte er dagegen, genau dort, wo zwei alte gekreuzte Schwerter hingen, die irgendwelchen adeligen Vorfahren der Queen gehört haben mussten.

Dean sah die Waffen, und die Idee wurde aus der Verzweiflung heraus geboren.

Bevor die Bestie mit einem dritten Sprung alles klären konnte, hatte Dean Lancaster bereits reagiert. Ohne sich eigentlich recht klar darüber zu werden, hielt er ein Schwert in der Hand, über dessen Gewicht er erstaunt war, denn es zog seinen rechten Arm nach unten. Bevor die Schwertspitze den blanken Boden berühren konnte, hatte Dean die Waffe wieder hochgewuchtet, drehte sich, und die Spitze des Schwerts zeigte plötzlich auf den Werwolf.

Der wich zurück.

Hatte er Angst?

Dean hoffte es, er folgte ihm und stieß zweimal zu. Die Stöße allerdings waren nicht schnell genug geführt worden, der Bestie gelang es immer, ihnen geschickt auszuweichen.

Lancaster war längst klar geworden, dass er den Angriff als die beste Verteidigung ansehen musste. So ging er weiter vor, ließ sich nicht beirren, bis Lester del Roy einen Ausfallschritt machte und von der Seite her auf Dean zustürzen wollte.

Lancaster reagierte hervorragend. Er hielt den Schwertgriff jetzt mit beiden Händen und holte zu einem Rundschlag aus.

Klinge und Hals der Bestie bildeten für Bruchteile von Sekunden eine Linie.

Da traf Dean der Schlag in den Rücken!

Er war so voller Siegesfreude gewesen. Er hätte der Bestie den Kopf abschlagen können, doch hinten hatte er keine Augen. Den Zustand hatte Luparo ausgenutzt und war unhörbar hinter Dean Lancaster geschlichen.

Der Wolf sah den ehemaligen Menschen Lester del Roy in großer Gefahr, denn der Schwerthieb konnte ihm den Kopf von den Schultern schlagen, und Luparo tat, aus seiner Sicht gesehen, das einzig Richtige in diesem Fall.

Er sprang.

Seine gewaltige Sprungkraft hatte er schon mehrere Male unter Beweis gestellt. Auch diesmal reichte sie aus, um dem Geschehen eine dramatische Wende zu geben.

Der schwere Wolfskörper krachte in den Rücken des Schwertträgers, und Dean Lancaster wurde nach vorn katapultiert. Genau in dem Augenblick, als er zuschlug.

Die Klinge behielt ihre ursprüngliche Richtung nicht bei. Die Arme des Mannes wurden angehoben, den Schlag konnte er noch ausführen, aber das Schwert zischte über den Kopf der fallenden Bestie hinweg. Es fauchte durch die Luft.

Im nächsten Moment fand sich Dean Lancaster am Boden wieder, den heißen Wolfsatem der Bestie spürte er über seinen Nacken streichen, und er vernahm eine kalte Stimme.

»Das ist meine Stunde!«

Lupina hatte gesprochen!

Wie ein Geist war sie aus einem der zahlreichen in den Saal mündenden Gänge erschienen. Eine an sich schöne Frau, ausgestattet mit einem interessanten Gesicht, das auch jetzt nichts von seiner Menschlichkeit verloren hatte und von den blonden, leicht lockigen Haaren umrahmt wurde.

Ihr Körper war der einer gefährlichen Bestie. Fellbedeckt, in den Farben Rot, Braun und Schwarz schimmernd, dazu die kalten, leuchtenden Augen, die leicht schräg gestellt waren und ebenfalls an die eines Raubtieres erinnerten.

Und ihr nächster Weg sollte zu einer Königin führen.

Sie verschwendete keinen Blick an die anderen Akteure dieses Dramas, Lupina hatte ihr Ziel genau ins Auge gefasst.

Es war die Tür, die sie noch von den Privatgemächern der königlichen Familie trennte.

Vor ihr blieb sie stehen. Langsam hob sie den mit Fell bedeckten Arm und legte ihre Hand auf die schwere, gebogene Klinke …

Lupina ahnte nicht, dass sie zwei Beobachter hatte.

Suko und ich waren gekommen. Wir hatten den Rest des Dramas miterlebt, hielten uns in Deckung einer Säule auf, die dort stand, wo der Gang in den großen Saal mündete. Und wir waren bisher von den anderen noch nicht bemerkt worden.

Wir lauerten …

Luparo hockte auf einem Menschen. Er hatte nicht zugebissen, drückte ihn nur mit seinem Gewicht zu Boden und schaute dorthin, wo sich seine Mutter befand.

Nicht weit entfernt und rechts von ihm stand in sprungbereiter Haltung ein anderer Werwolf. Ihn hatten wir bisher noch nicht zu Gesicht zu bekommen, ich konnte mir aber vorstellen, dass es die Bestie war, deren Erscheinen den Alarm ausgelöst hatte.

Der Werwolf hatte seine Schnauze geöffnet, auch er ließ keinen Blick von seiner Herrin. Die kalten Augen blieben starr auf ihren Rücken gerichtet. Aus dem Maul troff Geifer.

Und Lupina wollte es zu Ende bringen.

Ich hätte schießen können. Und wirklich, es hätte mir wohl in diesen Augenblicken auch nichts ausgemacht, ihr eine Kugel in den Rücken zu jagen, aber schon einmal hatte sie es verstanden, den Kräften der geweihten Geschosse zu widerstehen.

Damit konnte ich sie nicht töten.

Ich hoffte auf mein Kreuz. Wenn es meiner Ansicht nach eine Waffe gab, die ich einsetzen konnte, dann war es das von dem Propheten Hesekiel in babylonischer Gefangenschaft hergestellte Kruzifix.

Dazu musste ich jedoch an sie heran. Ein Wurf war mir einfach zu unsicher. Suko würde mir den Rücken decken. Das hatte ich ihm mit ein paar Zeichen erklärt.

In diesem Augenblick legte Lupina die Hand auf die Klinke. So lange hatte ich gewartet.

In der nächsten Sekunde war es meine Stimme, die durch den Saal hallte.

»Halt!«, brüllte ich und startete …

Ich kam sehr gut weg, rutschte auch nicht aus, mein Befehl schwang als Echo durch die Halle, aber er war nicht nur von Lupina, sondern auch von Lester del Roy und Luparo gehört worden.

Der Vierbeiner wusste, welch einen Feind er vor sich hatte. Del Roy ahnte es zumindest und reagierte dementsprechend.

Er stand sehr günstig zu Lupina und mir und konnte mir den Weg zu ihr abschneiden.

Die nächsten Vorgänge spielten sich in Sekundenschnelle ab, wobei es nicht einfach ist, in chronologischer Reihenfolge alles zu berichten.

Der zweibeinige Werwolf startete einen Moment früher als sein vierbeiniger Artgenosse. Gleichzeitig kreiselte Lupina herum, denn sie hatte meine Stimme natürlich erkannt. Ich konnte sogar die Enttäuschung auf ihrem Gesicht lesen und sah auch den Hass, der mir aus ihren Augen entgegenstrahlte.

Ihre Stimme wurde zu einem wilden Kreischen, und dieser Urlaut war gleichzeitig der Befehl für die anderen.

Der Zweibeiner war schneller.

Er hatte die kürzeste Distanz zurückzulegen. Wie ein Sturmwind kam er von der rechten Seite heran, um sich gegen mich zu wuchten.

Ich hielt nicht nur die Beretta in der Hand, sondern auch mein geweihtes Kreuz. Zeit, eine Entscheidung zu treffen, blieb mir nicht mehr. Ob Beretta oder Kreuz, was ich nahm, musste die augenblickliche Situation ergeben.

Das Kreuz!

Nach rechts streckte ich meinen Arm aus. Der Werwolf hatte sich bereits abgestoßen, befand sich in der Luft und konnte seine Sprungrichtung nicht mehr ändern.

Mein Kreuz musste ihm wie ein Mahnmal des Todes erscheinen!

Wir prallten zusammen.

Ich hatte nicht mehr ausweichen können, aber ich vernahm einen gellenden Schrei.

Er klang dicht vor meinem Gesicht auf, und er drang aus dem Maul des Werwolfes.

Dann krachte ich schon zu Boden.

Ein schwerer Körper fiel auf mich, nahm mir die Sicht, und ich spürte nur, wie meine rechte Hand mit dem Kreuz tief im Fell der Bestie steckte.

Suko deckte mir den Rücken. Ich hatte mein Kreuz als zusätzliche Waffe hervorgeholt, er aber die Dämonenpeitsche. Einmal einen Kreis über den Boden geschlagen, und schon fuhren die drei aus der Haut des Dämons Nyrana geflochtenen Riemen aus der Öffnung.

Diese Peitsche war eine sehr starke magische Waffe. Die meisten Schwarzblütler konnte Suko damit erledigen, und er hoffte, jetzt auch Lupina und ihren Sohn aufhalten zu können.

Sie griffen beide an.

Der Wolf von rechts, Lupina von links. Suko war auch nicht auf dem Fleck stehen geblieben, er lief ihnen entgegen und musste erleben, wie schnell Luparo war.

Der Vierbeiner verwandelte sich in einen Schatten. Im Zickzack hetzte er heran, während sich seine Mutter zurückhielt, aber trotzdem sehr nahe an Suko heranlief.

Der Chinese musste sich entscheiden.

Schon sprang Luparo.

Er hatte sich wuchtig abgestoßen und seinen schweren Körper in die Höhe katapultiert.

Als Suko das sah, entschied er sich für Luparo. Er wollte seine Peitsche einsetzen, holte bereits aus, als sich der Wolf noch im Sprung drehte, dann nach unten wegkippte, mit den Pfoten aufkam und Suko passierte.

Zwar fächerten die drei Riemen auseinander, doch keiner traf den Vierbeiner.

Im Rücken wollte Suko Luparo nicht haben, deshalb drehte er sich, ließ aus diesem Grund Lupina außer Acht, die ihre Chance wahrnahm und aus vollem Lauf an Suko vorbeiwischte.

Sie hatte ihn noch mit ihrer Pranke erreichen wollen. Der Chinese sah die Bewegung im letzten Augenblick, huschte zur Seite, verlor einige Sekunden, die Lupina und auch ihr Sohn ausnutzten.

Sie flohen.

Lupinas Plan war missglückt. Sie hatte an die Queen nicht herankommen können.

Einen ihrer Diener ließ sie zurück.

Lester del Roy hatte meine Attacke nicht überstanden. Das Kreuz vernichtete ihn.

Noch immer lag ich unter dem Werwolf begraben, während Suko den beiden anderen nachrannte.

Ich merkte inzwischen, dass die Kraft aus dem Körper der Bestie strömte. Sie hatte der weißen Magie nichts mehr entgegenzusetzen.

Als es mir gelang, den Werwolf zur Seite zu drücken, da befand er sich bereits im Stadium der Auflösung. Aus dem Werwolf wurde ein Mensch, ein toter Mensch …

Mit gesenktem Kopf hockte ich neben ihm. Auf der nackten Brust sah ich eingebrannt ein dunkelrotes Zeichen.

Mein Kreuz …

War das eine Aufregung!

Lupina und ihrem Sohn war die Flucht gelungen. Sie hatten den Palast verlassen. Draußen schützte sie der Nebel wie ein Wall. So war ihnen die Flucht sehr leicht gemacht worden.

Der Einsatz wurde abgebrochen. Man fand auch Al Slade. Er lag bereits schwer verletzt im Hospital. Dem anderen Mann innerhalb des Palastes war nicht mehr zu helfen. Luparo hatte ihn getötet.

Für Dean Lancaster lief der Fall glimpflich ab. Er kam mit dem Schrecken davon.

Sir James wurde noch in derselben Nacht zur Queen gerufen. Eine private Audienz sozusagen.

Selten hatten wir unseren Chef so stolz erlebt, als er zurückkehrte und uns draußen vorfand. Er war regelrecht gewachsen, suchte uns sofort auf und nahm uns an die Seite.

»Ich soll Ihnen im Namen der Queen ihren Dank mit auf den Weg geben. Sie ist sehr froh, dass es solche Männer wie Sie gibt …«

»Nein«, stöhnte ich, »nicht so viel Dickes. Machen Sie's halblang, Sir James. Schließlich sind die Hauptübeltäter entwischt. Auch Suko hat sie nicht aufhalten können.«

Der Alte ließ sich nicht unterbrechen, sondern redete weiter. »Sie hat mir auch noch etwas für Sie mitgegeben. Zwei ganz persönliche Dinge, auf die Sie stolz sein können.« Der Superintendent griff unter seinen Mantel und holte aus der Innentasche zwei flache Kästchen hervor. Eins bekam Suko, das andere ich.

Da Sir James schon sehr gespannt war, wollten wir ihm den Gefallen tun und öffneten die Kästchen.

Ich hatte es mir schon gedacht, nun hatte ich die Bestätigung. Auf blauem Samt lag ein Orden.

»Was sagen Sie nun?«, fragte Sir James.

»Nichts«, erwiderte ich, nahm den Orden hervor und ließ ihn in der Hosentasche verschwinden.

Sir James aber verstand die Welt nicht mehr …

Die Schädelkette

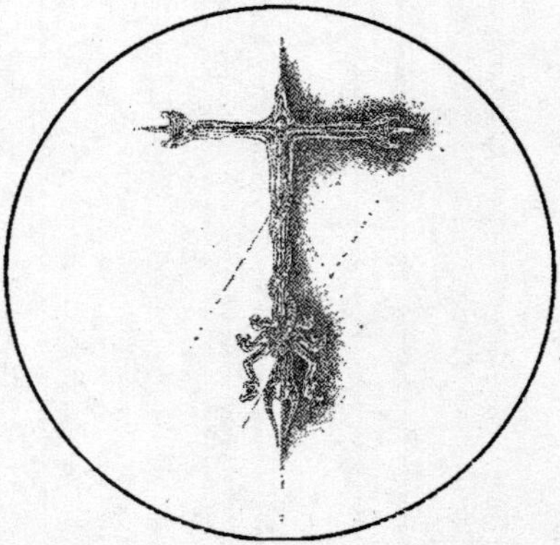

Die Arbeit war Mord!

Jedenfalls behaupteten das die schwarzen Arbeiter, die in der Diamantenmine schufteten. Und sie hatten Recht mit ihrer Meinung, denn es hatte zahlreiche Tote gegeben.

Das Syndikat jedoch kannte kein Erbarmen. Wollte einer der Männer nicht mehr arbeiten, wurde er ausgewechselt. Es standen genügend an, die um Arbeit bettelten.

Wer in den Minen tagtäglich schuftete, war für sein Leben gezeichnet. Die härtesten Burschen zerbrachen hier, und kaum jemand hatte es länger als zehn Jahre unter der Erde ausgehalten.

Das Syndikat aber wollte mehr, denn Diamanten waren gefragt. Diamanten und Gold, nur das zählte, und dafür gingen die Männer an der Spitze über Leichen. Zumeist über die ihrer schwarzen Arbeiter.

Und die Männer schufteten weiter.

Tag für Tag, Nacht für Nacht.

Es wurde in Schichten gearbeitet. Moderne Bohrer fraßen sich durch das Gestein, wühlten es auf und erfüllten die Gänge der unterirdischen Diamanten-Bergwerke mit einer nie abreißenden Staubwolke.

Die wenigen Weißen, die in die Tiefe fuhren, vernahmen aber auch die warnenden Stimmen. In den alten Geschichten der Eingeborenen lebten die Flüche und die Geister der Tiefe weiter. Sie ließen sich nur bis zu einer gewissen Grenze stören. Wenn die überschritten war, dann schlugen sie zurück.

Die Weißen lachten darüber, die Schwarzen jedoch nahmen dies sehr ernst.

Und die Bohrer fraßen sich weiter hinein in das Gestein. Sie holten die wertvollen Steine hervor, die auf dem Weltmarkt so begehrt waren.

Bis es eines Tages passierte.

Für die Schwarzen war es ein Unglück, die Weißen konnten triumphieren. Vorerst nur, denn sie wussten nicht, dass man mit dem Teufel keine Späße trieb.

Es war an einem Freitag, als die Schicht in den Berg einfuhr. Ingenieure hatten den Verlauf eines neuen

Stollens geplant und ausgerechnet. Er sollte an diesem Tag in Angriff genommen werden.

Fünf dunkelhäutige Arbeiter hatten die Aufgabe übertragen bekommen. Kunta, der Vorarbeiter, hatte die Mannschaft selbst zusammengestellt. Und er nahm nur die Kräftigsten mit. Sie erhielten ihre Bohrer, die Hacken und frische Batterien.

Bevor die fünf Männer losgingen, schaute Kunta sie an. »Ihr wisst Bescheid?«, fragte er.

Einer hatte noch etwas hinzuzufügen. »Ich hatte einen Traum und sah die Diamanten. Aber sie waren von schrecklichen Dingen umgeben. Deshalb sage ich euch, dass wir diesen Tag nicht überstehen werden, meine Freunde.«

Kunta, der Vorarbeiter, wurde besser bezahlt als die anderen. Er verdiente auch Prämien und wollte sich durch so ein Geschwätz nicht das Geschäft verderben lassen. »Halte ja dein Maul, Oko. Hier wird nichts passieren. Wir allein brechen den neuen Stollen auf, und wir werden Geld kassieren …«

»Für das wir die Waren der Weißen kaufen.«

»Du kannst ja das verdorbene Fleisch unserer Brüder fressen. Ich jedenfalls nicht.«

»Verräter!«

Kunta öffnete seinen Mund. Scharf stieß er den Atem aus. Unter der Haut bewegten sich seine Muskeln, doch er riss sich zusammen. »Darüber reden wir noch«, sagte er. »Vorwärts jetzt!«

Die fünf Männer verließen den Förderkorb und damit die einzige Verbindung zur Außenwelt. Hintereinander schritten sie in den breiten Tunnel hinein, zwischen den Schienen, auf denen kleine Wagen mit dem Geröll befördert wurden.

Man hörte sie schon von weitem, wenn sie herbeirumpelten und zum Sammelplatz rollten. Da die Strecke ein wenig Gefälle hatte, brauchte man keine Zugmaschinen einzusetzen.

Es wurde heißer, je tiefer sie in die südafrikanische Erde eindrangen. Wie eine Wand lag der Staub im Tunnel.

Wenn die Staubpartikel in den Schein der Lampen gerieten, blitzten sie auf.

Die Männer waren gleich gekleidet. Ärmellose Hemden und Hosen aus rauem Leder, die hielten am längsten.

Ein schweigender Marsch führte sie in die Tiefe. Schon bald bogen sie vom Hauptstollen ab, drangen ein in die niedrigen, unterirdischen Schluchten, wo die Luftzufuhr noch schlechter war, die Staubwolke dafür dichter.

Auch diesen Stollen mussten sie durchwandern. Manche Stempel standen schon schief. Es wurde Zeit, sie neu aufzustellen. Sonst würde der Stollen sicherlich bald zusammenbrechen.

Noch war es aber nicht so weit, denn ein zweiter, von diesem abzweigender Stollen sollte noch in den Berg hineingetrieben werden. Die Weißen hofften dort auf eine besonders große Ausbeute an Diamanten.

Die Männer sprachen kein Wort miteinander, als sie zu ihrem Arbeitsplatz gingen. Bei jedem Schritt tanzten die hellen Strahlen und strichen geisterhaft über die rauen Wände.

Die Geräusche der unterirdischen Anlage blieben hinter ihnen zurück. Stille umfing die Männer, nur durchbrochen von ihren Laufgeräuschen. Viele Arbeiter fürchteten sich, die leeren Stollen zu betreten, denn sie glaubten, dass die Berggeister Rache an denen nehmen würden, die sie störten. Alter Aberglaube, den Kunta, der Vorarbeiter, weit von sich wies. So etwas war in seinen Augen der reinste Unfug.

Nach fünf Minuten erreichten sie die Stelle, wo der neue Stollen in den Berg geschlagen werden sollte. Wenn sie am Ende der Schicht die ersten Yards geschafft hatten, würden andere kommen und die Decke mit Stempeln abstützen.

Kunta blieb stehen. »Hier ist es!«, sagte er. Seine Stimme klang seltsam dumpf.

Die anderen schauten sich um. Ihre Augäpfel leuchteten unnatürlich weiß in den schwarzen Gesichtern. Es war ihnen anzusehen, dass sie sich nicht wohl fühlten.

Ein jeder hatte Angst.

Aber das Geld lockte. Sie kassierten den doppelten Lohn. Davon konnten sie sich und ihren Familien etwas kaufen.

Kunta holte Kreide aus der Tasche. Im Licht der brennenden Lampen zeichnete er genau ein, wo gebohrt werden sollte.

»Verstanden?«, fragte er.

Nicken.

»Will noch jemand etwas sagen?« Kunta schaute seine Männer der Reihe nach an.

Bis auf Oko schwiegen sie. Der jedoch meinte: »Hier kommen wir nicht mehr raus!«

»Anfangen!«, fauchte Kunta und ballte seine linke Hand.

»Ich wollte nur meine Meinung sagen!«

»Das hast du hiermit getan. Los jetzt!«

Sekunden später begann das ohrenbetäubende Rattern der Bohrer. Zu dritt fingen sie an, setzten mit Diamanten bestückten härtesten Edelstahl gegen das in Jahrmillionen gewachsene Gestein ein und frästen tiefe Löcher hinein. Sie arbeiteten hart, und zwei Männer schauten zu.

Es waren Kunta und Oko. Sie hatten eine andere Aufgabe zu erfüllen und nahmen sie in Angriff, sobald die Bohrer das erste Gestein gelockert hatten.

Vor lauter Staub waren die Männer kaum zu sehen. Ihre Körper glänzten, die brütende Hitze machte ihnen zu schaffen, der Staub raubte ihnen den Atem, und die Arbeiter mit den Bohrern waren froh, als sie abgelöst wurden.

Erschöpft ließen sie sich zu Boden fallen. Mühsam rangen sie nach Luft. Auch Kunta sah dies. Er beschloss, bei den Weißen zu intervenieren, damit sie am morgigen Tag eine Frischluftzufuhr in den Stollen leiteten. Sonst war die Arbeit auf Dauer Mord.

Kunta und Oko traten nun in Aktion. Sie waren die beiden Kräftigsten, und sie nahmen ihre Hacken, um das Gestein wegzuschlagen, das noch hängen geblieben war.

Keine ungefährliche Arbeit. Mehr als einmal fielen

kopfgroße Brocken nach unten. Sie trafen die Helme und die Körper der Männer, rissen die Haut auf, und Blut vermischte sich mit Staub.

Oko hatte sich weiter vorgearbeitet. Voller Hass und Zorn schwang er die Hacke. Er stellte sich vor, dass er hier nicht gegen irgendwelche Felsen schlug, sondern gegen die Körper der weißen Ausbeuter. Und das machte ihn wild.

Er schaffte mehr als sein Vorarbeiter, bis er plötzlich einhielt, denn die Hacke war gegen einen merkwürdigen Stein geschlagen und hatte ein hohl klingendes Echo erzeugt.

Sofort zuckte Oko zurück und wäre fast noch von Kuntas Hackenspitze am Oberarm getroffen worden.

»Verdammt, was ist geschehen? Warum arbeitest du nicht weiter? Hier kriegt keiner was geschenkt.«

»Schlag selbst!«

Kunta duckte sich. »Du weigerst dich?«

Jetzt kamen auch die anderen näher. Die drei bauten sich hinter den beiden im Halbkreis auf.

»Ich habe nur gesagt, dass du selbst schlagen sollst. Vielleicht fällt dir etwas auf.«

»Na gut«, erwiderte Kunta mit einem Seitenblick auf Oko. »Mal sehen, was du als Ausrede gebraucht hast.« Sein breiter Mund verzog sich zu einem Grinsen, dann holte er weit aus, drückte seinen Körper nach hinten und schlug zu.

Die Spitze der Hacke traf das Ziel genau. Wie auch bei Oko gab es ein dumpfes und seltsam hohl klingendes Geräusch. Im Licht der Helmlampen sahen die fünf Arbeiter, dass das Ziel vor ihnen erzitterte.

»Da ist was!«, sagte Oko.

»Wir werden nachschauen!« Kunta wollte vorgehen, doch Oko hielt ihn an der Schulter zurück. »Nein«, sagte er, »nein. Tu es nicht! Du weißt, die Geister der Tiefe ...«

Als Antwort schlug Kunta ihm den Handrücken quer durchs Gesicht. »Das war mal fällig.«

Oko war zurückgefallen und von den anderen aufgefangen worden. Sie kümmerten sich nicht um Kunta und auch nicht um das, was er entdeckt hatte. Keiner rechnete mit einer Gefahr, und Oko presste seine Hand gegen die blutende Lippe. Dadurch abgelenkt, wurden sie überrascht.

Der letzte Schlag war wohl zu viel gewesen. Etwas knirschte. Die Männer schauten auf. Es war bereits zu spät.

Schon löste sich vor ihnen eine schwere Steinplatte aus dem Gestein und kippte ihnen entgegen. Sie hörten das Knirschen, wollten weg, behinderten sich gegenseitig und verloren wertvolle Sekunden.

Das Unheil war nicht mehr aufzuhalten. Der Tod schlug kalt und erbarmungslos zu.

Vier Männer wurden von der fallenden Felsplatte erfasst und auf der Stelle unter dem tonnenschweren Gestein getötet …

Auch Oko hatte die Platte fallen sehen. Während sich um ihn herum die dunklen und schwitzenden Körper seiner Kameraden drehten, damit sie so schnell wie möglich wegkamen und sich dennoch gegenseitig behinderten, war Oko auf die Knie gefallen und versuchte, der fallenden Platte kriechend zu entkommen.

Er schaffte es nicht.

Er hörte noch die gellenden Todesschreie seiner Arbeitskollegen, dann erwischte es auch ihn. Doch er wurde nicht mit seinem gesamten Körper unter der Platte begraben, sondern nur bis knapp zu den Hüften.

Es war ein unbeschreiblicher Schmerz, den er im ersten Augenblick spürte. Er lag auf dem Rücken, die breite, schwere Platte auf ihm, unter ihm seine vier toten Kollegen.

Und er würde ebenfalls sterben.

Oko dachte an seinen Traum. Es war ihm klar gewesen, dass er es nicht schaffen konnte. Der Tod würde ihn packen, aber in den letzten Minuten seines Lebens offenbarte ihm der Berg noch ein Geheimnis.

Die Platte hatte etwas freigelegt.

In der Dunkelheit wäre es wohl kaum zu sehen gewesen, doch der Lampenstrahl traf genau auf das zuvor verborgene Gestein, und Oko konnte erkennen, welches Grauen sich in der Wand verborgen gehalten hatte.

Er sah die Schädel!

Totenschädel!

Blank und gelb schimmerten sie. Zu sechst lagen sie nebeneinander. Ihre Augen waren gefüllt mit Diamanten, die ein kaltes Feuer versprühten, als das Licht der Lampe sie traf.

Man musste die blanken Steine in die Augenhöhlen hineingestopft haben. Eine andere Lösung kam für Oko nicht in Frage. Für wenige Sekunden vergaß er seine Schmerzen. Er sah nur die schrecklichen Schädel, und er wusste, dass auch sein Kopf bald so aussehen würde.

Das also war der Fluch.

»Er – wird euch kein Glück bringen!«, stöhnte der Todgeweihte. »Euch Weiße – soll er vernichten …« Es waren die letzten Worte im Leben des schwarzen Arbeiters. Dann starb auch er.

Fünf Menschen hatte die Hölle unter Tage geholt. Erst Stunden später wurden sie gefunden. Man gab Alarm. Jetzt rückten auch die Weißen an, und als sie die Schädel mit den Diamanten sahen, da war es aus. Die Leichen wurden vergessen, man interessierte sich nur für den Schatz und holte sogar den Besitzer der Grube, Peter van Dyck, in die Tiefe.

Man hielt ihn für einen der reichsten Männer Südafrikas. Er wohnte mal in Kapstadt und mal in Europa.

In zwei Tagen wollte er wieder nach Europa fliegen. Als er die Köpfe mit den Diamanten sah, da verschob er seinen Flug und tat einen Schwur. »Ich werde erst fliegen, wenn ihr mir die sechs Schädel zu einer Kette zusammengebunden habt …«

So geschah es. Der Wunsch der weißen Herren war den Schwarzen Befehl. Sie beeilten sich sehr mit der Arbeit, denn jedem war klar, dass in dieser Kette – mochte sie noch so kostbar sein – ein gefährlicher Geist steckte …

In Südafrika, dem Land der Rassentrennung, gehörte Peter van Dyck zu den schillerndsten Persönlichkeiten. Man sagte ihm nach, dass er mehr Einfluss hatte als die Politiker. Bei dem Vermögen konnte man sich das leicht vorstellen.

Van Dyck gehörte zu den reichsten Männern des Landes. Vielleicht war er sogar der Reichste, denn seine Minen konnte man schon mit den Ölquellen der Scheichs vergleichen, so viel warfen sie ab. Van Dyck gehörte zu den Typen, die aus der Zeit des Frühkapitalismus übrig geblieben waren. Er war der Chef, der Herrscher, der Boss. Was er sagte, das musste getan werden, und wehe, es erlaubte sich jemand, ihm zu widersprechen. Der wurde gefeuert. Das wussten die Männer, die in van Dycks unmittelbarer Nähe arbeiteten, und sie richteten sich danach.

Meist war der Chef als Letzter im Büro, und deshalb wunderten sich seine vier Sekretärinnen, als er schon so früh nach Hause ging. Sie wussten nur über den Flug nach Europa Bescheid, doch so etwas war für van Dyck eigentlich nie ein Grund gewesen, früher Feierabend zu machen.

In der Tat hatte Peter van Dyck andere Gründe. Er konnte es kaum abwarten, in sein palastartiges Landhaus am Meer zu kommen, denn dort wollte er sich das ansehen, was ihn im Augenblick am meisten interessierte.

Die Kette!

Van Dyck hatte nicht nur einen guten Riecher für Geschäfte, er ahnte auch, dass hinter dieser Kette ein Geheimnis steckte. Eine Art Fügung musste ihm die Schädel in die Hände gespielt haben. Zudem waren sie noch mit Diamanten gefüllt, etwas Unwahrscheinliches, und van Dyck, ein Kenner der Materie, glaubte daran, dass die Diamanten nicht in einem natürlichen Prozess in die Schädel gelangt waren. Die musste jemand hineingesteckt haben. Aber wer?

Archäologie und Mythologie gehörten nicht zu den Spezialfächern des erfolgreichen Geschäftsmannes. Er wusste wohl, dass es diese Gebiete gab, mehr auch nicht.

Diesmal jedoch ahnte er, dass die Entstehung der Totenköpfe und auch die der Diamanten in vorgeschichtlicher Zeit zu suchen war. Vielleicht hatte er mit dieser Kette einen Fang gemacht, der auf der Welt einmalig war.

Und nur das wollte er.

Sein Fahrer wartete bereits. Van Dyck stieg in den Mercedes 600 und gab Anweisung, ihn dorthin zu bringen, wo sein Zwanzig-Zimmer-Landhaus lag.

Der Fahrer fuhr schweigend an.

Er war ein strohblonder Hüne, der in der Legion gekämpft hatte. Dieser Typ – er hieß Saccu – stammte aus Frankreich und war irgendwann in Südafrika hängen geblieben. Ein furchtbarer Rassist, der im Dschungel gegen aufständische Schwarze gekämpft hatte. Für van Dyck war er genau der richtige Mann.

Der Wagen rollte lautlos davon.

Im Fond hockte van Dyck schweigend. Ein finsterer Bursche mit leicht angegrauten Haaren, einem fleischigen Gesicht und breiter Stirn, auf der die Augenbrauen dicht wuchsen. Die Augen selbst zeigten eine menschliche Kälte, die einen Beobachter erschrecken konnte. Wenn auf einen Menschen das Wort rücksichtslos passte, dann auf Peter van Dyck.

Während der Fahrt redete er nicht. Auch der Fahrer wagte es nicht, ihn anzusprechen. Saccu gehörte zu den Leuten, die wussten, wann sie den Mund zu halten hatten.

»Sie fahren mit nach London!« Van Dyck unterbrach das Schweigen. Er hatte sich blitzschnell entschlossen, Saccu mitzunehmen.

»Sehr wohl, Sir!«

Mehr brauchten beide nicht zu sagen. Die Fronten waren abgesteckt. Eine Stunde etwa dauerte die Fahrt, dann erreichten sie das Landhaus hoch oben auf den Klippen, mit Blick auf das ewig heranrollende, herrliche Meer.

Eine Privatstraße führte hinauf. Der Garten blühte in voller Pracht. Es gab auf dem Grundstück nicht nur einen großen Tennisplatz und einige Pools, sondern auch einen

Landeplatz für Hubschrauber. Natürlich standen mehrere Garagen zur Verfügung.

Dort oben wehte immer ein frischer Wind. Er brachte den typischen Geruch des Meeres mit. Und das gehörte zu den Dingen, die van Dyck außer seinem Geld liebte.

Er stieg aus, während der schwere Wagen vor der Riesengarage stehen blieb.

»Sie können ihn waschen, Saccu!«

»Sehr wohl, Sir.« Der Hüne verbeugte sich leicht.

Peter van Dyck lief ins Haus. Dabei schaute er auf die Uhr. Der Mann, einer seiner besten Juweliere, würde pünktlich sein, das wusste er. Van Dyck würde noch Zeit finden, sich für eine Stunde hinzulegen. Er war so trainiert, dass er auf Befehl einschlafen und auch wieder zu einer bestimmten Zeit wach werden konnte.

Neben dem Hallenpool befand sich ein Ruheraum. Van Dyck entledigte sich seiner Kleidung und machte es sich bequem. Innerhalb weniger Sekunden war er tief eingeschlafen. Er träumte von Diamanten und Totenschädeln und von einer ungeheuren Macht …

Raum und Zeit verloren für mich an Bedeutung. Es gab sie einfach nicht mehr. Für mich existierte nur noch die Unendlichkeit, die Weite des Alls, die Nichtberechenbarkeit der Dimensionen.

Das Gefühl – ich hatte es schon des Öfteren erlebt – war auf irgendeine Art und Weise unbeschreiblich. Aber nicht unangenehm, denn ich befand mich gewissermaßen freiwillig in dieser Lage, und ich wurde auch gehalten.

Gehalten von einem Freund.

Es war der Eiserne Engel!

Urplötzlich war er erschienen. In der Nacht, als ich gerade eingeschlafen war. Zuerst hatte ich an einen Traum gedacht, doch die große Gestalt vor meinem Bett, die so seltsam grau und bronzefarben schimmerte, war keine Einbildung gewesen. Sie existierte tatsächlich.

Er sah wirklich wie eine eiserne Figur aus. Man konnte sich kaum vorstellen, dass dieses Wesen lebte und existierte. In Italien hatte ich ihn vor langer Zeit kennen gelernt, mehr aber auch nicht. Nach wie vor umgab ihn ein Geheimnis, zu dessen Lösung er mir noch nichts mitgeteilt hatte.

Hin und wieder hatten sich unsere Wege gekreuzt, denn wie auch ich war er auf der Suche nach den Geschöpfen der Finsternis. Er allerdings interessierte sich mehr für die prähistorische Vergangenheit, denn in dieser Zeit hatte es ebenfalls schon mächtige Dämonen und Zauberer gegeben, deren Spuren wir auch heute noch finden konnten. Wenn man darüber näher nachdachte, dann kam mir sofort der Begriff Atlantis in den Sinn. Dieser gewaltige, vom Meer verschlungene Kontinent aus frühgeschichtlicher Zeit war zwar untergegangen, aber sein Erbe bekamen wir heutigen Menschen noch zu spüren. Gerade in letzter Zeit hatte es sich immer deutlicher herauskristallisiert, dass Atlantis auch in unserer Zeit nicht vergessen war, und da brauchte ich nur an die geheimnisvolle Leichenstadt zu denken, deren Rätsel ich bisher nicht gelöst hatte.

Aber Atlantis stand nicht allein. Es hatte viele negative Seiten. Unter anderem gehörten die Großen Alten dazu. Mächtige Geister oder Dämonen, die schon vor Atlantis existiert hatten und deren Herkunft nach wie vor im Dunkeln lag.

Ich hatte einen der Großen Alten kennen gelernt. Kalifato, auch der Todesbote genannt. Einen furchtbaren Dämon, der in einer unmittelbaren Verbindung zur Leichenstadt stand.

Dem Eisernen Engel und mir war es nicht gelungen, ihn zu besiegen, denn er hatte kraft eines geheimnisvollen grünen Strahls die Menschen eines gesamten Dorfes nicht nur in seinen Bannstrahl gezogen, sondern sie auch in die unheimliche Leichenstadt geholt.

Diese Tatsache hatte mich stark deprimiert, denn mir war es nicht gelungen, das Unheil aufzuhalten. Wenn mir damals der Eiserne Engel nicht geholfen hätte, wäre ich wohl auch verschollen gewesen.

Und nun hatte er sich abermals meiner angenommen.

Eine Erklärung hatte er mir nicht gegeben. Die würde ich sicherlich noch von ihm erhalten. Ich konnte nur Vermutungen anstellen.

Vielleicht hing es auch mit dem letzten Fall zusammen, der Suko und mich mit dem Eisernen Engel zusammengebracht hatte. Es lag nicht lange zurück, als sich plötzlich Belphégor zeigte. In Paris tauchte er auf und wollte Menschenmassen in seine Gewalt bringen, um sie dem Höllenwurm zuzuführen. In den französischen Alpen war es dann zum großen Finale gekommen, bei dem auch der Eiserne Engel kräftig mitmischte. Und ihm war es gelungen, das magische Pendel an sich zu nehmen, auf das er so gehofft hatte.

Izzi existierte nicht mehr. Suko hatte Belphégor zerstört, was wir jedenfalls hofften, und der Eiserne Engel hatte das magische Pendel bekommen.

Es war ein großer Sieg für uns gewesen, denn die schwarzmagischen Kräfte hatten Federn lassen müssen.

Und nun war ich gespannt, was der Eiserne Engel in der Hinterhand trug.

Die Unendlichkeit hatte uns aufgenommen. Zukunft, Gegenwart, Vergangenheit, all die Begriffe, die für uns Menschen bestimmend waren, hatten ihre Bedeutung verloren. Es gab nur noch den Eisernen Engel und mich.

Schwärze umgab uns. Es war die absolute Dunkelheit. Man fand keinen Bezugspunkt mehr, sodass die Zeit, eine relative Größe, aufgehoben war.

Aber es musste ein Ziel geben, davon war ich fest überzeugt, und ich wartete gespannt darauf, während mich der Eiserne Engel festhielt.

Als allerletzten irdischen Eindruck hatte ich das magische Pendel wahrgenommen, das um den Hals des Eisernen hing. Ein blassroter Stein, der, wenn er aktiviert wurde, eine blutrote Farbe annehmen konnte und die Geister der Erde beschwor.

Wie das geschah, hatte ich bei dem Eisernen Engel noch nicht erlebt. Aber ich würde es sehen – irgendwann …

Und dann kam der Zeitpunkt, als die Dunkelheit allmählich wich. Es war kein heller Schein, den ich zu sehen bekam, sondern ein seltsames Licht, das sich kaum von der Schwärze abhob.

Ich suchte nach einer Bezeichnung und fand heraus, dass dieses Licht grün schimmerte.

Ein seltsam blasses, aber dennoch kräftiges Grün, das keinen Anfang, aber auch kein Ende hatte, sondern von der Unendlichkeit verschluckt zu werden schien.

War das unser Ziel?

Gern hätte ich es gewusst, doch ich traute mich nicht, den Eisernen Engel zu fragen. Neugierde mochte er nicht. Ich würde es schon früh genug merken.

Hinzu kam noch die absolute Stille. Sie wurde nur unterbrochen, wenn der Eiserne seine gewaltigen Flügel bewegte. Ein Schlag reichte aus, um ihn wieder weiterzutransportieren. Seltsamerweise hörte ich kein Rauschen der Luft. Wir schienen durch ein Vakuum zu fliegen.

Der grüne Lichtschein rückte näher. Er breitete sich jetzt nach allen vier Richtungen hin aus, fiel auch in die Tiefe, berührte dort etwas, und meine Augen wurden groß, als ich dies sah. Es waren Bergspitzen.

Ich kannte zahlreiche Gebirge: die Alpen, die Pyrenäen, die Rocky Mountains … Solche Berge, wie ich sie jetzt sah, waren mir allerdings unbekannt.

Die Bergspitzen wirkten seltsam schmal und scharf, erinnerten mich sogar an Lanzenenden, so hart stachen sie in den grünen Himmel. Spitze befand sich neben Spitze. Sie bildeten eine regelrechte Kette aus Gipfeln, und sie schimmerten in diesem intensiven Grün.

Eine seltsame Welt, in die mich der Eiserne Engel da brachte. Aber er würde schon seine Gründe dafür haben.

Ein wenig änderte er die Richtung. Ich bekam einen anderen Blickwinkel und wurde abermals überrascht.

Rechts von mir sah ich die gleichen Berge. Auch sie stießen scharf und spitz in den grünen Himmel, und sie sahen fast genauso aus wie ihre Gegenüber auf der von mir aus gesehen linken Seite.

Zwei Bergketten, die sich gegenüberlagen. Dazwischen eine Schlucht. Die Schlucht der Stummen Götter …

Der Juwelier war pünktlich.

Von Peter van Dyck wurde er mit einem knappen Kopfnicken begrüßt und ins Haus gebeten.

In der großen Empfangshalle, die mit weißem Marmor ausgelegt war und sehr kalt wirkte, blieb van Dyck stehen. »Haben Sie alles geschafft?«, fragte er.

»Jawohl.« Der Juwelier lächelte und schob seine Goldrandbrille ein wenig höher. »Es war eine sehr ungewöhnliche Aufgabe, die Sie mir da gestellt haben, wenn ich das einmal anmerken darf.«

Van Dyck schaute ihn scharf an. »Sie dürfen nicht. Dafür werden Sie hervorragend bezahlt.«

»Entschuldigen Sie, Sir.«

»Kommen Sie zur Sache.«

»Natürlich, Sir, sofort.« Der Juwelier kochte innerlich vor Zorn. Er war ein angesehener Mann in Kapstadt und kam sich bei diesem Milliardär vor wie ein kleiner Schuljunge, so musste er sich abkanzeln lassen. Aber van Dyck hatte Einfluss. Wenn er nicht mitspielte, lief in Kapstadt so gut wie nichts. Deshalb ballten zahlreiche Menschen die Hände in den Taschen und warteten ab. Irgendwann würde auch van Dyck mal abtreten, und ein Nachfolger war nicht in Sicht.

Einmal waren Bomben gegen seinen Wagen geworfen worden. Die Panzerung hatte gehalten, und das Haus auf dem Hügel war angelegt wie eine uneinnehmbare Festung.

Der Juwelier hatte den breiten Alukoffer abgestellt. Jetzt drehte er den Koffer um und klappte den Deckel auf.

Wie eine Säule stand van Dyck neben ihm. Er hielt den Kopf gesenkt. Seine Augen brannten. Der Blick versuchte, den Inhalt des Koffers zu erforschen.

Der Koffer enthielt nur einen Gegenstand.

Die Schädelkette!

Ja, das war sie. Schon jetzt erkannte der Milliardär, dass der Mann gute Arbeit geleistet hatte.

Der Juwelier wollte in die Alutasche greifen und die Kette hervorholen, doch er zuckte zusammen, als er die Stimme seines Auftraggebers hörte.

»Lassen Sie das!«

Hastig erhob sich der Juwelier. Er hatte einen roten Kopf bekommen, nicht nur vom langen Bücken sondern auch vor Ärger und Wut, denn die Behandlung dieses Mannes war wirklich kaum mehr zu ertragen. Er trat zur Seite, damit van Dyck nicht noch einen Grund hatte, sich zu beschweren, und schaute zu, wie der Milliardär die Kette aus dem Koffer nahm.

Seine Augen hatten dabei einen seltsamen Glanz angenommen. Ein inneres Fieber schien ihn erfasst zu haben, als er die wohl seltsamste Kette der Welt zwischen seinen Fingern hielt.

Sie war ein Prachtstück.

Die Totenschädel, die bleich und beinern schimmerten, waren durch eine glänzende Kette miteinander verbunden worden. Der Juwelier hatte in die Schädel kleine Löcher gebohrt, ohne die Totenköpfe allerdings weiter zu beschädigen. Die Kette passte genau durch die Löcher, und sie hielt auch die einzelnen Schädel zusammen. Um sie um den Hals zu hängen, war die Kette zu groß und wuchtig, aber das wollte van Dyck auch nicht. Er sah sie einzig und allein als sein Eigentum an.

Er hatte mit beiden Händen in den Koffer gefasst und holte die Kette nun hervor.

Er behielt sie in den Händen, hob die Arme hoch, und seine Mundwinkel zuckten. Die einzige Reaktion, die man ihm überhaupt anmerkte.

Seine Augen schauten sich jeden Schädel genau an, während er mit den Händen darüber tastete.

Herrlich, wie der Mann es geschafft hatte, die wertvollen Diamanten in die Gebeine zu integrieren. Sie füllten die Augen aus, waren zusammengefügt worden, und man konnte sie jetzt als ein festes Gebilde bezeichnen.

Ohne es eigentlich zu wollen, atmete der Milliardär schneller. Er wusste selbst nicht, wie das kam, aber seit er die Kette in der Hand hielt, war alles anders.

Hatte sich sein Leben verändert? Ein verrückter Gedanke, doch es schien so zu sein. Etwas ging in seinem Innern vor und ergriff von ihm Besitz. Es war eine fremde Macht, die er weder lenken, steuern noch kontrollieren konnte.

Seine Finger bewegten sich. Sie tasteten die Schädel ab, fühlten bei jedem nach und stellten fest, dass sich die beinerne Oberfläche irgendwie erwärmt hatte.

Es war ihm, als würden die Schädel leben.

Kein äußeres Leben, denn sie bewegten sich nicht, sondern ein inneres. Konnten die Schädel ihn vielleicht beeinflussen? Strahlten sie Wellen oder Gefühle ab?

Der harte Mann erschauderte. Er wollte es sich selbst gegenüber kaum zugeben, aber er stellte mittlerweile fest, dass die Schädelkette eine gewisse Macht auf ihn auswirkte.

Ausgerechnet auf ihn, wo er sich von keinem Menschen etwas sagen oder hineinreden ließ.

»Sir, kann ich jetzt gehen?«, erkundigte sich der Juwelier.

»Ja.«

»Danke.« Der Mann bückte sich und schloss den Koffer. Er hob ihn an und blieb für einen Moment unschlüssig stehen. Wieder rückte er seine Brille zurecht, bevor er fragte: »Da wäre vielleicht noch die finanzielle Sache zu klären, Sir …«

Van Dyck schien aus einer tiefen Trance zu erwachen. Seine Stirn legte sich in Falten, und er fragte mit heiser klingender Stimme: »Was habe ich gesagt?«

»Tausend!«

Für einen Moment verengten sich die Augen des Milliardärs zu schmalen Schlitzen, dann nickte er, griff in die Tasche und holte ein Bündel Geldnoten hervor. Er warf es dem Juwelier rüber. »Das wird reichen«, sagte er.

Der Mann schnappte das Geld wie ein Hund den Knochen. Und so kam er sich auch vor. Wieder stieg der Hass gegen diesen Milliardär in ihm hoch. Er war wie eine Flamme, die man nicht löschen konnte. Das Geld steckte er ein, ohne nachzuzählen. Er wollte so rasch wie möglich das Haus verlassen und wusste selbst nicht, wie er es schaffte, sich trotz allem noch ein Lächeln abzuringen.

»Vielen Dank, Sir! Wenn ich Ihnen mal wieder behilflich sein kann, stehe ich Ihnen gern zur Verfügung.«

»Schon gut. Ich kenne Ihre Anschrift.« Van Dyck wedelte mit der Hand. Er wollte allein sein.

Der Juwelier ging. Es glich schon mehr einer Flucht, so, wie er das Haus verließ. Durch das große Fenster beobachtete van Dyck ihn. Ein geringschätziges Lächeln lag auf seinen Lippen. Alles Kriecher, dachte er, widerliche Schleimer.

Der Juwelier stieg in seinen cremefarbenen BMW und brauste davon, verfolgt von den Blicken des Milliardärs und dessen Chauffeurs. Als der Wagen nicht mehr zu sehen war, drehte sich van Dyck abrupt um. Durch die weite Halle ging er in sein Arbeitszimmer, einen ebenfalls fußballfeldgroßen Raum, der mit antiken Möbeln eingerichtet war. Sogar die zahlreichen Bücherregale hatten einen gewissen Wert. Die darin stehenden Werke ebenfalls. In ihnen war die Geschichte der Diamanten verewigt.

Vorsichtig legte van Dyck die Kette auf den Schreibtisch. Sie wirkte makaber und deplatziert zwischen den modernen Geräten und der Telefonanlage.

Die Schädel lagen so, dass die Gesichter den Mann anstarrten. Abermals sah er in den Augenhöhlen die zahlreichen Diamanten. Das Licht fiel auf die wertvollen Stücke, wurde gebrochen, und van Dyck badete sich in ihrem Schein.

Dieses Funkeln und Gleißen waren für ihn das Größte überhaupt. Die Schädelkette gehörte jetzt ihm. Er würde sie nicht mehr aus der Hand geben, denn er hatte das Gefühl, dass sie ihm eine sonst nie erlebte Macht verlieh.

Peter van Dyck wollte sie mitnehmen. Nach London …

Die Schlucht der Stummen Götter!

Ich war noch nie hier gewesen, wusste jedoch durch den Eisernen Engel, dass es sie gab. Er hatte sie mir so genau beschrieben, dass ich sie erkannte, während wir allmählich tiefer flogen und uns der Schlucht näherten.

So etwas wie Ehrfurcht erfasste mich, und über meinen Rücken rann ein Schauer.

Was diese Schlucht genau verbarg, das wusste ich nicht. Es mussten jedenfalls große Geheimnisse sein, die von einem Anfang und einem Ende kündeten.

Götter sollten hier leben.

Stumme Götter, die der uralte Fluch der Großen Alten für immer verbannt hatte.

Ein grandioser Gedankengang, den ich da führte, und der Schauer auf meinem Rücken verdichtete sich.

Inzwischen waren wir so tief geflogen, dass ich einen Blick in die Schlucht hineinwerfen konnte. Sie war in der Tat sehr eng und schien sich unendlich vor meinen Augen auszudehnen. Die Berge standen sich gegenüber, stachen in den grünlich schimmernden Himmel, der weder Sonne, Mond noch Wolken kannte, sondern eine einzige glatte Fläche war.

Wir landeten.

Auch dies ging sacht vor sich. Die Flügel des Eisernen Engels falteten sich zusammen. Als wir dicht über den Boden strichen, ihn berührten und zur Ruhe kamen.

Ich wurde losgelassen.

Automatisch begann ich meine Beine zu bewegen, als ich Bodenkontakt hatte, lief ein paar Schritte, hatte ein wenig Mühe mit dem Gleichgewicht, weil ich einen Schwindelanfall erlitt, stand dann jedoch gut auf beiden Beinen.

Der Eiserne Engel war weitergeflogen, landete jetzt ebenfalls und drehte sich um.

Wir schauten uns an.

Auch das schmale, asketisch wirkende Gesicht des Eisernen hatte einen grünen Schimmer angenommen. In den Augen erkannte ich ein seltsames Leuchten, in seinem Gesicht regte sich nicht ein Muskel, der Mund bildete einen Strich.

Er sprach nicht, sondern hob nur eine Hand und fasste nach dem magischen Pendel. Danach bewegte er seinen Kopf, deutete ein Nicken an, und ich verstand.

Langsam ging ich auf ihn zu. In dieser Zwischenzeit

hatte ich Muße, die Atmosphäre dieser seltsamen Schlucht in mich aufzunehmen.

Sie war grandios. Ein anderes Wort fiel mir nicht ein. So völlig anders, umweht von Gedanken, die man als gut bezeichnen konnte und die von einer Reinheit waren, von der die Menschheit nur träumen konnte.

So mussten sich unsere Vorfahren die Paläste der Götter vorgestellt haben. Das waren die Heiligtümer und Refugien der großen Geister. Und Götter lebten schließlich hier in dieser Schlucht. Sie gehörten dazu, denn die Schlucht hatte nach ihnen ihren Namen bekommen.

Schlucht der Stummen Götter …

Mit großer Ehrfurcht dachte ich daran, denn hier erlebte ich etwas Einmaliges. Vielleicht war ich sogar der erste Mensch, der dieses Heiligtum überhaupt betrat. In diesen Sekunden wurde mir bewusst, welch eine Ehre es für mich war.

Der Boden der Schlucht war glatt. Das Gestein schimmerte grün, sah aus wie Marmor, doch meine Schritte hallten seltsamerweise nicht wider, sie wurden von dem Boden aufgesaugt. Ich hätte die Echos auch als störend empfunden.

Vor dem Eisernen Engel blieb ich stehen. Leicht bewegte er den Kopf, bevor er mir die nächsten Worte sagte. Sie klangen sehr ernst und waren der Lage angepasst.

»Ich habe dich nicht umsonst hierher gebracht, Geisterjäger«, sprach er, »denn bevor du alles begreifen lernst, sollst du die Schlucht der Stummen Götter gesehen und betreten haben, und damit bist du der erste Mensch, dem dies widerfährt. Lange genug habe ich darüber nachgedacht, ob ich es riskieren konnte, denn die Schlucht der Stummen Götter ist nicht für Menschen gedacht. Du bist zwar auch ein Mensch, aber trotzdem etwas Besonderes, denn du, John Sinclair, bist der Sohn des Lichts, der Erbe des Kreuzes, in dem die Kräfte des Guten vereint sind. Ich glaube nicht, dass einem anderen diese Ehre zuteil geworden wäre, doch du hast bewiesen, dass du auf meiner Seite stehst. Den Ausschlag für mich hat unser letzter Kampf gegeben, als es uns gelang, das magische Pendel in die Hand zu bekommen. Es hat einen ungeheuren Wert, den man doch nicht abschätzen kann, aber dieses Pendel gehört mir, denn der Stein, aus dem es hergestellt worden ist, stammt aus dieser Schlucht. Es ist ein Erbe der Götter, die mir leider nicht viel überlassen konnten, aber mit diesem Pendel war es ihnen möglich, gewaltige Dämonen in Schach zu halten.«

Mir kam eine fantastische Schlussfolgerung in den Sinn, und ich fragte: »Auch die Großen Alten?«

Da zögerte der Eiserne Engel. Er musste erst über die Antwort nachdenken. Schließlich nickte er und erwiderte: »Ja, auch die Großen Alten. Aber nur zum Teil, denn für immer konnte man sie nicht vernichten. Dazu reichte auch die Kraft des magischen Pendels nicht aus. Sie wären unter Umständen für alle Zeiten verbannt geblieben, wenn sich das Pendel auch die Jahrtausende über in meinem Besitz befunden hätte. Das aber war nicht der Fall. Izzi war es gelungen, sich des Pendels zu bemächtigen. Und der Höllenwurm war ein Diener der Großen Alten. Er sorgte zusammen mit dem Pendel dafür, dass die Kräfte dieser Dämonen nicht vergingen und nur schliefen, um zu einem gewissen Zeitpunkt wieder erweckt zu werden.«

»Der nun gekommen ist«, vollendete ich.

»Fast, mein Lieber, fast.« Der Eiserne Engel lächelte plötzlich. »Im letzten Augenblick ist es mir gelungen, das magische Pendel an mich zu bringen. Das habe ich dir zu verdanken, deshalb erlaubten es mir die Götter, dich herzubringen, denn hier bin ich geboren, hier stand meine Wiege, und hier wirst du die sehen, die mich erschaffen haben. Die Stummen Götter!«

Es war gewaltig, was ich hier erleben durfte. Nie im Leben hätte ich damit gerechnet, dass man mir die Geheimnisse einer längst vergessenen Welt anvertrauen würde. Der Eiserne hatte es getan. Welch ein Vertrauen musste er mir entgegenbringen?

Hier war alles anders. Hier konnte ich irdische Maßstäbe vergessen. In dieser anderen Dimension, wo die Zeit keine Bedeutung hatte, erlebte ich etwas, das für mich später von ungemein großer Bedeutung werden sollte.

Der Eiserne Engel aber nahm mich wie ein kleines Kind bei der Hand und ging mit mir in die Schlucht hinein.

Vielleicht ist es Ihnen auch schon so ergangen, wenn Sie mal im Gebirge sind, sehen die gewaltigen hohen Berge mit den Gletschern auf den Spitzen vor sich aufragen, dann kommt es Ihnen vor, als wären sie nur ein winziges Steinchen im Vergleich zu dieser herrlichen Natur. Die Berge, in Relation gesetzt zur menschlichen Größe, lassen erkennen, wie klein ein Mensch doch ist.

Winzig und unbedeutend.

Dieses Gefühl verspürte ich, als ich mit dem Eisernen Engel weiterging.

Die Schlucht nahm uns auf wie ein gewaltiger Trichter. Düster wirkte sie, ein Ende war nicht abzusehen, es verschwand im grünen Licht, das innerhalb und über der Schlucht lag.

Trotz der Düsternis hatte ich kein schlechtes Gefühl. Ich fühlte mich irgendwie beschützt und behütet. Diese Berge zu beiden Seiten strahlten eine nahezu übernatürliche Ruhe und Gelassenheit aus, die auch auf mich übergriff.

Ich war hier ein willkommener Gast und erlebte vielleicht ein Stück Ewigkeit.

Seltsam, welche Gedanken mir plötzlich kamen. Ich dachte sonst darüber nie nach, doch hier war es anders. In der Schlucht der Stummen Götter kam mir sehr deutlich zu Bewusstsein, dass ich wirklich nur ein winziges Rädchen im großen Getriebe der Zeit war.

Der Eiserne hielt sich neben meiner rechten Seite. Hoch hatte er den Kopf erhoben. Aufrecht und stolz schritt er neben mir her. In seinem Gesicht zuckte nicht ein Muskel, es blieb glatt und unbewegt, auch die Lippen bildeten nur einen Strich.

Welche Gefühle mussten ihn wohl durchtosen? Ich dachte daran, dass er es überhaupt nicht nötig hatte, sich in Gefahr zu begeben. Er konnte auch in der Schlucht bleiben, aber das wollte er nicht. Der Eiserne Engel musste aus diesem Refugium der Götter weg und auf die Erde, um sich den Mächten des Bösen zu stellen.

Da waren wir uns gleich.

Wir schritten weiter.

Nichts war zu hören. In einem fast greifbaren Schweigen lag die Schlucht vor uns, irgendwo in einer anderen Dimension, in der andere Gesetze als auf unserer Erde herrschten.

Dass es so etwas gab, wunderte mich immer wieder, obwohl ich schon viel gewohnt war und bereits mehrere Male Dimensionsreisen unternommen hatte, wobei ich auch im Vorhof der Hölle gelandet war.

Diese Gedanken vertrieb ich und konzentrierte mich auf den Weg und die Umgebung.

Sehr schmal waren die Berge. Sie erinnerten mich in der Tat an spitzwinklige Dreiecke, die in die grüne Luft stachen, wobei sich die dunklen Grate deutlich abhoben.

Das Gestein schimmerte ebenfalls dunkel. Auf einmal sah ich etwas, das mich überraschte.

Unwillkürlich hielt ich den Atem an, ging auch nicht mehr weiter, und meine Hand rutschte aus der des Eisernen Engels.

»Was ist?«, fragte mich mein mächtiger Freund.

Ich schüttelte den Kopf und hob gleichzeitig die Schultern, wobei ich auf die Wände zeigte. »Das – das sind Gesichter …«

»Ja«, gab der Eiserne mir Recht. »Du hast dich nicht getäuscht, John Sinclair.«

»Wer sind sie?« Ich stellte die Frage, obwohl ich mir die Antwort selbst geben konnte, doch der Eiserne Engel antwortete:

»Es sind die Gesichter der Stummen Götter. Man hat sie hierher verbannt. Der Fluch der Großen Alten traf sie und meißelte sie für alle Ewigkeiten in den Stein der Berge. Schau sie dir genau an. Du wirst in ihnen die Weisheit vergangener Welten lesen.«

Es waren große Worte, die ich auch begriff. Ich folgte den Anweisungen des Eisernen, und meine Blicke saugten sich an den in den Steinen zu sehenden Gesichtern fest.

Irgendwie wurde ich an meinen mächtigen, zumeist unsichtbaren Freund, den Seher erinnert. So ähnlich sah auch er aus, denn von ihm kannte ich nur ein Gesicht mit Augen, in denen das Wissen aller Zeiten zu stehen schien.

Hier war es ähnlich.

Gesicht reihte sich an Gesicht. Nur die in meiner Nähe liegenden konnte ich sehen, die anderen verschwammen in der Düsternis der Schlucht. Deutlich sah ich die Augen, Nasen und Münder. Kein Gesicht wirkte wie das andere. Jedes war eine Schöpfung für sich. Einfach unglaublich, wie sie innerhalb der Steine auf mich nieder schauten. Obwohl sie darin quasi festsaßen, hatte ich das Gefühl, sie würden leben.

Danach fragte ich den Eisernen Engel auch: »Können Sie sich bemerkbar machen?«

»Ja, das gelingt ihnen. Wenn sie eine Botschaft für mich haben, dann sagen sie es auch.«

»Welche haben sie jetzt?«

»Keine, glaube ich.«

»Aber wieso? Ich habe doch ...«

»Diesmal habe ich eine Botschaft für dich. Ich wollte dich nur in die Schlucht führen, damit du siehst, wer mich erschaffen hat. Als sie mich zum letzten Mal warnten, da geschah es wegen Kalifato, dem Todesboten. Sie wussten, dass er erscheinen würde, deshalb konnte ich dir helfen, und Kalifato hat sich sogar am Ende der Schlucht gezeigt. Wir sahen seinen riesigen Schädel, der wie ein Mond über dem Ende der Schlucht stand und hineinschaute, denn es ist ihm verwehrt, die Schlucht zu betreten. Niemand, der etwas Böses im Schilde führt, kann die Schlucht betreten, denn der Mantel einer ungemein starken weißen Magie schirmt sie ab. Hier ist das Refugium der Götter. Man hat sie von Dämonen verbannen, aber nicht töten können.«

Es war unwahrscheinlich, was mir der Eiserne Engel da berichtete. Ich sah jedoch keinen Grund, ihm dies nicht zu glauben, und ließ meine Blicke weiterhin über die Gesichter schweifen.

Mir kamen sie vor, als würden sie jeden Augenblick mit mir reden wollen. Abwartende Mienen, die nur darauf lauerten, dass ich etwas sagte oder unternahm.

Aber sie blieben stumm. Die Götter machten ihrem Namen alle Ehre, nur bei einigen glaubte ich, ein Zucken der Gesichter zu sehen, was allerdings auch Einbildung sein konnte.

»Gibt es denn einen besonderen Grund, dass du mich hergeführt hast? Ich meine damit ein aktuelles Ereignis?«

»Das gibt es in der Tat«, erklärte der Eiserne Engel. »Es hängt mit den Großen Alten zusammen.«

»Kommen sie zurück?«

»Sie wollen immer zurückkehren, aber ich besitze das magische Pendel, und damit konnte ich eine Rückkehr verzögern.«

»Wirklich?«, fragte ich staunend.

»Ja, John Sinclair. Es war allerhöchste Zeit, dass ich das magische Pendel bekam, denn die Rückkehr der Großen Alten stand unmittelbar bevor, und sie hatten bereits ihren mächtigen Diener Izzi als Vorboten geschickt. Er sollte durch das magische Pendel die Geister der Erde hochrufen und die Großen Alten gleich mit. Ich aber nahm ihm das Pendel ab und konnte eine Gegenbeschwörung durchführen.«

»Hast du die Großen Alten zurückgetrieben?«, fragte ich voller Spannung, wobei meine Stimme zitterte.

»Ja und nein. Ich habe jedenfalls dafür gesorgt, dass sie ihren Plan fallen ließen. Fallen lassen mussten«, korrigierte er, »denn die Macht des magischen Pendels ist ungeheuer. Es ist jedoch eine Täuschung zu glauben, dass der Einfluss der Großen Alten damit gestoppt wurde, nein, sie müssen einen anderen Anlauf nehmen und versuchen, das zu werden, was sie einmal waren. Und sie bekommen Hilfe. Und zwar aus einer fernen Vergangenheit, von Völkern, die man heute als Primitivmenschen hinstellt, die vor Jahrtausenden jedoch eine hochentwickelte Kultur besaßen. Sie hinterließen Dinge, die im

Lauf der Zeit verschüttet wurden, aber nicht starben, sondern nur schliefen und darauf warteten, erweckt zu werden.«

»Was war es?«

»Ich will es dir zeigen, John Sinclair. Deshalb habe ich dich überhaupt mitgenommen. In einem Land, das ihr Afrika nennt, gab es vor sehr langer Zeit eine Kultur, die den Großen Alten gedient hat. Es waren keine Dämonen, sondern Menschen. Sie beteten die Großen Alten als Götter an, und die mächtigen Dämonen zeigten sich sehr dankbar, indem sie ihnen Kräfte verliehen, die man als magisch bezeichnen kann. Es waren sechs Zauberpriester, die sich besonders hervortaten. Aber auch sie waren nicht unsterblich, sie vergingen, denn es kam zwischen ihnen zu Hass und Streit. Man schlug ihnen nach ihrem Tod die Köpfe ab und gab diesen Schädeln ein Grab inmitten der Erde. Wo heute die Diamanten die Menschen in einen wahren Rausch treiben, da wurden die sechs Schädel begraben. Man schützte das Grab durch eine gewaltige Felsplatte, damit niemand herankommen konnte, und man legte ihnen das mit ins Grab, was in Jahrmillionen entstanden war: Diamanten. Tödliche und gefährliche Diamanten, denn sie waren mit einer Magie erfüllt, die alles zerstören konnte. Das Grab blieb zugedeckt. Niemand wusste davon, auch mir hatte man nicht alles gesagt. Allerdings wussten die Stummen Götter davon. Und sie gaben mir einen Tipp. Ich hätte vielleicht nicht viel damit anfangen können, doch mittlerweile befinde ich mich im Besitz des magischen Pendels. Da die sechs Schädel zu dem Bösen gehörten, was innerhalb der Erde schlummerte, gelang es mir, eine Beschwörung aufzunehmen. Die Schädel reagierten. Sie gaben mir eine ungewollte Nachricht, die mich so sehr erschreckte.«

»Sind sie frei?«

»Ja, John Sinclair. Irgendjemand hat den großen Frevel begangen und die Schädel freigelegt. Deine Aufgabe wird es sein, sie zu suchen und zu finden. Ich hätte dich nicht belästigt, wenn sich die Schädel noch im Besitz irgendwelcher dämonischer Erdgeister befunden hätten, aber sie sind in Menschenhand gelangt, und der Mensch, der sie hat, wird kaum ahnen, dass er eine magische Zeitbombe mit sich herumträgt. Das wollte ich dir sagen.«

Ich schluckte. Automatisch wischte ich über meine Stirn und atmete tief ein. Was mir der Eiserne Engel da mitgeteilt hatte, war in der Tat außergewöhnlich.

Sechs Schädel lagen frei.

Schädel mit Diamanten, die einen ungemein gefährlichen Zauber ausstrahlen konnten.

Doch wer hatte sie?

Danach fragte ich den Eisernen Engel.

Er schüttelte den Kopf. »Ich kann es dir nicht sagen, John Sinclair. Ich weiß nur so viel, dass sie sich im Besitz eines Menschen befinden und dass dieser Mensch manipuliert werden kann.«

Eine Antwort gab ich nicht. Stumm schaute ich in die Runde und sah in die in Stein gehauenen, unendlich gütigen Gesichter mit den Augen, die in die Ewigkeit zu blicken schienen.

Sie alle schienen mich anzuschauen und zu fordern, dass ich etwas gegen die Schädel unternahm. Es waren stumme Bitten, die ich in den Gesichtern las, und ich fragte mich, ob ich es wirklich schaffen konnte, die Schädel zu finden.

Mutete man mir nicht zu viel zu?

Der Eiserne Engel schien meine Gedankengänge zu erraten, denn er sagte: »Du hast die Kraft, du kannst es schaffen. Vielleicht werden wir es gemeinsam packen, so wie es uns auch gelungen ist, Kalifato gemeinsam zurückzuschlagen. Daran denke immer, John Sinclair. Gib nicht auf, stell dich und kämpfe und denke daran, dass sich eine große Waffe, das magische Pendel, in unserer Hand befindet.«

Ja, daran musste ich denken. Ich durfte nicht verzweifeln, sonst war alles aus.

»Wir werden es versuchen«, sagte ich leise. »Wenn die Gefahr wirklich so groß ist, müssen wir sie stoppen.«

»Genau das habe ich von dir erwartet, John Sinclair!«

Er lächelte schmal. »Du hast die Schlucht der Stummen Götter kennen gelernt. Ich habe dir diesen Weg bewusst gezeigt, damit du einsiehst, dass du nicht allein stehst. Es wartet Hilfe auf dich, und meine Erschaffer werden alles tun, um dich zu schützen.«

Während ich die Worte vernahm, schaute ich in die Gesichter der Götter. Bewegten sich nicht die Lippen? Gaben sie mir nicht durch ein aufmunterndes Lächeln zu verstehen, dass ich weitermachen sollte?

Ich nickte heftig. Ja, ich würde es tun. Ich wollte weitermachen, damit das Erbe der Großen Alten kein Unheil anrichten konnte.

Dieser Entschluss setzte sich in mir fest, und ich bekräftigte ihn mit einem Nicken.

»Dann werden wir die Schlucht der Stummen Götter wieder verlassen«, sagte der Eiserne und fasste mich unter. Im nächsten Augenblick schwebten wir in die Höhe.

Alles ging sehr schnell. Plötzlich sah ich die Gesichter nicht mehr vor mir, wir waren bereits zu hoch, dennoch glaubte ich ein geheimnisvolles Raunen unter mir zu hören.

Die Stummen Götter gaben uns ihren Segen mit auf den Weg. Mir war klar geworden, dass ich bei Ihnen immer Schutz finden konnte.

Im nächsten Augenblick riss meine Gedankenkette. Die Schwärze der Dimensionen hielt uns wieder gefangen. Ich kam mir vor wie in einem düsteren Meer, das mich nicht mehr hergeben wollte.

Als ich wieder klar denken konnte, spürte ich unter mir eine weiche Unterlage.

Mein Bett!

Hastig setzte ich mich hin. Hatte ich das alles nur geträumt? War mir der Eiserne Engel im Traum erschienen?

Nein, es war kein Traum gewesen. Ich brauchte nur an meinem Körper nach unten zu schauen.

Einen Pyjama trug ich nicht mehr, sondern war vollständig angezogen, wie vor unserem seltsamen Flug.

Das gab mir die Gewissheit, keinen Traum erlebt zu haben. Es gab den Eisernen Engel, und es gab die Schlucht der Stummen Götter.

Das war jedoch nicht alles. Deutlich erinnerte ich mich an die Warnung und an den Auftrag.

Ich musste die sechs Schädel finden. Das allein zählte jetzt! Mit diesem Gedanken fiel ich in einen tiefen, schon bleiern zu nennenden Schlaf ...

Unter ihnen lag ein gewaltiger Kontinent, der von Kriegen, Hungersnöten, Dürren und Überschwemmungen geschüttelt wurde.

Afrika!

Was all diese schrecklichen Dinge betraf, so ging der Milliardär Peter van Dyck mit einem mokanten Lächeln darüber hinweg. Ihn interessierte so etwas nicht, für ihn zählte der Erfolg.

Und den hatte er.

Er befand sich auf dem Flug nach London, denn dort wollte er vor der internationalen Diamantenbörse reden. Im letzten Jahr hatten sie in Amsterdam getagt, diesmal war London an der Reihe.

Schmuckstücke hatte er nicht mitgenommen, nur auf die Kette wollte er nicht verzichten. Sie befand sich im Handgepäck. Genauer gesagt, in einem schwarzen eleganten Lederkoffer, den er nicht aus den Augen ließ, sondern mit in die erste Klasse genommen hatte, wo er in einem weichen Sitz den Flug genoss.

Für die rassigen Stewardessen hatte er keinen Blick. Van Dyck hatte den Sitz zurückgekippt und beschäftigte sich in Gedanken nur mit der Kette. Ihm war nach einigem Überlegen längst klar geworden, dass in diesen Schädeln ein Geheimnis steckte. Und zwar ein sehr gefährliches Geheimnis, das ihm andererseits aber auch eine gewisse Macht verlieh. Noch mehr Macht, denn die Macht des Geldes hatte er längst erkannt. Er konnte sich mit Geld all das kaufen, was er brauchte. Die Menschen duckten sich vor ihm. Sie lächelten ihn an, obwohl sie ihn hassten. Und das gerade ärgerte ihn. Er hätte gern noch mehr Macht über sie gehabt. Anders ausgedrückt: er wollte ihre Seelen, ihre Psyche, wollte sie beeinflussen können, damit sie in seinen Händen Wachs waren.

Vielleicht gelang ihm dies durch die mit Totenschädeln bestückte Kette. Sie hatte ihn irgendwie verändert.

Er konnte es selbst nicht genau fassen und erklären, aber er war sich sicher, dass die Kette eine gewisse Gefahr darstellte. Allerdings keine für Leib und Seele, sondern eine andere.

Hin und her überlegte er während des Flugs, und plötzlich wusste er die Lösung.

Die Schädelkette beeinflusste Menschen!

Ja, das war es!

Als er die Lösung gefunden hatte, lächelte er. Wenn sie die Menschen tatsächlich beeinflusste, vielleicht würde sie ihm, ihrem Besitzer, gehorchen?

Dieser Gedanke war so gewaltig, dass sein Herz schneller schlug. Sogar Schweiß trat ihm auf die Stirn, als er näher darüber nachdachte. Unwahrscheinlich so etwas. Die Kette konnte er als einen Machtfaktor bezeichnen, und dieser Machtfaktor war ihm in die Hand gegeben worden.

»Sir, darf ich Ihnen etwas anbieten?« Die Stimme der dunkelhaarigen Stewardess riss ihn aus seinen Gedanken.

Er drehte sich ein wenig in seinem Sitz nach rechts und schaute in die Höhe.

Sein Blick glitt von den Beinen den Körper hoch, und er sah das lächelnde Gesicht der jungen Frau. Van Dycks Lippen zuckten. Es war ihm vorhin nicht aufgefallen, wie nett diese Stewardess aussah, jetzt allerdings stellte er es fest, und der Wunsch, mit ihr zu schlafen, wurde übermächtig.

Die Frau musste es ihm an den Augen angesehen haben, denn sie trat unwillkürlich einen Schritt zurück, wobei ihr Lächeln ein wenig zerfaserte.

»Ja, ich möchte etwas«, sagte van Dyck.

»Und was darf ich Ihnen bringen?«

»Es steht neben mir.«

»Sir, ich …«

»Sie verstehen sehr wohl«, erwiderte der Milliardär kalt. »Ich will Sie, schöne Frau und sonst nichts. Gibt es hier einen Raum, in dem wir ungestört sind?«

Die Stewardess zuckte zusammen. Sie hatte schon des Öfteren Angebote dieser Art erhalten, aber nie so brutal und direkt. Das war schon abstoßend.

Ihr Gesicht versteinerte, was den Milliardär zu einem satten Grinsen veranlasste. »Denken Sie daran, wer ich bin. Ich kann Sie feuern lassen, Mädchen. Eine Bemerkung von mir, und die Fluggesellschaft schmeißt Sie raus.«

»Ja, das weiß ich.« Die Stewardess nickte heftig. »Sie haben Macht, Sie haben Geld. Aber mich können Sie nicht kaufen. Ich suche mir den Mann selbst aus, mit dem ich schlafen möchte, und wenn Sie mir eine Million bieten würden, ich pfeife darauf.«

Das war eine Abfuhr, wie sie van Dyck noch nie erlebt hatte. Seine Augen schienen plötzlich zu Eis zu werden, der Arm schnellte zur Seite, und die Fingerspitze wies auf die Frau. »Ich habe bisher immer bekommen, was ich haben wollte. Denken Sie nur nicht, dass die Sache vergessen ist. Ich kriege Sie noch.«

»Abwarten!«

Van Dyck lachte nur. Es war ein gefühlloses Lachen, und es versetzte die Stewardess in Angst und Schrecken. Abrupt drehte sie sich um, doch van Dyck ließ sie nicht weit kommen.

»Bringen Sie mir einen Whisky«, sagte er.

Kein freundliches Wort, das die Frau erwiderte. Fast fluchtartig verließ sie die erste Klasse.

Der Mann aber grinste. Er hatte seine Fallen ausgelegt. Nun wollte er sie zuschnappen lassen. Automatisch dachte er wieder an die Kette. Konnte sie tatsächlich Menschen beeinflussen?

Die Stewardess kam ihm da gerade recht. Sie hatte sich störrisch wie ein Esel angestellt. Van Dyck aber wollte versuchen, sie mit Hilfe der Kette ›umzudrehen‹.

Er bückte sich und stellte die Kombination des Koffers ein. Dieses Gepäckstück war mit einer besonderen Sicherung versehen, extra von Peter van Dyck erfunden.

In der ersten Klasse befanden sich nur wenige Passagiere. Van Dyck blieb unbeobachtet, als er den Deckel in die Höhe hob, seine Arme ausstreckte und die Kette mit beiden Händen berührte. Abermals durchströmte ihn ein seltsames Gefühl, als er die Totenschädel unter seinen Fingerkuppen spürte.

Diese beinernen Schädel strahlten etwas Seltsames aus. Eine kaum erklärbare Wärme, die sich auch auf ihn übertrug und seine Lippen zu einem Lächeln in die Breite zog.

Vorsichtig hob er die Kette aus dem Koffer und ließ sie über beide Handgelenke hängen. So hatte er Muße, sich die einzelnen Schädel genau anzusehen.

Prächtig, wie die Diamanten in den Augenhöhlen steckten. Eine fest zusammengefügte Masse, die funkelte und gleißte und seltsame Gedanken innerhalb der Schädel weiter an den Besitzer der Kette leitete.

Ohne es zu wollen, hörte van Dyck zu. Das andere gewann einfach Macht über ihn, es konnte ihn manipulieren. So etwas war dem Milliardär auch noch nicht passiert.

Die Schädelkette redete mit ihm.

Es waren seltsame Sätze, die er hörte. Nicht laut, aber dennoch zu verstehen. In seinem Kopf hallten sie wider.

Da wurde etwas von Großen Alten gesagt, von einem schrecklichen Erbe der sechs Zauberpriester, deren Geist in den Schädeln weiterlebte, obwohl er Jahrtausende über verschüttet gewesen war.

Und er, Peter van Dyck war der Erbe!

›Wir geben dir die Macht der alten Zauberpriester‹, hörte er die Stimme. ›Du wirst sie in unserem Sinne weiterführen, damit die alten Rituale wieder aufleben.‹

Van Dyck befand sich wie in Trance. Er hörte zu, während seine Blicke starr in unendliche Fernen gerichtet waren. So etwas hatte er noch nie erlebt, und fast fürchtete er sich ein wenig vor dem Erbe, das er nun übernommen hatte.

›Wir werden dir dienen, so wie du uns dienen wirst. Wir werden dir Macht geben, aber es ist eine Macht, die man sich nicht kaufen kann. Man muss nur an das Böse glauben, und daran glaubst du ja. Ein Mann wie du hat nur einen Freund – den Teufel!‹

Als van Dyck das hörte, da lachte er auf. Ja, wie Recht diese seltsamen Stimmen hatten. Er glaubte tatsächlich an den Teufel, an die Macht des Geldes, und beim Tanz um das goldene Kalb wäre er der erste und wildeste Tänzer gewesen.

»Ihr Whisky!«

Das war die Stimme der Stewardess. Sie riss den Milliardär wie aus einem tiefen Traum. Sein Kopf ruckte in die Höhe, er klimperte mit den Augendeckeln und sah die Frau neben sich stehen.

Sie hielt ein Tablett in der Hand. Auf ihm stand ein Glas. Beides zitterte, denn ihre Augen waren starr auf die Kette gerichtet, die der Mann in der Hand hielt.

»Gefällt sie Ihnen?«, fragte er.

Die Stewardess wurde bleich.

»Es ist eine wunderbare Kette, nicht wahr?«, fragte er, wobei er sie mit einer Hand hochhielt.

»Was – was ist das?«

»Teufelswerk, meine Kleine. Spürst du nicht, wie sie bereits von deinem Geist Besitz ergreift? Sie wird alles tun, was ich will, das musst du dir merken. Alles ...«

Er stand auf. Die Kette hielt er dabei hoch. Sie bildete ein von seinem Gelenk herabhängendes Oval, durch das er schauen konnte und direkt in das Gesicht der Frau sah.

»Auch du wirst alles tun«, erklärte er mit heiserer Stimme. »Hast du noch gut behalten, was ich dir vorhin gesagt habe? Die Kette kann dich zwingen, in ihr stecken unheimliche Kräfte, die vor Tausenden von Jahren beschworen worden sind ...«

Die Stewardess schwieg. Sie wusste selbst nicht, was mit ihr los war, denn der eigene Wille wurde ausgeschaltet. Die Kette hatte sie in ihren Bann gezogen.

Warum sagst du nichts?, Warum ...? formulierte sie in Gedanken.

Nicht sie sprach, sondern die Stimme des Flugkapitäns. Sie drang aus dem Lautsprecher und klang längst nicht mehr so ruhig wie bei der Begrüßung der Fluggäste.

Aber was sie sagte, war von einer ungeheuren Brisanz und warf die Pläne des Milliardärs vorerst völlig um.

»Bitte behalten Sie die Ruhe, meine Damen und Herren, denn wir befinden uns in der Hand von Highjackern. Vier Männer sind es. Einer befindet sich bei uns im Cockpit. Und sie haben gedroht, das Flugzeug zu sprengen ...«

Jeder der Passagiere hatte die Stimme des Flugkapitäns vernommen, und an keinem waren die Sätze spurlos vorübergegangen. Die Menschen in der ersten Klasse sprangen von ihren Sitzen. Sie redeten durcheinander, es entstand ein Chaos. Angst stahl sich in die Augen der zumeist wohlhabenden Passagiere, und manch einer tastete heimlich nach seinem Koffer oder der Brieftasche.

Nur van Dyck hatte sich hingesetzt, während die Stewardess zurückgewichen war.

Der Milliardär beteiligte sich nicht an der allgemeinen Aufregung. In seinem Kopf bewegten sich die Gedanken sortiert und gezielt. Er verspürte überhaupt keine Angst, nicht einmal Unbehagen, was zumindest normal gewesen wäre, sondern eine Art Spannung, denn da war eine andere Macht, die ihm Kraft gab.

Er lächelte und winkte der Stewardess. »Wenn Sie in meiner Nähe bleiben, geschieht Ihnen nichts. Ich ...«

»Bleiben Sie da!«, schrie die Frau. Der Blickkontakt zu van Dyck wurde ihr genommen, weil ein Mann auf die Tür zurannte, die die erste Klasse von der zweiten trennte.

Er befand sich noch einen halben Schritt von ihr entfernt, als sie aufgestoßen wurde. So heftig, dass der Mann nicht mehr ausweichen konnte und voll von dem Türblatt getroffen wurde.

Es klatschte in sein Gesicht. Der Mann schrie auf, taumelte zurück und presste seine Hand gegen die Nase, aus der Blut rann und als roter Streifen unter dem Handballen hervortrat.

Für das Aufstoßen der Tür waren zwei Männer verantwortlich. Terroristen oder Highjacker.

Sie stürmten in den Raum. Dunkelhäutige Gestalten, die einen arabischen Einschlag hatten und mit Handgranaten bewaffnet waren …

Im nächsten Moment verschlimmerte sich die Panik. Das Auftauchen der beiden Verbrecher sorgte dafür. Die Menschen schrien zwar nicht mehr, aber die Angst trieb sie dennoch zurück und ließ ihre Augen starr werden.

»Zurück, alle!«, peitschte der Befehl des ersten Gangsters. Mit seiner freien Rechten packte er die Stewardess und schleuderte sie durch den breiten Gang zwischen den Sitzen nach vorn, wo sich eine kleine Bar befand.

Dort mussten sich die Passagiere versammeln.

Nur einer blieb sitzen.

Peter van Dyck!

Zuerst wollten die Verbrecher es nicht glauben. Ihre Augen weiteten sich ungläubig. Der Kerl, der das Kommando hatte, schnellte auf ihn zu und hielt ihm die Handgranate dicht vor das Gesicht. Van Dyck spürte den heißen Atem, der ihm entgegenwehte.

»Hör zu, du Schwein, das gilt auch für dich!«

»Reißen Sie sich zusammen«, erwiderte van Dyck.

Er erhielt keine neue Antwort, denn der Gangster hatte die Kette gesehen, die Peter van Dyck noch immer in der Hand hielt. Die Augen des Mannes wurden groß, plötzlich lachte er, drehte blitzschnell den Kopf und gab seinem Kumpan einen Wink.

»Da, sieh, Diamanten! Verdammt, die sind ein Vermögen wert. Damit kannst du ein ganzes Land kaufen!«

»Nimm sie ihm weg!«

Der andere lachte und wandte sich an van Dyck. »Hast du nicht gehört, was er gesagt hat? Ich soll dir die verdammte Kette wegnehmen!«

Van Dyck schaute ihn so kalt an, dass selbst der abgebrühte Highjacker zusammenzuckte. »Ich warne Sie«, sagte der Milliardär. »Diese Kette wird Ihnen Unglück bringen. Sie kann Ihren Tod bedeuten, daran sollten Sie denken.«

»Ach, halts Maul. Her damit!« Bevor sich van Dyck versah, riss ihm der andere die Kette aus der Hand und hielt sie triumphierend hoch.

Während die übrigen Passagiere vor Schreck wie festgeleimt dastanden, beobachtete van Dyck den Mann ziemlich gelassen. Er vertraute auf die magische Kraft der Kette.

Der Gangster war beeindruckt. Noch nie im Leben hatte er so etwas in der Hand gehalten, geschweige denn gesehen. Für ihn war diese Kette eine kaum glaubhafte Rarität.

Der zweite Mann beobachtete die Passagiere, während der andere nur Augen für die Kette hatte.

»Woher hast du sie?«, herrschte er van Dyck an.

»Ich habe sie mir anfertigen lassen.«

Der Highjacker lachte. »Kann ich mir vorstellen. Aber die Schädel, woher bekommt man die?«

»Es sind die Köpfe von Leuten, die Flugzeuge entführten«, erwiderte van Dyck gelassen und trieb mit dieser Antwort die Wut des Mannes auf die Spitze.

Für wenige Augenblicke blieb er ruhig stehen. Dann streckte er seinen Körper und wirkte so wie ein Springer. Plötzlich duckte er sich und legte die Handgranate auf einen leeren Sitz. Das konnte er sich erlauben, denn sein Kumpan besaß noch eins von diesen Hölleneiern.

Geduckt schlich er auf van Dyck zu. »So, du Geldsack, das hast du nicht umsonst gesagt. Du wirst der Erste sein, den wir dem Kapitän als Leiche präsentieren, wenn er sich nicht an unsere Anweisungen hält.« Bei diesen Worten griff der Mann in die Tasche und holte ein Messer hervor. Er schüttelte nur kurz den Arm, und mit einem schnackenden Geräusch rutschte die Klinge aus dem Griff.

Van Dyck schluckte.

Dieses Messer sah verdammt gefährlich aus. Es war beidseitig geschliffen, die Klinge lang und spitz. Der Kerl hielt sie so, dass hinter seiner Hand das grinsende Gesicht zu sehen war. »Zur Einstimmung werde ich dich ein wenig kitzeln, Kapitalistenschwein«, flüsterte er und stieß seinen rechten Arm vor, während er den linken erhoben hatte und mit der Hand die Schädelkette hielt.

Van Dyck spürte den Schnitt, als das Hemd entzweiriss, und dann die kalte Klinge an seinem Hals. Gleichzeitig jedoch hörte er in seinem Kopf wieder die Stimme.

›Du brauchst keine Angst zu haben, er schafft dich nicht. Du stehst unter unserem Schutz!‹

»Na, was sagst du nun?«, fauchte der Gangster. Er hatte sich geduckt, die Lehnen der Sitze deckten ihn zu seinem Kumpan hin ab, der andere konnte nicht sehen, was geschah. Er bekam deshalb auch nicht mit, wie der Messerheld die Klinge der Waffe nach unten fahren ließ.

Er wollte auf die Brust des Mannes einen blutigen Streifen ziehen. Die Spitze bewegte sich, schnitt den Hemdstoff weiter entzwei, hätte ihr Zeichen auf der Haut hinterlassen müssen, doch davon war nichts zu sehen.

Nicht einmal ein Streifen erschien.

Van Dycks Körper setzte der Messerspitze den Widerstand eines Steins entgegen.

Nicht ein Tropfen Blut war zu sehen, und der Highjacker verstand die Welt nicht mehr. Seine Augen wurden groß, schwer holte er Luft, er schluckte, wollte etwas sagen, doch nicht ein Wort drang über seine Lippen. Er schaute nur in das lächelnde Gesicht des Milliardärs und sah auch nicht die Kette, die sich plötzlich selbstständig machte und allmählich in die Höhe schwebte.

Dies geschah lautlos und völlig entgegen der Erdanziehungskraft. Sie bildete einen Bogen und schwebte mit ihrer Öffnung über dem Kopf des Mannes.

Da wusste van Dyck, was die Schädelkette mit dem Gangster vorhatte. Sie wollte ihn vernichten.

Erwürgen!

Und der Mann merkte nichts. Er stand weiterhin geduckt da, starrte auf sein vermeintliches Opfer und wollte nicht glauben, dass aus der Wunde kein Blut rann.

Der Highjacker atmete schwer. Er schüttelte seinen Kopf, schluckte ein paar Mal, und da packte die Kette zu. Dies geschah so schnell, dass der Mann überhaupt nicht reagieren konnte.

Die Schädelkette fiel über seinen Kopf und zog sich, als sie sich in Höhe des Halses befand, blitzschnell zusammen.

Der Gangster wurde nicht nach hinten gerissen, sondern weiter in die Knie gedrückt. Dabei rutschte auch die Hand mit dem Messer nach unten, schlitzte noch einen Teil von van Dycks Kleidung auf, hinterließ aber sonst keinerlei Wunden.

Aus dem Mund des Mannes drang ein Röcheln.

Van Dyck lächelte. Er schaute aus kalten Augen zu, wie die Kette den Mann tötete. Und die Schädel nahmen dabei eine andere Farbe an. Der beinerne, gelbweiße Ton trat zurück, und ein seltsames Grün verschaffte sich unter der dünnen Knochenhaut freie Bahn. Es breitete sich wie ein Schleier aus, wurde innen noch verstärkt und drang in die Diamanten ein, wobei er diese geschliffenen Steine mit einem kalten grünen Feuer erfüllte.

Die Kettenglieder umspannten den Hals des Mannes von zwei Seiten, und die ließen ihm nicht die Spur einer Chance. Sie waren hart, aus bestem Stahl, hinzu kam die unheimliche Magie, die sie leitete und den Gangster zu einem hilflosen Bündel machte.

Den Mund hatte er so weit aufgerissen, dass er sich fast den Unterkiefer ausrenkte. Die Augen waren aus den Höhlen getreten, noch einmal wollte er sich aufbäumen – vergebens, die Kette war stärker.

Sie tötete ihn.

Und van Dyck lächelte.

Ja, er schaute lächelnd zu, wie seine Kette, gesteuert von seinen Gedanken, reagierte.

So musste es sein!

Ohne dass er etwas dazu tat, löste sie sich von dem Hals des Opfers und schwebte allmählich in die Höhe. Noch immer leuchteten die Schädel in dem seltsamen Grün, aber die Farbe verblasste allmählich.

Wie lange der schreckliche Mord gedauert hatte, wusste van Dyck nicht zu sagen. Für ihn war die Zeit bedeutungslos geworden, aber in seine Augen stahl sich ein Leuchten. Der gleiche Ausdruck, der sich breit machte, wenn er ein gutes Geschäft getätigt hatte.

Das Leuchten eines Siegers!

Die erste Hürde hatte er genommen, und die Kette tat, was er wollte. Sie schaffte ihm die Schwierigkeiten vom Hals!

Was war er für ein Glückspilz!

Tief atmete er durch. Im selben Augenblick dachte er an den zweiten Gangster, der sich noch in der ersten Klasse befand. Bisher hatte der Mann nicht eingegriffen, aber das würde sich ändern. Er musste einfach misstrauisch werden.

Und er wurde es.

Van Dyck hörte die Stimme. Sie klang rau, zitterte vor Erregung, die Spannung musste den Mann gefangen halten.

»Was ist denn? Komm hoch!«

Der Mann erhielt keine Antwort.

Es wurde sehr still in der ersten Klasse. Auch aus der zweiten war kein Wort zu hören. Nur die Geräusche der Triebwerke drangen noch als Summen an die Ohren der Anwesenden.

Van Dyck wartete ab. Sein kaltes Lächeln kerbte die Lippen, ein lauernder, abschätzender Ausdruck lag in seinen Augen. Wenn er nach rechts schaute, sah er die Handgranate auf dem Sitz liegen.

Der andere besaß noch eine zweite!

Die Gefahr bestand nach wie vor. Dem Messerstich hatte er sich widersetzen können, ob ihm dies auch bei einer Handgranate gelingen würde, war fraglich.

Als zusammengesunkenes Bündel lag der Tote zwischen zwei Sitzen. Die Kette schwebte über ihm, sie schien eine Art von Lauerstellung eingenommen zu haben, und das grünliche Leuchten war nicht völlig verschwunden.

Van Dyck spürte die Gedanken. ›Keine Angst, wir

schaffen ihn auch noch. Die Schädel der Zauberpriester sind unbesiegbar, und sie zeigen sich dem dankbar, der sie geholt hat.‹

Schritte!

Jetzt horchte van Dyck auf. Der andere Gangster hatte es nicht mehr ausgehalten, er kam näher, und als die Schritte aufklangen, da reagierte auch die Kette.

Sie verschwand.

Von dem Milliardär aus gesehen, huschte sie nach links weg, sodass sie von dem Gangster nicht entdeckt werden konnte. Sie reagierte selbstständig, und das war für van Dyck das Größte.

Er sah den Schatten.

Jetzt war der Gangster da!

Zuerst schaute er nach links, wo die Handgranate lag. Van Dyck hatte für einen Moment das Gefühl, der Mann würde es sich überlegen und die Granate an sich nehmen, dann jedoch blickte er in die andere Richtung und sah seinen Kumpan zwischen den Sitzen.

Für einen Moment schien er zu versteifen. Riesengroß kam van Dyck die Hand vor, die das höllische Ei hielt. Wenn er es jetzt schleuderte, dann war alles umsonst.

Er warf es nicht.

Über die Gründe konnte höchstens gerätselt werden. Wahrscheinlich zählte er nicht zu der obersten Spitze des Quartetts und war nur ein Befehlsempfänger.

Wenn man die Drohung wahrmachte, dann musste diese erst befohlen werden. Vielleicht zögerte er deshalb.

Und das gab der Schädelkette eine Chance!

Sie stand in einer gedanklichen Verbindung zu ihrem Schöpfer. Obwohl der Milliardär sie nicht sehen konnte, wusste er genau, welchen Weg die Kette nahm.

Van Dyck hoffte nur, dass die anderen Passagiere nicht durchdrehten und sich so verhielten, wie sie es bisher getan hatten.

Der Blick des Gangsters blieb auf seinem zusammengesunkenen Kumpan haften. Er zuckte, drehte den Kopf und schaute Peter van Dyck an. »Was ist mit ihm? Was hast du gemacht, du Schwein?«

Van Dyck gelang es hervorragend, dem Gangster etwas vorzuspielen. »Ich?«, fragte er. »Was soll ich denn gemacht haben? Ich hatte doch keine Handgranate. Das war er, der ...«

»Du hast ihn ...« Der Mann sprach nicht mehr weiter. Seine Stimme erstickte fast in Hass und Wut. Er schüttelte sich dabei, streckte den freien Arm aus und griff nach der Schulter des Toten.

Die Leiche kippte.

Vor Schreck sprang der zweite Highjacker zurück.

Und da war plötzlich die Kette!

Sie hatte sich lautlos herangeschlichen und dabei den richtigen Zeitpunkt erwischt.

Der Gangster hatte nur Augen für van Dyck und seinen toten Kumpan. Nach hinten schaute er nicht.

Die Kette fiel.

Für einen Moment war es noch kritisch. Wenn der Killer durchdrehte und die Granate scharf machte, dann ...

Er dachte nicht daran. Die Kette hatte sich so schnell zusammengezogen, dass sie den Hals des Mannes innerhalb eines Sekundenbruchteils umspannte und zudrückte.

Der Gangster bekam keine Luft mehr!

Im gleichen Rhythmus, wie er erbleichte, nahm die grüne Farbe der Schädel an Intensität zu.

Auch van Dyck blieb nicht mehr ruhig. Sein Arm schnellte hoch, und er schlug dem Gangster die Granate aus der Hand. Sie fiel, aber der Milliardär hatte Glück im Unglück.

Das Höllenei landete nicht auf dem harten Boden, sondern auf einem Sitz in der Nähe.

Und nun konnten es alle Passagiere sehen, welch eine Macht die Schädelkette besaß.

Sie tötete den Highjacker vor den Augen der entsetzt dastehenden Menschen.

Van Dyck aber lächelte.

Er behielt es so lange bei, bis der Mann nicht mehr lebte. Dann stieß er ihn mit dem Fuß an, und die Kette löste sich vom Hals des Toten. Sie schwebte näher, ihre

Zielrichtung war Peter van Dyck, der seinen Kopf senkte und ihn dem Oval der Kette entgegenhielt.

Die Kette senkte sich auf van Dycks Kopf nieder, und sie blieb auf seinen Schultern liegen.

Es sah schaurig aus, als die sechs schimmernden Totenköpfe ihren Platz gefunden hatten.

Noch glühten sie grün, und van Dyck, der staunend angestarrt wurde, vernahm die Stimme in seinem Kopf.

›Du bist unbesiegbar. Geh zu den anderen!‹

Er nickte, hob den Blick und schaute seine Mitreisenden an. »Ich werde jetzt in die Touristenklasse gehen«, sagte er. »Sie bleiben hier. Verstanden?«

Nicken. Aber niemand sprach. Man blieb stumm. Nur das heftige Atmen war zu hören.

Langsam drehte sich van Dyck um. Sein Blick traf die Gestalt der Stewardess.

Er lächelte, während die blasse Frau den Kopf senkte. Als van Dyck an ihr vorbeischritt, flüsterte er so leise, dass nur sie es hören konnte: »Und dich kriege ich auch noch ...«

Van Dyck wurde zum Helden, denn er schaffte die beiden anderen Highjacker ebenfalls.

Was die Passagiere der aus Südafrika kommenden Maschine erlebten, würden sie nie vergessen, und als der Kontakt mit London hergestellt worden war, da setzte der Funker bereits die ersten Meldungen ab. Er gab einen knappen Bericht über das missglückte Attentat, wobei er sicher sein konnte, dass seine Meldungen nicht geheim gehalten wurden.

So war es dann auch.

Man hatte eine Landebahn für die Maschine extra frei gemacht. Polizei, Feuerwehr, Katastrophenschutz – alles stand bereit, um die Helden zu empfangen.

Aber auch Reporter hatten sich versammelt.

Als die Maschine ausgerollt war, stürmten die Männer los. Eine Meute von Reportern, bewaffnet mit Kameras, wollte die Helden fotografieren und interviewen.

Die Polizisten reichten dabei kaum aus, um die Pressehyänen zurückzuhalten. Verstärkung musste geholt werden.

Die Passagiere führte man in einen Extraraum.

Natürlich redeten sie, und natürlich wurde die Leistung des Peter van Dyck besonders herausgestellt. Man sprach von einer geheimnisvollen Kette, die dafür gesorgt hätte, dass alle Gangster überwältigt wurden, aber van Dyck schüttelte nur den Kopf, wenn die Reporter die Kette sehen wollten. Er gab sie nicht heraus und hielt seinen Koffer so fest wie den wertvollsten Schatz auf Erden.

Fast unbeobachtet wurden die Leichen der vier Gangster aus der Maschine geholt. Die Polizisten wunderten sich über die Zeichen an den Hälsen der Toten. Sie schimmerten leicht grünlich, und sie zeigten Abdrücke von Totenköpfen.

So etwas war ihnen noch nie untergekommen. Sie redeten darüber, und automatisch kam die Sprache auf die geheimnisvolle Kette, von der alle Welt sprach.

»Dann muss es sie doch gegeben haben«, bemerkte einer der Männer. »Aber das ist nicht unser Bier«, fügte er hinzu. »Los, schaffen wir die Leichen weg!«

In Kunststoffwannen lagen die Toten. Sie wurden zu einem Spezialfahrzeug gebracht, das sie abtransportierte.

Derjenige aber, der alles zu verantworten hatte, hüllte sich in Schweigen. Er schaffte es auch, den Reportern zu entkommen, setzte sich dann allerdings mit der Flughafenleitung in Verbindung, bevor er mit der Polizei sprach und seine Aussagen zu Protokoll gab.

Man wollte ihm jede Bitte erfüllen, aber er hatte nur eine Frage. Van Dyck wollte den Namen der Stewardess wissen und auch das Hotel, in dem sie während des Londoner Aufenthaltes wohnte.

Sie hieß Kay Windsor.

»Ich bedanke mich«, sagte der Milliardär und lächelte wölfisch, als er den Raum verließ.

Niemand sah es.

Für alle Welt war dieser Mann der große Held …

Ich hatte Sir James Powell und auch Suko von meinem nächtlichen Erlebnis berichtet.

Beide waren erstaunt und gleichzeitig auch erleichtert, denn eine erkannte Gefahr ist eine halbe.

»Können Sie irgendwo ansetzen?«, fragte unser Chef.

»Noch nicht, aber wahrscheinlich brauchen wir nicht weit zu laufen. Alles soll sich hier in London abspielen.«

»Sechs Totenköpfe, die müssten doch zu finden sein«, meinte Suko. »Oder etwa nicht?«

»Ich hoffe es.«

Nach diesem Gespräch zogen wir uns wieder in unser gemeinsames Büro zurück. Die Meldungen der vergangenen Nacht lagen auf unseren Schreibtischen. Wir gingen sie sehr genau durch, vielleicht war schon etwas passiert, von dem wir nur noch nichts wussten.

Gegen Mittag erschien Glenda plötzlich. Sie hielt etwas in der Hand, das nach dem Extrablatt einer Zeitung aussah. Damit wedelte sie, als wollte sie die letzten Reste der Druckerschwärze noch trocknen.

»Gibts neuen Kaffee?«, fragte ich sie und bog mein Kreuz durch, da es vom langen Sitzen schon steif geworden war.

»Nein.«

»Habe ich dir was getan?«

»Du sollst nicht Kaffee trinken, sondern arbeiten«, erklärte sie mir.

»Außerdem sollte es euch wirklich mal interessieren, dass es auch noch andere Helden in der Welt gibt.«

»Sprichst du von unseren Zwillingsbrüdern?«, erkundigte ich mich grinsend.

»Ich wusste überhaupt nicht, dass einer von euch einen Milliardär als Zwillingsbruder hat.«

»Da würde ich sofort kündigen!«, rief Suko.

»Und ich mich auf eine Insel zurückziehen«, bemerkte ich. »Aber nur mit einer Sekretärin.«

Glenda drehte sich um. »Siehst du hier eine, die mit dir fahren will?«

»Ich meine dich doch.«

»Tut mir Leid, John. Auf der einsamen Insel gibt es keinen Strom. Und ich kann nur auf einer elektrischen Maschine tippen.«

»Dann lerne um.«

»Später. Lest erst mal die Meldung, die ich von einer Kollegin bekam. Sie brachte das Extrablatt aus der Mittagspause mit.«

»Ach, über den Helden.«

»Sehr richtig, John, über ihn.« Glenda gab mir das Blatt. Es war in der Tat noch druckfrisch. Auf der Vorderseite zeigte es ein großes Bild. Eine soeben gelandete Maschine, aus der Passagiere stiegen. Einer der zahlreichen Köpfe war weiß umrandet. Das musste der Held sein, von dem Glenda gesprochen hatte.

Suko erhob sich von seinem Platz, trat hinter mich, schaute mir über die Schulter und las den Text mit mir zusammen.

EIN MANN ÜBERWÄLTIGT VIER LUFTPIRATEN

So lautete die reißerische Überschrift. Aus den Gesprächen der mitgeflogenen Passagiere hatten die Reporter eine unwahrscheinliche Story zusammengestellt. Sie nannten den Mann einen Superhelden mit überirdischen Kräften.

Zum Schluss des Berichts lasen wir den für uns entscheidenden Satz. Wortwörtlich stand dort geschrieben, und jetzt las ich laut vor.

»Der Besitzer zahlreicher Diamantenbergwerke hat die vier Luftpiraten mit einer geheimnisvollen, aus Totenschädeln bestehenden Kette überwältigt. So wurde es von Zeugen bestätigt, obwohl sich der Held selbst darüber ausschwieg. Unser aller Dank gilt Peter van Dyck.«

Ich ließ das Blatt sinken.

»Mensch, die Kette«, sagte Suko. »Da haben wir es.«

»Welche Kette?«, fragte Glenda.

Ich winkte ab. »Keine Zeit, dir das zu erklären, Mädchen«, erwiderte ich und griff schon zum Telefon, während Suko mir die Sammelnummer des Flughafens Heathrow heraussuchte.

Ich kam erst beim dritten Versuch durch und hörte eine etwas gehetzt klingende weibliche Stimme.

Mein ›Scotland Yard‹ ließ sie aufhorchen, und sie versprach, mich mit dem zuständigen Sicherheitsbeamten zu verbinden. Der Mann zeigte sich ziemlich zugeknöpft. Er war nicht bereit, telefonisch irgendwelche Auskünfte zu erteilen.

»Okay, dann kommen wir zu Ihnen«, erklärte ich ihm, legte auf und gab Suko ein Zeichen. »Melden Sie uns bei Sir James ab«, rief ich Glenda an der Tür noch zu, »und sagen Sie ihm, dass wir eine Spur zu den Schädeln gefunden haben.«

»Ja, ja …«

Wir rasten nach unten.

»Was erhoffst du dir von dem Gespräch?«, fragte Suko.

»Ich will doch mal sehen, ob sich der große Held noch in der Nähe befindet.«

»Dann glaubst du daran, was in dem Extrablatt steht?«

»Sicher.« Ich hastete aus dem Lift. »Außerdem hat der Eiserne Engel von den Schädeln gesprochen.«

Der Nebel, der in den letzten Tagen über London gelegen hatte, war verschwunden. Man konnte das Wetter als leicht trübe und dunstig bezeichnen, mehr auch nicht.

Im Vergleich zu den Nebeltagen kamen wir direkt zügig durch die Innenstadt. In einen unerwarteten Stau gerieten wir nicht. Wir mussten auf die westlichen Ausfallstraßen, um zum Flughafen zu gelangen. Dabei durchquerten wir Kensington, und dort konnte ich endlich ein wenig aufdrehen. Eine Stunde nach dem Anruf standen wir dem Mann gegenüber, mit dem ich gesprochen hatte.

Ich hatte meinen Spezialausweis einsetzen müssen, um überhaupt vorgelassen zu werden, denn es herrschte in seiner Nähe das reinste Chaos. Noch war nichts geregelt, Reporter schwirrten herum, und jeder versuchte, ein Interview zu bekommen.

Der Mann hieß Nick Lester. Er sah geschafft aus, als er uns Stühle anbot und sich eine Zigarette anzündete. »Diese Hektik«, murmelte er, »nicht zum Aushalten.«

»Ja, manchmal kommt es knüppeldick.«

Er hob die Schultern. »Was wollen Sie machen.« Dann

entschuldigte er sich, dass er am Telefon ziemlich abweisend gewesen war, aber er durfte eben keine Auskünfte geben.

Wir kamen zum Thema. »Stimmt alles, was in dem Extrablatt steht?«, fragte ich.

Der Mann hatte es noch nicht gelesen und vertiefte sich darin, denn ich hatte es sicherheitshalber mitgenommen.

Suko stieß mich an. »Ist dir eigentlich nichts aufgefallen?«, fragte er lauernd.

»Wieso?«

»Bei dem Begriff Schädelkette.«

Ich starrte meinen Freund an.

Er streckte mir die Hände entgegen und bewegte sie. »Na, na, fällt der Penny?«

Ich schlug mir gegen die Stirn, als ich es hatte. »Ja, verdammt, die Schädelwelt mit ihren Riesenratten.«

»Na endlich.«

»Nein, Suko, nein. Ich glaube nicht, dass diese Schädelwelt etwas mit der Kette zu tun hat.«

»Und was macht dich so sicher?«

»Die Aussagen des Eisernen Engels. Er hätte mir erstens etwas darüber gesagt, und zweitens spielte damals der Asmodina-Kult eine große Rolle. Sie ist erledigt ...«

»Vielleicht existiert ein Erbe.«

Nick Lester ließ das Blatt sinken. »So stimmt es«, sagte er. »Zwar reißerisch geschrieben, aber es scheint den Tatsachen zu entsprechen. Die Zeugen haben bei uns die gleichen Aussagen gemacht.«

»Und die vier Luftpiraten sind tot«, sagte Suko.

»Ja.«

»Können wir ihre Leichen sehen?«

»Weshalb?«

»Wir beschäftigen uns eben mit Dingen, die den Rahmen des Normalen sprengen«, umschrieb ich mit wohlgesetzten Worten unsere Arbeit.

»Entschuldigen Sie, ich dachte nicht mehr daran.« Lester griff zum Telefon. »Ich kann nur hoffen, dass die Leichen noch nicht weggeschafft worden sind.«

»Dann fahren wir ihnen eben nach.«

Der Mann sprach mit einem gewissen Steve Justin. »Warten Sie noch mit dem Abtransport. Hier sind zwei Beamte von Scotland Yard, die sich die Toten anschauen wollen. Sie kommen sofort.«

Wir bedankten uns bei Nick Lester und waren froh darüber, dass er uns einen seiner Männer mitgab, der uns führte. So gelangten wir in den unterirdischen Komplex des Flughafens. In einer Lagerhalle fanden wir Steve Justin neben vier einfachen Särgen aus Kunststoff.

Justin war ein noch junger Bursche. Er trug die Uniform der Flughafenpolizei, und auf seiner Oberlippe sträubte sich ein Schnäuzer. »Da haben Sie Glück gehabt, ich wollte die Toten gerade abtransportieren lassen.«

»Haben Sie sich die Leichen angesehen?«, fragte ich.

»Sicher.«

»Ist Ihnen an den Toten etwas aufgefallen?«

Er schaute mich mit hochgezogenen Augenbrauen an. Erst als er Suko ebenfalls angeblickt hatte, gab er die Antwort. »Und ob mir an den Leichen etwas aufgefallen ist. Besonders an den Hälsen. Da waren Abdrücke von Totenschädeln zu sehen. Nicht ganz, aber …«

»Öffnen Sie die Särge.«

»Sehr wohl, Sir.« Justin winkte zwei seiner Leute heran, die die Deckel aufschraubten.

Wir warteten, bis die Männer alle vier Deckel gelöst hatten und sie dann hochhievten.

Freie Sicht.

Im ersten Augenblick glaubten wir, im falschen Film zu sein. Keine Toten lagen in den vier Särgen, sondern etwas anderes.

Ein gelblich schimmernder Staub.

Knochenmehl …

Steve Justin stieß einen Laut aus, den man als erstickten Schrei bezeichnen konnte. Er wurde kalkblass im Gesicht, presste die Hand auf den Mund, schaute uns an, sah in den Sarg und verstand die Welt nicht mehr. »Das – das darf doch nicht wahr sein«, flüsterte er. »Das gibt es doch nicht.«

»Es ist aber wahr«, erwiderte ich, beugte mich über einen der offenen Kunststoffsärge und sah noch die Kleidungsstücke zwischen dem Knochenmehl liegen.

Das war wirklich ein Hammer. Damit hatte keiner von uns rechnen können.

Auch die Helfer, die die Särge aufgeschraubt hatten, waren entsetzt. Fassungslos standen sie da und schauten uns an. Auch auf ihren Gesichtern zeichnete sich eine kalkige Blässe ab. Suko ging zu ihnen und stellte einige Fragen.

Er wollte die Zeit wissen, wann die Toten eingesargt worden waren.

»Vielleicht vor drei Stunden.«

»Genaueres wissen Sie nicht?«

»Nein.«

»Sind die Särge inzwischen geöffnet worden?«

»Erst jetzt. Wir wollten sie zur Polizei bringen.«

»Sie haben auch nicht gesehen, dass sich jemand daran zu schaffen gemacht hat?«

»Nein, Sir.«

Suko kam zu mir zurück. Er brauchte mir nichts zu erklären, ich hatte alles gehört.

»Was wollen Sie jetzt unternehmen?«, erkundigte sich Steve Justin.

»Lassen Sie die Särge zu Scotland Yard schaffen. In unseren Labors werden wir das Knochenmehl genau untersuchen.«

»Gut, Sir.«

Wir gingen. Uns war klar geworden, dass die Schädelkette verdammt gefährlich war. Wir hatten erlebt, wie teuflisch und brutal sie reagieren konnte. Wer mit ihr in Berührung kam, der zerfiel zu Staub.

Einer konnte uns eine Erklärung geben. Das war der große Held Peter van Dyck.

Mit ihm wollte ich unbedingt reden. Den Weg zu Nick Lester fanden wir allein.

Lester befand sich in seinem Büro und telefonierte. Als

er uns sah, legte er auf. »Ich habe es soeben erfahren«, flüsterte er, »das ist ja unglaublich.«

»Wie der ganze Fall.«

»Übernehmen Sie ihn?«

»Wird uns wohl nichts anderes übrig bleiben«, erklärte ich. »Wo können wir van Dyck finden?«

»Das kann ich Ihnen beim besten Willen nicht sagen. Vielleicht wird er auch noch von den Sicherheitskräften verhört. Erkundigen Sie sich da einmal.«

»Werden wir machen«, erwiderte ich. »Und danke sehr.«

»Wofür?«

Wir ließen einen noch immer fassungslosen Nick Lester zurück. Ich aber telefonierte mit Sir James.

Glenda hatte ihn tatsächlich informiert. Er hatte sofort nachgehakt und sich informiert.

Als wir mit unserer Meldung kamen, lachte er auf. »Ich dachte mir schon, dass daran etwas faul ist. Fühlen Sie diesem van Dyck mal auf den Zahn, John.«

»Dazu müsste ich wissen, wo er wohnt.«

»Soll ich es herausfinden?«

»Nein, nein das wird man mir hier schon sagen können. Wir melden uns dann wieder.«

»Gut, bis später.«

Ich legte auf. Suko hatte eine Idee und schnappte sich einen Reporter. Von ihm erfuhr er, wo sich van Dyck aufhielt.

»Da kommen Sie nicht ran«, sagte der Schreiber.

»Mal sehen.«

»Er hat ein Haus gemietet. Eine alte Villa oder Herrschaftshaus. Dahin zieht er sich immer zurück.«

»Und wo liegt das Haus?«

Jetzt grinste der Mann. »Kennen Sie den Safari-Park südlich von Schloss Windsor?«

»Ja, schon davon gehört.«

»Da müssen Sie hin.«

»Steht sein Haus im Park?«

»Fast, mein Lieber. Jedenfalls ist der Milliardär immer gut bewacht, wie es sich gehört. Und dann noch etwas.«

Der Reporter beugte sich vor, denn den nächsten Satz flüsterte er. »Auf Bullenfleisch sind die Löwen im Safari-Park besonders scharf.«

»Danke für die Warnung. Darf ich Ihnen auch etwas sagen, Mister?«

»Klar.«

»Tiger reißen besonders gern neugierige Reporter. Und manchmal werde ich sogar zum Tiger«, erklärte Suko, nickte dem Pressefritzen zu und ließ ihn stehen …

Kay Windsor hatte Angst!

Keine direkte Angst um ihr Leben, es war mehr ein bedrohliches Gefühl, das einfach nicht weichen wollte und sehr konkret mit der Existenz des Milliardärs Peter van Dyck zusammenhing.

Dieser Mann war schrecklich. Sie empfand ihn als ein Monstrum, als ein Schreckgespenst, und sie musste immer an ihn denken, während sie sich mit einem Taxi zum Hilton Hotel fahren ließ, wo die Fluggesellschaft für ihre Angestellten Zimmer reserviert hatte.

Kay Windsor freute sich auf London. Sie liebte diese Stadt, aus der ihre Großeltern stammten, und sie hatte bereits mit dem Gedanken gespielt, für immer zu bleiben und hier einen Job anzunehmen. Doch der heutige Tag hatte ihr überhaupt nicht gefallen und ihr London ein wenig verleidet.

Sie war eine hübsche Person.

Halblang trug sie das braune Haar. An einigen Stellen hatte sie es zu Korkenzieherlocken drehen lassen, die aus ihrem Stewardess-Käppi ›fielen‹. Kay Windsor hatte ein schmales Gesicht, aber ziemlich große Augen, deren Pupillen einen wunderschönen braunen Farbton hatten. Auch sonst war alles in Ordnung bei ihr. Die Figur stimmte, Kay war intelligent und konnte sich in drei Sprachen unterhalten. Für den Job der Stewardess wie geschaffen.

An und für sich stand sie den Menschen positiv gegenüber. Sie sah nur das Gute in ihnen und ging spontan auf sie zu, doch an diesem Tag hatten ihre Ansichten einen gewaltigen Tiefschlag erlitten. Schuld daran trug ein Mann namens Peter van Dyck.

Immer wieder musste sie an ihn denken und an das, was er geleistet hatte. Es war ihm allein gelungen, die Passagiere nebst Besatzung der Maschine zu retten. Das stritt auch Kay nicht ab. Was sie außer dem Überfall noch so erschreckt hatte, war die Berührung. Van Dyck hatte seine widerliche Hand auf ihren Oberschenkel gelegt, ohne dass sie etwas dagegen unternahm.

Wieso?

Kay mochte den Mann nicht. Eine normale Reaktion wäre es gewesen, die Hand wegzuschlagen, das hatte sie nicht getan. Und darüber dachte sie während der Fahrt noch mehr nach als über die Entführung.

Hatte dieser Milliardär vielleicht mit ihr gespielt? Besaß er geheimnisvolle Kräfte, hypnotische Fähigkeiten, die er ausspielte, wenn er Menschen gegenüberstand, die ihm nicht zu Willen sein wollten?

Das konnte sehr gut möglich sein, denn eine Antwort wusste Kay auf ihr Verhalten nicht.

Dieser Mann wollte sie, und wie sie ihn einschätzte, würde er sie auch bekommen.

Kay ballte die Hände. Sie presste die Lippen zusammen, und ihr Gesicht nahm einen harten Ausdruck an, während sie aus dem Fenster schaute und bereits den Holland Park sah, wo auch ihr Hotel lag.

Der Fahrer drehte einmal kurz den Kopf. »War ein harter Flug, nicht wahr?«

»Das können Sie wohl sagen.«

»Haben Sie in der Maschine gesessen, die überfallen worden ist?«

»Nein!«, log Kay, denn sie wollte unnötigen Fragen aus dem Weg gehen.

Der Fahrer lachte. »Das wäre auch ein Ding gewesen.«

Zwei Minuten später stoppte er vor dem Hotel. Kay zahlte, ließ sich eine Quittung geben und nahm ihr Gepäck. Sie brauchte es nicht selbst zu tragen, denn ein Boy nahm ihr die Koffer ab.

Man kannte sie an der Rezeption des großen Hotels. Begrüßt wurde sie mit einem freundlichen Lächeln und ein paar netten Worten. Es herrschte der übliche Betrieb. In der großen Halle kamen und gingen die Menschen, wann immer sie wollten. Keiner wusste so recht, ob sie im Hotel wohnten oder nicht.

Obwohl reger Betrieb herrschte, fiel der Stewardess doch ein Mann auf, der in ihrer Nähe stand.

Es war ein breitschultriger Bursche mit weißblonden Haaren und einem sonnenbraunen Gesicht, in dem die kleinen Augen wie gefrorene Wassertropfen wirkten.

Kay erschrak.

Sie kannte den Mann. Im ersten Augenblick wusste sie nur nicht, wo sie ihn hinstecken sollte. Als sie dann genauer hinschaute, war der Mann verschwunden.

Kay erhielt ihren Schlüssel. Auf dem Weg zum Lift dachte sie über den Weißblonden nach. Bevor sie einstieg, wusste sie Bescheid. Ja, sie hatte ihn schon einmal gesehen. Und zwar im Flugzeug. Er hatte zu den Passagieren gehört und war sogar in Kapstadt eingestiegen.

Kay verspürte wieder Angst.

Den Namen des Mannes wusste sie nicht, und sie überlegte krampfhaft, wie er sich auf dem Flug verhalten hatte. Eigentlich ziemlich ruhig, sogar desinteressiert. Sie suchte nach einer Verbindung zwischen ihm und van Dyck, fand jedoch keine, denn die beiden Männer hatten getrennt voneinander gesessen.

»Du siehst schon Gespenster«, murmelte sie und erntete von dem Liftboy einen fragenden Blick.

Dann befanden sie sich im siebten Stock, wo sie den Lift verließen. Der lange Flur, den Kay so gut kannte. Das Zimmer lag nicht weit vom Aufzug entfernt. Der Liftboy öffnete, schaffte das Gepäck hinein und kassierte ein Trinkgeld.

Er bedankte sich und verschwand.

Die Stewardess ließ sich auf die Bettkante fallen und kippte nach hinten. Die Kappe rutschte ihr vom Kopf. Es war ihr egal. Mit den gespreizten Händen fuhr sie durch das Haar und türmte es hoch. Sie fühlte sich zerschlagen und müde wie selten. Die Ereignisse ließen sich nicht so leicht abschütteln.

Im Wagen hatte sie noch an Schlaf gedacht. Sie wurde bitter enttäuscht. Ruhe konnte sie nicht finden. Es war kein direkter Schock, der sie umfangen hielt, aber die vergangenen Ereignisse wurden immer wieder hochgespült. Wie ein Film liefen sie ein ums andere Mal vor ihrem geistigen Auge ab.

Sie hatte sich vorgenommen, unter die Dusche zu steigen und sich danach umzuziehen.

Das jedoch misslang. Wie gelähmt fühlte sie sich, befand sich in einem Zustand zwischen Wachsein und Schlafen und schaffte es einfach nicht, ihre bleiernen Glieder in die Höhe zu drücken.

Geschafft!

Ja, der Flug hatte sie geschafft.

Das Bett stand so, dass sie nicht in den kleinen Zimmerflur schauen konnte, wo sich auch die Tür befand. Aus diesem Grunde konnte sie auch nicht erkennen, dass sich die Türklinke bewegte.

Da kam jemand …

Diese Person musste ihr Handwerk verstehen, denn sie öffnete die Tür von außen, ohne dass ein Geräusch entstand. Und sie brauchte sie nur noch nach innen zu drücken.

Lautlos geschah dies. Ein Schritt, und die Gestalt stand im Zimmer der Stewardess.

Es war der weißblonde Hüne!

In seinem kantigen Gesicht regte sich kein Muskel. Die Unterlippe war ein wenig nach vorn geschoben, die hellen Haare hingen rechts und links seines Kopfes gleichlang nach unten.

Hinter der Tür blieb Saccu stehen und rührte sich nicht. Er wurde zu einem Denkmal und hatte sich so aufgebaut, dass er vom Zimmer her kaum gesehen werden konnte.

Saccu konzentrierte sich. Er spitzte seine Ohren, denn er wollte hören, was vor ihm geschah.

Der Mann nahm Atemzüge wahr. Zwar nicht sehr laut

oder gleichmäßig wie die eines Schlafenden, aber seinem feinen Gehör entgingen sie nicht. Er kombinierte richtig.

Das Opfer ruhte …

Ein Zucken seiner Lippen bewies, dass er sich darüber freute. Eine andere Gefühlsregung konnte er kaum zeigen, und er griff in die Tasche seiner ledernen Jacke, um eine Spritze hervorzuholen. Sie war fertig aufgezogen, er brauchte sie nur einzusetzen.

Die Schuhe hatten dicke Sohlen, auf denen er sich lautlos voranbewegen konnte. Kein Geräusch entstand, als er durch die Diele schritt und sich der offen stehenden Zimmertür allmählich näherte.

Kay Windsor lag auf dem Bett, hielt die Augen halb geschlossen und bekam nichts mit. Noch immer befand sie sich in einem Zustand zwischen Wachsein und Schlaf, die Natur forderte einfach ihr Recht, und sie musste sich entspannen.

Saccu riskierte einen Blick.

Alles klar!

Seine Lippen hatten sich zu einem Lächeln in die Breite gezogen, die Augen waren leicht zusammengekniffen, er war voll konzentriert, und er würde seine Aufgabe mit der ihm eigenen Präzision durchführen.

Saccu war schnell.

Und auch lautlos …

Im letzten Moment sah Kay Windsor den Schatten. In ihrem Kopf schrillten die Alarmglocken, sie wollte aufspringen, doch da hatte der Mann bereits reagiert.

Seine freie Hand schoss vor.

Sie war wie die Pranke eines Tigers, bekam Kay zu packen und presste sich auf ihren Mund.

Der Schrei erstickte bereits im Ansatz. Dann sah sie das Gesicht und den Körper dicht über sich. Vor allen Dingen kam ihr das Gesicht ungeheuer groß vor, es wurde zu einem regelrechten Ballon, dessen Mund sich verzerrte.

Der Stich.

Die Hand mit der Spritze fuhr nach unten. Saccu war darin ein wahrer Meister. Mit einer nahezu teuflischen Präzision fand er den frei liegenden Hals des Mädchen.

Er stach zu.

Kay Windsor spürte nicht viel. Nur einen kurzen Einstich, als wäre sie von einer Mücke gestochen worden. Wenige Sekunden blieb sie in der Haltung liegen, schaute nur in das sonnenbraune Gesicht des Hünen und hörte die geflüsterten Worte.

»Er wartet auf dich ...«

Dann verschwamm auch der Eindruck. Das Gesicht zog sich noch mehr in die Breite, wurde zu einer Fratze, zu einem verzerrten Etwas, und schließlich sah sie überhaupt nichts mehr.

Die Spritze hatte ihre volle Wirkung erreicht.

Saccu konnte mit der Stewardess machen, was er wollte. Er musste nur ein paar Minuten abwarten, dann würde sie seinen Befehlen von allein folgen ...

Er trug einen weißen Anzug aus Leinen, dazu ein blau schillerndes Hemd und hatte die Kette aus Totenschädeln um seinen Hals gehängt.

Er fühlte sich als Sieger.

Er war der King!

Peter van Dyck hatte viel in seinem Leben erreicht, doch nun stand er an der Spitze. Diese geheimnisvolle Kette gab ihm die Macht, die ihm noch gefehlt hatte. Und abermals rief er sich die Szene ins Gedächtnis zurück, als man ihn mit dem Messer traktierte. Die Klinge hatte ihm nichts anhaben können, er war unbesiegbar, denn die Kette gewährte ihm diesen außergewöhnlichen Schutz.

An das Fenster hatte er sich gestellt und schaute durch die Scheibe nach draußen.

Nicht weit entfernt lag der Park. Ein Safari-Park, im Sommer von zahlreichen Besuchern frequentiert, im Herbst geschlossen. Da sich der November bereits der Mitte zuneigte, waren keine Besucher innerhalb des Parks zu sehen.

Doch die Tiere befanden sich noch dort.

Man schaffte die Löwen und Tiger nicht in ihre Heimat, sondern hielt sie in speziellen Häusern. Das

Gleiche geschah mit den Elefanten, und ihr Trompeten übertönte selbst das wilde Fauchen der Raubkatzen. Die Tiere zeigten sich unruhig.

Was den Wärtern vielleicht Sorgen bereitete, das nötigte van Dyck nur ein Lächeln ab. Er wusste den Grund für das seltsame Verhalten der Tierwelt.

Es musste die Kette sein.

Sie stammte aus der Heimat der Löwen und Elefanten, aus dem tiefsten Afrika, und sie hatte ihren Zauber auch in der europäischen Welt nicht verloren.

Konnte er die Tiere durch die Kette beherrschen?

Das hoffte er sehr, denn sie waren besser als sein Leibwächter Saccu. Als er an ihn dachte, warf er einen Blick auf die Uhr. Van Dyck hatte Saccu den Auftrag gegeben, Kay Windsor zu holen. Das würde der weißblonde Mann erledigen.

Das Haus war leer, kalt und einsam.

Ein düsteres Gebäude. Von außen zeigte es eine Front aus rötlichen Backsteinen. Die Türen waren mit einem grünen Anstrich versehen, ebenso die Fensterkreuze. Es stand wie ein Klotz in der waldreichen Umgebung. Niemand hatte es haben wollen, die Nähe zum Safari-Park war den meisten Käufern zu unsicher gewesen.

Innen hatte der Milliardär sich das Haus nach seinen Vorstellungen einrichten lassen. Zahlreiche nicht tragende Mauern waren eingerissen worden, sodass große Räume entstanden. Auf ein großartiges Interieur hatte van Dyck verzichtet. Was er aufstellte, entsprach seinem Geschmack und ging quer durch den Garten.

Moderne Kunst gemixt mit alten englischen Möbeln, dazwischen die Plastiken auf dem Holzboden und die Teppiche, die allesamt aus dem fernen China stammten.

Das Haus hatte auch einen Keller.

Eine steile Treppe führte hinunter. Der Keller hatte gewaltige Ausmaße und diente dem Milliardär als Weinlager.

Vor einem Spiegel hatte er sich aufgestellt. Es war ein perspektivischer Spiegel, der sich nach hinten hin öffnete, sodass der Betrachter das Gefühl hatte, am Beginn eines langen Ganges zu stehen, der zugleich noch von zahlreichen kleinen Lampen flankiert und markiert wurde.

Van Dyck wollte nur die Kette sehen.

Es machte ihm nichts mehr aus, sie um seinen Hals zu haben, denn diese Kette war es, die ihm die Kraft gab und aus ihm einen anderen Menschen geformt hatte.

Konnte er sich denn überhaupt noch als Mensch bezeichnen?

Van Dyck war ehrlich genug, um sich diese Frage zu stellen. Nein, er war kein Mensch mehr. Zwar noch im äußerlichen Sinne, aber die Kette hatte ihn doch verändert.

Er gehörte einem anderen.

Dem Teufel vielleicht?

Als er daran dachte, begann er zu lachen. Teufel war schon gut. Er hatte immer sehr am Teufel gehangen, das Böse war seiner Ansicht nach stärker als das Gute, und hatte man ihm nicht den Beweis gegeben?

Auf einmal hörte er wieder die Stimmen in seinem Kopf. Die Kette sprach zu ihm.

›Du bist jetzt der Besitzer der sechs Totenschädel! Erweise dich dieser Ehren würdig.‹

»Was soll ich tun?«, fragte van Dyck.

›Stehst du auf unserer Seite?‹

»Ja.«

›Dann werden wir dir das Geheimnis der Kette offenbaren.‹

»Ich bitte darum.«

›Hast du jemals von den Großen Alten gehört, Peter van Dyck?‹

»Noch nie.«

›Das solltest du aber, denn es sind die mächtigsten Dämonen, die du dir vorstellen kannst. Die Großen Alten wurden schon verehrt, als es noch keine so genannte zivilisierte Welt gab. Im tiefsten Afrika jedoch existierten bereits Kulturen, von denen heute kaum jemand etwas weiß. Versunkene, geheimnisvolle Städte liegen unter dem dichten Dschungel begraben. Die Jahrtausende haben ihre Spuren hinterlassen und die Städte begraben.

Sie konnten den unheilvollen Geist nicht auslöschen. Diejenigen, die den Großen Alten dienten, erhielten von ihnen ihren Lohn. So war es auch mit uns. Wir sind die Zauberpriester einer Kaste gewesen, die den Großen Alten diente. Aber auch wir waren nicht unsterblich. Unsere Körper vermoderten, jedoch einem alten Ritual zufolge wurden die Köpfe vergraben und sollten erst wieder erweckt werden, wenn sich die Großen Alten auf die Rückkehr vorbereiteten. Dieser Zeitpunkt ist bald gekommen. Man hat uns, die Zauberpriester, gefunden. Du hast die Köpfe bekommen und sie zusammengefügt, und du hast damit alle sechs Geister in dieser Kette vereinigt, die nun dein Eigentum ist und die dich verändern wird. Du bist unser Diener, du gehörst zu uns, und auch du wirst die Ankunft der Großen Alten kaum abwarten können. Aus diesem Grunde sollst du bereit sein für das, was kommen wird.‹

»Was muss ich tun?«

Da hörte er das Lachen der fremden Stimmen in seinem Kopf. Es war ein kicherndes Geräusch, ein regelrechtes Hecheln, das nun allmählich verklang.

›Wir sind gespannt, wie du reagieren wirst, wenn du die Macht der Kette kennen lernst, denn sie wird auf dich übergehen. Der Zauber des alten Afrika, die Tier- und Erdgeistermagie hat diese Kette in sich vereint, und du wirst in den nächsten Minuten erleben, was wir meinen. Nur so viel sei gesagt. Wir waren sechs, und du bekommst jeweils von zweien einen Teil mit. Bleib nur vor dem Spiegel stehen, dann kannst du alles genau beobachten.‹

Van Dyck hatte die Worte zwar genau vernommen, doch er verstand ihren Sinn nicht. Deshalb war er gespannt, was die andere Seite mit ihm vorhatte. Angst verspürte er nicht, nur eine gewisse Erwartung. Er hatte sich voll und ganz in die Hände der anderen begeben. Gestört werden konnte er auch nicht. Da er mit niemandem sprechen wollte, hatte er auch das Telefon abgestellt.

Wie eine Salzsäule stand er vor dem Spiegel, sah sich selbst in der langen Perspektive und merkte, dass etwas in seinem Körper vorging. Das begann mit dem Rauschen des Blutes, und gleichzeitig verfärbte sich sein rechter Arm.

Die Finger wurden grün.

Der Mann erzitterte, er wollte weg, da waren wieder die Stimmen in seinem Kopf.

›Bleib stehen, Peter van Dyck, es geschieht alles zu deinem Vorteil. Du bekommst von jedem von uns etwas mit!‹

Er musste sich zusammenreißen, um nicht zu flüchten, aber er hatte einmal in den sauren Apfel gebissen und wollte ihn jetzt auch aufessen.

Nicht nur mit dem rechten Arm geschah etwas, auch der linke begann sich zu verändern.

Er zeigte keine grüne Farbe, sondern schimmerte gelblichbraun. Gleichzeitig veränderten sich die feinen Härchen auf seiner Haut, und es begann, ein Fell zu wachsen.

Van Dyck schaute wieder nach rechts.

Da sah er keine Hand mehr.

Die Finger waren verschlungen. Aus dem Jackettärmel schoss plötzlich ein dünnes grünes Wesen.

Aus seinem Arm war eine Schlange geworden!

Irre war der Schrei, den van Dyck ausstieß und der gegen die Decke brandete. Als er den Arm anhob, da knickte die Schlange ein, öffnete ihr Maul, und eine gespaltene Zunge huschte daraus hervor.

Das Gesicht des Milliardärs war zu einer Grimasse geworden. Er war kein Mensch mehr, aber er dachte und fühlte noch wie ein Mensch. Sein Gehirn reagierte so.

Der linke Arm.

Auch hier konnte er die Finger nicht mehr erkennen. Er merkte es daran, dass sie nicht zuckten, als er sie bewegen wollte. Wo nichts ist, da kann auch nichts reagieren.

Das musste van Dyck einsehen, als er sich das anschaute, was einmal sein linker Arm gewesen war.

Die Pranke eines Löwen!

Rechts die Schlange, links die Löwenpranke.

Der Stoff seines Ärmels war geplatzt, weil die Pranke

zu gewaltig geraten war, und er sah auch die Krallen, die seine Finger abgelöst hatten.

Während aus dem rechten Ärmel sich die Schlange wand und er links mit einer Löwenpranke versehen war, setzte sich die Verwandlung weiter fort. Diesmal erfasste sie seinen Kopf.

Grün glühten die Schädel. Aus den in den Augenhöhlen steckenden Diamanten schienen Blitze durch seinen Kopf zu zucken. Er verspürte ungeheure Schmerzen, die seinen Schädel zertrümmern wollten, und er sah in dem erleuchteten Spiegel seine eigene Verwandlung weiter mit an.

Das Menschliche verschwand. Sein Gesicht wurde zerstört. Unsichtbare Hände schienen daran zu zerren und zu reißen. Sie deformierten und formierten ein neues Gesicht, einen hässlichen Schädel, eine Fratze …

Da hatte er plötzlich keinen Mund mehr, sondern nur ein widerliches Maul. Die Stirn drängte zurück, sie machte einer breit wirkenden Platte Platz, auf der bräunlich schimmerndes Fell wuchs, das sich gedankenschnell ausbreitete und im Nu sein gesamtes Gesicht erfasste.

Auch die Ohren veränderten sich. Sie wurden weitaus länger als normal, die Nase verschwand ebenfalls, überall wuchs Fell, und als er den Mund öffnete, da schaute er in sein eigenes Maul.

In das Maul einer Hyäne!

Schlange, Löwe, Hyäne! Die drei magischen Tiere Afrikas hatten von ihm Besitz ergriffen.

Die Schlange als Symbol der Geschicklichkeit und Ausdauer, der Löwe als Zeichen der Kraft und die Hyäne als Beweis für Hinterlist, Gemeinheit und Tücke.

Ein Monster war geboren.

Aus van Dyck war diese grausame Mischung geworden. Ein schauriges, sehr gefährliches Abziehbild, das hineingeraten war in eine fürchterliche Magie.

Sie war durch die Kette geweckt worden, und Peter van Dyck hatte ihr einen schrecklichen Tribut zollen müssen.

Er wankte zurück. Konnte sich selbst nicht mehr sehen,

denn das Menschliche war aus seinem Gesicht verschwunden. Ein gefährlicher Clown aus mutierten Tierteilen stand im Raum, wollte schreien, selbst das schaffte er nicht.

Ein unheimliches Heulen drang aus seinem Maul, das schaurig durch das fast leere Haus schwang und nur allmählich verklang.

›Jetzt gehörst du zu uns!‹

Da waren wieder die Stimmen in seinem Kopf. Und sie lachten, sie freuten sich, denn die in der Kette gefangenen Geister der Zauberpriester hatten einen großen Sieg errungen.

Das Monster drehte sich im Kreis. Van Dyck konnte nicht mehr menschlich reden, nur in seinem Gehirn formulierte er die Gedanken, die Schreie nach Hilfe, die Angst …

›Vergiss all das, was du mal gewesen bist. Du hast den Wind gesät, wir gaben dir den Sturm, und du wirst im Sinne der Großen Alten dein weiteres Leben fortführen. Du musst es ändern, denn keiner darf erfahren, was aus dir geworden ist. Dein Haus hast du gut gewählt. Es liegt dort, wo auch die Tiere zu finden sind, zu denen du dich hingezogen fühlst. Du wirst plötzlich merken, dass du mit ihnen sprechen kannst und sie dir gehorchen …‹

Van Dyck hörte die Worte sehr wohl, aber er wollte sie nicht wahrhaben, schüttelte seinen Hyänenschädel und schaffte es, seine mutierten Arme in die Höhe zu bringen.

Die Schlange ringelte sich um ein Kettenglied, auch die Pranke des Löwen packte danach, aber beiden gelang es nicht, die Kette vom Hals zu lösen.

Sie blieb dort.

›Versuche es nie wieder‹, warnten die Stimmen, ›lass die Kette um deinen Hals, denn wenn du sie zerstörst, ist auch deine Existenz beendet. Das als Warnung. Wir werden uns immer einmal melden, um dir neue Verhaltensregeln zu geben, aber denke daran, dass die Menschen dich nicht so sehen sollen. Du …‹

Da verstummten die Stimmen und das Monster van Dyck blieb mitten im Raum stehen.

Er hörte etwas.

Von draußen war das Geräusch an seine spitzen Hyänenohren geklungen. Ein Wagen kam.

Der mutierte Mensch lief zum Fenster. Aus kalten gelben Hyänenaugen schaute er nach draußen und sah den Jaguar, der gestoppt hatte.

Saccu war gekommen.

Und er brachte das Mädchen.

Aus dem Maul des Monsters drang ein Geräusch, wie es nachts über die Steppen Afrikas schwang.

Das Heulen der Hyäne.

Und er erinnerte sich daran, was die Geister der Zauberpriester ihm gesagt hatten.

Man durfte ihn nicht sehen.

Er musste alle Spuren vernichten.

Das wollte er tun!

Saccu bremste.

Wenn er außer Waffen noch etwas auf der Welt liebte, dann waren es schnelle Autos. Und ein Jaguar gehörte für ihn zur Spitze. Vor allen Dingen dann, wenn es das neueste Modell war.

Sein Chef hatte den Wagen geliehen. Beigefarben mit braunen Ledersitzen und dem Geruch von edlen Hölzern, gab er Saccu ein gewisses Hochgefühl an Fahrkomfort.

Es tat ihm direkt Leid, dass er sein Ziel schon erreicht hatte und aus dem Wagen steigen musste.

Auf dem Beifahrersitz hockte Kay Windsor. Es war schwer, ihren Anblick zu beschreiben, aber mit dem einer Puppe konnte man sie schon vergleichen. Sie rührte sich nicht, denn sie hatte während der ganzen Fahrt unter dem Einfluss der Droge gestanden.

Der Sicherheitsgurt hielt sie fest. Saccu ging um den Wagen herum, öffnete die Tür an ihrer Seite und löste den Gurt, bevor er sagte: »Steig aus, Mädchen!«

Kay Windsor gehorchte. Sie drehte sich aus dem Wagen. Der Wind erfasste ihr Haar und wirbelte es durcheinander wie das des Leibwächters. Vor dem klotzig wirkenden Haus tanzten die fauligen Blätter im Wind.

In der Nähe befand sich der Wald. Hohe Bäume streckten ihre jetzt kahlen Äste wie Finger anklagend in die Höhe. Sie schienen die grauen Novemberwolken berühren zu wollen.

Saccu schloss die Tür. Er schaute dabei zum Haus, dort rührte sich nichts, was ihn wunderte, denn er hatte damit gerechnet, dass sich sein Boss zeigen würde.

Er blieb hinter den Mauern.

Saccu zog seine hellen Augenbrauen zusammen. Unter der Jacke trug er eine schwere Pistole, die Finger streichelten den Griff, während seine andere Hand den Arm des Mädchens erfasst hielt und er die Stewardess so dirigierte, dass sie auf die Treppe zuschreiten konnte.

Fast wäre sie über die erste Stufe gefallen, wenn Saccu sie nicht gehalten hätte.

Rasch hatten sie die Treppe überwunden und standen vor der dunkelgrün gestrichenen Tür.

Saccu schellte.

Jetzt wurde er misstrauisch, denn auch diesmal ließ sich sein Chef nicht blicken.

War er in eine Falle gelaufen?

Etwas Kaltes kroch über Saccus Rücken, er spannte seinen Körper und drehte sich um.

Nein, hinter ihnen lauerte niemand. Jedenfalls konnte er keinen Feind erkennen, der sich eventuell zwischen den Bäumen oder im Unterholz versteckt hielt.

Als Saccu seinen Blick wieder nach vorn richtete, fiel ihm etwas auf. Die Tür war nicht verschlossen.

Er konnte es als einen Vorteil ansehen, aber auch als das genaue Gegenteil von dem. Der Leibwächter war ein misstrauischer Mensch, er tendierte zur zweiten Möglichkeit und zog seinen Revolver.

Es war ein schwerer Ruger Colt, die Geschosse hatten eine ungemein starke Durchschlagskraft. Diese Munition ließ sich Saccu immer aus den Staaten schicken.

Mit dem Fuß trat er die Tür auf.

Er hatte den Stoß genau berechnet, die Tür schwang so

weit zurück, dass sie nicht bis gegen die Wand krachte, sondern kurz davor zur Ruhe kam. Einen Widerstand spürte er nicht, also hielt sich im toten Winkel keiner verborgen.

Sein Blick fiel in die Halle.

Er schaute über die Einrichtung, sah die Teppiche auf dem Boden, die alten, englischen Mahagonimöbel, auch die modernen Plastiken, nur von seinem Chef entdeckte er nichts. Der blieb verschwunden.

Die Sorgen steigerten sich, und Saccu schob das Mädchen vor, während er sagte: »Geh rein!«

Kay Windsor gehorchte, denn die Droge hatte ihren eigenen Willen ausgeschaltet.

Der ehemalige Legionär befand sich nicht zum ersten Mal in dem Haus. Er wusste, dass es in den oberen beiden Etagen noch zahlreiche Zimmer gab. Dort lagen unter anderem auch die Bäder, und vielleicht nahm sein Boss gerade ein Bad, denn schließlich hatte er mit der Kleinen, die Saccu ihm brachte, ja noch etwas vor.

Als der Mann daran dachte, verzog er seine fleischigen Lippen zu einem widerlichen Grinsen.

Da Kay Windsor, ohne angegriffen zu werden, die Halle betreten konnte, riskierte es auch Saccu, ihr nachzugehen. Seine Schritte waren kaum zu hören, als er über die Schwelle trat und sich lauernd umschaute.

Nein, die Halle war leer. Er hatte sich nicht getäuscht. Sein Blick glitt zu Kay Windsor.

Sie war bei einem der Sessel stehen geblieben und hatte ihre Hand auf die Lehne gelegt. Starr schaute sie geradeaus. In ihrer Blickrichtung lag die nach oben führende Treppe.

Draußen war es nicht sehr hell. Eben ein Novembertag. Trübe, wolkig, wie nicht anders zu erwarten. Aus diesem Grunde war auch die Halle nicht von einer strahlenden Lichtfülle erfüllt. Da die Treppe ziemlich weit weg von einem Fenster lag, konzentrierte sich dort der größte Teil der Finsternis.

Die Stufen verschwammen, aber weshalb schaute Kay Windsor so intensiv dorthin?

Diese Frage beschäftigte den misstrauischen Saccu, und er beschloss, nachzusehen.

Mit gezogenem Revolver setzte er sich in Bewegung. Nach zwei Yards stoppte er schon.

Er hatte Schritte vernommen. Auf der Treppe!

Saccu atmete tief ein. Sein Gesicht nahm einen gespannten Ausdruck an. Obwohl er damit rechnen musste, dass sein Chef die Stufen herabkam, blieb er misstrauisch. Er brachte sogar die Mündung seines Revolvers in die entsprechende Position.

»Sir?«, rief er.

Jetzt musste van Dyck sich eigentlich melden, aber er tat es nicht. Saccu erhielt keine Antwort, er vernahm nur die Schritte, die lauter wurden, und es schälte sich eine Gestalt aus dem Dunklen über den Treppenstufen.

Der helle Anzug fiel zuerst auf. Saccu wusste, dass sein Boss so einen Anzug mitgenommen hatte. Er war einigermaßen beruhigt und senkte den Waffenlauf.

Einen Atemzug später sah er, wer da wirklich die Treppe herunterkam. Es war ein Zerrbild des Schreckens!

Die Strecke zum Safari-Park fanden wir leicht. Wir brauchten nur den Weg nach Schloss Windsor zu nehmen, und der war uns noch in guter Erinnerung, denn auf dem Gelände des Schlosses hatte ich mal einen sehr schaurigen Fall erlebt.

Etwa in Höhe des Schlosses mussten wir von der Straße ab und in eine andere einbiegen, die in Richtung Süden führte. Hier waren bereits Wegtafeln aufgestellt, die den Besuchern den Weg zum Safari-Park so einfach wie möglich machten.

»Ich bin wirklich ein Tierfreund«, meinte Suko, »aber an einem Safari-Park möchte ich wirklich nicht wohnen. Vielleicht hat der Typ auch einen anderen Grund, sich in die Einsamkeit zu begeben.«

»Und welchen?«

»Man kennt doch diese Diamantenhändler. Eine reine Weste haben die alle nicht.«

Ich musste grinsen und erwiderte: »Du sprichst aber sehr geringschätzig von einem Helden wie van Dyck.«

»Ich mache mir eben lieber selbst ein Bild.«

Wir blieben auf der Straße und gelangten schließlich vor eine Sperre. Kassenhäuschen waren zu sehen. Sie standen rechts und links des langen Balkens und waren verlassen.

»Endstation«, meldete Suko.

»Nicht ganz«, erwiderte ich und deutete schräg nach vorn. Mein Finger wies auf ein Schild. Dort war zu lesen, dass man auch in den geschlossenen Zeiten den Park auf eigene Gefahr mit dem Wagen durchqueren konnte, weil sich die Tiere in den Häusern oder Käfigen befanden.

»Dann fahren wir doch«, entschied sich auch Suko. »Wenn der Weg kürzer ist.«

»Ganz bestimmt. Aber heb mal die Schranke hoch.«

»Immer ich«, maulte Suko, stieg jedoch aus, öffnete und ließ mich vorbeifahren, wobei er sich noch verbeugte, als ich ihn passierte. Danach drückte er den Balken wieder nach unten und stieg ein. Ich fuhr an.

Den Park durchschnitten asphaltierte Wege. Von den hohen Bäumen hatte sich das Laub gelöst und einen dicken Teppich auf dem grauen Asphaltband hinterlassen. Wir mussten vorsichtig fahren, an einigen Stellen, besonders in sogenannten Windecken, lag das Laub ziemlich hoch.

Wir entdeckten zahlreiche Hinweisschilder. Auf ihnen stand zu lesen, welche Tiere sich sommertags in der freien Wildbahn aufhielten. Da war von Löwen, Hyänen, Gazellen und Affen die Rede. Wir sahen auch abgeteilte Gebiete. Die Zäune schimmerten zwischen den Bäumen. Wahrscheinlich traute man dem Frieden nicht so recht.

Wir fuhren langsam. Auf einer guten Karte hatte ich nachgesehen und festgestellt, dass wir den Park zur Hälfte durchqueren mussten, um ans Ziel zu gelangen.

Über den Bäumen lag ein grauer Novemberhimmel. Die Krähen, die mit schwer wirkenden Flügelschlägen die Luft durchschnitten, passten zu dem Gesamtbild.

Aber nicht das Fauchen.

Trotz der geschlossenen Scheiben war es zu hören, und ich trat unwillkürlich auf die Bremse, weil ich damit rechnete, dass jeden Augenblick ein Raubtier aus dem Gebüsch stürzen konnte. Doch das passierte nicht.

»Du hast es also auch gehört«, sagte Suko.

»Sicher.«

Der Inspektor ließ an seiner Seite die Scheibe nach unten fahren. Frische Luft strömte in den Wagen und nicht nur das, auch das sich aggressiv anhörende Trompeten der Elefanten bekamen wir zu hören. Erst das Fauchen, jetzt das Trompeten.

»Glücklich scheinen die Tiere nicht gerade zu sein«, bemerkte Suko.

Ich hob die Schultern. »Wärst du das hinter Gittern?«

»Wohl kaum.«

»Na bitte.« Ich gab Gas und fuhr wieder an. Die Tiere sollten uns nicht stören, wir wollten zu van Dyck und ihm einige ziemlich harte Fragen stellen.

Der Weg beschrieb vor uns eine Linkskurve. Da sehr viel Laub herumlag, steuerte ich den schweren Bentley vorsichtig hinein. Am Ende der Kurve, wo die Strecke wieder geradeaus weiterführte, sahen wir eine Wegkreuzung.

Suko hatte die Scheibe auf seiner Seite nicht völlig hochfahren lassen, deshalb hörten wir auch das Fauchen.

Diesmal klang es noch lauter.

»Die Löwen sind los.« Suko sagte es im Scherz dahin. Einen Herzschlag später jedoch wurden seine und meine Augen groß. Links von uns hatte sich etwas im Unterholz bewegt, und zwischen den sich auf der Erde angehäuften Zweigen schimmerte es hell.

So sah Fell aus.

Löwenfell!

Schon geschah es.

Ein gewaltiger, gelblich schimmernder Körper eines Löwen wuchtete sich aus dem Unterholz, befand sich in der Luft, streckte sich und sprang mitten auf den Weg, wobei er sich umdrehte und uns aus kleinen Augen anstarrte …

Saccu, der blondhaarige Hüne mit dem halblangen Haar, hatte in seinem Leben einiges erlebt. Er war durch mehrere Höllen gegangen, der Krieg hatte ihn gestählt, und er hatte ihn gewissenlos gemacht. Er hatte Elend, Tod und Leid gesehen und war darüber hinweggegangen, ohne mit der Wimper zu zucken.

Aber was er in diesem Haus bei London und in einer zivilisierten Welt vorgesetzt bekam, das stellte alles bisher da Gewesene in den Schatten.

Über die Stufen der Treppe schritt ein Monster. Ein Wesen, das es einfach nicht geben durfte, das dennoch eine schlimme Tatsache war.

Es trug den Schädel einer Hyäne. Deutlich war die vorgezogene Schnauze zu erkennen, das bräunliche Fell und die kleinen, kalten Augen.

Der rechte Arm bestand auch nicht mehr aus normalen Knochen und Haut, es war eine Schlange, die sich aus dem Armloch ringelte und eine gespaltene Zunge sehen ließ.

Auch der linke Arm glich dem Teil eines Tieres. Er hatte sich in eine Pranke verwandelt oder in eine Tatze, auf jeden Fall gehörte sie nicht zu einem Menschen, sondern zu einem Löwen.

Hyänenkopf, Löwenpranke und Schlange. Hinzu kam noch die geheimnisvolle Schädelkette, die um den Hals des Wesens hing und deren Köpfe dunkelgrün schimmerten, wobei sich das grüne Licht auch in den die Augen ausfüllenden Diamanten fing und dort abgestrahlt wurde.

Hatte sich Saccu über das Aussehen des Monsters schon erschreckt, so bekam er einen weiteren Schock, als er den Anzug sah, den dieses Wesen trug.

Er gehörte Peter van Dyck.

Das war für Saccu der Beweis.

Dieses mutierte Gebilde vor ihm war kein Geringerer als sein Chef, der Milliardär und Diamantenhändler Peter van Dyck.

Der Anzug beseitigte für den blondhaarigen Leibwächter die restlichen Zweifel.

Etwas Unheimliches war geschehen, für das er keine Erklärung wusste, sich aber denken konnte, wer dahinter steckte.

Die Schädelkette musste die Schuld daran tragen.

Eine andere Möglichkeit gab es für Saccu nicht. Die verdammte Kette aus Totenköpfen, an der van Dyck so hing, hatte diese grausame Verwandlung bewirkt.

Saccu stöhnte.

Ob vor Grauen, vor Wut oder Zorn, das wusste er selbst nicht. Er ahnte jedoch, dass er sich hier in einer Situation befand, die er kaum lösen konnte.

Er warf einen raschen Blick auf die Stewardess.

Kay Windsor stand wie festgenagelt auf dem Fleck. Sie musste das Monster ebenfalls sehen, denn sie hatte den Kopf in Richtung Treppe gedreht, aber sie zeigte keine Reaktion. Beinahe teilnahmslos schaute sie dorthin, ohne sich um den ehemaligen Diamantenhändler zu kümmern.

Van Dyck hatte die letzte Stufe erreicht. Noch einen Schritt tat er, dann lag die Treppe hinter ihm, und er blieb abwartend stehen.

»Wer bist du?«, keuchte Saccu. Längst hatte er den Arm mit dem Revolver hochgebracht. Er wusste, dass er schießen würde, es gab keinen anderen Weg.

Saccu vernahm auch eine Antwort. Sie wurde ihm entgegengeheult. Ein schauriges Geräusch, das auch nachts über die Savanne des afrikanischen Kontinents strich.

Der Leibwächter kannte die Stimmen der Hyänen, dieser widerlichen Tiere, die man auch mit dem Teufel in Verbindung brachte, denn er tauchte in zahlreichen Abbildungen mal als Hyäne und dann wieder als Ziege auf.

Van Dyck musste besessen sein!

Sein Schlangenarm zuckte. Das giftgrüne schlanke Reptil schaute aus dem Ärmel, drehte und wand sich, stieß immer wieder die Zunge aus dem kleinen, offen stehenden Maul.

Den Prankenarm hatte das Monster leicht erhoben und im rechten Winkel abgezweigt. Schlagbereit war es, und

Saccu wusste plötzlich, dass ihn sein ehemaliger Chef töten wollte.

Der Dschungelkämpfer duckte sich. Sein Gesicht nahm dabei einen leicht verzerrten Ausdruck an. Dies war immer so, wenn er dicht vor einer großen Entscheidung stand.

Wie vor einem Mord!

Und er schoss.

Krachend entlud sich der Revolver. Das Echo jagte durch das Haus. Saccu erkannte sehr deutlich, dass die Kugel getroffen hatte. Sie fand ihr Ziel in der Brust des Monsters und schleuderte es bis an die Treppenstufe zurück.

Dort konnte es sich fangen.

Das Maul des Wesens öffnete sich noch weiter, und ein infernalisches Siegesheulen drang daraus hervor.

Saccus Augen weiteten sich.

Der Kerl war mit einer Kugel nicht zu stoppen. Vielleicht musste er mehrmals schießen, und das tat er auch.

Der schwere Ruger Colt in seiner Hand schien zu explodieren. Ununterbrochen blitzte es vor der Mündung auf, und Saccu bewies, dass er nicht nur schießen, sondern auch treffen konnte.

Jede Kugel fand ihr Ziel.

Sie hämmerten in den Körper des Wesens. In die Echos der Schüsse mischte sich das Klatschen. Die schweren Kaliber hieben auch gegen die Schädelkette, sie schleuderten den Unhold herum, der Schlangenarm zuckte, die Pranke schlug in die Luft, hieb einmal gegen das Holzgeländer und riss fingerlange Splitter hervor.

Saccu befand sich wie im Rausch.

Er stand in Combat-Stellung, fächerte seinen Revolver und jagte an Blei aus dem Lauf, was er in der Trommel hatte.

Seine Augen schienen blau zu leuchten, er kam sich vor wie im Krieg, roch den Pulverdampf und ergötzte sich am Krachen der Schüsse.

Bis die Waffe leer war.

Als er das ›Klick‹ hörte, schien er aus einem tiefen

Traum zu erwachen und ließ den Arm langsam sinken. Mit dem linken Handrücken wischte er über seine Stirn, er erwartete, einen Toten vor sich zu sehen, ein von Kugeln zerstörtes mutiertes Wesen, das mal ein Mensch gewesen war, doch er täuschte sich wie noch nie in seinem Leben.

Van Dyck war nicht zu vernichten!

Er lebte weiter.

Zwar hatten ihn die harten Einschläge der Kugeln von den Beinen gerissen, und er lag am Fuß der Treppe, doch er wälzte sich langsam herum und versuchte, auf die Füße zu gelangen.

Ein Ruck ging durch seine Gestalt – dann stand er.

Saccu verzog den Mund. Zischend stieß er den Atem aus, in seinen Augen schimmerte plötzlich die Angst, dann senkte er den Kopf, starrte auf seine Waffe und schüttelte sich, als könnte er nicht fassen, dass er überhaupt geschossen hatte.

Van Dyck ließ sich nicht beirren.

Saccu hatte seinen Spaß gehabt, jetzt war das Monster an der Reihe.

Und es war schnell.

Van Dyck erkannte den Sprung des Mannes bereits im Ansatz. Er wusste, dass der andere zur Tür wollte, aber da hatte er sich geschnitten.

Abermals durchdrang das schaurige Heulen einer Hyäne das Haus, und van Dyck tauchte dicht vor Saccu auf.

Sein rechter Arm oder vielmehr die grüne Schlange streckte ihren Körper und schoss aus dem Ärmelloch.

Sie traf.

An Saccus Hals biss sie sich fest, hackte ihre kleinen, aber scharfen Zähne in das Fleisch und Saccu stieß ein Röcheln aus. Er stellte sich auf die Zehenspitzen und drückte seinen Rücken durch, während sein Gesicht eine Grimasse der Angst war.

Danach traf ihn der Prankenschlag quer durch das Gesicht.

Als die Löwentatze nach unten sackte, sank auch Saccu

in die Knie. Er schrie fürchterlich, von seiner Haut auf dem Gesicht war kaum mehr etwas zu erkennen und er hatte noch nicht den Boden berührt, als der nächste Hieb seinen Nacken traf.

Er tötete den Mann.

Als Leiche kippte er nach vorn und blieb auf dem Gesicht liegen. Der ehemalige Milliardär van Dyck hatte seinen ersten ›Sieg‹ errungen.

Den gesamten schrecklichen Vorgang hatte auch Kay Windsor mit ansehen müssen.

Sie hatte zugeschaut, aber sie erfasste es nicht. Sie stand wie ein Denkmal, die Augenbrauen leicht zusammengezogen, als würde sie hinter ihrer Stirn schwere Gedanken wälzen, und sie schaute auch nicht auf, als sich ihr das Monstrum näherte.

Es kam schleichend.

In dem Hyänenschädel produzierte er nach wie vor menschliche Gedanken und Schlussfolgerungen. Für ihn war Kay Windsor eine Zeugin. Sie hatte die Bluttat mit ansehen müssen, und die fernen Geisterstimmen hatten ihm gesagt, dass er jeden Zeugen töten müsse.

Also musste auch sie sterben!

Da gab es allerdings ein Hindernis. Van Dyck erinnerte sich daran, dass er diese Frau unbedingt hatte in seine Gewalt bringen wollen. Jetzt stand sie vor ihm.

Wehrlos …

Er würde sie besitzen.

Noch zwei Schritte, dann hatte er sie erreicht. Der widerliche Hyänenschädel ruckte vor, aus dem offenen Maul strich eine Zunge und klatschte gegen den Hals des Mädchens.

Wie unter einem Peitschenschlag zuckte Kay zusammen. Der starre Ausdruck auf ihrem Gesicht wich einem plötzlichen Begreifen, sie wusste, in welcher Gefahr sie schwebte.

Fast streichelte sie die gefährliche Löwenpranke, als sie gegen die Schulter des Mädchens tippte und auf ihrer Uniformjacke kleine Blutflecken hinterließ.

Bei dieser Berührung drehte Kay durch.

Bevor der andere sich versah, warf sie sich auf dem Absatz herum und floh in Richtung Tür.

Sie hatte das Monster überrascht.

Van Dyck reagierte erst, als Kay Windsor die schwere Eingangstür bereits aufriss, über die Schwelle sprang und förmlich die Stufen der Treppe nach unten stürzte.

Dann aber hielt van Dyck nichts mehr. Er musste das Mädchen kriegen, und für Kay begann der Wettlauf mit dem Tod …

Was mir nur selten passierte, geschah in diesen Augenblicken. Ich würgte den Motor des Bentley ab.

Er blubberte noch ein wenig nach, dann war es still.

Und vor uns hockte der Löwe.

Ein Löwenmann, ein prächtiges Tier, mit einer gewaltigen Mähne, gelbbraun das Fell, unter dem starke Muskeln spielten, die auf uns schon erschreckend wirkten.

Aber wieso kam der Löwe frei? Im Herbst und im Winter befanden sich die Tiere in ihren Käfigen, da musste etwas passiert sein.

Ob es mit van Dyck zusammenhing?

Suko hatte sich als Erster gefasst. Er meinte: »Hoffentlich hat der Knabe schon gespeist.«

»Einen Nachtisch kann er sicherlich noch verkraften.«

»Aber nicht uns. Hast du keine Schwiegermutter, John?«

»Leider nein.«

Der Löwe gähnte. Er riss dabei sein Maul weit auf und schüttelte die lange Mähne.

Suko und ich schauten uns an. »Hast du in den Rachen gesehen?«, fragte ich meinen Partner, wobei meine Stimme ein wenig belegt klang.

»Leider.«

»Da passen zwei von uns rein.«

»Nun übertreibe mal nicht. Du bist zu dick.« Suko kniff die Augen ein wenig zusammen. »Also, ich würde vorschlagen, dass wir vorsichtig los und an ihm vorbeifahren. Aber nur langsam …«

»Mal sehen.« Meine Hand hatte bereits den Zündschlüssel berührt, als Suko sein »Halt!« rief.

Ich zögerte, schielte ihn an und sah, dass er sich halb auf dem linken Sitz gedreht hatte. »Was ist denn?«

»Schau mal zurück!«

Das tat ich auch. Hinter uns stand ein zweites Tier. Diesmal eine Löwin. Sie hatte sich aufgerichtet und die beiden vorderen Pfoten auf die Kofferraumhaube des Bentley gelegt. Durch die Heckscheibe schaute sie interessiert in den Wagen und leckte sich mit ihrer langen Zunge die Lippen.

Sekundenlang blieben wir unbeweglich sitzen. Wir wagten kaum zu atmen und hörten beide das dumpfe Fauchen, das die Löwin hinter uns ausstieß.

Eine Gänsehaut rann über unsere Rücken. So schön das Tier auch war, auf der Couch wollte ich es nicht haben und auch nicht auf dem Kofferraum meines Wagens.

Der Löwin schien es dort zu gefallen, denn sie traf überhaupt keine Anstalten, ihren Platz zu verlassen, ebenso wie der Löwe vor uns, der weiterhin auf dem Weg hockte und sich nicht rührte.

Wir befanden uns in einer Zange.

»Ich fahre trotzdem«, sagte ich und wollte wieder starten, als sich der Löwe vor uns aufrichtete. Beinahe träge vollzog er diese Bewegung, stellte sich auf seine Beine, gähnte noch einmal und spannte seine gewaltigen Muskeln, bevor er sich gemächlich in Bewegung setzte und direkt auf unseren Wagen zuschritt.

Jeden Schritt konnten wir verfolgen. Er bewegte sich geschmeidig, und es vergingen nur Sekunden, bevor er den Kühlergrill des Bentley erreichte.

Überfahren konnte ich ihn nicht. Ich hatte den Zeitpunkt einer günstigen Abfahrt verpasst.

Der Kühlergrill schien ihn sehr zu interessieren, denn er schnupperte an ihm herum, kratzte mal ganz leicht und richtete sich dann auf. Zuerst schaute er mit dem Kopf darüber hinweg, bevor er sich abstieß und im nächsten Moment auf die Kühlerschnauze sprang.

Das hatte uns gerade noch gefehlt. Jetzt saß vorn ein Löwe und hinten seine Frau.

Der Wagen sackte tiefer, denn die beiden Tiere hatten zusammen ein ganz schönes Gewicht.

Uns trat der Schweiß aus den Poren. Selten waren wir so hilflos gewesen wie in dieser Situation.

Was sollten wir tun?

Die Löwen wegscheuchen, konnten wir nicht. Die würden uns etwas husten und erst einmal sitzen bleiben. Vielleicht ärgerten wir sie auch zu sehr, und einem Doppelangriff würde unser Wagen wohl kaum gewachsen sein.

»Starte trotzdem«, sagte Suko. »Wir können doch nicht ewig hier sitzen bleiben.«

»Das schon. Ich wundere mich nur, dass noch keine Wärter aufgetaucht sind.«

»Wieso?«

»Mensch, Suko«, erklärte ich eindringlich, nahm die Hände vom Steuer und ballte sie zu Fäusten. »Die Tiere sind ausgebrochen, haben ihre Käfige verlassen, das muss doch aufgefallen sein, zum Henker.«

»Schon. Nur denke ich da an eine andere Sache. Vielleicht können die Wärter nicht mehr kommen ...«

Ich wurde blass. »Verdammt, du hast Recht. Wenn die Löwen sie zerrissen haben ...«

Suko hatte einen Geistesblitz. Er zeigte auf das Autotelefon. »Vielleicht sollten wir es damit mal versuchen und der nächsten Polizeidienststelle Bescheid geben.«

»Das ist ausgezeichnet.« Ich streckte meinen Arm aus, griff nach dem Hörer, wollte telefonieren und stellte plötzlich eine Veränderung fest.

Der Löwe sprang von der Motorhaube auf den Weg, auch die Löwin löste sich hinten vom Wagen.

Gleichzeitig hörten wir auch den Grund. Schreie!

Die Schreie einer Frau, denn im nächsten Moment erschien die rennende Person aus dem Wald, erreichte vor unserem Wagen den Weg und jagte über die schmale Straße weiter ...

»Hinterher!«, schrie Suko.

Diesmal startete ich den Bentley!

Ein Monster saß der Stewardess Kay Windsor im Nacken. Die Panik kam noch hinzu. Sie jagte Kay förmlich voran, war wie eine Triebfeder und gab ihr die Kraft.

Die Wirkung der Droge war verschwunden.

Kay sah die Umwelt wieder mit einem realen Blick, und sie hatte festgestellt, dass sie sich in akuter Lebensgefahr befand.

Sie floh vor dem Untier!

Von der drittletzten Stufe katapultierte sie sich ab, kam zuerst gut auf, trat aber dann auf die nassen Blätter, und ihr erster Schritt wurde zwangsläufig zu einem langen Spagat, der Kay in höchste Gefahr brachte.

Nun kam ihr zugute, dass sie mal getanzt hatte. So renkte sie sich nichts aus, drehte sich ab, hörte, wie der Rockstoff riss, fiel zwar hin, war aber sofort wieder auf den Beinen und warf noch einen kurzen Blick die Stufen hoch.

Er stand schon auf der Treppe!

Den rechten Arm hielt er ausgestreckt. Die grüne Schlange ringelte wie ein Wurm, die Zunge huschte aus der Schnauze, und ein schauriges Heulen drang Kay entgegen. Es wirkte wie ein Startschuss.

An den Wagen kam sie nicht heran. Der war abgeschlossen. Es blieb ihr nur die Flucht in den Wald.

Und sie rannte.

Kay wusste selbst nicht, woher sie plötzlich die Kraft nahm. Ihre Füße stampften auf den weichen, mit Blättern übersäten Waldboden, Zweige und Äste schlugen nach ihr wie gierige Hände, und die Todesangst steigerte ihre Kräfte nur noch.

Bis sie gegen den Zaun prallte.

Sie hatte ihn überhaupt nicht gesehen und wuchtete voll hinein in den grünen Maschendraht.

Aus ihrem Mund drang ein Schrei. Sie federte zurück, hatte zuvor jedoch einen harten Schlag gegen das Gesicht hinnehmen müssen, und ihre Nase begann zu bluten.

Kaum schaffte sie es, sich auf den Beinen zu halten. Sie schluchzte auf, warf sich herum und hörte den Verfolger.

Wieder heulte er.

Eine schaurige, unheimliche Todesmelodie, die ihr entgegenschwang, und sie schüttelte sich.

Fieberhaft suchte sie nach einem Ausweg. Zwei Sekunden gab sie sich selbst, schaute rechts und links des Zaunes entlang, doch da gab es keine Lücke.

Also rüber!

Zuletzt war sie als Kind über einen Zaun geklettert. Da es keine andere Möglichkeit gab, musste sie es hier ebenfalls ausprobieren. Ihr Vorteil war, dass der Rock einen Riss zeigte, er spannte nicht mehr, und sie konnte sich besser bewegen.

Mit den Händen klammerte sie sich in dem Maschendraht fest, griff dann höher und kam sich vor wie ein kleines, affenartiges Geschöpf, das ein großes Hindernis zu überwinden hatte.

Mit den Füßen versuchte sie sich ebenfalls abzustützen, rutschte ein paar Mal ab und musste all ihre Kraft auf die Finger konzentrieren, um sich hochzuziehen.

Stück für Stück hangelte sie sich am Zaun hoch und schrie vor Freude auf, als sie das Ende erreichte. Und zwar mit der rechten Hand zuerst. Die Finger griffen über, und der Maschendrahtzaun begann zu schwingen.

Das Heulen war nah.

Kay Windsor schaute sich nicht um. Sie wollte nicht wissen, wie weit das Untier noch entfernt war, sie riss ein Bein hoch, schlug es über den Zaun und ließ sich nach vorn fallen.

Der Aufprall schüttelte sie durch. Sie schrie, glaubte verloren zu sein, doch sie hatte Glück im Unglück gehabt.

Kay war nicht direkt auf den Boden gefallen, sondern in hoch wachsendes Unterholz, in das der Wind zudem noch Laub hineingeweht hatte, sodass ihr Aufschlag gedämpft wurde.

Kay Windsor hatte so viel Schwung, dass sie sich überschlug, ihre Hände in den Boden krallte, dann jedoch sofort auf die Füße sprang und zurückschaute.

Das Monster war am Zaun.

Und nicht nur das. Es kletterte bereits darüber hinweg, denn so leicht gab diese schreckliche Mutation nicht auf.

Sie musste weg. Jede Sekunde, die sie zögerte, konnte sie das Leben kosten.

Und wieder rannte sie in den Wald. Nur befand sich Kay diesmal innerhalb des Geländes, in dem sommertags die Tiere frei herumliefen. Diese Gefahr kam noch hinzu.

Das wusste sie nicht, daran dachte sie nicht …

Hinter ihr holte das Monster auf. Grün schillerten die Totenköpfe an der Kette.

Sie lag auch nicht mehr auf den Schultern des Mannes, sondern hatte leicht abgehoben und lag wie ein Rettungsring um seinen Hals.

Kays Beine bewegten sich automatisch. Sie merkte kaum noch, dass sie lief, und sie wusste nicht, wohin sie rannte. Erst als der Wald lichter wurde, schaute sie wieder auf.

Ein kleiner Abhang. Sie fiel und rutschte ihn hinunter, wirbelte Blätter hoch, die sie wie Schmetterlinge umwehten. Hinter dem Abhang lag eine Straße.

Drei Dinge nahm sie trotz ihrer Angst noch wahr.

Einen Wagen und zwei gewaltige Tiere.

Löwen!

Sie schrie ihre Panik hinaus, warf sich herum und rannte auf der Straße weiter …

Wir hatten keine Ahnung, woher die Frau so plötzlich gekommen war, wir wunderten uns auch nicht über ihre Stewardessen-Uniform, uns war nur klar, dass wir sie retten mussten, denn sonst wurde sie ein Opfer der Löwen.

Die Frau steckte voller Panik. Sie hatte überhaupt nicht geschaut, vielleicht wusste sie nicht einmal, dass sich zwei Helfer in der Nähe befanden. Sie rannte ungehindert weiter, obwohl sie fast am Ende ihrer Kräfte war.

»Fahr los!«, schrie Suko.

Der Bentley rollte an.

Auch die Löwen hatte es nicht auf ihren Plätzen gehalten. Die Frau konnte ihnen nicht entkommen, und wie in ihrer Heimat Afrika jagten sie das Wild und trieben es in die Enge.

Wir kamen zu spät.

Der Bentley hatte erst die Hälfte der Distanz zwischen uns und ihr zurückgelegt, als die Löwen ihr Opfer bereits erreicht hatten. Das Männchen sprang, es wuchtete seinen Körper vom Boden ab, und plötzlich war die Frau nicht mehr zu sehen. Dafür hörten wir ihren kreischenden Angstschrei, und im nächsten Augenblick sahen wir nichts mehr von ihr, weil sie unter dem Körper des Löwen begraben lag.

Suko stieß einen Fluch aus. Auch mein Magen krampfte sich zusammen. Die Frau hatte keine Chance, die Löwen würden kurzen Prozess mit ihr machen, und wir waren zu spät gekommen.

Wir hatten ihr nicht helfen können.

In den Sekundenbruchteilen, die uns bis zum Öffnen der Türen blieben, dachte ich daran, was ich alles über Löwen wusste. In manchen Fernsehberichten hatte ich gesehen, wie diese herrlich anzusehenden Tiere ihre Opfer zerrissen, aber noch nie war gezeigt worden, wie der Löwe einen Menschen tötete.

Ein Gewehr hatten wir nicht, aber unsere Pistolen. Doch würden diese Kugeln gegen die beiden Könige der Wüste überhaupt etwas ausrichten können?

Wir legten auf die Tiere an. Ich hätte sie lieber geschont, aber es gab keine andere Chance.

Da sah ich das Unglaubliche.

Der Löwe tötete die Frau nicht. Wie die Katze ihr Junges, so hielt er die Frau in seinem Maul und drehte sich um. Sein Opfer rührte sich nicht, wahrscheinlich war es bewusstlos geworden.

Suko und ich standen neben den offenen Türen, während die Löwin sich neben ihrem Gatten aufhielt. Wir zögerten beide, die Stecher unserer Waffen durchzuziehen, denn wenn wir jetzt schossen, konnte der Löwe in einer wilden, unkontrollierten Reaktion zubeißen, und alles war verloren.

Beide Parteien rührten sich nicht, bis wir hinter uns ein seltsames Rascheln vernahmen. Es hörte sich an, als würde jemand durch Laub schleichen.

»John, da kommt einer«, hauchte der Chinese.

Ich traute mich nicht, mich zu bewegen. Als ich jedoch sah, dass Suko seinen Kopf drehte, tat ich es ihm nach.

Meinen Augen wollte ich nicht trauen, denn die Gestalt, die sich da näherte, war eine Ausgeburt der Hölle.

Eine Mischung aus Mensch und Tieren!

Wir sahen einen Hyänenschädel, dann eine Schlange als rechten und eine Löwenpranke als linken Arm.

Seine Beine waren normal.

Er trug zudem noch einen weißen Anzug, was die ganze Sache noch irrer und verrückter machte.

Wir waren viel gewohnt, ich hatte auch in anderen Dimensionen schon schreckliche Gestalten gesehen, aber dieser Anblick verschlug uns den Atem.

Als ich mich mit dem Aussehen der Gestalt abgefunden hatte, konnte ich mich auf das konzentrieren, was um ihren Hals hing und grünlich leuchtete.

Die Kette aus Schädeln!

Ich wollte es kaum glauben, sah in den sonst leeren Augenhöhlen der Schädel das grünliche Funkeln der Diamanten und wusste plötzlich Bescheid.

Vor uns musste der Milliardär Peter van Dyck stehen – der große Held. Der Mann, der die Luftpiraten überwältigt hatte. Die Magie, die er zu beherrschen geglaubt hatte, war für ihn zum Fluch geworden.

Ich schluckte und schüttelte gleichzeitig den Kopf. Auch die Worte des Eisernen Engels fielen mir wieder ein. Er hatte von den Schädeln gesprochen, den Überresten der Zauberpriester, die den Großen Alten gedient hatten, und jetzt sah ich sie mit eigenen Augen vor mir.

Dem Milliardär war es gelungen, sich aus den Totenschädeln eine Kette herzustellen.

Meine Hände wurden feucht, weil sich auf den Innenflächen der Schweiß sammelte. Dieses Wesen war unser Feind, ein Todfeind sogar, und wir hätten sicherlich nicht gezögert, ihn anzugreifen, wenn da das Mädchen nicht gewesen wäre, das sich zwischen den Zähnen des Löwen befand.

Noch befand sich der mutierte Mensch so weit von uns entfernt, dass Suko und ich uns verständigen konnten. Der Mann hörte nichts, wenn wir uns unterhielten, deshalb flüsterte ich meinem Partner zu: »Wenn alles nichts hilft, nimm deinen Stab!«

»Klar«, gab Suko ebenso leise zurück.

Das Wesen kam näher. Ob es sprechen konnte, wussten wir nicht, bisher jedenfalls hatte es noch keinen Laut von sich gegeben. Die Schnauze der Hyäne stand offen. Geifer tropfte daraus hervor, und als sie unseren Wagen erreicht hatte, da ging sie plötzlich schneller.

Van Dyck kam dicht an mich heran.

Ich sah die Schlange, wie sie aus dem Ärmel schnellte und ihr Maul geöffnet hatte. Eine gespaltene Zunge huschte daraus hervor, ich schwenkte meinen rechten Arm, zielte auf die Gestalt, als sie stehen blieb und mich anstarrte.

Erst bei meinem letzten Fall hatte ich in Raubtieraugen geschaut. Da waren es jedoch die Augen eines Werwolfs gewesen. Hier schaute ich in das Gesicht einer Hyäne.

Und wir hörten seine Stimme.

Das Sprechen fiel ihm sehr schwer. Die Laute, die aus dem Maul drangen, waren eine Mischung aus Redeversuchen und einem gespenstischen Heulen.

Uns rann eine Gänsehaut über den Rücken, als wir dies vernahmen, und wir mussten uns sehr konzentrieren, um überhaupt etwas verstehen zu können.

Ich versuchte, das Konglomerat aus Urlauten und Wortfetzen ein wenig in die Reihe zu bekommen. Er warnte uns. Eiskalt erklärte er, dass er uns töten wollte, wenn wir die Frau an uns nähmen.

»Und was willst du?«, fragte ich ihn.

»Sie gehört mir!«

Ich gestattete mir ein Zucken der Mundwinkel. »Willst du die Frau töten?«

Mit einer Antwort hatte ich nicht gerechnet, und ich bekam auch keine.

Er ging an uns vorbei.

Es war gespenstisch, wie wir dastanden und einfach

nichts tun konnten, weil er und die Löwen die Trümpfe fest in ihren Händen hielten. Ich musste immer wieder auf die Schädelkette starren. Sie faszinierte mich, dieser Milliardär hatte da wirklich etwas geschaffen, was vielleicht einmalig war, und wenn ich mir vorstellte, wie alt die Schädel waren, dann konnte es mir schon kalt den Rücken hinablaufen.

Sie waren magisch aufgeladen.

Das spürte ich, als das Wesen an mir vorbeischritt. Das Blut stieg mir in den Kopf, und die Härchen auf meinen Armen richteten sich auf.

Ich musste die Schädelkette bekommen und sie zerstören.

Letzteres war noch wichtiger, denn nicht umsonst hatte mich der Eiserne Engel davor so intensiv gewarnt.

Wir blieben hinter ihm.

Er wandte uns sorglos den Rücken zu. Er wusste, dass wir nichts unternehmen würden, denn in seinen Händen befand sich das Mädchen.

Ein Wink von ihm genügte, und der Löwe würde die Frau vor unseren Augen zerreißen.

Das mussten wir verhindern!

Sukos rechte Hand bewegte sich auf den Jackettausschnitt zu. Ich wusste, was mein Partner vorhatte. Die Waffe hatte er in die Linke gewechselt, sie war im Moment nicht wichtig. Buddhas Stab zählte jetzt mehr.

Uns war klar, dass van Dyck Katze und Maus spielen wollte. Er dachte bestimmt nicht daran, uns laufen zu lassen, wenn alles vorbei war. Nein, er würde nur Tote auf seinem Weg hinterlassen, dieses Wesen kannte keine menschlichen Gefühle.

Es machte ihm nichts aus, auf die Löwen zuzugehen. Im Gegenteil, diese Tiere gehorchten ihm. Die Löwin wich sogar vor ihm zurück. Sie schuf Platz für den Mann, der sie beherrschte, aber sie ließ uns nicht aus den Augen.

»Ich warte, bis er die Frau an sich genommen hat«, wisperte Suko mir zu.

»Okay ...«

Jetzt hatte das mutierte Wesen den Löwen erreicht.

Dicht vor ihm blieb er stehen und streckte die Arme aus. Schon berührten seine Hände die Frau, und das Tier öffnete sein Maul so weit, dass die Frau herausfallen konnte.

Van Dyck nahm sie an sich.

Wie ein Kind trug er sie auf beiden Armen. Er hatte seinen Schädel gesenkt und schaute auf ihren Körper. Hohe, für uns unheimlich klingende Laute drangen aus seinem Maul.

Für uns hatte er keinen Blick mehr, denn er drehte sich nach rechts und ging davon.

Suko hatte den Stab gezogen.

Im selben Augenblick erhielten die beiden Löwen von dem Monster den Befehl zum Angriff.

Und wieder einmal erlebten wir, wie schnell diese Raubkatzen der Steppe sein konnten.

Sie stießen sich vom Boden ab, beide Körper zielten auf uns. Mich hatte die Löwin als Opfer ausgesucht. Suko sollte eine Beute des männlichen Tieres werden.

Da schrie er das Wort. »Topar!«

Auf einmal stand die Zeit still.

Nicht nur die Zeit, auch die Bewegungen der Personen oder Wesen, die den Ruf mitbekommen hatten, stockten.

Niemand rührte sich mehr.

Weder die Löwen noch das mutierte Monstrum, sein Opfer oder ich.

Fünf Sekunden hatte Suko.

Diese Zeit musste ihm reichen, um seinen Partner und sich vor den Löwen in Sicherheit zu bringen.

Suko hatte Muße genug gehabt, sich sein Vorgehen genau zu überlegen. Er hätte auch das Mädchen befreien können, aber in diesen kurzen Augenblicken war es wichtiger, die verbleibenden Sekunden anders zu nutzen.

Er war der Einzige, der noch handeln konnte. Wie schon so oft eine fast selbstzerstörerische Aufgabe, aber Suko hatte noch nie gekniffen, auch nicht in solchen Augenblicken.

Zuerst huschte der Inspektor auf mich zu. Das geschah wie ein Blitz. Er packte mich und wuchtete mich in den Bentley. Dann rammte er die Fahrertür zu und musste noch einmal um den Wagen herum, um ebenfalls einzusteigen.

Die Zeit lief.

Fünf Sekunden konnten furchtbar schnell vorübergehen. Und keinen Herzschlag länger blieb die Zeit stehen.

Da war die Zeit vorbei.

Suko befand sich noch nicht im Wagen. Zwar hatte er die Tür erfasst, aber der Löwe, zuvor mitten im Sprung unterbrochen, führte ihn jetzt fort.

Er wuchs gewaltig vor dem Chinesen auf. Riesengroß kam Suko das Tier vor, und der Inspektor fiel förmlich zusammen, bevor er sich nach rechts in den Wagen warf.

Der Löwe verfehlte ihn.

Er erreichte den Bentley in dem Augenblick, als Suko die Tür zuhämmerte.

Der Löwe war nicht mehr zu bremsen. Den Menschen verfehlte er, den Wagen streifte er.

Der Außenspiegel brach ab, der Löwe prallte zu Boden, und sein gewaltiger Körper verschwand.

Auch ich kam wieder zu mir. Momentan herrschte ein Durcheinander auf den beiden Vordersitzen. Es gelang mir nur mühsam, mich aufzurichten. Suko und ich gerieten uns gegenseitig ins Gehege, und ich sah auch die Löwin, die mich aufs Korn genommen hatte.

Sie lief aufgeregt um den Wagen herum, hatte das Maul aufgerissen und fauchte fürchterlich. Wenn man in ihren Rachen schaute, konnte man Angst bekommen.

»Das Mädchen, John!«

Trotz der Gefahr, in der wir uns selbst befanden, dachte ich daran. Der ehemalige Milliardär van Dyck hatte es mitgenommen. Was er mit der Frau vorhatte, wusste ich nicht. Vielleicht wollte er sie töten, unter Umständen auch nur für sich behalten, es war jedenfalls schwer, darauf eine Antwort zu finden.

Wie sie auch ausfiel, uns war klar, dass wir die Stewardess retten mussten.

Natürlich hatte die Magie des Stabes auch bei dem Monster gewirkt. Es war für die Zeitspanne von fünf Sekunden stehen geblieben, jetzt allerdings rannte es tiefer in den Wald hinein, und wir hatten das Nachsehen, denn die Löwen umkreisten uns und hieben mit ihren Pranken gegen die Karosserie.

Noch hämmerten sie nicht gegen die Scheiben. Ich traute mich nicht, eine nach unten fahren zu lassen, denn die Prankenhiebe hätten uns leicht das Gesicht zerfetzen können.

Ich schätzte die Entfernung genau ab, und ich sah die Bäume, die einen locker stehenden Mischwald bildeten.

Verdammt, da musste ich mit dem Bentley hindurchkommen. Diese Zwischenräume reichten aus, so gut kannte ich meinen Wagen schließlich.

Als ich startete und das Lenkrad nach links drehte, da wusste auch mein Freund, was ich vorhatte.

»Ich drücke dir die Daumen, John.«

»Ruf du an!« Ich hatte nicht vergessen, was wir vor dem Löwenangriff noch hatten unternehmen wollen, und der Inspektor griff zum Telefon. Auf seine Worte hörte ich nicht, brachte den Wagen von der Straße und fuhr mit ihm durch den Wald.

Mit einem Fahrrad ist es schon nicht einfach, auf den normalen Wegen durch den Wald zu fahren. Da gibt es zu viele unübersichtliche Stellen. Im Herbst lagen zudem noch die Blätter auf dem Boden, sodass ich kaum sehen konnte, wohin der Weg führte und welche Fallen er barg.

Suko sprach neben mir in den Hörer. Ich achtete nicht auf seine Worte, dafür sah ich hin und wieder die beiden Löwenkörper und hörte, wenn sie sich gegen den Wagen wuchteten.

Sie hatten nicht aufgegeben. Wahrscheinlich sahen sie uns als die großen Opfer an. Vielleicht hatte sie das Untier sogar so beeinflusst, dass sie nur uns zerreißen sollten.

Jedes Mal, wenn wieder ein Prankenhieb gegen das Auto hämmerte, zuckte ich zusammen. Zum Glück hat der Bentley dickeres Blech als die meisten Wagen, aber Kratzer und Beulen würden trotzdem zurückbleiben.

Allmählich begann ich, die Löwen zu hassen.

Sie wollten meinen Wagen und unser Leben zerstören. Ich konnte ihnen ja nicht ausweichen, erstens waren sie immer schneller als ich und zweitens musste ich mich auf den Weg konzentrieren, wobei man von einem Weg kaum sprechen konnte, denn wir fuhren mitten durch das Gelände.

Rauf und runter ging es.

Die Reifen drehten manchmal durch, wenn sich der schwere Bentley einen Hang hochschob und das Profil auf den nassen Blättern keinen richtigen Halt fand.

Ich hatte das Lenkrad hart umklammert. Wenn der Wagen über die Bodenwellen hüpfte, dann musste ich mich anstrengen, damit mir die Stöße das Steuer nicht aus der Hand schleuderten.

Haarscharf nur entkam ich den dicken Baumstämmen. Dafür kratzten die Zweige und Äste über das Dach, und die Schläge trugen nicht dazu bei, meine Stimmung zu verbessern.

»Die Kollegen sind alarmiert«, meldete Suko.

»Und?«

»Sie wussten schon Bescheid.«

»Wieso das?«

»Wärter hatten sie alarmiert.«

»Und wie sind die Löwen frei gekommen?«

Suko hob die Schultern. »Dafür gibt es bisher noch keine Erklärung. Es scheinen aber die einzigen Tiere zu sein.«

»Gut.« Ich kurbelte nach links und wich abermals einem Baumstamm aus. »Dann müssten wir die Kollegen eigentlich sehen.«

»Wahrscheinlich.«

Nach Sukos Antwort wurde der Wagen durch einen mörderischen Schlag durchgeschüttelt, und ich hatte Angst, dass nun alles vorbei war.

Wir standen.

Und wir konnten nicht mehr fahren, denn den Tieren war es gelungen, an beiden Seiten einen Reifen zu zerstören.

»Auch das noch!«, stöhnte Suko.

Ich hörte nicht auf ihn, denn neben mir an der Fahrerseite hatte sich ein Tier aufgerichtet. Es war der männliche Löwe mit seiner gewaltigen Mähne.

Hatte der einen Körper!

Seine Pranken lagen auf dem Dach, der Kopf füllte den gesamten Blickwinkel der Scheibe aus, und ich schaute in seinen weit aufgerissenen Rachen.

Das nächste Geräusch entstand an Sukos Seite. Ich kannte es, denn dieses dumpfe Platzen bewies mir, dass das zweite Tier eine Scheibe zerstört hatte.

Was wir bisher unter allen Umständen hatten verhindern wollen, war nun eingetreten.

Ich warf einen schnellen Blick nach links.

Glaskrümel waren auf Suko und in den Wagen hineingeregnet. Noch hingen Reste der Scheibe im Rahmen, aber schon fegte eine Tatze dagegen, und Suko befand sich plötzlich in großer Gefahr, als die Pranke durchkam.

Da hörten wir die Schüsse.

Es waren seltsame Geräusche, nicht so laut und hallend wie bei normalen Pistolen, sondern mehr dumpf klingend.

Die Pranke kam nicht mehr durch.

Das Tier auf Sukos Seite zuckte plötzlich und stieß ein wildes Fauchen aus. Es wollte sich noch vorwuchten, doch die Kraft schwand blitzschnell aus dem Körper.

Die Löwin fiel nach hinten.

Ich war von den Ereignissen so gefesselt, dass ich auf meiner Seite nicht bemerkte, wie die Gefahr ebenfalls von mir genommen wurde. Auch dort war der Löwe getroffen worden.

Sekundenlang blieben wir sitzen.

»Hast du den Schutzengel bestellt?«, fragte Suko.

»Nein.«

Ich stieß die Tür auf. Der Wagenschlag ließ sich nicht ganz öffnen, denn das Tier lag im Weg. Ich musste meinen Körper drehen, um den Bentley verlassen zu können.

Suko erging es auf seiner Seite nicht anders.

Dann standen wir draußen.

Und wir erblickten die Männer in Uniformen. Unsere Helfer und Retter hatten eine breite Kette gebildet. Sie liefen auf uns zu, und ich sah die Waffen, die sie trugen.

Es waren gewehrartige Gegenstände. Sie sahen ein wenig plump aus, sodass bei mir der Verdacht entstand, es hier mit Betäubungsgewehren zu tun zu haben.

Einer der Männer trug keine Waffe. Er sah mir nach dem Einsatzleiter aus, und schon fauchte er uns an, als er nahe genug bei uns war. »Sind Sie eigentlich wahnsinnig, hier in der Gegend herumzufahren? Mann, das ist lebensgefährlich.«

»Haben wir bereits gemerkt«, stellte ich trocken fest und ließ den Mann auf meinen Ausweis blicken.

Der Einsatzleiter bekam einen roten Kopf. »Sorry, aber ich wusste nicht, dass Sie ...«

»Lassen wir das. Noch ist die Gefahr nicht gebannt.«

»Moment, die Löwen sind ...«

»Davon rede ich nicht, sondern von einer anderen. Haben Sie zufällig ein Wesen gesehen, das ...« Ich sprach nicht mehr weiter. Es war zwecklos, es diesem Mann zu erklären. Er hätte mich sicherlich für verrückt gehalten.

»Was meinen Sie, Sir?« Der Mann schaute mich an, während sich die anderen den Tieren näherten und nachschauten, ob sie auch wirklich betäubt waren.

»Wie weit zieht sich der Wald noch hin?«, fragte ich ihn und deutete nach vorn.

»Ungefähr fünfhundert Yards.«

»Und dann?«

»Kommen Sie zu den Gehegen.«

»Freigehege?«

»Wie mans nimmt. Es gibt ein Löwenhaus. Die Tiere können sich aber auch innerhalb eines umzäunten Geheges bewegen.«

»Danke, das reicht.«

»Aber was wollen Sie da, Sir? Es sind nur zwei Löwen hier gewesen, und die beiden haben wir ...«

»Haben Sie auch Hyänen oder Schlangen?«

»Ja, beides. Allerdings befinden sich die Schlangen in den großen Terrarien.«

»Das ist mir klar.« Ich schaute ihn an. »Tun Sie mir einen Gefallen und bleiben Sie um Himmels willen mit Ihren Leuten hier. Schaffen Sie die betäubten Löwen erst zurück, wenn Sie von uns freie Bahn bekommen. Verstanden?«

»Ja, Sir.«

Seinem Gesichtsausdruck entnahm ich, dass der Mann zumindest sehr verwundert war.

Bevor wir gingen, nahm ich noch eine Waffe mit. Es war der silberne Bumerang. Ich holte ihn aus dem Einsatzkoffer.

Dann zogen wir los.

Die Männer des Einsatzkommandos waren kaum aus unserer Sichtweite entschwunden, als wir vor uns das unheimliche Heulen vernahmen. Gespenstisch schwang es durch den Wald und uns entgegen.

Nicht nur über meinen Rücken kroch eine Gänsehaut, Suko erging es ähnlich.

Und beide wussten wir, dass wir an der richtigen Stelle waren ...

Die Flucht war ihm geglückt!

Die grauenvolle dämonische Kreatur war mit ihrer Beute durch den Wald gehetzt. Sie hatte zwar Menschen gesehen, aber durch geschicktes Ausnutzen der natürlichen Deckungen war es ihr gelungen, den Blicken zu entschwinden.

Schließlich erreichte van Dyck den Teil des Parks, wo sich das Winter-Gehege der Löwen befand.

Ein großes Areal, von einem starken Eisenzaun umgeben. Zudem befand sich jenseits des Zaunes noch ein breiter Wassergraben, den auch ein Löwe kaum überspringen konnte.

Trotzdem war es für das Monster einfach, in das Gehege hineinzukommen.

Im Zaun war ein großes Tor. Und das stand offen. Der ehemalige Milliardär und Diamantenhändler hatte es nicht geöffnet, sondern einer der Wärter. Er hatte auch die Löwen freigelassen, ohne es eigentlich zu wollen, denn durch die magische Kraft der Schädelkette konnte das Monster auch den Willen und die Gedanken der anderen steuern.

Dieser Wärter hatte ihm geholfen und auch den Übergang, ein breites Brett, über den Wassergraben gelegt. So war der Weg für das Monster freigeworden.

Und das Wesen benutzte ihn.

Noch immer trug es sein Opfer auf den vorgestreckten Armen. In der Löwenpranke steckte die meiste Kraft, während sich der Körper der Schlange um die Bewusstlose gewickelt hatte.

Er schritt über das Brett. Die Totenschädel leuchteten in dem fahlen Grün, und der Schein aus den diamantenen Augen fiel über das schreckliche Gesicht der Hyäne.

Als er das Freigehege in der Mitte erreicht hatte, drang ein schauriges Heulen aus dem Hyänenmaul. Vor sich sah er die Felsbrocken. Vom Wind und Regen blank gewaschene, riesige Steine, die wie auf einer Insel verteilt lagen.

Auch ein paar gestutzte, starke Bäume standen auf der Insel. Klettermöglichkeiten für die Löwen.

Ein wenig weiter befand sich der Zwinger. Ein Backsteinbau, in dem die Löwen sich bei kaltem Wetter aufhielten.

Van Dyck ging bis an den ersten Stein, kletterte hinauf und ließ die Frau von seinen missgestalteten Armen rutschen. Schräg blieb sie auf dem Felsen liegen.

Der Veränderte wusste, dass er Feinde hatte. Starke Feinde sogar. Aber er vertraute auf die Macht der Schädelkette, sie würde ihm den nötigen Schutz gewähren.

Im nächsten Augenblick war es so weit.

Die Frau öffnete die Augen.

Ruckartig geschah dies, sie schielte nach oben, und ihr Blick erfasste die schreckliche Gestalt über ihr. Sie sah in das Hyänenmaul, erkannte darunter die grünlich schillernden Schädel und begann gellend zu schreien.

Van Dyck aber lachte. Es war kein menschliches

Gelächter, mehr ein Heulen, und es zeugte von einem großen Triumph, den er in diesem Augenblick empfand.

Die Kette der Zauberpriester gab ihm Macht. Sie machte ihn sogar unbesiegbar ...

Wir hatten hinter zwei Bäumen Deckung gefunden und dabei einen freien Blick auf das Löwengehege.

Das Tor oder der Zugang stand tatsächlich offen.

Wahrscheinlich war er auch geöffnet gewesen, als die Löwen die Insel inmitten des Geheges verließen. Wer dafür verantwortlich war, wusste ich nicht, es spielte im Moment auch keine Rolle. Für uns war erst einmal wichtig, dass wir ungesehen an das Monster herankamen. Zudem hielt es noch einen Trumpf in der Hinterhand.

Es war die Frau.

Beide sahen wir auf einem Felsen. Das Monster hockte dort, die Frau lag, und wir hörten wieder das Heulen aus seinem schrecklichen Hyänenmaul.

Andere Stimmen antworteten.

Auch ein gänsehauterzeugendes Heulen, das aus verschiedenen Richtungen klang.

»Er ruft seine Freunde«, erklärte Suko.

Ich hob die Schultern. »Lass ihn. Sag mir lieber, wie wir ungesehen an ihn herankommen.« Ich schaute noch einmal zur Insel hin. Nein, wir mussten durch das Tor und über das Brett.

Ob es an der Rückseite des Zwingers noch einen Übergang gab, war nicht festzustellen.

Tief holte ich Luft. Das sah alles sehr bescheiden aus. Es blieb uns nichts anderes übrig, als offen und frei unserem Gegner entgegenzutreten.

Bis ich die große Idee hatte und meinen Bumerang hervorholte. Auf Sukos Gesicht ging die Sonne auf, als er das sah. »Mensch, John, das kannst du dir patentieren lassen.«

»Ja, demnächst«, erwiderte ich gespannt und schob mich in eine günstige Wurfposition.

Es war uns nicht klar, ob der andere uns bereits entdeckt hatte. Wir hofften es nicht, denn wenn er uns zu früh sah, würde es für ihn leicht sein, die Frau zu töten.

Um auszuholen, musste ich mich abwenden, denn für den Wurf brauchte ich all meine Kraft, da der Bumerang eine weite Strecke zu überwinden hatte.

Suko behielt unseren Gegner im Auge. »Noch beschäftigt er sich mit seiner Geisel.«

»Was macht er?«

»Verdammt, John, er reißt ihr die Sachen vom Leib.«

Jetzt hörte ich die Frau auch schreien.

»Wirf!«, schrie Suko.

Ausgeholt hatte ich bereits, wuchtete meinen Körper vor und damit auch aus der Deckung und schleuderte auch den rechten Arm nach vorn. Meine Finger umklammerten dabei den Bumerang.

Im Laufe der Zeit hatte ich Routine bekommen. Ich konnte ausgezeichnet mit der Waffe umgehen und wusste genau, wann ich sie loszulassen hatte.

Ich streckte noch einmal meinen Arm. Im nächsten Augenblick löste sich die silberne Banane aus meiner rechten Hand.

Sie wurde zu einem Kreisel, gewann an Geschwindigkeit und raste genau auf das von mir anvisierte Ziel zu.

Ich begriff noch immer nicht so recht, dass ich das Ziel nie verfehlte. Wahrscheinlich hing es mit der Magie dieser Waffe zusammen. Sie war für mich, den Sohn des Lichts, gemacht worden. Aus den letzten Seiten des Buchs der grausamen Träume war sie entstanden. Vielleicht wurde der Bumerang auch von meiner Gedankenkraft getragen, denn ich wünschte mir immer, dass er das Ziel traf.

Über den trennenden Zaun flog er weg, im schrägen Winkel wirbelte die silberne Banane dann auf ihr Ziel zu.

Unser Gegner sah die Gefahr. Er wollte ihr noch entkommen und sprang in die Höhe. Das war sein Fehler.

Die Waffe war wie ein Fallbeil, und sie traf seinen hässlichen Hyänenschädel. Genau konnten wir nicht erkennen, was sich vor uns auf der Löweninsel abspielte, wir sahen nur wirbelnde Teile, dann die hochgerissenen

Arme, und plötzlich kippte der widerliche Hyänenschädel zur Seite.

Er fiel dem Boden entgegen, prallte auf die schräge Steinkante, hüpfte weiter und rollte noch ein Stück über den Boden in Richtung Graben, bevor er liegen blieb.

Der Torso stand noch.

Und die Frau schrie.

Sie hatte sich halb aufgerichtet, einen Arm ausgestreckt und die Hand auf den Stein gestützt. Die andere hielt sie vor ihren Mund gepresst.

Sie musste schreckliche Angst ausstehen.

Während Suko bereits losrannte und seine Dämonenpeitsche zog, schaute ich dorthin, wo sich mein Bumerang befand. Seine Wucht war durch den Treffer gebremst worden, und er lag ein ziemliches Stück hinter dem kopflosen Monster am Boden.

Okay, den Hyänenschädel hatten wir vom Körper schlagen können, aber da war noch etwas anderes.

Die Kette! Sie existierte nach wie vor. Und die einzelnen Schädel leuchteten in einem giftigen Grün.

Vom Halsstumpf des Monsters hatte sich die Kette gelöst. Sie schwebte jetzt über ihm und befand sich weiterhin in Bewegung. An einem Fleck blieb sie nie.

Das konnte für Suko gefährlich werden, obwohl er seine Dämonenpeitsche bereits ausgefahren hatte.

»Vorsicht, Suko!«, schrie ich.

Mein Partner befand sich bereits auf dem Steg. Auch er sah die Kette und schlug nach ihr.

Sie wich aus.

Das alles nahm ich wahr, während ich mit gewaltigen Sätzen meinem Freund und Kollegen folgte. Auf dem Übergang musste ich mich vorsehen und die Laufgeschwindigkeit zurücknehmen, dann aber hatte ich es geschafft und sah meinen Partner bei der Frau.

Er sagte etwas zu ihr, was ich nicht verstehen konnte, denn ich konzentrierte mich auf die Schädelkette und deren unheimliche Magie.

Sie spielte ihren Zauber aus und die Schädel veränderten sich auf schreckliche Art und Weise …

Der Torso lebte noch!

Aber er befand sich zum Glück so weit von der Frau entfernt, dass ihr weder die Schlange noch die Pranke gefährlich werden konnten. Deshalb nahm sich der Chinese die Zeit und redete hastig, aber dennoch beruhigend auf sie ein.

Sie starrte ihn aus schockgeweiteten Augen an. Ihre Kleidung war zum Teil zerrissen und die Haut schimmerte durch.

Der Torso wankte zurück.

Ein schreckliches Bild. Normale menschliche Beine und Füße, aber rechts ein Schlangenarm und links die Pranke eines Löwen. Beides konnte Suko noch gefährlich werden.

Geduckt kletterte er über die Steine. Er wollte von der Seite kommen und dann zuschlagen.

Da wirbelte der Torso herum.

Plötzlich setzte er die Löwenpranke ein, und sie schlug nach dem Inspektor.

Es wurde gefährlich für Suko, denn auch die Schlange ringelte sich weit hervor, hatte ihr kleines Maul geöffnet und zeigte nicht nur die Zunge, sondern auch gefährliche Giftzähne.

Suko wich ihr aus und schlug aus der Drehung mit der Dämonenpeitsche nach dem Reptil. Er traf gut.

Die drei Riemen wickelten sich um die Schlange, und als Suko zerrte, da fetzte er sie förmlich auseinander.

Der Torso kippte ihm entgegen.

Mit dem Fuß trat Suko zu, spürte weichen Widerstand und schleuderte den Kopflosen zurück.

Durch eine wilde Bewegung löste er die Reste der Schlange aus der Umklammerung der Peitsche, das Reptil wurde weit weggeworfen und dann konnte sich Suko um den restlichen Teil kümmern.

Sein Gesicht war verzerrt, als er dreimal zuhieb, gegen den Torso einmal und gegen die Pranke doppelt so oft.

Kein Schrei brandete ihm entgegen. Es war ein stummes Sterben, ein lautloses Vergehen dieses furchtbaren Monsters, das einmal ein Mensch gewesen war.

Doch davon blieb nicht viel zurück. Nur ein Torso mit zwei Beinen, die seltsam verdreht vom Unterteil abstanden.

Peter van Dyck existierte nicht mehr.

Jedoch die Schädelkette!

Oft hatte ich erlebt, dass aus normalen Köpfen Totenschädel wurden. Hier jedoch lief der Vorgang umgekehrt ab.

Aus Totenschädeln wurden Köpfe.

Nein, keine direkten Köpfe, sondern mehr Gesichter, die innerhalb der Knochen schimmerten und selbst den Glanz der Diamanten überdeckten. Und ich hörte in meinem Kopf die Stimmen, die aus einer anderen Zeit zu stammen schienen, aber dennoch deutlich zu hören waren.

›Den Diener konntest du töten, uns aber wirst du nicht umbringen, denn wir sind die Großen Alten. Schau genau hin, dann siehst du Kalifato und seine Freunde.‹

Ich war so überrascht und geschockt, dass ich der Aufforderung nachkam.

Kalifato starrte mich an.

Ja, ich erkannte innerhalb des Schädels diese hässliche grüne Fratze mit den leicht schräg gestellten Augen und den seltsamen Kopf mit den spitzen Ohren. Sogar die Streifen waren auf seinem Gesicht zu sehen, als hätte man sie in die Haut geätzt.

Das war Kalifato.

Die anderen Gesichter traten nicht so deutlich hervor. Aber schon jetzt wurde mir bewusst, dass es Bildnisse des Grauens waren. Durch die Köpfe der Zauberpriester zeigten sie sich mir, bevor sie allmählich verblassten und mit ihnen die Schädel.

Die Kette verschwand vor meinen Augen.

Ich feuerte.

Es war eine Reflexbewegung, weil ich mir anders nicht zu helfen wusste. Und ich hatte getroffen, die geweihte Silberkugel jagte durch den Schädel.

Etwas fiel zu Boden.

Die Glieder der Kette, die ein Juwelier so kunstvoll mit den sechs Schädeln verbunden hatte.

Ein letztes grünes Leuchten lag in der Luft, danach sah ich nichts mehr, hörte allerdings die allmählich verwehenden Stimmen.

›Unsere Aufgabe ist erfüllt. Die Schädel sind frei. Jahrtausende über waren sie vergessen, nun werden sie den Weg gehen, der ihnen vorgeschrieben ist. Du kannst die Großen Alten nicht aufhalten, Geisterjäger, du nicht ...‹

Diese letzten Worte behielt ich sehr gut. Und jeder von Ihnen, Freunde, kann sich vorstellen, dass mir nicht sehr wohl zu Mute war. Wir hatten die Gefahr nicht gebannt, nur zurückgedrängt. In Anbetracht der Lage ein bescheidenes Ergebnis ...

Der Fall zog noch einiges nach sich. Wir erfuhren detailgetreu, was sich in dem Flugzeug abgespielt hatte, und recherchierten auch in Südafrika.

Von dort erfuhren wir dann den Rest. Dass es schon zahlreiche Opfer gegeben hatte. Arbeiter in einem Bergwerk.

Einen Mann namens Saccu fanden wir in dem von van Dyck gemieteten Haus.

Er war auf schreckliche Art und Weise gestorben. Als wir ihn sahen, konnten wir nur froh sein, dass diese gefährliche Mensch-Tier-Mutation nicht mehr existierte.

Die Schädel allerdings gab es nach wie vor. Leider auch die Großen Alten.

Trotzdem war ich nicht mutlos. Ich wusste gute Freunde und Helfer hinter mir.

Dazu zählte ich auch den Eisernen Engel ...

Der Seelen-Vampir

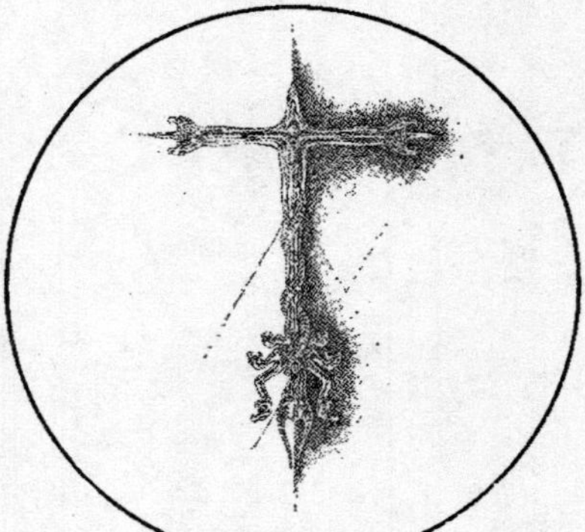

Vor uns gähnte der Schlund!

Eine düstere, unheimliche Tiefe, schwarz wie Tinte und einen Geruch ausströmend, der an fauliges, brackiges Wasser erinnerte und in dem auch noch eine andere Komponente mitschwang.

Leichengeruch!

»Und da sollen wir runter?«, fragte Suko.

Ich hob die Schultern. »Wird uns wohl nichts anderes übrig bleiben.«

Mein Freund und Kollege schaute sich um. Hinter mir und jetzt vor ihm öffnete sich das Gewölbe. Eine unter der Erde liegende Felshalle, vor Jahrhunderten entstanden, mit Geröll übersät und einem schmalen, gefurchten Bett, ein Zeichen, dass hier einmal ein schäumender Fluss seinen Weg gefunden hatte.

Wo das Licht unserer Lampen nicht mehr hinreichte, gab es die Eisenleiter. Sie klammerte sich an das raue, rissige Gestein und führte nach oben, wo der Wind um die kantigen grauen Felsen jaulte.

Davon war in dieser Tiefe nichts zu merken. Bis auf unsere Stimmen war es ruhig.

Suko drehte sich wieder um. Der Strahl seiner Lampe fand jetzt den Eingang des vor uns liegenden Schachts, er riss einen breiten hellen Streifen in die Schwärze, der sich verdoppelte, als ich ebenfalls hinunterleuchtete.

Eine Treppe.

Stufen, die man kaum mehr als solche bezeichnen konnte. Eigentlich mehr Fragmente. Es war lebensgefährlich, dort hinabzusteigen, aber wir wussten keinen anderen Weg und mussten ihn nehmen.

»Wer geht zuerst?« Suko schaute mich an.

»Immer der, der fragt«, erwiderte ich und grinste meinen Freund aufmunternd an.

»Leuteschinder!«, beschwerte er sich. »Aber mit mir kannst du es ja machen.«

»Eben.«

Suko drückte sich an mir vorbei. Er wurde noch vorsichtiger, als er seinen rechten Fuß auf die erste Stufe stellte und das Gewicht ein wenig verlagerte.

»Scheint zu halten«, murmelte er.

»Dann ab!«

Ein Geländer gab es nicht. Im spitzen Winkel leuchteten wir nach unten, als wir die feuchten, bröckligen Stufen in die uns unbekannte Tiefe stiegen.

Mittlerweile hatten wir uns an den scheußlichen Geruch gewöhnt, obwohl sich bei mir noch immer der Magen umdrehte, doch daran war nun nichts mehr zu ändern.

Beide hofften wir, am Ende der Treppe den Erfolg vorzufinden, den wir uns wünschten.

Es ging um Tote. Oder Fast-Tote, denn es war etwas passiert, das man als scheußliches Verbrechen bezeichnen konnte. Als wir davon hörten, wollten wir es erst gar nicht glauben, aber die Tatsachen sprachen dagegen.

Irgendjemand stahl sterbende Menschen aus Krankenhäusern. Nicht nur eine Person war verschwunden, sondern mittlerweile vier. Zwei Frauen und zwei Männer.

Junge Leute wohlgemerkt, die an einer unheilbaren Krankheit litten oder durch einen Verkehrsunfall so schwer verletzt worden waren, dass keine Hoffnung mehr bestand.

Dies alles geschah in einer düsteren Ecke von Cornwall, dicht an der Küste, wo die Dörfer noch weit auseinander gezogen waren und die Menschen mehr für sich lebten.

Das alles wäre kaum aufgefallen, wenn nicht ein alter Pfarrer Verdacht geschöpft hätte. Siebzig Jahre zählte der Mann, er war beruflich nicht mehr tätig, inoffiziell jedoch besuchte er die Menschen, die ihm ihre Sorgen und Nöte anvertrauten. Der Pfarrer erfuhr von den makabren Entführungen, und er wollte wissen, was dahinter steckte.

Ein Wort war gefallen. Man hatte es nur flüsternd gesagt, aber der Pfarrer hatte es öfter gehört.

Der Seelen-Vampir!

Diese Horrorgestalt, von der keiner wusste, wie sie überhaupt aussah, und die vielleicht nur ein Märchen war, sollte die Schwerkranken entführt haben.

Der Pfarrer lachte die Menschen nicht aus. Er stellte

Nachforschungen auf eigene Faust an. Nach wochenlangem Suchen fand er heraus, dass die todkranken Menschen in den Felswirrwarr der Küste geschleppt worden waren und dort verschwanden.

Der Pfarrer entdeckte auch die Höhle. Aber er war klug genug, um sich einzugestehen, dass er allein nun nicht mehr weiterkonnte. Also informierte er die Polizei.

Der Land-Gendarm hätte sicherlich nichts unternommen, deshalb wandte sich der Geistliche an uns, an Scotland Yard. Wir waren für solche Dinge zuständig. Wo die normalen Ermittlungsmethoden der Polizei versagten, griffen wir gewissermaßen als Feuerwehr ein und hatten, ohne zu übertreiben, bereits beachtliche Erfolge erzielt, wenn auch Misserfolge nicht ausblieben wie bei unserem letzten Fall, als es uns nicht gelungen war, die Schädelkette zu zerstören.

Sir James Powell, unserem Chef, musste der Pfarrer wohl sehr imponiert haben, denn er hatte nichts dagegen, uns nach Cornwall zu schicken, wo wir mit dem Geistlichen zusammentrafen.

Ich arbeite gern mit den Kirchenmännern zusammen, denn sie haben immer sehr viel Verständnis für unsere Arbeit gezeigt und uns bei manchem Fall helfend zur Seite gestanden.

Natürlich war der Pfarrer nicht mit in die Tiefe gestiegen, das ließen seine alten Knochen nicht mehr zu, dennoch hatte er uns den Weg hervorragend beschreiben können.

Wir fanden einiges vor, was den Fall verdächtig machte. Da waren die nachträglich in den harten Fels geschlagenen Leitern und jetzt die Treppe, die in den Schacht führte und verdammt tief war, denn ihr Ende sahen wir im Licht der Lampen nicht.

Suko blieb so plötzlich stehen, dass ich fast gegen ihn gelaufen wäre. »Kannst du nichts sagen?«, zischte ich.

»Sorry, John, aber wo führt die Treppe deiner Meinung nach hin? Wo kommen wir raus?«

»Wenn ich das wüsste, hätte ich mich da unten aufgebaut und dich in Empfang genommen.«

»Mein Gott, was bist du wieder grantig.«

»Geh weiter, Dicker!«

Auch ich setzte meinen Fuß wieder vor. Es war ein regelrechtes Tasten. Diese verfluchte Treppe konnte man mit einem Albtraum vergleichen. Sie passte mir überhaupt nicht, und immer wieder liefen wir Gefahr, auf dem feuchten Untergrund abzurutschen.

Suko leuchtete direkt vor seine Füße, während ich den hellen Strahl an ihm vorbei und weiter in die Düsternis gleiten ließ. Deshalb sah ich auch zuerst das Ende der Treppe.

»Wir haben es gleich geschafft«, flüsterte ich Suko zu. Oben in dem Gewölbe hatte jedes gesprochene Wort irgendwie seltsam nachgehallt, hier unten in der stickigen Luft waren sie nur schwer zu verstehen.

Suko hob ein wenig den Kopf. »Viel ist nicht zu sehen ...«

»Vor allen Dingen keine Menschen.«

»Hast du vielleicht den Seelen-Vampir hier erwartet?«

»Das nicht gerade. Aber doch mehr, als jetzt zu sehen ist.«

»Vielleicht erleben wir noch eine Überraschung.«

Wir hatten uns weiterhin nur im Flüsterton unterhalten. Obwohl wir beide nicht darüber sprachen, spürten wir dennoch, dass sich die uns umgebende Atmosphäre irgendwie verändert hatte. Natürlich war die Luft schlechter geworden, aber es gab noch etwas anderes, nicht Greifbares, was gefährlich und unsichtbar in diesem Schacht lauerte.

Das Grauen ...

Genau – dieser unheimliche Gast begleitete jeden unserer Schritte. Ich hatte das Gefühl, als würden wir uns dem Zentrum eines schrecklichen Schauplatzes nähern, wo eine unheimliche Brut ein gefährliches Erbe hinterlassen hatte.

Auch ich spürte es kalt über meinen Rücken laufen. Wir waren bereit, ohne Zögern zu unseren Waffen zu greifen, wenn es die Situation erforderte.

Noch geschah nichts.

Suko und ich erreichten unangefochten das Ende der Treppe und konnten uns umschauen.

Wir blieben vor der letzten Stufe stehen. Gemeinsam schwenkten wir die Lampen im Kreis und fanden uns in einer noch tiefer liegenden Höhle wieder.

Leer war sie nicht.

»Was ist das denn?«, flüsterte Suko, als er zur Seite ging und auf einen Haufen alter Lumpen deutete, die in einer Ecke der Höhle lagen. Ich stand günstiger und trat näher.

Mit der Lampe deutete ich auf die Kleidungsstücke.

Meine Lippen verzogen sich, als ich die Lumpen erkannte. Nein, man konnte sie nicht als Kleidungsstücke bezeichnen. Was wir da zu sehen bekamen, waren alte Hemden.

Leichenhemden!

Ich kannte sie genau, denn diese Hemden zog man den Todkranken in manchen Hospitälern über. Sie waren praktisch der letzte Beweis, dass es mit dem Kranken zu Ende ging.

Es kostete mich Überwindung, meinen Körper zu beugen und mit der freien Hand eines der Hemden zu packen und hochzuheben. Es faltete sich auseinander, wir sahen gelbe und graue Flecken auf dem Stoff, aber auch dunkelrote Spritzer.

»Das ist ja Blut«, flüsterte Suko, der neben mich getreten war.

Ja, es war Blut, das da am Kragen des Hemdes klebte. Ich ließ das Totenhemd zur Seite flattern und schaute mir auch die anderen an.

Sie sahen fast alle gleich aus.

In diesem Gewölbe war etwas Schreckliches passiert, das stand für uns fest.

Wir durchsuchten es. Nicht weit von den Leichenhemden entfernt, fanden wir eine Liege. Ein altes Feldbett, das aussah, als hätte man es vom Sperrmüll geholt.

Eine Matratze lag auf den Sprungfedern. Sie war zum Teil zerrissen und zeigte gelbliche Flecken. Außerdem strömte sie eine starken Verwesungsgeruch aus.

»Wer hat hier gehaust?«, fragte Suko und schaute mich an, als ob ich ihm die Antwort geben könnte.

»Ich weiß es nicht.«

»Und wohin ist der oder sind diejenigen verschwunden?«, formulierte der Inspektor weiter.

Diese Frage war gut. Wir hatten niemanden gesehen. Den Weg, den wir gekommen waren, hatten unsere unbekannten Gegner also nicht genommen. Es konnte noch einen anderen Ausgang geben.

»Hörst du nichts?«, fragte Suko plötzlich.

»Nein, wieso?«

Er deutete in die Runde.

»Da ist doch ein stetiges Brausen, das irgendwo immer gleich klingt.«

Der Schein seiner Lampe machte meine Bewegung mit und strich geisterhaft über die hohen Wände.

Suko hatte Recht. Auch ich hörte es. Zuvor war es mir nicht aufgefallen, ich hatte mich zu sehr auf diese unheimliche Höhle konzentriert. »Es kann nur das Meer sein«, folgerte ich.

Der Meinung war auch Suko.

»Wir befinden uns also in Höhe des Meeresspiegels«, sagte ich weiter und überlegte einen Moment. »Es wäre eigentlich ganz natürlich, wenn sich die Benutzer der Höhle einen zweiten Ausgang verschafft hätten. Denn sonst säßen sie, falls mal etwas schief geht, in der Falle.«

»Bravo, großer Mr. Holmes«, lobte der Chinese. »Begeben wir uns also auf die Suche.«

Der Vorschlag war gut. Wir teilten uns die Arbeit. Suko nahm die von der Treppe aus gesehen linke Hälfte der Höhle in Augenschein, ich die andere.

Der Boden war fest, da gab es keine Spuren, die auf einen Ausgang hingedeutet hätten. Es blieben die Wände. Mit dem Griff unserer Berettas klopften wir sie ab.

Wir gingen dabei methodisch vor. Zoll für Zoll, von unten nach oben, wobei ich in Kopfhöhe aufhörte. Ich wartete darauf, dass es hohl klang. Bei mir nicht, aber bei Suko.

Ich hörte das Geräusch, drehte mich um, und Suko tat

das Gleiche. Er leuchtete gegen eine bestimmte Stelle der Wand. »Da ist etwas«, erklärte er.

»Und du bist dir sicher, dass du nicht gegen deinen Kopf geschlagen hast?«, fragte ich und ging zu ihm.

»Das hätte sich anders angehört.«

»Wie denn?«

»Voller, weil ich so viel Gehirn habe.«

»Ja, ja, Stroh leitet eben nicht so«, sagte ich und klopfte ebenfalls gegen die bewusste Stelle an der Wand.

Mein Partner hatte sich nicht getäuscht. Dort klang es hohl. Demnach musste sich hinter dem Stein eine Öffnung befinden. Nur – wie bekamen wir das Loch frei?

Suko und ich konzentrierten uns auf die nähere Umgebung. Der Chinese war in die Knie gegangen. Er leuchtete den unteren Teil ab und auch ein Stück davor den Boden.

Ich beschäftigte mich mit der oberen Seite und hörte plötzlich Sukos leises Lachen.

»Was ist los?«, fragte ich.

»Ich habe was gefunden. Einen Hebel. Komm, schau dir das mal an, Alter.«

Ich kniete neben Suko und sah dort, wo der Boden und die Wand im rechten Winkel zusammenstießen, einen kleinen Hebel. Er glänzte matt, und wir konnten feststellen, dass er aus Metall bestand.

»Lässt er sich bewegen?«

»Das wollte ich soeben herausfinden.« Suko fasste mit zwei Fingern nach dem Hebel, drückte ihn nach rechts und auch nach links. Das heißt, er wollte es, aber das Ding rührte sich nicht von der Stelle.

Es war wie in alten Spukschlössern mit eingebauten Geheimgängen. Uns hatte eine fiebrige Spannung erfasst, und als mein Partner den Hebel zu sich heranzog, da tat sich etwas.

Innerhalb der Mauer entstand ein gewaltiges Knirschen. Stein kratzte auf Stein. Zwischen den Hälften klebte Staub, befanden sich kleine Steinkrümel, diese wurden zermalmt, und das dabei zu hörende Geräusch ließ eine Gänsehaut über unsere Rücken rieseln.

Der Kutter transportierte eine makabre Fracht. In der Tat standen vier pechschwarze Särge an Deck. Särge, in denen die Geschöpfe lagen, die man als tot bezeichnen konnte.

Und die Besatzung des Schiffes bestand aus Wesen, die ebenfalls ins Reich der Schatten gehörten.

Am Ruder stand eine Frau.

Ganz in Leder war sie gekleidet. Es hatte die gleiche dunkle Farbe wie ihr Haar, zwischen dessen Strähnen das bleiche Gesicht mit dem halboffenen Mund leuchtete.

Aus den Lippen stach etwas Helles. Es ragte aus dem Oberkiefer hervor und war neben der Maschinenpistole eigentlich das Markenzeichen dieser schwarzmagischen Person.

Die Frau war ein Vampir.

Und sie hörte auf den Namen Lady X.

Eigentlich hieß sie Pamela Scott, aber den Namen wollte sie vergessen. Er erinnerte sie zu sehr an ihr menschliches Leben, das sie einmal geführt hatte. Sie war eine Terroristin gewesen, bevor sie von Solo Morasso in die Mordliga aufgenommen wurde.

Als ›gelernte‹ Terroristin konnte sie unter anderem ein Boot steuern, ein Flugzeug lenken, mit Waffen umgehen und kannte sich auch in gewissen technischen Dingen aus.

Ideal für eine Führerin.

Und eine Führerin war sie, denn sie hatte nach der Vernichtung des Solo Morasso die Mordliga übernommen.

Zu diesem schwarzmagischen Verein zählten noch Xorron, Herr der Untoten und Zombies, sowie Vampiro-del-mar, der sich Kaiser der Vampire nannte.

Und dieser Uralt-Vampir befand sich ebenfalls an Bord.

Auf ihn ging eigentlich alles zurück. Er hatte dafür gesorgt, dass Lady X in diesem Teil von Cornwall aktiv werden konnte, denn Vampiro-del-mar hatte sich an gewisse Dinge erinnert, die tief in seiner Vergangenheit lagen.

Und da war ihm ein Name aufgefallen.

Tarrasco, der Seelensauger.

Ein heimliches Monster, von dem zahlreiche Legenden berichteten und das immer dann auftauchte, wenn Menschen im Sterben lagen. Sobald der Tod sie ereilte, riss Tarrasco die Seelen an sich, um so weiter existieren zu können.

Das war im Prinzip alles.

Lady X interessierte sich dafür, als sie davon hörte. Und sie hatte die Zustimmung gegeben, nach Cornwall zu fahren, um Tarrasco dort zu suchen. Sie hatten ihn gefunden. Tief in den Felsen, verborgen in einer Höhle, wo er seinem Treiben ungestört nachgehen konnte.

Auch in der heutigen Zeit holte er sich noch die Seelen der Menschen, damit er die Kraft für ein weiteres schreckliches Leben bekam. Die Leichen interessierten ihn nicht mehr. Dafür aber Lady X, denn sie hatte an Toten immer Interesse, weil sie die Leichen für ihre Zwecke nutzen wollte.

Vier Leichen befanden sich auf dem Kutter. Der Seelen-Vampir hatte sich in der letzten Zeit sehr viel Kraft geholt.

Er befand sich nicht an Bord, wollte aber zu ihnen stoßen, wenn die Zeit reif war.

Mit den vier Leichen hatte Lady X etwas Besonderes vor. Sie waren praktisch Geschenke, die ihr der Seelen-Vampir überlassen hatte.

Es war nicht einfach, den Kutter zu steuern. Nahe der Küste gab es zahlreiche Riffe. Sie lagen zumeist unterhalb der Wasserfläche und waren kaum zu sehen.

Doch die Untote hatte Glück. Sie erreichte mit ihrer schaurigen Fracht das Meer, ohne eine Havarie gehabt zu haben. Als sie dann Schritte hinter sich hörte, wandte sie sich um.

Vampiro-del-mar kam.

Furchterregend sah er aus. Ein riesiges, gefährliches Monster, das Gesicht zerrissen und zerfurcht, in den Augen ein unheimliches Leuchten und die beiden Vampirzähne ragten wie lange gebogene Stahlstifte aus seinem Oberkiefer, sodass sie fast an die Zähne eines Säbelzahntigers erinnerten.

Lady X ließ ihre Blicke über die Gestalt des Monsters gleiten. »Was willst du?«, fragte sie.

»Blut!«

Es war ein schweres Ächzen, das aus dem Maul des Uralt-Vampirs drang, und die Scott lachte hämisch. »Das kann ich mir vorstellen, aber es gibt nichts.«

»Wir haben vier an Bord«, erwiderte er.

»Die sind tot!«

Vampiro-del-mar ballte die kräftigen Pranken zu Fäusten. »Du denkst nur an dich, Lady X. Aber ich bin auch da, und ich muss Blut haben, um existieren zu können.«

»Das kriegst du.«

»Wann?«

»Wenn wir da sind!«

Da lachte er grollend auf. »Wir haben noch Tage vor uns, so lange kann ich nicht warten ...«

»Das musst du!«

»Nein!«, schrie er und drehte sich um. Mit wuchtigen Schritten verließ er den Steuerstand, um sich an Deck zu begeben.

Lady X schaute ihm nachdenklich hinterher. Von Beginn an hatte ihr Vampiro-del-mar nicht gefallen. Damals, als sie noch als menschliches Mitglied zur Mordliga zählte, hatte der Uralt-Vampir ihr Blut gewollt, war aber nie an sie herangekommen, weil Dr. Tod sie noch gut schützte. Durch ein Versehen war Lady X ebenfalls zum Vampir geworden und stand nun auf der gleichen Stufe wie Vampiro-del-mar. Und sie hatte die Führung der Mordliga an sich gerissen.

So wie Lupina von einem Imperium der Werwölfe träumte, dachte Lady X an eine Allianz der Vampire. Bevor es so weit war, musste sie noch Gegner aus dem Weg räumen, die ihr gefährlich werden konnten. Nicht nur John Sinclair, der Geisterjäger, gehörte dazu, es existierten auch andere auf der Welt, die Jagd auf sie machen würden und die Waffen besaßen, die man zerstören musste.

Einer dieser Männer lebte in Rumänien.

Marek hieß er.

Man nannte ihn auch Marek, den Pfähler!

Dieser Name sagte eigentlich genug. Marek, der Pfähler, hatte es sich zur Aufgabe gemacht, die Blutsauger zu jagen, wo er konnte. Er war schon ein älterer Mann, aber sein Erbe vergaß er nicht. Über die Jahrhunderte hatte seine Familie zu den Vampirjägern gehört und der Eichenpflock, mit dem er die Blutsauger töten wollte, war uralt. Er hatte ihn vererbt bekommen, ein Marek gab diesen Pfahl immer weiter. Seinen ältesten Sohn weihte er jeweils kurz vor seinem Tod in die Geheimnisse der Vampirjagd ein, und so war über die Jahrhunderte hinweg der Name Marek zu einer Gefahr für die Blutsauger geworden.

Das wusste auch Lady X, und sie hatte sich vorgenommen, diesen Namen auszulöschen.

Dies allerdings war nicht so einfach. Sie musste erst Erkundigungen einziehen. Natürlich wusste John Sinclair über Marek Bescheid, ihn aber hätte sie nie fragen können, deshalb hatte sie sich an einen Helfer gewandt, der auf den Namen Tarrasco hörte.

Er stammte aus Rumänien und war vor langer, langer Zeit aus diesem Land geflohen, als es einem Marek fast gelungen wäre, ihn zu vernichten. Mit einem Kutter und versteckt in einem Laderaum, war er nach England gelangt, wo ihn keiner kannte und er seinem schaurigen Trieb weiterhin nachgehen konnte.

Blut wollte er nicht.

Er war eben der Seelensauger und schöpfte aus ihnen die Kraft, die er benötigte, um weiterhin existieren zu können. Es war zu einer Begegnung zwischen Lady X und ihm gekommen. Gut war auch, dass Vampiro-del-mar von Tarrasco wusste, so hatte er für Lady X sprechen können.

Von Tarrasco hatte die ehemalige Terroristin erfahren, wo sie Marek, den Pfähler, finden konnte. Ansonsten verband die beiden schwarzmagischen Wesen nichts mehr.

Nur einen Gefallen hatte Lady X dem Seelensauger noch erweisen müssen. Sie sollte die Leichen mitnehmen, um sie irgendwo dem tiefen Meer zu übergeben.

Särge befanden sich immer an Bord eines Schiffes, auf dem sich Vampire aufhielten. So gab es keine Schwierigkeiten, die Toten unterzubringen.

Die Scott schaute auf die Uhr.

Sie verglich die Zeit mit dem Kurs, den sie eingeschlagen hatte, rechnete nach und nickte zufrieden.

Ja, das war zu schaffen. Auf hoher See sollten sie von einem Schiff übernommen werden, das sie in Richtung Südosten brachte. Es war alles genau geplant. Verantwortlich dafür war unter anderem Logan Costello, ein Mafiaboss, der sich auch der heimliche Herrscher von London nannte.

Es gab nichts, wo seine schmutzigen Finger nicht drinsteckten. Und so war es ihm ein Leichtes, einen Kapitän zu finden, der diese schwarzmagischen Geschöpfe ohne lange zu fragen an Bord nahm.

Über uns entstand eine Öffnung. Der große Stein, mehr eine herausgeschnittene dicke Platte, wurde in einen Gang geschoben, der uns dunkel und finster entgegen gähnte.

Wir taten noch nichts, blieben erst einmal sitzen und leuchteten in den Gang hinein.

Dass wir das Ende des Stollens nicht sahen, lag an dem Knick, den er machte. Aber wir hörten das Rauschen deutlicher, für uns ein Beweis, dass sich die Öffnung zum Meer hin nicht mehr weit entfernt befinden musste. Aufrecht konnten wir nicht gehen. Wir mussten schon die Köpfe einziehen.

Diesmal ging ich vor. Geduckt bewegte ich mich über Geröll weiter. Mir fielen Tropfen in den Nacken, da sich an der Decke Feuchtigkeit gesammelt hatte. Das Wasser fand seinen Weg und rann unangenehm kalt meinen Rücken hinab.

Schon bald hatte ich den Knick erreicht, schaute nach vorn, atmete auf und drehte mich zu Suko hin um. »Ich sehe den Ausgang«, erklärte ich.

Das war zwar ein wenig übertrieben, im Prinzip

stimmte es jedoch. Vor mir sah ich einen helleren Fleck, durch den sich allerdings einige dunkle Schatten zogen.

Es waren Zweige eines sperrigen Busches, der den Ausgang des Stollens tarnte.

Mit beiden Händen drückte ich das Zeug zur Seite, hatte freie Sicht und spürte schon die Nässe, wie sie als Sprüh gegen mein Gesicht geweht wurde.

Suko drückte eine Hand in meinen Rücken. »Geh schon, oder willst du hier festwachsen?«

»Das hatte ich nicht vor.« Ich schob meinen Körper weiter, gelangte auf trockenen Grund und sah bereits die gewaltigen Felsen, die hier den Strand markierten.

Es waren übermannsgroße Klötze, die bizarre Schatten warfen. Überhaupt imponierte mir die gesamte Kulisse, die sich unseren Augen bot, und wir beide blieben stehen, um das Bild in uns aufzunehmen.

Da war erst einmal der Himmel.

Er zeigte eine seltsame Farbe. Grau sah er aus, aber auch noch hell, denn hinter den langen, dünnen Wolken musste noch das Licht einer untergehenden Novembersonne lauern, die so viel Kraft hatte, um durch die Wolken zu scheinen.

Zudem wehte ein starker Wind. Überfallartig hieb er gegen uns, wühlte die Haare auf und spielte mit unserer Kleidung. Vor uns wuchsen die Felsen in das Meer hinaus, und starke Wellen rannten gegen den Strand an, wobei sie von den ins Meer wachsenden Felsen gebrochen wurden und zu einer Brandung hochschäumten.

Die hellen, langen Schaumstreifen quirlten zwischen den Felsen, ein nie abreißender Wasservorhang stand in der Luft, und erst dicht vor unseren Füßen verlief sich das letzte Wasser.

Auch glaubten wir, auf dem Wasser einen dunklen Gegenstand zu sehen. Suko machte mich darauf aufmerksam, wobei er gleichzeitig seinen Platz verließ und auf einen der höchsten Felsen stieg. Von dort winkte er mir.

Ich verstand das Zeichen und folgte ihm.

Nebeneinander blieben wir stehen. Von dieser Stelle

aus hatten wir einen guten Überblick, und jetzt entdeckte ich das Boot ebenfalls. Es hatte nur wenige Lichter gesetzt. Der Steuermann schien sich innerhalb dieses Gewässers kaum auszukennen, denn der Kahn bewegte sich ziemlich dicht bei den gefährlichen Klippen.

Wie ich schon erwähnte, es war ein seltsames Licht, das an diesem Teil der Küste herrschte. Ein Zwielicht, das alle Konturen hart und überdeutlich hervortreten ließ, und deshalb konnten wir auch bis zum Schiff schauen.

Etwas stand an Bord. Zuerst glaubten wir an eine Täuschung, dann aber sahen wir die Gegenstände genauer.

»Das sind Kisten«, meinte Suko.

Er musste laut sprechen, damit er von mir verstanden wurde. Ebenso laut gab ich zurück: »Kisten sind es, Alter, aber ganz besondere, wenn mich mein Holzauge nicht täuscht. Du hast doch den großen Falkenblick, sieh mal genau hin.«

Keinem von uns beiden war wohl zumute, und ich spürte den Schauder, der meinen Körper erfasst hielt. Was im ersten Augenblick wie Kisten wirkte, waren in Wirklichkeit Särge!

Vier Särge standen an Deck!

Ich schluckte.

»Damit hätte ich nicht gerechnet.« Suko sprach es aus und schaute mich dabei an. »Verdammter Mist, da sind wir zu spät gekommen. Die haben die Höhle mit dem makabren Diebesgut geräumt.« Mein Freund schaute mich an. »Was machen wir jetzt? Wir haben kein Boot.«

»Wir alarmieren die Küstenwacht. Mit der alten Barkasse sind sie den modernen Booten unterlegen. Los, komm!« Ich drehte mich um, wollte vom Felsen springen, als ich einen Blick, es war rein zufällig geschehen, in die Höhe warf.

Man kennt ja die Steilküsten Cornwalls von zahlreichen Bildern und Fotografien. Sie sehen aus wie helle, in der Mitte durchgeschnittene Berge, diese gewaltigen, sich dem Himmel entgegenschraubenden Wände, die praktisch dem Verlauf der Küste folgen und sie nachzeichnen. Sie sind oft Hunderte von Yards hoch.

Auch vor unseren Augen wuchtete so eine gewaltige Wand in den Himmel. An der Abbruchstelle schimmerte sie hell, und oben auf ihrem Rand sahen wir eine Gestalt.

Wieder musste ich an das Licht denken, denn es sorgte dafür, dass sich die Gestalt wie ein Scherenschnitt dort abhob.

Sie stand nicht nur da, sie wehrte sich!

»Suko!« Ich deutete nach oben, mein Partner schaute ebenfalls, und beide wurden wir blass.

Denn wir hatten den Mann erkannt, der dort seinem Mörder heftigen Widerstand leistete.

Es war der Pfarrer, der uns geholfen hatte!

Die nächsten Sekunden waren für Suko und mich so schrecklich, dass mir einfach die Worte fehlten, unsere Gefühle zu beschreiben.

Wir waren hilflos …

Ja, das war das Schlimme daran. Wir erkannten, dass dort oben auf dem Felsenrand ein Mensch um sein Leben kämpfte, und wir standen hier und konnten nicht eingreifen.

Für einen Schuss war die Entfernung zu weit. Man hätte die Kugel mit der Hand auffangen können, und so mussten wir untätig mit ansehen, wie der Pfarrer immer weiter auf den Rand der hohen Klippe zugedrückt wurde. Es war grauenhaft.

Ich hörte Suko sprechen, verstand jedoch seine Worte nicht. Sein Gesicht zeigte eine seltsam graue Farbe, und ich wusste, dass ich bestimmt nicht anders aussah.

Der Pfarrer konnte es nicht schaffen. Er war einfach zu alt und auch zu schwach.

Wir hörten seinen Schrei.

Der Mann musste eine so große Angst ausstehen, dass der Schrei sogar das Rauschen der Brandung übertönte. Und es war der letzte Schrei in seinem Leben, denn plötzlich ruderte der Mann mit den Armen, trat nach hinten, machte genau einen Schritt zu viel und schaffte es nicht, das Gleichgewicht oder die Standfestigkeit zu behalten.

Er fiel. Wie eine Puppe sah er aus, als er während des Falls mit Armen und Beinen wirbelte. Kein Schrei drang über seine Lippen. Stumm raste er in den Tod.

Die Zeit, in der er sich in der Luft befand, war nicht zu stoppen. Für mich jedoch wurden die schrecklichen Sekunden zu einer Ewigkeit. Dann war der Körper zwischen den Felsen verschwunden.

Wir hörten das Aufprallgeräusch nicht, das donnernde Rauschen der Brandung übertönte alles, aber der Pfarrer hatte keine Chance, den Fall zu überleben.

Vor Grauen geschüttelt, blieben wir auf dem Fleck stehen, starrten zum Felsrand hoch und warteten auf seinen Mörder.

Der zeigte sich!

Er besaß die ungeheure Frechheit, sich an den Rand des Felsens zu stellen und in die Tiefe zu schauen. Dabei erfasste ihn ein Windstoß und wirbelte einen dunklen Mantel in die Höhe, sodass der Mörder aussah wie eine schwarze Fledermaus.

Im nächsten Augenblick hörten wir sein Lachen.

Es war so triumphierend, laut und gellend, dass es sogar das Tosen der Brandung übertönte. Dabei hielt er den rechten Arm vorgestreckt, die Hand war zur Faust geballt und er drohte uns mit einer finsteren Gebärde. Dann drehte er sich um und verschwand.

Wir schauten uns an.

In Sukos Augen schimmerte es feucht. Die Hilflosigkeit hatte den harten Mann geschockt. Auch in meinem Hals steckte ein Kloß, ich war nicht in der Lage, mich durch Worte verständlich zu machen. Zu tief saß der Schrecken.

Nur zögernd hob ich den Arm und deutete dorthin, wo der Pfarrer ungefähr liegen musste.

Suko war einverstanden. Er folgte mir, als ich vorging. Wir konnten nicht normal gehen, sondern mussten von Felsen zu Felsen springen. Meine Beine zitterten dabei. Den unheimlichen Mörder zu verfolgen hätte keinen Sinn gehabt, sein Vorsprung war einfach zu groß.

Schließlich erreichten wir den Ort des Unglücks. Der Wind hatte den fallenden Mann abgetrieben. Er lag dort, wo die Reste des schäumenden Wassers abliefen.

Wir stellten uns rechts und links des Pfarrers auf. Ihm konnte keiner mehr helfen.

Sein Gesicht war seltsamerweise nicht verletzt. Es lag im Wasser, die Augen waren aufgerissen, und auf den Zügen lasen wir noch immer den Schrecken, den der Geistliche in den letzten Sekunden seines Lebens erlitten hatte.

Dieses Bild prägte sich bei mir ein. Ich sah es immer dann, wenn das schaumige Wasser ablief und klar geworden war.

Suko schielte in die Höhe.

Der Mörder befand sich nicht mehr dort. Leer präsentierte sich die Felskante.

»Wer war es?«, schrie Suko plötzlich. »Verdammt, wer hat das getan?«

Mich hatte das Entsetzen verstummen lassen, deshalb hob ich nur die Schultern.

»Der Seelen-Vampir?«

»Möglich.« Ich wusste nicht, ob Suko das Wort verstanden hatte, denn ich drehte mich bereits um und schaute dorthin, wo die Felsen in das Meer hinauswuchsen.

Wir hatten das Schiff gesehen, und danach suchte ich. Die Umrisse hatte ich mit denen eines Fischkutters vergleichen können, aber wir sahen von dem Boot nichts mehr. Die Dunkelheit hatte es verschluckt.

Es war inzwischen finsterer geworden. Die Kanten der Felsen traten nicht mehr so deutlich hervor, sie bildeten jetzt hohe, seltsame zerfließende Gegenstände, und das auslaufende Meerwasser zwischen ihnen zeichnete helle, schaumige Streifen.

Wir mussten wieder zurück.

Ich deutete dorthin, woher wir gekommen waren. Suko nickte, er war ebenfalls einverstanden.

Dazu sollte es vorerst nicht kommen, denn aus der Dunkelheit lösten sich zwei gewaltige Schatten. Seevögel sind nicht so groß. Und Seevögel haben auch keine glühenden Augen.

Diese Schatten waren andere Wesen. Vampire!

Lady X hatte ein wenig Angst davor, dass Vampiro-del-mar durchdrehen würde und die Besatzung angriff. Denn sie wollte auf keinen Fall auffallen. Marek war wichtiger.

Mit diesem Tarrasco hatte sie großes Glück gehabt. Ihn schien wirklich der Teufel geschickt zu haben, sie hatte ihn genau zur richtigen Zeit getroffen, um ihn über Marek auszufragen.

Das passte Vampiro-del-mar nicht, weil er andere Dinge vorgehabt hatte. Er hatte sich mit Tarrasco zusammentun wollen, um auf die Blutjagd zu gehen. In letzter Zeit war er schlimm geworden. Man durfte keinen Menschen in seine Nähe kommen lassen, der Uralt-Vampir vergaß dann alles und fiel über seine Opfer her.

Er wurde unkontrollierbar!

Lady X spielte mit dem Gedanken, ihn auszumerzen. Sie wog immer öfter Vor- und Nachteile dieses Monsters ab. Bisher hatte sie sich noch nicht dazu überwinden können, ihn abzuservieren. Wenn er jedoch so weitermachte, würde es nicht mehr lange dauern. Dann war er reif für die Garbe aus der Silberkugel-Maschinenpistole.

Lady X glaubte fest daran, dass er nicht widerstehen konnte. Er war keine Lupina, die die Kugel geschluckt hatte und noch lebte, nein, Vampiro-del-mar konnte es sicherlich nicht schaffen. Lady X war ehrlich genug, um sich dies einzugestehen. Sie dachte an die großen Aufgaben, die vor ihr lagen. Wenn es ihr gelang, auf dem Balkan Fuß zu fassen und vor allen Dingen Frantisek Marek zu erledigen, hatte sie im Reich der Finsternis einen ungeheuren Triumph errungen.

Sie hoffte nur, dass alles glatt lief und sie ohne Schwierigkeiten Rumänien erreichte.

Das Ruder hielt sie fest umklammert. Die Blicke aus ihren kalten Augen glitten über das Meer, das sich als gewaltige, wogende Fläche vor ihr ausbreitete.

Es war inzwischen dunkel geworden. Auf der Wasserfläche schimmerten keine Lichter, für die Scott ein Beweis, dass sich keine Schiffe unterwegs befanden.

An das Schaukeln des Kutters hatte sie sich längst gewöhnt. Sie merkte es überhaupt nicht mehr, und wenn eine Welle quer anlief, glich sie diesen Schlag durch ein geschicktes Drehen ihres Körpers rasch wieder aus.

Dann hörte sie ein anderes Geräusch.

Ein wilder, uriger Schrei drang an ihre Ohren, und sie kannte nur einen, der ihn hätte ausstoßen können.

Vampiro-del-mar!

Lady X stellte das Ruder fest, griff nach ihrer Maschinenpistole und rannte aus dem Steuerhaus …

Fledermäuse – Vampire …

Gewaltige Schatten, die den dunkler werdenden Himmel noch mehr verdüsterten.

Wo kamen sie her? Diese Fragen stellten wir uns, bevor wir nach rechts und links geduckt wegtauchten, um zwischen den Felsen Deckung zu suchen.

Sie jagten mit dem Wind heran. Er trieb diese gewaltigen Geschöpfe voran, die ihre Schwingen ausgebreitet hatten und über die Meeresoberfläche segelten. Wahrscheinlich hatten sie uns schon entdeckt, denn sie nahmen den direkten Kurs auf uns.

Ich kannte Wesen dieser Art. Schon des Öfteren hatte ich sie gesehen und auch gegen sie gekämpft, wobei es Suko und mir gelungen war, zahlreiche von ihnen zu vernichten.

Die Riesenfledermäuse, auch rote Vampire genannt, gehörten zu Vampiro-del-mar, einem Mitglied der Mordliga, und dieser Uralt-Vampir war ein Todfeind von uns.

Ich warf mich zwischen den Felsen in Deckung. Die Beretta hatte ich längst gezogen, denn mit geweihten Silberkugeln konnten wir den Blutsaugern an den Kragen gehen und sie vernichten.

Von Suko entdeckte ich keine Haarspitze, konnte mir jedoch vorstellen, dass er in ebenso guter Deckung lag wie ich und die Riesenvampire nicht aus den Augen ließ.

Ich dachte automatisch an Vampiro-del-mar. Wo seine Diener auftauchten, war er selbst auch nicht weit, und wenn ich an Vampiro-del-mar dachte, fiel mir automatisch Lady X ein.

Tarrasco, Vampiro-del-mar und Lady X!

Ein Dreieck, das sich vor meinem geistigen Auge aufbaute. Nur fragte ich mich, in welcher Verbindung sie miteinander standen.

Die Blutsauger kamen näher.

Schaurig sah es aus, wie sie ihre Schwingen bewegten und die Gunst des Windes ausnutzten. Hinter ihnen stand wie eine Leinwand ein dunkelgrauer Himmel, unter ihnen befand sich die schwarze Fläche des Meeres, die nur dort lange, helle Streifen zeigte, wo das Wasser von den Felsen gebrochen wurde.

Für einen Schuss war die Entfernung zwar günstig, ich hielt mich dennoch zurück und wollte erst feuern, wenn die Riesenvampire noch näher heran waren.

Suko dachte ähnlich, auch er schoss noch nicht und fast sah es so aus, als würden sich die beiden schwarzmagischen Wesen überhaupt nicht für uns interessieren.

Sie blieben über dem Meer, stiegen höher und zogen dort ihre Kreise. Ich musste meinen Kopf in den Nacken legen und löste mich aus der Deckung, sodass ich die Vampire jetzt besser verfolgen konnte.

Suko hatte es mir nachgemacht. Er winkte mir sogar zu, als er auf einer etwas schräg abfallenden Felsplatte stand. Er rief dann: »Verstehst du das, John?«

»Nein.« Ich blieb nicht mehr stehen, sondern begab mich springend und hüpfend zu meinem Freund und Kollegen. Die Felsen waren glatt. Manchmal lag auf ihnen eine grüne, glitschige Schicht, sodass ich Acht geben musste, nicht auszurutschen.

»Da stimmt doch was nicht, John!«, erklärte Suko und deutete in die Höhe. »Schau dir diese Viecher an. Sonst konnten sie es nicht erwarten, uns zu packen, jetzt gehen sie uns aus dem Weg.«

»Vielleicht haben sie einen Auftrag?«

»Wer sollte ihnen den gegeben haben?«

»Vampiro-del-mar.«

Suko lachte. »Hast du ihn gesehen?«

»Bewusst nicht, aber ich denke da an das Schiff. Vielleicht hält er sich dort verborgen.«

»Verdammt, da kannst du Recht haben.«

Nach dieser Antwort schwiegen wir und beobachteten nur noch. Beide hatten wir uns breitbeinig aufbauen müssen, denn die Windstöße jagten fast überfallartig auf uns zu und zerrten an unserer Kleidung.

Die beiden Vampire stiegen noch höher. Sie waren inzwischen so weit von uns entfernt, dass wir ihre roten Augen nicht mehr erkennen konnten, aber sie hatten auch bereits den Rand der gewaltigen Felswand erreicht, von wo der Pfarrer heruntergefallen war.

Und dort landeten sie.

Unsere Augen wurden groß, als wir das sahen. Wie Vögel aus der Urzeit ließen sie sich nach unten gleiten, berührten den Boden und waren unseren Blicken entschwunden.

Mein Freund und ich schauten uns an. »Verstehst du das?«, fragte mich der Inspektor.

»Nein. Ich weiß nur, dass wir hier verdammt ungünstig stehen. Wir sollten so rasch wie möglich da oben hin ...«

»Nein, warte noch ...«

Suko brauchte nicht weiterzusprechen. Wie er sah auch ich die beiden Riesenvampire. Nur waren sie diesmal nicht allein, sie hatten jemanden zwischen sich genommen und trugen ihn.

Es war der Mörder des Pfarrers!

Er krallte sich an den kurzen Unterkörpern fest, flog mit ihnen hoch über uns und schaute in die Tiefe, und wir glaubten, sein Gesicht als einen weißen Fleck zu sehen.

Er begann zu lachen.

Es war das gleiche Gelächter, das er uns schon einmal entgegengeschleudert hatte. Wild, höhnisch und triumphierend, und wir hatten abermals das Nachsehen.

Die beiden Vampire waren seine Verbündeten. Sie hielten ihn fest umkrallt und schafften ihn weg.

Noch immer konnten wir nicht genau erkennen, wie er aussah, aber er machte mit seinem langen, vom Wind aufgeblähten Mantel selbst den Eindruck eines Blutsaugers.

Für wenige Sekunden konnten wir noch seinen für uns

deprimierenden Anblick in uns aufnehmen, dann verschluckte ihn die Dunkelheit wie ein gewaltiges Loch.

»Den sehen wir vorerst nicht mehr wieder«, sagte Suko und senkte seine Waffe.

Mir blieb nichts anderes übrig, als ihm zuzustimmen. Unseren Platz verließen wir schnell, er war uns zu feucht. Von der Brandung her schäumte ein nie abreißender Gischtregen zu uns herüber.

»Der Fall hat also mit einer Pleite begonnen«, stellte Suko fest, als wir den trockenen Felsen erreicht hatten und dicht an der hohen Felswand stehen blieben.

»Ja, es kann nur besser werden.«

»Fragt sich, wo wir den Hebel ansetzen sollen«, meinte Suko und wischte die Feuchtigkeit aus seinem Gesicht. »Jetzt, wo der Pfarrer tot ist, habe ich kaum eine Idee.«

»Wir müssten uns bei den Dorfbewohnern erkundigen.«

»Die werden uns Fremden auch gerade noch etwas sagen.« Suko blieb pessimistisch.

Ich winkte ab. »Irgendwie ist das alles für mich nur noch zweitrangig. Mir machen die roten Vampire viel mehr Sorgen.«

»Wobei man sich fragt, ob es tatsächlich die roten Vampire waren. Du hast ja nichts erkennen können.«

»Kennst du andere?«

»Nein.«

»Also können wir davon ausgehen. Und auch davon, dass sich ihr Herr und Meister in der Nähe befindet, Vampiro-del-mar.«

»Wobei Lady X wahrscheinlich nicht mehr weit wäre«, fügte Suko hinzu.

»Eben.«

»Man müsste nur den roten Faden finden, der die drei verbindet«, sprach mein Freund weiter.

»Das werden wir.« Mit dieser Antwort drehte ich mich um und drückte die Büsche zur Seite, um wieder in den Stollen zu tauchen. Suko blieb noch.

Als er mir schließlich folgte, sah ich ihn die Schultern heben. »Keine Spur von den Biestern.«

»Damit habe ich gerechnet.«

Im Licht der Lampen fanden wir den Weg zurück. Abermals überfiel uns der Verwesungsgeruch. Innerhalb der untersten Höhle wurde es besonders schlimm. Die Totenhemden streifte ich mit einem Blick und schüttelte mich.

Suko schritt bereits die Treppe hoch. Die Lampe wies ihm den Weg. Der helle Strahl glitt über die Stufen, tanzte weiter, aber niemand ließ sich blicken.

Dieser geheimnisvolle Seelen-Vampir schwebte längst über dem Meer. So dachten wir damals.

Dass alles ganz anders kommen würde, wohin uns der Fall schließlich noch führen sollte und in welche Gefahren wir gerieten, das konnten wir zu dem Zeitpunkt nicht einmal ahnen.

Wir machten uns an den Aufstieg und dachten auch an die Bergung der Leiche. Der Pfarrer sollte auf alle Fälle ein ihm würdiges Begräbnis erhalten …

Vampiro-del-mar betrat den freien Teil des Decks. Innerlich kochte er, wenn man bei ihm überhaupt von Gefühlen sprechen konnte. Er war erregt, die Sucht nach Blut spülte wie eine gewaltige Welle hoch, und er würde es nicht mehr länger aushalten.

Ihm war egal, wie die Scott darüber dachte. Zudem konnte sie es sich nicht leisten, ihn mit Silberkugeln zu töten, schließlich waren sie aufeinander angewiesen.

Er sah die Särge!

Wohlgeordnet standen sie in einer Reihe. Es waren vier. Schwarz schillerten sie. In der Nähe brannte nur eine Leuchte. Sie hing an einem Pfahl und schaukelte bei jeder Bewegung des Schiffes auf und nieder. Oftmals spritzte die helle Gischt über Bord. Sie hatte einen feuchten Film auf die Särge gelegt, und das Licht der Lampe brach sich in zahlreichen Tropfen.

Vampiro-del-mar war nicht so trittsicher wie Lady X. Er hatte Mühe, sein Gleichgewicht zu halten, stampfte breitbeinig über Deck und näherte sich den vier Särgen.

Davor blieb er stehen.

Damit die Totenkisten bei jedem starken Überholen des Kutters nicht umkippten, waren sie vertäut worden. Man hatte die starken Seile an den Griffen befestigt und die anderen Enden mit der Bordwand verbunden. So hielten sie.

Vampiro-del-mar starrte auf die Sargdeckel. In seinem verwüsteten Gesicht zuckte und arbeitete es. Er befand sich unter einem ungeheuren Druck, beugte sich vor und stützte zwei Pranken auf die feucht glänzenden schwarzen Deckel.

Sekundenlang verharrte er in dieser Haltung, und ein Stromstoß schien durch seinen Körper zu laufen, als er plötzlich etwas hörte.

Nein, das war nicht das Klatschen der Wellen gegen die Bordwand, das war ein anderes Geräusch.

Ein tiefes, unheimliches Stöhnen ...

Und es war vor ihm erklungen, im Sarg!

Jetzt geriet die gewaltige Gestalt des Vampirs ins Zittern. Aus seinem Mund drangen fürchterliche Laute, die sich mehr nach einem Röcheln und Stöhnen anhörten, bei ihm jedoch eine Art von Triumphgebrüll sein sollten.

Einer der Toten lebte noch.

Und er hatte Blut.

Blut für ihn, damit er erstarkte!

Vampiro-del-mar stieß ein tiefes, grunzendes Lachen aus. Plötzlich war er besessen. Dieser Tarrasco hatte die Seele des Menschen an sich gerissen und sich gleichzeitig geirrt.

Der Mensch innerhalb der Totenkiste lebte. Deutlich war er zu hören, und Vampiro-del-mar geriet in eine Art Fieber. Er schaute zu, wie er den Deckel lösen konnte, sah die straff gespannten Seile und musste sie erst lösen.

So stark diese Taue auch waren, seinen Kräften hatten sie sicherlich nichts entgegenzusetzen. Wenn der Uralt-Vampir einmal anfing, dann war er nicht zu stoppen, von keiner Macht der Welt, höchstens von einer geweihten Silberkugel.

Er fetzte das Seil in einer wahren Wut förmlich von den

Sarggriffen und schleuderte das lose Ende weg. Mit den drei anderen Tauen verfuhr er ähnlich.

Die Bahn war frei!

Man hatte die Deckel nicht verschlossen, das wusste der Blutsauger genau. Seine Pranken fuhren über das feuchte Holz, er fühlte nach den Griffen, ertastete die Verschlüsse, öffnete sie und konnte nun den schweren Deckel anheben.

Für ihn eine Kleinigkeit.

Seine Hände griffen zu, und er wuchtete den Deckel mit einem einzigen Griff nach oben.

Jetzt lag die ›Leiche‹ frei!

Selbst dieses Untier zitterte vor Spannung. War es eine Leiche, war es keine? Hatte es sich getäuscht?

Es stierte mit seinen glasartigen Augen in den Sarg.

Dort lag eine Frau.

Eigentlich noch ein Mädchen.

Blass, bleich. Mit fahl wirkenden Haaren, die sich zu beiden Seiten des Kopfes ausgebreitet hatten. Das Gesicht sah seltsam schmal aus, spitz stach die Nase daraus hervor, die Lippen bildeten nur einen Strich.

Zitterten sie vielleicht?

Vampiro-del-mar schaute noch genauer hin.

Das Licht der einzigen Bordlampe schaukelte. Es erreichte nur hin und wieder mit seinem Schein den Sarg, und es warf mehr Schatten als Helligkeit.

Einmal streifte ein schwacher Schein über das Gesicht der im Sarg liegenden Person. Die Haut schien für einen Moment gelblichrot angemalt zu sein, und in dieser kurzen Zeitspanne sah der Vampir das Flattern der Augendeckel.

Er fuhr in die Höhe, breitete seine Arme aus, das Gesicht wurde durch eine Verzerrung noch entstellter, und ein grauenhafter Schrei drang aus seinem geöffneten Mund.

Sein Opfer.

Sein Blut!

Er stieß seine Arme wieder nach vorn. Mit großer Wucht, sodass sie schon bald an geschleuderte Lanzen erinnerten, und die Pranken gruben sich in die Haut an den Schultern des Mädchens.

Er riss das Opfer hervor.

Kaum befand es sich mit ihm auf gleicher Höhe, als er das Röcheln vernahm, das aus dem Mund des Mädchens drang.

Es war ein verzweifeltes Atemholen, der Mund blieb offen, und die linke Pranke des Vampirs fand zielsicher das blonde Haar, wobei sie den Kopf nach links zur Seite drückte.

So straffte sich das Fleisch am Hals.

Weit öffnete Vampiro-del-mar sein Maul. Er sah die Adern unter der dünnen Haut, die langen, aus dem Oberkiefer wachsenden Zähne schienen zu vibrieren, und es waren genau die Sekunden vor dem alles entscheidenden Biss …

Da traf ihn der Hieb!

Lady X war wie ein Schatten herangeflogen. Der Uralt-Vampir hatte nichts bemerkt, die Gier nach dem Blut des Opfers überdeckte alles, deshalb konnte er dem Treffer mit dem Lauf der Maschinenpistole auch nichts entgegensetzen.

Es klatschte in seinen Nacken.

Lady X hatte im Sprung zugeschlagen, und ihr Körpergewicht zusätzlich mit ihrer Kraft in den Hieb hineingelegt. Es war ein Treffer, den man mit einer tödlichen Explosion vergleichen konnte. Ein Mensch hätte ihn nie überstanden, aber Vampiro-del-mar war kein Mensch, sondern eine untote, gefühllose Bestie.

Und doch zeigte dieser brutale Schlag seine Wirkung.

Er brachte den Blutsauger aus dem Gleichgewicht und drosch ihn nach vorn genau auf den offenen Sarg zu.

Zuerst fiel das Mädchen hinein. Vampiro-del-mar krachte auf sein Opfer, drehte sich jedoch blitzschnell, kippte damit den Sarg um und riss einen Arm hoch, sodass der nächste wuchtige Hieb nicht sein Gesicht, sondern den Arm in Höhe des Ellbogens traf.

»Du verdammter Hund!«, fluchte die Vampirin und gebrauchte Worte aus ihrer ehemaligen Terroristen-Zeit. »Du Dreckskerl hast dich über meine Anweisungen hinweggesetzt und …«

»Sie war nicht tot!«, brüllte Vampiro-del-mar schaurig. »Sie war nicht tot, verdammt!« Er schoss aus der offenen Totenkiste hoch, und in einem irren Anfall drosch er seine Pranke gegen die Brust der Lady X.

Der Stoß, das schwankende Schiff, die Scott konnte sich nicht mehr fangen und torkelte zurück. Dabei taumelte sie fast über das gesamte Deck, bis sie mit dem Rücken gegen den Aufbau des Steuerhauses krachte, wo sie stehen blieb und den Kopf so wild schüttelte, dass ihr langes Haar flog.

Vampiro-del-mar begann zu lachen, als er den Weg der Lady X verfolgte. »Du wirst mir nichts mehr befehlen!«, grunzte er, bückte sich und riss sein Opfer abermals in die Höhe.

Das Gesicht des Mädchens glich dem einer Toten. Die Augen waren verdreht, jegliches Leben hatte die Pupillen verlassen, der Mund stand offen, am Hals zuckte eine Ader.

Vampiro-del-mar senkte seinen hässlichen Schädel.

Dann biss er zu.

Das sah auch Lady X. Sie hatte sich wieder gefangen, lehnte mit dem Rücken an der Verkleidung des Ruderhauses und umkrampfte ihre Maschinenpistole.

In ihrem Innern kochte eine Hölle. Die Waffe in ihrer Hand zitterte. Ihr Zeigefinger hatte längst den Weg zum Abzug gefunden, und sie stand kurz davor, zu schießen.

Das Bild vor ihr prägte sie sich besonders deutlich ein. Durch die schwankende Sturmlaterne wurde der Schein im regelmäßigen Rhythmus auf das Paar geschleudert und riss es immer wieder deutlich hervor.

Vampiro-del-mar hatte sein Opfer wie eine Puppe hochgehoben und an sich gedrückt. Hart war der Griff, er glich einer Zange. Wen das Monster einmal so fest in den Klauen hielt, den würde es nie und nimmer loslassen.

Von seinem Gesicht war nur das Profil zu sehen. Er

hatte es nach unten und zur Seite gebeugt, weil seine gefährlichen Vampirzähne die Schlagader suchten und auch fanden.

Vampiro-del-mar saugte das Blut des Opfers.

Diese rote Flüssigkeit tankte er auf, sie gab ihm Kraft, er brauchte sie, denn sie garantierte ein Weiterleben dieser untoten Bestie.

Lady X nahm das Bild in sich auf. Sie stand wie eine Statue am Ruderhaus, in den Augen funkelte es, der Hass war nicht mehr zu unterdrücken. Wind fuhr über das Deck, wühlte ihre Haare wie eine Fahne hoch. Gischt sprühte als feiner Regen an den Bordwänden hoch, all das merkte sie nicht, sondern hatte nur Augen für Vampiro-del-mar.

Fast eine Minute stand sie unbeweglich. Sie schaute zu, wie Vampiro-del-mar das Blut des Mädchens trank, und der Ausdruck in ihren Augen wechselte allmählich.

Hatten der Hass und die Wut darin gestanden, so verschwand dies, und ein anderes Gefühl blieb zurück.

Gier!

Nicht umsonst war Lady X eine Vampirin. Sie brauchte das Blut ebenfalls, nur konnte sie sich beherrschen, besser jedenfalls als der Uralt-Vampir, aber sie sah nicht ein, dass sie ihm das Opfer allein überlassen sollte.

Der Vampir bot ein Bild, dass die Scott einfach nicht übersehen konnte. Sie sah es Vampiro-del-mar förmlich an, wie gut es ihm tat, ein Opfer gefunden zu haben.

Dann fiel er nach vorn.

Gleichzeitig brach er in die Knie. Dabei drückte er sein Opfer auf die Planken, ohne es loszulassen.

In diesem Moment gab sich Lady X einen Ruck. Sie konnte und wollte nicht mehr länger zusehen, jetzt musste sie ihn packen, sonst blieb für sie nichts übrig.

Er sah sie, obwohl er so beschäftigt war. Bevor Lady X ihn erreichte, ließ er sein Opfer los und sprang auf. Federnd geschah dies, als wäre er mit neuen Kräften angefüllt.

Die beiden starrten sich an.

»Was willst du?«, keuchte er.

»Blut«, erwiderte die ehemalige Terroristin heiser. »Auch ich brauche es, verdammt!«

Der Supervampir lachte. Um den schrecklichen Mund herum zeigte das verunstaltete Gesicht rote Flecke, die sich bis zum Kinn hin verteilt hatten. Der Vampir hatte nicht alles Blut auffangen können, was aus den Adern gesprudelt war.

»Nimm sie«, sagte er zu Lady X. »Du kannst sie nehmen und ihr restliches Blut trinken. Schließlich gehören wir zusammen.« Er lachte so kreischend auf wie selten.

Lady X warf ihm einen kalten Blick zu, dann schwang sie ihre Maschinenpistole über die Schulter und fiel auf die Knie. Dicht neben dem blassen, fast blutleeren Mädchen kam sie auf.

Sie beugte ihren Kopf vor. Weit öffnete sie den Mund, schob die beiden weißgelb schimmernden Zähne vor, und im nächsten Augenblick schlug sie zu.

Damit bewies sie, was sie in Wirklichkeit war. Ein schwarzmagisches, finsteres, grausames Wesen, nicht besser als die anderen, trotz ihrer menschlichen Gestalt.

Auch sie brauchte Blut.

Und sie trank.

Vampiro-del-mar stand daneben. Sein Blick glitt über das Meer. Momentan trieb das Boot steuerlos über die Wellen. Zum Glück hatten sie den unmittelbaren Bereich der Klippen hinter sich gelassen, sodass sie nicht Gefahr liefen, aufzulaufen.

Nach einer Weile löste sich Lady X von der schmalen, blondhaarigen Gestalt. Sie richtete sich auf. Das Gesicht zeigte einen entspannten, zufriedenen Ausdruck, die mit Blutstropfen beschmierten Lippen waren zu einem Lächeln verzogen.

»Was ist mit den anderen drei Leichen?«, fragte sie.

»Schauen wir nach.«

Lady X nickte und sah zu, wie Vampiro-del-mar die Taue zerriss und die Sargdeckel anhob.

Zwei Männer sahen sie. Sie lagen auf dem Rücken. Wächserne Gesichter starrten die beiden Blutsauger an. Weit aufgerissen waren die Münder, die Kieferknochen schienen sich verkantet zu haben. Eine grässliche Totenstarre hielt die Leichen umfangen.

»Tot«, sagte Vampiro-del-mar. »Tarrasco hat ihre Seelen an sich gerissen ...«

»Schließ die Särge wieder.« Lady X warf noch einen Blick auf die beiden anderen.

Eine Frau lag so in dem Sarg, als hätte sie sich zum Schlafen hingelegt. Eine Hand jedoch stand hoch. Da waren lange Fingernägel zu sehen. Die Nägel wuchsen noch eine Zeit weiter, auch wenn der Mensch tot war.

Der zweite Mann hatte bereits einen Teil seiner Haare verloren. Als der Wind in den offenen Sarg fuhr, wehte er sie davon. Die Hände des Toten schienen ineinander verknotet zu sein. Er bot mit seiner wächsernen Haut einen furchtbaren Anblick.

Die Särge wurden wieder geschlossen.

Beide Vampire waren zufrieden. Sie hatten ihren Durst gestillt und ein junges Mädchen ebenfalls zu einem Blutsauger gemacht.

Noch lag es auf den Planken. Verkrümmt. Die Gischt hatte Tropfen auf ihrer bleichen Haut gebildet.

»Wie heißt sie eigentlich?«, fragte Lady X.

»Ich weiß es nicht.«

Die Scott blickte auf das blondhaarige Geschöpf. Es würde sich bald erheben und ebenfalls in den Reigen der Vampire eingereiht werden. Zu diesem Zeitpunkt allerdings ahnte die ehemalige Terroristin noch nicht, welch eine Zeitbombe sie sich mit dieser Tat ins eigene Nest gelegt hatte.

Jetzt sah sie erst einmal das Licht, das dicht über der dunklen Wasserfläche aufblitzte.

Zweimal kurz, dann zweimal lang.

Das Zeichen!

Bevor die ehemalige Terroristin ins Ruderhaus hastete, sagte sie zu Vampiro-del-mar: »Halte dich bereit. Sie sind da, um uns abzuholen ...«

»Und sie?«, fragte der Uralt-Vampir, wobei er auf das blonde Mädchen deutete.

»Leg sie solange in den Sarg ...«

Suko und ich atmeten ein paar Mal tief durch, als wir endlich die Unterwelt verlassen hatten. Es war grauenhaft, in diesen von Leichengeruch durchdrungenen Gängen herumzulaufen, aber uns war keine andere Möglichkeit geblieben.

Beide ruhten wir uns minutenlang aus. Suko suchte dabei den Himmel ab, aber von dem Seelen-Vampir und den beiden Fledermäusen fand er keine Spur.

Die Provinz Cornwall wird im allgemeinen als die windigste Ecke Englands bezeichnet.

Davon konnten wir ein Lied singen, denn über die Felsen pfiff der Wind und schüttelte uns regelrecht durch. Wenn wir nach rechts blickten, fiel er auf das gewaltige Meer, das wie eine wogende schwarze Fläche zu unseren Füßen lag.

Ein wirklich ungezähmtes, wildes Land.

Der nächste größere Ort hieß Porthleven. Dort mussten wir hin, wenn wir den Bergungstrupp alarmieren wollten.

Viel Zeit konnten wir uns nicht mehr lassen. Der Pfarrer sollte noch in der folgenden Nacht zwischen den Klippen weggeholt werden, ich wollte ihn da nicht liegen lassen.

Wir fuhren ab.

Natürlich würden wir bleiben. Der Seelen-Vampir musste ausgelöscht werden. Wir hatten ihn zwar noch nicht aus der Nähe gesehen, wussten nicht, wie er aussah, aber wir kannten seine schreckliche Arbeitsweise. Vier Tote waren mehr als genug.

In Porthleven brannten nur wenige Lichter. Der Ort hatte einen kleinen Hafen. Er lag in einer winzigen geschützten Bucht, sodass ihn Schiffe auch bei Sturm anlaufen konnten.

Wir sahen die Polizeistation dort, wo sich das Zentrum des Ortes befand. Zwei Polizisten taten Dienst.

Sie hatten es sich bequem gemacht, als wir eintrafen, und sie bekamen große Augen, während sie sich anhören mussten, weshalb wir sie aufgesucht hatten. Selbst das Wort Scotland Yard riss sie nicht vom Hocker.

Schweigend setzten sie ihre Mützen auf und gaben danach Alarm.

Der Bergungstrupp bestand aus freiwilligen Helfern. Die Männer hatten Routine, das sahen wir sofort. Sie seilten sich geschickt ab und legten den zerschmetterten Körper des Pfarrers auf eine Bahre, die sie abschließend hochhievten.

Ich hatte beschlossen, dass der Mann in sein Heimatdorf gebracht werden sollte. Es lag etwas nördlich von Porthleven, abseits der Straßenverbindung und nicht so nahe an den Klippen.

Der Ort hieß South Trebone. Eine Kirche, ein Friedhof, eine kleine Leichenhalle und ein Gemeindehaus waren vorhanden. Nur eine Polizeistation gab es in South Trebone nicht.

Wir machten den Bürgermeister mobil. Er hieß William Biggle und erlitt einen Schock, als er den Toten sah. Über sein Gesicht lief ein Zucken. Er begann plötzlich zu weinen, und wir standen schweigend neben ihm. Dieser Mann trauerte wirklich, es war nicht gespielt.

»Wie ist es passiert?«, fragte er schließlich.

»Darüber können wir später reden. Wir müssen nur den toten Pfarrer aufbahren.«

»Ja, ja, ich sage dem Zimmermann Bescheid. Er ist gleichzeitig Totengräber und hat den Schlüssel zur Leichenhalle. Wollen Sie mitkommen?«

»Nein, wir warten hier.«

»Gut, es dauert nicht lange.«

Die Polizisten, die aus Porthleven mitgekommen waren, gaben sich ein wenig unruhig. Sie sagten nichts, aber wir verstanden, was sie wollten. Sie hatten keine Lust, noch länger in dem Kaff zu bleiben. Ich erklärte ihnen, dass sie gehen konnten.

Fast fluchtartig verließen sie uns.

»Seltsame Leute«, sagte Suko.

»Die Menschen hier sind anders als in London oder Manchester. Eben noch kernig.«

»Na, ich weiß nicht …«

Der Bürgermeister kam wieder zurück. In der letzten

halben Stunde schien er um Jahre gealtert zu sein. Das Gesicht war eingefallen, über den Wangenknochen spannte sich die Haut, die Lippen zuckten, und das dunkle Haar hing ihm in die Stirn. Er war wesentlich kleiner als ich und musste zu mir hochschauen, wenn ich mit ihm redete.

»Können wir uns hier ungestört unterhalten?«, erkundigte ich mich bei ihm.

»Ja, wir gehen zu mir. Meine Frau ist zu ihrer Schwester gefahren. Die Kinder sind aus dem Haus. Bei mir hört uns keiner.«

»Das ist gut.«

Sein Haus lag nicht weit entfernt. Es war ein schmaler Backsteinbau, dafür jedoch zwei Etagen hoch. Die Fassade selbst war kaum zu sehen, weil wild wachsender Wein und Efeu daran hochrankten.

Vor dem Haus brannte eine alte Laterne. Ihr Schein schimmerte milchig in der Dunkelheit.

Der Bürgermeister führte uns in sein Arbeitszimmer, das sich an ein Wartezimmer anschloss.

Ein Rathaus gab es in South Trebone wohl nicht. Alle anfallenden Arbeiten erledigte der Mann von diesem Platz aus.

William Biggle bot uns Plätze an. Wir nahmen in den hochlehnigen Ledersesseln Platz und schauten uns um.

Der Bürgermeister zog seine braune Cordjacke aus und verließ mit einer gemurmelten Entschuldigung den Raum. Das Zimmer war gemütlich eingerichtet. Wir saßen in der Sesselgruppe, es gab den alten dunklen Holzschreibtisch, Regale, die so wuchtig waren, dass die glatten Aktenschränke kaum auffielen.

Die Deckenlampe brannte nicht, sondern nur die Stehlampe, wo wir saßen. Das Licht spendete eine gewisse Wärme und verbreitete eine gemütliche Atmosphäre. Man konnte sich in dem Zimmer wohl fühlen. Dazu trugen auch die kleinen Fenster mit den geteilten Scheiben bei. Von den Windgeräuschen vernahmen wir nichts, weil die dicken Mauern sie dämpften. Wärme strahlte ein grüner Kachelofen aus. Er stand uns gegenüber, war ein gewaltiger Klotz und schien schon einige Jahre auf dem Buckel zu haben.

Wir hörten Schritte, Biggle kam zurück. Er trug ein Tablett. Darauf standen drei Gläser und eine bauchige Flasche. »Es ist ein guter Whisky«, sagte der Bürgermeister, bevor er die Dinge auf dem kleinen Tisch abstellte. »Sie sollten ihn probieren. Malzwhisky.«

»Mal zu«, sagte ich.

Auch Suko nahm einen kleinen Schluck. Ich verzog anerkennend den Mund. »Ja, das Getränk ist tatsächlich gut«, lobte ich, auch Suko nickte höflichkeitshalber, er machte sich jedoch nichts aus Alkohol.

»Ich bekomme die Fässchen immer aus Schottland geschickt. Dort wohnt ein Freund von mir.«

Ich stellte das Glas ab. Leider waren wir nicht hier, um gemütlich am Kachelofen zu plaudern, uns hatten andere, schreckliche Dinge zu William Biggle geführt. Darüber wollten wir mit dem Bürgermeister reden.

»Mr. Biggle«, sagte ich. »Sie wissen selbst, welcher Grund uns zu Ihnen geführt hat, und wir möchten gern von Ihnen Näheres erfahren. Der Pfarrer kann uns nun nicht mehr helfen.«

»Leider.«

»Was wissen Sie über den Seelensauger?«, fragte ich direkt.

Biggle hob den Kopf, blickte uns an und schaute danach auf seine Hände, die er nebeneinander gelegt hatte. »Es ist eine schlimme Geschichte«, murmelte er, »ich sage bewusst nicht Legende, denn dieser Begriff scheint ja überholt zu sein.«

»Es wurden Verbrechen verübt«, stellte mein Freund und Kollege fest.

»Ja. Zuletzt am Pfarrer.«

»Und zuvor?«

William Biggle schaute meinen Partner an. »Vier Menschen, Sir. Alle aus der Umgebung von South Trebone. Zwei Frauen und zwei Männer ...«

»Hat sie der Seelensauger geholt?«

»Man muss davon ausgehen.«

Der Bürgermeister zeigte sich für meinen Geschmack ein wenig verschlossen. Ich wollte, dass er mehr redete und sagte ihm dies auch. »Mr. Biggle, wir kommen nicht weiter, wenn Sie sich verschlossen wie eine Auster geben. Mein Kollege und ich sind nicht aus Spaß hier in Cornwall, es geht um den Seelensauger oder Seelen-Vampir. Der Pfarrer hat uns informiert.«

»Es ist ja nichts bewiesen!«

Ich schüttelte den Kopf. »Da irren Sie sich, Mr. Biggle. Mein Kollege und ich haben Spuren des Seelen-Vampirs gesehen. Sie kennen sicherlich die alte Höhle an der Steilwand.«

»Ja und nein. Wir waren nie dort. Da geht man nicht hin«, erklärte der Bürgermeister.

»Weshalb?«

»Es ist zu gefährlich.«

Ich winkte ab. »Wie dem auch sei, Mr. Biggle, wir waren da, sind in die Höhlen gestiegen und haben dort einige Entdeckungen gemacht. Nicht nur, dass es nach verwesenden Leichen gerochen hat, nein, wir fanden auch Totenhemden …«

»Wie das?« Er schreckte regelrecht auf.

»Die Totenhemden der letzten vier verschwundenen Personen.«

Da senkte Biggle den Kopf.

»Von Ihnen, Mr. Biggle, möchten wir wissen, wo die vier Personen verschwunden sind. Wann und wo hat man sie zum letzten Mal gesehen? Das müssten Sie uns sagen.«

»Ich kann es nicht.«

»Haben Sie sich nicht darum gekümmert?«

»Nein.«

Ich warf Suko einen Blick zu. Schon die ganze Zeit über hatte ich mich gewundert, wie seltsam der Bürgermeister reagierte. Und jetzt wunderten wir uns weiter. Dieser Mann war für uns eigentlich keine Hilfe. Er gab einsilbige Antworten, aber mit Erklärungen hielt er sich zurück. Hatte er etwas mit der Sache zu tun?

»Sie haben sich also für das Verschwinden der

Todkranken nicht interessiert?«, fragte Suko weiter. »Und Sie haben auch nicht die Polizei eingeschaltet?«

»Ja und nein.«

»Das verstehe ich nicht.«

»Es gibt bei uns keine Polizeistation. Zudem wussten die Polizisten aus dem Nachbarort Bescheid. Sie aber kümmerten sich nicht um den Fall.«

»Bestimmt nicht wegen Überlastung«, sagte ich.

»Nein, das hatte einen anderen Grund. Sie wollten nicht.«

»Seltsam, diese Dienstauffassung.«

»Mr. Sinclair.« Biggle schaute mich mit seinen großen Augen an. »Sie hatten Angst.«

»Vor dem Seelensauger?«

»Ja, Mr. Sinclair. Alle haben Angst. Ich, die Dorfbewohner, die Menschen in den Nachbarorten, sie kennen die Geschichte des Vampirs, der Seelen an sich reißt. Das ist ein Fluch, der uns getroffen hat, dem kann sich niemand entgegenstemmen. Der Pfarrer hat es versucht. Sie sehen ja, was daraus geworden ist.«

»Wenn man nichts unternimmt, wird man immer verlieren!«, behauptete ich.

Da lachte er bitter auf. »Das ist leichter gesagt, als getan. Sie kennen die Gegend hier nicht, Sir. Die ist völlig anders, glauben Sie mir. Sie kommen aus London und können Cornwall nicht mit den Maßstäben der Großstadt messen.«

»Da haben Sie Recht, Mr. Biggle, aber auch wir sind keine heurigen Hasen mehr. Wir haben Erfahrungen in diesen Dingen, wissen, wie man gegen Vampire und ähnliche Geschöpfe ankämpft. Haben Sie mal den Seelensauger gesehen? Oder vielleicht andere Vampire? Diese riesigen Fledermäuse. Sie wissen ja, dass sich Vampire manchmal in Fledermäuse verwandeln und umgekehrt.«

Biggle zeigte sich verwirrt. »Wie meinen Sie das?«

»Nun, haben Sie schon in dieser Gegend hier Riesenvampire gesehen? Rote Fledermäuse, fast so groß wie fliegende Drachen, die man ja aus gewissen Filmen oder Büchern kennt?«

William Biggle starrte mich mit offenem Mund an. Dann schüttelte er den Kopf. »Nein, Sir, nein! Die habe ich noch nicht gesehen, ehrlich nicht. Solche Drachen ...«

»Fledermäuse!«, korrigierte ich.

»Gibt es die denn?«

Ich hatte beschlossen, das Thema zu vergessen, und schüttelte den Kopf. »Lassen wir das! Berichten Sie lieber, was für Leichen geraubt worden sind.«

»Das sagte ich Ihnen doch. Zwei Frauen und zwei Männer.«

»Okay, das wissen wir. Kannten Sie die Unglücklichen persönlich?« Diesmal fragte Suko.

»Ja.«

»Vom Ansehen?«

Biggle schluckte plötzlich. Sein Adamsapfel hüpfte auf und nieder. Schweiß trat auf seine Stirn. Die Lippen bildeten einen dünnen Strich in einem Gesicht, das die graue Farbe von Beton angenommen hatte.

»Was ist mit Ihnen, Mr. Biggle?« Meine Stimme klang besorgt, denn uns fiel auch das Zittern auf, das den Mann erfasst hielt.

»Sie – Sie haben mich vorhin gefragt, ob ich die verschwundenen Personen kenne?«

»Ja, das haben wir.«

»Ich kannte sie alle vier. Aber eine Frau besonders gut. Es war meine eigene ...«

Lady X dachte nicht mehr an die zurückliegenden Ereignisse. Sie konzentrierte sich voll und ganz auf die Gegenwart, und die war für sie schwierig genug.

Beide Schiffe mussten so dicht aneinander heranfahren, dass sie von dem Kutter auf das andere Schiff umsteigen konnten. Eine Nacht-und-Nebel-Aktion. Gefährlich, aber trotzdem noch relativ günstig, denn es herrschte weder Nebel noch Sturm.

Für Lady X wurde es eine schwierige Aufgabe, denn die Wellen trugen den Kutter immer gefährlich nah an die Bordwand des anderen Schiffes heran.

Es war ein Hochseefrachter. Im Vergleich zu dem Kutter ein Gebirge. Als der Kutter wie ein Schatten neben der Bordwand des Kahns auftauchte, da wurde von dort Licht eingeschaltet. Zwei breite Strahlen fielen nach unten, zeichneten zuerst zuckende Kreise auf die dunkle Wasserfläche, wurden geschwenkt und erreichten ihr Ziel.

Jemand schrie ein Kommando. Im nächsten Augenblick flogen Taue. Sie klatschten auf das Deck. Vampiro-del-mar erwachte zu einer fieberhaften Hektik. Er fasste die Tauenden und machte sie am Poller fest. Auf dem Frachter geschah das Gleiche. Wenig später schwenkte an Bord des Schiffes ein Kran aus. Ein stählerner Arm. Über eine Rolle lief ein starkes Seil nach unten, das an seinem Ende einen Lastkorb hatte, der mehr die Form einer Palette besaß.

Vampiro-del-mar hievte die ersten beiden Särge auf das Traggestell. Die Winde begann zu arbeiten, dann wurden die Särge in die Höhe gezogen.

Alles ging glatt.

Auch die nächste Fracht gelangte an Bord. Das war der Zeitpunkt, als Lady X ihren Platz am Ruder verließ und sich mit schwankenden Schritten der langsam herabsinkenden Plattform näherte. Zuletzt wollten Vampiro-del-mar und sie an Bord des Frachters gehen.

»Löse die Taue!«, ordnete Lady X an.

Der Uralt-Vampir gehorchte.

Kräftige Hände zogen die Taue in die Höhe. Bevor der Kutter abtreiben konnte, betraten Vampiro-del-mar und Lady X die Plattform. Es gab einen Ruck, als sie in die Höhe gezogen wurden.

Unter ihnen verschwand der Kutter. Wellen rollten heran und trieben ihn weiter ab.

Die Scott verschwendete an den kleinen Kutter keinen Blick mehr. Er hatte seine Schuldigkeit getan.

An Deck des Frachters wartete der Kapitän. Obwohl er aus London gewarnt worden war, zuckte er dennoch zurück, als er Vampiro-del-mar sah, und er schlug hastig ein Kreuzzeichen.

»Lassen Sie das!«, zischte Lady X.

Der Kapitän zitterte. Außer ihm standen noch zwei Offiziere an Bord, die das Manöver geleitet hatten. Die Mannschaft hatte man unter Deck vergattert, denn es sollte möglichst keiner erfahren, was als Fracht an Bord genommen worden war. Nach wie vor herrschte die Meinung unter den Seeleuten, dass es ein Unglück geben würde, wenn man Särge geladen hatte.

»Schafft sie schnell weg«, sagte der Kapitän. Er war ein kleiner Bursche mit flinken Augen und hieß Romanescu.

Die beiden Offiziere nickten. Auch Vampiro-del-mar half mit. Er trug einen Sarg, während die Offiziere sich zu zweit mit einer Totenkiste abmühten.

Lady X und der Kapitän schauten ihnen nach. »Wer liegt darin?«, fragte Romanescu.

»Leichen!«

Knapp und kalt gab die Vampirin die Antwort, und der Kapitän wurde noch blasser. Als Lady X danach noch ihre gefährlichen Vampirzähne zeigte, wurde seine Furcht so groß, dass er verzweifelt die Hände rang.

Die ehemalige Terroristin aber lachte. »Wissen Sie nun, wer hier an Bord das Kommando übernommen hat?«

»Ja.«

»Okay, dann sind wir uns einig. Und nun volle Kraft voraus. Ich will nach Rumänien. Dort erwartet man uns ...«

Romanescu drehte sich fluchtartig um und rannte in Richtung Brücke. Nur heimlich schlug er die Kreuzzeichen und rief alle Heiligen des Himmels an.

Der Tod war an Bord gekommen, und das wusste er ...

Auf dem Küstenwachtschiff ›Cornwall Star‹ hatte man die Meldung über Funk erhalten. Die Männer sollten nach einem Fischkutter Ausschau halten, der vier Särge geladen hatte.

Der Kapitän schüttelte den Kopf. Er war ein alter Seebär, so etwas jedoch hatte er noch nie erlebt. Ein Schiff mit vier Särgen, wo gab es das denn?

Sicherheitshalber fragte er noch einmal zurück und erhielt die Bestätigung. »Gibt es denn keine weitere Beschreibung des Schiffes?«, wollte er wissen.

»Nein.«

»Dann viel Vergnügen.«

»Das wünschen wir Ihnen, Kollege.«

Der Kommandant schüttelte wütend den Kopf, bevor er sich über seine Karten beugte. Sein Stellvertreter trat zu ihm. Gemeinsam legten sie den Kurs fest, den sie fahren wollten.

Sie kannten sich bei Suchaktionen aus. Diesmal wurden sie leider nicht aus der Luft unterstützt, deshalb mussten sie große Kreise fahren und hoffen, dass sie den Kahn irgendwann stellten.

»Von wem ist die Anordnung gekommen?«, wollte der zweite Mann auf dem Wachboot wissen.

»Ich kenne den Typ nicht. Soll ein hoher Beamter bei Scotland Yard sein, wie mir scheint.«

»Wie heißt er denn?«

»John Sinclair«, erwiderte der Kommandant.

Sein Stellvertreter pfiff durch die Zähne und nickte. »Ha, den kenne ich.«

»Woher?«

»Nicht persönlich, James. Aber ich habe ihn mal aus der Ferne erlebt. Ist noch gar nicht so lange her. Da ging es um eine Insel, die vor der Küste liegt. Ich hörte hinterher, dass man sie Hexeninsel genannt hat.«

»War etwas daran?«

»Klar. Da muss es schwer rundgegangen sein, wie mir jemand erzählte. Es war auf jeden Fall keine Finte.«

Der Kommandant legte seinen ausgestreckten Zeigefinger gegen die Stirn. »Ob wir da mal nachforschen?«

»Du meinst, wir sollen da nachschauen?«

»Ja.«

»Wäre nicht schlecht. Ich würde jedoch vorschlagen, dass wir erst einmal unsere Kreise drehen.« Der Zweite grinste. »Vielleicht laufen wir ganz zufällig die Hexeninsel an.«

Der Besatzung des Bootes wurde erhöhte Wachbereitschaft befohlen. Sie hielt sich bis auf den Zweiten an Deck auf und suchte mit starken Nachtsichtgeräten die dunkle Wasserfläche ab.

Der Bug des Polizeibootes teilte die heranrollenden Wellen. Rechts und links der Bordwände liefen sie als helle, schaumige Streifen aus. Manchmal gischtete Wasser über, das sehr schnell wieder ablief.

Die Suchaktion sollte auf zwei Stunden begrenzt bleiben. Die waren fast vergangen, als einer der Leute den Kutter entdeckte. Zuerst sah er nur ein in der Luft schwebendes Licht. Der Kurs wurde ein wenig geändert, und das Wachboot hielt auf das Licht zu.

Dann erkannten die Männer die Umrisse des Kutters.

»Das ist er, kein Zweifel«, sagte auch der Kapitän. Sie liefen ihn jetzt direkt an, gingen dann längsseits und enterten den Kahn.

Er war leer.

Kein einziges Besatzungsmitglied hielt sich auf dem steuerlos dahintreibenden Schiff auf. Die Männer durchsuchten es vom Heck bis zum Bug, sie fanden keine Spuren.

Nur Blut sahen sie im Licht starker Scheinwerfer. Betroffen blieben sie neben den dunklen großen Flecken auf den Deckplanken stehen und schüttelten die Köpfe.

»Welch ein Drama hat sich hier nur abgespielt?«, fragte einer der Leute und schluckte.

Keiner konnte ihm eine Antwort geben.

Bis der Kapitän anordnete, das fremde Schiff in Schlepp zu nehmen und in den Hafen zu schaffen.

Mehr konnten sie nicht tun. Da auch keine Leichen gefunden wurden, gab es für den Kommandanten nur zwei Möglichkeiten. Entweder schwammen die Besatzungsmitglieder in der See, oder sie waren von einem anderen Schiff übernommen worden.

Mein Gott, das war schrecklich. William Biggle hatte seine eigene Frau an den Seelensauger verloren. Nach dieser Antwort sah ich den Bürgermeister aus einem anderen Blickwinkel an. Nun konnte ich auch seine Reaktionen verstehen.

»Ja, Mr. Sinclair, so sieht es aus«, sagte er leise, griff nach seinem Glas und trank einen Schluck.

Wir schwiegen, denn wir wussten nicht, was wir in diesen Sekunden sagen sollten.

Schließlich räusperte ich mich und fragte: »Mr. Biggle, wie lange ist Ihre Frau bereits verschwunden?«

»Seit ungefähr zwei Wochen.«

»Und sie war krank?«

»Ja, todkrank. Sie litt an Leukämie, war nicht mehr zu retten und verfiel zusehends.«

»Wo hat der Seelen-Vampir sie geholt?«

»Aus dem Krankenhaus geraubt, einen Tag bevor sie nach Hause kommen sollte. Ich wollte sie wieder zu mir nehmen, dann sie sollte in ihrem Bett sterben …« Bei den letzten Worten hatte seine Stimme sehr leise geklungen. Er holte ein Tuch aus der Tasche.

Suko und ich schauten uns an. An und für sich hätte es jetzt der Anstand geboten, dass wir den Mann in seinem Schmerz allein ließen, aber das ging nicht. Wir mussten weiter mit ihm reden, es stand zu viel auf dem Spiel.

Wir ließen ihm Zeit. Ich trank noch einen kleinen Schluck von dem hervorragenden Whisky, während Suko auf den Ofen schaute und die Stirn in Falten legte. Mein Freund und Kollege fühlte ähnlich wie ich. Der Bürgermeister hatte Schweres hinter sich.

»Wissen Sie«, sagte er nach einer Weile. »Mary und ich, wir haben uns sehr geliebt. Wenn man fast dreißig Jahre verheiratet ist, dann kann man ohne den anderen nicht mehr sein, wenn Sie verstehen, was ich meine.«

»Natürlich.« Ich nickte.

»Bitte, fragen Sie weiter. Sie tun ja nur Ihre Pflicht, Gentlemen.«

»Nach dem Verschwinden Ihrer Frau, Mr. Biggle, haben Sie da keine Nachforschungen angestellt?«, wollte ich wissen.

»Nein.«

»Gab es dafür einen Grund?«

Er nickte. »Den gab und den gibt es in der Tat, Sir. Ich hatte Angst. Einfach Angst.« Er sprach jetzt mit drängender Stimme. »Ich weiß nicht, ob Sie es begreifen können. Aber alle in diesem Dorf haben Angst. Die Existenz des Seelensaugers lastet wie ein Fluch auf den Menschen. Sie kommen nicht dagegen an, das müssen Sie mir glauben. Einer hat es versucht. Der Pfarrer. Jetzt ist er tot. Wir leben hier in Cornwall, weitab von London. Für Sie sind wir vielleicht nicht einmal zivilisiert oder so ähnlich. Sie können sich schlecht in unsere Psyche hineindenken. Vielleicht haben Sie noch nie in Ihrem Leben Angst verspürt, ich kann Ihnen sagen, Sir, es ist grausam.«

Der Mann hatte Unrecht. Ich wollte ihm jetzt nicht aufzählen, wie oft ich schon Todesangst verspürt hatte, aber ich konnte es ihm nachfühlen. Die Angst kann einen Menschen verändern, ihn regelrecht fertig machen und auch seine Seele zerstören.

»Wie haben es denn Ihre Mitbürger aufgenommen?«, fragte Suko. »Andere Familien haben doch ein ähnliches Schicksal hinter sich.«

»Das stimmt, aber auch Sie taten nichts. Sie hofften nur, dass sie nicht die Nächsten sein würden.«

»Er holt sich nur Kranke?«

Biggle nickte auf Sukos Frage. »Das stimmt allerdings. Nur kranke Menschen geraten in seinen Bann. Er scheint darauf zu lauern, dass jemand im Sterben liegt, um dann zuschlagen zu können.«

»Wissen Sie zufällig, ob jemand im Sterben liegt?«, erkundigte ich mich leise.

»Sie meinen hier im Dorf?«

»Ja.«

Die Mundwinkel des Mannes zuckten. »Das ist auch so ein Problem, Sir. Früher sind die Menschen nicht so schnell oder hintereinander krank geworden.«

»Wie soll ich das verstehen?«

»Alle Fälle passierten in den letzten Wochen. Über dem Ort liegt ein Fluch! Der Fluch des Seelen-Vampirs.«

»Den es schon länger gab?«

»Natürlich, Mr. Sinclair. Er treibt sein Unwesen bereits

seit Jahrhunderten, wenn man den alten Geschichten glauben darf. Ungefähr seit zweihundert Jahren.«

»Und wo kam er her?«

»Nicht von hier.« Biggle griff zur Flasche und schenkte sich noch einen Whisky ein. »Der Seelen-Vampir, der auch Tarrasco heißt, stammt aus Rumänien.«

»Was?« Das war in der Tat eine Überraschung. »Sind Sie da sicher, Mr. Biggle?«

Der Bürgermeister genehmigte sich einen Schluck.

»Ja, Sir, dessen bin ich mir sicher. Tarrascos Heimat ist Rumänien, das klassische Land der Vampire.«

Wir waren in der Tat mehr als überrascht, denn damit hatten wir nicht gerechnet.

Mein Partner hatte einen eigentümlichen Ausdruck im Gesicht, den ich bei ihm sonst nur kannte, wenn er über ein schweres Problem nachdachte.

»Rumänien also«, murmelte ich. Sollte uns die Spur vielleicht noch in dieses Land führen? Nein, Tarrasco hatte seine Heimat hier gefunden, ebenso wie die Opfer.

»Wie war es möglich, dass er nach Cornwall kam?«

»Das weiß niemand, Sir. In der Legende spricht man von einem Schiff, das ihn gebracht haben soll. Als blinden Passagier.«

»Und dann?«

»Hat er hier weitergemacht und den Menschen die Seelen ausgesaugt.«

»Nicht das Blut?«

»Nein.«

»Wie sieht er aus?«, wollte Suko wissen. »Hat man ihn gesehen? Gibt es eine Beschreibung?«

»Dazu kann ich Ihnen kaum etwas sagen. Mir jedenfalls ist er noch nicht über den Weg gelaufen.«

»Aber es gibt Zeugen?« Mein Partner ließ nicht locker.

»Ja, die existieren. Er soll aussehen wie ein Graf. Groß und dabei düster, weil er schwarze Kleidung trägt. Er soll sehr bleich sein, ein Angstmacher.«

Ich nickte. Die Beschreibung kam hin. Ich brauchte nur an das Wesen zu denken, das von den beiden roten Vampiren davongetragen worden war.

Aber wieso hatten sie ins Spiel eingegriffen? Was hatten die roten Vampire mit diesem Tarrasco zu tun? Da musste Vampiro-del-mar dahinterstecken!

Ich erkundigte mich noch einmal bei dem Bürgermeister nach den roten Vampiren und erhielt abermals eine negative Antwort.

Er hatte sie nie gesehen. Auch nichts von ihnen gehört. Es waren für ihn unbekannte Wesen.

Ich wollte das Thema nicht weiter vertiefen und dachte daran, dass noch eine Frage offen war. »Mr. Biggle, ich hatte Sie vorhin gefragt, ob es Kranke im Ort gibt. Sie haben mir ein wenig zu ausweichend geantwortet. Gibt es Kranke in South Trebone?«

Er nickte. Sein Gesicht zeigte Qualen. Für mich ein Beweis, dass ich voll ins Schwarze getroffen hatte.

»Und wer ist es?«

»Lilian Lancaster.«

»Eine ältere Frau?«

»Nein«, flüsterte Biggle, »ein junges Mädchen, Sir. Gerade achtzehn Jahre alt geworden. Seit zwei Tagen liegt sie bewegungslos und apathisch in ihrem Bett.«

»Haben Sie einen Arzt gerufen? Oder ihre Eltern?«

»Nein, Sir. Das hat doch überhaupt keinen Sinn. Ich glaube nicht daran, dass uns ein Arzt dabei helfen kann, wirklich nicht.« Er wischte fahrig über seine Stirn und schluckte ein paar Mal trocken. Der Bürgermeister war mit seinen Nerven so ziemlich am Ende, das konnten wir alle leicht feststellen.

»Lebt das Mädchen allein?«

»Bei ihren Eltern.«

»Ach ja, entschuldigen Sie.« Ich war auch schon durcheinander und schaute Suko an.

Der Chinese stemmte bereits seine ausgebreiteten Hände auf die Sessellehnen. »Ich glaube, John, dass wir es einmal versuchen sollten. Diese Lilian interessiert mich wirklich.«

Der Meinung war ich ebenfalls. Ich wandte mich an Bürgermeister Biggle. »Können Sie uns vielleicht den Weg erklären, oder wollen Sie mit uns kommen?«

Er hob die Schultern. »Wenn es sein muss.«

»Es wäre besser, denn Sie kennen die Lancasters. Da die Menschen hier, wie Sie selbst gesagt haben, ein wenig eigen und Fremden gegenüber misstrauisch sind, möchte ich Sie bitten, uns zu begleiten.«

»Das werde ich dann tun.«

Der Bürgermeister stand ebenfalls auf und zog sich seine Cordjacke über. Auf einen Mantel wollte er verzichten. »Es sind nur ein paar Schritte«, erklärte er.

Den Schlüssel nahm er mit, öffnete die schmale Haustür und ließ uns den Vortritt.

Wir schauten auf eine dunkle Straße. Es brannten nur sehr wenige Laternen. Das Licht konnte man mit dem Wort spärlich umschreiben. Einige gelbe Flecken, die in der Luft hingen, dies war schon alles.

Ich trat ein paar Schritte vor, schaute nach links und auch nach rechts.

Da stutzte ich.

Links führte die Straße nicht geradeaus weiter. Sie schlug einen kleinen Bogen, mehr eine Kurve. Genau im Scheitelpunkt dieser Kurve tauchte etwas auf.

Ein gewaltiger Schatten schwebte etwa in Dachhöhe heran, wurde vom Licht für einen Moment erfasst, und ich glaubte, zwei glühende Augen zu erkennen.

Ein roter Vampir!

Lilian Lancaster sah aus wie eine Tote.

Sie lag in ihrem Bett, die Augen hielt sie geöffnet, und sie starrte auf die schräge Holzdecke mit den dunklen Balken, die rechts und links des schmalen Fensters vorbeiführten.

Seit zwei Tagen rührte sie sich nicht mehr. Die Krankheit war urplötzlich über sie gekommen, ein erschreckendes Siechtum, das rasend schnell ihren Körper lähmte. Sie konnte sich kaum noch rühren, es fiel ihr schwer, selbst die Fingerspitzen der auf der Decke liegenden Hände zu bewegen.

Sie aß nichts mehr, sie trank auch nichts. Stundenlang

starrte sie die Decke an und horchte auf die sie umgebenden Geräusche.

Nachts, wenn der Wind sehr stark vom Meer herüberwehte, dann fing er sich in den Sparren des alten Dachs. Er ließ die Ziegel klappern, sodass eine schaurige Melodie ertönte, die sie von früher her kannte, die sie jetzt allerdings nicht mehr erschrecken konnte.

Lilian war nicht allein im Haus. Ihre Mutter befand sich in den unteren Räumen, allerdings war der Vater nicht erreichbar. Er fuhr zur See, auf der Südamerika-Route. Man erwartete ihn erst kurz vor dem Weihnachtsfest zurück.

Aber Weihnachten oder andere Festtage waren für Lilian bedeutungslos geworden, seit sie in ihrem Bett lag und sich kaum rührte. Es interessierte sie nicht mehr, sie wollte auch keine anderen Menschen sehen, nur die Mutter ließ sie ins Zimmer. Anderen Besuch hatte sie abgewehrt.

Das junge Mädchen bereitete sich auf das Sterben vor!

Eine grausame, erschreckende Tatsache.

Hin und wieder, wenn es über sie kam, bewegte sie ihre Lippen. Niemand sollte hören, was sie sagte, die Worte waren für ihn bestimmt, für ihn allein.

»Er wird kommen«, raunte sie. »Ich spüre seine Nähe, in dieser Nacht holt er mich …«

Lilian atmete plötzlich schneller. Das hatte sie in den letzten Tagen nie getan, stets war ihr Atem flach geblieben, nun drangen beinahe stöhnend klingende Geräusche aus ihrem offenen Mund. Sie erwartete ihn, den Meister, ihren Meister.

Obwohl sie ihn nie gesehen hatte, wusste sie genau, wie er aussah. Er war wie die Nacht, dunkel, ein Schatten, unheimlich und dennoch schön. Sie wollte ihm alles geben, denn sie hatte längst seine Gedanken in ihrem Kopf gespürt.

Er kündigte sein Kommen an …

»Ja!«, hauchte sie. »Ja, komm zu mir. Ich will dir meine Seele geben. Du nur sollst sie bekommen, denn du wirst erstarken und deine Macht ausdehnen. Jeder, der dir seine Seele gibt, wird es gern tun, auch ich, großer Meister.«

Nach diesen Worten schwieg sie erschöpft. Es war ein wenig viel für sie gewesen, denn sie hatte in den letzten Stunden fast nur geschwiegen. Auch während die Mutter sich im Zimmer befand, hatte sie nichts gesagt.

Am Nachmittag, bis in den Abend hinein, war die Mutter außer Haus. Sie hatte eine Putzstelle angenommen, um für sich und die Familie ein paar Pfund nebenbei zu verdienen.

Im Nachbarort reinigte sie die Zimmer der kleinen Schule. Den Weg legte sie mit dem Fahrrad zurück, aber es fiel ihr immer schwerer. Vor allen Dingen im Winter.

Noch war es still im Haus. Aber das alte Holz arbeitete. Hier und da knackte es. Der Lampenring unter der Decke verbreitete einen trüben Schein. Die Lampe selbst war schmal. Der Lichtschein jedoch breiter, dass er wie ein Rettungsring aus Licht wirkte.

Hinter dem kleinen Fenster nistete die Dunkelheit. Kein Laternenschein traf die Scheibe, sodass die Deckenleuchte im Zimmer die einzige Lichtquelle war.

Wann kam er endlich?

Lilian wartete sehnsüchtig. Er hatte sie in den letzten Tagen derart bearbeitet, dass sie kaum noch an etwas anderes denken konnte. Und er hatte ihr angekündigt, dass sie sich bereithalten sollte.

Ein Geräusch!

Es war ein Knacken, und es kam von unten, wo sich die Haustür befand.

War das der Meister?

Lilian rührte sich nicht, steif blieb sie in ihrem Bett liegen. Nur ihre Augendeckel bewegten sich. Ein Zeichen, dass sie sehr unter Spannung stand.

Hatte der Meister endlich sein Versprechen eingelöst?

Sie war einfach zu schwach, um sich aufrichten zu können, aber sie drehte den Kopf nach links und schielte in Richtung Tür, die sich als hohes, jetzt dunkel wirkendes Rechteck abhob.

Schritte!

Von unten her klangen sie auf. Sie wurden lauter, ein Beweis, dass jemand die Treppe hochstieg.

Lilian lauschte, die Spannung steigerte sich. Wenig später jedoch nahmen ihre Augen wieder den apathischen blassen Ausdruck an, den sie schon zuvor gezeigt hatten.

Nein, das war nicht der Meister. Sie kannte die Schritte, die dort die Stufen hochkamen.

So ging ihre Mutter!

Lilian hatte sich nicht getäuscht. Mrs. Lancaster klopfte immer an, bevor sie das Zimmer ihrer Tochter betrat. So geschah es auch jetzt. Lilian vernahm zweimal das dumpfe, pochende Geräusch, dann bewegte sich die Klinke nach unten, und im nächsten Augenblick stand die Mutter auf der Türschwelle.

Sie ging ein wenig vor, wurde vom Licht der Lampe getroffen. Sie wirkte abgearbeitet. Tiefe Falten hatten sich in ihre Gesichtshaut gegraben. Die Miene zeigte einen verhärmten Ausdruck. Das graue Haar hatte der Wind trotz des Kopftuchs, das sie beim Radfahren immer trug, zerzaust. Es hing wirr ins Gesicht.

Langsam trat sie näher. Sie trug noch immer ihren dunkelbraunen Kittel, hatte allerdings über ihn eine Strickjacke gestreift. Die Augen blickten müde, die Hände waren rau, die Haut aufgesprungen.

Neben dem Bett blieb sie stehen, ließ sich vorsichtig nieder und strich ihrer Tochter mit der Hand über die Stirn. »Wie geht es dir jetzt, Lilian?«

Mrs. Lancaster erhielt keine Antwort.

»Bitte, Lilian, du musst etwas sagen. Es ist so schrecklich für mich, wenn du stumm bleibst.« Virna Lancasters Gesicht nahm einen gequälten Ausdruck an.

Das Mädchen bewegte die Lippen. Es war kaum zu erkennen.

»Sag doch etwas, Kind – bitte …«

Die Mutter bekam von ihrer Tochter keine Antwort. Aber sie spürte instinktiv, dass Lilian nichts mehr mit ihr zu tun haben wollte.

»Wenn doch nur dein Vater hier wäre«, sagte Virna

Lancaster leise. »Er wüsste vielleicht Rat. Er weiß immer Rat. Oder ich lasse dich doch in ein Krankenhaus schaffen.«

»Kein Krankenhaus!« Es waren die ersten Worte, die Lilian da von sich gab, und ihre Mutter zuckte zusammen.

»Du wartest auf ihn, nicht?«, sagte sie schnell.

Lilian schwieg. Aber auf ihren Lippen war plötzlich ein Lächeln zu sehen, und Mrs. Lancaster wusste genau Bescheid. Ja, ihre Tochter wartete auf ihn, auf den Seelen-Vampir, den Dämon, der die Seelen der Todkranken an sich nahm. Die Frau brauchte nur an die vorherigen vier Opfer zu denken, die der Seelensauger auf dem Gewissen hatte, dann wusste sie Bescheid. Nie hatte sie damit gerechnet, dass es auch mal sie oder ihre Tochter treffen konnte, und nun schaute sie in das leichenblasse Gesicht der geliebten Lilian.

»Er soll dich nicht bekommen«, sagte sie plötzlich mit lauter Stimme, beugte sich vor und stemmte beide Hände links und rechts des schmalen Gesichts gegen das Kopfkissen. »Hörst du? Er soll dich nicht bekommen. Denke immer daran!«

Lilian zuckte zusammen. »Geh«, sagte sie plötzlich. »Ich will dich nicht mehr sehen. Geh, Mutter!« Das Kreischen aus ihrem Mund war so laut und wild, dass die Frau zurückzuckte, denn mit so einer Reaktion hatte sie nicht gerechnet.

Mrs. Lancaster stand auf. »Ich werde gehen, mein Kind«, erwiderte sie mit leiser Stimme. »Ja, ich werde verschwinden, wie du es mir soeben laut und deutlich gesagt hast. Aber vorher tue ich noch eins.« Sie senkte ihre Hand in die rechte Kitteltasche, bevor sie weitersprach. »Ich weiß, dass du von mir nichts wissen willst, aber du bist noch immer mein Kind. Ich will nicht, dass dich dieser furchtbare Dämon in seine Krallen bekommt! Deshalb habe ich mir vorgenommen, dich zu schützen. Und zwar damit!«

Sie riss die Hand aus der Tasche und hielt ihrer Tochter einen Gegenstand dicht vor das Gesicht.

Es war ein Kreuz!

Keines aus Silber, Gold oder einem anderen Metall, sondern ein simples Holzkreuz.

Trotzdem erschrak das Mädchen bis ins Mark. »Nimm es weg!«, kreischte Lilian. »Nimm das verdammte Ding weg!« Sie schüttelte sich und warf sich auf ihrem Bett hin und her. »Ich kann und will es nicht sehen!« Sie begann zu toben, doch ihre Mutter kannte kein Pardon. Zwar schmerzte es sie, so mit ihrer Tochter umgehen zu müssen, aber sie sah einfach keine andere Möglichkeit.

»Und du wirst das Kreuz nehmen!«, schrie sie gegen die Stimme ihrer Tochter an. »Verdammt, du nimmst es! Ich will es so, hast du verstanden, Lilian!«

»Nein, nein ...!«, heulte sie. »Weg mit dem Kreuz! Steck es weg, ich will nicht, ich kann es nicht sehen ...«

»Doch, du musst!« Mit diesen Worten tat Virna Lancaster das einzig Richtige ihrer Meinung nach. Sie drückte die Hand vor, öffnete sie und legte das Kreuz auf die Bettdecke, genau in Höhe der Brust ihrer achtzehnjährigen Tochter.

Lilian erstarrte. Schlagartig fiel sie wieder in den Zustand der Apathie, aus dem sie der erste Anblick des Kreuzes herausgerissen hatte.

Sie sagte nichts mehr, sämtliche Energien schienen ihren Körper verlassen zu haben, sie sackte unter der Bettdecke zusammen, aber das Kreuz blieb liegen. Virna Lancaster hatte es genau in die schmale Mulde zwischen den kleinen Brüsten gelegt.

»Und da bleibt es!«, flüsterte die Frau. »Niemand wird es wegnehmen können, und wenn es jemand versucht, dann wird er sich die Finger daran verbrennen. Wie dieser verfluchte Seelensauger. Das kann ich dir schwören, mein Kind!«

Sie war wieder aufgestanden und blieb neben dem Bett.

»Geh«, flüsterte Lilian, »geh weg und nimm es mit! Es ist so schwer. Bitte, nimm es, ich will es nicht mehr!«

Mrs. Lancaster trat noch weiter zurück, damit das Bett ihren Blickwinkel voll ausfüllte. Sie hatte sich überwinden müssen. Lange Überlegungen waren dieser Tat vorausgegangen. Sie konnte ja von keinem mehr Hilfe erwarten, der Pfarrer war tot, ihr Mann befand sich auf See, und die Einwohner von South Trebone hatten Angst.

Als sie ihre Tochter mit dem gequälten Gesichtsausdruck so auf dem Bett liegen sah, schluchzte sie selbst auf, weil dieses Bild wie ein Messer in ihr Herz drang. Doch sie hatte den Weg einmal eingeschlagen und wollte ihn auch zu Ende gehen.

So war es geplant.

Minuten verstrichen. Beide rührten sich nicht. Das Mädchen lag apathisch auf dem Bett, die Mutter stand einige Schritte vom Fußende entfernt.

Etwas schreckte sie plötzlich auf und ließ sie jäh herumfahren. Das Geräusch war in der Nähe des Fensters aufgeklungen. Dort musste sich jemand aufhalten.

Der Wind säuselte in den alten Dachsparren, aber die Frau sah noch etwas anderes.

Einen Schatten!

Er schwebte hinter der Scheibe, flatterte hin und her, und sie erkannte in der Mitte des Schattens zwei rote, glühende Augen.

Der Riesenvampir war gekommen.

Mrs. Lancaster versteifte. Für wenige Sekunden rührte sie sich nicht, sondern stierte nur den Schatten an und die schrecklichen roten Augen.

Eine heftige Bewegung.

Deutlich konnte die Frau sie hinter der Scheibe erkennen, und sie zog ihren Kopf ein.

Einen Herzschlag später packte sie das nackte Entsetzen, denn das Fenster zerbarst mit einem splitternden Knall …

»Achtung, John!«

Auch Suko hatte dieses grauenhafte Wesen gesehen, das zwischen den Häusern über die Straße flog, und warnte mich deshalb. Es war nicht nötig, ich reagierte auch so.

Während sich der Inspektor um William Biggle kümmerte, hetzte ich auf den am Straßenrand parkenden Bentley zu und fand dahinter Deckung. Der Wagen war notdürftig repariert worden, nachdem bei unserem letzten Fall zwei Löwen geglaubt hatten, mit uns und ihm ihren Hunger stillen zu können. Ich erreichte den Bentley vor der Fledermaus. Natürlich hielt ich längst die Beretta in der rechten Hand, und die Mündung wies schräg über die Kühlerhaube auf die anfliegende Riesenfledermaus.

Wie ein übergroßer Flugdrachen segelte das Tier durch die Straße, die Flügel weit ausgebreitet, sodass die Spitzen fast die Hauswände berührten.

Zwischen den großen schwarzen Schatten der Schwingen glühten die kleinen, roten, gefährlichen Augen, die auf mich wie sezierende Messer wirkten.

Ich zielte genau.

Diese Vampirbrut musste man vernichten. Je weniger Diener Vampiro-del-mar besaß, umso besser war es.

Ich kam nicht zum Schuss.

Suko feuerte.

Hinter mir hörte ich den peitschenden Klang der Beretta, drehte mich hockend um und sah für einen Moment meinen Partner, der in der Haustür stand, den Arm vorgestreckt hatte und zielte.

Suko hatte gut getroffen.

Er musste zwischen die Augen gehalten haben, denn sie gerieten plötzlich in Bewegung und führten wilde, tanzende Zickzack-Kurven auf.

Der Flug wurde gestoppt.

Von nun an kämpfte der Riesenvampir mit seiner endgültigen Vernichtung.

Suko löste sich aus seiner Deckung und lief zu mir. Auch ich stand auf. Uns wurde die Riesenfledermaus nicht mehr gefährlich.

Sie fiel.

Jetzt vernahmen wir das wilde Flattern ihrer Flügel. Sie schlugen unkontrolliert.

Letzte Zuckungen, ein Zeichen, dass die Kraft das Monster verließ.

Es lag bereits am Boden. Auch ich blieb nicht mehr stehen und trat auf die Straße.

Der rote Vampir hatte sich auf die Seite gedreht und dabei eine Schwinge aufrecht gestellt, sodass sie wie eine Lanze in die Höhe stach. Der Prozess der Auflösung ließ sich nicht mehr stoppen. Ich sah, wie die Spitze des Flügels allmählich grau und bröselig wurde. Einen Augenblick später brach sie ab.

Der Staub hatte sich noch nicht am Boden abgesetzt, als die Fledermaus ebenfalls zerfiel. Dieses Riesenuntier, das eine so große Angst verbreiten konnte, hatte das Recht einer untoten Existenz verloren. Es verging.

Leichenblass war der Bürgermeister. Nachdem keine Gefahr mehr bestand, hatte er das sichere Haus verlassen. Er blieb neben mir stehen, schüttelte den Kopf und rief immer wieder aus: »Mein Gott, mein Gott, was ist da nur geschehen?«

Ich gab ihm die Antwort. »Wir haben schwarze Magie mit einer weißen bekämpft.«

»Und gewonnen«, fügte Suko hinzu, wobei er seine Beretta wegsteckte.

»Aber dass es so etwas geben kann!«, flüsterte William Biggle. Er hob die Schultern. »Unbegreiflich. Wie kommt es?«

»Darüber denken wir schon lange nach«, erwiderte ich. »Eine Antwort werden wir wohl niemals finden. Zudem gibt es Dinge, die man als Tatsachen akzeptieren und nicht länger darüber nachdenken soll. Das ist meine Ansicht.«

»Vielleicht ist es wirklich besser.« Biggle schaute die Straße hoch.

Suko und ich glaubten, seinen Blick verstanden zu haben. Er dachte an das kranke Mädchen, das unter Umständen von dem Blutsauger geholt werden könnte.

Ich nickte Suko zu. »Los, Alter, wir dürfen keine Zeit mehr verlieren. Es gibt ja noch eine Fledermaus.«

»Noch eine?« Biggle erschrak und ging unwillkürlich zurück.

Ich hatte mich längst entschlossen, ihn nicht mitzunehmen. Wir ließen uns den Weg beschreiben und starteten dann.

Der Bürgermeister aber schaute uns aus vor Angst weit aufgerissenen Augen nach und schlug hastig ein Kreuzzeichen …

Mit dem in das Zimmer fallenden Glasregen kam auch das Fauchen. Das rötlich schimmernde Untier hockte auf der Fensterbank und hatte sich dort im Holz festgekrallt. Die Haut des Untiers war nicht schwarz, wie die Frau zuerst angenommen hatte, als sie die Fledermaus vor dem Fenster sah.

Ein roter Riesenvampir!

Mit feurigen Augen!

Sie glühten wie zwei heiße Kohlestücke. Darunter befand sich ein in Relation zum Gesicht zu großes, weit geöffnetes Maul, in dem zwei lange Zähne schimmerten.

Die Vampirzähne – das Wahrzeichen dieses gefährlichen Blutsaugers.

War das der Seelen-Vampir?

Nein, auf keinen Fall. Das konnte und wollte die Frau nicht glauben. Der Seelen-Vampir sah anders aus, Zeugen hatten ihn beschrieben. Dies hier war eine andere Bestie, eine Fledermaus, ein echter Vampir, der nicht daran dachte, auf dem Fleck hocken zu bleiben, denn er hatte die großen Schwingen zusammengelegt und versuchte nun, seinen Körper durch das zerstörte Fenster zu drücken.

Virna Lancaster dachte an Flucht. Sie gestand sich ein, dass sie gegen dieses Monster im Kampf immer den Kürzeren ziehen würde. Es zu besiegen war einfach unmöglich, das schaffte sie nicht, so ein Monster würde keine Gnade kennen.

Was sollte sie tun?

Flüchten? Und was geschah dann mit Lilian, ihrer Tochter? Sie konnte sie auf keinen Fall allein lassen. Nicht, wenn diese grausame Bestie im Zimmer hockte.

Während der rote Vampir weiterhin versuchte, seinen

Körper durch die Lücke des Fensters zu zwängen, lief die Frau auf das Bett ihrer Tochter zu und hörte schon die Stimme.

»Der Meister!«, kreischte Lilian. »Der Meister kommt! Jaaa – zu mir, nimm mich, ich warte auf dich, meine Seele wartet …«

»Nein, nein! Er wird dich nicht bekommen!« Virna brüllte die Worte. Sie warf sich auf das Bett, über ihre Tochter und wusste, dass nun Sekunden zählten.

Die Decke war dünn. Virna spürte unter ihren Händen die Gestalt der Tochter, und die Matratze wurde eingedrückt. Mrs. Lancaster wollte ihre Tochter an sich reißen, das Kreuz rutschte dabei von der Decke und fiel neben dem Bett zu Boden.

Darauf achtete die Frau nicht. Sie riss den mager gewordenen Körper ihrer Tochter in die Höhe, und sie schaffte es, ihn sich über die Schulter zu wuchten.

Lilian wehrte sich. Mit beiden Händen, die sie zu Fäusten geballt hatte, schlug sie gegen den Leib der Mutter. Sie strampelte auch mit den Beinen, doch die Frau entwickelte in diesen Sekunden Riesenkräfte. Virna wuchs praktisch über sich selbst hinaus, lief zur Tür und hatte sie noch nicht erreicht, als sie ruckartig aufgestoßen wurde.

Eine unheimliche Gestalt stand auf der Schwelle.

Tarrasco, der Seelensauger!

Die vier Särge standen in einem speziell abgesicherten Raum. Der Kapitän hatte Order gegeben, dass diesen Raum niemand betreten durfte, und wie Romanescu die Mannschaft einschätzte, hielt sie sich auch daran, denn noch war er der Herr auf dem Schiff.

Zudem wussten nur wenige, dass sich in den Särgen vier Leichen befanden. Wirklich vier Leichen?

Nein, eine war nicht tot, der Biss hatte sie zu einer Untoten gemacht, zu einer Vampirin …

Und sie war erwacht.

Es war eine junge Frau. Harriet hieß sie, und sie spürte

beim Erwachen, dass etwas anderes von ihr Besitz ergriffen hatte. Sie kam sich vor, als hätte sie tief und fest geschlafen, aber ebenso stark geträumt und wäre jetzt wieder an die Oberfläche gespült worden.

Im Dunkeln blieb sie liegen.

Fugenlos schloss der Sargdeckel. Harriet wusste nicht, dass sie in einer Totenkiste lag. Und wenn, hätte sie sich deshalb nicht erschreckt, denn zu den wenigen Dingen, die Vampire lieben, gehören nun mal Särge. Es sind ihre Lieblingsaufenthaltsorte, aber wenn die Zeit reif war, dann sahen sie auch zu, dass sie die Särge oder den Sarg wieder verlassen konnten.

Noch etwas spürte die Untote.

Einen seltsamen Drang, der in ihr hochstieg und den sie zuvor nie erlebt hatte.

Die Gier nach Blut!

Sie besaß zwar nicht mehr die menschliche Vorstellungskraft, dennoch dachte sie an den kostbaren Lebenssaft, der ihr ein Weiterleben garantieren würde.

Sie wollte es, sie brauchte es!

Blut! Nur Blut …

Menschen hatten es. An sie musste sie herankommen. Harriet streckte ihre Arme, hörte das leise Knacken der Gelenke, blieb noch einen Moment ruhig liegen und lauschte dem rhythmischen Stampfen, das ebenfalls an ihre Ohren drang.

Sie konnte das Geräusch nicht einordnen, da blitzte auch nichts in ihrer Erinnerung auf, und so gelang es ihr nicht, festzustellen, dass sie auf einem Schiff lag.

Auf einem Schiff und gefangen in einem Sarg, den sie allerdings verlassen wollte.

Nachdem sie die Arme gestreckt hatte, winkelte sie beide an und reckte sie hoch.

Da spürte sie den Widerstand!

Es war das Innere des Sargdeckels, und ihn konnte sie nicht öffnen. Trotzdem gab sie nicht auf, setzte viel Kraft ein, stemmte sich gegen den Deckel, aber die Verschlüsse hielten. Die Vampirin wurde unruhig.

Sie stieß ein fauchendes Geräusch aus, abermals hob

sie die Arme, und ihre Fingernägel kratzten über die Innenseite des Deckels.

Nein, das schaffte sie nicht.

Aber sie wollte hier raus. Sie brauchte Blut, musste es haben, denn die Gier wurde immer stärker.

Und dann hörte sie ein anderes Geräusch. Ein leises Quietschen, etwas schleifte über den Boden, und ihre untoten Sinne nahmen deutlich etwas anderes wahr.

Da war jemand gekommen.

Ein Mensch.

Und das bedeutete Blut.

Nun brauchte sie nur dafür zu sorgen, dass der andere den Sarg öffnete …

Virna Lancaster sah genau die Gestalt vor sich, wie die anderen Leute im Dorf sie immer beschrieben hatten. Und die Frau mit dem jungen Mädchen auf der Schulter erstarrte vor Schreck. Sie war einfach unfähig, sich zu rühren. Ihre Blicke saugten sich an dem Unheimlichen fest, der wie ein Denkmal auf der Türschwelle stand.

Er trug tatsächlich den langen schwarzen Mantel, der vorn offen stand und seine hagere Gestalt umwehte. Der Anzug darunter war ebenfalls schwarz, das Gesicht zeigte eine ungesunde Blässe, die Lippen hatten eine fahle Farbe, und als der Seelensauger jetzt den Mund öffnete, da vernahm die Frau ein widerlich schlürfendes Geräusch.

Virna Lancaster bekam eine Gänsehaut. Ihr wurde bewusst, dass sie durch die Tür nicht mehr fliehen konnte. Sie wankte zurück, das Gewicht auf ihrer linken Schulter wurde immer schwerer, war ihr zu einer Last geworden, und Lilian hatte den Seelensauger inzwischen auch gesehen.

»Meister!«, brüllte sie in ihrem Wahn. »Meister, ich komme zu dir. Du bist da!«

Virna Lancaster gab für einen Moment nicht Acht. Eine blitzschnelle Bewegung ihrer Tochter, die Drehung nach links, und sie rutschte von der Schulter ihrer Mutter.

Sie schlug auf dem Holzboden auf, und es gab ein dumpfes Geräusch, doch das Mädchen schien keine Schmerzen zu verspüren, es warf sich herum, stemmte sich auf Hände und Knie, wobei es den Kopf hob und seinen großen Herrn und Meister anschaute.

Dann warf sie ihre Arme vor. Lilian umklammerte die Beine des Seelensaugers, der wie ein Denkmal vor ihr stand und sie überhaupt nicht beachtete, sondern über sie hinweg in das Gesicht der Mutter schaute.

Die wich zurück.

Angst hatte sie überfallen. Ein beklemmendes Gefühl war in ihr hochgestiegen, sie hörte ihr eigenes Herz laut schlagen und stieß mit den Kniekehlen gegen das Bett.

Wohin?

Da hörte sie das Klatschen.

Am Fenster war es aufgeklungen, und als sie den Kopf drehte, stellte sie mit Entsetzen fest, dass es der unheimliche Vampir geschafft hatte. Er war in das Zimmer eingedrungen.

Ihre Angst steigerte sich.

Gleichzeitig reagierte der Seelensauger. Zum ersten Mal hörte sie seine Stimme.

»Ja, meine kleine Freundin, ich bin gekommen, um dich zu holen. Du gehörst mir!« Er bückte sich und packte Lilian an beiden Handgelenken.

»Meister!«, hauchte sie. Nur allzu willig ließ sie sich von dem Seelen-Vampir in die Höhe ziehen.

Das sah auch die Mutter. Sie drehte durch, doch sie bewahrte zum Glück so weit den Überblick, dass sie auf das Bett blickte, wo das Kreuz liegen musste.

Es war verschwunden!

Eine Hoffnung zerbrach. Virna Lancaster hatte in dieses Kreuz all den Glauben hineingesetzt, der nötig war, um den schrecklichen Kräften zu widerstehen.

Vorbei!

Der Seelensauger würde es schaffen. Lilian lag über seinen Armen. Er schaute noch einmal in das Zimmer, bewegte den Mund, und abermals vernahm die Frau dieses schlürfende Geräusch.

Das war sein Zeichen.

Das Saugen …

Dann drehte er sich um und verschwand. Lilian nahm er mit. Ihre Mutter hörte noch die Stimme des Mädchens. Wie es lachte und sich freute, endlich dem Meister zu gehören.

Daran zerbrach Virna Lancaster fast. Sie hatte geglaubt, ihre Tochter retten zu können, doch sie musste erfahren, dass der andere stärker war als sie.

Zitternd stand sie auf dem Fleck. Ihr kam überhaupt nicht der Gedanke, den beiden nachzulaufen. In ihrem Kopf war nur noch Platz für das Chaos.

Tarrasco hatte noch jemanden zurückgelassen.

Den roten Vampir.

In den letzten Sekunden hatte er sich ruhig verhalten, aber sein Opfer ließ er nicht aus den Augen. Er wusste genau, dass die Frau ihm nicht entkommen konnte, da er so stand, dass er den Weg zur Tür versperrte. Die Schwingen konnte er nicht voll ausfahren, dafür war das Zimmer ein wenig zu klein, aber er konnte sich anders voranbewegen, wirklich wie ein springender roter Schatten, der sich dem Bett näherte, in dessen Nähe Virna Lancaster noch immer stand.

Die Frau erkannte es mit Schrecken. Nicht nur Lilian sollte in die Klauen der Bestien geraten, auch sie. Und ihr war klar, dass es ein Entkommen nicht mehr gab.

Sie musste kämpfen!

Der Vampir hatte sein Maul weit aufgerissen. Die gefährlichen Zähne schimmerten. Aus der Öffnung drang ein Geräusch, wie Virna es noch nie im Leben vernommen hatte.

Es war ein hohes, zischendes Fauchen, vielleicht Triumphgeschrei, sie wusste es nicht genau, aber das Biest kam näher.

Virna schaute sich um. Wohin sollte sie? Beide Fluchtwege waren ihr versperrt. Überlaut trommelte das Herz in ihrer Brust. Sie fühlte sich wie von einem unsichtbaren Ring umklammert und dachte daran, dass es nur die Angst sein konnte.

Angst vor einem schrecklichen Ende!

Virna sprang aufs Bett. Dies geschah ohne großes Überlegen, sie tat es einfach, sackte ein wenig ein und bewegte sich auf die andere Seite des Bettes zu, wo sich die Wand befand.

Der rote Vampir folgte.

Es gelang ihm sogar, sich vom Boden abzuheben, und er kam der Frau vor wie eine gewaltige Wand.

Virna schrie.

Im nächsten Augenblick war die flatternde unheimliche Gestalt bereits da.

Wie ein Unwetter kam sie über die Frau. Sie sah die hektischen Bewegungen der Flügel und spürte die Schläge, die plötzlich hart gegen ihren Körper hämmerten.

Auf dem Bett war es sowieso nicht einfach, das Gleichgewicht zu behalten, die Unterlage hatte nicht die Festigkeit. Als Virna dem Angriff ausweichen wollte, schaffte sie es nicht mehr, da sie einknickte und nach rechts zur Seite fiel.

Sie lag noch nicht, als der rote Körper sie unter sich begrub. Noch einmal stieß sie einen Schrei aus, dann blieb sie unter den Schwingen liegen ...

Wir beeilten uns!

South Trebone lag zwar nicht in absoluter Ruhe, aber Lärm herrschte dennoch nicht. Auf der Straße war kaum ein Mensch zu sehen. Nur ein alter Mann schaute uns verwundert nach, als wir an ihm vorbeihetzten.

Es dauerte nicht lange, da hatten wir unser Ziel erreicht. Die Haustür war verschlossen. Und sie sah verflixt stabil aus, sodass wir Mühe haben würden, sie aufzubrechen.

Dann hörten wir einen Schrei.

Es klang sehr dünn, aber uns war klar, dass er nicht draußen, sondern im Haus ausgestoßen worden war.

Gefahr!

»Ich versuche es an der Rückseite!«, rief ich und rannte

bereits um das schmale Gebäude herum. Ich geriet dabei in einen Garten, wühlte mich durch Beete, drückte die Zweige der Sträucher zur Seite, erreichte einen schmalen Pfad, stand in einem düsteren Garten und suchte die Rückseite des Hauses ab.

Der Garten war zwar schmal, dafür jedoch stach er tief in das Gelände hinein. Zahlreiche Bäume wuchsen dort, auch waren Beete angelegt worden und ich glaubte, zwischen den Sträuchern neben den Beeten eine huschende Gestalt zu sehen.

Als ich einige Schritte vorlief, um nachzusehen, war die Gestalt verschwunden.

Der Hintereingang. Durch einen anderen Blickwinkel konnte ich ihn sehen und erkannte die offen stehende Tür.

Sekunden später hatte ich die Schwelle hinter mir gelassen und fand eine schmale, nach oben führende Treppe. Die einzelnen Stufen bestanden aus Holz. Es dröhnte, als ich die Treppe nach oben lief.

Wieder ein Schrei!

Von oben klang er mir entgegen. Darin mischte sich ein Krachen. Suko hatte es geschafft und die Tür aufgebrochen.

Ich war oben.

In dem kleinen Flur musste ich den Kopf einziehen. Ich hätte ihn mir sonst an der Schräge einschlagen können. Eine Tür stand weit offen, sodass ich nicht nur in das Zimmer hineinschauen, sondern es auch überblicken konnte.

Da sah ich ihn!

Ein roter Vampir. Der Diener des unheimlichen Vampiro-del-mar. Er hatte seine Schwingen ausgebreitet und lag über dem Bett. Kraftvoll drückte er dabei sein Opfer nieder, von dem ich nur einen Fuß erkannte, der unter der an rötliches Leder erinnernden Haut des Blutsaugers hervorschaute.

Schießen wollte ich nicht sofort. Die Kugel konnte leicht durchschlagen und das Opfer treffen.

Also versuchte ich es anders. Mit einigen Sprüngen

erreichte ich den Blutsauger, meine Finger fanden den kleinen Kopf und zerrten ihn zurück.

Ich hatte von hinten zugegriffen, sah das Maul der Fledermaus nicht, vernahm jedoch ihr furchtbares Kreischen, dessen schrille Töne in meinen Ohren schmerzten.

Im nächsten Augenblick war es vorbei mit der roten Fledermaus.

Ich hatte nicht die Beretta genommen, sondern den Dolch. Die lange, geweihte Silberklinge fand ihr Ziel in dem weit aufgerissenen Maul der widerlichen Bestie.

Ich zog die Waffe noch einmal hoch und wollte ganz sichergehen, auch einen Erfolg erreicht zu haben.

Der Todeskampf begann. Ich sprang zurück, riss den Riesenvampir mit, um nicht Gefahr zu laufen, von den Flügelschlägen getroffen zu werden. Das konnte sehr schmerzhaft sein, und auch die Frau wollte ich aus der Gefahrenzone schaffen.

Die Bestie zerfiel unter meinem Griff. Hatte sich die Haut zuvor wie altes Leder angefühlt, so wurde sie plötzlich brüchig, und ich hielt Staub in den Händen.

Er rieselte zwischen meinen Fingern hindurch und fiel wie eine graue Fahne zu Boden.

Das wars!

Auch die anderen Reste des roten Vampirs vergingen. Einen Flügel stampfte ich noch klein und sah dabei Suko in der Tür stehen.

»Alles klar?«, fragte der Inspektor.

»Keine Ahnung. Ich weiß es noch nicht.« Ich deutete auf das Bett und ging gleichzeitig hin.

Die Frau lag auf dem Rücken. Sie zitterte am ganzen Körper. Ihr Gesicht war mit Schweiß bedeckt. Der Mund stand offen, und sie atmete schnell und hektisch.

Ich setzte mich zu ihr auf die Bettkante. Dabei stieß mein Fuß etwas zur Seite. Als ich nachschaute, sah ich das am Boden liegende Kreuz aus Holz.

Ich hob es auf und drückte es der Frau zwischen die Finger. Das war der beste Test.

Es geschah nichts. Sie zeigte keine negative Reaktion,

demnach konnte sie das Kreuz anfassen, fürchtete sich nicht davor, und sie war auch kein Vampir.

Die Fledermaus hatte es noch nicht geschafft. Wir waren gerade noch rechtzeitig aufgetaucht.

Ein Stein fiel mir vom Herzen. Dann dachte ich an das junge Mädchen. Von ihm hatte ich nichts gesehen und erinnerte mich daran, durch den Garten jemanden flüchten gesehen zu haben.

Konnte das der Vampir gewesen sein?

Eine Antwort auf die Frage musste die Frau mir geben, aber Mrs. Lancaster befand sich nicht in der Lage, zu reden. Sie warf sich von einer Seite auf die andere, schluchzte und sprach mehr zu sich selbst. Vor lauter Angst hatte sie noch nicht begriffen, dass jemand neben ihr saß. Suko war abwartend am Fußende des Betts stehen geblieben.

Dann stockte sie.

Mitten in der Bewegung hörte sie auf, blieb starr auf dem Rücken liegen und schaute mir ins Gesicht.

»Madam«, sagte ich, »beruhigen Sie sich. Es ist alles vorbei. Ich bin jetzt bei Ihnen …«

»Sie?« Dieses eine Wort dehnte sie. Und noch einmal. »Sie?« Dann ein Schrei, der aus ihrem Mund drang. Er stach mir gellend entgegen, ich zuckte unwillkürlich zurück, und die Frau richtete sich auf. Sie wollte nach mir schlagen, sie drehte durch.

Ich bekam ihre Handgelenke zu fassen, hielt sie fest, ließ sie eine Weile toben und drückte sie, als sie nicht mehr konnte, zurück. Auf dem Rücken blieb sie liegen.

Schwer atmete sie. Ich redete weiterhin auf sie ein. Meine Stimme klang leise, denn ich wollte bei ihr eine beruhigende Wirkung erzielen.

Es dauerte ein paar Minuten, bis sie sich gefasst hatte. Dann setzte sie sich auf und bat um eine Zigarette.

Ich gab sie ihr und holte einen Aschenbecher. Sie rauchte auf Lunge. Die Hände zitterten so stark, dass sie kaum den Glimmstängel halten konnten.

»Können wir reden?«, fragte ich.

Sie nickte.

»Bitte erzählen Sie genau, wie es passiert ist. Wir müssen es wissen, sonst können wir nichts unternehmen.«

Der Bericht drang stockend über ihre Lippen. Sie legte immer wieder eine Pause ein, holte Luft und sprach dann weiter. Schließlich redete sie schneller.

Suko und ich erfuhren, welch ein schreckliches Drama sich in diesem Haus abgespielt hatte.

»Tarrasco hat Ihre Tochter also mitgenommen«, stellte ich nach ihrem Bericht fest.

»Ja, Sir …«

»Können Sie sich vorstellen, wohin er sie geschleppt hat, Mrs. Lancaster?«

»Niemand kennt sein Versteck.«

»Sind es vielleicht die Höhlen?«

Sie schaute mich an. »Die an der Küste, wo sich keiner hintraut?«

»Genau, die meine ich.«

»Das kann sein, aber da kann man keinen Menschen hinschicken …«

»Wir gehen freiwillig dorthin.«

Sie blickte Suko an, dann mich. Plötzlich begann sie wieder zu weinen. »Lilian hat keine Chance mehr. Er wird ihr die Seele aussaugen. Er hält sie in seinem Bann, glauben Sie mir. Sie können nichts mehr tun, Mister.«

Verzweifelt schüttelte die Frau den Kopf.

Ich stand auf. »Man darf die Hoffnung niemals aufgeben«, erklärte ich und wusste selbst, dass es ein verdammt billiger Trost war.

Die Schritte hörten wir schon unten.

Suko huschte sofort aus dem Raum, während ich noch bei Mrs. Lancaster blieb.

Dann hörte ich den Chinesen mit einem Mann sprechen. An der Stimme erkannte ich den Bürgermeister. Wenig später betrat Suko mit William Biggle das Zimmer.

Der Bürgermeister wusste Bescheid. Suko hatte ihn informiert. »Virna«, sagte der Mann und kümmerte sich sofort um die Mutter des entführten Mädchens.

»Ich habe ihm gesagt, er soll bei ihr bleiben«, erklärte Suko.

Da hatte er genau in meinem Sinn gesprochen.

Wir hatten hier nichts mehr zu suchen. Die beiden bemerkten nicht, dass wir den Raum verließen und nach unten gingen.

Jetzt wartete der Seelensauger!

Und der hetzte durch die Nacht!

Er hatte Lilian über die Schulter geworfen. Erschöpfung wie ein normaler Mensch spürte er nicht. Er war ein Untoter, ein Geschöpf, das sich nur durch die Seelen gerade gestorbener Menschen am Leben erhielt.

Für ihn gab es keine Gefühle wie bei den Menschen. Was er tat, das tat er, um zu überleben.

Und dennoch fühlte er tief in seinem Innern die Beunruhigung. Er hatte bei seiner Flucht durch den Garten den Mann am Hintereingang gesehen, und der war ihm nicht geheuer.

Er hatte ihn zwar nicht unmittelbar bedroht, doch von ihm, dem Blondhaarigen, ging eine seltsame Aura aus, die auch dem Seelen-Vampir gefährlich werden konnte.

Er würde sich vorsehen müssen!

Das jedoch war alles zweitrangig. In diesem Moment zählte nur das Opfer über seiner Schulter.

Die Seele dieser Person würde seine Kraft noch mehr stärken. Lange hatte sie nicht mehr zu leben. Er hoffte nur, dass ihr Herz noch schlug, wenn er in seiner Höhle verschwunden war.

Tarrasco schlug den Weg zu den Klippen ein. Wege gab es hier nicht. Er musste schon quer durch die Gegend laufen, sprang über Steine, lief mal einen kleinen Abhang hoch, rutschte an der anderen Seite wieder hinunter und erreichte schließlich den Steilhang der Klippen.

Es war windiger geworden. Er spürte den Sturm, der sich gegen ihn warf und ihn zurückhalten wollte. Wenn er einen Blick nach links warf, konnte er über den Rand der Klippen schauen, sah das Meer und die helle Brandung, die sich donnernd an den Felsen und den Wänden brach, wobei hohe Gischtfontänen in die Luft geschleudert wurden und die einzelnen Tropfen wie glitzernde Perlen wirkten.

Auch die Wolken hatten dem starken Wind Tribut zahlen müssen. Sie waren weggefegt worden, sodass sich der Himmel über dem Unheimlichen leer und klar präsentierte.

Blass wirkte die Scheibe des Mondes. Wie eine helle Zitrone stand sie am Himmel.

Als Schattenriss hob die Bestie sich mit ihrem Opfer vor dem Rand der langen Klippe ab.

Kein Filmregisseur hätte eine bessere Gruselstimmung zaubern können, wie sie die Wirklichkeit brachte.

Das Heulen des Windes, das Donnern der Brandung und die Schreie des Seelen-Vampirs.

Es waren Triumphschreie, denn abermals war es ihm gelungen, ein Opfer zwischen die Klauen zu bekommen.

Etwas jedoch bereitete ihm große Sorgen. Es waren die beiden roten Vampire. Man hatte sie ihm als eine Schutzmacht überlassen. Was nutzte so eine Macht, wenn sie nicht zu sehen war?

Tarrasco zeigte sich irritiert. Die beiden hatten ihn begleiten sollen, doch sie waren nirgends zu sehen. Wenn er sich umschaute, sah er nur den düsteren Himmel und dazwischen die fahlen Fahnen des Mondlichts. Die Riesenvampire hätten sich gut abzeichnen können, aber der Himmel war leer. Wie blankgefegt.

Wo steckten sie?

Zeit, nach ihnen zu rufen oder sie zu suchen, hatte Tarrasco nicht. Er musste mit seinem Opfer in der Höhle verschwinden. Der Einstieg war gut getarnt. Er musste einen kleinen Buckel hoch, auf dem nicht nur das braune Wintergras wuchs, sondern auch sperrige Büsche, die den Eingang hervorragend tarnten.

Der Seelensauger hatte Routine. Mit sicheren Handgriffen schob er die Büsche zur Seite und sah den Einstiegsschacht vor seinen Augen. Die Leiter war vorhanden, die Öffnung groß genug, dass er bequem hindurchsteigen konnte.

Im Dunkeln kletterte er nach unten.

Nur seine Schritte waren zu hören und hin und wieder das tiefe Stöhnen seines Opfers.

Er lachte manchmal auf, wenn er an die Seele des Mädchens dachte, die er einsaugen wollte.

Dann hatte er den Grund erreicht.

Hier ließ er Lilian zu Boden gleiten, tastete sich weiter, fand das Versteck und die Fackeln.

Eine zündete er an. Es waren Pechfackeln, sie würden noch sehr lange brennen. Er hielt sie in der Hand und streckte dabei den Arm aus. Die anderen beiden Fackeln hatte er sich unter den Arm geklemmt und leuchtete mit der brennenden in die Runde.

Unheimlich war es schon, als das Spiel von Licht und Schatten durch das Gewölbe zuckte. Es breitete sich aus und traf auch die alte Treppe, die tiefer in den Untergrund hineinführte.

Lilian hockte am Boden. Sie stützte sich mit einer Hand ab, hatte ihr Gesicht dem Meister zugedreht und die Augen weit aufgerissen.

Jeder hätte erkannt, wie schlecht es ihr ging, und ein jeder hätte auch Mitleid mit ihr gehabt.

Nicht so der Vampir.

Für ihn war sie die Beute. Er trat nahe an sie heran und leuchtete. Der Schein warf ein sich bewegendes Muster auf die Gestalt, und Tarrasco streckte die Hand aus. »Komm hoch, Kleine, wir müssen weiter!«, zischte er und produzierte wieder das schlürfende Geräusch, das sich so widerwärtig anhörte.

»Ich – ich – kann nicht, Meister!« Die Stimme des Mädchens hörte sich seltsam fremd an.

Der Seelen-Vampir lachte. »Du kannst nicht? Willst du deinen Meister enttäuschen?« Er beugte sich weiter vor, die Fackel glitt tiefer, und der Schein geriet in die Nähe seines Gesichts, das er zu einer dämonischen Fratze verzerrte.

Die Worte hatten sich in Lilians Gehirn eingebrannt. Nein, sie wollte ihren Meister auf keinen Fall enttäuschen, sondern ihm alles geben, sogar ihre Seele. Er durfte auf keinen Fall böse auf sie sein. So drehte sie sich um, streckte die Arme aus, krallte ihre Hände, so gut es ging, an dem feuchten, rissigen Gestein fest und schaffte es, auf die Füße zu gelangen.

Tarrasco schaute ihr zu, wie sie schwankend dastand und nicht mehr konnte.

Trotzdem trieb er sie an. »Weiter! Wir müssen weitergehen …« Mit der freien Hand griff er in das fahle Haar des Mädchens und zog es zu sich heran.

Er stieß Lilian die Stufen hinab.

Normalerweise wäre sie längst zusammengebrochen, aber da steckte etwas in ihr, das einem Motor glich. Es war wie eine Flamme, und Lilian sagte sich, dass sie den Meister auf keinen Fall enttäuschen durfte. Er wollte ihre Seele, und die sollte er bekommen.

Gespenstisch füllte das Licht der Fackeln die unmittelbare Umgebung der beiden ungleichen Geschöpfe aus. Da tanzten die Schatten über die Wände, sie wurden zu bizarren Figuren, die durch den Gehrhythmus des Vampirs ein Auf und Ab erlebten und die Gestalt des Mädchens mit einem düsteren Schleier umgaben.

Der Seelenvampir lachte. »Gleich«, flüsterte er, »gleich sind wir da, meine Kleine.«

Da war sein Gewölbe.

Plötzlich hatte er es eilig, betrat es und schleuderte Lilian auf die stinkende Matratze des Feldbetts. Der Leichengeruch störte ihn nicht weiter, er empfand ihn nicht als schlimm. Für ihn war nur etwas anderes äußerst mysteriös.

Die Tür des Geheimgangs stand offen!

Als Tarrasco das sah, zuckte er zurück. Selbst der durch den Gang wehende Wind hatte den Verwesungsgeruch nicht vertreiben können, aber er traf die Fackel und brachte die Flamme zum Tanzen.

Sie war wie eine Fahne, drehte sich und bewegte sich von einer Seite zur anderen.

Sein Versteck war entdeckt worden. Und nicht nur das. Andere hatten auch seinen Fluchtweg erkundet.

Über sein Gesicht schien sich ein Schleier zu legen, der nicht vom Widerschein der Fackel stammte. Er drehte sich hastig um und riss die anderen Fackeln aus dem Bund der Hose, in den er sie vor seiner letzten Kletterei gesteckt hatte.

Tarrasco zündete die Pechfackeln an und steckte sie in die an den Wänden angebrachten Halter.

Jetzt wurde das Verlies von mehreren Seiten erhellt. In seinem Zentrum befand sich das Bett, auf dem still und völlig apathisch das fahlblonde Mädchen lag.

Der Vampir ging neben dem alten Feldbett in die Knie. Über sein hageres Gesicht zuckte ein Lächeln.

Die Beschwörung konnte beginnen …

Der Frachter lief mit voller Kraft in Richtung Süden. Längst stand der Kurs fest. Er führte an der französischen Küste entlang, passierte Portugal, um durch die Meerenge von Gibraltar in das Mittelmeer vorzustoßen. Sizilien sollte passiert werden, die griechischen Inseln ebenfalls. Durch den Bosporus und das Marmarameer ging es ins Schwarze Meer.

Und dort gab es einen rumänischen Hafen, der zu einer Stadt namens Constanza gehörte.

Sie war das Ziel!

Noch war es längst nicht so weit. Zwar fuhr der Frachter sehr schnell, aber der Atlantik hatte so seine Tücken. Das Schiff geriet in einen Sturm, die Geschwindigkeit musste gesenkt werden, und Kapitän Romanescu wurde es angst und bange. Er hatte den Auftrag erhalten, die Zeiten unbedingt einzuhalten, und er wollte sich nicht blamieren. Zudem hatte man ihn mit einer größeren Summe Geld geschmiert.

Im Morgengrauen, als der Sturm sich gelegt hatte, verließ er die Brücke.

Die Verantwortung dort übernahm sein Erster Offizier. Romanescu aber wollte das Schiff inspizieren. Er dachte an die vier Särge. Diese Fracht war ihm die gesamte Nacht über nicht aus dem Sinn gegangen. Auf dem Weg unter Deck traf er Lady X. Sie und Vampiro-del-mar waren in eine Gästekabine gesteckt worden und sollten sich nach Möglichkeit nicht blicken lassen. Doch Lady X hatte den Kapitän am Schritt erkannt. Sie öffnete blitzschnell die Tür.

Überrascht blieb Romanescu stehen. Er wurde blass und fühlte sich fast wie ein ertappter Dieb.

»He, Käpt'n«, sagte die Vampirin, lächelte schmal, und für Sekundenbruchteile blitzten ihre gefährlichen Hauer.

Romanescu versuchte, ein Grinsen auf sein faltiges Gesicht zu zaubern. »Schlafen Sie nicht?«, fragte er.

Da lachte die ehemalige Terroristin. »Jetzt stellen Sie sich bloß nicht dumm. Oder haben Sie davon gehört, dass Vampire unbedingt Schlaf brauchen?«

Romanescu räusperte sich. »Ja, ich – also, ich meine. Ich hörte, dass sie in Särgen ...«

»Leider haben wir davon nicht genug.«

»Weshalb haben Sie die Särge überhaupt mitgebracht?«, wollte der Kapitän wissen.

»Wir brauchen sie.«

»Und auch den Inhalt?«

»Nein. Die Leichen schenke ich Ihnen, wenn wir in Constanza sind. Sie können damit machen, was Sie wollen, mein Lieber. Alles klar?«

»Nein. Was ist mit Ihnen?«

»Wir nehmen die Särge schon mit. Keine Angst. Schließlich müssen wir von Bord.«

»Das stimmt.«

»Sonst noch etwas?«, fragte Lady X.

»Nichts mehr.«

»Dann wünsche ich Ihnen eine angenehme Ruhe, mein Lieber. Sie wollten doch schlafen?«

»Ja, ja, natürlich.«

»Und träumen Sie gut.« Ein letztes Lachen hörte der Kapitän noch, dann war die düstere Todesbotin verschwunden.

Aufatmend lehnte sich Romanescu gegen die Gangwand. Er wischte den Schweiß von der Stirn, der sich während seines Gesprächs mit der Untoten gebildet hatte. War sie misstrauisch geworden? Er wusste es nicht, aber er hatte noch einmal Glück gehabt.

Wie so oft …

Fröstelnd zog er die Schultern hoch. Seine Mundwinkel zuckten, als er weiterging und dann den Abstieg zum unteren Deck nahm. Zuvor schaute er sich um.

Niemand folgte ihm, der Gang war leer. Er blieb unbeobachtet und konnte sich seinem Ziel nähern.

Das war der Laderaum, in dem sie die vier Särge untergebracht hatten.

Zu diesem Raum war der Mannschaft für die Dauer der Reise der Zutritt verwehrt worden. Zudem war er abgeschlossen, und nur der Kapitän besaß den Schlüssel.

Er trug ihn bei sich und holte ihn aus der Tasche, als er den langen Gang zum Maschinenraum herschritt. Dabei bemühte er sich, sehr leise aufzutreten. Man brauchte ihn nicht zu sehen, die Leute würden nur dumme Fragen stellen.

In der Nähe lag der große Maschinenraum. Da das Schiff mit voller Kraft fuhr, war das Stampfen genau zu vernehmen. Ein ständiges Zittern und Vibrieren. Es hielt das gesamte Schiff erfasst. Wer den Kahn nicht kannte, hätte meinen können, dass er jeden Augenblick auseinander brechen würde.

Dem war nicht so, der Frachter würde auch noch weitere zehn Jahre halten.

Romanescu schaute sich vorsichtig um, ehe er den Schlüssel in das Schloss schob. Es war gut geölt, der Schlüssel ließ sich leicht drehen, und Sekunden später war die Tür offen.

Ein muffiger Geruch strömte dem Kapitän entgegen. Er schlüpfte durch den Spalt und hütete sich, das Licht einzuschalten. An ihrer Unterseite schloss die Tür nicht fugendicht, ein verräterischer heller Streifen wäre sonst zu sehen gewesen.

Behutsam schloss er die Tür. Eine Lampe trug er stets bei sich. Die schaltete er ein.

Der Lichtbalken stach durch die Finsternis. Er traf auf kleine Kisten und Kästen. Sie standen wohlgeordnet an den Wänden und reichten bis zur Decke.

Die Ladung war gut verschnürt und vertäut, sie würde

auch bei einem schweren Sturm kaum rutschen. Der Kapitän wusste, dass diese Kisten Medikamente enthielten, die in Rumänien nicht zu bekommen waren und aus England importiert werden mussten.

Weiter hinten, fast am Ende des Lagerraums, standen die vier schwarzen Särge.

Als der Kapitän weiterging, wurden auch sie aus der Dunkelheit gerissen, und Romanescu verspürte in der Magengegend ein leichtes Ziehen. Die Särge gefielen ihm nicht.

Auch die Farbe nicht, denn dieses Schwarz, das machte ihn unruhig und ließ Furcht in ihm hochsteigen.

Er war Rumäne, er kannte die Legenden und Sagen, die die Menschen aus den Karpaten mit in die Städte gebracht hatten. Es ging da meistens um Vampire, Werwölfe und Dämonen. Finstere Schattengestalten, die Menschen anfielen und sie zu schrecklichen Dienern machten.

Der Kapitän hatte bisher noch keinen Vampir zu Gesicht bekommen. Auch in seiner Heimat nicht, bis er Vampiro-del-mar und Lady X getroffen hatte.

Nun wusste er, dass es sie gab!

Er dachte an Weihwasser, an ein Kreuz, an Knoblauch, und er dachte an einen angespitzten Eichenpflock. Mit diesen Waffen ließen sich Vampire töten. Endgültig vernichten.

In den Särgen sollten keine Vampire liegen. Das hatte ihm Lady X zu verstehen gegeben. Aber konnte er ihrem Wort trauen? Der Kapitän fürchtete sich zwar vor ihr, dennoch keimte eine gewisse Besorgnis in ihm, denn er dachte an seine Mannschaft, für die er die Verantwortung trug.

Diese Männer sollten lebend und als normale Menschen Rumänien erreichen. Wenn er einen Vampir im Lagerraum fand, dann wollte er ihn auch vernichten.

Sich auf das Wort der Lady X zu verlassen war nicht gut. Er wollte auf Nummer Sicher gehen.

Kalt kroch es über seinen Rücken, als er sich auf die Särge zu bewegte. Nur auf Zehenspitzen ging er und sah im zitternden Lichtstrahl der Lampe unzählige Staubpartikel tanzen.

Vor den Särgen blieb er stehen. Mittlerweile hatte sich eine Staubschicht auf die Sargdeckel gelegt. Trotzdem glänzten sie irgendwie fahl, zudem rochen sie muffig.

Der Kapitän zögerte noch. Er war ein harter Geselle, das musste man sein, wenn man zur See fuhr. Aber Särge zu öffnen, war doch nicht seine Sache. Das gefiel ihm nicht so recht.

Da hörte er das Kratzen!

Ein fürchterliches Geräusch, und es war vor ihm in einem der Särge entstanden.

Da wollte jemand raus!

Also keine Leichen. Die Untote hatte den Kapitän angelogen! Diese Erkenntnis traf Romanescu sehr hart. Jegliches Blut wich aus seinem Gesicht, und er spürte das Zittern in den Knien. Mindestens einer der Särge war nicht mit einer normalen Leiche besetzt, sondern mit einem lebenden Toten.

Und das war schlimm.

Der Horror der Kapitäns steigerte sich, als er das Klopfen vernahm. Von der Innenseite her pochte jemand gegen den Sargdeckel. Ein dumpfes Geräusch erklang. Diese Bestie der Dunkelheit gab sogar noch Zeichen, sie forderte, dass man sie rausließ, und Romanescu schüttelte heftig den Kopf. Nein, das durfte er nicht, er musste jetzt den klaren Überblick behalten und vor allen Dingen die Untote in ihrer Kiste lassen.

Er hatte sich weiter konzentriert und wartete auf das neue Geräusch. Ja, das hässliche Kratzen erklang. Diesmal hielt der Mann die Gänsehaut zurück, er stellte jedoch fest, dass dieses Geräusch aus dem rechts außen stehenden Sarg drang.

Daher also!

Ein Schritt brachte ihn an den schwarzen Sarg. Dort ging er in die Knie, achtete nicht mehr auf die weiteren Laute, sondern kontrollierte die Verschlüsse.

Sie saßen fest.

Ihm fiel ein Stein vom Herzen. Als er allerdings das

irgendwie drohend klingende Lachen vernahm, da zuckte er jäh in die Höhe und torkelte zurück.

Nein, in diesem verdammten Lagerraum hielt ihn nichts mehr. Nicht alles Gold der Erde.

Er rammte hart die Tür hinter sich zu, als er aus dem Raum geflohen war. Schweratmend blieb er an der Gangwand stehen und schnappte erst einmal nach Luft.

Die beiden anderen Vampire hatten versucht, ihn zu leimen, doch er war hinter das schreckliche Geheimnis gekommen. Es befand sich noch ein dritter Blutsauger auf dem Frachter.

Nur – was hatten die beiden anderen vor?

Der Gedanke daran bereitete ihm Magendrücken ...

Sie war nicht tot! Nein, ihre Seele befand sich noch im Körper, das sah Tarrasco genau. Aber sie stand dicht davor, die Schwelle zum Jenseits zu überschreiten.

In dem alten Verlies unter der Erde hatte sich ein unheimliches Fluidum ausgebreitet. Die nackten, kahlen Wände, die flackernden Fackeln, das geheimnisvolle Spiel von Licht und Schatten, das manchmal mehr verdunkelte als erhellte, der Verwesungsgeruch und das ferne Rauschen der Brandung, das wie eine Todesmelodie den letzten Weg des Mädchens begleiten wollte.

Hier stimmte die Horror-Atmosphäre, und der Seelen-Vampir fühlte sich wohl.

Er kniete neben der alten Liegestatt. Die Geheimtür hatte er nicht wieder geschlossen. Wenn er schnell fliehen musste, dann durch diesen unheimlichen Tunnel.

Das Mädchen zitterte. Es war nicht festzustellen, ob vor Kälte oder Entkräftung. Wahrscheinlich stimmte beides. Die Augen hatte Lilian weit geöffnet. Ihre Pupillen hatten bereits ihren Glanz verloren, sie schienen ins Leere zu starren.

»Meister«, wisperte sie.

Tarrasco kicherte hohl und produzierte gleichzeitig dieses widerliche Schlürfen, eine schreckliche Vorfreude auf das neue Opfer, das bald ihm gehören sollte.

»Ich bin ja bei dir, Kleines«, sagte er. »Keine Sorge, ich bleibe in deiner Nähe ...«

»Und ich will dir meine Seele geben«, erwiderte Lilian flüsternd. »Bald, bald bekommst du sie. Ich fühle es bereits. Der Tod, dieser unheimliche Geselle nähert sich immer mehr ...«

»Ja, er wird dich packen.«

»Und dann?«

»Werde ich erstarkt sein und leben, kleine Lilian«, sagte der Seelensauger. »Erfüllt es dich nicht mit Stolz, so in den Tod gehen zu können?«

»Ja, großer Meister, ich warte darauf!«

Der Seelensauger nickte. So hatte er sich das vorgestellt, so musste es auch sein. Wenn sie tot war, würde er die Leiche ins Meer werfen. Die vorherigen vier hatten die anderen mitgenommen. Tarrasco war froh, wieder allein zu sein. Er mochte keine Konkurrenz, auch wenn sich diese Lady X sehr kooperativ gezeigt hatte. Zudem hatte man ihm zwei Leibwächter überlassen, die allerdings verschwunden waren. Er dachte auch darüber nach, was er an Informationen gegeben hatte. Viel war es nicht gewesen. Nur über Rumänien und die Familie Marek, die wohl jeder Schwarzblüter auf dem Balkan kannte.

Die Mareks waren ihnen ein Begriff! Gnadenlos ging Frantisek Marek gegen die Geschöpfe der Finsternis vor, und seinem zugespitzten Eichenpfahl war kaum jemand entkommen.

Lilians Hustenanfall unterbrach seine Gedankenkette. Er drehte ein wenig den Kopf und sah, wie ihr Körper regelrecht geschüttelt wurde. Das waren schon Krämpfe. Der schmale Rücken bog sich in die Höhe. Lilian verkrallte ihre Hände in das schmutzige Laken, der Kopf lief rot an, vor ihren Lippen sprühte heller Speichel.

Sie war fast am Ende ...

Allmählich beruhigte sie sich wieder, und der Seelensauger schaute aus seinen schwarzen Pupillen in das leichenblasse Gesicht des Mädchens. Wie er vor dem Bett hockte, hatte er in der Tat eine gewisse Ähnlichkeit mit der Filmgestalt des Grafen Dracula. Er war ebenso groß und machte einen ebenso düsteren Eindruck.

Hatte der Seelen-Vampir vorhin so schrecklich geschlürft, gab das Mädchen nun einen ähnlichen Laut von sich.

Der letzte Atemzug?

Das Gesicht des Seelensaugers nahm plötzlich einen gespannten Ausdruck an. In seinen Augen lag ein lauerndes Leuchten, in jeder Minute konnte der Tod des Mädchens eintreten und ihre Seele freigeben.

»Es – es ist so kalt«, flüsterte Lilian. »So schrecklich kalt, ich friere …«

»Keine Angst, gleich wird dir warm werden«, erwiderte der Dämon hechelnd. »Wenn der Tod kommt, wirst du nach der Kälte seine herrliche Wärme spüren, denn du wirst in mir stecken. Deine Seele gibt mir die Kraft. Es ist ein gutes Gefühl, dies einer Sterbenden sagen zu können …«

Lilian Lancaster achtete nicht mehr auf die Worte des Unheimlichen. Wahrscheinlich hatte sie die Sätze auch nicht verstanden, zu dicht sah sie das Ende vor ihren Augen.

»Die Dunkelheit«, wisperte sie mit einer Stimme, die nur mehr ein Hauch war. »Sie kommt immer näher. Sie ist wie ein Tuch. So groß, so finster. Sie wird mich fressen …«

Gebannt hörte der Vampir zu. Er lauschte und konzentrierte sich nur auf sein Opfer.

Bald würde die Seele frei sein, bald …

»Ist es noch dunkel?«, zischelte er.

»Ja, ja – so finster. Aber dahinter.« Das Mädchen atmete rasselnd. »Dahinter – ein Licht, der Himmel! Mein Gott, der Himmel ist nahe. Ich werde aufge…«

Mit einem Fluch auf den Lippen sprang Tarrasco hoch. Die Worte Himmel und Gott störten ihn sehr. Er schüttelte den Kopf, die schwarzen Haare flogen, so etwas wollte er nicht noch einmal vernehmen. Es gab für ihn keinen Himmel und auch keinen Gott. Niemals!

Noch einmal bäumte Lilian Lancaster ihren Oberkörper in die Höhe. Sie riss so weit ihren Mund auf, dass sie sich fast den Unterkiefer ausrenkte. Über ihre Lippen floss ein grauenvolles Stöhnen.

Es war so weit.

Lilian Lancaster starb!

Das wusste auch er. Tarrasco hatte seine Erfahrungen gesammelt. Er wusste genau, was er zu tun hatte.

Er hob beide Schultern. Sie wirkten wie zwei Striche. Dann winkelte er die Arme an, spreizte die Hände, sodass Spinnenfinger daraus wurden, und stieß sie wuchtig vor.

Die Finger gruben sich in den Körper des Mädchens, begannen plötzlich zu glühen, und aus dem leblosen Mund der Lilian Lancaster drang ein heller Schemen.

Die Seele!

Nun begann Tarrascos Arbeit …

Als mein Fuß das Pedal der Bremse festnagelte, da geriet der Bentley auf dem feuchten Untergrund ein wenig ins Rutschen. Ich bekam ihn jedoch gut unter Kontrolle und fing ihn sicher ab.

Wir hatten unser Ziel erreicht.

Suko war schon früher aus dem Wagen als ich. Beim Aussteigen erfasste mich der Wind, schüttelte mich durch und wühlte meine Haare durcheinander.

Hier am Rand der Klippe hatte er freie Bahn, da konnte er wehen, wie er wollte, denn kein Hindernis stellte sich ihm in den Weg. Es war eine regelrechte Bilderbuchnacht mit einem fahlen Mond am Himmel, der umrahmt wurde vom Glühen der zahlreichen Sterne. Dazu die Finsternis, die hohen Felsen, das Wüten der Brandung unten bei den Klippen, die menschenleere Weite.

Suko lief vor zum Einstieg. Er hatte seinen Blick gesenkt, suchte nach Spuren und fand auch welche.

»Hier ist er hergelaufen, John!«, meldete der Chinese.

Ich beeilte mich, zu ihm zu gelangen. Tatsächlich, auch ich sah die Spuren im Gras.

Wir fanden das Versteck. Der Seelensauger musste es eilig gehabt haben, denn einige Zweige des den Einstieg schützenden Buschwerks zeigten frische Bruchstellen.

»Den holen wir uns!«, knurrte Suko und verschwand vor meinen Augen in dem Schacht.

Zum Glück waren wir den Weg schon gegangen und kannten uns einigermaßen aus. Wir landeten abermals in dem Gewölbe, wo wir das ausgetrocknete unterirdische Flussbett sahen. Als die Steine vom Schein unserer Lampen getroffen wurden, blitzten sie an einigen Stellen auf, wo sie silbrige Metalleinschüsse zeigten.

Diesmal war ich vorgegangen. Es war natürlich riskant, die Lampen eingeschaltet zu lassen, aber noch gefährlicher wäre es für uns gewesen, im Dunkeln zu laufen, so schirmten wir die beiden hellen Kreise mit den Händen ab. Allerdings gab es noch ausreichend Licht, dass wir uns orientieren konnten.

Die Treppe lag nicht weit entfernt. Abermals standen wir davor, und wiederum überkam uns dieses seltsame, leicht beklemmende Gefühl. Die Treppe führte in das Verlies, wo sich unser Gegner aller Wahrscheinlichkeit nach aufhielt.

»Er ist da«, wisperte Suko.

Er hatte es an dem rötlichen Schein erkannt, der am Ende der Treppe aufzuckte.

Man musste schon sehr genau hinsehen, um ihn zu erkennen, aber er war vorhanden.

Beim ersten Hinabsteigen war die Treppe schon gefährlich gewesen. Diesmal mussten wir uns nicht nur vorsichtig bewegen, sondern auch noch lautlos.

Und das war gar nicht einfach.

Es vergingen Minuten. Wir lauschten, hatten unsere Ohren gespitzt und wollten mitbekommen, was in diesem schrecklichen Verlies, in dem es so nach Verwesung stank, passierte.

Stimmen hörten wir nicht, dafür Geräusche, die mich an einen Ghoul erinnerten.

Da war ein widerliches, sattes Stöhnen, begleitet von einem langen, unheimlich klingenden Schlürfen, das uns eine Gänsehaut über den Rücken jagte …

Er stand da wie ein Sieger.

Und das war er auch. Er hatte den Tod besiegt, die Seele konnte nicht mehr entweichen, denn sie war durch seine magischen Kräfte gefangen.

Noch immer hielt er die Arme ausgestreckt und seine Hände gegen den Leib der Toten gedrückt. Tarrasco schaute zwar nach unten, doch er schielte in das bleiche Gesicht und sah nur den offenen Mund, aus dem eine weiße Wolke quoll.

Die Seele!

Oder der Zweitkörper des Mädchens, denn was sonst unsichtbar war, wurde durch die Kräfte des Seelenfressers sichtbar gemacht. Die Wolke blieb nicht so, wie sie aus dem offenen Mund strömte. Sie nahm immer mehr an Größe zu, verformte und streckte sich dabei, als würden unsichtbare Hände nicht nur an ihr ziehen, sondern sie auch mit geschickten Fingern modellieren.

Ein Körper entstand.

Der Körper eines Mädchens.

Je mehr Plasma aus dem Mund quoll, umso klarer konnte der Körper die Konturen annehmen.

Es war so wie immer.

Die Doppelgestalt der Lilian Lancaster entstand, nur diesmal als feinstoffliches Wesen.

Die echte und tote Lilian lag auf dem alten Feldbett und konnte sich nicht mehr rühren. Ihr feinstofflicher Körper jedoch zitterte, als stünde er unter Strom.

Ein genaues Doppelbild des toten Mädchens schwebte neben der Leiche in der Luft.

Kein Wort wurde gesprochen. Die Hände des Seelensaugers glühten in einem dunklen Rot. Er aktivierte seine magischen Kräfte, presste die Seele aus dem Leib der Toten, damit sie in seine Fänge geriet und von ihm aufgesaugt werden konnte.

Ein gespenstisches Bild, vom Fackelschein untermalt und von den zuckenden Schatten in eine schaurige Horror-Sinfonie verwandelt.

Kein menschlicher Laut durchbrach die Stille dieses Verlieses tief unter der Erde.

Die Kälte des Todes wurde spürbar. Hier versuchte jemand, den Tod zu überwinden und ihm das zu entreißen, was ihm eigentlich nicht gehören sollte.

Der Plasmastreifen aus dem Mund des Mädchens wurde immer dünner.

Die Seele hatte den Körper des Mädchens verlassen, ihn aber genau nachgebildet und war nun greifbar für den Seelensauger.

Als Dämon brauchte er nicht zu atmen. Trotzdem sah es so aus, als würde er tief Luft holen, als er sich reckte und seine ursprüngliche Haltung aufgab.

Tarrasco löste die Hände vom Körper des toten Mädchens und richtete sich auf.

Langsam wandte er sich um.

Der Geist oder feinstoffliche Körper schwebte etwa in Brusthöhe vor ihm. Jede Gesichtsfalte war trotz der Durchlässigkeit genau zu erkennen, dieser Geist war in der Tat das genaue Abbild des echten Körpers.

Tarrasco schlich um den seltsamen Seelenkörper des Mädchens herum. Seine Schritte waren kaum zu hören, er hatte die Arme ausgestreckt, und die Hände blieben immer über dem Körper, wobei er seine Fingerspitzen leicht bewegte.

Nein, so leicht wollte er es sich nicht machen. Wenn er die Seele in sich aufnahm, bedurfte dies einer gewissen Vorbereitung. Er kostete das Vergnügen aus, denn wenn der Plasmakörper bereits im Raum stand, dann konnte ihn nichts mehr vor seinem Verzehr retten.

Das rote Glühen war von seinen Händen verschwunden. Sie sahen jetzt aus wie immer.

Bleich, spinnenartig.

Die Nägel schimmerten heller. Wenn sie vom zuckenden Feuerschein erfasst wurden, sah es so aus, als würde der Gluthauch der Hölle über sie hinwegstreifen.

Genau am Kopfende des Geistwesens verhielt er seinen Schritt. Nun kam die Labung!

Seine Schultern sackten wieder nach unten. Mit einer fast unwilligen Gebärde schleuderte er seinen dunklen Mantel zurück. Der dabei entstandene Windzug streifte die Flamme der in der Nähe brennenden Fackel und ließ sie auf und nieder tanzen.

Er war hungrig und er würde satt werden.

Ein wenig neigte er den Kopf nach vorn. In seine Augen trat ein seltsames Leuchten, vergleichbar mit einer unstillbaren Gier, die immer dann über ihn kam, wenn es so weit war.

Tarrasco öffnete den Mund. Danach verzog er so die Lippen, dass seine Wangen kleine Höhlen zeigten, als hätte jemand mit einem Finger hineingestoßen.

Das saugende Geräusch entstand wie von selbst.

Der Seelen-Vampir begann zu schlürfen.

Es musste sich für einen Menschen widerlich anhören, wie er schmatzte und saugte. Zwischen den Schlürflauten ertönte manchmal ein hohl klingendes Pfeifen, und er brachte seine gespitzten Lippen bis dicht an den Kopf des in der Luft schwebenden Plasma-Wesens heran.

Berührung!

Aus dem Schlürfen wurde ein sattes Schmatzen. Eine Kraft schien an dem Geistwesen zu zerren, der Kopf verformte sich und wurde an seiner Oberseite in die Länge gezogen, sodass er eine seltsame Form bekam. Lang, oval, einem normalen Ei ähnlich.

Ein wenig hatte der Seelen-Vampir seine Arme erhoben und sie gleichzeitig angewinkelt. Er stand da, zitterte leicht, und immer mehr verschwand von dem Kopf des körperlosen Mädchens.

Tarrasco saugte es auf.

Er machte in diesen Augenblicken seinem Namen alle Ehre, tankte durch die Seele des Mädchens neue Kraft, hatte die Augen verdreht, den Blick dabei gesenkt und sah zu, wie immer mehr des Plasmastoffes in seinem Mund verschwand.

Begleitet wurde dieser Vorgang von dem widerlichen Schlürfen und Schmatzen, das auch die Ghouls bei ihrer Nahrungsaufnahme von sich gaben.

Der Seelenvampir gab keine Ruhe. Noch immer hing er mit seinem Mund an dem Geistkörper fest, der bereits zur Hälfte in seinem Körper verschwunden war.

Es war ein schreckliches Bild. Schon allein die Tatsache an sich war grauenhaft, sie wurde zusätzlich noch von dem zuckenden Schein der Fackeln untermalt und erhielt einen noch schaurigeren Anstrich.

Der Seelensauger war in seinem Element. Noch schneller, hastiger und gieriger wurde er. Dabei spürte er, dass sich in seinem untoten Körper eine Veränderung anbahnte. Es war wie ein Strom, der von der Geistgestalt auf ihn überfloss.

Er füllte ihn völlig aus. In den Füßen spürte er ihn bereits, der Strom wanderte höher und veränderte sich zu einem Bündel an gewaltiger Kraft.

Ein röhrender Schrei verließ den Mund des Seelensaugers, und mit einem gewaltigen Schluck, begleitet von einem widerlichen Schmatzen und Keuchen, saugte er die Seele des Mädchens restlos in sich auf.

Er war gesättigt.

Sein schwerer Oberkörper senkte sich nach vorn. Der Kopf pendelte, die Lippen bewegten sich noch, und ein hohles Pfeifen zischte daraus hervor.

So viel Kraft ihm das Saugen der Seele auch gegeben hatte, es war doch sehr anstrengend gewesen.

Aber er fühlte sich besser – viel besser.

Und er hob den Kopf.

Im selben Augenblick schien sein Körper zu Eis zu werden, denn zwei Gestalten standen an der Treppe.

Zwei Männer!

Einer von ihnen hielt eine seltsame Peitsche in der linken und eine Pistole in der rechten Hand.

Der andere, der Größere mit den blonden Haaren und den jetzt kalt blickenden Augen, trug keine Pistole. Dafür jedoch einen Gegenstand, der schlimmer sein konnte als ein Schießeisen.

Es war ein silbernes Kreuz!

Wie das Zeichen des Todes ragte es aus der Faust des Geisterjägers John Sinclair …

Es war nicht einfach, in diesen Augenblicken die Gefühle zu beschreiben, die mich durchtosten.

Wir hatten alles eingesetzt und es doch nicht geschafft.

Wir waren zu spät gekommen.

Ein Blick auf Lilian Lancaster reichte, um zu erkennen, dass eine Tote auf dem schmutzigen Laken des Feldbetts lag. Wir waren tatsächlich lautlos die Treppe hinuntergestiegen und hatten noch gesehen, wie Tarrasco saugte.

Sicher, wir hätten schießen oder ihn anders erledigen können, aber es standen zu viele Fragen offen. Fragen, auf die wir von dem Seelensauger eine Antwort wollten.

Zum ersten Mal sahen Suko und ich ihn aus der Nähe. In diesem unheimlichen Verlies wirkte er wie eine klassische Figur aus einem Horrorfilm. Da war das bleiche Gesicht, der lange Mantel, der offen über seinen Rücken wehte, dann die ebenfalls dunkle Kleidung darunter und der hohe Schalkragen des Mantels, der mit rotem Stoff gefüttert war.

Dieser Tarrasco hatte in der Tat viel von einem Vampir. Er war jedoch keiner im landläufigen Sinne, sondern ein Seelensauger. Er saugte zwar auch, doch er ernährte sich nicht vom Blut anderer, er nahm ihnen die Seele.

In mir kochte es. Ich hatte Mühe, mich zu beherrschen. Hinter der Gestalt erkannte ich den offenen Durchgang zum Meer, den wir auch schon einmal benutzt hatten.

Tarrasco musste von unserem Auftauchen überrascht gewesen sein, denn ich sah das Staunen auf seinem Gesicht und gleichzeitig auch die Angst. Darüber lächelte ich hart, denn ich kannte sehr wohl den Grund für dieses Gefühl.

Es war mein geweihtes Silberkreuz. Uralt schon, erschaffen von dem großen Propheten Hesekiel während seiner babylonischen Gefangenschaft.

Der Seelensauger stöhnte.

Sein Gesicht verzerrte sich. Unter seiner dünnen, bleich schimmernden Haut zuckte es, und als ich einen Schritt vorging, da wich er zurück.

»Bleib stehen, Dämon!« Meine Stimme donnerte ihm entgegen.

Er gehorchte tatsächlich, warf aber noch einen schiefen Blick auf den Tunneleingang.

Das war sein Fluchtweg. Auch Suko hatte den Blick bemerkt. Er reagierte entsprechend, setzte sich in Bewegung, huschte an dem Seelen-Vampir vorbei und nahm dicht neben dem Tunneleingang Aufstellung. Jetzt hatten wir ihn in der Zange.

»Du hast sie getötet«, sagte ich anklagend. »Du hast einem jungen Menschen, der noch am Anfang seines Lebens stand, die Seele geraubt, hast ihn durch deine unheimliche Macht krank werden lassen, aber ich schwöre dir, Dämon, es war die letzte Tat in deinem unseligen Leben. Dein Terror wird gebrochen!«

»Ich – ich«, ächzte er, »ich brauche sie. Ich brauche Seelen, um leben zu können.«

»Nein, du hast kein Recht darauf. Nicht auf dieser Welt. Du wirst im Zeichen meines magischen Kreuzes sterben, vergehen, zerfallen und zu Staub werden.«

Er riss seine Augen weit auf. »Das – das Kreuz«, flüsterte er. »Woher hast du es? Ich …«

»Kennst du das Kreuz?«

Zuerst sah es so aus, als wollte er mir keine Antwort geben. Er starrte mich und das Kruzifix an, dann nickte er heftig. »Ja, ich habe davon gehört. Damals, vor langer Zeit …«

»Wo war das?«

»In meiner Heimat – Rumänien. Man hat davon gesprochen. Es sollte in einem alten Kloster liegen. Viele Dämonen wussten es, und jeder wünschte sich, dass es vernichtet wurde.«

»Es ist aber nicht vernichtet worden. Ich bin sein Erbe, ich, der Sohn des Lichts!«

»Dann hast du es bekommen?«

»Ja, ich habe es. Aber weißt du mehr über mein Kreuz?«

»Nein, nein!« Er schrie die Worte fast. »Man flüsterte nur davon.« Seine Hände bewegten sich. »Jeder hatte Angst davor …«

Auf jeden Fall log der Seelensauger nicht. In der Tat

hatte mein Kreuz seit seiner Entstehung eine wahre Odyssee hinter sich. Die einzelnen Stationen kannte ich nicht. Vielleicht wurde ich mal wieder in die Vergangenheit verschlagen und erfuhr dann, wo mein Kreuz nach seiner Entstehung noch überall war. Allerdings wusste ich, dass es sich in einem rumänischen Kloster befunden hatte, bevor das Kloster abgebrannt wurde und das Kreuz in die Hand einer anderen Familie geriet, die es wie ihren Augapfel hütete. Das alles war mir noch zu allgemein. Irgendwann würde ich mehr erfahren.

»Und du bist aus Rumänien geflohen?«, fragte ich.

»Ja, ich kam weg.«

»Weshalb?«

»Ich hatte nicht nur Freunde, auch Feinde.«

»Wie das Kreuz.«

Er schüttelte den Kopf. »Das lag versteckt. Es waren die eigenen Schwarzblüter, die mich aus meiner Heimat trieben, weil ich nicht zu ihnen passte.«

»Das verstehe ich nicht.« Es war eine Lüge, aber ich wollte den sowieso schon redseligen Seelen-Vampir weiter aus seiner Reserve locken.

»Die Mareks gab es schon«, sagte er plötzlich.

Das war wieder ein Stichwort. Ich kannte die Mareks. Vor allen Dingen Frantisek Marek, den Pfähler. Er war mir ein Freund geworden, denn wir beide wollten das Gleiche. Seit Hunderten von Jahren lebte die Familie Marek in Rumänien und seit Hunderten von Jahren jagte sie Dämonen, vor allen Dingen Vampire.

»Was haben die Mareks mit dir zu tun?«, wollte ich von ihm wissen.

»Nichts Direktes.«

»Dann erzähle das Indirekte.«

»Lässt du mich frei?«

»Damit du noch mehr Seelen saugen kannst?«

Sein Gesicht nahm einen verschlagenen Ausdruck an. »Was sind die paar Seelen im Vergleich zu denen, die du durch meine Aussagen noch alle retten kannst.«

»Mit Dämonen lasse ich mich nicht auf krumme Geschäfte ein.«

Suko dachte ebenso. Nur reagierte er anders.

Tarrasco konnte nicht sehen, wie Suko seinen rechten Arm bewegte. Die Dämonenpeitsche bewegte sich mit, aber die drei Riemen wickelten sich nicht um die Gestalt des Seelensaugers, sondern klatschten dicht neben ihm auf den Fels. Das Geräusch überraschte Tarrasco. Hastig sprang er zur Seite, schaute auf Suko und sah dessen Nicken.

»Der nächste Schlag sitzt und zerstört dich«, versprach mein Partner.

Plötzlich wurde Tarrasco klein. Seine Wangen zuckten. Er hatte wohl eingesehen, dass es für ihn keine Chance gab. Nicht auf diese Art und Weise. Uns gegeneinander auszuspielen würde ihm niemals gelingen. Er versuchte sogar ein Lächeln, was allerdings ziemlich misslang.

Suko unterstrich seine Drohung dadurch, dass er hinter den Dämon trat und ihm seine Silberkugel-Beretta gegen den Nacken drückte. »Was glaubst du, mit was ich sie geladen habe?«, fragte der Chinese zischend. »Geweihte Kugeln, und die sind nicht nur für normale Vampire tödlich, auch für dich, mein lieber Tarrasco.«

»Er wird bestimmt reden«, sagte ich und lächelte dabei eisig.

Tarrasco war zusammengezuckt. Er machte jetzt einen ängstlichen Eindruck. Von seiner imponierenden Größe war nicht mehr viel geblieben.

»Nun?«, fragte ich. »Wie war das denn mit der Familie Marek?«

»Sag ihm, er soll zurückgehen!« Die Berührung der Waffe passte dem Seelensauger nicht.

Irgendwie konnte ich das verstehen und gab Suko ein Zeichen mit dem Kopf. Zudem hatte mich der Dämon neugierig gemacht. Ich hatte plötzlich das Gefühl, dass dieser Fall noch längst nicht beendet war und wir jetzt die Chance hatten, den Anfang des roten Fadens in die Hand zu bekommen. Zudem spukten da sicherlich noch Lady X und Vampiro-del-mar herum.

Als Suko die Waffe zurückgezogen hatte, begann Tarrasco wieder zu reden. »Ich bin nicht nur vor Marek zurückgewichen, sondern auch vor einem anderen. Baron Frederick von Leppe!«

Ein neuer Name. Ich hatte ihn nie gehört. Irgendwie musste er mit den Mareks zusammenhängen.

»Wer war das?«

»Ein alter Baron und Vampir. Er lebte wie einst Dracula auf einem großen Schloss in Rumänien. Von Leppe wurde gejagt. Die Mareks hatten ihn aufs Korn genommen. Ich aber war in sein Gebiet eingedrungen, um mir die Seelen zu holen. Das wollte von Leppe nicht. Der Baron riet mir, zu fliehen. Ich konnte nicht anders und musste weg. Ja, ich floh, verkroch mich auf einem Schiff und kam nach England. In diesem Teil des Landes baute ich mir eine neue Existenz auf. Hier begann ich das fortzuführen, was ich in Rumänien angefangen hatte. Ich holte mir die Seelen, ich brauchte sie, um existieren zu können.«

»Und Baron von Leppe?«

»Ich weiß nicht, was mit ihm geschehen ist.«

»Dann kann er noch leben?«

»Ja. Obwohl ich nicht so recht daran glauben will. Den Mareks ist so leicht keiner entkommen.«

»Gut, Tarrasco, das war die eine Seite. Es gibt aber noch eine andere. Wie war das mit Lady X und Vampiro-del-mar?«

»Wieso?«

»Keine Lügen«, sagte ich scharf. »Ich weiß, dass sie bei dir gewesen sein müssen. Ich habe die roten Vampire gesehen. Mein Freund und ich haben sie vernichtet. Und sie kommen nicht von allein herbeigeflogen. Dahinter muss irgendetwas stecken. Wahrscheinlich Lady X und Vampiro-del-mar. Keine Lügen jetzt.«

»Sie waren hier!«

Da hatten wir die Bestätigung. »Und was wollten sie von dir, Tarrasco?«

»Informationen. Ich sollte ihnen alles sagen.«

»Worüber?«

»Über meine Heimat.«

»Rumänien?«, fragte ich überrascht.

»So ist es. Sie wollten über Rumänien alles wissen und

auch über die Mareks. Vor allen Dingen der weibliche Vampir. Er brauchte meine Informationen.«

»Wollten sie hin?«

»Sicher.«

Das war eine Überraschung. Als ich Suko kurz anschaute, entdeckte ich, dass auch ihn die Worte des Seelensaugers konsterniert hatten. Es eröffneten sich plötzlich neue Dimensionen. Lady X, Rumänien, das klassische Vampirland, und vielleicht auch Frantisek Marek.

Konnte und würde es zu einer Begegnung zwischen Lady X, Vampiro-del-mar und ihm kommen?

Das war die Frage, und ich versuchte, es herauszufinden. »Hast du ihnen auch von Marek, dem Pfähler, berichtet?«

»Das musste ich.«

Nun war uns einiges klar. Ich überlegte bereits, was es zu tun gab. Es würde keine leichte Aufgabe werden, das schon einmal vorweggenommen. Die Aktivitäten der Lady X hatten sich verstärkt. Sie versuchte alles, um die Macht zu gewinnen. Da stand sie Lupina, der Königin der Wölfe, in nichts nach. Gerade von ihr hatten wir in letzter Zeit Schreckliches vernommen und Schreckliches verhindert, als sie, zusammen mit ihrem Sohn, versuchte, in die Gemächer der Queen einzudringen. In Augenblicken wie diesen wurde uns klar, dass wir einen Kampf an mehreren Fronten führten. Eine Front zeichnete sich plötzlich in Rumänien ab.

»Was hat Lady X vor?« Diesmal stellte Suko die Frage.

»Ich kann es nicht sagen.«

»Willst du es nicht?«

»Nein, nein. Ich kann es nicht. Wirklich nicht. Sie hat mir nichts erzählt.« Der Seelensauger hob die Schultern und drehte sich gleichzeitig zu Suko um. Er wollte durch seine Gestik und Gebärden demonstrieren, dass er nichts wusste.

So jedenfalls dachten wir.

Aber er legte uns rein.

Ich war nicht mehr so wachsam, Suko ebenfalls nicht.

Und Tarrasco besaß Kraft. Er hatte eine frische Seele aufgesogen, nutzte seine Chance und schlug Sukos Waffenarm zur Seite.

Der Hieb war blitzschnell geführt worden, und ebenso schnell huschte Tarrasco an dem Chinesen vorbei.

Bevor wir reagierten, war er innerhalb des Tunnels verschwunden.

Dann jedoch gab es für uns kein Halten mehr!

Kapitän Romanescu schlich wie ein Dieb durch sein eigenes Schiff. Er hatte nach der Entdeckung so gut wie nicht geschlafen und war den Tag über ruhelos durch das Schiff gewandert, ohne allerdings seine unfreiwilligen Passagiere zu Gesicht zu bekommen. Vielleicht warteten sie auch nur die Dunkelheit ab.

Der Kapitän wusste nicht, was er noch alles tun sollte. Er überlegte hin und her. Das schaurige Geheimnis hatte er nun gelüftet. Er wusste, dass nicht in allen vier Särgen Leichen lagen. In einem zumindest lag ein lebender Toter, wahrscheinlich ein Vampir, auch wenn Romanescu ihn noch nicht gesehen hatte.

Er hockte sich schließlich in seine Kabine und dachte nach. Vor allen Dingen drehten sich seine Gedanken um die Mannschaft. Die Reise nach Rumänien würde noch einige Tage dauern, und auf der Fahrt konnte sehr viel passieren. Wer gab ihm denn die Gewissheit, dass die Blutsauger nicht plötzlich durchdrehten, weil sie es sich anders überlegt hatten?

Die Frau und das Monster vielleicht nicht, aber das andere Wesen in dem Sarg. Es war durchaus möglich, dass es sich befreite. Man sagte den Vampiren schreckliche Kräfte nach, so konnte es ihnen auch gelingen, den Sargdeckel zu sprengen.

Was war zu tun?

Für Romanescu gab es nur eine Alternative. Man musste den Blutsauger vernichten!

Als er sich zu diesem Entschluss durchgerungen hatte, da erhob er sich ruckartig. Ein harter Zug stand in seinem

Gesicht. Er war kein Waisenknabe und für zusätzliche Geschäfte immer zugänglich, aber Vampire an Bord, nein, das durfte er auf keinen Fall zulassen.

Er überlegte, mit welchen Waffen man diese Blutsauger töten konnte. Viel kam da nicht zusammen, was ihm zur Verfügung stand. Da war erst einmal eine Pistole mit Silberkugeln, die er nicht hatte. Ebenso wenig einen Eichenpflock oder Weihwasser. Auch kein Kreuz, aber es gab noch etwas anderes!

Knoblauch!

Romanescu grinste hart, als er daran dachte. Plötzlich hatte er es eilig, die Kabine zu verlassen. Sein Weg führte ihn dorthin, wo die Kombüse lag.

Ein italienischer Koch wirbelte dort. Gino war ein Meister seines Fachs. Er verstand es, aus wenigen Zutaten die besten Gerichte zu zaubern, und in die Kombüse ließ er außer dem Kapitän und dem Ersten Offizier keinen rein.

Romanescu ließ sich auch nur wenig bei seinem Koch blicken. Es war immer eine Überraschung, wenn er auftauchte. Als er plötzlich auf der Schwelle stand, da schreckte der Koch zusammen und schleuderte sein Pornoheft, in dem er gelesen hatte, zur Seite.

»Bleiben Sie ruhig sitzen«, sagte der Kapitän. »Ich suche nur etwas.«

»Und was, Sir?« Gino sagte immer Sir, obwohl er Italiener war.

»Knoblauch.«

Der Koch begann zu grinsen. »Wirklich Knoblauch, Sir?«

»Ja.«

»Moment.« Gino drehte sich um und holte eine Dose aus dem Schrank hervor. Er reichte sie dem Kapitän, der allerdings schüttelte den Kopf. »Nein, nicht so etwas.«

»Was dann?«

»Haben Sie keine ganzen Zwiebeln?«

»Ja, sicher, als Dekoration.«

»Dann geben Sie mir die Dekoration. Das ist doch völlig normaler Knoblauch – oder?«

»Klar, Sir.« Der Koch bückte sich und öffnete eine Tür am Unterteil des eingebauten Schranks. Er wühlte zwischen Töpfen und Pfannen herum, fluchte ein paar Mal und lachte meckernd auf, als er die lange Staude gefunden hatte und sie triumphierend in die Höhe hielt. »Das ist sie, Sir«, sagte er, »wollen Sie auf Vampirjagd gehen?«

»Natürlich.«

Gino wollte sich über den Witz totlachen, verstummte jedoch, als er die ernste Miene des Kapitäns sah. »Schon gut, Sir, schon gut. Ich meinte ja nur.«

Ohne ein weiteres Wort zu verlieren, machte Romanescu kehrt und verließ die Kombüse. Zurück blieb ein ziemlich erstaunter Koch, der über Vampire nachdachte und hastig ein Kreuzzeichen schlug.

Der Kapitän aber steuerte den Laderaum an, in dem die vier Särge standen.

Er hatte ein schlechtes Gewissen, trotz seines guten Vorhabens, denn er kam sich auf seinem eigenen Schiff wie ein Fremder vor. Von unsichtbaren Feinden fühlte er sich umgeben, eingekreist und eingekesselt, und er schaute sich immer vorsichtig um, ob nicht die Untote hinter ihm stand.

Romanescu sah sie nicht. Unangefochten erreichte er sein Ziel. Vor der Tür zum Lagerraum blieb er erst einmal stehen. Dabei zog er seinen Kopf ein, und eine Gänsehaut lief über seinen Rücken. Die Knoblauchstaude hielt er in der rechten Hand. Sie setzte sich aus zahlreichen Knollen zusammen. Wie eine Kette reihten sie sich aneinander. Damit musste der Vampir doch zu töten sein!

Er schloss auf.

Stille wie in einem Grab herrschte innerhalb des Laderaums. Kein Kratzen oder Stöhnen wie bei seinem ersten Besuch war zu vernehmen, denn die Toten redeten nicht.

Bevor Romanescu weiterging, drückte er die Tür sacht ins Schloss. Niemand sollte ihn sehen.

Er hatte eine Lampe mitgenommen. Die Taschenlampe war sehr lichtstark. Sie würde ausreichen, um den Lagerraum für seine Zwecke auszuleuchten.

Er schaltete sie ein.

Der helle, breite Finger fand seinen Weg durch die Dunkelheit, schnitt einen Tunnel, in dem der Staub tanzte, und Romanescu sah die vier Särge.

Sie standen exakt nebeneinander. Ein schauriger Anblick, der ihm eine Gänsehaut über den Körper trieb.

Ein Zurück gab es für ihn nicht.

Mit zielstrebigen Schritten näherte er sich den vier Totenkisten und legte seine Lampe so auf einen nicht weit entfernt stehenden Karton hin, dass der Strahl die vier Särge traf.

Seine Lippen bildeten nur einen Strich, als er sich bückte und nach den Verschlüssen schaute.

Sie waren noch immer zu.

Er wusste aber, wie er sie zu öffnen hatte. Mit einer Hand machte er dies, denn in der anderen behielt er die Knoblauchstaude.

Dann war der Sarg offen.

Im nächsten Augenblick wurde der Kapitän überrascht, denn von innen drückte etwas gegen den Deckel und schleuderte das schwere Ding förmlich in die Höhe.

Romanescu wich zurück. Trotzdem wurde er gestreift, spürte den Aufprall an der Hüfte und sah aus der offenen Totenkiste eine weibliche Gestalt in die Höhe schnellen.

Eine junge Frau noch, aber mit den vorstehenden, spitzen Zähnen eines Blutsaugers bestückt …

Tarrasco hatte uns tatsächlich geleimt. Das ärgerte mich maßlos. Wie ein Schatten war er in dem Gang verschwunden, und nicht nur das. Er verschwand aus unserem Blickfeld.

Der Gang führte zum Meer. Er endete dort, wo an den Felsen die Brandung gebrochen wurde, in einem Wirrwarr aus gewaltigen Steinen.

Dort gab es Verstecke, die der Dämon auf keinen Fall erreichen sollte.

Suko, der näher zum Gang hin gestanden hatte, war der Erste, der eintauchte. Er hatte mir gegenüber einen Vorteil, aber er konnte nicht schießen, da der Tunnel nicht gerade verlief, sondern einen leichten Knick aufwies, und den hatte Tarrasco bereits hinter sich gelassen, sodass er unseren Blicken entzogen war.

Ich sprang über herumliegende Steine, achtete darauf, nicht zu stolpern, und sah vor mir Sukos Rücken.

Der Tunnel war nicht sehr lang, uns aber kam er lang vor, und wir atmeten beide auf, als wir ihn hinter uns gelassen hatten und endlich im Freien standen.

Wo steckte Tarrasco?

Suko war stehen geblieben. Wie auch ich schaute er auf das Wasser und die vor uns liegenden Felsen, die aus dem Meer wie kleine, dunkle Buckel ragten.

Irgendwo dazwischen hatte der Seelensauger seine Deckung gefunden, was uns überhaupt nicht gefiel.

»Der leimt uns noch«, sagte Suko voller Wut.

Nein, denn ich hatte ihn gesehen. Links von uns lief er parallel zu der sich neben ihm hochtürmenden Steinwand. Er befand sich zwischen Brandung und Wand, wollte auf keinen Fall hinaus aufs Meer. Vielleicht war das Wasser zu gefährlich.

Sein langer Mantel wehte. Er wurde vom Wind erfasst und hinter seinem Rücken wie ein schwarzer Schleier in die Höhe gehoben.

Schnell konnte er auch nicht laufen, es lagen einfach zu viele Hindernisse auf dem Boden.

»Den kaufen wir uns!«

Wir hatten längst die Verfolgung aufgenommen, als Suko das sagte. Und er war es auch, der schoss.

Suko hatte gut gezielt. Nur knapp jaulte das geweihte Silbergeschoss an Tarrascos Kopf vorbei und klatschte gegen die Felswand links neben ihm. Er duckte sich, geriet aus dem Laufrhythmus, und wir holten auf.

»Stehen bleiben!«, brüllte ich gegen das Donnern der Brandung an.

Der Seelen-Vampir hörte nicht oder wollte nicht hören. Er musste nur weg und tat etwas, was wir beide nicht für möglich gehalten hätten. Er änderte die Richtung radikal. Im spitzen Winkel huschte er nach rechts weg, auf das Wasser zu.

»Der ist verrückt«, sagte Suko.

Das war er in der Tat. Oder aber die Panik veranlasste ihn dazu, denn wir hatten ihn ziemlich in die Enge getrieben. Bevor wir ihm den Weg abschneiden konnten, hüpfte er bereits von Felsen zu Felsen. Er ruderte mit den Armen und versuchte so, sein Gleichgewicht zu halten.

Dann rauschte eine Welle heran.

Mächtig war sie von der Brandung erfasst worden und wurde gegen die Felsen geschleudert. Ein Vorhang aus Gischt wirbelte hoch, die Wasserkraft schleuderte ihn auf den Vampir zu, der sich vorkommen musste wie unter einer Dusche.

Nein, er hatte keine Chance mehr und würde uns nicht entwischen.

Wegen der Dunkelheit sahen wir ihn nur schattenhaft. Er stand inmitten des Sprühs, wirbelte mit seinen Armen und war auf einmal verschwunden. Auch ich sackte ein, als ich in eine Spalte trat, die plötzlich mit Wasser ausgefüllt wurde.

Suko huschte an mir vorbei, kletterte auf einen besonders hoch aus dem Wasser ragenden Felsen und schaute sich um.

Er hatte so lange Zeit, bis die nächste Welle anrollte, und diese Spanne nutzte er.

»Da steckt Tarrasco!« Suko deutete von mir aus gesehen nach rechts. Ich brauchte den Felsen erst nicht zu erklettern, sondern sah auch von meinem Standort aus, wo sich der Vampir aufhielt. Er war durch die anrollende Welle von seiner festen Unterlage gespült worden und lag unglücklich eingeklemmt zwischen zwei Felsen.

Die Arme ragten aus dem Wasser. Beide Hände hielt er rechts und links in das Gestein gekrallt, und so versuchte er, sich aus dem Wasser zu ziehen, bevor die nächste Welle anrollte.

Vampire vertragen fließendes Wasser nicht. War es bei ihm auch so?

Die nächste Welle!

Sie donnerte gegen die weit ins Wasser geschobenen Felsen, wurde gebrochen und fand trotzdem noch ihren

Weg. Das meiste Gestein wurde überspült. Helle Schaumstreifen wirbelten und schäumten herbei. Sie erfassten alles.

Auch den Seelensauger.

In seiner Felsspalte, die von der heranrollenden Welle überschwemmt wurde, war er plötzlich nicht mehr zu sehen.

Auch ich kam nicht schnell genug weg und wurde von dem Wasser erfasst, obwohl ich schon dorthin sprang, wo der Vampir lag. Die auslaufende Welle hatte noch Kraft, obwohl sie mir nur bis zum Knie reichte. Fast hätte sie mich umgerissen. Sekundenlang war mir die Sicht durch den Gischtvorhang genommen.

Als ich wieder den Durchblick hatte, erkannte ich auch den Seelen-Vampir. Er klemmte noch in der Spalte zwischen den Felsen, hatte seinen Kopf erhoben, sodass ich in das Gesicht schauen konnte.

Es war verzerrt.

Tarrasco musste Todesängste durchstehen, und das Wasser war dabei, den Seelen-Vampir zu zerstören.

Die Haare schwemmte es bereits weg, sodass eine grau schimmernde Kopfhaut zum Vorschein kam.

Er würde noch nicht sterben. Vielleicht dauerte es eine Stunde, bis das fließende Wasser ihn zerstörte.

Ich ging in die Knie. Unsere Blicke trafen sich. Er verzerrte sein Gesicht, wobei ich erkannte, dass die Haut auf seiner Stirn einen weißlichen Schimmer angenommen hatte und sich bestimmt bald lösen würde.

»Da kommt die nächste Welle!«, rief Suko.

Die wollte ich nicht mehr erwarten, sondern dem Seelensauger die anderen Qualen ersparen. Er hatte uns schließlich auf die Spur nach Rumänien gebracht.

Ich nahm mein Kreuz.

Als er sah, dass sich meine Hand mit dem Kruzifix seinem Gesicht näherte, da drehte er fast durch und begann gellend zu schreien.

»Neiiinnnn!« Furchtbar war dieser Ruf, und er verstummte erst, als ich das Kreuz gegen sein Gesicht presste.

Da erfasste uns die Welle.

Ich musste mich festklammern, um nicht umgerissen zu werden.

Die Welle lief ab, Suko stand plötzlich neben mir und starrte zusammen mit mir auf das, was von Tarrasco zurückgeblieben war.

Nicht viel …

Fragmente eines Schädels, widerlich anzusehen. Knochen und eine gallertartige Masse dazwischen.

»Das wars wohl«, meinte Suko.

Nein, es war noch nicht alles, denn einen Augenblick später lösten sich die Schemen aus dem vergehenden Körper des Seelen-Vampirs. Helle, flatternde Streifen, die ihren Weg in Richtung Himmel suchten und für uns nur kurz zu sehen waren, bevor sie sich auflösten.

Jetzt waren auch die Seelen seiner Opfer erlöst und konnten ihre ewige Ruhe finden.

Ich stand auf.

Nass bis auf die Haut war ich und merkte erst jetzt, wie schneidend der Wind war.

Suko grinste. »Bevor wir oben sind, bist du wieder getrocknet, Alter. Los komm!«

Der Vorschlag war gut. Hier hatten wir nichts mehr verloren. Cornwall konnten wir vorerst vergessen, den Fall allerdings nicht, denn Rumänien, das Land der Vampire, wartete auf uns.

Und auch Marek, der Pfähler …

Verdammt und begraben

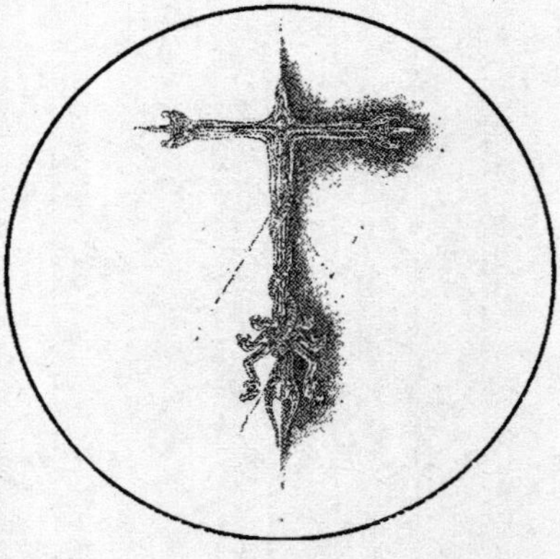

Kapitän Romanescu taumelte zurück, als ihn die Kante des schweren Sargdeckels an der Hüfte traf. Er spürte den stechenden Schmerz am Knochen, ignorierte ihn jedoch, denn er musste sich auf das konzentrieren, was vor ihm geschah. Und das war schrecklich genug.

Aus dem offenen Sarg stieg eine Gestalt. Eine Frau, fast noch ein Mädchen, dazu unbekleidet. Sie hatte dunkelblondes Haar, das den Beginn einer Verfilzung zeigte und in mehreren langen Strähnen zu beiden Seiten ihres Gesichts herabhing.

Eine Nackte in einem Sarg!

Allein das war schon ungewöhnlich und hätte auch den abgebrühtesten Frauenhelden erschreckt. Noch schlimmer war das Gesicht der jungen Frau, besonders der Mund, denn als sie ihn öffnete, sah der Kapitän die beiden langen, spitzen Zähne, die aus dem Oberkiefer des Mädchens ragten.

Er hatte keine Lebende vor sich, sondern eine lebende Tote, eine Vampirin, die sich vom Blut der Menschen ernährte.

Und er war hier, um sie zu vernichten!

Zunächst einmal musste er sich von dem Schreck erholen, denn er hätte nie gedacht, dass ihm ein unbekleidetes Wesen gegenübertreten würde. Es stieg aus dem Sarg. Dabei beeilte es sich nicht einmal sehr, denn es hatte Zeit genug.

Die Bewegungen der Wiedergängerin konnte man mit dem Wort gemessen umschreiben, sie war sich ihrer Beute sicher und fixierte sie aus gierigen Augen.

Der Kapitän hatte seine Taschenlampe so gelegt, dass der breite Strahl die Gestalt auch noch erfasste, als sie aus dem Sarg stieg und sich dann nach rechts abwandte, um im Halbdämmer des Lagerraums eine bessere Angriffsposition einzunehmen.

Die Frau gehörte noch nicht lange zu den Blutsaugern. Nach dem roten Lebenssaft gierte sie jedoch. Der Trieb war über sie gekommen, als sie aus dem langen Schlaf erwachte und feststellen musste, dass sich bei ihr einiges verändert hatte.

Die menschliche Existenz lag für sie meilenweit zurück. Jetzt gab es nur noch die dämonische.

Allein sie zählte!

Vor ihr stand ein Mensch. Sie sah ihn, sie hörte ihn, sie roch ihn. Jeder Mensch roch. Vielleicht war es der feine Blutgeruch, den er ausströmte und den nur Vampire wahrnehmen können.

Sie bewegte sich.

Noch immer geschah dies langsam, denn sie war sich ihrer Sache sicher. Aber sie hatte etwas vergessen.

Kapitän Romanescu war nicht unbewaffnet in den Lagerraum gegangen. Er besaß zwar kein Kreuz, auch keinen angespitzten Eichenpfahl, dafür jedoch ein Mittel, das alle Vampire stark abschreckte.

Knoblauch!

Eine Knoblauchstaude hatte er sich aus der Küche geholt, und damit wollte er die Untote vernichten.

Bisher hatte sie nur den Menschen gerochen, doch als sie weiter vorschritt, da nahm sie einen anderen Duft wahr.

Einen für sie ekligen, widerlichen, abstoßenden Geruch.

Knoblauch!

Sie blieb stehen, und ihr Gesicht verzerrte sich zu einer hässlichen Grimasse.

Zum ersten Mal in seinem Leben vernahm der Mann das Fauchen einer Blutsaugerin. Das Geräusch hätte auch ein Tier ausstoßen können, so ähnlich hörte es sich an.

Aber es war die Vampirin!

Romanescu atmete schneller. Stoßweise drang die Luft aus seinem Mund. Er begann zu zittern, denn er ahnte, dass jetzt etwas Entscheidendes auf ihn zukam.

Er hatte die Untote freigelassen, und er musste für ihre Vernichtung sorgen.

Obwohl er so sehr unter Stress stand und er auch Angst hatte, war ihm das Zögern seiner Gegnerin nicht entgangen. Er interpretierte es als Furcht, und diese Deutung gab ihm Mut.

Er musste es schaffen!

Gleitend bewegte er sich voran. Selten in seinem Leben hatte das Herz so heftig geschlagen. Der Mann schälte sich aus dem fahlen Zwielicht, und ein heller Schein traf sein Gesicht, als er in den Streubereich der Lampe geriet.

Er durchquerte ihn mit einem Schritt. Plötzlich fühlte er sich besser, er hatte die Angst überwunden, und er wusste plötzlich, dass er es schaffen konnte.

Zuerst hob er seinen rechten Arm. In der Hand hielt er die Knoblauchstaude. Die einzelnen Knollen befanden sich dicht beieinander, sie schienen zusammenzukleben, bildeten aber keine Kette, sondern nur eine etwa armlange Schnur.

Sie musste reichen!

Romanescu stammte aus Rumänien. Er hatte natürlich schon von Vampiren gehört. Fast alle seiner Landsleute schworen darauf, dass es sie gab, nur gesehen hatte sie kaum jemand, und wenn, dann war dieser Zeuge in den meisten Fällen ebenfalls zum Blutsauger geworden.

Und das wollte Romanescu nicht!

Er schlug zu.

Es war eine Bewegung, die er nicht einmal mit einem Zucken der Augenlider signalisiert hatte. Die Kette war lang, und die Untote befand sich nicht allzu weit von ihm entfernt, sodass eine gute Chance bestand, sie zu treffen.

Die Staude wirbelte auf die Vampirin zu.

Beide Hände riss sie in die Höhe, schützte somit ihr Gesicht, aber nicht die Unterarme. Da klatschte die Staude gegen.

Das Wesen zuckte zurück, als hätte man es mit einem feurigen Strahl bestrichen.

Sie schüttelte den Kopf, das Gesicht verfärbte sich, sie starrte auf ihre Hände und wankte nach hinten.

Romanescu setzte nach. Er hatte plötzlich die Oberhand gewonnen und merkte, dass er es schaffen konnte. Der Knoblauch vernichtete diese verfluchten Blutsauger.

Die Vampirin war zwar getroffen worden, sie spürte auch heiße Schmerzen, aber sie war nicht kampfunfähig. Und sie setzte alles daran, ihr untotes Leben zu verteidigen.

Plötzlich konnte sie schnell reagieren. Bei ihren Bewegungen war von Behäbigkeit nichts mehr zu spüren. Sie sprang über den Sarg hinweg, in dem sie einmal gelegen hatte, und spurtete dorthin, wo der schwere Deckel lag. Wenn sie ihn zu packen bekam, konnte sie ihn ihrem Gegner über den Schädel dreschen und ihn zumindest bewusstlos schlagen.

Der Kapitän hatte sich von dieser Reaktion überraschen lassen und reagierte zu spät. Er fuhr erst herum, als die Blutsaugerin den Deckel bereits gepackt hielt.

Sie wollte ihn hochwuchten.

Es blieb beim Vorsatz. Etwas Furchtbares geschah mit der rechten Hand des untoten Mädchens.

In ihr steckte keine Kraft mehr, denn sie war von der Knoblauchstaude getroffen worden und faulte.

Als sie den Deckel hochstemmen wollte, hatte die Hand bereits eine bräunliche Farbe angenommen und hing im rechten Winkel vom Arm herunter.

Das schockte die Untote!

Romanescu aber sah seine große Chance. Wenn er es jetzt nicht schaffte, dann nie mehr.

Und er wagte es.

Ein kräftiger Sprung brachte ihn in die Nähe des gebückt dastehenden Mädchens. Er prallte gegen sie und riss die Nackte einfach um. Gemeinsam schlugen sie zu Boden.

Romanescu fiel auf sie. Er rammte ihr den Ellbogen gegen den Hals, hörte ein Röcheln und sah das verzerrte Gesicht dicht vor seinen Augen. Zum ersten Mal schaute er in den Schlund dieser Blutsaugerin hinein, aus seiner Kehle drang ein tiefes Knurren, Speichel tropfte über die Unterlippen, und es gelang ihm, den linken Arm so anzuwinkeln, dass er die Hand mit dem Knoblauch nach unten drücken konnte.

Genau in das Maul! Das war der entscheidende Treffer!

Drei, vier Knoblauchkugeln verschwanden im weit aufgerissenen Mund der Blutsaugerin. Sie hatte noch schreien wollen, doch dieser Laut wurde nur zu einem Röcheln.

Der Kapitän war wie von Sinnen. Er fluchte, er schrie, und er stopfte die Knoblauchknollen tiefer in das Maul des seelenlosen Geschöpfes.

»Friss sie, du Biest!«, brüllte er in rasender Wut und presste weiter. Er lachte dabei, drückte gegen den Körper nieder und stellte fest, dass dieser ihm keine Widerstandskraft mehr entgegensetzte.

Romanescu befand sich auf der Siegerstraße. Er würde den höllischen Kampf für sich entscheiden, das stand fest.

Noch immer schaute er in das Gesicht seiner Gegnerin. Bei ihr schienen die Augen aus den Höhlen zu quellen. Der Druck wurde noch stärker, und der Knoblauchgeruch sowie die Berührung mit diesem Gewürz vernichteten den weiblichen Vampir.

Als er die Finger gegen die linke Wange des Wesens stieß und sie eindrücken konnte, da wusste er Bescheid.

In Sekundenschnelle verflog sein Rausch. Er stemmte sich hoch, blieb schwer atmend und schweißüberströmt stehen und schaute dem Todeskampf der Bestie zu.

Sie verging auf eine schreckliche Art und Weise. Das Knoblauch zerstörte sie.

Romanescu hatte gewonnen!

Er spürte, wie ein gutes Gefühl in ihm aufstieg, das jedoch radikal zerstört wurde, als er plötzlich von der Tür her die kalte und spöttisch klingende Frauenstimme vernahm.

»Bravo, du wirst mal ein richtiger kleiner Vampirjäger.«

Romanescu fuhr herum. Er warf sich nach rechts, bekam seine Lampe zu fassen und richtete den hellen Strahl auf die Tür.

Dort standen sie.

Lady X und Vampiro-del-mar.

Und sie hatten alles mit angesehen …

In South Trebone, dem kleinen Ort an der sturmgepeitschten Küste Cornwalls, hatten wir mit dem Bürgermeister gesprochen und ihm alles berichtet. Er schaute uns fassungslos an, konnte nicht begreifen, dass der grässliche Spuk des Seelensaugers vorbei sein sollte, und hob immer wieder die Schultern.

Als wir davon erzählten, dass Lilian Lancaster nicht mehr zu retten gewesen war, da senkte er den Kopf und begann zu schluchzen. »Es war sein letztes Opfer«, sagte ich.

Er fragte nach den anderen Leichen. Da mussten wir passen. Wir hatten nur die Tote mit aus dem Verlies gebracht. Ihr kalter Körper lag, eingehüllt in eine Decke, im Kofferraum des Bentley. Lilian und der Pfarrer konnten zusammen beerdigt werden.

Als Virna Lancaster vom Tod ihrer Tochter erfuhr, erlitt sie einen Schock und brach zusammen. Wir waren dabei, und ich fühlte einen ungeheuren Zorn in mir hochsteigen. Dieser Fall hatte uns wie ein Blitz aus heiterem Himmel getroffen.

Der jetzt tote Pfarrer schlug bei Scotland Yard Alarm, weil kranke Menschen geraubt wurden. Und zwar immer dann, wenn sie kurz vor dem Tod standen.

Die Legende des Seelensaugers hielt sich. Er sollte für die Taten verantwortlich sein.

Suko und ich fuhren nach Cornwall, gingen der Sache nach und trafen nicht nur auf den Seelensauger, sondern auch auf die roten Vampire, Diener des Vampiro-del-mar, einem selbsternannten Kaiser der Blutsauger. Wo er auftauchte, war auch Lady X nicht weit. Suko und ich suchten nach Verbindungen, Zusammenhängen, die wir auch fanden, denn der sterbende Seelensauger erklärte uns, dass er von den beiden Vampiren Besuch gehabt hatte und von seiner eigentlichen Heimat, Rumänien, erzählen musste. Ein Name fiel dabei. Marek, der Pfähler. Ein in Rumänien bekannter Vampirjäger, dessen Vorfahren Tarrasco, dem Seelensauger, ebenfalls auf der Spur gewesen waren.

Ein Nachkomme der Mareks lebte noch. Ich kannte ihn gut. Und da sich Lady X so intensiv nach ihm erkundigt hatte, nahmen wir an, dass Marek, der Pfähler, auf ihrer Todesliste stand.

Was sie sonst noch in Rumänien wollte, wussten wir nicht. Da war noch ein Name gefallen.

Frederick von Leppe!

Ein alter Baron. Der Sage nach soll er, wie damals Vlad Dracula, ebenfalls ein Vampir gewesen sein. Was daran richtig war und nicht, konnten wir von England aus nicht beurteilen. Wir mussten so rasch wie möglich nach Rumänien und den beiden Mitgliedern der Mordliga zuvorkommen. Zudem ahnte Marek nicht, was sich über seinem Kopf so unsichtbar zusammenbraute.

Wie dieser Baron ins Spiel passte, das wussten weder Suko noch ich. Wir hofften es allerdings zu erfahren. Spätestens in Rumänien, dem klassischen Land der Vampire.

Ich dachte unentwegt daran. Wo hatte der alte Marek seine Schmiede gehabt?

In Petrila, einem kleinen Ort in den Karpaten. Eine furchtbare Gegend, einsam, unheimlich. Etwas für Wölfe und Vampire. Bevor wir von South Trebone wegfuhren, informierten wir noch die zuständigen Polizeibehörden über den abgeschlossenen Fall.

Die Kollegen vom Lande waren natürlich froh, dass sie sich nicht mehr um die verschwundenen Kranken zu kümmern brauchten und dass jetzt alles klar war.

»Willst du noch heute nach London?«, fragte Suko.

»Klar.«

Die Nacht war schon fast vorbei, als wir endlich im Wagen saßen. Wir beschlossen, abwechselnd zu fahren. Wenn ich steuerte, schlief Suko. So kamen wir zügig voran und erreichten am frühen Nachmittag London.

Sir James, unseren Chef, hatten wir bereits per Autotelefon informiert. Der Alte zeigte sich betroffen und knurrig zugleich. Als wir ihm im Büro gegenübersaßen, fragte er sofort: »Muss diese Reise nach Rumänien sein?«

»Natürlich, Sir. Es besteht der begründete Verdacht, dass wir dort auf Lady X und Vampiro-del-mar treffen. Da braut sich einiges zusammen, glauben Sie mir. Ich habe dafür einen ausgezeichneten Riecher. Wir waren schon einmal dort.«

»Das weiß ich.« Sir James räusperte sich. »Und haben Sie den Pfähler nicht mit nach London gebracht?«

»Auch das.«

Sir James atmete tief ein und murmelte nach einer Weile: »Ich müsste mich mit der rumänischen Botschaft in Verbindung setzen.«

Als er dies sagte, wusste ich, dass wir gewonnen hatten. Wir ließen uns auch durch sein Stöhnen nicht beirren und tigerten zurück in unser gemeinsames Büro, da wir noch einige Vorbereitungen für unsere Reise treffen mussten.

»Was haben wir eigentlich für ein Wetter?«, fragte Suko.

»Schau doch aus dem Fenster.«

»Ich meine in Rumänien.«

»Wenn wir nach Petrila fahren, könnte da schon Schnee liegen. Der Ort liegt in den Karpaten.«

»Dann nehmen wir die Skier mit.«

»Ich habe dich noch nie Ski laufen sehen«, hielt ich meinem Partner entgegen.

»Wirklich nicht?«

»Nein.«

»Dann hast du was versäumt, John.«

»Bestimmt nicht. Kauf dir lieber einen Schlitten und geh rodeln.«

Ich nickte Suko zu und verließ das Büro, weil ich noch in den Waschraum wollte.

Meine Gedanken beschäftigten sich mit dem vor uns liegenden Fall. Immer wenn ich an Marek dachte, dann kam mir auch mein Kreuz in den Sinn. Es hatte mal eine Zeit gegeben, zu der es in Rumänien in einem Kloster lag. Die eigentliche Herkunft des Kreuzes war den Kennern des Gegenstandes ein Rätsel. Nur mir nicht mehr. Ich wusste inzwischen, dass der Prophet Hesekiel all seine Kraft und sein Wissen in die Herstellung des Kreuzes gelegt hatte. Der alte Marek nahm damals an, dass es aus Armenien stammte, von der Urkirche her. Das war nicht korrekt, vielleicht hatte es dorthin mal einen Weg gefunden. Genaueres wusste ich jedoch nicht. Vielleicht erfuhr ich irgendwann einmal weitere Details der geheimnisvollen Reise.

Im Büro zurück, erwartete mich nicht nur Suko, sondern auch Sir James Powell. Mein Freund nickte mir zu, und der Superintendent sagte: »Sie haben Glück, das Visum ist genehmigt, und Sie können mit der nächsten Maschine nach Bukarest fliegen.«

»Jetzt müsste man nur noch den alten Marek erreichen«, meinte Suko.

»Überraschen Sie ihn«, erwiderte Sir James. »Und sorgen Sie dafür, dass Lady X und Vampiro-del-mar vernichtet werden. Ich will nichts mehr von ihnen hören.«

»Das ist nicht einfach, Sir ...«

Er schnitt mir das Wort ab. »Mit einfachen Fällen sollen Sie sich auch nicht beschäftigen. Gute Reise, ihr beiden, und gebt Acht. Den Vampiren schmeckt auch euer Blut.«

»Da wüsste ich ein Gegenmittel, Sir.«

Unser Chef war schon an der Tür, als er sich noch einmal umdrehte. »So? Welches denn?«

»Wir trinken jeder eine Flasche Whisky. Dann haben wir so viel Blut im Alkohol, dass den Vampiren ...«

»Erzählen Sie das beim nächsten Betriebsfest«, erwiderte der Alte mürrisch und ging.

»Seine Laune ist bestechend«, meinte Suko.

»Ist deine besser?«

»Nein. Rumänien im Winter ist für mich fast so wie Sibirien. Darauf kann ich gern verzichten.«

»Wenn du hier bleiben willst ...«

Suko schaute mich an, als wollte er mich ohrfeigen. Dann nahm er hinter dem Schreibtisch Platz und bestellte die Flugkarten.

Ich trat ans Fenster.

Draußen wehte ein scharfer Wind. Er riss auch die letzten faulen Blätter von den Bäumen. Der Totenmonat November neigte sich allmählich seinem Ende zu. Die Menschen dachten an Weihnachten, und in wenigen Tagen würden die Londoner Geschäftsstraßen in vorweihnachtlichem Glanz erstrahlen.

Wir aber hatten für so etwas leider keine Zeit.

Während andere für Freunde und Verwandte Geschenke kauften, mussten wir uns um Vampire kümmern.

Manchmal war die Welt schon mehr als verkehrt. Ich drehte mich um. Suko legte soeben den Hörer auf.

»Bekommen wir die Flugkarten?«, fragte ich ihn.

»Ja, wir können am Abend starten.«

»Auf nach Rumänien«, erwiderte ich.

Damit hatte der Kapitän nicht gerechnet!

Lady X und ihr Monster mussten unhörbar die Tür geöffnet haben und waren in den Lagerraum geschlichen. Romanescu konnte nur ihre Umrisse sehen. Aber er entdeckte einen länglichen Gegenstand, der sich als Schatten vom Boden abhob.

Einen Waffenlauf!

Der Kapitän verzog sein Gesicht. Er kannte Lady X zwar noch nicht lange, doch er wusste, dass sie nie ohne Maschinenpistole herumlief. Und diese Waffe hatte sie mitgenommen. Er kam sich jetzt lächerlich mit seiner Knoblauchstaude vor. Gegen eine Maschinenpistole konnte er damit nichts ausrichten.

Die Scott bewegte sich. Unter ihren Schuhen knirschte es. Sie trug halb hohe schwarze Stiefel, und sie geriet näher in den gelbweißen Lichtschein.

»Ich hatte dir doch gesagt, dass du nicht nachschauen sollst«, sagte sie mit leiser Stimme.

Romanescu begehrte auf. »Es ist einzig und allein mein Schiff. Ich kann darauf tun und lassen, was ich will!«

»Niemals. Hier habe ich das Kommando übernommen. Merk dir das! Dieses Mädchen gehörte zu uns. Sie war eine Dienerin. Es darf sich niemand erlauben, unsere Artgenossen zu töten. Wenn er das tut, ist er ebenfalls verloren!«

Der Kapitän senkte den Kopf. Die Worte hatten ihn hart getroffen. Sie machten ihm auch klar, dass sein Leben keinen Pfifferling mehr wert war. Diese blutgierige Bestie würde ihn ohne zu zögern erschießen oder, was noch schlimmer war, ihn zu einem Vampir machen.

Romanescu bekam Angst.

Er merkte es zuerst am Zittern seiner Hände. Plötzlich konnte er sie nicht mehr ruhig halten, und er schielte zur Tür hin, aber dort stand das Monster mit den gefährlichen Blutzähnen wie ein Fels.

Sein Blick fiel nach rechts. Ein paar Schritte entfernt, zwischen Sarg und Deckel, lag das von ihm getötete Wesen. Es war nicht verfault wie ein Uralt-Vampir, nur die Haut hatte einen anderen Farbton angenommen. Sie war dunkler geworden. Aus dem weit geöffneten Mund ragten die Knoblauchknollen, als wollten sie den Kapitän daran erinnern, wie man Vampire zu töten hatte.

Eine wahnwitzige Idee durchzuckte ihn. Vielleicht konnte er die Staude aus dem Maul der Bestie reißen und damit noch Vampiro-del-mar angreifen, doch den Vorsatz musste er sich abschminken. Lady X war inzwischen zu nahe an ihn herangekommen und bedrohte ihn mit der Waffe. Die Mündung wies auf seinen Körper.

Etwa drei Schritte trennten die beiden. Niemand sprach. Nur vom nicht allzu weit entfernten Maschinenraum drang ein dumpfes Stampfen und Summen zu ihnen.

»Was hast du zu deiner Verteidigung zu sagen?«, höhnte die Bestie mit der MPi.

»Nichts, gar nichts. Ich – ich brauche mich nicht zu verteidigen. Es ist mein Schiff.«

»Das habe ich schon einmal gehört, aber es interessiert mich nicht. Dein Leben ist verwirkt.« Sie lachte leise. »Auch du wirst bald zu uns gehören. Du musst wissen, dass wir Ersatz für die von dir getötete Dienerin brauchen. Der Sarg ist so groß, dass auch du hineinpassen wirst, Kapitän!«

Romanescu schluckte. Er wusste, dass es keine leeren Worte waren. Lady X würde ihre Drohung eiskalt wahrmachen. Erbarmen kannte sie nicht. Das konnte man von den Blutsaugern nicht verlangen. Sie dachten nicht mehr menschlich.

Dem Kapitän wurde der Kragen eng. Schweiß hatte sich an seinem Hals gebildet. Er hob den Arm und öffnete die beiden obersten Knöpfe am Hemd. Plötzlich kriegte er kaum noch Luft. Die Angst schnürte unsichtbar seine Brust zu, die Gestalt der Vampirin verschwamm vor seinen Augen, und er glaubte bereits, die spitzen Zähne an seinem Hals zu spüren, bevor sie hineinhackten, die Ader fanden und das Blut tranken.

»Weshalb sagst du nichts?«, fragte die Scott. »Du bist doch sonst immer so mutig.«

»Ich – ich …« Der Kapitän verstummte und fuhr mit der Hand über seine Kehle. Verdammt, er hatte Angst, und diese Blutsaugerin vor ihm merkte es genau.

Sie stand ziemlich nah vor ihm. Ihr Lächeln konnte man als höhnisch bezeichnen, auch ihre nächste Frage klang so. »Wer soll dich umbringen? Vampiro-del-mar oder ich?«

»Keiner von euch!«

»Das ist nur ein Wunsch.« Lässig trat sie näher. Ihre Augen blieben dunkel, da rührte sich nichts. Diese Bestie verriet mit keinem Wimpernzucken, was sie im Schilde führte.

Auch Romanescu traute sich nicht, irgendetwas zu unternehmen. Er wollte seine Angst hinunterschlucken, doch der Kloß in seinem Hals war einfach zu dick, deshalb schaffte er es nicht. Nur das Zittern seiner Gestalt blieb.

Mit einem Auge schielte er auf die Waffe. Die MPi wurde leicht angehoben, er sah die Mündung deutlicher, sie tauchte dicht vor seinem Gesicht auf, für die Länge eines Atemzugs blieb er in einer sehr steifen Haltung, bis er den festen und gleichzeitig kalten Druck an seinem Kinn spürte.

Lady X presste die Mündung dagegen. »Nun?«, fragte sie. »Soll ich dir den Kopf zerschießen, Herr Kapitän?«

»Sie – Sie …«

Lady X lächelte nur. »Dreh dich um«, befahl sie dann. »Wir sind keine Gangster, und ich setze die Waffe nur im Notfall ein, das kannst du mir glauben.«

»Was wollen Sie denn?«

»Dein Blut, Kapitän. Ich will dein Blut, und es wird mir

köstlich munden, verlass dich drauf. Schade, ich hätte gern weiter mit dir zusammengearbeitet, aber da du mich hintergangen hast, muss ich mich völlig umstellen. Das passt mir eigentlich nicht.«

»Und das Monster?« Romanescu konnte kaum sprechen. Die Angst schnürte ihm die Luft ab.

»Wir teilen uns dein Blut. Und bleib nicht stehen. Dreh dich um, habe ich gesagt.«

Romanescu nickte. Er senkte den Kopf, hob die Schultern, drehte sich um und explodierte plötzlich. Es war eine Bewegung, die er sich selbst kaum zugetraut hatte. Sie wurde aus der Angst geboren, und der Mann setzte all seine Kräfte ein.

Er überraschte selbst die abgebrühte Pamela Scott. Bevor sie sich auf die neue Lage einstellen konnte, wuchtete der Kapitän bereits seine Hand gegen den Lauf der Maschinenpistole und hämmerte ihn nach oben. Mit der anderen Hand stieß er Lady X gegen die Brust. Sie kippte nach hinten, verlor das Gleichgewicht und geriet ins Stolpern, sodass sie genug damit zu tun hatte, die Balance zu halten.

Romanescu startete.

Er hatte als einzigen Ausweg nur die Tür gesehen, und er musste Vampiro-del-mar aus dem Weg räumen, der dort wie ein düsterer Schatten stand und Wache hielt.

Der Kapitän kam aus dem Hellen. Der andere stand im Dunkeln und sah zu, wie Romanescu plötzlich vor ihm auftauchte. Da hatte der Mann schon ausgeholt.

Romanescu hatte sich von der Pike auf hochgearbeitet. Er war mal Stauer gewesen, dann Matrose und später Offizier. Als Stauer und Matrose hatte er das Arbeiten gelernt und auch Kraft bekommen.

Während hinter ihm die Scott vor Wut schrie, musste Vampiro-del-mar den Treffer hinnehmen.

Romanescu hatte wirklich alles hineingelegt, was ihm an Kraft zur Verfügung stand. Er hätte den anderen sogar durch die Tür geschlagen, aber das war nicht möglich. Sie bestand aus Eisen, war feuerfest und Vampiro-del-mar dröhnte nur dagegen.

Romanescu wurde vor seinen Gegner gewuchtet, er holte abermals aus und spürte Schmerzen in seiner rechten Faust, denn der Körper der Bestie hatte kaum nachgegeben. Er glich einem Stück Metall.

Den zweiten Schlag konnte er nicht mehr ins Ziel setzen, denn das Monster konterte.

Es nahm die Linke.

Ein Hieb explodierte förmlich auf dem Brustbein des Kapitäns. Er hörte in seinem Innern etwas knacken, Tränen schossen in seine Augen, und es folgte der nächste Schlag.

Von oben nach unten schlug Vampiro-del-mar die Faust. Romanescu kam nicht mehr dazu, einen Schrei auszustoßen. Er spürte zwar den Treffer, etwas schien ihn auseinander reißen zu wollen, mehr auch nicht. Er sackte zusammen.

Vor den Füßen des Uralt-Vampirs blieb er liegen.

Lady X kam. »Gut«, lobte sie ihren Vasallen, »das hast du gut gemacht, wirklich.«

»Mir entkommt keiner!« Er hatte dabei die besondere Betonung auf das Wort mir gelegt, eine Anspielung auf Lady X, die der Kapitän hatte reinlegen können.

»Wir werden sein Blut trinken!«, sagte Vampiro-delmar. Er leckte sich über die Lippen. Seine Zunge sah aus wie ein grüngrauer, alter Lappen, als sie aus dem Mund fuhr.

Die Scott hörte nicht hin. Sie bückte sich, nahm beide Hände zu Hilfe und rollte den Kapitän herum.

Auf dem Rücken blieb er liegen. Die Hände der ehemaligen Terroristin tasteten über seinen Körper, das Gesicht blieb dabei unbewegt, nur als sie sich hochstemmte, da zuckten ihre Mundwinkel.

»Was ist los?«

Lady X schaute den Uralt-Vampir an. »Nichts wirst du trinken, gar nichts …«

»Wieso? Ich …«

»Er ist tot«, erwiderte Lady X. »Du hast ihn erschlagen …«

»Was?«

Lady X schaute Vampiro-del-mar kalt an. »Ja, tot, da nutzt er uns gar nichts. Vielleicht noch einem Ghoul ...«

»Er hat mich angegriffen«, knurrte der Uralt-Vampir.

»Ich mache dir auch keinen Vorwurf, sondern habe nur etwas festgestellt«, erklärte Lady X.

»Und jetzt?«

»Werden wir den Raum verlassen und uns etwas ausdenken müssen.«

Vampiro-del-mar fragte nicht danach, was sich Lady X ausdenken wollte. Er überließ ihr immer die Initiative. Sie war die Bessere, kannte sich bei den Menschen aus und wurde auch mit den Problemen gut fertig. Für alles hatte sie eine Lösung.

Lady X warf noch einen letzten Blick auf den am Boden liegenden Kapitän. Dann wandte sie sich der offenen Tür zu.

Romanescu hatte nicht abgeschlossen, als er den Raum betrat. Aus diesem Grunde war es den Blutsaugern leichtgefallen, ebenfalls hineinzugehen.

Die ehemalige Terroristin ging vor. Sie hoffte, dass sie niemandem begegnen würden, denn sie wollte Ruhe haben, um die neuen Pläne zu durchdenken. Die alten hatte sie zwangsläufig umstoßen müssen.

Auf dem Weg zu ihrer Kabine dachte sie bereits nach. Auf jeden Fall musste sie nach Rumänien. Wenn es zu einer Allianz der Vampire kommen sollte, dann war dieses düstere Horrorland für ihre Zwecke bestens geeignet. Im Verborgenen schliefen dort unheimliche Kräfte, sie brauchten nur geweckt zu werden.

Vampiro-del-mar folgte ihr wie ein treuer Hund. Nur war er nicht so treu. Der Uralt-Vampir hatte sich nicht gern das Heft aus den Pranken reißen lassen, denn er fühlte sich stark und mächtig. Sogar so mächtig, dass er die Führung übernommen hätte. Aus bestimmten Gründen jedoch musste er dies der Scott überlassen. Sie konnte sich dank ihres Aussehens und auch Vorlebens besser unter den Menschen bewegen. Sie wusste genau, was man tun musste, um nicht aufzufallen.

Ungesehen erreichten die beiden ihre Kabine. Sie war

nicht luxuriös eingerichtet. Ein Bett, ein Schrank, eine Waschgelegenheit. Auf diesem Frachter war man nicht auf Besuch eingestellt.

Lady X schloss ab. Dann drehte sie sich um, trat an den Schrank und holte ihre wichtigste Waffe hervor.

Es war der Würfel des Unheils!

Ein Name, der überhaupt nicht zu dem Gegenstand passte, denn der Würfel sah eher harmlos aus. Die Seiten schienen aus Milchglas gefertigt zu sein, waren ziemlich dick und schimmerten seltsam weiß mit bläulichen Einschlüssen.

Niemand wusste so recht, woher der Würfel stammte, aber man konnte ihn im übertragenen Sinne als eine knetbare Masse bezeichnen, denn er passte sich dem jeweiligen Besitzer an.

Das heißt, er tat das, was der Mann oder die Frau wollte. Er ließ sich manipulieren, zum Guten hin als auch zum Bösen. Als es Dr. Tod noch gab, hatte er mit Hilfe dieses Würfels den schrecklichen Nebel produziert, der den Menschen das Fleisch von den Knochen löste. Aber der Würfel konnte auch anderes.

Er verschaffte seinem Besitzer große Vorteile, indem er ihm Dimensionsreisen ermöglichte. Und auf diese Kraft wollte die ehemalige Terroristin bauen.

»Willst du das Schiff verlassen?«, fragte Vampiro-del-mar.

»Ja.«

»Und warum?«

»Es wird Ärger geben, wenn der Kapitän gefunden wird.« Ihr Gesicht nahm einen wütenden Ausdruck an. »Es tut mir selbst Leid, dass unser Vorhaben anders als geplant endet.«

Vampiro-del-mar lachte. Er hatte genau gewusst, wie alles laufen sollte. Sie wollten nach Rumänien fahren und dort an Land gehen. Allerdings nicht als einzige Vampire. Nein, ein Schiff mit zahlreichen Blutsaugern an Bord sollte in Konstanza anlegen. Auf der Reise wäre Zeit genug gewesen, alle Besatzungsmitglieder zu Vampiren zu machen. Es hätte einen furchtbaren Auflauf gegeben, und so wäre auch ihr eigentlicher Gegner, dieser Frantisek Marek, sicherlich nach Konstanza gekommen, wo Lady X ihn dann ausschalten wollte. Der Plan war zwar umständlich, aber nicht von schlechten Eltern. Die Aktivitäten der Blutsauger hätten für ungeheure Furore gesorgt.

Nun war das gestrichen.

Als Lady X den fragenden Blick des Uralt-Vampirs auf sich sah, da hob sie die Schultern. »Tut mir Leid«, sagte sie. »Aber wir müssen den Plan ändern.«

»Sollen wir verschwinden?«

»Natürlich.«

Vampiro-del-mar widersprach nicht. Er wusste, dass Lady X immer die besseren Karten in den Händen hielt, und richtete sich danach. »Dann lass uns endlich etwas unternehmen.«

»Moment noch.« Lady X rutschte von der Tischplatte, denn sie hatte draußen Stimmen vernommen. Aufgeregte Rufe schallten durch die Gänge unter Deck.

Wahrscheinlich vermisste man den Kapitän. Jetzt suchte man ihn voller Hektik.

Die würden sich wundern, wenn sie ihn fanden, und sie würden sich auch über den einen leeren Sarg im Lagerraum wundern.

Lady X bedeutete Vampiro-del-mar mit einem Kopfzeichen, näher zu kommen.

Das tat der Blutsauger auch.

Dann aktivierte die ehemalige Terroristin den Würfel des Unheils. Sie konzentrierte sich auf das neue Ziel, zu dem der Würfel sie dank seiner Kraft transportieren sollte.

Schon bald bewies der Würfel, welch eine Kraft in ihm steckte. Die Gestalten der Blutsauger wurden durchsichtig, der Würfel verschwand ebenfalls, und dann war von den beiden Blutsaugern nichts mehr zu sehen. Sie hatten das Schiff spurlos verlassen, es war so, als wären sie überhaupt nicht da gewesen.

Das stellten auch die Männer der Suchmannschaft fest, als sie die Tür aufbrachen.

Sie fanden einen leeren Raum vor und Minuten später ihren toten Kapitän.

Zuerst waren sie ratlos, dann jedoch kam die Angst, und sie warfen die Toten ins Meer.

Nacheinander verschwanden die drei Särge in den Fluten, die erledigte Vampirin folgte, nur der Kapitän blieb auf dem Schiff. Er sollte in der Heimaterde begraben werden …

In den hohen Lagen der Karpaten hatte es längst geschneit. Die Berge trugen weiße Hauben, und an manchen Tagen war der Schnee bis in die düsteren Täler gefallen, dort jedoch rasch wieder weggetaut, weil der Boden zu warm war.

Es gab keinen Zweifel mehr, der Winter stand dicht bevor. In den dunklen Wäldern war das Laub von den Bäumen gefallen. Nur die Tannen und Fichten standen an manchen Hängen wie eine düstere Wand.

In den verstreut liegenden Dörfern wurden die großen Öfen angeheizt, und aus zahlreichen Schornsteinen quollen dünne Rauchschleier gegen den blassgrauen Herbsthimmel.

Es war genau die Zeit, wo die Natur allmählich starb …

Einige Menschen behaupteten, sie hätten bereits das schaurige Heulen der Wölfe gehört. Es gab in den Karpaten noch genügend Wölfe, die, wenn die Erde mit Schnee bedeckt war, vom Hunger in die Täler und damit zu den Menschen getrieben wurden.

Viele Menschen hatten Angst vor dem langen Winter. Oft waren sie eingeschneit. Dann konnten sie wochenlang ihre Dörfer nicht mehr verlassen und mussten sich gegen eine feindliche Umwelt verteidigen.

Die Karpaten bildeten einen Wall. Sie zogen sich von Westen nach Osten. Eine fast unüberwindlich scheinende Gebirgskette, der selbst der Schnee in den oberen Lagen kaum etwas von der Düsterkeit nehmen konnte. Zu viele Geschichten rankten sich um dieses Gebiet. In den langen Winterabenden wurden Sagen und Legenden erzählt, und der unheilige Geist des Grafen Dracula war immer gegenwärtig. So einfach ließ sich eine düstere Geschichte nicht abschütteln.

Aber Dracula war tot.

Er existierte nicht mehr, dafür gab es andere. Gefährliche und düstere Menschen, die man auch als Vampire bezeichnete und die in finsteren Burgen, einsamen Bergfriedhöfen und Ruinen hausten. Manche schliefen auch in alten Särgen tief unter der Erde. Niemand wusste so recht, wo sie sich verbargen, aber wenn der Blutdurst sie überfiel, dann stiegen sie aus den Grüften, Verliesen und Särgen, um auf Beutejagd zu gehen.

Kein Mensch war zu dieser Zeit vor ihnen sicher.

Im Schutze der Nacht gingen sie ihrem grausamen Trieb nach. Manchmal sah man ihre Augen leuchten, dann loderte die Gier nach Menschenblut und die Einwohner in den kleinen Bergdörfern hängten Knoblauch vor ihre Fenster, zündeten Kerzen an und umklammerten im Bett liegend die einfachen, aber geweihten Holzkreuze.

Es gab nur wenige Menschen, die sich gegen den Vampirterror auflehnten. Zu diesen gehörte Frantisek Marek, der Pfähler. Er kämpfte bereits sein ganzes Leben lang gegen die Blutsauger, denn er hatte ein großes Erbe übernommen.

Er war ein Marek!

Und alle Mareks hatten sich in der Vergangenheit gegen die Vampire gestellt. Sie besaßen eine gute Waffe, den alten Eichenpfahl, der ebenfalls die Jahrhunderte überdauert hatte.

Dieser Pfahl sorgte dafür, dass manchem Blutsauger ein schreckliches Ende bereitet wurde.

Besonders im Herbst und Winter gingen die Mareks auf Jagd. Dann lagen die dichten grauen Nebelwolken in den Tälern, verbargen das Böse, aber die Vampirjäger sorgten dafür, dass es hochgeschreckt und oft vernichtet wurde.

Frantisek Marek war der Letzte seiner Generation. Er hatte keinen Sohn mehr, dem er den Eichenpfahl vererben konnte. Die sechzig hatte er schon erreicht, und er war ehrlich genug, sich einzugestehen, dass er nicht mehr lange auf die Jagd nach Blutsaugern gehen konnte. Allmählich machte sich auch bei ihm das Alter bemerkbar. Die Frische der Jugend war dahingeschwunden, doch unerschütterlich ging er seiner ihm zugedachten Aufgabe nach.

Längst hatten sich tiefe Falten in das Gesicht gegraben. Die Spuren des Lebens waren darin zu sehen, sein Haar war ebenso weiß geworden wie der Schnäuzer auf seiner Oberlippe.

Marek ging gebeugt, als würde er eine schwere Last auf den Schultern tragen. Noch immer betrieb er die Schmiede in Petrila, er hatte auch gut zu tun, aber er überließ die meiste Arbeit seinem neuen Gehilfen, damit er, Marek, sich um seine eigentliche Aufgabe kümmern konnte.

Es war ihm gelungen, sich ein Auto zuzulegen. Mit diesem fahrbaren Untersatz war er beweglicher, und wenn es irgendwo »brannte«, wenn es Spuren gab, die auf eine Aktivität eines Blutsaugers hindeuteten, dann konnte er ihnen schnell nachgehen und brauchte nicht auf die Busse zu warten, die zweimal am Tag fuhren und im Winter manchmal überhaupt nicht kamen.

Gebraucht hatte er sich den Fiat Lada gekauft, und mit ihm war er wieder unterwegs. Er wollte einen Bekannten besuchen, der als Köhler tief im Wald arbeitete.

Auch diese Berufe gab es noch in Rumänien, wenn sie auch allmählich ausstarben.

Er musste ungefähr fünfzehn Kilometer fahren, um dorthin zu gelangen, wo der Köhler hauste. Auf der Autobahn riss man diese Strecke schnell ab, aber in den Karpaten gab es keine Autobahnen, sondern nur Wege.

Von Petrila aus nahm Marek die Hauptstraße. Das sagten die Bewohner immer zu dem Weg, weil er ein wenig breiter war als die anderen, die sich an den Flanken der Berge hochwanden.

Geschneit hatte es nur weiter oben. Hin und wieder, wenn der Wald zu beiden Seiten lichter wurde, dann konnte er den Schnee sehen, wie er als eine weiße Schicht auf den Tannen lag und sich auch an den Hängen ausgebreitet hatte.

Marek musste vorsichtig fahren. Auf der Straße lagen die fauligen Blätter, sie waren feucht, klebten zusammen und bildeten eine regelrechte Rutschbahn.

Der alte Marek fuhr sehr konzentriert. Den Pfahl hatte er mitgenommen, er lag auf dem Beifahrersitz.

Es war Nachmittag. Die ersten Nebel bildeten sich bereits. Vom Tal her stiegen sie hoch. Gewaltige graue Wolken, die schon bald ganz die Sicht auf die dunklen Wälder nahmen.

Noch hatten die Nebel die Höhe nicht erreicht. Es würde aber nicht lange dauern, dann war Marek gezwungen, noch langsamer zu fahren, denn die Scheinwerfer des Wagens konnten diese graue Suppe kaum durchdringen.

Er hoffte stark, dass sich der Köhler nicht geirrt hatte. Einige Male hatte er schon mit ihm gesprochen, und die beiden Männer waren übereingekommen, eine raffinierte Falle aufzubauen. Bisher war der Vampir nicht hineingelaufen, beide hofften jedoch, dass es in dieser Nacht oder an diesem Abend gelingen würde.

Der Vampir war an sich nur ein Mitläufer, ein Diener des uralten Barons von Leppe.

Dieser Mensch hatte vor langer Zeit in Siebenbürgen gelebt, einer deutschen Enklave in Rumänien, und er sollte noch kurz vor seinem Tod durch den Grafen Dracula zum Vampir gemacht worden sein. Man hatte von dem Baron nicht mehr viel gehört, weil man ihn einfach nicht fand. Er war verschwunden.

Doch hin und wieder tauchte er auf.

Nachts, wenn der Wald fast stockfinster war und nur das vom Himmel fallende Mondlicht seinen geheimnisvollen fahlen Schleier wie ein Netz auf Äste und Büsche legte, dann geisterte er durch die tiefen Wälder auf der Suche nach Blut.

Es gab Menschen, die ihn gesehen hatten und geflohen waren. Von ihnen erfuhren die anderen dann, dass der Baron nicht allein war, sondern immer in Begleitung seines Dieners Egmont war, der ihm auch zu Lebzeiten treu zur Seite gestanden hatte.

In der letzten Zeit hatten sich die Hinweise auf den Baron und dessen Diener gehäuft.

Von Leppe war wieder aktiv geworden. Unruhig streifte er durch die Wälder, als würde er auf irgendetwas warten. Offiziell lag er auf dem kleinen Friedhof seiner Burg, die, von den Wäldern vor Blicken geschützt, an einem Berghang stand und einer uneinnehmbaren Festung glich.

Dort irgendwo sollte von Leppe offiziell liegen. Es gab ein Grab, das seinen Namen trug. Und daneben ein schlichteres mit dem Namen seines Dieners.

Die Menschen, die von dem Baron wussten, hatten Angst. Deshalb trugen sie die Nachricht dem alten Marek zu, und ihm blieb nichts anderes übrig, als sein Erbe zu erfüllen.

Wie ein Westernheld den Colt, so holte er aus der alten Truhe seinen Eichenpfahl hervor und ging trotz des Widerstandes seiner Frau Marie auf Vampirjagd.

Vielleicht konnte er ihn in dieser Nacht stellen, die Falle jedenfalls war gut aufgebaut.

Zudem hatte der Köhler ausgezeichnet reagiert. Er war nicht geflohen, als er den Blutsauger zum ersten Mal zu Gesicht bekam, sondern hatte sich an Marek gewandt.

Eine Kreuzung erschien im Licht der Scheinwerfer. Marek konnte den Hauptweg nicht mehr weiterfahren. Er führte bis Sibiu, dem ehemaligen Hermannstadt.

Rechts ging es in den Wald.

Der alte Marek hatte gestoppt. Allmählich krochen die Dunstschleier wie geisterhafte, lange Arme aus dem Wald, um auch den Hauptweg zu bedecken. Es würde nicht mehr lange dauern, dann war er zu.

Der Pfähler drehte das Lenkrad nach rechts und bog in den schmalen Weg ein, der noch die tiefen Spuren der Holzfuhrwerke zeigte, denn in den Wäldern wurden immer Bäume geschlagen. Bis zum Ende wollte Marek den Weg durchfahren.

Es war uneben. Der Lada schaukelte wie ein altersschwaches Pferd. Die Räder wühlten die losen Blätter in die Höhe und rissen manchmal auch die feuchte Erde auf.

Der Nebel stieg höher!

Etwa in Kopfhöhe hatte er sich ausgebreitet. Die Strahlen der Scheinwerfer wurden bereits von ihm verschluckt. Noch einige Minuten konnte der Pfähler fahren, dann ging es nicht mehr weiter, weil querliegende Baumstämme den Weg verbarrikadierten.

Er wollte seinen Lada nicht entgegen der Fahrtrichtung parken, deshalb versuchte er, den Wagen zu drehen.

Es gelang ihm beim dritten Versuch. Die Reifen hinterließen in der feuchten Erde tiefe Furchen. Marek schaltete den Motor aus, löschte die Lichter und nahm seinen Pfahl, bevor er ausstieg.

Sekundenlang schaute er den Eichenpfahl an. Es war ein schweres Erbe, und eigentlich gehörte zu diesem Pfahl noch ein Silberkreuz. Das hatte sich zwar einmal in Rumänien befunden, war aber durch die Familie Monössy nach England gelangt, wo es seinem richtigen Besitzer, John Sinclair, zugeleitet worden war.

Frantisek Marek kannte John Sinclair. Der Geisterjäger und sein chinesischer Freund hatten vor Jahren Petrila besucht, um den Vampir Kalurac zu jagen. Sie waren, als Kalurac entkam, zurück nach England geflogen und hatten gemeinsam mit Marek die Vampirfalle aufgebaut.

Oft dachte der Pfähler noch an die Männer, die er als seine Freunde bezeichnete, und er erinnerte sich gut an die Zeit in London, obwohl sie sehr hart gewesen war.

Er stieg aus.

Eigentlich hätte er John Sinclair gern bei sich gehabt, aber der Geisterjäger war weit weg und hatte andere Aufgaben zu erfüllen. Einmal hatte ihm John Sinclair geschrieben und etwas über eine gefährliche Mordliga berichtet. Einzelheiten wusste der Pfähler allerdings nicht.

Er knöpfte seine gefütterte Jacke zu, schließlich war es kalt geworden, und machte sich auf den Weg.

Noch hatte sich die Dunkelheit nicht vollständig über das Land gelegt, aber in den Wäldern war es bereits finster. Nur hin und wieder schimmerte der graue Himmel über den entlaubten Kronen der Bäume.

Frantisek Marek ging genau den Weg, den auch die Holzfäller immer nahmen. Sie hatten sich eine Schneise geschaffen, die allerdings kaum zu erkennen war. Man musste schon hier zu Hause sein, um sich orientieren zu können.

Unter seinen Füßen raschelte das Laub oder knackten kleinere Zweige. Die Natur starb, der Winter stand bevor, der unheimliche November war längst angebrochen. Er brachte den späten, aber dichten Herbstnebel, die Trauer, und es war die beste Zeit für Vampire, um Menschen anzufallen.

Marek passierte die aufgeschichteten Holzstöße. Durch rechtzeitiges Ducken wich er den tief wachsenden Ästen aus, und er achtete auch auf aus dem Boden wachsende Baumwurzeln, die leicht zu Stolperfallen werden konnten.

Obwohl ihm der Weg nicht fremd war, musste er dennoch Acht geben, dass er ihn nicht verfehlte. Der Nebel verdichtete sich von Minute zu Minute. Er schien als nie abreißendes graues Tuch zwischen den Bäumen zu hängen. Gleichzeitig nahm der Himmel eine andere Farbe an. Der Abend löste den Tag ab.

Frantisek Marek ging unverdrossen weiter. Fast 20 Minuten schritt er dahin, den Eichenpfahl hielt er mit der rechten Hand umklammert, und er schaute immer wieder nach rechts und links, ob er keine Feinde entdeckte.

Baron von Leppe und sein Diener würden kommen!

Er hatte es im Gefühl. Sie waren einfach gezwungen, ihre schrecklichen Gräber zu verlassen, um ihren schlimmen Trieb zu stillen.

Plötzlich sah er das Licht.

Im ersten Moment erschien es ihm wie ein heller Fleck im Grau des Nebels, und er wollte nicht so recht daran glauben, dass er schon die Hütte des Köhlers erreicht hatte, doch als er sah, wie das Licht schwankte, da wusste er, dass es nur die alte Sturmlaterne sein konnte, die vom Dach der Holzhütte herabhing.

Marek erkannte auch die Anzeichen, dass hier in der Nähe ein Köhler leben musste.

Es waren die sorgfältig aufgeschichteten Holzmeiler, in denen die Holzkohle hergestellt wurde. In der Luft hing ein beißender Geruch, und Marek bewegte sich jetzt noch vorsichtiger zur Seite, denn er wollte die Fallen, die der Köhler und er für die Vampire aufgebaut hatten, nicht zerstören.

Zudem waren sie auch für Menschen gefährlich …

Deshalb blieb er stehen, legte beide Hände vor den Mund, sodass sie einen Trichter bildeten, und rief in den Wald hinein.

»Ich bin es, Stephan!«

Wenn der Köhler Stephan den Ruf gehört hatte, würde er die Hütte verlassen.

Sekunden verstrichen. Dann eine fragende Stimme. »Marek?«

»Ja.«

»Komm her, Freund, ich warte auf dich. Oder nein, ich hole dich ab. Es ist sicherer.«

Marek lächelte. Der Freund war besorgt. Dies aus gutem Grund, denn die Fallen, die sie aufgebaut hatten, gehörten zu den raffiniertesten, die man sich vorstellen konnte. Wenn der Blutsauger da hineinlief, gab es kein Entrinnen mehr.

Er schaute nach vorn in den Dunst. Sein Blick war auf die Lampe fixiert, und er konnte sehen, dass sich die alte Sturmlaterne jetzt heftiger bewegte als zuvor.

Der Köhler kam.

Er ging zielstrebig, wenn er auch hin und wieder aus einem besonderen Grund einen Haken schlug. Seine Gestalt war nicht zu erkennen, die löste sich erst später geisterhaft aus dem Nebel.

Die letzten Schritte ging Marek ihm entgegen.

Die beiden Männer begrüßten sich mit einem festen Händedruck. Sie wussten beide, dass sie eine große Aufgabe zu bewältigen hatten.

Stephans Alter war schlecht zu schätzen. Er konnte ebenso alt wie Marek sein, aber auch zehn Jahre älter. Ein dunkler Bart bedeckte fast sein gesamtes Gesicht. An den Seiten ging er sogar über in die Augenbrauen. Das Haar des Köhlers war grau. Es wuchs lang in den Nacken und berührte den Kragen der nach Holzkohle und Schwefel riechenden alten Jacke.

»Komm mit, mein Freund«, sagte Stephan und ging voran. Mit der Lampe leuchtete er. Er schwenkte sie nach rechts und links, sodass Marek einmal einen seltsam geknickten Zweig erkennen konnte.

Er gehörte zur Falle.

Die beiden Männer hatten sehr lange überlegt, wie sie es anstellen sollten. Schließlich war ihnen die Lösung eingefallen, wenn sie sich auch ein wenig kompliziert darstellte.

Sie wussten oder sie ahnten zumindest, dass sich der Vampir ihnen zeigen würde. Und er würde durch den Wald kommen, deshalb hatten sie an sechs verschiedenen Stellen um die Hütte des Köhlers herum die Fallen aufgestellt.

Besonders geschmeidige Zweige waren zu halben Kreisen gebogen worden und mit einer Schnur verbunden. Auf dem Bogen und in der Sehne lag jeweils ein Pfeil. Er bestand aus Eichenholz, war vorn zugespitzt und mit einem straff gespannten Band dicht über der Erde verbunden. Wenn jemand das Band berührte, dann löste er die Verbindung, und der Pfeil konnte die straff gespannte Sehne verlassen.

Sie hatten tagelang darüber nachgegrübelt und es schließlich ausprobiert. Nach etlichen Misserfolgen klappte es schließlich. Egal, von welcher Seite sich der Blutsauger näherte, es gab überall diese raffiniert aufgebauten Stolperfallen.

Der Vampir brauchte nur noch hineinzutappen.

»Sind die Fallen alle in Ordnung?«, erkundigte sich Marek bei seinem Freund.

»Ja, ich habe sie, kurz bevor der Nebel kam, noch kontrolliert.«

»Dann ist es gut.« Marek nickte. »Der Nebel schmeckt mir aber nicht«, meinte er dann.

»Was willst du machen, Freund? Die Natur fordert immer ihr Recht. Da können sich die Menschen noch so weit entwickeln. Es kommt noch etwas hinzu, Frantisek. Die Temperatur ist gefallen. Ich schätze, es wird Schnee geben.«

»Heute noch?«

»Wahrscheinlich.«

»Das wäre nicht gut.«

Stephan lachte. »Seit wann hat sich ein Vampir vom Schnee abhalten lassen? Ich wüsste da nichts.« Er schlug Marek auf die Schultern. »Komm, wir gehen in die Hütte, dort ist es warm.«

Vor das alte Holzhaus waren auf den Boden Bohlen gelegt worden. Links neben der Tür stapelten sich Holzscheite. Die kleinen Fenster hatten Außenklappen, das Dach bestand ebenfalls aus Holzschindeln und war stark geneigt. Auf den beiden Hälften schienen die Nebelschwaden zu tanzen und zu wallen. Wie gespenstische graue Gebilde drehten sie sich und vermischten sich mit der aus dem Schornstein steigenden Rauchfahne. Sogar den alten Holzschlitten hatte Stephan schon hervorgeholt und hochkant gegen die Hauswand gelehnt.

Der Köhler stieß die Tür auf.

Das flackernde Feuer eines gemauerten Kamins drang bis durch die Tür nach draußen und füllte den vor dem Haus wallenden Nebel mit blutrotem Schein.

Der Raum war einfach eingerichtet. Ein Bett, mehr ein Lager, ein klobiger Tisch, Stühle darum, einfache Regale und eine alte Waschschüssel aus Porzellan.

In der Nähe des Kamins gab es nur eine gemütliche Steinbank, auf der Wolfsfelle lagen. Elektrisches Licht war nicht vorhanden. Helligkeit spendeten die beiden von der Decke hängenden Petroleumfunzeln. Die auf dem Tisch liegenden modernen Taschenlampen passten irgendwie nicht in dieses Haus, erinnerten jedoch daran, dass die Zeit nicht stehen geblieben war.

Marek schloss die Tür.

Der Köhler stand bereits am Regal, holte eine Flasche herunter und entkorkte sie. Er brannte seinen Schnaps selbst. Marek kannte ihn. Immer wenn er ihn trank, hatte er das Gefühl, sein Magen würde explodieren und in mehreren Teilen davonfliegen.

Zwei dickwandige Tonbecher holte Stephan ebenfalls und schenkte sie halb voll.

»Willst du mich vergiften?«, fragte Marek.

Durch das Bartgestrüpp des Köhlers drang ein leises Lachen. »Wieso vergiften?«, fragte er. »Dieser Schnaps ist gut. Auch für die Gesundheit. Wenn ich mal krank bin, reibe ich mich damit ein, ansonsten trinke ich ihn. Er tut immer gut. Hier, nimm!«

Marek packte den Becher. Er hob ihn an und prostete seinem Freund Stephan zu.

»Worauf trinken wir?«, fragte der Köhler.

»Auf unseren Sieg.«

»Ja, auf unseren Sieg!«

Man hatte uns nicht vergessen. Und man hatte vor allen Dingen nicht vergessen, dass es unter anderem Suko und mir zu verdanken war, wenn der Vampir Kalurac nicht mehr lebte.

Entsprechend freundlich war der Empfang am Flughafen von Bukarest. Man schlug uns auf die Schulter, lud uns zu einem Schnaps ein und wollte von vergangenen Zeiten reden.

Wir aber lehnten ab.

Die Zeit drängte. Ich kannte Lady X und wusste, dass sie sehr schnell sein konnte, wenn sie einen Plan durchführen wollte. Allerdings gab ich das nicht als Grund an, sondern einen allgemeineren. Ich wollte nicht, dass die Offiziellen etwas von der Vampirin erfuhren.

Schließlich blieb mir auf ihre drängenden Fragen und ihr permanentes Nachhaken nichts anderes übrig, als auf den Baron von Leppe hinzuweisen. Einer der Ledermantel-Träger kannte sich in der Historie seines Landes gut aus.

»Das war doch einer aus Siebenbürgen.«

»Sicher.«

»Der ist tot.«

Suko lächelte den Knaben an. »Das, mein Lieber, wollen wir eben feststellen.«

»Meinen Sie vielleicht, dass er …?«

Ich hob die Schultern. »Wer weiß? Wir haben nur Hinweise erhalten, deshalb müssen wir uns ja mit Frantisek Marek treffen und wieder einmal nach Petrila fahren …«

Da wurde uns die nächste Überraschung serviert, denn der Chef dieser Abordnung erklärte lächelnd, dass wir nicht zu fahren brauchten.

»Sondern?«, fragte ich.

»Sie fliegen. Wir stellen Ihnen einen Hubschrauber zur Verfügung.«

»Das ist toll.« Meine Augen glänzten vor Freude, auch Suko rieb sich die Hände.

»Ja, wir haben nicht vergessen, was Sie damals geleistet haben. Zudem sind die Freunde des rumänischen Volkes auch unsere Freunde.« Der Mann redete in einer Mischung aus Englisch und dialektgefärbtem Deutsch. Wir konnten es aber verstehen.

Ein anderer meinte: »Man hat Nebel angekündigt.«

»Für wann?«

»Für den Abend.«

Die Offiziellen schauten sich an. »Wollen Sie trotzdem fliegen?«, erkundigten sie sich.

»Natürlich. Die Vampire warten auch nicht und bewegen sich im Nebel weiter. Wir wollen ihnen keinen Vorsprung geben.«

»Dann folgen Sie uns bitte aufs Rollfeld.«

Das taten wir. Von Kühle oder Schnee war hier auf dem Flughafen von Bukarest nicht viel zu spüren. Fast frühlingshafte Temperaturen herrschten vor. Wir schwitzten in unserer Kleidung. In den Karpaten jedoch würde es anders aussehen, da waren wir sicher.

Mit einer dunklen Dienstlimousine, einem russischen Fabrikat, wurden wir dorthin gebracht, wo der Hubschrauber stand. Der Pilot wartete bereits.

Wir wurden bekannt gemacht und musterten uns.

Der Mann war ziemlich klein, dafür kompakt gebaut. Dass in seinem Körper Kraft steckte, konnten wir ihm ansehen. Er trug eine dunkle Lederkombination und auf seinem quadratisch wirkenden Kopf eine Mütze mit Schutzschirm.

Er hieß Jarek.

Ich schaute mir auch den Hubschrauber an. Die Marke kannte ich nicht. Es war eine Armee-Maschine, sie war mit einem Tarnanstrich versehen und sah vertrauenerweckend aus.

»Dann guten Flug und viel Erfolg«, wünschte man uns, bevor wir einstiegen.

Plätze waren genügend vorhanden. Suko und ich nahmen hinter dem Piloten Platz und schnallten uns an.

Mit Waffen waren wir gut ausgerüstet. Den Einsatzkoffer hatte ich mitgenommen und ihn in einem größeren verstaut, in dem auch noch Ersatzkleidung lag.

Der Pilot ließ den Motor warmlaufen. Noch hatte er die Starterlaubnis nicht erhalten. Den Kopfhörer hatte er bereits übergestreift und erhielt wenig später die Erlaubnis, abzuheben.

Der Flughafen blieb unter uns zurück. Ein neuer Kurs wurde eingeschlagen.

Nord-Nordost!

Ich dachte wieder an dieses Land, das durch den Grafen Dracula eine traurige Berühmtheit erlangt hatte. Transsylvanien hatte es mal geheißen, ein unheimlicher Flecken Erde im Herzen des Balkans, wo alte Legenden und Sagen wahr geworden waren.

Der Flug würde einige Zeit dauern, so konnten wir noch ein wenig die Augen schließen. Unsere Gabe, bei jeder sich bietenden Gelegenheit einzuschlafen, verließ uns auch im Hubschrauber nicht. Wobei Suko die Augen früher geschlossen hatte als ich.

Wir wurden deshalb wach, weil der Pilot tiefer ging. Ich schreckte hoch und rieb meine Augen.

»Sind wir schon da?«, rief Suko.

»Nein, nein. Ich muss tanken.«

Sollte er. Wir schauten durch die dicken Scheiben der

Fenster. Ja, da waren schon die Karpaten zu sehen. Ihre Gipfel hoben sich scharf und schneebedeckt vor dem grauen Hintergrund ab. Darunter sahen wir dunkle, lange Flecken. Es waren die dichten Wälder, die dieses Gebirge prägten.

Wir würden sie bald besser sehen.

Der Pilot landete die Maschine auf einem Armee-Stützpunkt. Er war angemeldet, und es gab keinerlei Schwierigkeiten bei der Landung. Aus Sicherheitsgründen mussten wir den Hubschrauber verlassen.

Sofort merkten wir die Kälte. Es war wesentlich kühler als in Bukarest. Es war gut, dass wir die dicke Kleidung angezogen hatten.

Über zwanzig Minuten vergingen. Soldaten beobachteten uns misstrauisch. Über ihren Schultern hingen die Maschinenpistolen. Aus den Schornsteinen der grauen Kasernen quoll dünner Rauch.

Ich zündete mir eine Zigarette an. Als ich mit der Schachtel auf einen in der Nähe stehenden Posten wies, schüttelte dieser den Kopf. Unter den Augen seines Vorgesetzten nahm er keine westlich dekadenten ›Bestechungsgeschenke‹ an.

Natürlich hatten wir uns weit genug von der Maschine entfernt. Während des Tankvorgangs ist das Rauchen verständlicherweise strengstens verboten.

Der Pilot kehrte zurück. Er winkte uns zu. Es war also alles in Ordnung.

Wenig später saßen wir wieder in der Maschine und stiegen in die graue Luft. Ich hatte das Gefühl, als würde sie nach Schnee schmecken, und auch die großen Wolken weit über den Gipfeln der fernen Berge sahen aus, als würden sie Schnee in sich tragen.

Mit dem Piloten sprach ich darüber. Der Mann hob die Schultern. »Es ist gut möglich, dass es bald schneien wird.«

»Bevor wir das Ziel erreicht haben?«

»Hoffentlich nicht. Denn die Schneefälle kündigen sich zumeist mit einem Sturm an, der nach einem Tag erst abflaut. Es schneit dann weiter.«

Schon bald erreichten wir das Vorgebirge. Die Gegend unter uns wurde nicht nur hügeliger, sondern auch bewaldeter. Die Orte lagen weit verstreut. Als würden sie Schutz suchen, so wirkten die Häuser, wenn sie sich im Schatten der Berge duckten.

Recht bald sahen wir den Schnee.

Die Felder lagen unter uns. Sie schimmerten weiß und schienen mit einem grauen Schleier bedeckt zu sein.

»Nebel!«, meldete Jarek.

In der Tat konnte man die grauen Schleier über dem Schnee so umschreiben. Als wir weiterflogen und in die Täler schauten, entdeckten wir schon den grauen Dampf.

Er lag in dicken Wolken über den Wäldern und stieg allmählich höher.

Der Pilot wandte sich zu uns. Wir sahen seinen besorgten Blick.

Suko fragte: »Wie lange müssen wir noch fliegen?«

Mit den Händen deutete der Mann eine Zeitspanne von zehn Minuten an. Wir schafften es in acht.

Und wir hatten Glück. Zwar befand sich der Ort Petrila in unmittelbarer Nähe der Nebelfelder, doch der Dunst hatte sich nicht so stark verdichtet, dass er eine Orientierung unmöglich machte. Ich erkannte einiges wieder. Den schlanken Turm der Kirche, das Gemeindehaus, gleichzeitig Parteizentrale, und auch die um den Ort liegenden Höfe der Bauern. Man hatte den Hubschrauber schon gehört. Zahlreiche Menschen liefen zusammen. Sie versammelten sich bei der Festwiese, denn dort wollten wir landen.

Der Pilot hatte den Auftrag zu warten, bis wir zurück wollten. Und wenn es drei Tage dauerte. Wir verabschiedeten uns mit einem Kopfnicken und liefen an den staunenden Menschen vorbei in Richtung Dorf. Wir wussten noch genau, wo sich das Zentrum befand. Es gab dort einen Marktplatz, um den sich alte Häuser gruppierten und mit ihren Fenstern auf den Mittelpunkt des Platzes zu schauen schienen, einem herrlichen Steinbrunnen, der als Zierde eine Reiterfigur trug, die ein Schwert drohend gegen den Himmel gereckt hielt.

»Da hat sich nichts verändert«, bemerkte Suko.

Auch ich war seiner Meinung. Fehlte nur noch der Bürgermeister und Parteibonze von Petrila. Er hatte uns beim ersten Besuch auch begrüßt.

Das Dorf wirkte nicht ausgestorben. Die Menschen, die uns begegneten oder sahen, schauten uns zuerst nur kurz an, dann intensiver, einige lächelten auch und grüßten.

Man schien uns erkannt zu haben. Angesprochen wurden wir nicht.

Schließlich ließ sich auch der Bürgermeister blicken. Vor Jahren hatte er bei unserem ersten Zusammentreffen ziemlich kühl und unpersönlich reagiert, jetzt allerdings strahlte er.

»Welcome!«, rief er in unserer Heimatsprache. »Meine Freunde aus England. Das ist eine Überraschung!«

Wir mussten uns Umarmungen gefallen lassen. Nur Bruderküsse tauschten wir nicht aus.

»Warum hat man mir nichts gesagt?«, rief der Mann mit der Halbglatze immer wieder. »Warum nicht?«

Ich hob die Schultern. »Vielleicht sollte es eine Überraschung werden.«

Er winkte ab. »Ach nein, keine Überraschung. Und was wollt ihr hier? Geht es wieder um Vampire?«

»Ja.«

»O nein!« Er raufte sich die wenigen Haare. »Dieser Marek ist unbelehrbar, wirklich.«

»Er weiß nicht, dass wir hier sind.«

»Ach so. Eine Überraschung.«

»Ja.«

»Soll ich euch hinbringen?«

»Das wäre nicht schlecht.«

»Dann kommt mit, Freunde, kommt.« Wie damals zogen wir los, und der Bürgermeister wurde noch immer so respektvoll gegrüßt. In Petrila war die Zeit wirklich stehen geblieben.

Es wurde neblig.

Der Dunst stieg aus den Tälern und kroch aus südlicher Richtung lautlos in das Dorf, um mit seinen grauen Schleiern so manch baufälliges Haus zu verdecken.

»Bald gibt es Schnee«, sagte der Bürgermeister. »Wir liegen immerhin siebenhundert Meter hoch.«

Da hatte er Recht. Ich hoffte nur, dass die Schneewolken sich noch einen Tag zurückhielten.

Zudem war ich gespannt, wie der alte Marek wohl reagieren würde, wenn er uns sah. Bestimmt sehr freudig, wir hatten uns mit ihm gut verstanden.

Schon bald erreichten wir das Haus, in dem die Mareks wohnten. Es sah aus wie immer. Der Anbau, in dem sich die Schmiede befand, stand auch noch, und wir hörten die hellen Schläge aus der offenen Tür dringen. Dort arbeitete jemand.

»Da wären wir«, sagte der Bürgermeister. Mir fiel auch ein Teil seines Namens wieder ein. Mirca hieß er.

»Wollen Sie mit rein?«, erkundigte ich mich.

»Natürlich, ich muss dem alten Frantisek doch guten Tag sagen. Außerdem will ich sein Gesicht sehen, wenn ihr vor ihm steht.« Der Mann rieb sich die Hände.

»Wir werden sehen.«

Noch mussten wir die Straße überqueren. Dann standen wir vor der einfachen Haustür.

Ich schaute an der Fassade hoch. Hinter den Fenstern rührte sich nichts. Keiner hatte uns bemerkt. Nicht einmal Rauch quoll aus dem Schornstein.

»Die scheinen nicht da zu sein«, meinte der Bürgermeister.

»Sieht mir auch so aus«, erwiderte ich.

Dafür sagte Suko: »Aber die Tür steht offen.«

Ich wandte mich an den Bürgermeister. »Ist das hier üblich?«

»Eigentlich nicht.«

Suko war schon vorgegangen. Er hatte den Arm ausgestreckt, berührte das Holz und drückte die Tür nach innen.

»Hallo!«

Auf mein Rufen antwortete niemand.

»Gehen wir doch rein!« Mircas Stimme klang ein wenig rau. Auch ich hatte plötzlich ein unangenehmes Gefühl. Sollte hier jemand schneller als wir gewesen sein?

Wir betraten das Haus.

Im engen Flur blieben wir erst einmal stehen. Eine Treppe führte hoch in die niedrigen Räume der ersten Etage. Die Stufen verschwanden im Dämmerlicht.

Der Bürgermeister drängte sich an mir vorbei in den Wohnraum. Er war kaum verschwunden, als Suko in die Knie ging und einen Zischlaut ausstieß.

Ich bückte mich ebenfalls und folgte mit den Blicken dem ausgestreckten Finger meines Partners.

Noch vor der Treppe begannen die dicken, dunklen Tropfen, die auf den Holzdielen lagen.

Und sie führten die Stufen hoch. Auf der dritten konnten wir sie noch erkennen – Blut!

Zwei Stunden vergingen.

Die beiden Freunde saßen am Tisch. Sie schwiegen sich zumeist an. Hin und wieder erhob sich der alte Köhler, um frische Holzscheite in den Kamin zu werfen. Wenn die Flammen neue Nahrung erhielten, wurden sie zu gierigen Fingern, die über die Scheite leckten und sie entzündeten. Und wenn die Rinden platzten, dann flogen regelrechte Funkenbahnen in die Höhe und verschwanden im Kaminschacht.

»Wird er kommen?«, fragte Marek zum wiederholten Male und schaute auf seinen Eichenpflock.

»Wir können es nur hoffen.«

»Er muss in die Falle gehen. Er muss es einfach«, flüsterte der Pfähler. »Er hat dich nicht umsonst ausgesucht, Stephan.«

»Ja, ich habe ihn zweimal gesehen«, sagte der Köhler und schielte auf sein Holzkreuz, das vor seiner Brust hing. Er hatte es mal weihen lassen, und er versprach sich viel davon.

Plötzlich stand Marek auf.

»Was ist los?« Stephan hob überrascht den Kopf.

Marek hielt den Pfahl hoch. »Ich kann nicht mehr. Ich muss raus hier, verstehst du?«

»Und dann?«

»Ich gehe vor die Tür und horche. Vielleicht kann ich ihn auch locken, wenn er mich riecht oder sieht.«

Stephan schaute zur Klingelschnur in der Ecke. Die beiden Männer hatten eine Alarmanlage gespannt. Sie befand sich noch außerhalb der Fallen. Auch dabei hatten sie auf eine Schnur zurückgegriffen und sie dicht über den Boden gezogen. Wenn der Vampir kam, sie bewegte, dann musste im Haus die kleine Glocke anschlagen, die mit der Schnur in Verbindung stand.

Das Risiko, dass der Alarm durch ein Tier ausgelöst wurde, musste in Kauf genommen werden.

»Warte doch noch«, sagte Stephan und hob die Flasche. »Hier, ein Schluck wird dir gut tun.«

»Nein, bleib mir mit dem Teufelszeug vom Leib«, knirschte der Pfähler. »So etwas will ich nicht.«

»Was hast du, Frantisek?« Stephan stemmte seine Hände auf die Tischplatte und drückte sich in die Höhe.

»Ich habe Angst!« Marek schaute den Freund direkt an, und die Augen des Köhlers wurden groß.

»Angst?«, echote er. »Wirklich Angst?«

»Ja.«

»Aber du bist Marek, der Pfähler. Du brauchst doch keine Angst zu haben, mein Lieber.«

»Doch, das habe ich. Ehrlich. Ich weiß auch nicht, wie es kommt, aber ich fühle mich so ...« Er sprach nicht mehr weiter und schaute zu, wie Stephan Schnaps in den Becher gluckern ließ.

»Weißt du«, sagte er nach einer Weile, als der Köhler getrunken hatte. »Es ist so. Die Angst ist nicht direkt da. Nicht um meine Person, es geht um etwas anderes. Das ist wie ein Kreis.«

»Verstehe ich nicht.«

»Na ja, Freund, wie soll ich es dir erklären?« Marek hob die Schultern und verzog sein Gesicht, wobei sich die Falten noch tiefer in seine Haut gruben. »Die Furcht ist allgemein, verstehst du? Sie lauert überall, und sie kann auch Menschen treffen oder sich auf Menschen beziehen, die mir nahe stehen.«

»Deine Frau?«

»Unter anderem. Vielleicht hätte ich sie nicht allein lassen sollen.«

Da lachte Stephan. »Aber der Vampir lauert hier im Wald, der wird nicht zu dir kommen.«

»Wer weiß es?«

»Ich, mein Lieber. Ich weiß es. Du solltest deine Angst besiegen. So kenne ich dich gar nicht.«

»Vielleicht hast du Recht, Stephan. Möglicherweise ist alles ganz anders, als ich denke. Möglicherweise ...«

»Bestimmt sogar.«

Im nächsten Augenblick zuckten beide zusammen, denn die Glocke an der Wand begann zu schlagen. Sofort richteten sich die Blicke der Männer auf den kleinen, golden schimmernden Gegenstand, der heftig bewegt wurde und dann verstummte.

»Der Vampir«, hauchte Stephan, dabei schaute er auf Marek, und seine Augen wurden groß. »Himmel und Feuer, der Blutsauger. Er ist uns in die Falle gegangen.«

»Noch wissen wir nichts.«

Etwas schwankend schob sich der Köhler um den Tisch herum. »Komm, Marek, komm, wir schauen nach.« Mit zwei Schritten erreichte er die Tür und öffnete sie.

Der Pfähler schielte noch zur Glocke hin, die sich nicht mehr bewegte, dann wandte auch er sich dem Ausgang der Holzhütte zu, durch deren offene Tür die dicken Nebelschwaden gespenstisch und lautlos in den Raum hereinwallten.

Eine unheimliche Atmosphäre hielt den gesamten Wald umfangen. Die laublosen Bäume waren nur als geisterhafte Schatten zu erkennen. Nebelspiralen umquirlten sie, und es schien so, als wollten sie ihnen für die Dauer von Sekunden ein seltsames Leben einhauchen.

Die beiden Männer blieben vor der Hütte stehen. Der Rest des Kaminlichtes traf sie und warf zuckende Schatten auf ihre Körper. Die alte Sturmlaterne schwankte, und die Kette, an der sie hing, bewegte sich knarrend.

»Hörst du ihn?«, fragte Marek.

»Noch nicht«, wisperte der Köhler. »Aber er ist da, das spüre ich genau.«

Marek packte seinen Eichenpflock fester. »Komm, Stephan, wir werden ihn fangen. Es hat keinen Sinn, hier länger stehen zu bleiben. Heute ist er fällig.«

Der Köhler nickte. Zudem fasste er nach dem Band, das sein Kreuz hielt, und streifte es über den Kopf. Jetzt hielt er das Holzkreuz in der Hand. Er fühlte sich gleich sicherer. Tief saugte er den Atem ein. Er musste sich beeilen, denn Marek war vorgegangen, und seine Gestalt wirkte bereits durch den Nebel verschwommen.

Der Pfähler machte auf den alten Köhler selbst den Eindruck eines unheimlichen Wesens.

»Bleib stehen!«, zischte er.

Marek folgte der Aufforderung. Stephan hastete auf ihn zu und stellte sich an seine Seite. »Da vorn ist schon die erste Falle!«, flüsterte der Köhler. »Wenn der Blutsauger jetzt …«

Er sprach nicht mehr weiter, denn beide hörten sie den erstickenden Schrei, dem ein dumpfes Röcheln folgte.

»Haaa!«, rief Stephan. »Jetzt haben wir ihn, diesen verfluchten Bluttrinker. Komm …«

Es war Blut!

Wir waren nicht mehr weitergegangen, hatten uns erhoben und blieben auf dem Fleck stehen.

Aus dem Wohnraum hörten wir Geräusche. Dort befand sich der Bürgermeister und suchte nach den beiden Mareks, rief auch ihre Vornamen, erhielt jedoch keine Antwort.

Suko stieß mich an. »Marek?«, hauchte er.

Ich hob die Schultern und zog meine Beretta. Ich hatte auch die Waffe mit den Eichenbolzen mitgenommen. Der Griff nach der Beretta war automatisch erfolgt, weil ich diese Pistole sonst immer nahm. Jetzt steckte ich die Beretta wieder weg und holte die andere, etwas klobig wirkende, dafür fast lautlos schießende Waffe hervor.

Sie war speziell für Vampire gedacht. Die Eichenbolzen – vorn zugespitzt – töteten die Blutsauger auf der Stelle, wenn man ins Herz oder zwischen die Augen traf.

»Sollen wir hoch?«, wisperte Suko.

»Wird uns wohl nichts anderes übrig bleiben«, erwiderte ich ebenso leise.

Da wurde neben uns die Tür geöffnet. Der Bürgermeister verließ das Zimmer und hob die Schultern. Sein Gesicht zeigte ebenfalls Ratlosigkeit an.

»Nichts, sie sind beide nicht zu sehen.« Er kratzte sich am Kopf. »Das verstehe ich nicht. Soll ich mal nebenan in der Schmiede nachfragen? Der Gehilfe müsste wissen, wo ...« Er verstummte, denn wie auch wir hatte Mirca Schritte gehört.

Nicht auf derselben Etage, sondern über uns, wo die Treppe in der Düsternis verschwand.

Dort hielt sich jemand auf.

Der Bürgermeister hatte den Mund geöffnet, wollte etwas sagen, sah dann allerdings auf meine Pistole und wurde noch bleicher, als er ohnehin schon war.

Er stellte keine Fragen.

Suko ging ein wenig zur Seite. Er zog die Beretta. Dabei baute er sich so auf, dass er schräg die Treppe hochschauen konnte, und ich drückte den Bürgermeister zurück.

»Bleiben Sie hinter mir!«

»Was ist denn geschehen?«

»Werden wir gleich feststellen!«

Die Schritte klangen nicht mehr so dumpf, sie waren lauter geworden, ein Zeichen, dass sich jemand der Treppe näherte. Im Haus gab es sonst keine Geräusche mehr, nur aus der Schmiede hörten wir nach wie vor das helle Hämmern des Hammers.

Mir war überhaupt nicht wohl zumute, denn ich ahnte Schreckliches und hoffte, dass ich es nicht bestätigt bekam.

Dann waren die Schritte auf der Treppe zu vernehmen. Noch dumpfer klangen sie, denn unter den Stufen befand sich ein Hohlraum.

Wir warteten.

Eine Sekunde verstrich, die zweite ...

Dann sahen wir die Füße. Jetzt wusste ich auch, weshalb die Schritte so hohl geklungen hatten, die Person, die die Treppe herunterkam, trug Holzschuhe.

Aber keine Hosen.

Es war eine Frau. Schon erkannten wir den Rocksaum, die Wollstrümpfe an den Beinen, sahen eine Schürze und die dunklen Flecken darauf.

Blut!

Mein Gott, ich hatte auf einmal schreckliche Angst, dass sich mein Verdacht bewahrheiten würde.

Es hatte nicht Frantisek Marek erwischt, sondern …

Die nächsten Schritte.

Jetzt sahen wir sie.

Es war Marie, die Frau des Pfählers. Ihre rechte Gesichtshälfte war blutbeschmiert, jemand musste sie dort mit einem scharfen Gegenstand attackiert haben. Auch in den grauen Haaren klebte das Blut.

Dennoch lebte die Frau. Denn sie war – ein Vampir!

Das Bild war grauenhaft. Wir hatten alle drei nicht damit gerechnet und erlitten einen Schock. Die blutbeschmierte rechte Gesichtshälfte stand im krassen Gegensatz zu der linken, deren Haut bleich schimmerte. Und zwischen den beiden Gesichtshälften, im unteren Drittel, da stand der Mund offen, und die beiden spitzen Vampirzähne schauten hervor. Sie erinnerten mich an winzige Dolche, aber sie waren in ihrer Wirkung gefährlicher als diese Waffen.

Für uns wurden es die schrecklichsten Sekunden einer schlimmen Wahrheit. Marie Marek stand auf der Treppe und schaute uns starr an. Ich weiß nicht, ob sie uns erkannte, wahrscheinlich nicht, denn all ihr Sinnen und Trachten zielte darauf ab, das Blut eines Menschen zu trinken. Sie als Vampir brauchte es, um überleben zu können.

Während Suko und ich vor Grauen stumm waren, konnte sich der Bürgermeister neben uns nicht mehr halten. Er stöhnte vor Angst und Entsetzen. Aus seinem Mund drangen Laute, die man schon nicht mehr mit dem Wort menschlich umschreiben konnte.

Ohne uns abgesprochen zu haben, taten Suko und ich das Gleiche. Wir drängten den Mann zurück, damit er uns nicht mehr im Weg stand, denn nun galt es, das untote Wesen vor uns zu bekämpfen. Mirca ließ sich schieben wie eine Puppe. Er lehnte sich gegen die Wand und behielt den Mund offen. Sein Atmen drang wie ein schweres Rasseln über die spröden Lippen.

»Schieß du, John«, flüsterte Suko und deutete mit dem Kopf auf meine Pistole.

Es war die Bolzenwaffe. Ich hatte lange nicht mehr mit ihr geschossen und hoffte, nichts verlernt zu haben.

Nach dieser schaurigen Entdeckung waren vielleicht vier, fünf Sekunden vergangen. Wenn man selbst an solchen Ereignissen beteiligt ist, erscheint einem die Zeit immer langsamer, als sie in Wirklichkeit ist, und ich musste mir erst einen innerlichen Ruck geben.

Gleichzeitig setzte sich auch die Frau in Bewegung.

Als sie mit ihrem Holzschuh die nächste Stufe berührte, vernahmen wir wieder dieses dumpfe Geräusch, das uns entgegenschlug.

Für mich ein Zeichen!

Ich krümmte den Finger, die Lippen bildeten einen Strich, dann drückte ich ab.

Die Waffe hatte kaum einen Rückstoß. Fast hätte ich noch verzogen, weil ich an die Beretta gewöhnt war. Ein Geräusch entstand, das sich anhörte, als würde irgendwo Luft entweichen, dann raste das Geschoss aus der Mündung und hieb ins Ziel.

Es war die Stelle zwischen den Augen.

Die Untote erhielt einen ungeheuren Schlag.

Der Schädel wurde nach hinten gerissen, so schnell und wuchtig, dass ich das Gefühl hatte, er würde abfallen.

Mit ihm kippte auch der Körper. Zwar streckte sie noch ihren rechten Arm aus, um sich am Handlauf des Geländers festzuklammern, sie verfehlte ihn jedoch und griff ins Leere. Das Wesen knickte ein und bekam das Übergewicht.

Marie Marek fiel nach vorn.

Aus irgendeinem Grunde gelang es ihr, den Kopf wieder hochzustemmen. Sie wandte uns dabei das Gesicht zu, sodass wir sie direkt anschauen konnten.

Es war grauenhaft.

Der Bolzen hatte seinen Weg gefunden. Zwischen ihren Augen steckte er und war tief in den Kopf gefahren. Dieses blutsaugende Wesen existierte nicht mehr.

Und sie fiel nach vorn.

Schwer und steif kippte sie uns entgegen.

Dabei fiel sie genau in meine Richtung und sie hätte mich auch von den Beinen gerissen, wenn ich nicht zurückgesprungen wäre.

Die Untote dröhnte auf die Stufen. Sie schlug schwer auf den Kanten auf, wurde durchgeschüttelt und rollte den Rest der Treppe hinab. Vor uns blieb sie liegen.

Tot, erledigt …

Wir schwiegen und schauten auf den Rücken der Frau. Frantisek Marek hatte immer ein wenig seltsam von seiner Frau gesprochen und sie als einen Drachen bezeichnet. Ich war fest davon überzeugt, dass dies sehr liebevoll gemeint war.

Wenn er vom Tod seiner Frau erfuhr, dann …

Ich schüttelte mich, denn mir war ein anderer, schlimmer Gedanke gekommen.

Suko dachte ähnlich. Er stieß mich an und flüsterte. »Wir haben den Pfähler noch nicht gesehen, John. Ob er sich auch da oben als Vampir befindet?«

»Mal den Teufel nicht an die Wand.«

Mein Freund und Kollege hob die Schultern. »Verflixt, wir müssen mit allem rechnen.«

Was sollte ich dagegen einwenden? Suko hatte mit seiner Prognose völlig Recht. Wir mussten wirklich mit dem Schlimmsten rechnen, und ich schielte die Treppe hoch.

Wir hörten den Bürgermeister. Er lehnte an der Wand, hatte den Kopf gesenkt und schluchzte. Seine Worte, die er sprach, verstanden wir nicht. Vielleicht fragte er sich das Gleiche wie wir.

»Wer kann das getan haben?« Suko stellte die Frage, und ich hob die Schultern.

»Baron von Leppe«, formulierte Suko. »Tarrasco hat uns den Namen gesagt. Vielleicht ist er …«

»Oder auch Lady X!«

Tief atmete der Inspektor ein. »Mann, John, wenn du da Recht haben solltest, dann …«

»Die will das Chaos.«

»Vielleicht befindet sie sich noch im Haus.«

»Dann schauen wir nach.«

»Moment noch.« Ich hielt Suko fest, als er die Stufen hochgehen wollte. »Zuerst will ich mit Mirca reden.«

Der Bürgermeister war kaum ansprechbar. Zu tief saß der Schock. Als er mich schließlich aus tränennassen Augen anschaute, da fragte er nur: »Warum nur, John Sinclair? Was ist mit ihr nur passiert?«

»Sie lebt nicht mehr«, erwiderte ich. Anscheinend hatte der Bürgermeister die volle Tragweite des Vorfalls noch nicht begriffen. Er wollte auf die Knie nieder und sie anfassen, doch ich hielt ihn ab. »Nein«, sagte ich. »Sie müssen sich jetzt zusammenreißen.«

»Ich kann es nicht«, sagte der sonst so harte Mann, den die Partei geschult und eingesetzt hatte. »Ich kann es einfach nicht. Tut mir Leid.« Er schüttelte den Kopf.

Ich redete jetzt hart mit ihm, schrie ihn fast an, denn der Mann durfte nicht durchdrehen. Ich erinnerte ihn an seine Pflichten als Bürgermeister, und allmählich gewann er seine Fassung zurück. Er wurde wieder normaler.

»Sie haben Recht«, flüsterte er und nickte ein paar Mal. »Wir müssen uns zusammenreißen. Was soll ich tun?«

»Auf jeden Fall zusehen, dass nichts nach außen dringt. Niemand im Dorf darf erfahren, was sich hier zugetragen hat. Wenn es ans Licht der Öffentlichkeit gerät, dann wird es schlimm werden. Es würde eine Panik geben, die keiner mehr kontrollieren kann. Vielleicht beabsichtigen das unsere unbekannten Gegner. Wenn die Menschen nicht mehr wissen, was sie tun, haben es die anderen leichter.«

Das sah der Mann ein. Er wischte sich mit einem roten Tuch die Augen sauber, schnäuzte die Nase und fragte: »Wer kann diese Frau denn so verändert haben?«

Ich hob die Schultern. »Keine Ahnung, aber wir haben in England einen Hinweis auf einen hier in Rumänien lebenden Baron erhalten. Sein Name ist von Leppe!«

»Von Leppe?« Der Bürgermeister runzelte die Stirn, bevor er mich anschaute.

»Kennen Sie ihn?«

»Gehört habe ich von ihm«, erwiderte er. »Ja, sogar des Öfteren.«

»In welchem Zusammenhang?«

»Das liegt irgendwo in der Geschichte des Landes begründet, wissen sie. In einer sehr blutigen Geschichte.« Er schlug sich gegen die Stirn, und ich schaute zu, wie Suko die Treppe hoch schritt und im Düsteren verschwand.

»Kann er ein Vampir gewesen sein?«, wollte ich wissen.

Mirca senkte die Stimme. »Ja, jetzt wo Sie es sagen, erinnere ich mich. Von Leppe soll ein Vampir gewesen sein. Aber der Baron ist längst gestorben.«

»Vielleicht.«

Sein Gesicht zeigte Schrecken. »Sind Sie der Meinung, dass er nicht tot und begraben ist?«

»Nein, wenn schon, dann hoffe ich, dass man ihn gepfählt und begraben hat.«

»Das müsste ich wissen. So etwas spricht sich herum. Wir hätten es längst erfahren.«

»Aus den Sagen?«

»So ungefähr.«

Ich holte tief Luft. Eigentlich standen wir noch immer am Anfang. Wir wussten zu wenig, um konkret etwas unternehmen zu können. Uns fehlte einfach Frantisek Marek, der uns hätte mehr sagen können. Wo er sich befand, wusste aber keiner.

»Wir werden die Tote hier aus dem Weg schaffen«, erklärte ich dem Bürgermeister. »Fassen Sie mal mit an!«

Beide bückten wir uns. Ich nahm Marie Marek an den Schultern, die Beine überließ ich Mirca. Sein Gesicht zuckte, als er mithalf, die Tote in den Wohnraum zu schaffen.

Dort legten wir sie auf ein altes Sofa mit gebogenen Rückenlehnen. Ich schaute den Mann direkt an. »Sie wissen ja Bescheid. Zu keinem ein Wort über den Vorfall. Versuchen Sie aber herauszufinden, wo sich Frantisek Marek befindet.«

»Ja, ich muss den Mann in der Schmiede fragen.«

»Falls er noch da ist. Ich habe nämlich den Schmiedehammer lange nicht mehr gehört.«

»Ich weiß, wo er wohnt. Nur ein paar Häuser weiter. Das geht schon klar.«

Wir verließen den Raum, und Suko kam die Treppe runter. Er schüttelte den Kopf.

»Nichts gefunden?«

»Nein, John, aber da oben ist alles durchwühlt. Auch die alte Truhe, wo Marek seinen Eichenpfahl untergebracht hatte. Da scheint jemand etwas gesucht zu haben.«

»Wenn wir wüssten, wer, dann wären wir schlauer.«

»Lady X?«

»Kann sein, aber auch Baron von Leppe wollen wir nicht außer Acht lassen.«

Hinter uns schlug die Tür zu. Der Bürgermeister hatte das Haus verlassen.

»Hoffentlich hält er dicht«, sagte mein Freund leise und wiegte den Kopf. »Es hat ihm einen regelrechten Schock versetzt, als er die Frau sah.«

»Da sagst du was.«

»Was können wir tun?«

»Auf Marek warten.«

»Und dann?«

»Holen wir uns den Baron«, erwiderte ich mit harter Stimme.

»Und Lady X als Beigabe, wie?«

»Schön wäre es, Alter. Fast zu schön …«

Stephan und Marek hatten es selbstverständlich eilig. Trotzdem mussten sie vorsichtig sein, wollten sie sich nicht in ihrer eigenen Falle fangen und von einem Pfeil getroffen werden.

Der Nebel war einfach überall. Hinter ihnen verschwamm das Haus in der dunkelgrauen Suppe, nur die Sturmlaterne leuchtete noch als heller, verwaschen wirkender Fleck.

Stephan war vorgegangen. Er sprach mit sich selbst, und plötzlich hörten beide die Geräusche.

Ein grauenhaftes Wimmern durchbrach die Stille. Es war schlimm für die beiden, dies anhören zu müssen, es bewies ihnen aber, dass ihre Falle einen Erfolg gezeigt hatte.

Der Köhler ging schneller.

»Sei vorsichtig!«, rief Marek noch. »Der Nebel und die Falle, sie ...«

Er sprach nicht mehr weiter, denn ein surrendes Geräusch war zu vernehmen.

Ein Pfeil hatte sich gelöst – und getroffen.

Stephan, der Köhler, schwankte plötzlich. Seine Gestalt war zum Schatten geworden, der hin und herzuckte.

Marek verspürte schreckliche Angst. Den Namen seines Freundes schrie er, der Vampir war vergessen, jetzt ging es um Stephan, und Frantisek Marek überwand die Distanz zu dem Freund mit schnellen Schritten, bevor er sich neben ihn kniete.

Stephan lag auf der Seite. Sein Gesicht war seltsam verzerrt, als würde er schief grinsen. Marek jedoch wusste, dass es die Schmerzen waren, die ihn so zeichneten.

Der Pfeil hatte Stephan getroffen. Er war ihm dort in den Körper gefahren, wo sich das Ende des Halses befand und er in die Brust überging. Sie hatten die Sehnen sehr straff gespannt, damit die Pfeile genügend Durchschlagskraft hatten. Davon konnte sich der Pfähler jetzt mit eigenen Augen überzeugen.

»Stephan«, flüsterte er mit versagender Stimme. »Stephan, mein alter Freund ...«

Der Köhler hustete. Etwas Dunkles quoll aus seinem Mund und verlief im Bart. Marek wusste, dass es Blut war, und er wusste ferner, dass es schlimm um Stephan stand.

Die Finger des Köhlers verkrampften sich um Mareks

rechten Arm. »Mein alter Freund, ich – ich habe wohl etwas zu viel von dem Schnaps getrunken. Ich war nicht mehr so sicher, der Vampir …«

»Rede jetzt nicht. Ich bringe dich zu einem Arzt. Das Auto steht hinten am Weg. Ich bringe dich hin, mein Freund. Komm auf die Schulter. Ich will mit dir …«

»Nein, Marek, nein, mein Freund. Ich werde nicht mehr lebend in meine Hütte oder deinen Wagen kommen. Meine Zeit ist abgelaufen. Der Sensenmann wartet schon. Aber ich werde dir im Jenseits die Daumen drücken. Vernichte sie. Pfähle von Leppe. Mach deinem Namen wieder alle Ehre, denn du bist der Pfähler. Du, Marek, nur du. Du hast das große Erbe übernommen. Führe es so fort wie früher. Ich bitte dich …«

Marek schluckte. Er war ein harter Mann, das Leben hatte bei ihm seine Spuren hinterlassen, doch als er seinen Freund liegen und sterben sah, konnte auch er sich nicht mehr beherrschen. Zu schlimm war das alles.

Aus seinen Augen rannen kleine, durchsichtige Tropfen. Sie zeichneten Spuren in die Wangen. Es waren Tränen, die dem alten Mann aus den Augen flossen.

Er schaute auf den Pfeil, dann in das Gesicht des Freundes und in dessen Augen.

Sie waren bereits dem Jenseits zugekehrt.

»Das Licht, Marek, das Licht. Ich sehe es. Ich gleite hin, es will mich …«

Die letzten Worte des Sterbenden hörte Marek noch wie einen Hauch. Dann brach der Blick.

Stephan war tot.

Unbeweglich blieb Marek neben der Leiche sitzen und schaute zu, wie sich der Nebel über den Körper legte, als wollte er ein dünnes Leichentuch ausbreiten.

An den Vampir dachte der Pfähler nicht mehr. Er schaute auf das Gesicht seines Freundes, das so blass und verzerrt aussah. Der Köhler würde nie wieder etwas trinken können, weder sehen, sprechen noch hören.

»Ich werde dich rächen«, flüsterte Marek. »Verlass dich drauf, mein Junge, ich räche dich!« Als würde er Zentnerlasten auf seinem Rücken tragen, so schwerfällig stand er auf und drehte sich um. Er wollte und musste nach dem Vampir sehen, der ebenfalls in die Falle gegangen war.

Marek wurde sehr vorsichtig. Er entdeckte die Stelle, von wo der Pfeil auf den Köhler abgefeuert worden war. Der Bogen war durch den biegsamen Zweig in die Höhe geschleudert worden. Schlaff hing er nach unten.

Marek schritt vorbei. Dann schlug er einen Bogen und schaute zu Boden. Er hatte etwas entdeckt. Im Nebel lauerte ein Schatten, der sich bewegte.

Es war der Vampir.

Marek ging hin und sah, was geschehen war.

Der Pfeil hatte genau getroffen. Er war dem Blutsauger seitlich durch die Brust gefahren und hatte wahrscheinlich das Herz des Untoten durchbohrt.

Der Vampir starb.

Auf die älteste Art und Weise, die es gab, war er vernichtet worden. Marek blieb neben ihm stehen, den Blick hielt er gesenkt. »Verfluchter Bluthund«, flüsterte er. »Verfluchter Bluthund. Das war deine allerletzte Tat, die du begangen hast.«

Eine Antwort erhielt er nicht, denn der alte Vampir befand sich im fortgeschrittenen Stadium der Auflösung.

Die Haut war von seinem Gesicht zum größten Teil verschwunden. Graue Knochen, schleimige Augen und eine blasse Totenklaue, die sich als Knochenhand um den Pfeilschaft geklammert hatte.

Aber das war nicht der Baron von Leppe!

Marek kannte ihn. Nein, vor ihm lag ein völlig anderer. Der Pfähler überlegte.

Das konnte eigentlich nur der Diener des Barons sein. Der Diener Egmont, vor dem die Menschen damals fast ebenso viel Angst gehabt hatten wie vor dem Baron.

Ihn hatte es erwischt.

Und der Baron?

Marek stand auf. War Egmont allein gekommen, oder lauerte der unheimliche Adelige noch irgendwo im Wald?

Frantisek Marek hob den rechten Arm. In der Hand

hielt er den Pfahl. »Komm her!«, brüllte er. »Komm her, wenn du in der Nähe bist. Ich werde dich für alle Zeiten erledigen. Du wirst den Pfahl zu schmecken bekommen, denn er wird dich durchbohren, das schwöre ich dir, verfluchte Bestie!«

Er vernahm eine Antwort. Allerdings nicht so, wie er sie erwartet hätte. Irgendwo vor ihm im dichten Nebel klang ein Lachen auf.

Geisterhaft und hohl hallte es durch den Wald. Es wurde von Marek genau gehört, und der Triumph aus dem Lachen war einfach nicht fortzuwischen.

Baron von Leppe war in der Nähe.

Wieder schrie Marek. Er wollte diese Bestie vernichten, die jedoch zeigte sich nicht.

Still, verlassen blieb der unheimlich wirkende Wald. Nach einigen Minuten machte Marek kehrt. Er ging dorthin zurück, wo die Leiche des Köhlers lag.

Marek bückte sich und wuchtete den Toten in die Höhle. Er war schwer, und als der Pfähler ihn über seine Schulter geworfen hatte, da schwankte er.

Fast wäre er noch gefallen, und ihm wurde klar, dass er nicht die Kraft hatte, um den toten Freund zu seinem Wagen zu tragen. Aber bis zur Hütte musste er es schaffen.

Es wurde ein Weg der Qual. Gespenstisch sah es aus, wie Frantisek Marek mit der Leiche auf seiner Schulter von den grauen, wallenden Nebelschwaden umweht wurde und allmählich verschwand.

Die Last wurde immer schwerer. Nach der Hälfte der Strecke schien sie schon das Doppelte zu wiegen, und als Marek das Haus des Köhlers erreichte, da stand er dicht vor dem Zusammenbruch.

Dann sah er den großen Holzschlitten. Eine Idee durchzuckte ihn. Auch wenn der Boden nicht mit der weißen Pracht bedeckt war, es lagen jedoch genügend Nadeln und Laub herum, um eine relativ gute Gleitschicht zu bilden.

Er legte die Leiche zu Boden und ruhte sich ein wenig aus. Er merkte sein Alter. Allmählich schwanden die

Kräfte, der Pfähler war ein grauer Wolf geworden, ein alter, aber zäher Wolf. Wieder einmal wurde ihm bewusst, dass er sich nicht zur Ruhe setzen konnte, er musste weitermachen und zuerst Baron von Leppe erledigen, obwohl der eigentlich tot war, wie die Menschen sagten. Niemand hatte jedoch seine Leiche gesehen, er hatte sich den Menschen auch nicht als Vampir gezeigt, und das Lachen vorhin brauchte nicht unbedingt von ihm zu stammen.

Marek hatte sich entschlossen, auf dem Schloss nachzusehen, wo sich der Familienfriedhof der von Leppe befand. Dort würde er Spuren finden.

Als er wieder einigermaßen zu Kräften gekommen war, wuchtete er den Schlitten auf die Kufen, schob ihn vor und hievte den Toten auf das Gefährt.

Das Seil, mit dem der Schlitten gezogen wurde, war um eine Öse gewickelt. Marek zerrte es straff, stemmte sich mit den Beinen fest gegen den Boden und hob das Seil auf seine Schulter. Dann zog er den Schlitten.

Es kostete Kraft, ihn von der Stelle zu bewegen. Danach ging es wesentlich besser, und er schaffte die Strecke zu seinem Wagen. Während er sich ausruhen musste, um danach den Toten auf dem Rücksitz zu verfrachten, dachte er wieder an seinen Freund und wie er ums Leben gekommen war.

Der alte Marek musste dauernd würgen und konnte es beim besten Willen nicht unterdrücken.

Gleichzeitig brannte in seinem Herzen die Rache wie eine lodernde Flamme ..

Wir standen vor dem Haus des alten Marek und warteten auf den Bürgermeister.

Die Menschen, die über die Straße gingen, blickten uns scheu an. Manche erkannten uns, sie erinnerten sich an die vergangenen Zeiten und daran, was in der Umgebung von Petrila geschehen war. Vielleicht glaubten sie, dass sich ähnliche Ereignisse wiederholen würden, womit sie nicht einmal so Unrecht hatten.

Von den Bergen fiel ein kühler Wind überfallartig in den Ort hinein. Noch schneite es nicht, doch in der Nacht würden die weißen Flocken sicherlich fallen.

Es war dunkel geworden. Nur wenige Lichter brannten auf der Straße. Hinter den Fenstern der Häuser allerdings schimmerte es hell. Die Scheiben sahen aus wie viereckige Augen, die alles beobachten wollten. Nicht weit vom Haus der Mareks entfernt stand ebenfalls eine Laterne. Ihr Lichtschein reichte bis zum Boden und wurde von einer Gestalt durchquert, die anschließend uns ansteuerte.

Es war der Pilot. Ihm schien es am Hubschrauber zu langweilig geworden zu sein.

»Hat es schon etwas gegeben?«, erkundigte sich Jarek, als er vor uns stehen blieb.

»Nein, wir warten noch.«

»Die ganze Nacht?«

»Möglich.«

Jarek strich über sein Gesicht. »Gut, dann werde ich mir ein Gasthaus suchen, um mich aufzuwärmen. Ich brauche auch einen kleinen Schluck, das ist immer gut.«

Dagegen hatte ich etwas. »Nein, Sie bleiben bei Ihrem Hubschrauber. Es kann sein, dass wir in der Nacht noch losmüssen.«

Da lachte er und deutete in die Runde. »Bei dem Nebel müssten Sie schon selbst fliegen.«

»Notfalls tun wir das auch«, bemerkte Suko.

»Superman?«, fragte Jarek.

»Batman«, erwiderte mein Freund und Kollege.

Darauf erwiderte Jarek nichts Direktes. Er sagte nur: »Ich verschwinde trotzdem in Richtung Gasthaus. Schnaps werde ich nicht trinken.« Er nickte uns zu und ging.

»Seltsamer Kauz«, sagte Suko.

Dann kam der Bürgermeister. Er schälte sich aus dem Dunst, sein Atem ging schnell und heftig. Wir sahen ihm an, dass er den Schock noch immer nicht überwunden hatte.

»Wissen Sie mehr?«, fragte Suko.

»Ja, ja. Marek ist tatsächlich nicht da. Er ist weggefahren.«

»Und wohin?«

Jetzt verzog der Mann sein Gesicht, als hätte er in eine Zitrone gebissen. »In den Wald zu seinem Freund Stephan, dem Köhler. Die beiden wollen Vampire jagen.«

Suko und ich waren überrascht. Eine Weile sagten wir nichts, bis Suko schließlich über sein Haar strich und den Kopf schüttelte. »Das gibt es doch nicht. Marek will im Wald Vampire jagen, und hier in Petrila laufen sie herum.«

»So ist es aber.«

Ich fragte konkreter. »Wen wollte er denn jagen?«

»Keine Ahnung.«

»Und wer hat Ihnen das gesagt?«

»Sein Gehilfe. Als Marek wegging, hat er hinterlassen, wen er treffen will. Das war es.«

»Wohnt dieser Stephan weit von hier?«

Der Bürgermeister schüttelte den Kopf. »Bei dem Nebel werden selbst kurze Entfernungen zu einer weiten Strecke. Sie würden sich verirren.«

»Dann kann es also noch dauern«, bemerkte ich.

»Möglich.«

Da es still innerhalb der Ortschaft war, hörten wir das Geräusch des fahrenden Wagens sofort. Es erklang von uns aus gesehen rechts auf. Wir drehten automatisch die Köpfe, starrten in die graue Nebelwand und sahen zwei tanzende, gelblich schimmernde Flecken, die sich uns näherten.

»Vielleicht ist er das«, sagte der Bürgermeister.

Ich war erstaunt. »Wieso? Hat der alte Marek einen Wagen?«

»Ja, einen Lada.«

»Seit wann?«

»Keine Ahnung.«

Es war tatsächlich Frantisek Marek. Der Wagen wurde quer über die Straße gelenkt und auf den kleinen Platz vor dem Anbau zugesteuert. Wippend kam der Lada zur Ruhe. Die Tür wurde aufgestoßen, ein Mann in dunkler

Kleidung verließ das Fahrzeug. Am gebeugten Rücken erkannte ich auch von hinten den alten Marek.

In meinem Magen hatte sich ein Kloß gebildet. Ich wusste nicht, wie ich Marek sagen sollte, was mit seiner Frau passiert war. Schließlich hatte ich sie getötet.

Aber das war nicht der richtige Ausdruck. Man musste schon sagen erlöst.

Frantisek Marek warf die Tür ins Schloss. Es gab einen dumpfen Knall. Der Pfähler drehte sich um, weil er die hintere Tür des Autos öffnen wollte.

Da traten wir aus dem Nebel.

Wir mussten dem alten Marek wie Geister erschienen sein, denn er zuckte zusammen und hob den rechten Arm. Dabei winkelte er ihn so an, dass die Spitze des Pfahls auf uns zeigte.

»Willst du uns pfählen?«, fragte ich.

Er erstarrte, drehte den Kopf und schien meiner Stimme zu lauschen.

»Wir sind es wirklich, Frantisek.«

»John Sinclair?«, hauchte er.

»Ja.«

»Verdammt, John Sinclair!«, schrie er. »Dich hat der Himmel geschickt!« Er rannte um den Wagen herum und warf sich in meine Arme. »Freund«, sagte er immer wieder. »Mein Freund John Sinclair, dass du gekommen bist. Jetzt, in dieser unseligen Zeit …«

So herzlich hätte ich mir die Begrüßung nicht vorgestellt. Ich merkte, wie er zitterte, schluckte und brachte kein Wort hervor, weil ich an seine Frau denken musste.

Schließlich löste er sich von mir. Dann wurde Suko auf die gleiche Art und Weise begrüßt, danach trat er zurück und schaute uns an. »Aber weshalb steht ihr hier draußen? Ihr hättet doch ins Haus gehen können. Und du auch, Mirca …«

Der Bürgermeister fühlte sich angesprochen und hob unbehaglich die Schultern. »Eigentlich schon, Frantisek. Es ist so, weißt du …?« Er hob die Schultern und drehte sich dann um.

»Was hat er?«, fragte Frantisek.

Da wir nahe genug zusammenstanden, konnten wir sein Gesicht sehen. Und er unsere. »Stephan ist tot«, sagte er plötzlich. »Ich habe ihn im Wagen. Ein Unfall, kein Vampir, der ihn ...« Er holte tief Luft. »Verdammt, weshalb starrt ihr mich so an? Da ist doch etwas passiert! Sagt es, sagt es sofort!«

»Frantisek.« Ich sprach seinen Namen leise aus. »Ich weiß, dass du Schweres hinter dir hast, aber was jetzt kommt, das ist noch schlimmer. Wir waren im Haus ...«

»Und?«

»Deine Frau Marie ...«

»Nein!«, flüsterte er und ging zurück. »Nein, es kann nicht sein. Mit ihr darf nichts passiert sein ...«

Ich öffnete den Mund, um etwas zu sagen, aber Marek warf sich auf dem Absatz herum und stürzte zur Haustür. Er hatte sie geöffnet, bevor wir ihn daran hindern konnten. Dann stolperte er in das Haus.

Im Wohnraum hatten wir das Licht brennen lassen. Wir sahen Marek durch die Scheibe als einen hektischen Schatten, der suchte, plötzlich einfror, und ich hörte Suko flüstern: »Jetzt hat er sie gesehen ...«

Der Schrei!

Schmerzgepeinigt. Beinahe tierisch, alles Leid und alle Qual ausdrückend, zu der ein Mensch fähig sein kann. Es war grauenhaft. Dieser Schrei schüttelte uns durch, er ließ uns erzittern und erbeben, wir wurden blass, senkten die Köpfe, und ich ballte die Hände zu Fäusten. Einen zögernden Schritt machte ich auf das Haus zu, dann hielt Suko mich fest.

»Nicht, John, lass ihn allein.«

Minuten vergingen. Wir standen vor dem Haus und spürten nichts. Keinen Wind, nicht die Kälte. Starr blickte ich in den Nebel. In dem grauen, wallenden Einerlei glaubte ich höhnisch grinsende Gesichter zu sehen, Fratzen der Hölle, die mir lautlos ihren Triumph entgegenschleuderten.

Suko löste sich von mir und trat an den Lada heran. Er beugte sich so dicht vor, dass er durch die Scheibe in das Innere des Fahrzeugs blicken konnte.

»Da liegt ein Toter«, meldete er.

Während ich stehen blieb, ging der Bürgermeister zu Suko und schaute ebenfalls nach. Wie aus weiter Ferne vernahm ich seine Stimme, als er sagte: »Das ist der alte Stephan, der Köhler.«

Das bekam ich nur am Rande mit, denn ich schaute auf das erleuchtete Fenster. Davor drehten sich die Nebelschleier zu wolkigen Figuren und krochen an der rauen Hauswand entlang.

Trotzdem reichte die Helligkeit aus, um den Schatten zu sehen. Marek hatte sich wieder erhoben. Die letzte Zeit war er verschwunden gewesen, vielleicht hatte er gekniet. Nun stand er auf und wankte auf die Tür zu. Er musste bald aus dem Haus kommen.

Die anderen hatten ihn nicht gesehen, deshalb ging ich bis zur Tür, um ihn dort in Empfang zu nehmen.

Frantisek Marek blieb auf der Schwelle stehen. Er stand im Gegenlicht der Lampe, sein Körper wirkte wie ein Scherenschnitt, und ich sah, dass er zitterte. Ebenso wie der Pfahl in seiner rechten Hand. Die Spitze wies zu Boden.

Für ihn war in den letzten Minuten eine Welt zusammengebrochen. Ich wusste nicht, wie viele Jahre die beiden Mareks miteinander verheiratet gewesen waren, dreißig sicherlich, und es war unmöglich, die Empfindungen zu beschreiben, die in seinem Innern tobten.

Es musste mit einer Hölle zu vergleichen sein.

Er ging auch nicht mehr weiter, blieb nur stehen und wartete auf mich.

Ich hatte meine Schritte verlangsamt. Vielleicht wollte ich die zweite Begegnung mit ihm so lange wie möglich hinauszögern, weil ich irgendwie Angst davor hatte.

Dann ging auch er wieder vor. Fast wäre er gestolpert, als er ins Leere und nicht auf seine Beine schaute. Zwei Schritte vor mir hielt er an.

Auch ich stand.

Unsere Blicke trafen sich.

Mein Gott, in Mareks spiegelten sich der Schmerz und die Pein, die der alte Mann in diesen Augenblicken empfand. Etwas musste in seinem Innern zerbrochen sein, und dann stellte er eine Frage, die meinen Herzschlag beschleunigte.

»Wer hat es getan?«

O verdammt, ich konnte kaum antworten. Wenn ich ihm die Wahrheit sagte, wie würde er dann reagieren? Andererseits konnte ich sie auch nicht verschweigen, er würde es irgendwann sowieso herausbekommen.

»Ich!«

Marek schaute mich an. »Du?«, hauchte er.

»Ja, ich.«

Seine Lippen begannen zu zittern. Er schloss für einen Moment die Augen und verzog das Gesicht, wobei er den Kopf schüttelte, als könnte er das alles nicht glauben.

»Frantisek, ich …«

»Nein, lass es!« Er wollte meine Erklärung nicht, wollte nichts von all dem hören. Marek war in den letzten Minuten zu einem gebrochenen Mann geworden.

»Ich musste es tun«, sprach ich weiter, wobei ich meine Stimme kaum erkannte. »Es hat keine andere Möglichkeit gegeben …«

»Nein, John Sinclair, nein!« Er schüttelte den Kopf, sein gesamter Körper bebte, dann riss er den rechten Arm hoch, und plötzlich zeigte die Spitze des Pfahls auf mich. Ich wusste plötzlich, was sich in seinem Kopf festgesetzt hatte.

Er wollte mich pfählen!

Wieder drang ein irrer, kaum menschlich zu bezeichnender Schrei aus seiner Kehle, ein Gefühl aus dem furchtbaren Schmerz heraus geboren, und er warf sich vor.

Wenn er eine Pistole gehabt hätte, er hätte es vielleicht damit versucht. So blieb ihm nur der Pfahl, der drohend und gefährlich vor meinem Gesicht auftauchte.

Er rammte ihn nach vorn.

Schräg fuhr er auf mich zu. Auf meine Brust hatte Marek gezielt, doch ich drehte mich zur Seite, duckte mich gleichzeitig, und mir gelang es, dem Stoß des Pfahls zu entgehen.

Marek fiel gegen mich. Ich nahm beide Hände zu Hilfe und stieß ihn von mir weg.

Er taumelte zurück, drehte sich um und war sofort wieder angriffsbereit. Diesmal jedoch konterte ich. Es tat mir zwar Leid, aber ich sah keine andere Möglichkeit. Mit der flachen Hand schlug ich zu. Sie traf die Wange des Pfählers und schüttelte ihn durch. Er verlor für Sekunden die Übersicht, kassierte einen zweiten Schlag, und sofort riss ich ihm den Pfahl aus der Hand und schleuderte ihn zu Boden.

Marek taumelte zurück. Er geriet in die Nähe des Hauses und stieß mit dem Rücken gegen die Wand.

Ich ging ihm nach.

Marek rührte sich nicht. Er stand vornübergebeugt da und hatte den Kopf gesenkt. Als ich näher kam, da hörte ich, wie er weinte. Ich legte ihm die Hand auf die Schulter, denn auch mir war zum Weinen zumute, ich suchte nach Worten, um ihn zu trösten.

Mir fielen einfach keine ein. Es war so verflucht schwer, die passenden Sätze zu finden.

Ich hörte Schritte.

Suko und der Bürgermeister näherten sich uns. Mein Freund hatte den Pfahl aufgehoben. Er hielt ihn in der rechten Hand. Sukos Gesicht zeigte einen besorgten Ausdruck, während Mirca zu Boden blickte. Seine Hände schlossen und öffneten sich krampfhaft.

Frantisek Marek hob den Kopf. Er schaute mich an, zuckte mit den Schultern und rieb über sein Gesicht. »Ich – ich muss mich entschuldigen. John, es tut mir Leid, aber ich wusste auch nicht, wie das plötzlich alles über mich gekommen ...«

»Du brauchst nichts zu sagen«, erklärte ich. »Nichts brauchst du zu sagen, wirklich ...«

»Sie ist tot, nicht?«

»Ja.«

Er holte ein paar Mal tief Luft. »Ich – ich habe sie mir genau angesehen. Du hast es mit einem Eichenbolzen oder etwas Ähnlichem gemacht. Das muss einen Grund gehabt haben. War sie ein ...«

Ich nickte. »Ja, Frantisek. Deine Frau ist zu einem Vampir geworden. Mir blieb keine andere Möglichkeit, glaub mir.«

Er nickte. »Ich weiß«, flüsterte er dann. »Ich weiß es genau. Ich kenne die Blutsauger.« Er streckte seinen Arm aus und legte mir die Hand auf die Schulter. »Es tut mir Leid, John Sinclair, dass ich mich vergessen habe. Aber erst der tote Freund, jetzt die Frau, das war einfach zu viel für mich. Wie – wie ist es denn passiert?«, wollte er wissen.

Ich berichtete.

Marek hörte genau zu. Er stellte keine Zwischenfragen, sondern schüttelte nur den Kopf. Zum Schluss meinte er: »Marie hatte nie etwas damit zu tun. Sie war unschuldig.«

»Darauf nehmen Vampire keine Rücksicht«, erklärte ich ihm. »Das hast du ja des Öfteren erlebt.«

»Nur Marie ...« Er schüttelte seinen Kopf, dann fragte er: »Wer hat es denn getan?«

»Ich habe keine Ahnung.«

»Weshalb seid ihr dann gekommen?«

»Sollen wir das nicht im Haus besprechen?«

Marek nickte. »Ja, ich will bei meiner Frau bleiben.« Dann zeigte er auf den Wagen. »Aber da ist noch Stephan. Ihn müsste man ...«

»Darum kümmere ich mich«, erklärte der Bürgermeister. »Ich sage dem Einsarger Bescheid.«

»Danke.«

»Er ist in seine eigene Falle getappt«, murmelte Marek. »Ich konnte es nicht verhindern. Stephan war eben zu unvorsichtig, da hat ihn der Pfeil getroffen.«

»Welch eine Falle?«, wollte Suko wissen. Auch der Bürgermeister hörte noch gespannt zu.

»Für einen Vampir. Wir wollten Baron von Leppe fangen.«

»Den will ich auch«, sagte ich.

»Vielleicht ist er tot. Vielleicht gibt es ihn. Keiner kann etwas sagen, ich jedenfalls weiß es nicht. Wir haben einen Blutsauger erwischt. Von Leppe aber war es nicht. Der sieht anders aus, das weiß ich, weil ich Bilder von ihm gesehen habe. Sie hängen in einem Museum.«

»Und wer hat es hier getan?«, fragte der Bürgermeister.

Suko gab die Antwort. »Außer von Leppe gibt es noch mehrere Vampire. Unter anderem eine Frau und ein blutsaugendes Monster namens Vampiro-del-mar. Diese Frau und ihr Monster sind auf dem Weg nach Rumänien, das wissen wir. Und sie haben sich den Ort Petrila als Ziel ausgesucht. Aber nicht nur das. Der Name Marek fiel ebenfalls. Die Frau, auch Lady X genannt, wird versuchen, hier in Rumänien einen Stützpunkt zu errichten, und es ist durchaus möglich, dass sie sich mit dem untoten Baron von Leppe in Verbindung setzt.«

»Aber Beweise haben Sie nicht?«, fragte mich der Bürgermeister.

»Nein, leider.«

»Kann es auch anders sein?«

»Natürlich. Nur müssen wir beide Möglichkeiten in Betracht ziehen.«

Wir hatten vorgehabt, ins Haus zu gehen, doch nun standen wir draußen und blieben auch hier. Der Bürgermeister wandte sich ab, weil er sich um den toten Köhler kümmern wollte. Marek hatte den Wagen nicht abgeschlossen. Mirca öffnete die Tür und schaute hinein. »Er ist wirklich tot«, rief er mit zitternder Stimme.

»Ich sagte es doch«, murmelte Marek.

Suko hob die Schultern und ging auf und ab. Er schien schwere Gedanken zu wälzen. Nach einer Weile meinte er: »Am besten wäre es, wenn wir uns den Baron vornähmen. Wo können wir ihn finden, Frantisek?«

»Das weiß ich nicht.«

»Es muss doch eine Burg oder irgendetwas gegeben haben.«

»Sicher. Das Schloss der von Leppes existiert noch. Sogar der alte Privatfriedhof.«

»Und wo?«

»In den Bergen«, erklärte Marek meinem Freund und Kollegen. Da können wir ihn finden, aber der Weg ist weit. Mit dem Auto kommen wir da nicht hin. Die Wege sind sehr schmal. Wenn wir zu Fuß gehen, würde es sehr lange dauern.«

»Wir können fliegen«, sagte ich.

»Und wo kriegen wir ein Flugzeug her? Außerdem kann es am Schloss nicht landen.«

»Und ein Hubschrauber?«, fragte ich.

»Das ginge, wenn wir einen hätten.«

»Wir haben einen«, erklärte ich. »Nur wird uns das Wetter einen Strich durch die Rechnung machen.«

»Das müssten wir eben riskieren«, meinte Suko. »Sonst sehe ich keine Chance. In Anbetracht dessen, was auf dem Spiel steht, sollte jeder von uns über seinen eigenen Schatten springen. Vor allen Dingen auch Jarek, der Pilot.«

»Das sage ihm mal.«

»Werde ich auch. Zudem wird er die Gegend hier sicherlich kennen, sonst hätte man ihn nicht ausgewählt.«

Das Argument war nicht von der Hand zu weisen. Ich beschloss, mit Jarek ein ernstes Wort zu reden. Suko bot sich an, ihn zu suchen, während Marek und ich zum Haus gingen.

Er führte mich sofort zu seiner toten Frau.

Nein, sie war nicht vergangen, sondern lag starr und mit einem friedlichen Gesichtsausdruck auf dem Sofa.

»So hat sie immer ausgesehen, wenn sie schlief«, flüsterte Frantisek Marek.

Ich nickte. Der Pfähler hatte seiner Frau die Hände auf dem Leib gefaltet. Wie zu einem letzten Gebet. Die starren Finger schienen aneinander geleimt zu sein.

Ich sagte Marek noch einmal, wie Leid es mir tat. Er schüttelte den Kopf. »John, ich hätte nicht anders gehandelt, wirklich. Viel schlimmer wäre es gewesen, wenn ich meiner Marie in dieser Situation gegenübergestanden hätte.«

»Und was hättest du getan?«

Marek überlegte eine Weile. Schließlich hob er die Schultern. »Ich glaube, John, ich hätte sie gepfählt. Ja, gepfählt, denn die Mareks pfählen Vampire. Ich hoffe, dass du die Dinge jetzt aus einer anderen Sicht siehst.«

»Danke, dass du mir nichts mehr nachträgst. Ich sah wirklich keine andere Möglichkeit.«

»Jetzt lass uns Marie mal für eine Weile vergessen«, sagte er mit leiser Stimme. »Weshalb genau seid ihr hergekommen, und wer ist diese geheimnisvolle Lady X?«

Ich erzählte es ihm und berichtete von der gefährlichen Mordliga, wobei Marek sich wieder an den Brief erinnerte, den ich ihm einmal geschrieben hatte.

»Dann gibt es sie immer noch?«

»Und wie«, erwiderte ich. »Die Mordliga wird auch nicht aufgeben, verlass dich drauf.«

»Weißt du genau, dass sich Lady X hier aufhält?«

»Nein, Frantisek, das weiß ich nicht. Aber alle Anzeichen deuten darauf hin. Meiner Ansicht nach ist Lady X für die schreckliche Tat an deiner Frau verantwortlich.«

»Du hast doch von einem Monster gesprochen.«

»Vampiro-del-mar!« Ich lachte auf. »Sicherlich, er kann auch dabei sein. Die beiden kleben fast immer zusammen. Gesehen habe ich ihn allerdings nicht in Cornwall, wo das alles praktisch begann. Nur seine Diener, die roten Vampire.«

»Die kenne ich nicht.«

»Sei froh, dass sie hier nicht aufgetaucht sind«, erwiderte ich. »Es sind gewaltige Fledermäuse, sie haben eine rote Haut, und sie saugen das Blut der Menschen. Man hat sie auf Vernichtung programmiert.«

Wir hörten draußen Stimmen. Da stritten sich zwei Männer. Es waren Suko und Jarek.

Rasch war ich an der Tür. Vor dem Haus blieben die beiden stehen. »Nein, nein«, sagte Jarek. »Ich kann es nicht riskieren, jetzt zu fliegen. Wir jagen gegen einen Berg.«

»Aber Sie kennen die Gegend«, hielt Suko ihm vor.

»Trotzdem.«

»Die Burg liegt höher als Petrila. Vielleicht ist der Nebel dort nicht so dicht. Einen Versuch könnten wir wagen. Sie sind doch ein ausgezeichneter Pilot. Auch während eines Manövers ist das Wetter nicht immer ideal, wie ich annehme.«

»Sie haben eine verdammte Art, einen Menschen zu überzeugen«, sagte Jarek.

»Das muss man als Polizist.«

Jarek drehte sich um. Er ging ein paar Schritte zur Seite, während Suko mir einen hilflosen Blick zuwarf. Er hatte den Mann anscheinend nicht überzeugen können.

Der Pilot ging im Kreis. Er rang mit sich. Innerlich focht er einen harten Kampf aus. Hin und wieder schaute er nach oben, obwohl er da nichts sehen konnte, weil der Nebel zu dicht lag.

Es war ein Risiko, den Flug bei Dunkelheit und Nebel anzutreten. Eigentlich schon Selbstmord.

Und doch mussten wir es meiner Ansicht nach wagen.

Wenn Lady X erst einmal durchdrehte und ihr Vampiro-del-mar noch dabei half, war alles verloren. Dann würden aus den Menschen in den verstreut liegenden Dörfern Vampire.

»Und wenn wir bis zum morgigen Tag warten?«, drang die Stimme des Piloten aus dem Nebel.

»Das könnte zu spät sein«, sagte ich.

»Verdammt, ihr macht mich fertig!«, schrie er plötzlich und trat mit dem Fuß auf.

»Wenn Sie sich nicht entscheiden können, überlassen Sie uns den Hubschrauber«, sagte ich hart.

Er trat vor und stierte mich an. »Sie wollen fliegen?«

»Ja, ich.«

»Nein.« Er schüttelte den Kopf. »Nein, verdammt, Sie werden nicht fliegen.« Er bewegte seinen rechten Arm in einem Halbkreis. »Keiner von euch wird sich hinter meinen Steuerknüppel setzen, verstanden?«

»Klar, aber wir müssen zum Schloss.«

»Ich mache es. Ich bringe euch hin.« Seine Worte unterstrich er durch ein heftiges Nicken.

Ich schaute Suko an, er mich. Mein Freund und Kollege lächelte. »Okay, John, dann wollen wir.«

»Und ich komme mit«, erklärte Marek mit düsterer Stimme. »Baron von Leppe ist mir noch einiges schuldig ...«

Es war ein Friedhof, wie er gruseliger nicht sein konnte. Er war an einen Hang gebaut, die Gräber lagen schief, und nur in Höhe der Ruine befanden sie sich waagerecht.

Schwarz und düster stiegen die alten Mauern in den nebelverhangenen Himmel. Eine gespenstische Stille lag über dem Gräberfeld. Die kantigen Grabsteine waren längst verwittert. Grabplatten glänzten feucht und waren mit Efeu und anderen Bodengewächsen überwuchert.

Hin und wieder strich ein schwarzer Vogel wie der Bote eines drohenden Unheils über den Friedhof.

Vom Schloss her wehte der Wind. Er brachte den Nebel in Bewegung, ließ die Schwaden tanzen und wallen, die lautlos über den verwilderten Totenacker krochen und sich ausbreiteten.

Niemand besuchte diesen Friedhof. Den Menschen war er zu unheimlich, zu gespenstisch. Blutige Legenden rankten sich um diesen Flecken Erde. Das Geschlecht der von Leppes hatte es hart und rau während ihrer Herrschaft getrieben. Sie hatten die Bergbauern terrorisiert, und wer gegen die Leibeigenschaft aufmuckte, wurde auf grausame Weise gefoltert und umgebracht.

Wie es hieß, sollten die von Leppes auch Kontakt mit dem berühmten Vlad Dracula gehabt und von ihm viel gelernt haben. Da war es praktisch eine Folge, dass man dem letzten Baron von Leppe das Vampirsein andichtete. Ob dem auch so war, konnte niemand genau sagen, jedenfalls hatte keiner gesehen, wie von Leppe beerdigt worden war. Irgendwann hieß es, er wäre gestorben, mehr nicht.

Nur besonders Mutige trauten sich später in die Nähe des düsteren Schlosses, um auch das Grab zu sehen, in dem von Leppe hauste. Es war eine Gruft. Sie war mit einer schweren Steinplatte verschlossen die man in die Höhe hieven musste. Niemand hatte sich getraut.

Der Baron von Leppe wurde zwar vergessen, aber nie völlig aus dem Gedächtnis gestrichen. Hinzu kam, dass ein anderer Vampir für Angst und Schrecken sorgte.

Kalurac. Der war auch vernichtet, so blieb eigentlich nur die Erinnerung an den Vampir-Baron.

Ob er es war, der nachts durch die Wälder geisterte und in die Täler hinabstieg, das wusste niemand zu sagen, und der unheimliche Totenacker schwieg …

Wir waren gestartet.

Noch jetzt klangen mir die Flüche des Piloten in den Ohren, die er uns entgegengeschickt hatte. Er war ungeheuer sauer, verständlich, wie ich meine, aber wir konnten schlecht zurück, denn wir befanden uns in der dicken Nebelsuppe.

Natürlich achtete jeder von uns auf irgendwelche Hindernisse, die wir erst im letzten Moment sahen. Da wurden aus den Wäldern gefährliche Schatten, die überflogen werden mussten, und der Hubschrauber gewann von Minute zu Minute mehr an Höhe.

Es wurde auch kälter.

Wir sahen den ersten Schnee. Im Grau des Nebels schimmerte er als heller weißer Fleck.

Aber wir hatten Glück. In dieser großen Höhe, wo es ziemlich kalt war, da löste sich der Nebel allmählich auf. Zahlreiche Bergspitzen lagen sogar frei, und zum ersten Mal seit dem Start atmeten wir richtig auf.

Sogar Jarek.

»Manchmal hat man wirklich Glück«, stöhnte er und wischte sich den Schweiß von der Stirn.

Es war ein wunderschönes Bild, das sich uns aus luftiger Höhe präsentierte.

Über uns war der Himmel klar. Wir konnten einen vollen Mond sehen und zahlreiche Sterne. Die oberen Nebelschichten erinnerten mich an dünne Wattebäusche, die jemand in die Länge gezogen hatte. Aus ihnen stachen die Spitzen der Berge vorwitzig heraus. Sie alle trugen weiße Hauben, und wir flogen darüber hinweg.

»Ein tolles Bild«, sagte Suko.

Da konnte ich nur zustimmen.

Während der Pilot flog, vergaß er nicht, auf die Karte zu schauen. Er hatte die Burg zwar nie besichtigt, doch während eines Manövers schon einmal überflogen.

Zudem stand Frantisek Marek ihm mit seinem Wissen zur Seite.

Die beiden redeten über den Kurs.

Suko und ich suchten inzwischen den Himmel ab, da wir an die roten Vampire dachten. Wenn Vampiro-del-mar sie mitgebracht hatte, würden sie uns vielleicht den Weg weisen.

Nein, der Himmel war klar. Im Licht der Sterne hätten wir jede Kontur erkennen können. Von den gewaltigen roten Blutsaugern sahen wir nicht den Zipfel einer Schwinge.

Marek und der Pilot sprachen weiterhin aufeinander ein. Dann nickte Jarek heftig. Er hatte verstanden. Marek drehte den Kopf. Er schaute uns mit müden Augen an und strich über seinen weißen Oberlippenbart. »Es wird nicht mehr lange dauern, dann haben wir das alte Schloss erreicht. Vielleicht ragen die Türme auch aus dem Nebel.«

»Gibt es mehrere davon?«, fragte Suko.

»Zwei.«

»Was weiß man eigentlich von dem Baron?«

Der Pfähler hob die Schultern. »Nicht viel. Seine Gestalt und seine Taten verschwinden im Dunkel der Geschichte. Er war allerdings sehr, sehr grausam, das hat er mit Vlad Dracula gemeinsam gehabt. Allmählich habe ich das Gefühl, dass alle in Rumänien herrschenden Adeligen schlimm und grausam waren. Wir sind wirklich ein Land, das die Geschichte nicht verwöhnt hat.«

Ich nickte. »Hast du ihn schon gesehen, Frantisek?«

»Wenn du damit den Baron Frederick von Leppe meinst, dann muss ich dich enttäuschen. Bei mir beruht alles auf einer Annahme. Er könnte es gewesen sein, der meine Frau zum Vampir gemacht hat. Aber das ist alles viel zu vage.«

»Und der Vampir im Wald?«

Marek holte tief Luft. »Ich nehme an, dass es der Diener des Barons gewesen ist. Aus diesem Grunde gehe ich davon aus, dass der Baron ebenfalls noch als Untoter existiert.«

»Dann finden wir ihn hoffentlich auf seinem Schloss«, sagte Suko.

»Das wünsche ich mir auch. Und ich werde ihn pfählen«, erklärte der alte Marek.

Dagegen hatten wir nichts. So konnten wir uns um Lady X kümmern, denn unserer Ansicht nach würden wir sicherlich auf sie und Vampiro-del-mar treffen. Zu deutlich waren die Spuren, die von Cornwall nach Rumänien geführt hatten.

»Da, die Burg!« Diesmal sprach der Pilot. Er hatte sie zuerst gesehen. Wir schauten an ihm vorbei und entdeckten ebenfalls die schwarzen Türme, die aus dem Nebel stachen.

Etwa zur Hälfte waren sie zu sehen, das Gemäuer selbst zeichnete sich nur schattenhaft unter der grauen Dunstwand ab, als wir sie überflogen. Der Pilot ging tiefer und drehte Kreise. Sogar einen Suchscheinwerfer schaltete er ein. Ein breiter, heller Strahl stach in die Tiefe. Auf den Boden malte er einen großen Kreis. Das bewies uns, dass der Nebel doch nicht so dicht war wie in Petrila.

»Da könnten wir doch landen«, sagte ich.

»Erst mal sehen.« Die Stimme unseres Piloten klang gepresst. Er stand jetzt unter voller Konzentration. Für einen Moment bewegte sich die Maschine nicht, sie stand in der Luft, dann drückte Jarek sie langsam nach unten.

Sehr vorsichtig und behutsam ging er dabei zu Werke. Er wollte keinen Fehler machen und durfte sich auch keinen leisten, denn das hätte unser Ende bedeutet.

Wir sackten langsam in die Tiefe. Dann verschluckte uns der Nebel, und die Rotorblätter – verglichen mit einem gewaltigen Quirl – wirbelten den Dunst durcheinander.

Ich schaute auf den breiten Lichtstrahl. Der Kreis vergrößerte sich, je tiefer wir flogen. Unter uns lag das alte Schloss, wir flogen zur Vorderseite.

Keiner sprach. Wir ließen den Piloten in Ruhe und zuckten nur zusammen, als die Kufen Bodenkontakt bekamen. Noch ein letzter Schub, und wir standen.

Das große Aufatmen begann. Zu beiden Seiten der

Maschine quirlte der Nebel. Die Rotorblätter liefen aus, kurz nachdem Jarek den Motor ausgestellt hatte.

»Da wären wir«, sagte er und schnallte sich los, wobei er tief ausatmete.

Suko und ich klatschten in die Hände. »Das war eine Meisterleistung«, lobte ich.

»Halb so schlimm. Wir hatten einfach Glück, das ist alles. Wäre der Nebel dichter gewesen, hätte es schlimmer ausgehen können, das kann ich Ihnen sagen.«

Wir glaubten es ihm.

Jarek verließ als Erster die Maschine. Es folgte der Pfähler, dann kletterten Suko und ich hinaus.

Ja, hier war es kälter als in Petrila. Ich wunderte mich, dass es noch nicht schneite, an einigen Stellen sahen wir es weiß schimmern. Restschnee vergangener Tage.

Rechts von uns lag der Wald. Die Bäume standen dicht an dicht. Sie schienen sich mit ihrem Wurzelwerk an dem Abhang festgekrallt zu haben und trotzten so den Stürmen, die oft in diesen Bergen tobten.

Gegenüber lagen die Mauern.

Sie waren in der Tat gewaltig. Riesige Steine hatte man aufeinander gesetzt. Die Burg musste sehr alt sein, denn ich erkannte die typisch eckige, romanische Bauweise. Auf eine Burgmauer hatte man verzichten können. Wir sahen auch keine Rundbogenfenster, sondern in die Höhe gezogene Vierecke.

Über allem wallte der Nebel.

Wie mit langen Geisterfingern kroch er an der Außenmauer in die Höhe. Der Stein glänzte feucht. Efeu und wilder Wein rankten an ihm hoch. Die Pflanzen klammerten sich an dem Mauerwerk so hart fest, als wollten sie es stützen.

Viel war von der Burg nicht zu erkennen. Bereits die Hälfte der Fenster verschwamm im Nebel.

Aus einem löste sich ein schmaler Schatten. Krächzend flog der Rabe über unsere Köpfe hinweg und verschwand talabwärts.

Es war still geworden. Nur die Lederkleidung des Piloten scheuerte, wenn der Mann sich bewegte.

»Jetzt brauchen wir noch den Friedhof«, sagte ich und schaute Marek dabei an.

Der Pfähler nickte. »Kommt mit.«

»Und ich?«, rief Jarek. »Soll ich wieder am Hubschrauber bleiben?«

»Es wäre das Beste«, murmelte ich und wurde gleichzeitig nachdenklich. Wenn Lady X und Vampiro-del-mar auftauchten, dann war der Pilot für sie eine ideale Beute. Unbewacht konnten wir den Hubschrauber auch nicht lassen, deshalb gab ich ihm meine Beretta und riet ihm, in der Maschine zu warten.

»Und warum dort?«

»Weil Sie da ziemlich sicher sind und sofort starten können, falls Gefahr im Anmarsch ist.«

»Richtig, aber was machen Sie dann?«

»Wir wissen uns schon zu helfen.«

»Und was soll ich mit der Pistole?«

»Ich habe sie mit geweihten Silberkugeln geladen. Sie können sie gegen Vampire einsetzen.«

Jarek grinste. »Das lobe ich mir. Wenn ich welche sehe, werde ich schießen.« Er grinste.

»Das müssen Sie sogar«, sagte ich.

»Eine Uhrzeit können Sie nicht angeben?«, fragte Jarek.

»Nein, aber wir werden uns beeilen.«

Er lachte. »Dann pfählen Sie wohl, Sinclair!«, rief er uns nach, als wir gingen.

Ich drehte mich noch mal um. »Sie sollten das nicht als Spaß auffassen, Jarek. Es ist keiner. Wirklich nicht ...«

Der Friedhof hatte so seine Tücken.

Nicht dass Grabsteine im Weg standen, dies nahm man bei einem Friedhof hin, aber er war am Hang angelegt worden und man hatte, um Platz zu schaffen, damals Bäume gerodet.

Die Burg konnten wir nicht mehr sehen. Höchstens noch als dunklen Schatten hinter der Nebelwand.

Am Rand des Friedhofs blieben wir stehen. Die unheimliche Atmosphäre war überall zu spüren, wir sogen sie förmlich in uns auf. Da war der Nebel, die gespenstisch anmutenden Grabsteine, die schief im Boden steckten, das Laub auf dem Boden, die weiche Erde, hier und da ein paar schmutzige Schneeflecken, und am Rand des Friedhofs standen Bäume mit ihren kahlen, oft krummen Ästen, die sich wie die Fäden eines zerstörten Spinnennetzes über die Gräber legten.

»Gehen wir?«, fragte Marek.

»Klar.« Ich nickte. »Aber wo befindet sich das Grab oder die Gruft des Vampir-Barons?«

»Rechts von hier. Man hat ihn nahe der Schlossmauer beerdigt.«

»Dann komm.«

Hintereinander schritten wir. Unsere Füße sanken in das weiche Erdreich ein. Schon bald klebte das feuchte Laub an unseren Schuhen und an den Hosenbeinen.

Wir selbst wirkten wie Geister, weil die grauen Nebelschwaden uns umhüllten.

Suko hatte seine Taschenlampe eingeschaltet. Sie gab zwar nicht viel Licht, aber war besser als nichts.

Wege existierten auf diesem Totenacker längst nicht mehr. Man konnte den Friedhof als ein Ganzes bezeichnen, nur unterbrochen von den aus dem Boden ragenden Grabsteinen, die an breite Stummelfinger erinnerten.

Kreuze gab es nicht.

Wir hatten etwa zehn Grabsteine passiert und näherten uns bereits wieder der Schlossmauer, als ich Marek auf dieses Phänomen aufmerksam machte.

»Hast du schon mal auf einem schwarzmagischen Friedhof Kreuze gesehen?«, fragte er.

»So wollte ich das nicht gemeint haben. Hier liegen doch nicht nur Vampire begraben, sondern auch normale Tote.«

»Aus der Sippe des Barons.«

»Dann können alle zu Vampiren geworden sein.«

»Vielleicht.« Er blieb stehen und holte tief Luft. »Ich weiß einfach zu wenig. Die Geschichte hat über Baron Frederick von Leppe den Mantel des Schweigens gebreitet.«

Suko war vorgegangen. Er konnte bereits die Schlossmauer sehen, die sich als kompakter, düsterer Schatten aus dem Nebel schälte. »Hier muss das Grab sein«, sagte er.

Marek und ich beschleunigten unsere Schritte. Suko ging ein wenig zur Seite. Er blieb so stehen, dass der helle Finger seiner Lampe auf die Grabplatte fallen konnte.

Von der ursprünglichen Farbe des Gesteins war nicht mehr viel zu erkennen. Wo es vom Lichtschein getroffen wurde, schimmerte es grünlich. In den kleinen Ritzen hatte sich das dichte Moos festgesetzt, und auch die Schrift war nicht mehr zu entziffern.

Marek holte ein Taschenmesser hervor, ging in die Knie und kratzte mit der Klinge so viel an Moos zur Seite, dass wir wenigstens den Namen lesen konnten.

Da stand genau das geschrieben, was wir erwartet hatten.

BARON FREDERICK VON LEPPE.

»Hier drunter muss er liegen«, sagte Marek mit leiser Stimme und klopfte auf die schwere Grabplatte.

»Oder auch nicht«, sagte Suko trocken. »Wir werden es feststellen. Können wir das Ding anheben?« Er schaute mich dabei fragend an und überreichte Marek die Lampe.

»Ein Versuch lohnt sich.« Ich bückte mich bereits. Einen Ring hatten wir ebenfalls entdeckt. Er bestand aus Metall und befand sich über der eingemeißelten Schrift.

Zum Glück war er so groß, dass Suko und ich ihn gemeinsam anfassen konnten.

»Fertig?« Ich schaute meinen Partner an.

Der Chinese nickte nur.

»Dann los!«

Merkwürdig leicht und einfach ließ sich die Steinplatte in die Höhe hieven. Wir strengten uns zwar noch immer an, aber weil wir es beim ersten Versuch schon schafften, bewies es uns, dass die Platte bewegt worden war. Als sie hochkant stand, drückten wir noch ein wenig dagegen und ließen sie dann kippen.

Mit einem dumpfen Geräusch schlug sie auf.

Marek gab Suko die Lampe. Der leuchtete in die vor

uns liegende finstere Gruft, schwenkte den Strahl, und wir sahen, was im Innern der Gruft stand.

Es war ein Steinsarg!

In ihm hatte man vor langer Zeit den Baron Frederick von Leppe begraben. In diesem Fall jedoch lag er nicht mehr in seinem Sarg, denn der schwere Deckel war verschoben worden und ließ die Hälfte des Sarginnern frei.

»Er ist weg!«, flüsterte Marek. »Er ist weg. Verdammt, ich hatte doch Recht. Baron Frederick von Leppe ist ein Vampir ...«

Ein leerer Sarg, eine verlassene Gruft – wo konnte der Vampir stecken?

Hielt er sich im Schloss verborgen, geisterte er durch den Wald oder über den Friedhof?

Niemand von uns konnte darauf eine Antwort geben. Auf jeden Fall stellte Baron von Leppe eine große Gefahr für die Menschen dar. Niemand konnte das Gegenteil behaupten, und wir mussten zusehen, dass wir ihn so rasch wie möglich stellten.

Ich erinnerte Marek wieder an das Lachen, das er im Wald gehört hatte.

»Ja, John, was meinst du damit?«

»Ist es möglich, dass der Vampir die Strecke in einer so kurzen Zeit schafft und sich unter Umständen hier auf dem Friedhof versteckt hält?«

»Eigentlich nicht«, gab Marek zu. »Es sei denn, er besitzt die Gabe und verwandelt sich in eine Fledermaus.«

Die Idee war gut. Ich lächelte. »Bravo, das kann die Lösung sein, Frantisek.«

Suko schob mich zur Seite und trat bis dicht an den Rand der Gruft. Bevor ich eine Frage stellen konnte, sagte er schon: »Ich möchte mich da unten gern mal näher umschauen.«

Das hatte ich eigentlich vorgehabt, doch Suko war schneller gewesen, und ich nickte.

Der Chinese ging in die Knie, federte noch ein wenig nach und stieß sich ab.

Es war keine sehr große Distanz, die er springend zurücklegen musste. Er landete unangefochten vor dem Fußende des Sargs und zog beim Gehen unwillkürlich den Kopf ein.

Neben dem Steinsarg blieb er stehen. Die Lampe hatte er mitgenommen. Er leuchtete noch einmal in den Sarkophag hinein und schüttelte den Kopf. »Nichts zu machen, John. Wir können ihn nicht herbeizaubern.«

»Dann komm wieder hoch, Alter.«

»Augenblick noch.« Sukos Stimme klang hohl. Er trat vom Sarg weg und leuchtete in die Runde, da er die Gruft genauer untersuchen wollte. Er blieb nicht in unserem Blickfeld, tauchte in den Hintergrund der Gruft, und wir sahen ihn nicht mehr, sondern nur den hellen Schein, der über den Boden wanderte, wenn der Inspektor sich bewegte.

»John!« Seine Stimme klang noch dumpfer als zuvor. »Hier ist eine offene Stelle. Dahinter liegt ein Gang.«

Ich kniete mich ebenfalls und reckte meinen Kopf vor. »Kannst du erkennen, wo er hinführt?« In meinen Worten schwang die Spannung mit.

»Nein, eigentlich nicht. Aber er müsste, wenn man der Richtung glauben darf, in oder unter das Schloss führen.«

Ich blickte Frantisek Marek von unten her fragend an. Der Pfähler nickte. Demnach konnte Suko mit seiner Vermutung genau richtig liegen.

»Ich werde den Gang untersuchen«, erklärte er, »und gehe ihn mal durch.«

»Aber gib Acht.«

»Klar. Wir könnten uns ja im Schloss treffen oder wieder auf dem Friedhof, wenn ich zurückkehre.«

»Mal sehen.« Danach hörte ich von Suko nichts mehr, und ich schraubte mich wieder in die Höhe. »Wusstest du davon?«

Marek schüttelte den Kopf. »Nein. Ich habe die Gruft auch nie von innen gesehen. Nur eben heute.«

Als seine Worte ausgeklungen waren, herrschte wieder Stille. Sie umgab uns wie ein Mantel. Irgendwie war sie bedrückend. Wenn man in einem normalen Raum steht, dann fällt es nicht so auf, aber hier auf diesem Friedhof konnte man schon ein komisches Gefühl bekommen.

»Der Baron muss eine große Verwandtschaft gehabt haben«, bemerkte ich und deutete in die Runde.

»Das hatte er auch.« Marek folgte meinem ausgestreckten Arm. Ich hatte mich bereits wieder halb abgewandt, als der Pfähler einen überraschten Ruf ausstieß.

»Verdammt, da ist er!«

»Wer?«, fragte ich blödsinnigerweise, während ich herumkreiselte.

»Baron von Leppe!«

Er stand ungefähr da, wo die Grabsteine endeten und sich ein Filigran aus Zweigen und Ästen über eine kurze Distanz des Friedhofs ausbreitete. Ein Bild wie aus einem Gruselfilm. Selbst mir lief ein Schauer über den Rücken, als ich es sah.

Da war einmal der Vampir. Dunkel gekleidet. Er trug keinen Umhang wie der unselige Graf Dracula in seinen Filmen, allerdings eine Kleidung, die Ähnlichkeit mit einem pechschwarzen Frack aufwies. Vorn musste die Jacke offen stehen, so genau konnten wir es nicht erkennen, aber wir sahen den weißen Fleck, der auf ein helles Hemd hinwies.

Das Gesicht schimmerte bleich durch die Nebelschwaden. Darüber sahen wir das helle, schon weiße Haar, das die Schädeldecke wie eine Wolke zu umrahmen schien.

Unbeweglich blieb er auf dem Fleck und beobachtete uns.

Neben mir atmete Marek heftig. Er knurrte fast, stand unter einem ungeheuren Stress, und er umklammerte den Eichenpfahl wie ein Ertrinkender den Rettungsanker.

Marek wollte Rache nehmen.

Durch nichts ließ er sich davon abhalten. Bevor ich es verhindern konnte, stürzte er schon vor. Er rannte in mächtigen Sätzen auf den Baron zu, den rechten Arm hielt er hoch, die Spitze des Pfahls zeigte in die Richtung des Unheimlichen, den Marek mit einem gewaltigen Stoß durch die Brust des Blutsaugers treiben wollte.

»Bleib hier!«, rief ich.

Marek hörte nicht. Wie von Sinnen war er, und aus seinem Mund löste sich ein irrer Schrei, als er vom Nebel verschluckt wurde. »Mörder!«, brüllte er. »Verdammte Bestie, ich stoße dir das Herz aus dem Leib, du dreckiger – aaahhh …«

Seine Worte brachen ab. Ein gurgelnder Schrei folgte.

Ich war natürlich nicht stehen geblieben, hatte mich auf Mareks Fersen gesetzt, sah noch, wie er während des Schreis mit den Armen ruderte und plötzlich verschwand, als hätte ihn eine unheimliche Kraft in die Erde gerissen.

Den Aufprall hörte ich nicht, doch das Verschwinden des Pfählers warnte mich, ich wurde vorsichtig und reduzierte mein Tempo um die Hälfte. Nach wenigen Sekunden entdeckte ich das, was dem armen Marek zum Verhängnis geworden war.

Ein offenes Grab.

Er war nicht nur dort hineingefallen, sondern auch in den deckellosen Sarg, der das Grab ausfüllte.

Noch bevor ich das Grab erreicht hatte, hörte ich das höhnische Lachen, riss den Kopf wieder hoch und schaute dorthin, wo ich den Vampir beim ersten Mal gesehen hatte.

Er stand nicht mehr dort.

Wie ein Spuk war er im Nebel untergetaucht!

Vor Wut ballte ich meine Linke. Die Rechte umklammerte den Griff der Bolzenwaffe. Sie hatte ich nicht einsetzen können, denn für einen sicheren Treffer war die Distanz zwischen dem Vampir und mir zu groß gewesen.

Etwas wussten wir.

Der Baron befand sich in der Nähe. Und er bewegte sich als Untoter durch das kleine Gräberfeld.

Das Stöhnen des alten Marek riss mich aus meinen Gedanken. Ich senkte den Blick, schaute in das Grab, sah Frantisek im Sarg liegen und bemerkte, dass er das linke Bein angezogen hatte und sich seinen Knöchel hielt.

»Kannst du aufstehen?«, fragte ich.

»Weiß ich nicht. Verdammt«, er verzog das Gesicht, »die alten Knochen taugen nichts mehr. Am besten wird es sein, wenn ich mir selbst den Pfahl in die Brust ramme.«

»Kein Selbstmitleid jetzt!«, fuhr ich ihn an. »Komm hoch, ich brauche dich noch!«

»Unsinn.«

Ich kniete längst und streckte ihm meine rechte Hand entgegen. Dabei hatte ich den Blick angehoben, denn ich wollte die Gegend vor mir nicht aus den Augen lassen.

Dort blieb alles still. Nur die Nebelschwaden liefen ineinander und zogen in trägen Schleiern über den trostlosen Totenacker.

Marek ergriff meine Hand. Er stützte sich mit dem gesunden Fuß ab und kletterte schließlich keuchend aus dem Grab. Ich half ihm auf die Füße.

Als er auftrat und sein Gewicht auf den linken Fuß verlagerte, da stöhnte er.

»Scheiße!«, sagte der Pfähler. »Der macht es nicht mehr so, wie ich will, John.«

»Schaffst du es bis zum Hubschrauber?«

»Du willst mich aus dem Spiel lassen, wie?«

»Nicht gern, Frantisek, aber sieh doch selbst, dein Bein hält die Belastung nicht aus.«

Er verzog das Gesicht. Ich sah, dass er Schmerzen hatte. Auf seiner Stirn perlte Schweiß. »Gut, ich werde es versuchen. Vielleicht schaffe ich es. Und wenn mir der Baron begegnet ...«

»Um den kümmere ich mich.«

Marek stützte sich an einem Grabstein ab, damit er sein Bein nicht so zu belasten brauchte. »Du willst dich um ihn kümmern, John? Verdammt, nimmst du mir alles weg?«

»Denk doch nach, Frantisek!«, sprach ich mit beschwörender Stimme. »Der Vampir ist beweglich, du bist es nicht mehr. Aber du wirst es wieder. Leider musst du noch ein paar Wochen warten, bis die Sache geregelt ist. Und jetzt ...«

Schüsse!

Die Echos klangen über den Friedhof und rissen mir die nächsten Worte von den Lippen.

Ich stand für einen Moment regungslos. Zweimal war geschossen worden, und am Klang hatte ich die Beretta erkannt.

Meine Waffe.

Suko trug ebenfalls eine. Es gab zwei Möglichkeiten. Entweder hatte er geschossen oder der Pilot.

»Soll ich immer noch zum Hubschrauber laufen?«, erkundigte sich der alte Marek.

»Nein, das erledige ich!« Nach dieser Antwort traf mich der dünne Eisregen.

Der Pilot schaute den Männern so lange nach, bis er sie nicht mehr sehen konnte. Der Nebel legte sich wie ein graues Band zwischen ihn und die Fremden.

Jarek hatte das Gefühl, als wäre die Suppe in den letzten Minuten dichter geworden. Aus den Tälern schien der Dunst immer mehr Nachschub zu erhalten.

Sinclair hatte ihm gesagt, im Hubschrauber wäre er sicherer. Das mochte richtig sein, aber Jarek wollte in der Maschine nicht rauchen. Das musste er draußen tun, und so blieb er erst einmal vor dem Hubschrauber stehen, holte eine Schachtel aus der Tasche und klopfte ein filterloses Stäbchen hervor.

Mit einem alten Sturmfeuerzeug zündete er es an. Die Flamme tanzte vor seinem Gesicht. Er saugte den Rauch tief in die Lungen und ließ ihn durch die Nase wieder ausströmen. Rauch und Nebel vermischten sich und krochen schleichend das uralte Gemäuer des Schlosses hoch.

Hin und wieder drehte Jarek den Kopf. Da konnte einem schon anders werden, wenn man diesen Bau sah. Er war zwar Soldat, aber auch ein Kind des Landes. Und er erinnerte sich noch genau, wenn seine Großeltern von den unheimlichen Blutsaugern erzählten, die die Berge und Wälder Transsylvaniens unsicher machten.

Er selbst stammte aus Bukarest. Als Kind hatte er sich

bei diesen Geschichten gefürchtet, als Halbwüchsiger darüber gelacht und sie als Soldat vergessen.

Bis er an diesem Tage wieder daran erinnert wurde. Und zwar drastisch.

Noch einen letzten Zug nahm er aus der Zigarette, warf sie dann zu Boden und trat die Kippe aus. Danach öffnete er den Einstieg des Hubschraubers und klemmte sich hinter das Steuer, wo er sitzen blieb und durch die breite, gebogene Frontscheibe in den Nebel starrte.

Er dachte an die drei Männer, die den Friedhof untersuchten. Ob sie den Vampir fanden?

Gesehen hatte er noch keinen, und er wollte auch nicht so recht daran glauben.

Die Beretta hatte er in die rechte Seitentasche gesteckt. Nun holte er sie hervor und schaute sie an. Das Modell kannte er nur von Bildern her. Selbst hatte er mit so einer Waffe noch nicht geschossen, aber sie lag gut in der Hand.

Wenn die Vampire kamen, dann …

Jarek lachte auf. Jetzt rechnete er selbst schon damit. Bisher hatte er keinen Blutsauger gesehen, aber er wunderte sich plötzlich darüber, dass seine Vorgesetzten so voll darauf abgefahren waren.

Die Stille war absolut. Er hörte tatsächlich kein Geräusch und kam sich vor wie in einem Gefängnis aus Metall und Glas. Der Nebel war lautlos. Er bestand für ihn aus zahlreichen grauen, schleierartigen Armen, die sich dem Hubschrauber entgegenstreckten und ihn einhüllten. Irgendwie gefiel ihm das nicht. So im Hubschrauber sitzend, da fühlte er sich wehrlos, der Nebel lag fast undurchdringlich vor ihm, da konnte sich jemand anschleichen, ohne gesehen zu werden.

Und dann sah er noch etwas.

Zuerst glaubte er an eine Täuschung, weil er gleichzeitig ein seltsames Prasseln hörte. Als der Pilot aufschaute, fielen ihm die langen Bahnen auf, die ineinander übergingen und vom Himmel strömten.

Es war Schnee. Oder Eisregen.

Auch das noch.

Als erfahrener Pilot wusste Jarek genau, dass ihm dieses gefrorene Wasser gefährlich werden konnte. Wenn Eisregen fiel, dann war es leicht möglich, dass der Rotor vereiste, sodass sie hier überhaupt nicht wegkamen.

Vampire hin, Vampire her, die Sicherheit war jetzt wichtiger, und der Pilot entschloss sich innerhalb von Sekunden. Er rammte den Ausstieg auf, steckte die Waffe weg und verließ die Kanzel.

Fein war der kalte Regen, der auf ihn niederströmte. Er spürte die Tropfen kaum, so winzig waren sie. Aber sein Gesicht glänzte bald vor Nässe. Er hatte erst wenige Schritte hinter sich, als ihm etwas auffiel und er ruckartig stehen blieb.

Der Pilot hatte aus den Augenwinkeln bemerkt, dass sich an der Schlossmauer etwas bewegte.

Sofort blieb er stehen.

Jetzt hatte der Wind ein wenig gedreht, der dünne Schnee fiel von der Seite. Zusammen mit dem Nebel machte er den Vorhang noch dichter, und Jarek musste näher an die Schlossmauer herangehen, um mehr zu erkennen.

Nein, das war keine Täuschung!

Und da hatte sich auch nicht die Mauer bewegt, sondern ein Teil in der Mauer.

Die Tür.

Oder das Eingangstor!

Tief holte er Luft. Plötzlich fühlte er sich in einen Horrorfilm versetzt, denn an seine Ohren drang das nervenzerfetzende Knarren einer sich öffnenden Tür.

Da kam jemand.

Und zwar aus dem Schloss!

Bisher hatte der Mann geglaubt, das Schloss wäre unbewohnt. Nun aber musste er umdenken, und das gefiel ihm überhaupt nicht. Er schluckte ein paar Mal. Noch konnte er nichts Genaues erkennen, weil die Tür bisher nur einen Spalt weit aufgeschoben worden war, dann aber lauter knarrte und weiter vorgestoßen wurde.

Automatisch bewegte der Mann seine Beine. Er ging zurück und sah zu, dass er in die Nähe seines Hubschraubers gelangte, dort fühlte er sich am sichersten.

Eine heftige Bewegung vor ihm im Nebel! Wuchtig wurde die Tür nach außen gedrückt und sogar hart gestoßen. Eine Sperre hielt sie, deshalb wuchtete sie auch nicht gegen die Mauer, sie zitterte nur nach.

Die Öffnung allerdings reichte aus, um in das Innere der Burg hineinzuschauen.

Wie es dort aussah, konnte der Pilot im Nebel nicht erkennen. Aber er sah jemand auf der Schwelle.

Eine Frau!

Und sie trug eine Maschinenpistole …

Lady X!

Mit allem hätte Jarek gerechnet, nur nicht mit dem Auftauchen einer Frau. Oder sollte er sich getäuscht haben? Mit dem Handrücken wischte er über seine Augen, er sorgte dafür, dass die Nässe verschwand und er wieder klar sehen konnte.

Das Bild blieb.

Da stand ein Weib.

Plötzlich fielen ihm wieder die warnenden Worte des Engländers ein. Hatte der nicht von einer Frau gesprochen, die eine Blutsaugerin sein sollte? Sein Herz schlug plötzlich schneller, als er daran dachte. Natürlich, diese Gestalt musste die Vampirin sein, die gejagt wurde.

Als ihm das bewusst geworden war, bekam er es doch mit der Angst zu tun. Und er hoffte, dass die andere ihn noch nicht gesehen hatte.

Vielleicht gelang es ihm, sich bis an den Hubschrauber zurückzuziehen und schnell einzusteigen.

So musste er es machen und nicht anders.

Er glitt nach hinten.

Schritt für Schritt löste er sich von seinem Standort, brachte mehr Nebel zwischen sich und die Frau, sodass die Gestalt immer stärker verwischte.

Er winkelte seinen rechten Arm an. Die Hand streifte die Außenseite der Tasche. Er fühlte den Druck und das Gewicht der Waffe. Irgendwie war er beruhigt.

Ein schneller Blick über die Schulter bewies ihm, dass

der Hubschrauber nicht mehr weit entfernt war. Einige wenige Schritte, dann hatte er es geschafft.

Da traf ihn die kalte, harte und unpersönlich klingende Stimme der unheimlichen Frau. »Bleib stehen!«

Damit hatte er nicht gerechnet. Der Pilot duckte sich, als hätte ihn ein Peitschenschlag getroffen. Für einen Moment flutete Panik in ihm hoch. War alles umsonst?

Er dachte an die Maschine. Sie stand nur wenige Schritte hinter ihm. Die musste doch zu erreichen sein.

Und er hatte noch die Waffe. Aber die Frau besaß eine Maschinenpistole. Damit war sie immer besser und schneller.

Es war verdammt schwer, eine Entscheidung zu treffen. Ihm standen Sekunden zur Verfügung, mehr nicht, aber die Zeit kam ihm vor, als wäre sie um das Dreifache verlängert worden und er würde dies alles wie in einem schlechten Film erleben.

Man hatte ihm eingepaukt, schnell und unkonventionell zu handeln. Das machte schließlich den Soldaten aus. Eine Gefahr erkennen und sich sofort entscheiden.

Der Pilot wunderte sich selbst über die Gedanken, die in seinem Gehirn förmlich explodierten. Wenn es um das eigene Leben ging, dann fing man an zu überlegen und pfiff auf Drill und Gehorsam.

Trotzdem machte er es wie im Training bei der Armee. Er tauchte zu Boden, überrollte sich und zog in der Bewegung die Beretta. Sie verhakte sich zu allem Unglück noch in der Klappe der Jackentasche. Jarek fluchte, sein Gesicht verzerrte sich, schließlich hatte er die Waffe frei und legte an.

Er schoss zweimal auf die Gestalt.

Zum Präzisionsschützen war er nie ausgebildet worden. Hinzu kamen der Nebel und der dünn fallende Schnee, der das Ziel zusätzlich noch verwischte. Als Jarek beim zweiten Mal abdrückte, da wusste er schon, dass er keinen Erfolg errungen hatte.

Die Kugeln fehlten.

Und die fremde Person hatte nicht geschossen. Sie stand noch immer in dem düsteren Türrechteck, hob sich als eine geisterhafte Gestalt ab, und hinter ihr, da leuchtete der schwache Schein einer in der Wand befestigten Fackel.

Er sprang auf.

Es war ihm gelungen, sich in die Nähe des Hubschraubers zu rollen. Jetzt brauchte er nur einzusteigen. Mit der freien Hand schlug er nach dem Einstiegsgriff, riss die Luke auf und stemmte seinen Fuß in die Höhe.

Er wollte weg.

Da erst setzte sich die Vampirin in Bewegung. Einen Schritt genau trat sie vor. Ein kurzes Anheben der Maschinenpistole, das kalte Lächeln auf den Lippen, dann schoss sie.

Vor der Mündung flackerte es auf. Das Todesleuchten. Vier Schüsse knatterten, wobei Lady X diesmal nicht mit Silberkugeln schoss, sondern mit normalen.

Und sie trafen.

Jarek befand sich noch in der Bewegung. Er hatte erst einen Teil seines Oberkörpers in den Hubschrauber hineingedrückt und stieß sich soeben ab, als ihn die Garbe nach vorn wuchtete.

Im Rücken spürte er die harten Einschläge. Er wollte noch schreien, als der Schmerz ihn wie eine gewaltige Woge überschwemmte und mit sich riss.

Blut sprudelte aus seinem Mund. Das Innere des Hubschraubers verzerrte sich für ihn, da stimmte die Perspektive nicht mehr, da war alles anders, und plötzlich erschien der Schacht, der ihn hineinsog in das düstere Loch des Todes.

Regungslos blieb er liegen.

Er vernahm nicht mehr das Lachen, das die Vampirin ausstieß. Sie wollte weiter und den Hubschrauber besetzen, als sie ein Geräusch hörte und innehielt.

Da kam jemand.

Lady X schwang herum und mit ihr die Waffe!

Es war ein feiner Eisregen, der mein Gesicht traf. Als hätten die Wolken ihre Schleusen geöffnet, so kam er mir vor. Feine Nadeln stachen in mein Gesicht, blieben für einen Moment an der Haut kleben, bevor sie wegtauten.

Ich hatte Angst.

Bisher war es uns gelungen, die Ereignisse hier in dieser unheimlichen Ecke im Griff zu behalten. Seit dem Aufklingen der Schüsse aber dachte ich anders darüber.

Andere hatten die Initiative übernommen. Ich hoffte nach wie vor, dass es Suko gewesen war, der sich da gegen irgendwelche Gegner zur Wehr setzte, aber sicher war ich nicht.

Dann vernahm ich das Rattern.

Auch ein bekanntes Geräusch. Es entsteht, wenn jemand mit einer Maschinenpistole schießt. Wir hatten eine solche Waffe nicht mitgenommen, aber ich kannte jemand, der sich immer darauf verließ. Es war meine besondere Freundin, Lady X!

Dann befand sie sich doch hier. Obwohl ich sie in der Nähe noch nicht gesehen hatte, war ich mir sicher, dass es nur sie gewesen sein konnte, die geschossen hatte.

Sie musste am Schloss lauern.

Die Sicht war durch Schnee und Dunkelheit nicht besser geworden. Zudem befanden wir uns jetzt in den Wolken. Weder Mond noch Sterne gaben Licht.

Den Friedhof hatte ich hinter mir gelassen. Geduckt bewegte ich mich auf die Schlossmauer zu, denn in ihrem Schatten wollte ich weiterschleichen. Meine Bolzenpistole lag in der rechten Hand. Links schabte ich mit der Schulter über die raue Mauer.

Schritt für Schritt kam ich voran. Meine Sichtperspektive wurde besser. Ich sah einen etwas helleren Schein. Er musste aus dem Schloss fallen, denn er glitt vor dem Eingang flackernd über den Boden.

Dann entdeckte ich die Gestalt.

Sie löste sich dort, wo sich der Eingang befand, und dann hetzte sie im Zickzack auf den Hubschrauber zu. Sie schleuderte ihren Körper einmal nach links, dann wieder nach rechts. Es waren eigentlich Bewegungen, die ihren Laufrhythmus unterbrachen, ich verstand den Sinn nicht, bis ich es an der Hüfte aufblitzen sah.

Die Untote schoss.

Das Tack-tack der Maschinenpistole klang in meinen Ohren wie eine schlechte Musik. Die Blutsaugerin wollte mich mit einem Kugelhagel töten. Zum Glück befand ich mich noch im Schatten der Mauer, sodass das Blei sein Ziel nicht fand. Aber es jaulte unangenehm nah an mir vorbei, hieb gegen die Steine und sirrte als Querschläger davon.

Ich musste zu Boden. Auf der kalten Erde rollte ich mich weiter, kam wieder auf die Füße, schlug ebenfalls Haken und rannte auf den Hubschrauber zu.

Lady X, jetzt erkannte ich sie besser, war in die Maschine geklettert. Und sie hatte einen leblosen Körper hochgehievt, hielt ihn als Deckung vor sich, wobei sie sich auf den Ausstieg zu bewegte.

Was hatte sie vor?

»Sinclair!«, keuchte sie. »Sinclair, siehst du ihn, deinen Piloten?« Sie lachte gellend.

Ich blieb nicht am Boden liegen, sondern duckte mich und schaute zur Maschine hin.

Schattenhaft waren die beiden Gestalten zu erkennen. Der Eisregen lag zwischen uns wie eine dünne Fahne. Ich hütete mich, ein Wort zu sagen und meinen Standort zu verraten, aber ich zuckte zusammen, als ich das Geräusch des startenden Motors vernahm.

Lady X wollte weg.

In meinem Innern schien etwas zu explodieren. Wenn sie flog, konnte sie sich nicht auf ihre Waffe konzentrieren. Dann musste es mir gelingen, sie zu vernichten.

Die Rotorblätter hoben sich. Die Fliehkraft stellte sie waagerecht. Sie wirbelten den dünnen Schneeregen und die Nebelwolken auseinander, und die gewaltige Maschine schüttelte sich.

Ein paar Yards trennten mich vom Hubschrauber.

Ich startete. Der Boden war glatt geworden, fast seifig, ich hatte Mühe, mich auf den Beinen zu halten, aber ich musste es schaffen.

Sie hatte noch einen widerlichen Trick auf Lager, mit dem sie mich auch erwischte.

Als mich nur noch wenige Schritte vom Einstieg trennten, da sah ich im Einstieg den Schatten. Im ersten Augenblick dachte ich an Lady X und wollte schießen.

Die Hand mit der Bolzenpistole zuckte jäh zurück, als ich sah, wer es wirklich war.

Jarek, der Pilot.

In einem Anfall von Wut schleuderte Lady X ihn mir entgegen. Zu allem Unglück hatte sie noch Glück, dass ich auf dem seifigen Boden nicht so schnell weg konnte und ausrutschte.

So traf mich der Körper.

Mit der Stirn schlug der Tote gegen meine Wange. Ich umklammerte ihn unbewusst, hatte meine Hände in seinen Rücken gepresst und fühlte unter den Handflächen die Feuchtigkeit.

Sie war klebrig, und ich tippte auf das aus den Kugellöchern strömende Blut.

Schon erfasste mich der Sog. Ein Sog, der entsteht, wenn ein Hubschrauber startet.

Die Rotorblätter standen jetzt waagerecht über dem Dach der Kanzel. Sie peitschten durch Regen und Nebel, die schwere Maschine hob ab, und ich hatte das Nachsehen.

Aber das wollte ich nicht, zum Henker.

Es war eine Trotzreaktion, die in mir hochstieg. Ich wuchtete den toten Körper von mir, sprang auf die Füße, rutschte noch mal aus und sah, wie ein gewaltiger Schatten aus Glas und Metall allmählich in die Höhe schob.

An den Einstieg kam ich nicht heran.

Aber an die Kufen.

Was mich dazu trieb, konnte ich nicht sagen. Während ich losrannte, steckte ich die Waffe weg, stieß mich ab, streckte meinen Körper und bekam die eiskalten Kufen zu packen.

Das ist Wahnsinn, was du machst!, schoss es mir noch durch den Kopf, dann zog Lady X die Maschine in die

Höhe, und der Ruck riss mir fast die Arme aus den Gelenken.

Ich hörte noch einen Schrei!

Röhrend klang er unter mir auf. Trotz meiner prekären Lage drehte ich den Kopf und sah eine von Nebelschleiern umwehte Gestalt aus dem Schlosstor taumeln.

Es war Vampiro-del-mar!

Der Gang wurde schmaler und niedriger. Suko hatte sowieso nicht aufrecht gehen können, und jetzt musste er noch stärker den Kopf einziehen, damit er nicht gegen die Decke stieß.

Feuchtigkeit hatte sich in dem Gang gesammelt. Vor allen Dingen an der Decke. Das sich dort befindliche Wasser tropfte nach unten und rann Suko in den Nacken.

Der Chinese hatte sich die Richtung gemerkt, wo das Schloss lag. Wenn ihn nicht alles täuschte, dann musste ihn der Gang in die geheimnisvolle Karpatenburg führen.

Zum Glück trug er die Taschenlampe bei sich. Ansonsten wäre er in der absoluten Dunkelheit weitergelaufen. Der Boden war mit Steinen bedeckt. Einige von ihnen wiesen eine beachtliche Größe auf.

Suko sprang über die Steine, zog dabei den Kopf ein und atmete auf, als der Gang breiter wurde und das Licht seiner Lampe schließlich einen hellen Kreis auf ein Hindernis malte.

Es war eine Tür. Als Suko näher kam, stellte er fest, dass diese uralt sein musste. Sie befand sich in keinem guten Zustand mehr. Das Holz zeigte Beschädigungen, Risse und schimmerte feucht. Der Zahn der Zeit hatte ihr zugesetzt, sie war verrottet.

Suko entdeckte ein altes Türschloss. Es bestand aus Metall. Die Verkleidung klebte am linken Türrand.

Suko leuchtete genau nach, probierte die Klinke und stellte fest, dass die Tür von innen abgeschlossen oder verriegelt worden war.

Das passte dem Chinesen natürlich nicht, aber Suko wusste sich auch so zu helfen.

Er duckte sich, ging zurück, sprang und trat zu.

Nicht umsonst war der Chinese ein wahrer Meister des Karate-Kampfsportes. Sein rechter Fuß hämmerte gegen die Tür, das verfaulte Holz bot zwar Widerstand, doch keinen so starken, der dem Tritt widerstanden hätte.

Suko kam durch.

Sein Fuß riss ein Loch in die Mitte der alten Holztür. An der anderen Seite kam das Bein zum Vorschein. Suko zog es schnell zurück und trat noch zweimal zu.

Er schuf sich den Durchschlupf.

Ein paar Mal musste er seinen Körper drehen, dann hatte er es geschafft und den Gang hinter sich gelassen.

Er stand im Schloss.

Ein unheimlicher, dunkler Keller, in dem es muffig und feucht stank, umgab ihn. Wieder sah Suko dicke Mauern, den festgestampften Lehmboden, die nasse Decke und die stabilen Wände mit den Durchbrüchen zu den anderen Verliesen.

Die Zeit saß Suko im Nacken. Er konnte hier nicht Stunden herumsuchen, sondern musste sich beeilen, um zu seinem Ziel zu gelangen. Nachdem er durch vier Verliese geirrt war, hatte er noch immer nicht den Aufstieg gefunden.

Er sah keine Knochen und geriet auch nicht in einen Folterkeller, was man eigentlich hätte erwarten können, es reihte sich nur Verlies an Verlies.

Und dann sah er die Treppe.

Auch nur deshalb, weil er sich gedreht und den Strahl hatte mitwandern lassen. Die Treppe befand sich in einer Ecke des Raumes, war schmal und baufällig.

Sie führte in die Höhe. Im Laufe der langen Jahre hatten die Steine etwas von ihrer Festigkeit verloren. An den Ecken fehlten einige Stücke, Schwitzwasser verwandelte die Stufen in glatte Fallen.

Suko ging sehr vorsichtig. In einem großen Halbbogen führte die Treppe nach oben. Als der Chinese den Scheitelpunkt dieser Kurve überschritten hatte, da sah er ein Ziel.

Der Lampenstrahl traf auf einen Durchgang.

Wenig später stand Suko in einer gewaltigen leeren Schlosshalle. Er kam sich so klein und verloren vor, als er dort verharrte, wo die Treppe ihr Ende fand.

Er wollte sich umschauen, doch Ereignisse, die sich außerhalb des Schlosses abspielten, machten diesen Vorsatz zunichte. Zwar waren die Mauern sehr dick und hielten viel ab, jedoch nicht alles, sodass Suko das dumpfe Wummern der Schüsse vernehmen konnte.

Wer schoss? John?

Aus dem Hintergrund der hohen Halle hörte er ein Schaben, danach Schritte, und er richtete den Strahl seiner Lampe in das Dunkel und dorthin, wo er die Geräusche vernommen hatte.

Da kam jemand.

Schattenhaft war die Gestalt. Und übergroß. Sie näherte sich mit tapsigen, aber dennoch schnellen Schritten, wurde vom Licht getroffen, und von Suko erkannt.

Es war Vampiro-del-mar.

Unwillig drehte das Monster den mit Geschwüren bedeckten Schädel. Es röhrte auf, hob den Arm, und Suko zog seine Waffe.

Irgendwie musste Vampiro-del-mar es geahnt haben, auf einmal wurde er schnell. Er griff Suko jedoch nicht an, sondern jagte auf den Ausgang zu.

Und der stand offen.

Das bemerkte Suko erst, als er sich nach rechts wandte. Er sah den schwachen Fackelschein, der sich zuvor in der Weite und Düsternis der Halle verloren hatte.

Sofort nahm der Inspektor die Verfolgung auf.

Beide – Vampiro-del-mar und er – vernahmen die Geräuschkulisse des Hubschraubers, als dieser vom Boden abhob. Suko konnte jetzt auch nach draußen blicken, glaubte eine Gestalt am Boden zu erkennen und eine andere an den Kufen hängen zu sehen.

Wahrheit, Täuschung, er wusste es nicht. Der Chinese musste sich auf Vampiro-del-mar konzentrieren, der einen röhrenden, wütenden Schrei ausstieß und sich dann blitzschnell umdrehte.

Er und Suko starrten sich an!

Frantisek Marek wartete!

Der alte Mann war mit sich und der Welt unzufrieden. Ausgerechnet jetzt musste er in ein offenes Grab treten und sich den Fuß verstauchen. Das führte zu Depressionen. Auf einen Grabstein gestützt, stand er da, hatte den Kopf gesenkt und erging sich in bitteren Vorwürfen. Immer wieder fiel ihm seine Frau ein. Sie war zu einem Opfer der Blutsauger geworden, er hatte es nicht verhindern können, und dies war für ihn der Beweis, dass er nicht mehr viel taugte.

Er war der letzte Marek, besaß keinen Sohn mehr, und bei ihm würde das Erbe der Pfähler, das die Jahrhunderte überdauert hatte, wohl endgültig vorbei sein.

Als er das feine Knattern einer MPi-Salve vernahm, schaute er noch einmal auf, um jedoch den Kopf sofort wieder zu senken. Was interessierte ihn das noch?

Er schaute zu dem offenen Grab hin.

Weshalb war es offen?

Marek begann zu überlegen. So vertrieb er wenigstens die trüben Gedanken. War dort vielleicht der Baron herausgeklettert? Nein, der hatte seine Gruft.

Also trieb sich noch ein Vampir in der Nähe herum.

Wer konnte das sein?

Da hatte er die Idee. Ein Vampir war in seine und die Falle des Köhlers gelaufen. Vielleicht hatte er in das Grab gehört, das so offen vor ihm lag?

Diese Schlussfolgerung erschien ihm logisch zu sein. Ja, sie war es bestimmt. Aber das ganze Überlegen brachte nichts. Er, Marek, den man den Pfähler nannte, war ein verletzter, alter Mann, der zu nichts mehr taugte.

Den Mächten der Finsternis hatte er den Kampf angesagt. Was war zuletzt geblieben?

Das Versagen!

Und wieder dachte er an seine Frau. Der Pfähler hatte sie nicht schützen können. Die Kräfte, die er bekämpfte, waren schneller gewesen.

Schräg fuhr der Eisregen auf ihn zu. Mit einer müden Bewegung hob er die linke Hand und wischte die Feuchtigkeit aus seinem Gesicht. Die Kälte biss in die Haut.

Seine Hände waren steif. Wie eine Steinfigur stand er im Schnee und schaute zu, wie dieser allmählich ein feines weißes Leichentuch auf den Friedhof legte.

Dann hörte er das fast wütende Rattern des Hubschraubers. Dieses Geräusch riss ihn aus seiner Lethargie. Er hob den Kopf, schaute dorthin, wo der Hubschrauber stand, und sah den gewaltigen Schatten in der Luft.

Die Maschine war gestartet!

Mareks Augen wurden weit. Das begriff er nicht. Wie konnte Sinclair zulassen, dass …

Plötzlich glaubte er sich dem Wahnsinn nahe. Er traute seinen Augen nicht, denn an der einen Kufe des tief fliegenden Hubschraubers hing eine Gestalt.

John Sinclair.

Sie pendelte hin und her, der Schnee schlug gegen ihren Körper, der von Nebelschleiern umwallt wurde und bald darauf verschwand, als der Hubschrauber an Höhe gewann.

Ein Spuk?

Marek wischte über seine Augen. Nein, es war kein Spuk, sondern eine verdammte Wahrheit.

Die für ihn schreckliche Entdeckung hatte seine Lethargie vertrieben. Er suchte den Hubschrauber, drehte sich dabei, um ein größeres Sichtfeld zu haben.

Dabei schaute er fast zwangsläufig über den Friedhof, stutzte plötzlich, und seine Augen weiteten sich.

Zwischen den Grabsteinen stand eine Gestalt.

Baron von Leppe!

Er war gekommen, um sich auch den letzten Marek zu holen!

Es war Selbstmord, was ich da tat. Mit beiden Händen umklammerte ich die vereiste Kufe.

Der Wind und der Schnee hieben in mein Gesicht, sie unterkühlten die Haut, die ich schon nicht mehr spürte, und füllten auch die Augen.

Mich musste der Teufel geritten haben, dass ich so etwas getan hatte, denn jetzt besaß Lady X alle Trümpfe.

Sie brauchte die Maschine nur in die Höhe des Gipfels zu bringen, dann würden meine Hände von allein abfrieren.

Mein Körper pendelte. Der Hubschrauber flog ja nicht normal geradeaus, Lady X stellte es raffinierter an. Sie sorgte dafür, dass er in Schwingungen geriet, und die übertrugen sich zwangsläufig auf meinen Körper.

Als ich den ersten Schreck einigermaßen überwunden hatte, konzentrierte ich mich auf das Ziel meiner unfreiwilligen Reise.

Die Untote steuerte den Friedhof an!

Wollte sie mir etwa dort zur letzten Ruhe verhelfen? Ich schaute nach unten, sah die grauen Nebelspiralen und erkannte schemenhaft die aus dem Boden ragenden Grabsteine. Ich glaubte auch, Marek zu sehen, der einsam und verlassen auf dem unheimlichen Totenacker stand. Dann nahm mir der Nebel die Sicht.

Der Hubschrauber gewann an Höhe.

Als er so plötzlich stieg, erlebte ich dies wie eine Explosion in meinen Armgelenken. Ich schrie auf, Tränen schossen aus meinen Augen und vermischten sich mit der Feuchtigkeit in meinem Gesicht.

Das war die Hölle!

Wohin wollte Lady X fliegen?

Unter mir wischten die Schatten hinweg. Dunklere und helle. Die dunklen waren die Bäume, die hellen die Nebelstreifen, die wie Geisterarme lautlos zwischen den dicht stehenden Stämmen einher krochen.

Ein unheimliches Feld lag unter mir, und wir stiegen einer immer kälteren Höhe entgegen.

Wie lange konnte ich es noch aushalten?

Fünf Minuten? Mehr oder weniger?

Ich legte meinen Kopf in den Nacken. Das Unterteil der Maschine kam mir so unendlich weit entfernt vor. Unerreichbar für mich. Ich hatte auch nicht die Kraft, auf die Kufen zu klettern, außerdem bin ich kein Stuntman, bei dem das so einfach abläuft, ich wäre schon beim ersten Versuch ausgerutscht.

Konnte ich noch springen?

Ich beschäftigte mich sehr mit diesem Gedanken. Die

Zweige der Bäume hätten bestimmt ein Überleben möglich gemacht, aber unter mir befand sich nichts mehr, vielleicht Fels, keine Schatten, ich hätte ins Leere und Ungewisse springen müssen.

Wir näherten uns der Burg.

Auch eine Methode, um mich loszuwerden. Lady X brauchte den Hubschrauber nur zu schütteln, wenn wir uns nahe genug der Mauer befanden. Dann klatschte ich dagegen, und es war um mich geschehen.

Der nächste Kurs überraschte mich, denn sie schlug einen weiten Bogen und flog wieder zurück.

Genau zum Ausgangspunkt!

Allmählich verließ mich die Kraft. In meinen Händen spürte ich kein Gefühl mehr. Sie schienen überhaupt nicht zu meinem Körper zu gehören, sondern nur noch Anhängsel zu sein. Der Fahrtwind biss mit der Schärfe von Messern in meine Haut.

Wieder änderte Lady X den Kurs ein wenig. Wir flogen auf einmal so dicht an der Burgmauer vorbei, dass ich Angst hatte, dagegenzuprallen.

Daran dachte Lady X im Augenblick nicht, denn sie hatte andere Probleme, wie ich gleich darauf feststellen konnte.

Sie flog den freien Platz an, der sich vor der Burg befand und von dem die Maschine, mit mir an den Kufen hängend, gestartet war.

Dem Boden befanden wir uns ziemlich nahe. Ich sah sogar die Gestalt des toten Piloten.

Aber ich sah noch mehr.

Suko und Vampiro-del-mar. Beide bewegten sich. Was sie taten, konnte ich nicht erkennen, ich hatte mit meinen eigenen Problemen zu kämpfen. Die waren schlimm genug.

Wenn ich es jetzt nicht riskierte und losließ, würde ich bei der Landung zumindest verletzt.

Ich löste die Hände und fiel.

Mit Silberkugeln konnte Suko den Vampir nicht erledigen, das war schon versucht worden und hatte keinen Erfolg gezeigt. Wie dann?

In den Sekunden, als sich die beiden Feinde gegenüberstanden, musste sich der Chinese entscheiden.

Seine Hand klatschte auf den Griff der Dämonenpeitsche. Diese Peitsche, hergestellt aus der Haut des Dämons Nyrana, war eine besondere schwarzmagische Waffe. Sehr stark, sehr kraftvoll. Suko hatte mit ihr schon eine Menge Schwarzblüter vernichtet.

Der Uralt-Vampir starrte ihn an. Ein Auge war nicht mehr so wie früher, nachdem es mal von einer Leuchtkugel getroffen worden war. Der Ausdruck entstellte das sowieso schon hässliche Gesicht noch mehr, und Suko schüttelte sich. Die drei Riemen fielen aus der Grifföffnung. Jetzt war Suko kampfbereit.

Wie Vampiro-del-mar. Der Vampir glitt zurück. Trotz seiner gewaltigen Größe bewegte er sich geschmeidig. Die Kleidung hing wie immer in Fetzen um seinen graubraun schimmernden Körper.

Er hatte das Maul weit aufgerissen, aus dem Oberkiefer stachen die beiden spitzen Vampirzähne hervor. Sie wiesen eine Krümmung auf, sodass sie fast wie gebogene Dolche aussahen.

Suko führte den ersten Schlag. Er wusste selbst, dass er keinen Erfolg zeigen konnte, die Distanz zwischen ihm und dem Uralt-Vampir war einfach zu groß.

Die drei Riemen legten sich in der Luft fest gegeneinander und pfiffen auf Sukos schaurigen Gegner zu.

Der sprang zurück.

Aus seinem Maul drang ein undefinierbares Geräusch. Heftig bewegte er seine langen Arme, er suchte bei Suko nach einer Schwachstelle, um ihn zu töten.

Der Inspektor warf die Peitsche in die linke Hand, fing den Griff geschickt auf und zog seine Beretta.

Zweimal schoss er.

Eine Kugel jagte er in die Brust, die zweite wollte er in den Schädel des Monsters setzen, doch durch eine gedankenschnelle Bewegung wich Vampiro-del-mar aus.

Suko setzte nach.

Der Treffer hatte den Uralt-Vampir zwar zurückgestoßen, aber nicht außer Gefecht gesetzt. Wie früher Tokata, der Samurai des Satans, so hatte auch er die Silberkugel aufgefangen. Er war nur wütend geworden.

Beim zweiten Mal schlug Suko besser. Fast hätten sich die drei Riemen um den Hals des Vampirs gewickelt, doch der Bluttrinker ging in die Hocke, sodass ihn die Peitsche verfehlte.

Und dann war alles anders.

Suko hatte sich stark auf den Kampf konzentriert. Im Unterbewusstsein vernahm er zwar das Geräusch des in der Nähe umherfliegenden Hubschraubers, plötzlich jedoch wurde es überlaut und lenkte Suko von seiner eigentlichen Aufgabe ab.

Er schaute nach rechts.

Gewaltig war der Schatten, der sich aus dem Himmel löste. Wie ein Ungeheuer durchbrach er den Schleier aus feinem Schnee und Nebelwolken.

Und ein Mann hing an der Kufe.

John Sinclair!

Suko wollte schon den Namen seines Freundes rufen, als der Geisterjäger bereits reagierte, seine Hände löste und sich fallen ließ. Er wuchtete auf den Boden, brach dort zusammen und rollte sich ein paar Mal um die eigene Achse, bevor er wie tot liegen blieb.

Der Hubschrauber aber landete …

Er war also doch gekommen!

Marek stand da und schaute die Gestalt an. Baron Frederick von Leppe. Der Unheimliche, der Vampir, der Blutsauger. All das, was man über ihn gehört hatte, entsprach den Tatsachen. Er war nicht tot, sondern lebte als Untoter weiter.

Marek nickte. Es war mehr eine Bestätigung an sich selbst. Er sah ihn nun zum zweiten Mal und wusste, dass er sich nicht getäuscht hatte. Es gab ihn wirklich.

Früher hatte er, wenn er einem Blutsauger gegenüberstand, so etwas wie Hass gespürt. Da war auch der Jagdinstinkt hinzugekommen, doch heute war es anders.

Marek hatte Angst.

Er selbst traute sich nicht mehr viel zu, die Verletzung am Knöchel machte ihm zu schaffen, und als sich der Blut-Baron bewegte, da unternahm er nichts.

Der Pfähler blieb stehen.

Leer, ausgebrannt. Innerlich verunsichert stand er im Flockenwirbel und wartete auf das Ende.

Über sein Gesicht lief das Wasser. Es sammelte sich in den Furchen der Haut, wo es seinen Weg zum Kinn und zum Hals fand, um in der Kleidung zu versickern.

Heftiger Wind tobte über dem unheimlichen Totenacker, wirbelte Laub hoch, heulte um die Grabsteine und rüttelte an den blattlosen Zweigen der Bäume.

Der Vampir ging vor.

Er hatte Zeit, er bewegte sich dementsprechend langsam, aber unaufhaltsam.

Marek sollte sein Opfer sein. Ihm stand es zu, den bei den Blutsaugern so verhassten Pfähler zu vernichten.

Der alte Mann schaute ihm entgegen. Noch immer lag seine linke Hand auf dem oberen Rand des Grabsteines, in der rechten hielt er seinen alten Eichenpfahl.

Nicht erst einmal hatte er einem Vampir gegenübergestanden, aber nie zuvor war ihm dies alles so gleichgültig gewesen wie in diesen Augenblicken. Frantisek Marek war drauf und dran, sein Leben einfach wegzuwerfen. Er dachte nicht mehr an sein Erbe, schaute auf den Vampir, dessen düstere Gestalt sich immer mehr aus dem Nebel löste und der jetzt seine Lippen zurückschob, sodass Marek das markante Zeichen in seinem Oberkiefer erkennen konnte. Die Blutzähne!

Als der alte Marek dieses Bild sah, da schüttelte es ihn durch. Plötzlich straffte sich seine Gestalt, die Augen nahmen einen völlig anderen Ausdruck an. Waren sie zuvor noch blicklos und deprimiert gewesen, so schauten sie nun hell, klar und scharf.

In den Pupillen stand der Wille zu lesen, es unter allen Umständen zu schaffen.

Er war Marek, der Pfähler!

Dieser Gedanke war wie ein Blitzstrahl, der sein Gehirn durchschnitt. Er musste die Vampire vernichten, denn er hatte von seinen Vorfahren die Verpflichtung übernommen.

Frantisek Marek hob den rechten Arm. Er schaute auf den alten, glatten Eichenpfahl, der vor Nässe glänzte. Die Unterlippe des Mannes schob sich vor, das Gesicht nahm einen entschlossenen Ausdruck an, und er setzte sich in Bewegung.

Humpelnd, aber er spürte keinen Schmerz.

Sein Wille war auf die Vernichtung des Vampirs fixiert. Baron von Leppe durfte nicht überleben.

Marek beschleunigte seine Schritte. Bei jedem knickte er leicht ein, die Augen waren starr auf die ihm entgegenkommende Gestalt gerichtet, die ihre Arme ausgebreitet hatte, als wollte sie den Pfähler umfangen.

In Höhe des aufgebrochenen Grabes mussten die beiden unversöhnlichen Gegner ungefähr zusammentreffen.

Niemand von ihnen sprach. Marek atmete schwer, der Vampir blieb stumm. Lautlos und gespenstisch trieben die Nebelschleier über den alten Friedhof.

Und ebenso geräuschlos fiel der Schnee vom Himmel, der sich inzwischen in dicke Flocken umgewandelt hatte.

Er blieb liegen, schuf auf den alten Gräbern eine weiße Haube und bedeckte die Grabsteine.

Vor dem Mund des Pfählers dampfte der Atem. Bei Baron von Leppe war nichts zu sehen.

Ein Vampir atmete nicht …

Die Entfernung schmolz. Marek fixierte seinen Gegner genau. Er wusste, dass er sich auf einen langen Kampf nicht einlassen konnte, dazu fehlten ihm die Kraft und die Kondition.

Plötzlich griff er an.

Der alte Mann hatte sich genau überlegt, was er tat. Der Vampir war schneller gewesen als er und schon fast am Grab vorbei, als sich Marek wuchtig vorwarf.

Er verlagerte dabei sein Gesicht auf den rechten Fuß, und ein Schrei drang über seine Lippen.

Nie hätte Marek gedacht, dass er noch einmal so schnell sein würde, und auch der Vampir nicht.

Er wich aus, allerdings zur falschen Seite. Nicht nach rechts, sondern nach links warf er sich, und da befand sich das offene Grab seines Dieners Egmont.

Marek war es schon zum Verhängnis geworden, dem untoten Baron erging es nicht besser. Frederick von Leppe trat ins Leere, verlor den Halt und fiel.

Noch in der Luft erwischte Marek ihn.

Sein unheimlicher Schrei zitterte über den alten Totenacker, als er die Spitze des Eichenpfahls in die linke Seite der Brust rammte und den Vampir damit aufspießte.

Es sah im ersten Augenblick so aus, als würde von Leppe in der Luft stehen bleiben, dann kippte er in das Grab, krachte in den Sarg, und Marek fiel auf den Baron.

Der Pfähler riss seine alte Waffe aus der Brust des Vampirs, heulte auf und schrie, während er abermals zustieß.

»Das ist für meine Frau, du Bestie!«

Der Blutsauger röchelte. Die Zunge schnellte aus seinem weit aufgerissenen Mund, vermischt mit einem widerlichen Schleim. Er versuchte sich aufzubäumen, doch der Pfahl steckte so tief in seinem untoten Körper, dass er am Rücken wieder heraustrat.

Marek lag auf ihm.

Der alte Mann konnte nicht mehr. Er weinte vor Schmerz und Erschöpfung.

Während unter ihm die Haut des Vampirs allmählich grau und dann braun wurde, dachte Frantisek Marek daran, dass er seinem Namen wieder alle Ehre gemacht hatte.

Denn er war der Pfähler.

Obwohl er dies manchmal als einen Fluch empfand …

Für einen Moment blieb ich wie tot am Boden liegen. Ich wollte und konnte einfach nicht mehr, glaubte mich in einen Traum versetzt und hätte am liebsten geschlafen.

Aber da war das Flappen der Rotorblätter und das Knattern des Motors. Beides riss mich aus meiner Lethargie und wieder in die Höhe.

Der Hubschrauber war gelandet.

Während ich mich auf die Knie stemmte, turnte Lady X zum Einstieg, stieß die Luke auf und schrie Vampiro-del-mar etwas zu, der als geisterhafte Gestalt ebenfalls zu sehen war.

Ich verstand nicht, was sie sagte, aber Vampiro-del-mar hatte es begriffen. Er stürzte auf den Hubschrauber zu, ohne von Suko aufgehalten zu werden.

Ich wollte nicht liegen bleiben. Doch als ich stand, wurden meine Knie weich, und ich sank wieder in die Hocke.

Suko war stehen geblieben. Er griff nach seinem Stab, um die Zeit anzuhalten, denn das war unsere letzte Chance.

Beide rechneten wir nicht mit der Raffinesse einer Lady X. Auch sie wusste von Sukos Waffe, und sie richtete sich haargenau danach. Sie startete nicht mit dem Hubschrauber, sondern passte den richtigen Zeitpunkt ab, als sich Vampiro-del-mar bereits in ihrer Nähe befand und gebückt in die Maschine stieg.

Sie aktivierte den Würfel des Unheils.

Suko blieb das magische Wort Topar buchstäblich im Halse stecken, denn wie auch ich sah er die beiden Blutsauger verschwinden. Sie lösten sich vor unseren Augen auf und ließen einen leeren Hubschrauber zurück.

Ihre Mission hier in Rumänien war beendet.

Vorläufig jedenfalls …

Uns blieb die gegenseitige Klage. Wieder einmal war die jetzige Chefin der Mordliga entkommen. Sie stellte an Raffinesse und Schlauheit wirklich alles in den Schatten und zeigte, dass auch wir keine Supermänner waren.

Suko war nicht so erschöpft wie ich. Er kam zu mir und stützte mich, weil ich Schwierigkeiten mit dem Stehen hatte. »Das hätte ins Auge gehen können«, sagte er vorwurfsvoll.

Ich grinste schief. »Nicht nur das, Alter, auch ans Leben.«

»Und welcher Teufel hat dich geritten?«

»Kann ich nicht sagen. Vielleicht war es die Wut, Lady X endlich zu stellen.«

»Verdammt, Marek!« Suko wechselte übergangslos das Thema. In den letzten aufregenden Minuten hatten wir an ihn und diesen Baron von Leppe nicht denken können.

»Der muss noch auf dem Friedhof sein.«

Wir liefen hin. Suko war schneller als ich, denn ich kriegte meine Beine kaum vom Boden hoch.

Wir sahen einen leeren Friedhof vor uns, über dem ein weißer Flockenwirbel tanzte.

Es dauerte Minuten, bis wir Marek gefunden hatten. Suko hatte das Glück und entdeckte ihn.

Der Pfähler lag halb in einem offenen Sarg. Unter ihm zerfielen die Knochen eines uralten Vampirs, den die Waffe des alten Mannes getroffen hatte.

Suko hievte Marek aus der Grube. Der Alte war so erschöpft, dass mein Freund ihn zum Hubschrauber tragen musste. Ihn hatte uns Lady X zum Glück dagelassen.

»Du wolltest doch fliegen«, sagte Suko zu mir, »bitte, jetzt kannst du den Piloten spielen.«

Wir flogen los.

Den toten Jarek nahmen wir mit.

Es wurde ein Flug, den ich nie vergessen werde. Nacht, Schneetreiben, unbekanntes Gelände, halbvoller Tank …

Dass wir irgendwann in Petrila landeten, grenzte schon an ein Wunder. Wir gingen sofort zum Bürgermeister. Er atmete auf, als er uns gesund und munter vor sich sah, dann berichteten wir vom Tod des Piloten, und er sagte, dass er die Zentrale unterrichten müsste.

Wir wollten noch ein paar Tage in Petrila bleiben. So lange, bis Marie Marek beerdigt war. Es wurde eine traurige Beerdigung.

Als die Menschen gegangen waren, standen Marek, Suko und ich noch lange am offenen Grab.

Der alte Mann hielt den Eichenpfahl umklammert. Die Spitze zeigte nach unten und wies auf den braunen

Sargdeckel. »Ich habe dich gerächt, Marie, und ich werde dich weiter rächen, bis auch mich einmal der Schicksalsschlag trifft. Ruhe in Frieden, Frau!«

Dann wandte er sich ab und ging …

Wir regelten alles mit den Behörden und konnten drei Tage später wieder zurückfliegen.

Eins möchte ich noch nachtragen. In Konstanza lief irgendwann ein Frachter ein, der einen toten Kapitän an Bord hatte. Bei den Untersuchungen konnte sich niemand erklären, wie es zum Ableben des Kapitäns Romanescu gekommen war.

Man einigte sich schließlich darauf, die ganze Sache als einen Unfall hinzustellen.

Damit ging man jeglichem Ärger aus dem Weg ..

Der Spielhöllen-Dämon

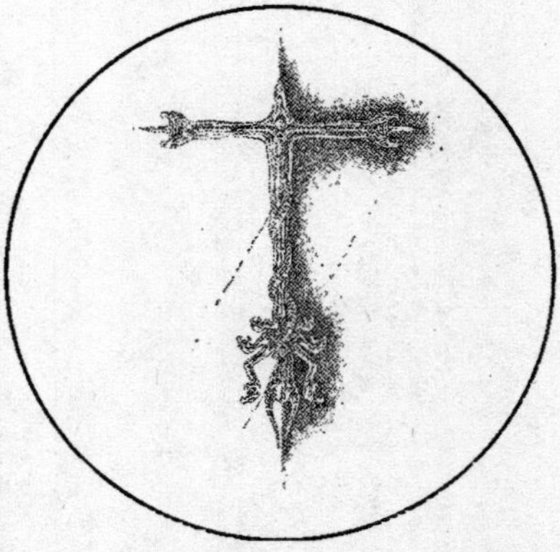

Als der sechzehnjährige Eddy Blyton die Stufen der langen Treppe hinunter schritt, da wusste er, dass seine große Stunde gekommen war. Noch in dieser Nacht wollte er dem Teufel begegnen!

Er bemühte sich, leise zu sein, denn seine Eltern hatten einen leichten Schlaf. Sie wurden schon wach, wenn draußen im Garten eine Katze miaute.

Eddy lächelte. Er wäre am liebsten vor Freude an die Decke gesprungen, doch er musste sich zurückhalten. Nur noch wenige Minuten, dann würde er den Teufel beschwören.

Er lachte, als ihm einfiel, dass ihn sein Lehrer mal ein mathematisches Genie genannt hatte. Das stimmte in der Tat. Er konnte mit Computern umgehen, er programmierte souverän und war auch in der Lage, ein mathematisches Schreckensbild zu schaffen.

Eddys Vater hatte mit Computern zu tun. Allerdings mit denen der Unterhaltungselektronik. Er war spezialisiert auf Spielautomaten und Video-Spiele.

Schon vor fünf Jahren, als der Boom gerade begann, hatte sich Eddy für diese Spiele interessiert. Er war von den Kästen nie weg zu bekommen und später wollte er auch wissen, wie das alles funktionierte.

Eddy kniete sich in die Materie rein. Hinzu kam seine hervorragende mathematische Begabung. Er begriff komplizierte Zusammenhänge sofort, löste die schwierigsten Aufgaben und wurde völlig frustriert, weil es für ihn kein Neuland mehr gab. Eddy begab sich auf die Suche nach anderen Geheimnissen. Er wollte die Welt erforschen und sie berechnen.

Die Weltformel, aufgestellt von einem großen Physiker namens Heisenberg, interessierte ihn.

Durch einen Video-Film kam er auf ein anderes Thema.

Schwarze Magie und Teufelskult!

In seinem Kopf schien es eine Initialzündung gegeben zu haben, als er diesen Streifen sah. Plötzlich stand fest. Er würde sich mit dem Teufel beschäftigen und ihn per Computer unter seine Kontrolle zwingen.

Aus dem Spieler wurde ein Fanatiker!

Eddy Blyton stellte fest, dass ihn die schwarze Magie ebenso faszinierte wie die Mathematik. Er suchte nur nach einem Weg, beides unter einen Hut zu bringen.

Dabei sollten ihm die Computer helfen!

Eddy erreichte den Keller. Sein Vater hatte ihn ausbauen lassen. Da waren die Gänge verbreitert und Wände ausgestemmt worden, sodass größere Räume entstanden und sein Vater den Keller als Werkstatt und Lagerraum nutzen konnte.

Hier fühlte sich Eddy wohl. Vater hatte ihm einen Raum als Labor eingerichtet. Hier konnte Eddy werken, forschen und probieren.

Zu dem Labor besaß nur er den Schlüssel.

Es war nie völlig dunkel im Keller. Und auch nicht still. Das Summen der Klimaanlage hörte sich an wie das ferne Singen geisterhafter Wesen. Die Temperatur musste wegen der empfindlichen Computer konstant gehalten werden. Die waren manchmal sensibler als Frauen.

Eddy bewegte sich auf Zehenspitzen voran. Er geriet in den Lichtschein der Notbeleuchtung, die seinen Körper seltsam verzerrte und ihn als Schatten gegen die Wand warf.

Der junge Mann ging durch den gesamten Flur und erreichte die letzte Tür, die zu seinem kleinen Reich führte. Daneben hing ein Spiegel. Er war so groß, dass sich Eddy von Kopf bis Fuß darin betrachten konnte.

Ein hübscher Junge war er nicht. Auf ihn flogen keine Mädchen. Die Klassenkameraden lehnten ihn sowieso ab und ärgerten ihn, wo sie nur konnten.

Eddy war beleibt. Er hatte überlange Arme und einen fast runden Kopf. Mit der Frisur hatte er schon immer Probleme gehabt. Er war deshalb auf einen Pony ausgewichen.

Das Gesicht war ebenfalls rund. Die Nase zeigte nach oben, die Lippen waren ein wenig fleischig, der Mund klein. Es fielen noch die Ohren auf, denn sie standen weiter ab als normal. Blieben noch die Augen zu erwähnen. Brauen waren keine zu sehen. Sie zeigten eine ebenso blasse Farbe wie das Gesicht des Jungen. Anders die Pupillen. Sie konnten manchmal grün leuchten, immer dann, wenn sich der junge Mann in Erregung befand. Ansonsten waren sie blass und farblos.

Seine Eltern wussten nicht, was er im Keller trieb. Sie glaubten an mathematische Forschungen, an Computer-Programme, die vielleicht von der Industrie übernommen werden sollten.

Die Tür war mit einem modernen Schloss versehen. Eddy holte den Schlüssel hervor, schob ihn rein, drückte ein wenig dagegen und vernahm das klackende Geräusch, als die von ihm konstruierte Sperre ausrastete.

Jetzt hatte er freie Bahn.

Er drückte die Tür auf, huschte in den klimatisierten Raum und schloss den Eingang hinter sich.

Auch Computer, obwohl so klar durchdacht und funktionell gebaut, können unheimlich sein. Das merkte Eddy, als er einen Schritt von der Tür entfernt stehen blieb und in den Raum schaute.

Es brannte kein Licht, aber ein seltsames Fluoreszieren lag auf den Bildschirmen, Sichtgeräten und Monitoren. An einem Flipperautomaten glühten Lampen. Mal grün, mal rot. Intervallweise wechselten sie sich ab.

Neben dem Flipper stand ein hoher Kasten. Das war einer der Killerautomaten. Man konnte mit einem elektronischen Gewehr auf sich schnell bewegende Ziele schießen.

Eddy Blyton brauchte Licht. Aber nicht das kalte der Leuchtstoffröhre, sondern ein gedämpftes und dadurch auch unheimlich wirkendes.

Er betätigte einen Hebel, merkte das Glühen, und im nächsten Augenblick konnte sich ein Besucher in ein Kino versetzt fühlen, als innerhalb der Holzverkleidung an den Wänden die Lampen allmählich aufglühten. Eddy blieb währenddessen an der Tür stehen, nickte zufrieden, weil alle Lampen brannten.

Jetzt konnte er sich um seine Angelegenheiten kümmern. Auf leisen Sohlen bewegte er sich nach rechts, wo die Konsole mit seinem Hauptcomputer stand. Ein

Sichtgerät war angeschlossen. Der Computer selbst sah aus wie eine übergroße Schreibmaschine.

Eddy bückte sich und öffnete an der Konsole zwei Türen. Aus dem Fach nahm er ein Buch, das er einmal auf einem Trödelmarkt erstanden hatte. Als er sich damals dazu entschloss, der Hölle entgegenzutreten, war er sehr konsequent gewesen. Er hatte sich mit dem Gebiet der schwarzen Magie viel beschäftigt. Von den Anfängen bis in die Jetztzeit, und er hatte vor allen Dingen viel über den Teufel gelesen.

Satan, Satanskult, Teufelsanbetung, magische Rituale, Beschwörungen. Die Menschen im Mittelalter und auch in der Zeit danach hatten genau gewusst, was sie da taten. Sie waren noch naturverbunden, sie glaubten an Kräfte, die man nicht sah, und Eddy wurde fasziniert.

Dieses Gebiet nahm ihn ebenfalls so in Anspruch wie Jahre zuvor sein Forschen nach den Geheimnissen der Computersprache, und er bezeichnete sich selbst als ein Genie auf beiden Gebieten.

Er sammelte die Informationen über den Teufel, und er sammelte vor allen Dingen Bannsprüche. Mit diesen Informationen wollte er seinen Rechner füttern.

Er war gespannt, welch ein Ergebnis er erzielen konnte.

Eddy schaltete den Computer ein. Ein Summen ertönte. Kaum hörbar, weil es im Klang der Klimaanlage fast unterging. Einige Lampen glühten auf. Sie zeigten an, dass das Gerät unter Spannung stand.

Wie auch Eddy!

Aus der Konsole hatte er die Informationen geholt. In Rasterschrift standen sie auf einem grünlich schimmernden Blatt. Eddy schaltete eine kleine Leselampe ein.

Die uralten Bannsprüche und Formeln hatte er codiert und sie für den Rechner passend gemacht. Ein letzter Blick auf die Eingabetastatur des Rechners, ein kurzes Nicken, dann war alles klar.

Die computergesteuerte, elektronische Teufelsbeschwörung eines jungen Mannes konnte beginnen!

Genau um diese Zeit machte ich mich auf, um ins Bett zu gehen. Ich fühlte mich mies. Dies lag aber nicht in einem körperlichen Leiden begründet, es hatte seelische Ursachen.

Der letzte Fall war furchtbar gewesen.

In Rumänien hatte ich gegen Lady X und Vampiro-del-mar gekämpft, doch beide waren leider wieder entkommen. Doch das bedrückte mich nicht so sehr wie die Tatsache, dass ich Frantisek Mareks zur Vampirin gewordene Frau hatte mit einem Eichenbolzen töten müssen.

Als ich die Uhr ablegte, schaute ich auf das Zifferblatt. Fast Mitternacht. Nur noch fünfzehn Minuten, dann begann der neue Tag. Ich dachte darüber nach, wie viel Arbeit er mir brachte. Viel war es nicht. Wahrscheinlich mussten Akten aufgearbeitet werden.

Zudem wollte Bill Conolly vorbeischauen und mit mir plaudern.

Für die schnelle Abenddusche brauchte ich kaum länger als zwei Minuten. Ich frottierte mich ab und zog den Schlafanzug über. Das Kreuz ließ ich vor meiner Brust hängen. Ich nahm es auch während der Nacht nicht ab, weil es mir immer ein Gefühl der Sicherheit gab. Sollten mich meine dämonischen Feinde im Schlaf überfallen, war ich wenigstens geschützt.

Im Schlafzimmer lag das Bett noch vom Morgen aufgeschlagen. Niemand hatte es gemacht. Ich setzte mich auf die Matratzenkante, legte das Kinn stützend in beide Hände und starrte gegen die Wand. Dann fiel mein Blick auf den Nachttisch, wo ich meine Uhr neben einem Buch abgelegt hatte, in dem ich seit zwei Tagen las.

Es war eine Science-Fiction-Geschichte, ziemlich abenteuerlich und spannend geschrieben. Den Inhalt hatte ich bereits vergessen, denn es blieb nichts in der Erinnerung haften. Ich hatte gelesen, ohne zu begreifen, was dort geschrieben stand.

Langsam ließ ich mich nach hinten kippen und spürte die weiche Matratze unter meinem Rücken. Sie war auf meiner Seite des Doppelbetts durchgelegen. Es wurde Zeit, dass ich mal wieder auf die andere Seite wechselte.

Ich knipste das Licht aus.

Wie ein Sack fiel die Dunkelheit über mich. Allmählich nur gewöhnten sich meine Augen daran, und ich sah die Umrisse des Fensters. Sie schimmerten matt. Ich hatte das Rollo nicht geschlossen. Hin und wieder zuckte ein heller Schein vorbei, das war alles.

Ich lag auf dem Rücken, hatte die Hände hinter dem Kopf verschränkt und stierte gegen die Decke.

Wie schon in den letzten beiden Nächten fand ich kaum Schlaf.

Mitternacht verging.

Noch immer lag ich wach.

Manche versuchen es mit dem Zählen von Schafen. Ich konnte ja Dämonen nehmen, aber das brachte auch nichts. Ich würde mich nur selbst betrügen.

Endlich schlief ich ein. Ich musste einen Albtraum gehabt haben, denn irgendwann wachte ich von einem Brennen auf meiner Brust auf. Doch es war kein Albtraum. Das Brennen auf meiner Brust blieb, verursacht durch mein Kreuz.

Plötzlich war ich hellwach. Ich senkte den Blick und sah innerhalb des Kreuzes ein rötliches Glühen, das sich an den vier Enden sogar noch verstärkt zeigte, denn dort waren die Anfangsbuchstaben der vier Erzengel eingraviert.

Und sie hoben sich deutlich von dem Silber ab.

Eine Warnung?

Etwas anderes konnte ich mir nicht vorstellen. Das Kreuz warnte mich vor irgendeinem Vorgang, der sich jetzt, in dieser Minute genau, abspielte.

Ich schwang meine Beine aus dem Bett und blieb auf der Kante sitzen. Dabei fasste ich das Kreuz mit den Fingern an und spürte die Wärme an meiner Haut.

Ich schluckte.

Deutlich sah ich die Buchstaben. Sie warnten mich, wollten mich auf irgendetwas aufmerksam machen, aber ich wusste nicht auf was. Hing es vielleicht mit Jane Collins zusammen?

Eine Antwort fand ich nicht.

Aber ich war beunruhigt. Irgendwo geschah etwas Dämonisches, Unheimliches. Da wurden die Kräfte der Finsternis angerufen, beschworen. Da traten Dämonen auf, gefährliche Höllenkräfte, die mich störten und die Magie meines Kreuzes beeinflussten.

Ich wurde nervös.

Nicht umsonst kämpfte ich gegen die Mächte der Finsternis. Und mir drehte sich fast der Magen um, wenn ich daran dachte, dass irgendetwas geschah, was mit meinem Job zu tun hatte, und ich nicht eingreifen konnte.

Das Grauen lauerte in der Nähe.

Natürlich hätte ich raten können, aber das brachte auch nichts. Es kamen viele Möglichkeiten in Betracht. Ich wunderte mich nur, dass die fremde Magie auf mein Kreuz direkt wirkte. Vielleicht hing es damit zusammen, dass es die ureigensten Kräfte der Hölle waren, die sich irgendwo etabliert hatten.

Ich verließ das Schlafzimmer. Den Blick hielt ich dabei immer auf das Kreuz gerichtet.

In den Wohnraum ging ich, machte aber kein Licht, schob mich an einem im Wege stehenden Sessel vorbei und blieb vor dem Fenster stehen, wo ich einen guten Ausblick auf London hatte.

London lag in nächtlicher Ruhe.

Nichts schien den Frieden zu stören. Einige Wagen fuhren auf den Straßen. Sie wirkten aus dieser Höhe sehr klein. Ihre Scheinwerfer erinnerten mich an winzige Augen. Von hier aus nicht größer als die Lämpchen in den Spielzeugeisenbahnen.

Nein, da war nichts zu sehen.

Und doch geschah etwas in den Häuserschluchten. Irgendjemand versuchte, Böses zu tun, die Hölle zu rufen und zu beschwören. Ein schrecklicher Vorgang, den ich nur ahnen, aber nicht lokalisieren konnte.

London blieb ruhig.

Am Himmel türmten sich dicke Wolken. Schnee hatte es noch nicht gegeben. Wahrscheinlich würde es bald regnen. Um diese Zeit leuchteten mehr Lichter als normal, denn in drei Wochen hatten wir Weihnachten. Auch von meinem Fenster aus waren die strahlenden Tannenbäume auf den hohen Häusern zu erkennen.

Ich drehte mich wieder um.

Das Glühen hatte nachgelassen. Nur noch ein schwacher roter Schein umflorte die Buchstaben. Ich konnte zusehen, wie er langsam verschwand und bald darauf nicht mehr zu sehen war.

Die Rätsel waren nicht kleiner, sondern größer geworden. Diese Warnung hatte mich stark beunruhigt. Wenig später betrat ich mein Schlafzimmer mit der Gewissheit, auch weiterhin nicht einschlafen zu können.

Wovor hatte mich das Kreuz gewarnt?

Eddy Blyton kicherte.

Er stand leicht geduckt vor seiner Programmierkonsole, schaute auf seine Notizen und hob dann den Blick, um die Finger über die Tastatur des Computers gleiten zu lassen, weil er neue Informationen eintippen musste.

Er hoffte und zitterte.

Wenn er alles richtig gemacht hatte, dann mussten diese Informationen ein Bild des Teufels geben. Der Satan war gezwungen, sich zu zeigen, das wusste er aus den Schriften. Es gab Formeln, durch die man den Teufel zwingen konnte, sich bemerkbar zu machen.

Das musste doch zu schaffen sein.

Eddy arbeitete intensiv. Er hatte sich voll konzentriert. Schweiß stand auf seiner Stirn. Der Mund war geöffnet. Er atmete heftig, da er die innere Spannung nicht niederkämpfen konnte. In dieser Nacht musste es gelingen, da sollte sein intensives Forschen endlich einmal Früchte tragen. Und wenn er kraft seines Computers die Hölle und den Teufel beherrschte, konnte ihm keiner etwas.

Seine Gedanken schweiften ab. Er würde sich schrecklich rächen. Und zwar an denjenigen, die ihm Böses angetan hatten. Sie sollten die Kraft der Hölle spüren! Das hatte sich der junge Mann fest vorgenommen.

Er dachte an seine Eltern. Wenn die erfuhren, was er tatsächlich in seinem Labor trieb, sie hätten durchgedreht, das stand fest. Besonders seine Mutter, die sowieso leicht hysterisch reagierte und ihn, Eddy, immer noch für ein kleines Kind hielt.

Sie würde sich wundern. Nur sollte sie sich ihm nicht in den Weg stellen, denn jeder, der etwas gegen seine Forschungen unternahm, war verloren.

Er würde auch keine Rücksicht auf seine Eltern nehmen. Dieser Junge war besessen.

Noch regierte die Technik. Von einer schwarzen Magie spürte der Sechzehnjährige bisher nichts. Er hörte nur die sanften Echos der Anschläge, wenn er seine Informationen in den Computer tippte.

Plötzlich fiel ihm ein, dass er vergessen hatte, die Alarmanlage einzuschalten. Eddy hatte sie heimlich gebaut. Ein Teil der Anlage befand sich vor der Tür. Dort gab es einen Kontakt im Gang, der, wenn er ausgelöst wurde, ein optisches Signal einschaltete. Eddy war somit gewarnt.

Der junge Mann holte das Versäumte schnell nach. Jetzt konnte er in Ruhe an seine weitere Arbeit gehen.

Die Hälfte der Formeln hatte er eingetippt. Es war nur noch eine Seite, dann konnte er aufatmen.

Seine Spannung wuchs. Der Computer schluckte die Informationen wie ein Fass ohne Boden, und in weniger als zehn Minuten hatte es Eddy endlich geschafft.

Alles klar.

Die Blätter ließ er kurzerhand fallen. Er benötigte sie nicht mehr. Wenn er sich über etwas informieren wollte, genügte ein Knopfdruck, und er konnte die Informationen abrufen.

Tief atmete er durch. Mit dem Handrücken wischte er den Schweiß von seiner Stirn. Er klimperte mit den Augen, die Zunge huschte nervös aus dem Mund und fuhr über die Lippen, wo sie einen glänzenden Speichelstreifen hinterließ.

Es gab unzählige Möglichkeiten, um die Formeln gegeneinander zu stellen oder miteinander zu verbinden. Der junge, besessene Mathematiker war von der Wahrscheinlichkeitsrechnung ausgegangen und glaubte fest daran, dass er eine gute Chance besaß. Irgendwann musste er eine Konstellation errechnet haben, mit der er den Teufel rufen konnte.

An einem Tuch rieb er sich die Hände trocken, bevor er begann. Ein Knopfdruck reichte. Er machte es spannend, ließ seinen Finger sekundenlang über dem Kontakt schweben, bevor er den Knopf nach unten drückte.

In der Maschine begann etwas zu summen. Zuerst nur leise und sehr entfernt zu vernehmen, dann huschten plötzlich Zahlenkolonnen über den Bildschirm des Monitors.

Lange Reihen mit grünlich leuchtenden Zahlen und Buchstaben. Der Computer gab ein leises Rasseln von sich, ein Tacken. Mehr war nicht zu hören.

Eddy beobachtete genau. Es würde seine Zeit dauern. Obwohl der Computer ungeheuer schnell arbeitete, brauchte er dennoch lange, um alle Möglichkeiten durchzuchecken.

Auf dem Bildschirm erschien ein Zahlenwirrwarr. Da entstanden seltsame Gebilde, manchmal sogar kleine Kunstwerke, jedenfalls für einen Menschen wie Eddy.

Etwa zehn Minuten tat sich nichts Besonderes. Plötzlich aber zuckte der junge Mann zusammen, denn über den Bildschirm huschte ein dunkelroter Streifen.

Der passte nun überhaupt nicht ins Konzept.

Wo kam er her?

Eddy stoppte den Computer. Er beugte sich weiter vor, seine Unterlippe zitterte.

Diagonal über den viereckigen Schirm huschte ein roter Streifen, der sogar ein wenig auseinander fächerte, aber den gegenüberliegenden Rand nicht erreichte.

Er überdeckte auch die Zahlen, die sich zu einer bestimmten Formation zusammengefunden hatten.

Eddy zitterte am ganzen Körper.

Hatte er hier den ersten Erfolg errungen? Er schaute genau hin, las die Formel ab und erinnerte sich.

Ja, es war ein alter Zauberspruch aus dem vorletzten Jahrhundert. Er wurde von Hexen verwendet, die den Teufel damit anriefen. Und diesen Spruch hatte er noch mit einem Zitat aus einem alten Totenbuch zusammengebracht.

Das ergab diese Konstellation.

Das Totenbuch sollte von einer frühchristlichen Sekte abstammen. Es waren nur Fragmente aus Worten und Buchstaben übrig geblieben und aufgeschrieben worden. Eddy hatte ihnen kaum eine Bedeutung beigemessen. Ein Irrtum, wie er jetzt feststellte.

Noch wollte er sich nicht überzeugen lassen und suchte nach einer technischen Erklärung für das Auftauchen des roten Scheins. Er fand keine. Ihm war unbegreiflich, wie es zu diesem Phänomen gekommen war.

Jetzt musste er genau Acht geben und durfte keinesfalls etwas verkehrt machen.

Er ließ die Information auf dem Schirm und kramte in seinen Papieren nach.

Innerhalb kürzester Zeit hatte er sie gefunden, aber die Formel aus dem Totenbuch ging noch weiter. Es waren nur zwei Begriffe, aber auch die hatte er eingetippt.

Eddy setzte alles auf eine Karte und rief die Daten ab. Einen winzigen Moment musste er sich gedulden. Er starrte auf den Schirm. Sein Mund war ein wenig geöffnet. Zwischen den Lippen sprühten Speichelbläschen. Die Faszination des Augenblicks hielt ihn umfangen. Würde es klappen?

Da erschien die Information. Die Buchstaben vervollständigten die Reihe, schlossen sie, und es kam zu der gewünschten Reaktion.

Plötzlich geisterte ein hohes Summen durch den Raum. Das Licht verlöschte, sprang wieder an, flackerte, und der junge Mann sprang von seinem Stuhl hoch.

Zum ersten Mal verspürte er so etwas wie Furcht. Er hatte sich vielleicht doch übernommen, denn nun wurden Kräfte frei, die er nicht mehr kontrollieren konnte.

Selbst der Computer schien zu ächzen und zu stöhnen. Er vibrierte, was er zuvor noch nie getan hatte. In seinem Innern schienen gewaltige Kräfte zu toben, die es darauf angelegt hatten, den Apparat zu zerstören.

Am verrücktesten spielte der Bildschirm. Dort entstand ein regelrechter Salat aus Buchstaben und Zahlenkombinationen. Alles wurde zu einem Chaos, verschwand, kehrte zurück und begann zu kreisen.

Die Informationen gerieten in einen Strudel. Wie ein Rad wurden sie herumgeschleudert. Schwarze Magie bemächtigte sich der Technik. Sie spielte mit ihr und zwang ihr den Willen eines schrecklichen Zaubers auf.

Eddy war fasziniert. Er konnte seinen Blick von dem Bildschirm nicht mehr losreißen. In seinen Augen stand ein nahezu unheimlicher Glanz. Die Hände zuckten, das Gesicht war gerötet, sein Blut floss viel schneller durch die Adern, und als die Schrift auf einmal verschwand, da verlöschte auch das Licht.

Es wurde dunkel.

Nichts brannte mehr. Auch das leise Summen der Klimaanlage war unterbrochen.

Nur noch der Bildschirm lebte. Und dies ohne Energie. Auf ihm erschien plötzlich ein Bild. Allerdings im Rastermuster der Computersprache, außerdem stilisiert dargestellt.

Dennoch gab es keinen Zweifel.

Das Gesicht gehörte dem Teufel!

Er war da, er war gekommen. Eddy Blyton hatte es tatsächlich geschafft. Vom Monitor her leuchtete ihm das Gesicht des Satans entgegen. Und zwar in der Form, wie es in den alten Überlieferungen und Geschichten immer gezeigt wird.

Als ein dreieckiges, am Kinn spitz zulaufendes Gesicht, das entfernt Ähnlichkeit mit dem eines Ziegenbocks aufwies.

Die Satansfratze!

Eddy konnte sich kaum rühren. In seinem Innern tobten die Gefühle. Er glaubte, sein Blut wäre Meerwasser in einem Sturm. Sein Spiel mit dem Computer hatte endlich den erhofften Erfolg gezeigt.

Der Satan war da.

Er hatte sich ihm gezeigt, ihm, einem Jungen von 16

Jahren, der von den meisten seiner Schulkollegen verlacht, verhöhnt und verspottet wurde.

Das sollte sich ändern. Denn Eddy wusste aus seinen Schriften, dass demjenigen, der den Teufel beschworen hatte, der Satan auch gehorchte. So stand es geschrieben.

Eddy war von dem stilisierten Anblick so fasziniert, dass er kein Wort hervorbringen konnte, sondern nur auf den kleinen Monitor starrte. Das Gesicht des Teufels füllte den Bildschirm aus. Es glühte in einer dunkelroten Farbe und zitterte leicht an den Rändern.

Der Junge staunte. Seine Hände öffneten und schlossen sich. Er traute sich kaum, näher an den Bildschirm heranzutreten, aus Angst, dass ihn die Ereignisse überrollten.

Und dann hörte er die Stimme.

Zuerst war nur ein Röcheln zu vernehmen, danach stieß das Gesicht die Worte aus, die dem Jungen dumpf entgegenklangen und in seinen Ohren dröhnten.

»Du hast den Teufel beschworen. Aus welchem Grund?«

Eddy Blyton ächzte wie ein alter Mann. Sein mathematisch geschultes Gehirn versuchte, die Worte zu begreifen. Es musste doch eine Bindung geben, eine Basis.

Wieso konnte das Gesicht sprechen?

Einen Computer brachte man durch allerlei Tricks zum Reden. Dazu gehörte nicht viel. Eddy konnte diese Maschinen so programmieren, dass sie ganze Sätze sprachen, aber dass ein programmiertes Bild oder Wesen sprach, war ihm doch mehr als unheimlich.

»Ich – ich …«

»Komm her!«, dröhnte es ihm entgegen. »Komm her zu mir, und schau mich an, du Wurm!«

Eddy schlich auf den Bildschirm zu.

Er hatte den Kopf eingezogen, als fürchtete er sich vor unsichtbaren Schlägen. Seine Beine zitterten, und dieses Zittern übertrug sich auch auf seinen Körper. Hatte er zu viel gewagt?

Während er ging und seinen Blick starr auf den Monitor gerichtet hielt, bemerkte er, dass sich am Gesicht etwas veränderte. Die Konturen traten nicht mehr so scharf und eckig hervor. Sie wurden weicher und zerflossen mehr.

Aber sie blieben dennoch sichtbar.

Der Junge verhielt seinen Schritt. Jetzt schaute er genau auf die Fratze. Die Distanz zwischen ihm und dem Schirm betrug nicht mehr als einen Schritt.

Jedes Detail konnte er erkennen. Das Gesicht zeigte tatsächlich ein Dreieck. Im unteren Teil befand sich das Maul. Es hatte schmale Lippen, die ein wenig geöffnet waren, sodass der Junge Zähne sehen konnte, die ihn an Stifte erinnerten.

Eine schmale Nase stach aus dem Gesicht, das einen dunkelroten Schein zeigte.

Die Stirn war glatt und ziemlich hoch. Darunter glühten zwei Augen. Dieser Begriff fiel ihm ein, denn das Glühen erkannte er trotz der Schwärze, die die Pupillen des Teufels aufwiesen.

War es das Höllenfeuer?

In der letzten Zeit hatte er viel darüber gelesen. Von der Hölle und dem Feuer, in dem die Seelen der Verdammten schmorten. Bis vor einer halben Stunde war er nicht so recht davon überzeugt gewesen, dass es den Teufel wirklich gab. Nun sah er ihn vor sich und auch die beiden Hörner, die aus der Stirn wuchsen.

»Ich habe noch immer keine Antwort von dir! Was willst du? Soll ich dich vernichten?«

Eddy Blyton zuckte zurück. »Nein, nein!«, keuchte er. »Um Himmels willen. Nicht, nur das nicht. Ich – ich …«

Dröhnendes Gelächter brandete ihm entgegen. »Du kleiner Narr hast geglaubt, alles richtig machen zu können, wie? Jetzt hast du Angst, denn du hast mit Kräften gespielt, die dir über sind. Wie ist dein Name?«

»Eddy – Eddy Blyton!«

»Und?«

»Ich – ich – wollte, dass du erscheinst.«

»Jetzt bin ich da.«

Der Junge wischte über seine nasse Stirn und schob die ebenfalls klebrigen Haare in die Höhe. »Ich möchte, dass du mir zu Diensten stehst.« Nun war es heraus, und

Eddy atmete aus. Er hatte den Satz gesprochen, und er hatte ihn bewusst gesagt, denn in den Büchern war er oft zu lesen gewesen.

Reagierte der Teufel?

Ja, es tat sich etwas. Zuerst war es wieder das Gelächter, das durch den Kellerraum hallte. Hohn und Spott schwangen darin mit. Dann jedoch änderte es sich. Das Lachen wurde satanisch, teuflisch und auch zornig. »Du?«, schrie der Satan. »Du Winzling willst, dass ich dir gehorche? Darüber kann ich nur lachen. Wie größenwahnsinnig und vermessen musst du doch sein, so etwas anzunehmen. Du hast dir gewünscht, mich zu beherrschen, weil du die Technik beherrschst. In dieser Sekunde, und das verspreche ich dir, beweise ich, wie sehr ich die Technik kontrolliere. Nicht allein hier, sondern im Umkreis von fünf Meilen werden alle Computer verrückt spielen. Die Magie ist stärker als die Technik. Beobachte deine Apparate.«

Automatisch folgte der Junge dieser Aufforderung. Sein Blick richtete sich auf die übrigen Computer und Spielautomaten.

Sie drehten durch.

An jedem Automat blitzten die Lichter, da rollten die Kugeln in den Flippern, es ertönten Schussdetonationen, wahre Orgien aus bunten Lichtern fluteten durch den Raum.

Es war gespenstisch, wie die Elektronik dem Satan gehorchte, und der Junge, der die Initialzündung des Ganzen war, zuckte zurück. Er war überzeugt, dass sein letztes Stündlein geschlagen hatte, denn mit dieser Machtdemonstration hätte er nie gerechnet.

An der Wand fand er den nötigen Halt, riss die Hände vor sein Gesicht und wartete, bis die Geräusche wieder abgeklungen waren. Dann ließ er die Arme langsam sinken.

Alles war dunkel. Nicht einmal die Leselampe brannte. Nur auf dem Bildschirm sah er nach wie vor das Gesicht des Teufels.

»Angst, Kleiner?«, höhnte der Satan.

Eddy war ehrlich. Lügen hatte keinen Sinn. Aus diesem Grunde nickte er.

»Wer Asmodis beherrschen will, der darf keine Angst zeigen. Das solltest du dir merken.«

»Ja – ja«, stotterte der Junge.

»Normalerweise müsste ich dich vernichten«, redete der Teufel mit zynischer Stimme weiter. »Sogar langsam und quälend, damit du etwas von deinem Tod hast und dich darauf vorbereiten kannst, wenn deine Seele in meine Fänge gerät. Aber ich werde darauf verzichten, denn irgendwie hat es mir imponiert, dass ein Knäblein wie du Kontakt mit der Hölle aufgenommen hat. Deshalb höre ich dir noch eine Weile zu und werde erst dann die Entscheidung treffen. Hast du mich verstanden?«

Der Junge nickte heftig.

»Gut, Kleiner, dann sage mir offen, was du nun von mir willst. Nur beherrschen, das kannst du mich nicht. Den Satan beherrscht niemand!«

»Das verstehe ich jetzt.«

»Ich höre deine Vorschläge!«

Eddy Blyton erinnerte sich wieder an die Schriften, die er in den letzten Wochen so intensiv studiert hatte. Darin war nicht nur etwas von der Beherrschung des Satans geschrieben worden, sondern auch von einem Dienen.

Genau, das musste es sein. Wenn man dem Teufel diente, erhielt man die Belohnung.

»Ich möchte dir dienen«, sagte der Junge.

Er hatte mit einer Antwort gerechnet. Die allerdings blieb erst einmal aus. Asmodis überlegte sich sein Gegenargument sehr genau. Schließlich grinste er. Von einem Lächeln konnte man bei ihm nicht sprechen. Es war schon ein breites Grinsen, das sein Gesicht regelrecht spaltete. »So gefällst du mir schon besser, mein Kleiner«, flüsterte er mit rauer Stimme. »Viel besser sogar. Aber …« Er lachte hämisch. »Wie willst du Wurm mir dienen?«

»Durch meine Computer!« Die Antwort erfolgte spontan, und der Satan selbst zeigte sich überrascht, denn damit hatte er nicht gerechnet. Andere versprachen ihm Seelen, führten Aufträge aus, um auf ewig das satanische

Leben zu gewinnen, aber dieser Junge gab eine klare Erwiderung.

Er wusste genau, was er wollte, und selbst der Teufel zeigte sich beeindruckt.

»Durch Computer?«, fragte er nach.

»Ja.«

»Erkläre mir das.«

Ein Ruck ging durch die Gestalt des Jungen. Plötzlich fühlte er sich wieder aufgewertet, und er hatte es geschafft, die Scheu vor diesem Wesen abzulegen. »Du, Satan, bist der Herr über die Hölle. Ich aber beherrsche etwas anderes, nämlich meine Computer. Wir beide könnten uns zusammenschließen.«

»Hört sich nicht schlecht an«, gab Asmodis zu. »Aber wie soll das genau geschehen?«

»Das will ich dir erklären. Wenn du mir die Macht gibst und mir einen Teil deiner magischen Kräfte überlässt, dann kann ich all die Automaten manipulieren. Verstehst du das, Satan? Die Automaten gehorchen nur meinen Kräften und tatsächlich aber dir, da du hinter mir stehst. Ich kann sie lenken, die Elektronik ist mit Magie gefüllt. Mit den Kräften der Hölle. Die Menschen, die Opfer der Automaten werden, verlieren ihre Seelen, und die gehören dir. So hatte ich es vor, so werde ich es machen. Ich manipuliere, und niemand wird mir auf die Schliche kommen. Ich sehe die Spielhallen schon vor mir. Sie sind voll. Vor allen Dingen junge Menschen suchen sie auf, und gerade sie willst du doch so gern in deine Klauen bekommen – oder?«

»Es stimmt.«

»Dann gehe den Pakt mit mir ein«, forderte der junge Mann. »Versprichst du es?«

Der Satan zögerte. »Ja«, sagte er schließlich. »Ich werde dir die Macht geben.«

»Nur die Magie, denn die Elektronik beherrsche ich. Und wenn sich mir jemand in den Weg stellt, dann …« Eddy Blyton lachte schrill und kichernd. Es hörte sich bereits teuflisch an. Der Geist des Satans hatte schon Besitz von ihm ergriffen.

Blyton erinnerte sich an die Worte des Teufels. Im Umkreis von fünf Meilen spielten Computer verrückt. Das würde etwas geben, darauf konnte man sich schon jetzt freuen.

Eddy wollte noch etwas sagen, doch plötzlich sah er das Blinken einer Lampe dicht unter der Decke.

Rot – weiß – rot – weiß.

Das Alarmsignal.

Jemand kam!

Von Schlafen konnte natürlich keine Rede mehr sein. Ich schloss zwar die Augen, aber in Morpheus' Arme glitt ich nicht. Unruhig wälzte ich mich auf dem Bett hin und her.

Träume plagten mich diesmal nicht. Es war mehr die innere Aufgewühltheit, die mich nicht zur Ruhe kommen ließ. Ich dachte an mein Kreuz und zermarterte mir den Kopf, weshalb es so reagiert hatte. Da musste doch irgendein verdammter Grund vorliegen, zum Henker.

Schließlich hielt ich es im Bett nicht mehr aus, drehte mich auf die rechte Seite und stand auf.

In meinem Kopf hatte sich ein dumpfer Druck ausgebreitet. Hinter den Schläfen hämmerte und pochte es. Da wallte das Blut, es dröhnte auch gegen die Schädeldecke, und selbst die Augen schmerzten.

Ich schlurfte in die Küche. Dort befand sich der Kühlschrank, wo ich etwas zu trinken fand.

Saft wollte ich nicht trinken, Alkohol ebenfalls nicht. Deshalb nahm ich die Flasche mit dem Mineralwasser. Ich goss ein Glas fast voll und leerte es in langen Zügen.

Das tat gut.

Kaum hatte ich das Glas abgesetzt, da meldete sich das Telefon. Überlaut klang das Geräusch in der herrschenden Stille. Ich schaute auf die Uhr, als ich mich in Bewegung setzte.

Knapp eins.

Im Wohnraum hob ich ab und meldete mich brummig.

»Hier Garner«, hörte ich eine Männerstimme. »Kommen Sie mal sofort rüber, Mr. Sinclair?«

»Garner?«, erwiderte ich. »Welcher Garner?«

»Dr. Garner. Schichtleiter der EDV-Zentrale von Scotland Yard. Wissen Sie jetzt Bescheid?« Seine Stimme klang ziemlich bissig.

»Das reicht. Was ist denn los?«

Garner lachte. »Der Teufel ist los. Und das im wahrsten Sinne des Wortes. Wann kann ich Sie erwarten?«

»Ich schnalle mir eben meine Flügel um und bin gleich bei Ihnen«, erwiderte ich und legte auf.

Der Kerl hatte eine Laune, schrecklich. Andererseits musste er wirklich vor einem schweren Problem stehen, wenn er mich mitten in der Nacht anrief.

Da ich es mir zur Angewohnheit gemacht hatte, am Abend bereits die Kleidung für den nächsten Morgen bereitzulegen, brauchte ich nur hineinzuschlüpfen.

Ich nahm auch meine Waffen mit, verließ die Wohnung und zögerte auf dem Flur.

Sollte ich Suko wecken? Nein, er hatte seinen Schlaf verdient, und die Welt würde schon nicht untergehen.

Der Lift brachte mich in die Tiefgarage, die wegen ihrer Menschenleere gespenstisch wirkte. Die abgestellten Autos erinnerten mich an lauernde, sprungbereite Blechmonstren, die nur auf den Befehl zum Angriff warteten.

Ein Bentley-Motor läuft normalerweise leise, doch diesmal schallte es von den Wänden zurück, als ich startete.

Ich rollte auf die Rampe zu. Mit einem Schlüssel öffnete ich die Torsperre. Sie schob sich vor meinen Augen in die Höhe, ich hatte freie Fahrt.

Es war herrlich, um diese Zeit durch London zu fahren. Kein Verkehrsstau, keine großen Ampelstopps, wenig Betrieb auf den Straßen. Zweimal wurde ich allerdings von Streifenwagen mit heulenden Sirenen überholt.

Die Strecke zu meiner Arbeitsstelle schaffte ich in Rekordzeit, stellte den Wagen auf dem Parkplatz ab und fuhr sofort in den Keller, wo die technischen Räume liegen.

Normalerweise ist es im Keller immer ziemlich ruhig,

doch als ich ihn betrat, da hörte ich bereits den hektischen Stimmenwirrwarr.

Die Türen standen offen, ein Zeichen dafür, dass die Klimaanlage wohl nicht eingeschaltet war, und schon sah ich den Schichtleiter Dr. Garner, der mit wehendem Kittel auf mich zulief.

Sein Gesicht zeigte die Röte des Ärgers und des Zorns. Hinter den Gläsern der Brille blitzten die Augen.

Ich blieb stehen und hob sicherheitshalber die Hände. »Ich bin unschuldig, Mr. Garner.«

»Ha«, sagte er und stoppte. »Das werden wir noch herausfinden, Mr. Sinclair.«

»Bitte.«

»Kommen Sie mit!«

So aufgeregt kannte ich Garner nicht. Selbst sein sonst so sorgfältig gescheiteltes Haar war durcheinander gewühlt.

Der ganze technische Kram war in den riesigen Kellerräumen untergebracht. Ich verstand nicht viel von diesen Fahndungsmethoden, obwohl ich darüber mal einen Kursus besucht hatte.

Die einzelnen Räume waren durch Glastüren miteinander verbunden. Auch die Wände waren aus Glas. Der Chef konnte die Mitarbeiter beobachten, was aber keiner tragisch nahm.

Und dann sah ich es auch.

Alle Computer waren eingeschaltet, auch die zu den Terminals gehörenden Monitoren wurden mit elektrischem Strom versorgt. Doch auf den Sichtschirmen, wo normalerweise Zahlenkolonnen entlangliefen, sahen wir nur ein Bild.

Die Fratze des Teufels!

»Was sagen Sie jetzt, Sinclair?«

Ich erwiderte erst einmal nichts, denn ich war sprachlos. Mit vielem hätte ich gerechnet, damit allerdings nicht. Wieso erschien auf den Bildschirmen das Gesicht des Teufels?

Das musste einen Grund haben, doch ihn herauszufinden war wohl zum jetzigen Zeitpunkt unmöglich.

Ich schaute mir die Fratze an.

Ja, das war Asmodis. Einige Male hatten wir uns gegenübergestanden. Wir waren Feinde, Todfeinde, es gab nichts, was uns verband. In letzter Zeit hatte sich der Satan ziemlich im Hintergrund gehalten, weil er einige Wunden lecken musste, die man ihm geschlagen hatte.

Mit Asmodinas Niedergang hatte es begonnen. Hinzu kam das Auftauchen der Großen Alten, die über den Satan als Dämon nur lachten, weil sie sich als stärker ansahen. Nun aber schien sich die Lage wieder ein wenig zu verändern.

Zudem war Wikka mit ins Spiel gekommen. Und die Oberhexe erinnerte sich wieder an die Praktiken des Mittelalters. Dort hatte man dem Satan gehuldigt. Die Hexen und der Teufel waren quasi eine Symbiose eingegangen. Wenn sich der Teufel auf irgendjemanden in der normalen Welt verlassen konnte, dann waren es die Hexen.

Und so wurde er sicherlich auch stärker.

Ich strich über mein Haar, ließ die Hand sinken und knetete mein Kinn. Eine Verlegenheitsgeste, mehr nicht.

»Wie ist das möglich?«, wandte ich mich an die umstehenden Mitarbeiter, doch ich meinte Garner.

»Das wollte ich Sie fragen, Mr. Sinclair.«

»Ich kann Ihnen keine Erklärung liefern, Doc.«

»Auch nicht als Geisterjäger?«, kam die spöttische Frage.

»Nein«, erwiderte ich scharf. »Sie müssen mir schon berichten, wie es zu diesem Phänomen gekommen ist.«

»Da gibt es nicht viel zu sagen. Urplötzlich wurden unsere laufenden Programme unterbrochen und auf den Sichtschirmen erschienen diese Fratzen.«

»Also eine Störung von außen?«

»Das nehmen wir an. Nur keine normale. Es gibt ab und zu Störungen, da werden abgerufene Informationen zerstückelt, vor allen Dingen, wenn sie aus großen Entfernungen überspielt werden. Beim Bildschirmtext kann das passieren, aber so etwas habe ich noch nie erlebt.«

»Dann hat es etwas mit Magie zu tun«, murmelte ich.

Einige Männer lachten spöttisch.

»Haben Sie eine bessere Erklärung?«, fragte ich.

Die hatten sie nicht. Zwei senkten die Köpfe und schwiegen. Ich schaute auf das Bild. Dann hatte ich eine Idee und holte mein silbernes Kreuz hervor.

»Was wollen Sie denn damit?«, fragte mich Dr. Garner.

»Werden Sie gleich sehen.« Ich beugte mich vor, streckte den Arm aus und näherte mich mit der rechten Hand dem Bildschirm.

In diesem Augenblick verschwanden die Fratzen. Nicht nur auf einem Monitor, sondern auf allen. Zurück blieben die graugrünen Flächen der Bildschirme.

Wir alle waren sprachlos. Ich schaute auf den leeren Bildschirm, dann auf mein Kreuz und hörte das Summen. Die Elektronik der Maschinen sprang wieder an. Als wäre nichts gewesen, arbeiteten die Terminals normal weiter.

Dr. Garner ließ sich auf einen Stuhl fallen. Mit der flachen Hand klatschte er sich gegen die Stirn. »Das verstehe ich nicht. Es will nicht in meinen Kopf rein. In Ihren?«

Da die Frage mir gegolten hatte, gab ich ihm auch eine Antwort. »Sie haben mich vorhin ausgelacht, als ich von Magie sprach. Ich behaupte weiterhin, dass es so ist.«

»Und wer zeichnet dafür verantwortlich?« Er heulte fast.

»Der Teufel«, erwiderte ich lässig. »Sie haben ihn doch selbst gesehen. Es war der Teufel.«

Er wollte lachen, aber das Lächeln gefror ihm auf den Lippen und er schüttelte sich. »Na ja, wenn es so ist, dann haben wir wohl mit unserer Technik keine Chance, oder?«

»Ich weiß es noch nicht, Doktor, aber ich verspreche Ihnen, dass ich mich um den Fall kümmern werde.«

»Ja, das hoffe ich.«

Es war genug gesagt worden. Hier konnte ich nichts mehr erreichen und verabschiedete mich.

Durch den langen Gang ging ich zurück. Allerdings verließ ich den Bau nicht, sondern fuhr mit dem Lift hoch, um meinem Büro einen Besuch abzustatten.

Nachts allein in einem Büro zu sitzen macht keinen

Spaß. Der Raum kam mir irgendwie kalt und fremd vor. Ich zog den Schwenkarm des Telefons zu mir rüber, schaute auf die Uhr und stellte fest, dass es zwei Stunden nach Mitternacht war.

Sir James würde sicherlich im Bett liegen. Darum konnte ich mich jetzt nicht kümmern. Schließlich hatte er nichts dagegen, wenn man ihn nachts rausklingelte.

Nach dem vierten Durchläuten wurde abgehoben. Die Stimme klang ziemlich brummig, änderte sich jedoch, nachdem ich meinen Namen gesagt hatte.

»Was gibt es, John?«

Ich brauchte nur wenige Worte, um zu berichten, was vorgefallen war. Sir James schwieg. Nach einer Erklärung fragte er nicht.

»Ich bin ratlos, Sir«, gab ich zu.

»Da können wir uns die Hand reichen. Und jetzt ist alles normal?«

»Ja.«

»Wir können nichts tun. Es wird am besten sein, wenn wir den morgigen Tag abwarten.«

»Den haben wir schon, Sir.«

»Ja, ich weiß. Legen Sie nicht jedes Wort auf die Goldwaage. Versuchen Sie, eine Spur zu finden, und sollte sich zwischendurch etwas ereignen, rufen Sie mich an.«

»Geht klar, Sir.« Nach diesen Worten legte ich auf und dachte nach.

Dieser Vorfall in der EDV-Abteilung war mehr als rätselhaft. Ebenso wie die plötzliche Erwärmung meines Kreuzes. Obwohl man beides nicht miteinander vergleichen konnte, hatte ich das Gefühl, dass es doch einen Zusammenhang gab.

Den wollte ich herausfinden.

Ich rief bei Dr. Garner an. Er selbst war nicht am Apparat, ich ließ ihn mir herbeiholen.

»Haben Sie die Lösung, Sinclair?«

»Noch nicht, aber Sie können mir dabei helfen.«

»Soll ich auch Geister jagen?«

»Nein. Etwas ganz Stinknormales. Zu welcher Uhrzeit ist der Teufelskopf auf den Sichtschirmen erschienen?«

»Kein Problem.« Er gab mir den genauen Zeitpunkt.

Ich hatte zwar nicht direkt auf meine Uhr geschaut, als ich eine Erwärmung des Kreuzes merkte, doch die Zeit, die mir Garner gab, musste mit meiner ungefähr übereinstimmen.

»Sonst noch was, Sinclair?«

»Nein, Mr. Garner.«

»Habe ich Ihnen denn helfen können?«

»Sehr sogar.« Wahrscheinlich ließ ich einen sprachlosen Mathematiker zurück, als ich auflegte. Ich schob meinen Stuhl zurück und stand auf. Im Büro hin- und hergehend, begann ich nachzudenken. Welch ein Vorfall konnte da über die Bühne gelaufen sein?

Ich wusste es nicht. Mir war nur klar, dass es sich um schwarze Magie handelte und ich nicht einmal das Ende des roten Fadens in der Hand hielt. Aber das sollte sich ändern …

Eddy Blyton hatte den Kopf gedreht und schaute auf die blinkende Lampe. Sie war gerade angesprungen, und er vernahm auch schon die Schritte. Mit offenem Mund blieb er stehen und lauschte einen Moment.

Ja, die Schritte kannte er. Sie gehörten seiner Mutter. Eigentlich war es ja die Stiefmutter, sein Vater hatte zum zweiten Mal geheiratet. Eddy hatte diese Frau nie leiden können. Er sprach sie auch nicht mit Mutter an, sondern höchstens mit ihrem Vornamen.

Louise Blyton hieß sie jetzt.

Vor der Tür verhielt sie ihren Schritt. Diese Frau hatte einen sehr leichten Schlaf. Es passierte des Öfteren, dass sie nachts durch das Haus geisterte, weil sie vor lauter Nervosität keine Ruhe finden konnte. Diese Frau verbreitete auch tagsüber eine schlimme Hektik, die auf andere ansteckend wirkte.

Der Junge wartete ab. Er hatte dem Satan versprochen, dass er sich durch nichts stören lassen wollte. Und dazu zählte er auch seine Stiefmutter. Wenn sie Ärger machte, hatte sie sich die Folgen selbst zuzuschreiben.

Sie klopfte.

Es war ein hartes, forderndes Pochen, und Eddy zuckte zusammen, während gleichzeitig ein gefährliches Grinsen über seine dünnen Lippen huschte. Die würde sich wundern.

Und schon hörte er die Stimme. »Eddy?« Etwas fragend klang sie, auch unsicher.

Eddy blieb neben der Tür im toten Winkel stehen. Er atmete schwer, eine Antwort gab er jedoch nicht.

Und wieder: »Eddy, mach auf. Ich weiß, dass du wieder hier unten bei deinen Apparaten steckst. Es wird Zeit für dich, ins Bett zu gehen. Du musst morgen in die Schule. Los, öffne!«

Eddy verzog das Gesicht. Schule, sagte sie. Verdammt, wie er dieses Gemäuer hasste. Nein, damit brauchte sie ihm nicht zu kommen. Er würde nicht mehr in die Schule gehen. Nicht jetzt, wo der Satan sein Verbündeter war.

»Eddy!« Die Stimme der Frau nahm einen drohenden Klang an. »Wenn du nicht öffnest, dann sorge ich dafür, dass dein Vater nach unten kommt. Was dir dann bevorsteht, kannst du dir denken!«

Ja, das konnte er. Sein Vater würde sich auf die Seite der Stiefmutter stellen. Er hatte Eddy verboten, dass er bis in die frühen Morgenstunden herumexperimentierte. Also durfte er es nicht so weit kommen lassen.

Er warf noch einen Blick auf den Bildschirm. Dort leuchtete das Gesicht des Teufels weiterhin in einem düsteren Rot. Und der Satan sprach zu dem Jungen.

»Hattest du nicht versprochen, jeden Widerstand zu brechen, Eddy?«

»Ja, das hatte ich.«

»Dann tu es auch.«

»Aber wie soll ich …?«

»Überlass es mir, Eddy!«, zischte der Teufel. »Überlass es nur mir. Wir kommen schon klar. Du hasst diese Frau doch – oder?«

»Und wie!«

»Dann lass sie rein!«

Als Eddy das hörte, nickte er. Ja, Louise würde den

Raum betreten dürfen. Wie sie allerdings wieder hinauskam, das stand auf einem anderen Blatt.

»Ich mache auf.« Eddy sprach so laut, dass es seine Stiefmutter hören konnte.

»Wird auch Zeit!« Jetzt klang die Stimme schon aggressiv. Da Eddy die Frau genau kannte, wusste er, was ihm bevorstand. Die würde wieder einen ihrer Anfälle kriegen.

Eddys Hand näherte sich dem Schlüssel. Seine Finger umschlossen das Metall, dann drehte er den Schlüssel herum und sprang sofort zurück, da er ahnte, was folgen würde.

Er sollte sich nicht getäuscht haben. Die Frau rammte in ihrer Wut die Tür auf. Eddy war sicherheitshalber zurückgesprungen, sonst wäre er noch voll getroffen worden.

Dann stand sie auf der Schwelle.

Eddy befand sich zwei Schritte von ihr entfernt. Im Kellerraum brannte kaum Licht, nur die Lampe am Sichtgerät, aber Louise wusste, wo sie den Schalter finden konnte.

Sie drückte ihn nach unten.

Sofort wurde es heller, und die beiden so unterschiedlichen Menschen starrten sich an.

Für Eddy war dieses Weib mit den rotgefärbten Haaren, der blassen Haut und den langen, dünnen Fingern nichts weiter als eine Furie. Sie hatte sich einen verschlissenen Morgenmantel übergestreift. Da das Nachthemd einen tiefen Ausschnitt hatte, konnte Eddy unter dem Hals die Knochen erkennen, die das Brustbein bildeten. Die Frau war mager, übernervös, und Eddy konnte seinen Vater nicht verstehen, dass er so ein Weibsbild geheiratet hatte.

Eine Mutter war sie ihm nicht und würde sie ihm auch niemals werden, obwohl sie sich auf eine für Eddy lächerlich anmutende Art und Weise um seine Sympathien mühte.

»Eddy ...« Schon allein, wie sie seinen Namen aussprach, das widerte ihn an. »Eddy, du verdammter Kerl, weshalb hast du nicht sofort geöffnet? Wolltest du mich ärgern?«

Als sie so sprach und noch einen Schritt näher trat, da roch der Junge die Fahne.

Sie hatte getrunken!

Der Hass stieg in ihm hoch. Wenn er etwas nicht leiden konnte, dann war es die Sauferei. Seine Stiefmutter war eine heimliche Trinkerin. Nachts schluckte sie, deshalb konnte sie auch nicht schlafen. Und Eddys Vater ahnte von alldem nichts. Er schlief und merkte nicht, wie seine Frau durch das Haus geisterte.

»Geh«, sagte Eddy. »Geh besser! Verschwinde in dein Bett. Es ist besser für dich!«

»Nein, mein Kleiner, nein. Ich will bei dir bleiben, hast du nicht verstanden?«

»Hau ab!«

Sie lachte. Es war kein normales Lachen, sondern klang verdammt hysterisch. Die Wirkung des Alkohols ließ sich einfach nicht abschütteln. Sie stand unter Strom.

Eddy kannte den Zustand. Wenn sie einmal so reagierte, stand sie kurz vor dem Durchdrehen, dann hielt sie nichts mehr von ihrem eigentlichen Ziel ab.

Sie betrat den Keller.

Eddy schielte zur Seite. Wenn Louise den Teufelskopf auf dem Bildschirm sah, wurde sie vielleicht noch verrückter. Doch die Gefahr bestand nicht, der Kopf war verschwunden.

Eddy konnte aufatmen.

Jetzt streckte Louise den rechten Arm aus und krümmte den Zeigefinger. In dieser Pose erinnerte sie Eddy wirklich an die alte Hexe aus dem Märchen von Hänsel und Gretel.

Und er hasste Hexen.

»Hau ab!«, schrie er noch einmal. »Hau endlich ab, du verdammtes, versoffenes Weibstück.«

So hatte er noch nie mit seiner Stiefmutter gesprochen. Louise wollte es auch kaum glauben. Sie riss weit die Augen auf. Staunen erfüllte ihr Gesicht. Lippen und Kinn begannen zu zittern, in den Augen flackerte es, das

Gesicht verzerrte sich, und dann hielt sie nichts mehr. Sie tat etwas, das ihrer Meinung nach schon lange fällig gewesen war.

Sie schlug ihrem Stiefsohn ins Gesicht!

Eddy wich nicht aus. Er zuckte nicht einmal zusammen, als die Hand gegen seine Wange klatschte. Der Junge blieb stehen und wurde bleich. Mehr geschah nicht. Aber in seinen Augen stand plötzlich ein Ausdruck zu lesen, den man mit dem Begriff Hass umschreiben konnte.

Tödlicher Hass!

»Das hast du nicht umsonst getan!«, knirschte er. »Nein, du dreckiges Biest. Dafür verdienst du eine Strafe – den Tod!«

»Was?« Sie kreischte auf und schwankte sogar ein wenig. »Du willst mir drohen?«

»Ja, das will ich!«

»Dein Vater schlägt dich zusammen. Dein Vater wird ...« Sie sprach nicht mehr weiter, da sie sich verschluckte. Dafür holte sie zu einem zweiten Schlag aus.

Diesmal war Eddy schneller. Er packte ihre nach unten fallende Hand und wuchtete die Frau herum. Louise stand sowieso unsicher auf den Beinen. Dem erneuten Druck hatte sie nichts entgegenzusetzen. Sie krachte gegen die Wand.

Eddy trat die Tür zu. Vor seiner Stiefmutter baute er sich auf. »So, jetzt sind wir allein. Und nun kannst du etwas erleben. Man schlägt mich nicht, denn ich bin etwas Besonderes. Ich habe einen guten Freund, der mich beschützt. Es ist der Teufel!«

Er schleuderte ihr die Worte entgegen, und die Frau zuckte zusammen.

»Was sagst du da?«, fragte sie keuchend und stierte ihren Stiefsohn an. »Du sprichst vom Teufel?«

»Genau!«

Sie holte tief Luft. »Du bist selbst ein verdammter Teufel, Eddy. Ja, du bist ein Kind des Satans und ich werde dich vernichten, das schwöre ich dir.«

Sie sprang vor. Louise wollte es auf eine Auseinandersetzung ankommen lassen. Endlich sollte ihr Verhältnis zu dem Jungen geklärt werden.

Eddy wich geschickt aus. Er ging nicht zum Gegenangriff über, sondern trat den Rückzug an. Schritt für Schritt. Immer so schnell, wie sich seine Stiefmutter voranbewegte, sodass die Distanz zwischen ihnen gleich blieb.

Eddy wollte sie weglocken. Und er schaffte es.

Es stand ja nicht nur sein Computer in dem großen Kellerraum, sondern auch andere Spielgeräte.

Flipper und Killerautomaten.

Eddy wusste es selbst nicht, was ihn in die Nähe dieser Killerautomaten trieb. Vielleicht leitete ihn der Teufel. Er lenkte die Schritte, und der Junge näherte sich immer mehr diesen Automaten.

Einer war besonders groß. Ein weit vorgezogenes Oberteil bildete ein regelrechtes Dach. Darunter war das Gewehr aufgebaut, und gegenüber befand sich der Leuchtschirm, wo, wenn der Apparat eingeschaltet war, die kleinen Flugzeuge aufstiegen.

Noch war er tot – bis Eddy plötzlich in seine Nähe geriet. Da hörte er das Brummen und bemerkte aus den Augenwinkeln, wie das Licht anfing zu flackern.

Der Apparat lief!

Eddy grinste. Er wusste zwar nicht genau, was geschehen würde, aber er konnte es sich denken.

Der Satan hatte eingegriffen!

Normalerweise zeigte das Gewehr in den Apparat hinein. Nicht nach vorn. Plötzlich begann es sich zu drehen, als würde es von unsichtbaren Händen geführt.

Eddy grinste hart. Seine Stiefmutter achtete nicht darauf, sie hatte nur Augen für den Jungen, der ihr den Tod angedroht hatte. Und dafür sollte er büßen. An den Haaren wollte sie ihn nicht nur aus dem Keller, sondern vor die Füße seines Vaters schleifen.

Diese Familie bestand nur noch aus Hass!

Eddy jedoch fühlte sich in seinem Element. »Na komm«, flüsterte er. »Los, komm her! Du willst mich doch, nicht?«

»Ich kriege dich auch. Freu dich nur nicht zu früh, Bursche. Dich mache ich fertig.«

Eddy lachte nur.

Das Gewehr drehte sich. Langsam, fast genussvoll wirkte dies. Die Mündung folgte den Bewegungen der Frau, die sich an einem Flipperapparat entlang wand und plötzlich das breite Lachen auf dem Gesicht ihres Stiefsohnes sah.

Das machte sie stutzig.

»Komm schon!«, lockte Eddy. »Komm her, du Hexe!«

Die Mündung war auf die Alte gerichtet. »Was willst du?«, keuchte sie.

»Schau mal zu dem Apparat hin!«, flüsterte Eddy heiser. »Los, sieh genau hin.«

Seine Stimme hatte etwas Zwingendes, dem auch Louise nicht ausweichen konnte, und sie drehte tatsächlich ihren Kopf.

Sie sah den Killerautomaten. Sie sah auch das Gewehr, schaute daran vorbei, und ihre Blicke bohrten sich in das dahinterliegende Dunkel, wo normalerweise die Zielfläche leer und verlassen lag.

Aber nicht jetzt, denn dort schimmerte etwas in einem gefährlichen Rot.

Der Kopf des Satans!

Zuerst stand Louise Blyton wie gelähmt auf der Stelle. Sie kannte diese Automaten recht gut. Ihr Mann hatte ja damit beruflich zu tun. Aber noch nie hatte sie einen Teufelskopf auf der Bildfläche gesehen.

Das war ihr neu.

»Was soll der Unsinn?«, fuhr sie ihren Stiefsohn an. »Denkst du, damit könntest du mir Angst einjagen?«

»Es ist kein Unsinn, Mutter!« Das letzte Wort sagte er sehr spöttisch. »Dieser Kopf ist echt. Es ist der Teufel, der dort lauert und der dich auch holen wird. Denn Hexen gehören in die Hölle!«

»Eddy, ich ...«

Die Frau stockte, denn sie bemerkte plötzlich, dass die Mündung des elektronischen Gewehrs genau auf ihre Stirn wies. Normalerweise kein Grund zur Panik. In diesem Fall allerdings sah sie das Gewehr mit ganz anderen Augen an.

»Nein, ich ...«

Da blitzte es vor der Mündung auf.

Eddy lachte schrill. Er schaute genau zu, und er sah, dass etwas aus dem Lauf wischte.

Eine Kugel war es nicht. Er konnte auch nicht erkennen, um was es sich dabei handelte, aber er sah, wie seine Stiefmutter zusammenzuckte, als wäre sie von einem mörderischen Schlag getroffen worden.

Den hatte sie auch erhalten.

Sie taumelte nach hinten, ihr Gesicht verzerrte sich. Sekundenlang zuckte ein feuriger Schein über die Haut, dann kippte sie nach hinten und schlug schwer zu Boden.

Reglos blieb sie liegen.

Eddy wartete noch, schaute auf die Frau, dann wieder auf das Gewehr, das sich in Bewegung setzte und erst zur Ruhe kam, als die Mündung wieder in das Innere des Killerautomaten wies.

»Gut gemacht, Satan«, flüsterte Eddy. »Bravo.« Er ging neben dem reglosen Körper seiner Stiefmutter in die Knie.

Die Frau atmete nicht mehr. Sie würde nie mehr atmen, denn sie war tot. Genau zwischen ihren Augen befand sich ein feuerrotes Mal tief in die Stirn gebrannt.

Es war das stilisierte Gesicht des Satans!

Eddy schaute in die gebrochenen Augen seiner Stiefmutter. Jeder andere Junge in seinem Alter wäre davor zurückgeschreckt.

Er freute sich. Auf den Satan war Verlass. Das merkte Eddy in diesen Augenblicken.

Hastig wischte er den Schweiß von seiner Stirn. Er hatte also sein Versprechen gehalten und diejenige aus dem Weg geräumt, die ihn behindern wollte.

Als er die Stimme vernahm, zuckte er zusammen. Der Teufel sprach zu ihm. Sein Gesicht war noch immer auf der Bildfläche des Killerautomaten zu sehen. Es gloste in düsteren roten Farben, die Umrisse zitterten, und der Mund bewegte sich, als der Teufel anfing zu sprechen. »Nun, mein Diener, wie hat dir diese Demonstration gefallen?«

»Fantastisch«, flüsterte Eddy. »Sie war einfach fantastisch. Wirklich ...«

»Ja, du siehst, dass du dich auf mich verlassen kannst. Ich hoffe deshalb, dass es auch umgekehrt so ist.«

»Auf jeden Fall!«, erwiderte der Junge. »Du kannst dich voll und ganz auf mich verlassen.«

»Dann wird das Spiel weitergehen.«

»Und wie?«

»Dein Vater stellt doch die Automaten auf, nicht wahr?«

»Ja, das stimmt.«

»Gut. Dann wird jeder Automat, den dein Vater in irgendeiner Halle stehen hat, magisch aufgeladen sein. Du kannst alles steuern, mein Freund. Durch deinen Computer. Du brauchst nur hier im Keller zu bleiben und dich auf den Automaten zu konzentrieren, der deinen oder meinen Befehlen gehorchen soll. Alles andere erledige ich.«

»Wann soll es geschehen?«

»Morgen schon? Oder heute? Hast du eine Idee, wo du beginnen willst, Junge?«

Eddy dachte nach. Plötzlich huschte ein gemeines Lächeln über sein Gesicht. »Ja, diese Idee habe ich. Aber ich möchte noch warten. Bis gegen Mittag.«

»Alles klar. Deine Wünsche erfülle ich dir, aber ich hole mir die Seelen.«

»Gern, Satan, gern!« Voller Hass stieß der Junge die Worte hervor. Der Teufel sollte die Seelen haben, dafür würde er sorgen. Ja, die Seelen derjenigen, die ihn immer malträtierten und ihn nie ernst nahmen. So und nicht anders musste es kommen.

Er kicherte hohl, doch sein Gesicht verschloss sich, als ihm einfiel, dass er die Leiche seiner Stiefmutter wegschaffen musste.

Wohin damit?

Eddy überlegte. Auf keinen Fall konnte er sie in seinem Labor lassen. Spätestens in einigen Stunden würde es dem Vater auffallen, dass seine Frau verschwunden war. Er würde Nachforschungen anstellen und sicherlich auch das Haus durchsuchen.

Die Tote musste raus.

Eddy dachte an den Garten, der hinter dem Haus lag. Daneben befand sich ein freier Platz, der ebenfalls zu dem Grundstück der Blytons gehörte. Dort konnte die Tote ihren Platz finden, denn auf dem Grundstück gab es einen Einstieg in die Kanalisation.

Eddy hatte den Gedanken kaum zu Ende geführt, als er sich entschloss, seinen Plan in die Tat umzusetzen. Doch Eddy hatte Schwierigkeiten, die Tote hochzustemmen und über seine Schulter zu wuchten. Zweimal rutschte sie ihm wieder ab, er musste nachgreifen, und beim dritten Anlauf schaffte er es schließlich.

Die Leiche seiner Stiefmutter blieb auf der linken Schulter liegen. Eddy schwankte ein wenig. Er taumelte unter dem Gewicht der Toten, der Schweiß brach aus allen Poren, aber er biss die Zähne zusammen.

Zudem dachte er mit Schrecken an die Stufen der Treppe, die er zurückzulegen hatte.

Schaffte er es?

Ein Zurück gab es nicht. Eddy verließ mit seiner makabren Last den Raum. Er stellte fest, dass im Kellergang das Licht brannte. Dicht an der Wand hielt er sich und stützte sich am Mauerwerk ab.

Stufe für Stufe ließ er hinter sich. Es war Schwerstarbeit, die er zu leisten hatte. Unter dem Gewicht der Leiche keuchte er. Sein Atem ging schnell und unregelmäßig, mehr als einmal wurden seine Knie weich, doch er dachte an den Teufel, und diese Gedanken gaben ihm die Kraft weiterzumachen.

Keuchend ließ er die Treppe hinter sich. Als er oben war, schwindelte ihn.

Zum Glück fand er am Geländer Halt, sonst wäre er nach hinten gekippt. Eddy gönnte sich eine Pause von einigen Sekunden, bevor er seinen Weg fortsetzte.

Im Hausflur drehte er sich, da er durch die Gartentür wollte.

Sein Vater schloss am Abend immer ab. Doch Eddy hatte einen Zweitschlüssel.

Die Leiche seiner Stiefmutter ließ er zu Boden sinken und fühlte sich endlich von dieser Last befreit. Er hievte sie auch nicht mehr hoch, als er die Tür aufgeschlossen hatte, sondern packte einen Arm und zog die Tote weiter.

Er schleifte sie über den Boden nach draußen. In der weichen Gartenerde hinterließ er Spuren. Es war ihm egal. Nach einigen Minuten erreichte er den Hof.

War es zuvor im Garten stockfinster gewesen, so geriet er hier in den Schein einer kleinen, an der Mauer angebrachten Lampe. Es sah schaurig aus, wie der 16-jährige Junge seine tote Stiefmutter über den Boden schleifte.

Bald erreichte er den Gully.

Und hier musste er sich noch einmal anstrengen. Als er den schweren Deckel endlich in die Höhe gewuchtet hatte, fiel er nach hinten und blieb erschöpft liegen.

Zwei Minuten rührte er sich kaum. Schließlich hatte er diesen Zustand überwunden, packte die Tote, schaffte sie nahe an den Rand heran, und kippte sie in den Gullyschacht. Ein lauter Aufschlag, dann war es still.

Eddy Blyton nickte zufrieden. Und nachdem er den Gullydeckel über das Loch gewuchtet hatte, lächelte er schon wieder.

Die Spuren waren verwischt. Jetzt konnte die richtige ›Arbeit‹ beginnen …

Am anderen Morgen fühlte ich mich noch zerschlagener als in der Nacht, Schlaf hatte ich so gut wie gar nicht gefunden. Ich sah aus wie mein eigener Großvater, und Glendas Gesicht nahm einen bestürzten Ausdruck an, als sie mich hinter dem Schreibtisch sitzend entdeckte.

»John, was ist mit dir?«

Ich grinste schief. »Komm du mal eine Nacht ohne Schlaf aus.«

»Hast du eine Sause gemacht?«

»Ja, so kann man es auch nennen.« Ich wischte über meine Augen. »Wenn ich eine doppelte Portion Kaffee haben könnte, wäre ich dir sehr dankbar, Mädchen.«

»Wird schon gekocht.«

Jetzt betrat auch Suko unser gemeinsames Büro. Frisch wie der junge Frühlingsmorgen, und er fing an zu lachen, als er mich hinter dem Schreibtisch hocken sah.

»Die Nacht war hart, nicht?« Mein Freund und Kollege konnte sich ein Grinsen nicht verkneifen.

»Aber nicht das, was du denkst.«

»Ärger?«

»Ja.« Ich setzte Suko mit knappen Sätzen ins Bild.

Zwischendurch brachte Glenda den Kaffee. Er war ausgezeichnet. Leider kam ich nicht dazu, ihn zu genießen, denn Sir James klingelte durch. Er bestellte uns zu sich.

»Und der Kaffee?«, rief Glenda.

»Den nehme ich mit.«

Der Superintendent warf einen missbilligenden Blick auf die große Tasse. Er war nicht allein. Ein älterer Mann saß in einem Sessel und schaute kaum von seinen Akten auf, als wir das Büro betraten.

Sir James stellte uns den Kunden vor. Es war Professor Markham, ein Elektronik-Spezialist. Angestellt war er bei einem großen staatlichen Konzern, und aus seinem Mund erfuhren wir, dass es in der vergangenen Nacht noch einiges an Aufregung gegeben hatte.

Nicht nur bei Scotland Yard waren die Computer ausgefallen, sondern auch in den Privatfirmen und staatlichen Dienststellen, in denen nachts gearbeitet wurde. Da waren selbst die Krankenhäuser nicht verschont geblieben.

»Erschienen auf den Bildschirmen Teufelsköpfe?«, wollte ich wissen.

»Ja, Mr. Sinclair, das ist es ja. Überall diese Schädel. Ich selbst habe zwar keinen gesehen, aber man hat mir davon berichtet. Es waren unabhängige Zeugen.«

Ich runzelte die Stirn. »Das sieht in der Tat nicht gut aus. Sie haben sicherlich nach einer Erklärung geforscht.«

Der Professor strich über sein dunkles, streng gescheiteltes Haar. »Natürlich haben wir das. Aber ich muss Ihnen gestehen, dass wir vor einem Rätsel stehen. Wir finden absolut keine Erklärung für dieses Phänomen.«

Ich hob die Schultern. »Ich kann Ihnen da nur mit einem Wort antworten, Professor. Magie!«

Um die Lippen des Wissenschaftlers zuckte es. Er war so höflich, dass er nicht laut lachte. »Ich habe mir erklären lassen, in welch einem Job Sie tätig sind, Oberinspektor. Sie müssen an Magie glauben, ich allerdings nicht.«

»Wie schön. Und es wäre noch schöner, wenn Sie mir eine rationale Erklärung geben könnten.«

»Hm«, machte der Mann. Diesmal hob er die Schultern. »Das kann ich eben nicht.«

»Also steht meine Behauptung noch im Raum. Wenigstens so lange, bis Sie sie widerlegt haben.«

»In der Tat, Mr. Sinclair. Nur verstehe ich nicht, wie Magie eine Technik beeinflussen kann.«

»Das ist uns auch nicht klar. Man kann da nur vermuten. Hinter alldem muss ein denkendes Gehirn stehen. Vielleicht ein Mensch, der mit schwarzmagischen Kräften spielt. Wenn das Gesicht des Teufels zu sehen war, kommt nur der Satan als sein Boss in Frage, und er wird ihm vielleicht die Chance gegeben haben.«

»Welche Chance?«

»Die Computer auf magische Weise zu manipulieren. Automaten in Höllendiener zu verwandeln.«

Professor Markham starrte mich mit offenem Mund an. Dann schüttelte er den Kopf. Er sagte kein Wort, war einfach sprachlos. Danach schaute er unseren Chef an und erkundigte sich bei ihm. »Was sagen Sie denn zu dieser Theorie, Sir James?«

Unser Chef hob die Augenbrauen. Dabei rückte er seine Brille zurecht. Ein Zeichen, dass er nachdenken musste und seine Antwort sehr sorgfältig formulieren wollte. »Wir haben es hier mit unerklärlichen Dingen zu tun, Professor. Sie haben Ihre Meinung offen und deutlich dargelegt, aber keinen Lösungsvorschlag gebracht. Aufgrund zahlreicher Erfahrungen weiß ich, dass die

Theorien meiner Mitarbeiter zumeist Erfolg zeigen. Ich halte es deshalb für möglich …«

Der Professor stoppte unseren Chef mit einer Handbewegung. »Sie brauchen erst gar nicht weiterzureden, Sir James. Ich weiß genug. Sie halten die Meinung Ihrer Männer für richtig und stellen sie über meine Theorie.«

»Ja, Professor, das lehren die Erfahrungen.«

Markham nickte. Sein Gesicht lief rot an. Er ärgerte sich. Dann hob er die Hände, stemmte sie auf die Sessellehnen und erhob sich. »Für mich gibt es hier nichts mehr zu tun. Tut mir Leid. Trotzdem wünsche ich Ihnen bei Ihren Nachforschungen viel Glück. Ich werde mir die etwas mehr realistische Seite des Falles vornehmen, wenn Sie gestatten.«

»Das liegt ganz bei Ihnen.«

Der Professor nickte uns zu, nahm seine Akte und verschwand aus dem Büro.

Sir James lächelte.

Suko meinte: »Ein ziemlich abweisender Mensch.«

Unser Chef schüttelte den Kopf. »Ich würde das nicht so sehen, Suko. Sie müssen davon ausgehen, dass dieser Mann streng wissenschaftlich orientiert ist. Nach dem, was ich ihm berichtet habe, ist für ihn fast ein Weltbild zusammengebrochen, das darf man nicht vergessen. Magie, Zauber, wer glaubt schon daran? Kein Mathematiker jedenfalls. Deshalb wollen wir Nachsicht üben. Aber nicht gegen uns.« Seine Stimme gewann an Schärfe. »John und Suko. Sie beide kennen die Gesetze. Sie wissen, wie die Hölle zuschlagen kann. Auch an Stellen und Orten, die eigentlich tabu sind und nichts mit dem normalen Teufelsbeiwerk zu tun haben. Wie finstere Keller, Verstecke oder Friedhöfe, wenn ich das mal so sagen darf. Der Satan bedient sich der modernen Technik. Was wir in der vergangenen Nacht erlebt haben, war die erste Warnung. Eine Ouvertüre gewissermaßen. Es kann aber noch schlimmer kommen. Deshalb stoppen Sie ihn. Setzen Sie alles daran, diese Teufel oder den Teufel zu stoppen. Man weiß ja nicht, wer dahintersteckt.«

»Wir werden uns Mühe geben, Sir«, versprach ich. »Nur müssten wir erst einmal wissen, wo wir beginnen sollen.«

»Da kann ich Ihnen auch nicht raten.«

»Mal sehen.« Wir standen auf und verließen das Büro unseres Chefs. Die Kaffeetasse nahm ich mit. Sie war noch zur Hälfte gefüllt. Den Rest trank ich auf dem Gang.

Suko deutete auf den nicht weit entfernt stehenden Automaten. »Vielleicht ist der auch beeinflusst worden.«

»Wieso?«

»Geh mal hin und zieh Kaffee! Was kommt heraus?«

»Der Teufel, wie?«

»Genau«, erwiderte Suko. »Und zwar in Form von Teufelssoße.«

»Danke, die esse ich nur in Deutschland zur Curry-Wurst. Im Augenblick kann ich darauf verzichten.«

Am nächsten Morgen ging Eddy Blyton nicht in die Schule. Als sein Vater gegen sieben Uhr völlig verstört das Zimmer seines Sohns betrat, lag Eddy im Bett und tat, als wäre nichts geschehen. Er blinzelte einmal in Richtung Tür, wo sich die Gestalt seines Vaters sehr deutlich abhob.

»Deine Mutter ist verschwunden!« Das sagte Jack Blyton zur Begrüßung.

Der Junge setzte sich hin. Er gähnte ausgiebig und vernahm wieder die Stimme des Vaters.

»Hast du nicht verstanden? Deine Mutter ist weg!«

»Sie ist nicht meine Mutter.«

Die Antwort erfolgte knallhart. Jack nahm sie hin. An anderen Tagen hätte sich Vater stumm abgewandt und wäre gegangen, heute allerdings nicht. Da lief er rot an, und Eddy erkannte, dass der Vater dicht vor einer Explosion stand. »Mich interessieren deine Wortspielereien jetzt nicht«, zischte er. »Ich habe dir gesagt, dass deine Mutter verschwunden ist, und ich frage dich, ob du etwas bemerkt hast.«

»Ich habe geschlafen.«

Jack drehte sich um. Er war ein hoch aufgeschossener Mann, der seine Haare zum Großteil schon verloren hatte und jetzt mit einer Halbglatze herumlief. Sein Gesicht ähnelte dem seines Sohnes. Es war ebenfalls rundlich. Auch der Bauch spannte sich über dem Gürtel seiner Hose. An diesem Morgen trug er einen braunen Cordanzug, ein kariertes Hemd und eine Strickkrawatte.

»Willst du sie suchen?«, fragte Eddy.

»Ja.«

Eddy schwang die Beine aus dem Bett und schlüpfte in die Pantoffeln. »Aber einen Verdacht hast du nicht?«

»Nein.«

»Vielleicht hat sie wieder getrunken.«

Jack Blyton starrte seinen Sohn an. »Was weißt du denn schon darüber?«

»Möglicherweise mehr als du.«

»Und?«

»Nichts und.« Gelassen entledigte sich Eddy seiner Schlafanzugjacke. »Ich weiß, dass sie an keiner Schnapsflasche vorbeigehen kann.«

Der Mann verzog das Gesicht. »Es macht dir wohl Spaß, mir so etwas zu sagen, wie?«

»Kann sein. Aber mich soll es nicht interessieren. Sie ist ja nur meine Stiefmutter.« Eddy setzte sich schlurfend in Bewegung, um die Dusche aufzusuchen.

Dabei musste er an Jack vorbei, den die Worte seines Sohnes hart getroffen hatten. Die schwere Hand des Mannes schoss vor, und die Finger gruben sich in Eddys Schulter.

Der Junge blieb stehen.

Sein und der Blick des Vaters trafen sich. »Wenn ich noch einmal so etwas aus deinem Mund höre«, sagte der Mann gefährlich leise, »dann beziehst du von mir die Prügel deines Lebens. Verstanden?«

Eddy blieb stumm. Erst nach einer Weile gab er die Antwort. »Ja, ich habe dich gehört, Vater. Sogar sehr gut. Ich möchte dir auch etwas sagen. Solltest du mich schlagen, überlebst du es nicht. Und das ist auch ein Versprechen!«

Jack Blyton wurde blass. Er schnappte nach Luft, bevor er fragte: »Was hast du da gesagt?«

»Du hast mich genau verstanden.« Mit einer schnellen Drehung machte sich Eddy frei und verschwand durch die offen stehende Tür nach draußen.

Jack Blyton blieb zurück wie ein begossener Pudel. Er begriff die Welt nicht mehr. So kannte er seinen Sohn nicht. Noch nie hatte Eddy solche Worte gesagt. Und wenn er es sich recht überlegte, dann war es eine Drohung gewesen, die Eddy gegen ihn ausgestoßen hatte. Gegen seinen eigenen Vater eine Morddrohung.

Der Mann konnte es nicht fassen.

Der laute Knall, mit dem Eddy die Tür zum Bad zuhämmerte, riss ihn aus seinen Gedanken.

Wut und Zorn stiegen in dem Mann hoch. Das würde Eddy büßen. So konnte man nicht mit seinem Vater reden. Eine Ungeheuerlichkeit war dies.

Er drehte sich hastig um, rannte auf die Badezimmetür zu und stoppte dicht davor seinen Schritt, als er das Rauschen der Dusche hörte. Nein, es hatte keinen Sinn, mit Eddy zu sprechen. Er lehnte seine Stiefmutter völlig ab. Ihm war es egal, was mit ihr geschah. Das hatte er ihm schon zu Beginn seiner Beziehung zu verstehen gegeben.

Obwohl Blyton noch nicht einmal fünfundvierzig war, wirkte er in diesen Augenblicken wie ein alter Mann. Er zog den Kopf ein, hob die Schultern an und ging. Von Eddy konnte er keine Hilfe erwarten.

Zur Polizei wollte er auch nicht gehen. Es war noch zu früh, die hätten ihn nur ausgelacht. Mindestens einen Tag musste er vergehen lassen, um etwas zu erreichen.

Er betrat das gemeinsame Schlafzimmer. Das Bett seiner zweiten Frau war aufgeschlagen. Sie hatte nichts mitgenommen. Keine Spuren wiesen auf eine Flucht hin, auf ein Ausbrechen aus dem täglichen Einerlei.

Es war alles so verdammt normal!

Der Mann ballte die Hände. Seine Augen füllten sich mit einem Wasserschleier. Alle hatten gegen Louise gesprochen, aber er hatte sie geliebt. Ja, es war Liebe gewesen.

»Louise«, flüsterte er. »Louise, bitte ...« Er schüttelte den Kopf und ließ sich auf die Bettkante fallen. Etwa eine halbe Stunde blieb er so sitzen und starrte ins Leere.

Dann hatte er den Schock überwunden, gab sich einen innerlichen Ruck und stand auf. Tief atmete er durch. Danach bildeten seine Lippen einen Strich.

Vielleicht stellte sich auch alles als völlig harmlos heraus. Er durfte nur nicht den Kopf verlieren. Jack Blyton nahm sich vor, an diesem Tag doch zu arbeiten. Es hatte keinen Sinn, wenn er zu Hause blieb und Trübsal blies. Um seinen Sohn wollte er sich nicht kümmern. Von ihm war er zutiefst enttäuscht. Diese Antworten hätte er in seinen kühnsten Träumen nicht erwartet.

Jack Blyton nahm seinen Schlüssel, die Papiere und verließ das Haus. Der grüne Rover stand in der Garage. Als er das in den Angeln quietschende Tor in die Höhe schob, schaute er nicht zum Haus hin. Er hätte sonst eine Bewegung hinter einem der Fenster sehen können. Dort wurde eine Gardine zur Seite geschoben.

Eddy.

Er lächelte und ließ die Gardine wieder zurückfallen. Jetzt war genau das eingetreten, was er immer gewollt hatte. Er befand sich allein im Haus.

Angezogen war er. Sein nasses Haar stand struppig vom Kopf ab. Eddy dachte nicht daran, sich zu kämmen. So etwas war unwichtig. Viel wichtiger erschien ihm der Keller.

Er stieg hinunter.

Fröhlich pfeifend sogar, denn nun störte ihn niemand. Noch hatte er Zeit. Er konnte alles genau vorbereiten, und dann, in wenigen Stunden, würden sich einige wundern. Seine Rache sollte sie mit der Wucht eines Vorschlaghammers treffen. Alle die, die ihn ausgelacht, verhöhnt und verspottet hatten.

Eddy rieb sich die Hände, öffnete die Kellertür und drückte sie sorgfältig hinter sich zu.

Vor seinem Computer-Terminal blieb er stehen. Er hatte nur die kleine Leselampe eingeschaltet. Ihr Licht reichte ihm. Seinetwegen konnte der Horror beginnen ...

Der Spielsalon hieß MANHATTAN 2000. Ein Glitzerpalast, in dem Träume und Illusionen für die Dauer eines Spiels Realität wurden. Hier konnte jeder der Sieger sein, was im normalen Leben oft nicht der Fall war.

Hier lud man aber auch seine Aggressionen ab. Und es waren vor allen Dingen Jugendliche, die nach der Schule dem Salon einen Besuch abstatteten, um den Ärger, den Frust und diese ganze verdammte Schule zu vergessen.

Der Besitzer der Spielhalle hatte dies in sein Kalkül mit einbezogen, und er hatte sich keinesfalls verrechnet.

Vom nahen College kamen die Jungen und die Mädchen. Das war nach jedem Schulschluss so. Für eine Stunde wollten sie sich an den Flippern und Killerautomaten austoben.

Zu jeder Clique gehörte ein Anführer. Auch zu der Spielhallen-Clique. Der junge Mann hieß Didier la Grange.

Schmalhüftig, scharf und verwegen, so bezeichnete er sich selbst. Zudem war er der große Aufreißer, und die Mädchen lagen dem blonden Jüngling mit den halblangen Haaren scharenweise zu Füßen.

Jedenfalls behauptete er das immer. Die anderen Mitschüler hatten noch kein Mädchen zu Füßen des blonden Knaben liegen sehen. Deshalb machten sie sich heimlich über ihn lustig.

Aber sie ließen ihm den Spaß.

Nach der Schule stürzten sie sofort los. Natürlich war Didier la Grange wie immer der Erste, wenn es darum ging, dem MANHATTAN 2000 einen Besuch abzustatten. In der Notenbewertung der Klasse lag er zwar ziemlich weit hinten, aber das kümmerte ihn nicht. Er glaubte an das Geld seines Vaters, eines Käsefabrikanten und Joghurt-Quirlers.

»Los, Leute! Die Flipper sind heiß. Sie warten auf uns. Die sind wie Weiber.« Er stand vor der großen Treppe und schwang seine Schultasche. Als Einziger fuhr er einen Wagen, einen Spitfire. Wer mitfahren durfte, bestimmte er.

Er hatte sich für Gabi entschlossen. Sie stammte aus

Deutschland, wohnte bei einer englischen Familie und wollte etwa ein Jahr lang eine englische Schule besuchen.

Gabi war eine Wucht.

Das deutsche Frollein, so wurde sie immer genannt. Bereits zwei Tage nach der Einschulung hatte sich Didier la Grange an sie herangeschmissen. Er war sich seiner Sache immer sicher. Seinem Charme konnte niemand widerstehen.

Gabi widerstand.

Zwar hatte sie sich erst ein wenig geschmeichelt gefühlt, mit ihm gehen zu können, aber sie setzte diesem Knaben Grenzen. Ein leichter Kuss, ein kurzes Streicheln, mehr war nicht drin.

Und das ärgerte den Schul-Casanova gewaltig. Es ärgerte ihn nicht nur, es machte ihn auch wütend, wobei es gleichzeitig noch seinen Ehrgeiz anstachelte

Vierzehn Tage wollte er sich geben, um Gabi herumzubekommen.

Aber dreizehn waren schon vorbei. Es blieb ihm also nur noch eine Chance. Und das war schlecht.

Der Wagen parkte vor dem Schulgebäude. »Los, steig ein, Mädchen.« Natürlich war das Verdeck nach hinten geklappt. Bei einem Wetter wie diesem fuhren nur Verrückte oder Spinner im offenen Wagen.

Didier gehörte zu ihnen. Zudem kleidete er sich nach der neuesten Mode.

An diesem Tag trug er eine Lederjacke aus Büffelhaut, einen Schal, den er lässig zweimal um den Hals geschlungen hatte, Jeans, helle Stiefel und lange Strümpfe, die sich über den unteren Hosenbeinen befanden und sich weiß abhoben.

Alles hatte viel Geld gekostet. Die Etiketten in den Kleidungsstücken wiesen die Namen bekannter italienischer Modeschöpfer aus, aber der Vater bezahlte ja, und nur das allein zählte.

»Fertig?«, fragte er Gabi.

»Klar.« Sie schielte nach oben. »Willst du mit offenem Verdeck fahren, Didier?«

»Sag nur, dass es dir zu kalt ist.«

»Warm nicht gerade.«

Er legte den Kopf zurück und lachte.

Sie zischten ab. Aus dem Auspuff quoll eine weiße Wolke, die sich zu einer Fahne verlängerte.

Die Klassenkameraden schauten den beiden nach. Manche schüttelten den Kopf. Einer meinte: »Ich weiß auch nicht, wie der es immer schafft, die besten Girls zu kriegen.«

»Mit Geld«, sagte ein anderer. »Die Bräute fliegen doch auf so etwas. Okay?«

»Ach, halt doch die Klappe«, sagte eines der Mädchen. »Ihr wisst ja gar nichts.«

»Was wissen wir nicht?«

»Von ihm und ihr.«

»Kannst du dich vielleicht deutlicher ausdrücken?«

»Sicher kann ich das. Glaubst du etwa, Gabi geht mit dem Aufreißer ins Bett? Keinesfalls, die lacht ihn aus.«

»Sie hält sich geschlossen?«

»Ja, du Esel.«

Der Junge, der das gefragt hatte, nickte. »Dann wird sich der große Aufreißer aber einen Flop holen.« Die anderen lachten nach dieser Bemerkung, denn sie gönnten Didier die Abfuhr.

Danach schwangen sich die jungen Leute in die Sättel ihrer fahrbaren Untersätze. Zumeist einfache Motorräder oder Fahrräder mit Hilfsmotor.

Natürlich erreichten Gabi und Didier den Spielsalon als Erste. Wie immer bremste der junge Mann so hart, dass der Wagen noch ein Stück rutschte und die Reifen jaulten.

Jetzt wussten alle, dass er da war.

Ohne die Tür zu öffnen, schwang er sich aus dem Spitfire und wartete ab, bis Gabi auch ausgestiegen war. Er hielt es nicht für nötig, ihr die Tür zu öffnen. Gabi quittierte dies mit einem leichten Lächeln. Die negativen Punkte des Knaben sammelten sich. Bald war die Reihe voll, dann würde sich Didier wundern.

In den unterteilten Glastüren des Eingangs spiegelten sich die innen angebrachten Lichter. Man hörte nichts, und als Gabi und Didier die Halle betraten, hatten sie das Gefühl, in eine andere Welt zu gelangen.

Es war nicht laut. Diese Zeiten hatten die Spielhallenbesitzer längst hinter sich. Wer heute die Hallen baute, der nahm schallschluckende Materialien, z.B. Dämmstoffe an den Wänden oder dicke Teppiche.

Es gab einen breiten Mittelgang. Rechts und links standen die Automaten. Vor dem Gang befand sich noch die Wechselkasse. Ein Glashaus, in dem eine dicke Schwarze saß und so breit grinste, als hätte sie den Haupttreffer im Bingo gewonnen.

»Hey, ihr beiden!«, rief sie. »Wollt ihr mal wieder ein kleines Spielchen machen?«

»Ja, wie immer.«

»Wechseln, Sonny-Boy?«

Mit dem Sonny-Boy war Didier la Grange gemeint. Es schmeichelte ihm, wenn er solche Worte hörte. Kleingeld trug er nie mit sich. Er protzte mit Scheinen und ließ sich einen davon wechseln.

Lässig schob er das Kleingeld in die Jackentasche.

Die Hälfte wollte er seiner Freundin in die Hand drücken, doch Gabi schüttelte den Kopf.

»Ich habe selbst.«

»He, warum bist du so pingelig?«

»Noch nie habe ich mich aushalten lassen«, erklärte sie.

»Aber das ist doch kein Aushalten. Ich ...«

»Tut mir Leid.« Sie ließ den Schaumacher stehen und ging allein weiter. Didier verzog das Gesicht. Er schaute ihr nach. Verdammt, die Puppe hatte einen Körper, der ihn regelrecht anmachte. Der grüne Rock saß sehr eng. Er umspannte die Außenseiten der Oberschenkel wie ein Etui. Dazu passend trug Gabi grüne Stiefel aus weichem Leder. Der ebenfalls grüne Pullover schwang locker um ihren Oberkörper, und das blonde Haar fiel bis auf die Schultern.

Die Jacke hatte Gabi im Wagen gelassen, dafür die Tasche mitgenommen. Sie hing über ihrer rechten Schulter und schwang bei jedem Schritt lässig hin und her.

»Stell dich doch nicht so an!«, rief Didier.

Gabi blieb stehen und drehte sich um. Ihr rundes Gesicht mit der kecken Stupsnase verzog sich, als sie die Lippen zu einem Lächeln kräuselte. »Was willst du eigentlich? Ich denke, wir spielen.«

»Klar.«

»Dann komm.«

Die beiden standen in einem Wettbewerb. Sie rechneten die Spiele gegeneinander auf. Wer nach dem morgigen Tag verloren hatte, konnte von dem anderen etwas fordern.

Darauf war Didier natürlich eingegangen. Allerdings wusste er nicht, dass Gabi schon in Deutschland mit einer Clique fast jeden Abend im Jugendheim flippern war und sie es dort zu einer wahren Meisterin gebracht hatte. So kam es, dass sie sogar einige Punkte Vorsprung hatte, und Didier musste sich verflixt anstrengen, wenn er aufholen wollte.

Die anderen tauchten auf.

Sofort war die Halle mit Stimmenwirrwarr erfüllt. Für die übrigen Schüler gab es nur die Killerautomaten. Sie wollten ihre Erfolgserlebnisse dort holen.

Gabi wartete am Flipper. »Wer hat das erste Spiel?«

»Der Verlierer von gestern.«

»Also du.«

Didier grinste schief. Gern hörte er so etwas nicht. Aber es war eine Tatsache, und daran konnte er nichts ändern. Er warf ein Geldstück in den Schlitz.

Die Elektronik begann zu arbeiten. Eine Kugel wurde ausgestoßen, rollte in die Gasse und blieb liegen.

Lampen glühten auf der hochkant stehenden Fläche am Ende des Automaten. Unter der dicken Glasscheibe geriet ebenfalls etwas in Bewegung. Gongschläge erklangen, dazu summende Musik. Da der Apparat Digitalanzeigen hatte, hörte man nur ein leises Ticken.

Didier la Grange schob die Ärmel seiner Jacke ein wenig höher, bevor er seine Hände auf die mit Lederlaschen umhüllten Kanten des Apparates legte.

Er zog die Spannfeder zurück. »Jetzt gilt es«, sagte er

und konzentrierte sich. Er war voll eingestiegen. Für ihn gab es nur eins. Sieg!

Und an den Sieg dachte auch ein junger Mann namens Eddy Blyton. Er hatte auf seine Uhr geschaut, ein wenig nachgerechnet und war zu dem Entschluss gekommen, dass seine Schulkameraden jetzt die Klassenzimmer verlassen mussten.

Auch sein besonderer Freund, Didier la Grange!

Ihn hasste er, und er war es, dem Eddy die Pest an den Hals wünschte. Er stand vor seinem Computer und schloss die Augen. Ein Zittern durchlief ihn, als er an Didier dachte. Er sah ihn trotz der geschlossenen Augen genau vor sich. In Aufreißer-Pose stand er da, spöttisch auf die anderen niederblickend. Einen Arm hielt er um Gabi gelegt, die ihm, Eddy Blyton, auch sehr gefallen konnte. Aber so etwas riss sich Didier unter den Nagel.

Eddy war sein Opfer gewesen. Didier hatte ihn verhöhnt und verspottet. Lächerlich gemacht, und das vor den Mitschülern. Die Mädchen hatten über ihn gekichert, keines wollte etwas mit ihm zu tun haben. Außerdem war er der beste Mathematiker aus der Klasse. Und mit so trockenen Typen schlief man nicht, das jedenfalls war die Meinung der meisten weiblichen Personen.

Wenn die gewusst hätten, wie trocken Eddy tatsächlich war, sie hätten sich gewundert. Er war der Mann, der sie alle in den Sack steckte, denn er hatte einen Freund wie keiner.

Den Teufel!

Jetzt mussten sie sich auf dem Weg befinden. Sicherlich fuhr dieser Hundesohn la Grange mit dem Wagen. Da war er blitzschnell am MANHATTAN 2000.

Eddy öffnete die Augen wieder. Er schien aus einem tiefen Traum erwacht zu sein. Allerdings aus einem Albtraum, denn sein Herz schlug schneller als gewöhnlich, und auf seiner Stirn lag dick der Schweiß. Die Gedanken an la Grange hatten ihn innerlich aufgewühlt, er konnte sich fast kaum noch konzentrieren.

»Was ist denn mit dir?«, hörte er die tiefe, leicht grollende Stimme. Er zuckte zusammen, schaute dann nach vorn und sah das Gesicht des Teufels auf dem Bildschirm.

Eddy versuchte ein Lächeln. Es wurde nur ein Grinsen.

»Willst du nicht anfangen?«, fragte der Satan.

»Ja, ja, ich …« Der Junge schaute auf seine Uhr. Gleich musste es so weit sein. Sie standen sicherlich schon an den Flippern.

»Los«, sagte der Satan. »Ich gebe dir die Kraft. Hol dir diese Bastarde endlich!«

»Ja!«, brüllte Eddy. »Ja, ich mache es …«

Sein Lachen hallte schaurig durch den Kellerraum, als er sich auf seine schreckliche Rache konzentrierte …

Die Kugel rollte!

Das kleine, runde, glatte, glitzernde Stahlding, das so viele Menschen in seinen Bann ziehen konnte. Für die Jugendlichen waren die Flipper zu einer Weltanschauung geworden. Hier konnten sie spielen und gewinnen, aber auch verlieren. Nur machte das nichts. Dann holte man eben ein Geldstück hervor und begann ein neues Spiel, bei dem die Chancen vielleicht besser standen.

Leicht geduckt stand Didier la Grange an dem Flipperautomaten. Der Blick irrlichterte. Gleichzeitig war er irgendwie starr und strahlte einen Fanatismus aus, der sich auch auf seine Körperfunktionen ausbreitete, denn er vibrierte regelrecht, wenn sich die Kugel dem schmalen Ausgangsspalt näherte, in dem sie leicht verschwinden konnte.

Ein paar Mal schon hatte er sie erst im letzten Augenblick zurückstoßen können, und jetzt bewegte sie sich im oberen Drittel des Flippers, rollte über Pin-up-Girls mit ihrem Zahnpastalächeln, fiel in Mulden, wurde wieder herausgeschleudert, tickte an die straff gespannten Gummibänder irgendwelcher Hindernisse und rollte in einem schnellen Zickzackkurs weiter.

Die Kugel musste sich nur bewegen.

Fast lautlos arbeitete die Digitalanzeige. In Rot erschienen die gewerteten Punkte. Sie sahen aus wie blutige Striche.

Gabi beobachtete Didier sehr genau. Sie erkannte, mit welch einer Verbissenheit er arbeitete. Denn das Spiel war für ihn schon Arbeit.

Schweiß hatte sich auf seiner Stirn gesammelt und bildete dort ein Tropfenmuster.

Gabi sah das alles etwas lockerer. Obwohl sie auch gern flipperte, hatte sie nie so verbissen um jeden Punkt gekämpft wie dieser junge Mann. Sie empfand es mehr als Spaß.

Oft genug hatte sie ihm zugeschaut. Heute allerdings wollte sie die Zwischenzeit nützen und selbst ein wenig spielen. Rechts neben dem Flipper stand ein Spielautomat. Ein sogenannter einarmiger Bandit, wie er immer mehr in Mode gekommen war.

Kleingeld hatte Gabi. Sie warf es in den Fressschlitz, wie sie immer sagte, und schaute auf die Walze, die in eine heftige Rotationsbewegung versetzt wurde, sodass die einzelnen Symbole nicht mehr zu sehen waren und verwischten.

Nach einigen Sekunden stoppte die Walze.

Kein Gewinn.

Die Symbole stimmten nicht überein. Da sie mehrere Geldstücke in den Apparat geworfen hatte, bewegte sich die Walze weiter. Gabi interessierte sich nicht mehr für ihren Apparat, sondern schaute Didier la Grange beim Flippern zu, der noch immer mit der ersten Kugel spielte.

»Du bist gut«, sagte sie.

»Ja«, zischte er, »und ich werde noch besser, verlass dich drauf, meine Kleine.«

Gabi lachte nur. Es war wirklich eine Leistung, was Didier da vollbrachte, und sie hob den Blick, um auf die Punkteanzeige zu schauen.

Plötzlich stutzte sie.

Da stimmte etwas nicht. So hatte die hochkant stehende Rückseite des Apparates nie ausgesehen.

Zwar waren noch die Figuren zu erkennen, ein buntes Gemisch aus den Supermännern der Comic-Serien, aber etwas hatte sich geisterhaft über die Gesichter und muskulösen Körper geschoben.

Es war ein rötliches Gesicht, das Gabi sah.

Sie kniff die Augen zu, öffnete sie wieder, schaute noch einmal hin und stellte fest, dass ihr erster Eindruck geblieben war.

Zwischen den Digitalzählwerken und den bunten Figuren lag das Gesicht mit dem dreieckigen Zuschnitt.

Nein, es war eine Fratze.

Ein Gesicht sah anders aus. Nicht so schrecklich, so böse. Zwar gab es auch Zeichnungen von bösen Mienen und Ausdrücken, aber das auf dem Flipper wirkte so täuschend echt, dass dem deutschen Mädchen eine Gänsehaut über den Rücken lief.

Gabi begann zu zittern.

Und Didier spielte weiter. Er sah nichts als die rollende Kugel. Sie war ein Magnet für seine Augen. Er verfolgte sie mit seinen Blicken wie ein Raubtier das Opfer. Wenn la Grange so weitermachte, stellte er noch einen neuen Rekord auf. Seine Lippen waren zusammengekniffen und gleichzeitig zu einem Lächeln verzogen. In den Augen blitzte es, und als Gabi ihn anstieß, da schüttelte er nur unwillig den Kopf.

»Bitte, Didier.«

»Stör mich jetzt nicht.«

»Aber das Gesicht …«

»Welches?«, fragte er und verfolgte dabei weiter das Rollen der Stahlkugel.

»Auf dem Flipper.«

La Grange lachte. Er schaute nicht einmal hoch, aber das Mädchen stellte fest, dass dieses Gesicht eine intensivere Farbe angenommen hatte. Es überstrahlte sogar die bunten Lichter und leuchtete in einem intensiven Rot.

Höllenrot!

»Der Teufel«, durchzuckte es die junge Deutsche. »Mein Güte, das ist der Teufel!«, flüsterte sie. Endlich war es Gabi eingefallen. Sie hatte diese Physiognomie schon auf zahlreichen Bildern gesehen, und nun entdeckte sie sie im Flipper.

Ihre Sinne schlugen Alarm!

Wenn der Teufel irgendwo auftauchte, dann hatte es eine besondere Bedeutung. Sie selbst war zu schwach, um dagegen anzugehen. Deshalb half nur die Flucht.

Und La Grange musste ebenfalls weg.

Gabi wollte ihren Freund am Arm ziehen. Es war schon zu spät, denn der Flipper explodierte, und die Macht des Teufels traf die beiden mit voller Wucht …

Am schlimmsten erwischte es den jungen Mann. Er hatte sich so auf das Spiel konzentriert, dass ihm überhaupt nicht bewusst wurde, wie das hochkant stehende Teil explodierte.

Es flog, von Riesenkräften getrieben, auseinander. Eine dumpfe Explosion gab es. Aus dem Flipper schoss eine gewaltige gelbrote Feuersäule. Sie schleuderte die Einzelteile in die Höhe und auch nach vorn auf den schreckensstarren Didier zu, der überhaupt nichts begriff.

Die Wucht der magischen Explosion traf ihn voll. Ein gellender Schrei hallte durch den Spielsalon. Gabi sah, wie ihr Freund hochgeschleudert wurde. Eine unheimliche Kraft riss ihm die Beine weg. Er befand sich waagerecht liegend in der Luft und landete unsanft.

Seine Schreie waren die eines Todgeweihten, denn eine nicht fassbare Kraft riss ihn zu sich heran und hinein in die gefährliche Feuersäule.

Didier la Grange verschwand darin. Er hatte keine Chance zu überleben, niemand konnte ihm helfen, und es gab nur eine Zeugin.

Gabi beobachtete schreckensbleich, wie ihr Freund verschwand.

Er wurde im wahrsten Sinne des Wortes vom Teufel geholt. Sein Schreien war grauenhaft. Die Höllenkraft zog ihn über den Flipper und stopfte ihn förmlich dort hinein, wo sich das Loch und zuvor die Teufelsfratze befunden hatte.

Er verschwand.

Gabi sah noch seine verzweifelt strampelnden Beine,

die einen Augenblick später ebenfalls in die wabernde, höllische Glut tauchten.

Jetzt erst kam die Reaktion.

Gabi schrie.

Sie stand vor dem einarmigen Banditen und brüllte all ihre Angst und Panik hinaus. Innerhalb der Spielhalle herrschte plötzlich ein gewaltiges Chaos. Erst jetzt wurden die anderen Spieler richtig auf die Vorgänge aufmerksam.

Auch Gabi sollte nicht verschont bleiben. Als sie das Splittern vernahm, war es bereits zu spät.

Etwa in Kopfhöhe platzte der Spielautomat auseinander. Aus ihm drang keine Feuersäule, sondern eine schuppige, grüne Klaue, die das Mädchen überhaupt nicht verfehlen konnte.

Gabi wurde gepackt.

Die Klaue drosch gegen ihren Hals, stieß sie zurück, aber nicht so weit, als dass sie eine Chance gehabt hätte. Die Klaue wollte richtig zupacken.

Und das tat sie auch.

Plötzlich bekam Gabi keine Luft mehr. Von einem Augenblick zum anderen war ihre Atmung gestoppt worden. Die riesige, schuppige Hand holte das Mädchen zu sich heran.

Die Deutsche wehrte sich.

Mit beiden Armen schlug sie zu, hämmerte gegen die Klaue und hatte dabei das Gefühl, auf Eisen geschlagen zu haben. Sie stemmte die Füße ein und hielt sich schließlich mit beiden Händen an den Kanten des Automaten fest. Auch das half nichts. Die Klaue war stärker.

»Ich hole dich, ich hole dich!«, sagte eine flüsternde Stimme. »Du hast keine Chance!«

Für einen Moment stutzte das Mädchen. Trotz der übergroßen Gefahr hatte Gabi begriffen. Diese Stimme kam ihr bekannt vor. Schon öfter hatte sie sie gehört.

Am gestrigen Tag noch …

Dann wurde ihr schwindlig. Die Luftzufuhr war gesperrt. Atmen konnte sie nicht mehr. Sie würgte und keuchte, die Angst machte sie rasend, aber der Unheimliche kannte keinen Pardon.

Auch das Mädchen verlor den Boden unter den Füßen. Es wurde in die Höhe gerissen und blitzschnell auf den Automat zugezogen. Es erwartete einen Aufprall, doch die Gesetze der Physik waren aufgehoben. Die grüne Monsterklaue zog Gabi in den Apparat hinein.

Die junge Deutsche verschwand ebenso wie ihr Freund ...

Das alles hatte nur wenige Sekunden gedauert. Und als es vorbei war, begriffen die anderen Besucher erst richtig, was sich vor ihren Augen abgespielt hatte.

Ihre Klassenkameraden gab es nicht mehr.

Ein Mädchen schrie gellend. Es hörte überhaupt nicht auf, bis die dicke Negerin von der Kasse ihr zweimal ins Gesicht schlug. Sie hatte es einfach in ihrem Glashaus nicht mehr ausgehalten.

Der Schrei verstummte.

»Was ist denn passiert?«, schrie die Schwarze.

Alle redeten durcheinander. Sie deuteten auch auf die zerstörten Apparate, doch niemand traute sich, näher heranzugehen.

»Ich habe sogar die Fratze des Teufels gesehen«, erklärte einer der Jungen.

Die Schwarze fuhr herum. »Was?«

»Ja, das Gesicht des Teufels!«

Hastig schlug die dicke Frau ein Kreuzzeichen. »Herr, Maria und Josef«, flüsterte sie, »beschütze uns vor allem Bösen. Der Teufel, der Teufel! Ich habe es gewusst. Diese Automaten sind Teufelswerk, sie ...«

Das Wort wurde ihr im nächsten Augenblick von den Lippen gerissen, denn mit einer erneuten Explosion hatte niemand gerechnet.

In ihrer unmittelbaren Nähe zerriss es einen Spielautomaten. Metall und Glas wurden zerfetzt.

Nach allen vier Seiten jagten die einzelnen Teile weg und trafen die entsetzten Schüler.

Ein Mädchen verdrehte die Augen und sank in die Knie. Über sein Gesicht lief Blut.

Die Schwarze erfasste die Lage sofort. Bevor die Kleine den Teppich berührt hatte, wurde sie von den starken Armen aufgefangen und in Richtung Ausgang gezerrt.

»Wir müssen fliehen!«, rief die umsichtige Frau. »Schnell weg, Freunde! Raus hier!«

Erst jetzt begriffen die Schüler. Plötzlich war der Mittelgang nicht breit genug. Die Jungen und Mädchen stauten sich, jeder wollte der Erste sein, und die Negerin hatte das verletzte Mädchen wie ein Kleinkind auf ihre Arme genommen.

Sie hastete als Erste den Glastüren des Ausgangs entgegen.

Jeder schaffte es, die Spielhölle zu verlassen. Draußen hatten sich inzwischen Neugierige angesammelt. Zusammen mit den Besuchern der Spielhalle schauten sie zu, was noch passierte.

In den nächsten Augenblicken machte die Spielhölle ihrem Namen alle Ehre.

Der Raum wurde zu einer wahren Hölle!

Jeder Apparat explodierte. Keiner blieb verschont. Unglaubliche Kräfte waren am Werk. Der Reihe nach zerstörten sie die Geräte mit elementarer Wucht. Da blieb nichts verschont.

Und zwischendurch tauchte wie ein roter Schatten ein dreieckiges Gesicht auf.

Der Teufel.

»Er holt seine Spielzeuge«, flüsterte die Schwarze. »Er holt sie alle. Werkzeuge des Teufels sind es. Ich habe es geahnt, ich habe es ...« Das letzte Wort sprach sie nicht mehr aus, denn sie wurde ohnmächtig. Deshalb bekam sie auch nicht mit, wie der größte Killerautomat mit einem gewaltigen Krachen in die Luft flog.

Danach herrschte eine gespenstische Stille. Selbst die Zuschauer waren zu entsetzt, um etwas sagen zu können. Was hier vorgefallen war, begriff niemand ...

Man hatte die Straße so abgesperrt, dass auch für uns kein Durchkommen war.

Ich musste stoppen.

»Gehen wir den Rest zu Fuß«, sagte Suko, hob ergeben die Schultern und verließ den Bentley.

Auch ich stieg aus. Während ich den Wagen verschloss, dachte ich über den Grund nach, der uns hergeführt hatte. Es ging um eine Spielhalle, in der die Automaten explodiert waren. Kein Grund für uns, einzugreifen, aber da waren einige Dinge, die uns doch stutzig gemacht hatten. Die Zeugen, es sollten junge Leute aus einer in der Nähe liegenden Schule sein, behaupteten übereinstimmend, dass sie vor und während der Explosionen eine rote Teufelsfratze gesehen hätten.

Das erinnerte mich natürlich an die Fratze, von der ich bereits gehört hatte.

Auch auf den Sichtschirmen der Computer waren die Gesichter zu sehen gewesen, und wenn man es genau bedachte, so waren diese Spiel- und Killerautomaten im Prinzip nichts anderes als Computer. Deshalb war unser Verdacht gar nicht so weit hergeholt. Ich hoffte, dass wir hier eine Verbindung fanden, die auch den anderen Fall klären konnte.

An der Absperrung wollte man uns erst nicht durchlassen. Als Suko, der vorgegangen war, seinen Ausweis präsentierte, öffnete sich die Reihe aus Menschenleibern.

Weiter hinter uns wurde inzwischen der Verkehr umgeleitet.

Vor der Spielhölle standen Streifenwagen und auch Fahrzeuge der Ambulanz. Über Funk hatten wir erfahren, dass es nur Verletzte gegeben hatte. So etwas war schon beruhigend.

Mit Toten brauchten wir also nicht zu rechnen.

Etwas war allerdings seltsam. Da sollten zwei Schüler verschwunden sein. Den uniformierten Einsatzleiter sah ich in der Nähe eines großen Kastenwagens. Er sprach mit einer dicken Negerin und stockte, als wir näher kamen und er uns sah.

Wir kannten einander.

»Sinclair, da kommen Sie gerade richtig.«

»Wieso?«

»Die Frau hier hat einiges zu berichten, das Sie interessieren wird.«

»Und Sie nicht?«

Er verzog den Mund. »Ich weiß nicht so recht. Die spricht immer nur vom Teufel.«

»Es stimmt«, sagte die Frau. »Ich habe sie gesehen.«

»Wen bitte, Madam?«, erkundigte sich Suko höflich.

»Die Gesichter habe ich gesehen.«

»Von Männern oder Frauen?«

»Nein.« Sie schüttelte heftig den Kopf. »Das waren Gesichter des Teufels.«

Suko und ich schauten uns an. Dann legte der Inspektor eine Hand auf die Schulter der Frau und zog sie zur Seite. »Hier können wir uns besser unterhalten.«

Ich hörte dem Dialog zu und schaute währenddessen durch die Glastür in das Innere der Spielhalle. Dort sah es aus wie nach einem Wirbelsturm. Nichts stand mehr auf- oder nebeneinander. Unheimliche Kräfte hatten dort gewütet. Jeder Apparat war zerstört, zerrissen und zerfetzt. Die einzelnen Teile lagen weit verstreut. Sie waren gegen die Wände gehackt oder hatten sich in den Teppich gebohrt. Mich wunderte eins. Es hatte kein Feuer gegeben, trotz der zahlreichen Kurzschlüsse, die bei der Zerstörung aufgetreten sein mussten.

Das Innere der Halle wollte ich mir später anschauen. Jetzt waren erst einmal die Aussagen der Frau wichtig.

Und sie redete. Dabei bewegte sie die Hände und fast noch die Füße. Sie machte Suko klar, was geschehen war. Ihre Augen blitzten, die Pupillen rollten.

Der Inspektor hörte zu. Ein paar Mal nickte er. Schließlich fragte Suko: »Sie sind also sicher, die Fratze des Teufels gesehen zu haben, Madam?«

»Ja, das bin ich.«

»Und wo?«

»Überall. In jedem Apparat.«

Suko schaute mich an. Dabei sagte er leise: »Sie hat das Gesicht ebenso beschrieben wie dieser Garner.«

Ich hatte meinen Freund natürlich über den nächtlichen Besuch in der EDV-Abteilung informiert.

»Es war also der Gleiche«, hielt ich fest. »Aber wo gibt es da eine Verbindung? Wer oder was ist der Schlüssel zu diesen verdammten Ereignissen?«

Da war auch mein Freund überfragt.

Ich blickte an der Schwarzen vorbei auf die Schüler. Schweigend und mit bleichen Gesichtern standen sie zusammen. Die meisten schauten zu Boden. Es redete kaum jemand.

Ich dachte an die beiden verschwundenen Menschen und ging zu ihnen. Vielleicht konnten mir die jungen Leute Näheres erzählen. Sie schauten mich misstrauisch an, als ich erklärte, wer ich war.

»Ich glaube, dass ihr mir helfen könnt, diesen rätselhaften Fall aufzuklären, und es ist auch in eurem Interesse, wenn ihr euch auf meine Seite stellt.«

Sie nickten.

»Okay, dann wollen wir mal. Wie war das also mit den beiden verschwunden Personen?«

Zwei oder gleich drei wollten reden. Ich pickte mir einen dunkelhaarigen Jungen heraus. Er berichtete.

Ich erfuhr eine unwahrscheinliche Geschichte. Die meisten hätten sie nicht geglaubt, doch ich dachte anders darüber. Während seiner Worte nickte ich ein paar Mal, unterbrach ihn aber nicht, sondern fragte zum Schluss: »Das stimmt alles, was du mir erzählt hast?«

»Ja.«

Seine Schulfreunde nickten bestätigend.

»Könnt ihr euch einen Grund vorstellen?«

»Nein!«, lautete die einstimmige Antwort.

»Aber es geschieht nichts ohne Motiv!«, hielt ich entgegen.

Sie konnten mir keines nennen.

»Ist denn irgendetwas Besonderes in den letzten Tagen vorgefallen bei euch? Hat es Ärger gegeben?«

»Auch nicht.«

»Gut.« Ich nickte. »Dann möchte ich euch eine außergewöhnliche Frage stellen. Gibt es einen Schüler unter euch, der sich, sagen wir, mit seltsamen Vorgängen beschäftigt hat?«

»Wie sollen wir das verstehen?«

»Magie, zum Beispiel.«

Einige wollten lächeln, doch das gefror ihnen auf den Lippen. Nein, keiner wusste eine Antwort.

Bis ein Mädchen schließlich meinte: »Eddy Blyton ist heute nicht dabei gewesen.«

Ich hakte sofort nach. »Wer ist das?«

»Ein Mitschüler, Sir. Seinem Vater gehören die zerstörten Automaten. Er stellt sie auf.«

War das eine Spur? Ich wurde ein wenig nachdenklich. »Und weshalb ist Eddy heute nicht zur Schule gekommen?«

»Das wissen wir nicht.«

»Der Lehrer hat also keine Entschuldigung bekommen?«

»So ist es.«

»Kann Eddy krank sein?«

»Sicher. Aber gestern hat er sich noch wohl gefühlt.« Das Mädchen hob die Schultern. »Wissen Sie, Sir, mit Eddy ist das etwas Besonderes. Er war nicht gerade beliebt.«

»Und warum nicht?«

»Denken Sie mal an Ihre Schulzeit. Waren da Streber in der Klasse beliebt?«

Ich lächelte. »Es kam drauf an.«

»Nein, nein, Sir. Eddy ist ein Typ, der nur seine Mathematik kennt und seine Elektronik. Er ist der beste Rechner. Kein Mädchen wollte etwas mit ihm zu tun haben, obwohl er auf eine von uns besonders scharf war.«

»Und wie hieß die Kleine?«

»Gabi.«

»Das Mädchen, das verschwunden ist?«

»Ja, Sir.«

Einer der Jungen sagte: »Da kommt übrigens Eddys Vater.«

Ich drehte mich um und sah einen etwas korpulenten Mann, der heftig auf die Polizisten einredete. Vielleicht konnte der mir mehr sagen. Ich bedankte mich bei den Schülern und ging zu ihm. »Mr. Blyton?«, fragte ich.

Er stoppte seinen Redefluss und wandte sich scharf um. »Ja, das bin ich.« Aggressiv schaute er mich an.

»Mein Name ist John Sinclair. Scotland Yard.«

Der Mann schluckte. Das Blut aus seinem Gesicht verschwand. »Was kann ich für Sie tun?«

»Zunächst einmal ein paar Fragen beantworten.«

Wir gingen zur Seite. Suko sah uns und kam ebenfalls. Er stellte sich vor. Blyton nahm ihn kaum zur Kenntnis. Er war völlig durcheinander. Seine Gedanken schienen auf Wanderschaft gegangen zu sein.

»Sie sind also der Besitzer der Spielhalle?«, erkundigte ich mich bei ihm.

»Nein, Sir. Ich stelle nur die Automaten auf und warte sie auch.«

»Haben Sie eine Erklärung für das Unglück?«

Er schaute mich an, als hätte ich von ihm etwas Schlimmes verlangt. »Eine Erklärung?«, hauchte er. »Nein, nie und nimmer. Ich stehe vor einem Rätsel, Mister.« Trotz der Kühle schwitzte er und wischte sich die Schweißperlen von der Halbglatze.

»Ich habe bereits mit den Schülern gesprochen. Sie waren Zeugen der Explosion, und sie sagten übereinstimmend aus, dass sie vor dem Auseinanderfliegen der Apparate die Gesichter des Teufels gesehen hätten. Können Sie sich das erklären?«

»Teufel?«, flüsterte Blyton. »Aber wie …?«

»Also haben Sie auch keine Antwort?«

»Nein, nein. Ich bin ja nur froh, dass es keine Toten oder Schwerverletzten gegeben hat.«

»Dies ist noch nicht sicher«, erwiderte ich.

»Wie meinen Sie das?«

»Ein Junge und ein Mädchen sind verschwunden«, erklärte ich. »Zeugen wollen gesehen haben, dass eine unheimliche Kraft sie in den Apparat hineinzog.«

Er lachte schrill. »In einen Apparat?«

»Ja, und zwar in dem Augenblick, als dieser explodierte. Stellen Sie sich das einmal vor.«

Blyton schüttelte den Kopf. »Das gibt es doch nicht. Nein, das ist unmöglich …«

»Ihr Sohn war heute nicht in der Schule?« Ich wechselte blitzschnell das Thema, denn ich wollte ihn überraschen.

»Das stimmt.«

»Ist er krank?«

»Nein, Sir.«

»Können Sie mir sein Fernbleiben erklären?«

Blyton holte tief Luft. »Sie glauben doch nicht, dass Eddy irgendetwas mit diesen schrecklichen Vorfällen hier zu tun hat, Mr. Sinclair?«

»Was ich glaube oder nicht, spielt keine Rolle. Ich stelle zunächst einmal etwas fest.«

Er senkte den Kopf und starrte auf seine Schuhspitzen. »Vielleicht hängt es mit den Vorfällen heute Morgen zusammen. Ich hatte mit ihm eine kleine Auseinandersetzung.«

»Darf man fragen, um was es ging?«

»Das dürfen Sie, obwohl es sehr mysteriös ist. Meine Frau ist nämlich verschwunden.«

»Einfach so?«

»Ja und nein. Als ich erwachte, war sie jedenfalls nicht anwesend. Sie hat auch keine Nachricht hinterlassen, wo sie sein könnte. Und mein Sohn wusste auch nichts oder wollte nichts wissen.«

Die letzten drei Worte hatten mich aufhorchen lassen. »Wieso wollte er nichts wissen?«

»Das Verhältnis zwischen meiner Frau und ihrem Stiefsohn ist sehr gespannt.«

Ich nickte, denn ich begriff. Dieser Mann hatte zum zweiten Mal geheiratet. Die Frau war von dem Sohn nicht akzeptiert worden. Eine Sache, die oft genug vorkam, aber mich machte Mrs. Blytons Verschwinden stutzig.

»Hatte Ihr Sohn denn mit ihr eine Auseinandersetzung?«, wollte ich wissen.

»Nur eine?« Blyton lachte. »Jeden Tag stritten sie sich. Manchmal war es nicht zum Aushalten.«

Ich folgerte weiter. »Kann man sagen, dass Ihr Sohn seine Stiefmutter gehasst hat?«

»Damit haben Sie den Nagel auf den Kopf getroffen. Es war in der Tat Hass.«

»Und kann Ihr Sohn mit dem Verschwinden seiner Stiefmutter etwas zu tun gehabt haben?«

»Nein.«

»Was macht Sie so sicher, Mr. Blyton?«

Er schaute Suko an, dann mich. »Wenn Sie so fragen, dann kann man annehmen, mein Sohn hätte seine Stiefmutter ...« Die nächsten Worte sprach er nicht aus, dafür presste er seine Hand auf die Lippen. Der folgende Gedanke erschien ihm doch zu ungeheuerlich zu sein.

»Sollen wir nachschauen? Oder haben Sie eine Vermisstenmeldung aufgegeben?«, fragte Suko.

»Sie ist ja erst seit heute Morgen weg. Da muss ich doch noch abwarten, bis ...«

»Das stimmt. Aber Sie sollten nicht zu lange warten. Irgendwie habe ich das Gefühl, dass das Verschwinden Ihrer Frau, die Explosionen in der Spielhalle und das Schulschwänzen Ihres Sohnes in einem unmittelbaren Zusammenhang stehen.«

»Meinen Sie?«

»Wir müssten da genauer nachforschen«, erklärte ich.

»Und wo?«

»Werden Sie hier noch gebraucht?«

»Eigentlich ja. Ich muss den Schaden aufnehmen. Die Versicherungen, wissen Sie ...«

»Es ist ja alles zerstört!«, hielt ich ihm entgegen. »Außerdem können Sie meinen Kollegen Suko und mich als Zeugen bei Ihrer Versicherung nennen. Okay?«

»Wenn Sie der Meinung sind, dass es glatt geht, dann bitte.«

»Wohnen Sie weit von hier?«, fragte ich.

»Nein, nur ein paar Minuten mit dem Wagen.«

Sein Haus lag in der City. Auch nicht sehr weit vom Yard Building entfernt. Wir waren sehr schnell am Ort des Geschehens gewesen.

Ich gab dem Einsatzleiter Bescheid, dass wir den Mann mitnehmen wollten. Er hatte nichts dagegen. Die Fragen waren gestellt.

»Sie können hinter mir herfahren«, erklärte Blyton, als wir neben meinem Bentley standen. Sein Rover parkte nicht weit entfernt.

Ich war einverstanden.

Als wir im Fahrzeug saßen, runzelte Suko die Stirn. »Was hältst du von der Sache?«, fragte er mich.

»Es ist eine Spur.«

»Eine gute?«

»Das glaube ich. Diese seltsamen Zufälle sind für mich keine mehr, auch wenn sie so aussehen. Ich denke, dass es Eddy faustdick hinter seinen Ohren hat.«

Vor uns startete Blyton, ich gab ebenfalls Gas und hängte mich an die Rückleuchten.

Suko griff zum Hörer. »Ich informiere mal den Alten. Der wird sich bestimmt freuen.«

»Ja, tu das.«

Während Suko mit Sir Powell sprach, konzentrierte ich mich auf die Verfolgung des Rover. Meine Gedanken beschäftigten sich mit der Zukunft und vor allen Dingen mit Eddy Blyton.

Er war sicherlich kaum älter als siebzehn. Konnte er dann bereits Kontakt mit der Hölle haben?

Wir würden es sehen.

Eddy Blyton stand vor seinem Computer. Er hatte den Kopf der kleinen Lampe schräg gedreht, sodass der weiße Lichtschein ihn nur streifte und er nicht geblendet wurde.

Der Teufel hatte in Wahrheit die Regie übernommen. Eddy führte nur seine Befehle aus. Er starrte auf den Sichtschirm. Dort leuchtete die Teufelsfratze. Sie schuf eine magische Verbindung zu den Apparaten in der Spielhalle.

Eddy wollte das Grauen. Zu lange schon hatte er auf seine Rache warten müssen. Jetzt endlich konnte er sie genießen. Leider war es ihm nicht möglich zu sehen, was sich in der Spielhalle abspielte. Er hielt sich genau an das, was ihm der Satan geraten hatte. Eddy sollte seinen Hass auf eine Person konzentrieren, sodass sie genau getroffen wurde.

Diese Person war Didier la Grange. Wenn Eddy es schaffte, ihn zu vernichten, war viel gewonnen. Er gierte danach, diesen Bastard tot vor seinen Füßen liegen zu sehen. Und wenn es tatsächlich einmal so weit kommen würde, dann konnte er sich um die Kleine aus Deutschland kümmern.

Gabi Neumann sollte nur ihm gehören. Spielte sie mit, war alles klar. Wehrte sie sich allerdings, dann würde sie denselben Weg gehen wie Didier la Grange.

Zudem fasste der Gully noch einige Leichen.

Eddy rieb sich die schweißfeuchten Hände, als er daran dachte. Die würden sich wundern. Alle sollten sich wundern, die ihn verhöhnt und verspottet hatten.

Und dann verschwand das Gesicht.

Zuerst erschrak Eddy Blyton tief, denn er glaubte, dass ihn der Teufel im Stich gelassen hatte, doch im nächsten Augenblick hörte er die Stimme des Höllenfürsten.

»Keine Bange, Eddy, es geht schon alles glatt. Ich habe mich nur ein wenig zurückgezogen und den Weg für dich frei gemacht.«

»Wieso?«

»Schau auf den Bildschirm, dann verstehst du alles, mein Kleiner.« Der Teufel lachte, obwohl sein Gesicht nicht mehr zu sehen war.

Eddy aber senkte den Blick. Seine Augen weiteten sich, denn der kleine Monitor übertrug eine Szene, die sich weit von ihm entfernt abspielte. In der Spielhalle.

Er sah es wie in einem Film, und er erkannte auch seinen größten Feind. Didier la Grange.

Natürlich hielt er sich neben Gabi Neumann auf. La Grange spielte wie ein Besessener. Ihn interessierte nur die Kugel, während das Mädchen sich mit einem einarmigen Banditen beschäftigte.

Die übrigen Mitschüler interessierten Eddy vorerst nicht. Seine Aufmerksamkeit widmete er nur den beiden Personen.

An sie wollte er heran!

Er schaute weiter. Seine Lippen bewegten sich dabei, ohne dass Worte aus seinem Mund flossen. Er sprach unhörbar mit sich selbst. In seinem Gehirn formulierte er Racheschwüre, setzte finstere Gedanken in lautlose Worte um und wünschte sich unter allen Umständen den Tod dieses verhassten Mitschülers.

Da passierte es.

Plötzlich sah er das Gesicht des Teufels nicht mehr direkt auf dem kleinen Monitor, sondern innerhalb des Flippers, wo es einen roten Fleck bildete, dessen Umrisse ein wenig unscharf waren. Trotzdem konnte er erkennen, dass es sich bei dem roten Fleck nur um das Gesicht des Teufels handelte.

Der Satan hatte seinen Standort gewechselt.

Tief atmete Eddy ein. Er wusste, dass der Höllenfürst Wort gehalten hatte. Nun konnte es nicht mehr lange dauern, bis er zuschlug und Eddy seine Rache vollendete.

Ein satanisches Grinsen spaltete die Lippen des jungen Mannes. Gabi Neumann war im Moment unwichtig, ihn interessierte nur Didier la Grange.

Da explodierte der Flipper!

Kein Laut war zu hören.

Doch gerade diese Lautlosigkeit gab der Szene einen gespenstischen Touch. Die Einzelteile rasten raketenartig nach allen Seiten weg. Wo sich das Gesicht des Teufels befunden hatte, öffnete sich ein gewaltiger Schlund, aus dem ein Sog herausfuhr, Didier la Grange packte und ihn über den Flipper riss.

Eine gelbweiße Feuerlohe strömte aus dem Explosionsloch. Gabi Neumann fuhr entsetzt zurück. Sie musste mit ansehen, wie ihr Begleiter einfach verschwand.

Eddy lachte.

Es war ein irres, triumphierendes Gelächter, das durch den Keller hallte und seinen Körper regelrecht schüttelte. Er hatte gewonnen, denn der Teufel ließ seine Diener nicht im Stich.

Und Gabi?

Plötzlich veränderte sich auch etwas bei ihr. Der einarmige Bandit brach auf. Aus seiner oberen Hälfte schoss ein giftgrüner Arm mit einer geöffneten Klaue, und die packte zielsicher zu. Sie legte sich um den Hals des jungen Mädchens, das sich verzweifelt wehrte, doch gegen diesen Griff nicht ankam.

Der Junge erstarrte.

Seine Augen blitzten. Das hatte er nicht gewollt. Gabi sollte nicht auch noch ein Opfer des Teufels werden. Voller Wut schrie er: »Nein! Sie darf nicht sterben!«

»Das wird sie auch nicht!«

Die Stimme war da. Eddy erschrak. Aus seinem Mund drang ein saugender Atemzug.

Er wirbelte herum, entdeckte jedoch nichts, sondern hörte nur ein Krachen und Splittern.

Hinter ihm war es aufgeklungen, sodass Eddy gezwungen war, sich abermals zu drehen.

Er sah ihn – Didier la Grange!

Aus einem der Killerautomaten wurde er allmählich herausgedrückt. Ein entsetzliches Bild bot sich den Augen des sechzehnjährigen Jungen.

Mit dem Kopf zuerst schob die Höllenkraft Didier la Grange nach draußen. An seinem Kopf war nichts mehr normal. Er sah nicht mehr aus wie am gestrigen Tag. Aus dem Jungen war ein regelrechtes Monstrum geworden.

Eine schwarze, verbrannte Leiche verließ den Apparat. Jetzt waren auch die Arme frei. Sie bekamen das Übergewicht, fielen nach vorn und baumelten weiter.

Eddy hielt den Atem an. Damit hatte er nicht gerechnet. Er schaute auf dieses Wesen, das einmal sein Klassenkamerad gewesen war, schluckte und sah in das Gesicht hinein, das dort zwei helle Punkte aufwies, wo sich die Augen befanden.

Da leuchteten die Augäpfel in einem blassen Weiß. Auch wo sich der Mund befand, gab es ein Loch. Für einen Moment konnte Eddy in die Öffnung hineinblicken, in der es rosarot schimmerte.

Dann fiel der Tote zu Boden.

Der dumpfe Aufschlag erreichte auch den jungen Mann und holte ihn in die Wirklichkeit zurück. Bisher hatte er das alles für einen Traum gehalten. Er wollte sich gegen die Tatsachen wehren. Nun aber musste er einsehen, dass er mitten in der Wirklichkeit steckte. Und nicht nur das. Eddy war sogar der zentrale Punkt.

Das machte ihm Angst.

Mit der Leiche seiner Stiefmutter hatte es begonnen, jetzt war eine zweite hinzugekommen, die er aus dem Weg schaffen musste. Die Probleme wurden größer.

Als Eddy einen Blick auf den Bildschirm warf, da war das Bild verschwunden. Er schaute auf die leere graugrüne Fläche. Auch der Teufel ließ sich nicht blicken. Und gerade jetzt hätte er dessen Rat gebraucht. Zudem fiel ihm Gabi Neumann ein.

Sollte sie das gleiche Schicksal erlitten haben wie Didier la Grange? Wenn ja, dann bereute er es, diesen Pakt mit dem Höllenfürsten eingegangen zu sein.

Es kostete ihn einen innerlichen Ruck, sich in Bewegung zu setzen. Er hatte Angst vor der nahen Zukunft, und er glaubte fest daran, dass er dieses höllische Spiel nicht überblickt hatte. Der Teufel war stärker als er. Eddy musste die Befehle ausführen, die ihm ein anderer gab. Nein, der Gewinner war nicht er, sondern der Satan!

Auf Zehenspitzen ging er. Es war die Furcht, die ihn so handeln ließ. Obwohl er sich in dem Kellerraum nicht verfolgt glaubte, fühlte er sich doch nicht so gut, wie es eigentlich hätte sein sollen.

Nach wenigen Schritten erreichte er den Platz, wo die Leiche lag.

Aus der Nähe betrachtet sah sie noch schrecklicher aus. Eddy schüttelte sich, sein Atem ging stoßweise, und er schielte zu dem Apparat hin, aus dem die Leiche gekommen war.

Da sah er eine Bewegung!

Sie entstand in der Tiefe des Killerautomaten. Da das Gerät nicht eingeschaltet war, blieb auch die Spielfläche im Dunkeln. Doch der helle Fleck ließ sich nicht wegleugnen. Er war da, verdichtete sich, und ein Gesicht kristallisierte sich hervor.

Das Gesicht der Gabi Neumann!

Scharf saugte Eddy Blyton die Luft ein. Schon jetzt sah er, dass ihr nichts passiert war. Gabi war nicht verkohlt und verbrannt wie Didier la Grange, und seine große Angst, die er zuvor noch gespürt hatte, schmolz dahin.

Der Teufel schien doch nicht so schlimm zu sein …

Gabi Neumann kam auf demselben Weg wie ihr Freund. Geheimnisvolle Kräfte drückten sie durch den Automaten. Für Eddy hatte es den Anschein, als wäre ihr Körper überhaupt nicht existent, sondern ein reines Geistwesen, das erst normale Formen annahm, als es so weit vorgekommen war, dass der Junge es mit der Hand berühren konnte.

Er fasste zu.

Zum ersten Mal erfüllte sich für ihn ein Traum. Seine Finger konnten durch ihr blondes Haar gleiten. Er lachte auf, drehte den Kopf und flüsterte: »Satan, ich danke dir …«

Da hörte er das grollende Gelächter. »Ich habe dir doch gesagt, dass ich dir ein guter Partner bin. Bist du zufrieden, mein Freund?«

»Mehr als das. Sie, nur sie allein wollte ich haben. Und La Grange sollte tot sein.«

»Er ist es, verlass dich darauf. Und seine Seele habe ich an mich genommen. Wieder ein Opfer für den Teufel.« Asmodis kicherte. Er schwebte unsichtbar innerhalb des Raums. »Ich werde mir auch noch deine anderen Freunde holen. Als eine kleine Beigabe, nicht wahr?«

Eddy Blyton zuckte zusammen. Für einen winzigen Augenblick stieg so etwas wie Menschlichkeit in ihm auf. Konnte er das überhaupt zulassen? Er kannte seine Klassenkameraden sehr lange. Es gab viele schlechte, aber auch gute.

»Was zögerst du?«, fragte der Teufel. »Überkommt dich etwa das Mitleid?«

»Die anderen haben mir nicht so viel getan. Es war meist dieser verfluchte Didier la Grange.«

»Das interessiert mich nicht, Kleiner. Ich habe dir einen Wunsch erfüllt, und ich erfülle mir jetzt die anderen Wünsche, die deinem folgen. Mit einer Seele gebe ich mich nicht zufrieden. Ich brauche alle, und ich werde sie mir holen!«

»Das war nicht abgemacht«, stotterte der junge Mann, in dem abermals Furcht hochschoss.

»Wir haben nichts abgemacht, das stimmt schon. Von einer Zahl wurde nie gesprochen. Du wolltest deine Rache, Kleiner. Die hast du nun. Auch das Mädchen, obwohl ich dessen Seele gern für mich gehabt hätte.«

»Nein, ich ...«

Der Satan lachte.

»Es war auch nur so dahingesagt. Und jetzt gebe ich dir einige Zeit mit der Kleinen. Ich weiß schließlich genau, was du begehrst.«

Nach diesen Worten kicherte er noch einmal auf, dann wurde es still in dem Raum.

Eddy Blyton stand allein zwischen all seinen Geräten und Computern. Er starrte auf das am Boden liegende Mädchen. Gabi lag auf dem Rücken. Die Augen zeigten einen leeren Ausdruck. Sie schien ohnmächtig zu sein. Deshalb bückte sich der Junge und tätschelte die Wangen seiner Mitschülerin. »He, Gabi, wach auf!«

Sie rührte sich nicht.

Eddy verzog das Gesicht und legte seine Stirn in Falten. Er wollte hier nicht lange sitzen und warten. Er dachte darüber nach, wie man eine Bewusstlose am besten wieder in die Wirklichkeit zurückholte, und da fiel ihm das Wasser ein.

Eddy hetzte aus dem Raum. Es gab hier unten eine Waschküche. Dort befand sich ein Wasseranschluss. Ein kleines Gefäß fand er ebenfalls und füllte es.

Mit dem Wasser kehrte er zurück, wollte es in das Gesicht des Mädchens träufeln, als Gabi ihre Augen aufschlug. Eddys Hand zuckte sofort zurück, und er stellte das Glas ab.

Vor ihr baute er sich auf. Er hatte den Kopf gesenkt und schaute direkt in das Gesicht des jungen Mädchens, denn er wollte jede Reaktion sofort ablesen können.

Sie sah ihn.

Zuerst zwinkerte sie ungläubig mit den Augen, da sie

den Anblick nicht fassen konnte. Dann schluckte sie, öffnete den Mund, wobei sie keinen Laut von sich gab, und erst als der junge Mann kalt lächelte, da richtete sie sich auf und fragte staunend: »Eddy?«

»Ja, ich bin es!«

Gabi Neumann schüttelte den Kopf. Automatisch nahm sie die ausgestreckte rechte Hand des Mitschülers, damit Eddy ihr auf die Füße half. Als sie endlich stand, war sie so schwach, dass sie zur Seite gehen und sich an einen Apparat lehnen musste.

»Geht es dir gut?«, fragte Eddy.

»Ich – ich weiß nicht ...«

»Klar geht es dir gut. Du bist ja bei mir.« Eddy grinste, und seine Augen funkelten, denn er hatte seine begehrlichen Blicke über den Körper des Mädchens wandern lassen.

»Wo – wo ist Didier?«, fragte Gabi.

Eddy Blyton knurrte vor Wut. Ausgerechnet nach diesem verdammten Kerl erkundigte die sich. Das war die Höhe. Sie konnte froh sein, dass sie noch lebte. Schließlich hatte der Teufel auch ihre Seele haben wollen, und jetzt fragte sie nach Didier.

Das war nicht zu fassen.

»In der Hölle!«, kicherte Eddy. »Dein Freund ist beim Teufel. Da gehört er auch hin!« Er lachte irre, sodass Gabi Neumann vor Furcht zurückzuckte, zwei Schritte zur Seite trat und sich deshalb ihr Sichtfeld veränderte.

Sie entdeckte die verkohlte Leiche!

Zuerst sagte sie nichts. Der Schock hatte sie gelähmt. Dann jedoch reagierte sie. Dies geschah wie im Zeitlupentempo. Sie öffnete weit ihre Augen und den Mund und stieß einen unter die Haut gehenden Stöhnlaut daraus hervor. Er drückte all das aus, was sie empfand, was sie fühlte, denn sie hatte den schrecklich zugerichteten Toten an der Kleidung erkannt.

Es war Didier la Grange!

»Nein – nein ...!«, weinte sie. »Das kann doch nicht wahr sein. Er – Er ist tot – o Gott ...« Sie schüttelte sich, die Augen füllten sich mit Tränen, und scharf fuhr sie plötzlich herum. »Du!«, schrie sie Eddy an. »Du hast ihn getötet!«

Eddy lachte nur kalt. »Ich? Aber wieso denn? Ich war doch hier und nicht im MANHATTAN 2000.«

Gabi starrte ihn an. »Nein, du warst nicht dort. Das stimmt. Aber du trägst trotzdem die Schuld an seinem Tod. Ich weiß es, ich weiß es genau. Du hast ihn nicht gemocht. Der Hass in dir ...«

»Na und? Ich bin froh, dass er nicht mehr lebt. So kann ich mich mit dir beschäftigen, Kleine.«

Die junge Deutsche schüttelte den Kopf. »Niemals«, erwiderte sie unter Tränen. »Niemals lasse ich mich mit dir ein. Lieber – lieber ...« Sie holte tief Atem. »Lieber sterbe ich!«

»Glaub nur nicht, dass Sterben so einfach ist«, erwiderte Eddy kalt. »Du kannst mir dankbar sein, denn hätte ich dich nicht gerettet, befände sich deine Seele längst beim Teufel, so wie seine!«

Trotz der Schrecken begann Gabi nachzudenken. Eddy hatte den Begriff Teufel erwähnt. In ihrem Kopf blitzte die Erinnerung auf. Sie sah sich wieder zusammen mit ihrem Freund im Spielsalon stehen. Der Flipper hatte sich verändert. Ein Gesicht war entstanden.

Das Gesicht des Teufels.

Eddy hatte ebenfalls vom Teufel gesprochen. Zufall? Das wollte sie nicht glauben. Zweimal in so kurzer Zeit wurde vom Höllenfürsten geredet?

»Was hast du mit dem Teufel zu tun?«, fragte Gabi und strich über ihr tränennasses Gesicht.

»Ich bin sein Diener.«

»Das kann ich nicht glauben.«

»Doch. Er tut mir jeden Gefallen. Ich brauche nur zu sagen, was ich haben will, dann bekomme ich es.« Eddy warf sich stolz in die Brust. »Ich wollte dich haben und Didier la Grange tot vor mir liegen sehen. Beides ist in Erfüllung gegangen. Gut, nicht?«

»Wahnsinn!«, keuchte Gabi. »Das ist der reine Wahnsinn. Du wirst nie etwas erreichen, wenn du auf die Kräfte des Teufels vertraust.«

»Habe ich dir nicht schon das Gegenteil bewiesen.«

»Ja, aber das alles hat kein gutes Ende. Glaube es mir, die Kräfte des Guten sind stärker, sie müssen es einfach sein.«

»Rede doch keinen Unsinn, Mädchen. Die Hölle gewinnt. Sie gewinnt immer.«

Gabi wusste nicht mehr, was sie erwidern sollte. Dieser junge Mann war einfach nicht zu belehren. Und leider stimmte es, dass die Hölle in diesem Fall gewonnen hatte.

Welch einen Ausweg gab es?

Die Flucht! Ja, es war ihre einzige Chance. Sie musste versuchen, diesen Keller zu verlassen. Aber sie beging einen Fehler, denn sie verriet sich, indem sie zur Tür schaute.

Eddy Blyton hatte sie keine Sekunde aus den Augen gelassen. Und er bemerkte ihren Blick.

»Nein, Puppe, da kommst du nicht raus. Ich habe die Tür abgeschlossen. Und sie wird nur geöffnet, wenn ich es will.« Er senkte seine Stimme, duckte sich und beugte den Kopf vor. »Aber ich will nicht, Kleine. Hörst du? Ich will es nicht. Wir beide bleiben hier. Du glaubst nicht, wie lange ich darauf gewartet habe. Du kannst dir nicht vorstellen, dass ich des Nachts oft mit offenen Augen im Bett gelegen habe und nur von dir träumte. Ich sah dich immer vor mir, wie du es mit diesem Bastard von la Grange getrieben hast. Ihr beide habt …«

»Nein, nein!«, schrie das Mädchen. »So war es ja gar nicht. Du irrst dich. Er hat gar nichts gemacht, weil ich ihn nicht gelassen habe. Ich kannte seinen Ruf. Ich habe nur mit ihm gespielt. Zwischen uns ist nichts gewesen!«

»Wirklich?«

»Ich schwöre es!«

Eddy richtete sich auf. Sein Gesicht rötete sich, die Augen begannen zu glänzen. »Dann habe ich ja noch ein unschuldiges Mädchen vor mir, wie?«

»Was soll das heißen?«

»Ganz einfach, Kleine. Ich liebe unschuldige Mädchen sehr. Aber wenn ich sie erst einmal …«

»Du bist verrückt!«, stieß sie hervor.

Eddy setzte sich in Bewegung. »Klar, ich bin verrückt. Auf dich, Süße. Ich werde mir das nehmen, was du Didier nicht erlaubt hast. Ist das klar?«

»Nein!«

»Wer sollte mich daran hindern?« Eddy kam dem Mädchen immer näher und streckte seine rechte Hand aus. Er hätte Gabi fast berührt, doch sie drehte sich zur Seite, sodass der Junge ins Leere fasste und einen wütenden Knurrlaut ausstieß. »Ich finde es überhaupt nicht nett von dir, dass du dich weigerst. Du weißt anscheinend nicht, auf was du dich da einlässt, Kleine. Hinter mir steht der Teufel, und er erfüllt mir jeden Wunsch. Daran solltest du denken.«

»Lass mich in Ruhe.«

»Nie!«

Im nächsten Augenblick schnappte er zu, und seine Arme waren wie die Greifer eines Baggers.

Gabi hatte keine Chance. Sie wollte zwar noch weg, aber sie rutschte unglücklich aus, sodass Eddy nur vorzuspringen brauchte, um sie zu packen. Eisern hielt er sie fest.

»Lass mich los, verflucht! Du sollst mich loslassen!« Gabi kreischte. Sie schlug nach ihm.

Als schwach konnte man sie nicht bezeichnen. Zudem hatte sie ihre Hände zu Fäusten geballt. Eine Faust traf Eddy auf den Kopf, die zweite hämmerte gegen seine Wange.

Er zuckte zurück.

Schmerzverzerrt war das Gesicht, die Augen funkelten.

Die Gelegenheit nutzte das Mädchen. Es huschte zur Seite und verschwand hinter einem Flipper. Als Gabi an ihm vorbei wollte, um in Richtung Tür zu laufen, stolperte sie über ein Kabel.

Sie riss es zwar noch aus der Steckdose, das war auch alles. Weg kam sie nicht so schnell, da sich das Kabel um ihren Knöchel gewickelt hatte.

In fieberhafter Eile versuchte sie ihren Fuß wieder zu befreien. Sosehr sie sich auch anstrengte, es kostete Zeit.

Und die hatte sie nicht.

Eddy Blyton, obwohl ein wenig korpulent, bewegte sich so flink wie nie zuvor. Plötzlich stand er vor Gabi, die aufschrie, als er zugriff. Diesmal hatte er sie. Er nahm sie in den Schwitzkasten.

Gabi keuchte, würgte und trat um sich. Hören konnte sie noch, und sie vernahm die harten Worte: »Wenn du nicht aufhörst, hier Krawall zu machen, drehe ich dir den Hals um!«

Diese Drohung schockte sie. Gabi erschlaffte in dem Griff.

Eddy schleuderte sie hoch, löste den Griff, packte zu und drückte sie mit der linken Hand auf einen Flipper, während er die Rechte unter ihren Pullover schob.

Gabi trug keinen Büstenhalter.

Eddy wurde angestachelt. Endlich fühlte er das, wovon er immer geträumt hatte, und die Sucht nach diesem Mädchen kam wie eine Explosion über ihn, die ihm den Verstand raubte.

Dass die Warnlampe mehrere Male hintereinander aufblinkte, das merkte er nicht.

Er war viel zu beschäftigt …

»So, da wären wir«, sagte Jack Blyton, als wir unsere Fahrzeuge verlassen hatten.

Suko und ich schauten uns um.

Das Haus war schon älter. Es war aus grauen Steinen errichtet worden, hatte noch hohe Fenster und lag ein wenig versetzt von der Straße. Eine Einfahrt führte auf den Hof, und ich sah über dem grauen Dach die dunklen Äste der entlaubten Bäume ragen.

Zur Haustür führte eine Treppe hoch. Blyton nahm sie mit schnellen Schritten.

Nichts wies auf irgendeine Gefahr hin. Die Umgebung des Hauses war ruhig. Der Verkehr lief normal. Ich konnte keinerlei Anzeichen für etwas Ungewöhnliches feststellen.

Blyton öffnete. Auf der Türschwelle drehte er sich

herum. Sein Lächeln fiel gequält aus. »Treten Sie doch näher, Gentlemen!«

»Danke.« Wir gingen an ihm vorbei.

Zuerst fiel uns die Ruhe auf. Suko flüsterte. »Die Frau scheint noch nicht zurück zu sein.«

Ich nickte nur.

Für meinen Geschmack war der Flur ein wenig zu dunkel. Zwar standen einige Türen auf, doch aus den dahinter liegenden Zimmern fiel wenig Licht.

»Sie ist nicht zu Hause«, sagte Jack Blyton. Er blieb vor uns stehen und hob die Schultern.

Wir beide merkten, dass ihn schwere Sorgen plagten. Deshalb schlug ich ihm vor: »Sie sollten sich vielleicht doch einmal mit der Vermisstenstelle bei der Polizei in Verbindung setzen.«

»Jetzt?«

»Meinetwegen.«

Er schüttelte den Kopf. »Nein, lassen Sie uns erst durch das Haus gehen. Vielleicht finden wir sie.«

»Wo denn?«

»Möglicherweise im Keller. Da ist nämlich etwas, das ich Ihnen vergessen habe zu erzählen. Meine Frau trinkt hin und wieder einen Schluck zu viel.«

Ich begriff. Der Alkohol ist eine ebenso große Sucht wie das Rauschgift. Man kann sich kaum vorstellen, was Ehepartner oder Freunde unter dieser Krankheit des anderen zu leiden haben.

»Hat sie sich denn schon öfter im Keller verkrochen?«, fragte Suko.

»Ja, es ist schon mal passiert.« Blyton wurde sogar rot. »Aber nur, wenn sie getrunken hatte.«

»Das ist klar.«

»Dabei wusste sie danach nicht, wie sie in den Keller gekommen war, wirklich.«

»Am besten wird es sein, wenn wir uns Ihren Keller mal anschauen.«

»Er ist ziemlich groß«, erklärte der Mann auf dem Weg zur Treppe. »Ich habe da noch eine Werkstatt eingerichtet. Einen Großteil der Apparate repariere ich selbst.«

Die Treppe war so breit, dass Suko und der Hausherr nebeneinander gehen konnten. Ich bildete den Schluss und schaute mich immer wieder um.

Wie oft hatten uns unheimliche Fälle in gefährliche Keller geführt. Von einer Gefahr war hier jedoch nichts zu merken. Es war ein völlig normaler Abstieg. Die Wände zeigten die graue Putzfarbe, das Licht war hell genug, und wir konnten uns an einem Geländer festhalten.

Unten sahen wir einen ebenso breiten Gang. Von ihm zweigten mehrere schmalere ab, die alle bis in den letzten Winkel erleuchtet waren.

»Ich habe die Wände herausnehmen lassen und neue Durchgänge geschaffen«, erklärte der Hausherr. »Denn ich brauchte Platz.«

»Und Ihr Sohn?«

»Der hat hier unten ebenfalls seinen Raum.«

»Schläft er hier auch?«, wollte Suko wissen.

»Nein, er experimentiert.« Der Mann deutete in den Gang hinein. »Wir brauchen nur geradeaus zu gehen, dann sind wir da.«

Ich lächelte knapp. »Was hindert uns daran?«

»Nichts.«

Es dauerte nur ein paar Sekunden, bis wir vor der Tür standen. Dass wir dabei einen Kontakt berührt hatten, der gleichzeitig in dem Raum hinter der Tür eine Warnleuchte aufflackern ließ, bemerkten wir nicht.

»Ist er da?«, fragte Suko.

»Ich höre ihn nicht«, sagte Jack Blyton und klopfte gleichzeitig gegen die Tür.

Eine Reaktion ernteten wir nicht. Hinter der Tür blieb es stumm. Blyton hob die Schultern. »Wir scheinen wohl ins Leere gefasst zu haben«, erklärte er.

Ich konnte nicht widersprechen.

Suko aber wollte es genau wissen. Er fasste nach der Klinke, drückte auch gegen die Tür, doch sie rührte sich nicht. »Abgeschlossen«, stellte mein Freund und Kollege fest.

»Fragt sich nur, ob von innen oder außen«, bemerkte ich. »Beides ist möglich.«

»Eddy!«, schrie Jack Blyton. »Wenn du in deinem Raum bist, dann öffne sofort!«

Der Junge, falls er wirklich da war, dachte nicht daran. Es rührte sich überhaupt nichts.

»Das ist doch die Höhe. Sollte der wirklich …?«

Jack Blyton sprach nicht mehr weiter, denn wie auch ich hörte er Sukos Schrei. Mein Freund hatte noch einmal nach der Klinke gefasst und berührte sie kaum, als ihn der Schlag durchfuhr, ein Schrei aus seiner Kehle drang und er zurückgeworfen wurde.

Kalkweiß war er im Gesicht. »Verdammt, John, dieser Hundesohn hat die Klinke unter Strom gesetzt …«

Gabi Neumann wusste, dass sie gegen ihren Klassenkameraden keine Chance hatte. Dieser Eddy hatte sich etwas in den Kopf gesetzt, und er wollte es auch durchführen. Da war es besser, wenn sie sich nicht wehrte.

Und so blieb sie apathisch. Sie dachte nicht an die Gegenwart, sondern an ihr Elternhaus, und sie stellte sich vor, wie es war, als sie als kleines Mädchen durch den Garten gelaufen war oder auf der Schaukel gesessen hatte, angeschubst von ihrem Vater.

Zwischendurch hörte sie das heftige Atmen des Jungen. Er stammelte Worte, die er wohl selbst nicht verstand. Auch Gabi hörte nicht hin, nur verzog sie hin und wieder das Gesicht oder biss sich auf die Lippen.

Sie schaute an ihm vorbei.

Da sah sie die Lampe.

Rot und weiß blinkte sie auf. Dies in regelmäßigen Intervallen. Wie ein Alarmsignal.

Alarm?

Kam vielleicht Hilfe? An diesen Strohhalm klammerte sie sich, und sie flüsterte: »Die Lampe!«

Irgendwie musste Eddy in diesem Augenblick einen lichten Moment gehabt haben, denn er zuckte hoch, drehte den Kopf und stieß einen ächzenden Laut aus. Dann ordnete er blitzschnell seine Kleidung. Er kümmerte sich nicht mehr um das Mädchen, das von dem Flipper rutschte und sich kaum auf den Beinen halten konnte. Schluchzend brach es zusammen. Auf dem Boden blieb Gabi hocken.

Eddy Blyton war ein paar Schritte zur Seite gegangen, da er unbedingt die Lampe unter Kontrolle behalten wollte. Ja, sie blinkte weiter, und dies bewies ihm, dass es kein falscher Alarm gewesen war. Mit ein paar Schritten war er an den Apparaten vorbei, sodass die Sicht zur Tür frei war.

Er hörte plötzlich die Stimme seines Vaters und vertraute fest auf die unter Strom stehende Türklinke.

Dennoch fühlte sich Eddy gestört. Er konnte sich irgendwie nicht so recht konzentrieren. Dass sein Vater zu ihm kommen wollte, hatte ihm bewiesen, dass doch nicht alles so normal gelaufen war, wie er es sich gedacht hatte.

Vielleicht würde Vater sogar die Polizei alarmieren. Schließlich war Eddys Stiefmutter verschwunden, und auch die Explosion in der Spielhalle würde Nachforschungen nach sich ziehen.

Das passte ihm nicht.

Ob der Satan ihm auch dann noch helfen würde? Wenn ja, wie konnte das geschehen?

Er überlegte, ob er Gabi nicht verstecken sollte. Ewig konnte er sich hier nicht einschließen.

Und da hörte er die Stimme.

Der Teufel meldete sich wieder. Diesmal klangen seine Worte warnend. »Sei vorsichtig, mein kleiner Freund. Sie sind dir bereits auf der Spur. Gib Acht.«

Eddy schaute auf den Sichtschirm. Dort sah er wieder die Fratze. Er schluckte. »Wer ist mir auf der Spur? Mein Vater? Das kann er ruhig. Ich werde mit ihm fertig.«

»Nicht nur er allein. Zwei Männer sind bei ihm.«

»Na und?«

»Gefährliche Männer, Junge. Sehr gefährliche sogar. Das kannst du mir glauben.«

»Was soll ich tun?«

»Erst einmal nichts. Überlasse sie mir. Und denke nur daran, dass du eine Geisel hast.«

»Ich will das Mädchen nicht töten!«

»Brauchst du auch nicht. Aber du brauchst es den anderen auch nicht zu sagen. Verstehst du?«

»Ja.« Eddy schaute besorgt zur Tür. Der Teufel hatte sich nicht sehr optimistisch gezeigt, und das wunderte ihn. Ansonsten strotzte er nahezu vor Selbstvertrauen.

»Bleib nur ruhig, Junge. Ich werde dir helfen, denn die beiden Männer sind auch meine Feinde.«

»Wer ist es denn?«, wollte Eddy wissen.

»Der eine heißt John Sinclair. Der andere hört auf den Namen Suko.«

»Kenn ich nicht.«

»Macht nichts. Und jetzt hör genau zu …« Der Satan entwickelte einen teuflischen Plan …

Der Stromschlag hatte Suko schwer mitgenommen.

Ich half meinem Kollegen und musste ihn stützen. Suko starrte mich an. Sein Mund stand offen.

»Alter Junge«, sagte ich, »was hast du?«

Mein Freund verzog das Gesicht. Er wollte sprechen, aber die Worte drangen nicht über seine Lippen. Es war sicherlich der Schock, der Suko in den Krallen hielt.

Ich wandte den Kopf und schaute Jack Blyton scharf an. »Wussten Sie, dass Ihr Sohn die Klinke unter Strom gesetzt hat?«

»Nein, Sir, ich …« Er war so durcheinander, dass ich ihm glaubte, was er sagte.

»Dann ist es gut.« Ich grinste scharf. »Ihr Sohn scheint mir ein besonderes Früchtchen zu sein.«

»Ja, er ist schon seltsam.«

»Geht er auch bis zum Mord?«

Blyton atmete tief ein. »Ich kann mir nicht vorstellen, dass er uns umbringen wollte.«

Ich deutete auf die Klinke. »Wer so etwas macht, ist ein Teufel. Mich würde mal interessieren, welche Geheimnisse er vor der Außenwelt verbergen will.«

»Hinter der Tür sind nur sein Computer und ein paar Spielautomaten«, erklärte mir Blyton.

»Wieso Computer?«

»Eddy ist ein ausgezeichneter Mathematiker, müssen Sie wissen. Da habe ich ihm einen Computer gekauft. Er prüft außerdem mit dem Gerät meine Automaten, die ebenfalls auf elektronischer Basis arbeiten.«

Ich dachte nach. Computer, das war eigentlich das Stichwort. Konnte es sein, dass es Eddy gelungen war, mit seinem Computer die anderen zu manipulieren?

Das war durchaus möglich. Ich traute ihm nach dem Stromanschlag jede Gemeinheit zu.

Ich hörte Suko stöhnen. Mein Partner schüttelte den Kopf und versuchte ein Grinsen. Er hatte sich wieder gefangen. Suko war eben sehr hart im Nehmen.

»Wie geht es dir?«, erkundigte ich mich besorgt.

»Bescheiden. Aber da hat uns doch einer verdammt böse reinlegen wollen«, knurrte er und schaute auf die Klinke.

Ich nickte. »Der kleine Eddy scheint doch nicht so harmlos zu sein.«

»Was tun wir?« Suko schaute mich an und bewegte die Finger seiner Hand. Er wollte wieder Gefühl bekommen.

Ich deutete in Richtung Tür. »Ich glaube kaum, dass die gesamte Tür unter Strom gesetzt worden ist. Wir müssten sie eintreten.« Bei diesen Worten sah ich den Hausbesitzer an.

Er nickte.

»Dann versuchen wir es.«

»Ich bin auch dabei«, erklärte Suko.

Den Hauseigentümer baten wir zur Seite. Wir stellten uns so auf, dass wir einen günstigen Anlauf nehmen konnten.

Dann jagten wir vor, beide zugleich. Mit Tritten musste es zu schaffen sein. Zur gleichen Zeit dröhnten unsere Füße gegen das Holz, und die Tür, sie bestand aus keinem massiven Material, brach.

Da war ein Knirschen und Reißen zu vernehmen. Plötzlich hing sie schief in den Angeln, klemmte noch unten an ihrer Kante, und Suko trat ein zweites Mal zu.

Freie Bahn.

Die Tür wurde nach innen geschleudert, krachte zu Boden und schlug gegen einen elektronischen Gegenstand, den ich als Computer identifizierte.

Ansonsten war der Raum leer.

Auf der Schwelle tauchte auch Jack Blyton auf. Er schaute sich suchend um, während wir in den Kellerraum hineingingen.

»Eddy!«, rief der Mann. »Eddy, wo steckst du?«

Wir erhielten keine Antwort.

Suko drehte sich um. Er bedeutete dem Hauseigner, draußen zu warten. Wahrscheinlich fühlte er das Gleiche wie ich. Irgendwo lauerte eine Gefahr.

Aber wo genau?

Ich atmete durch die Nase ein. Über meinen Rücken kroch eine Gänsehaut. Mit einem Wink gab ich Suko zu verstehen, dass ich den Raum durchsuchen wollte.

Wir teilten uns die Arbeit.

Ich nahm die rechte Hälfte, Suko die linke.

Mir fielen sofort die zahlreichen Automaten auf, die ziemlich dicht beieinander standen. Das waren nicht nur Flipper und Spielautomaten, sondern auch komplizierte elektronische Geräte, die man als Killerautomaten bezeichnete und die gerade von Jugendlichen so geschätzt wurden.

Neben einem blieb ich stehen.

Ich schaute in den Automat hinein. Hinter einem auf dem Sockel stehenden Gewehr begann ein Tunnel, an dessen Ende ich eine helle Wand sah.

Was dort erschien, wenn man den Apparat einschaltete, war nicht zu sehen, aber ich hörte das leise Summen.

Der Automat lief.

Meine Augenbrauen zogen sich zusammen, als ich am Ende ein Bild entdeckte. Erst schimmerte die Fläche leicht grünlich, dann entstand innerhalb dieser Farbe eine rote Wolke, die sich allmählich aufblähte und andere Formen annahm. Die Umrisse eines Gesichts kristallisierten sich heraus.

Der Satan!

Mein besonderer Freund Asmodis starrte mich an. Ja,

so kannte ich ihn mit seinem Dreieckskopf, den beiden aus der Stirn wachsenden Hörnern, dem breiten Maul und dem bösen Grinsen.

Obwohl der Teufel in unzähligen Verkleidungen und Verwandlungen erscheinen konnte, zeigte er sich mir immer in seiner Urform, so, wie ihn auch die Menschen des Mittelalters gesehen oder sich vorgestellt hatten.

»Überrascht, mich hier zu treffen?«, hörte ich seine raue Stimme.

Ich schüttelte den Kopf. »Nein, eigentlich nicht. Deine Fratze war schon auf einigen Bildschirmen zu sehen. Wie kommt es, dass du dich jetzt um Computer kümmerst?«

»Ich nicht, ein anderer hat es getan.«

»Eddy?«

»Ja, der Junge.«

Ich hörte Schritte und sah, dass Suko näher kam. Auch er hatte unseren Dialog vernommen. Schräg neben mir blieb er stehen. Ich gab ihm ein beruhigendes Handzeichen, bevor ich die nächste Frage stellte.

»Was hat der Junge mit dir zu tun, Asmodis?«

Er lachte. »Eigentlich nichts. Aber er spielt gern mit seinen Computern. Und da hat er einige Dinge eingegeben, die ...«

»Welche Dinge?«

»Alle Formeln, die er kannte. Schwarzmagische Formeln. So gelang es ihm, nachdem er viele Möglichkeiten durchgespielt hatte, mich zu beschwören. Er fand die Formel.«

»Und du bist ihm erschienen?«

»Genau.«

»Dann gehorcht er dir.«

»Natürlich, obwohl er mich als seinen Diener haben wollte. Darüber konnte ich nur lachen. Ein Menschenwurm will mich zum Sklaven machen. So etwas gibt es doch nicht.«

»Und was hast du mit ihm vor?«

»Noch Großes, denn wenn ihm die Computer gehorchen, wenn er sie manipulieren kann und dies in meinem Sinne geschieht, gibt mir das eine sehr große Machtfülle.«

Das konnte ich mir vorstellen. Bisher hatte der Satan nur von Eddy gesprochen. Gesehen hatte ich ihn nicht. »Wo steckt denn dein Helfer?«

»Oh, ich habe sie verschwinden lassen.«

»Sie?«

»Ja, den Jungen und das Mädchen. Sie heißt Gabi. Eddy wollte sie schon immer haben, doch ein anderer war schneller. Von ihm siehst du nur noch die verkohlte Leiche.«

»Der Junge aus der Spielhalle?«

»Genau der. Er liegt in der Ecke. Seine Seele habe ich. Es läuft alles nach Plan.«

Ich schüttelte den Kopf. »Nicht ganz, mein Lieber. Du vergisst, dass wir jetzt hier sind. Und wir kennen uns. Es wird eine heiße Auseinandersetzung geben, das verspreche ich dir.«

»Die du verlierst.«

»Du bist sehr sicher, Asmodis. Aber da ist noch etwas. Eddys Vater vermisst seine Frau. Was ist mit ihr geschehen? Hast du sie auch getötet wie den Jungen?«

»Sicher.«

Jack Blyton hatte unser Gespräch gehört. Als er nun wusste, dass seine Frau nicht mehr lebte, da begann er zu schreien. Es war ein Angstschrei, ein Schrei des Schmerzes und der Wut.

»Wo ist sie?«, brüllte er. Wir hörten seine Schritte hinter uns und drehten uns um.

Im Zickzack lief er durch die schmalen Gänge zwischen den Apparaten. Er war so erregt, dass er des Öfteren gegen die Kanten der Apparate stieß, doch das hielt ihn nicht auf.

Da wir ihm entgegenschauten und dem Apparat den Rücken zudrehten, sahen wir nicht, was hinter uns geschah. Dort bewegte sich etwas.

Es war die elektronisch betriebene Schusskanone, mit der man die Gegenstände abräumen konnte, die beim Spiel an der Rückfront des Killerautomaten erschienen.

Und sie bewegte sich lautlos. Eine teuflische Magie zeigte sich dafür verantwortlich.

Schon einmal hatte der Satan bewiesen, wie gut er damit umgehen konnte.

Jetzt versuchte er es abermals.

Wir waren ahnungslos.

Jack Blyton brauchte noch zwei Schritte, dann hatte er uns erreicht. Sein Gesicht war verzerrt. Er schrie nach dem Teufel, verfluchte ihn als Mörder und stockte plötzlich.

»Was ist?«, fragte ich.

»Da, hinter Ihnen!«

Wir kreiselten herum. Noch in der Bewegung erkannte ich das Gewehr, das in diesem Moment zur Ruhe kam.

»Kopf weg!«, schrie ich und ließ mich fallen.

Suko zuckte ebenfalls zur Seite. Er dachte dabei auch an Jack Blyton, trat gegen ihn und brachte ihn durch diesen Tritt aus der Schusslinie.

Im nächsten Augenblick schien das Gewehr vor unseren Augen zu explodieren ...

Ich konnte nicht genau erkennen, was aus der kleinen Mündung hervorschoss, auf jeden Fall glühte es rot, und es sah aus wie ein Flammenbündel.

Haarscharf wischte es über unsere Köpfe hinweg und genau zwischen zwei Automaten, bevor es gegen die Wand schlug und dort einen breiten Brandfleck hinterließ.

Ich kam wieder hoch.

Suko ebenfalls, und er drosch von unten her gegen das seltsame Gewehr, dessen Lauf in die Höhe geschleudert wurde.

Der Satan lachte. »Glück gehabt, Sinclair. Beim nächsten Mal erwische ich euch.«

»Von wegen!« Plötzlich hielt ich die Beretta in der Hand und feuerte auf die Fratze.

Die Kugel jagte aus dem Lauf und traf das widerliche Gesicht des Teufels.

Es zerplatzte.

Eine regelrechte Explosion gab es. Die roten Teile

spritzten nach allen Seiten weg und erinnerten mich an kleine Feuerlohen, die schließlich verglühten.

»Erledigt?«, fragte Suko.

»Glaube ich kaum.«

»Nein, so leicht kann man den Teufel nicht ausschalten, John Sinclair, das solltest du doch wissen!«

Wir flirrten herum.

Den Satan sahen wir nicht. Er hielt sich versteckt. Nur seine Stimme war zu hören.

»Komm, zeig dich!«

Als er meine Stimme hörte, da reagierte er. Plötzlich bewegte sich die Tür.

Wir hatten sie aus den Angeln gewuchtet, doch der Satan stellte sie wieder aufrecht und drückte sie in den Rahmen, noch bevor wir eingreifen konnten.

Das war ein Hammer!

Jack Blyton drehte durch. Er sah seine Felle davonschwimmen und jagte auf die Tür zu.

»Bleiben Sie!«, schrie ich.

Der Mann konnte oder wollte nicht hören. Er rannte in seinen Tod. Die Tür war sicherlich magisch aufgeladen.

Suko dachte ebenso wie ich. Nur stand er etwas günstiger zu Jack Blyton als ich. Der Chinese startete. Er wollte Blyton einholen, doch es befanden sich zu viele Hindernisse im Weg.

Zudem lagen Kabel auf der Erde, die mein Freund überspringen musste, und so kam er zu spät.

Jack Blyton fiel gegen die Tür. Für einen winzigen Augenblick sah es so aus, als würde seine Gestalt durchsichtig. Ein Flimmern legte sich über sie, dann wurde er in die Tür hineingezerrt. Teuflische Kräfte sorgten dafür. Die Höllenmagie von Asmodis hatte ein weiteres Opfer.

Der Mann schrie gellend. Er kam jedoch nicht gegen die Höllenkräfte an.

Blyton wurde eins mit dem Holz.

Sekundenlang sahen wir seinen Körper noch. Die Arme hielt er halb erhoben, die Beine ein wenig gespreizt, dann verlöschte das Bild, und wir erkannten nichts mehr.

Die magische Falle hatte ihn verschlungen.

»O verdammt, musste das sein?«, stöhnte Suko und schaute mich gequält an.

Ich schüttelte den Kopf. Aber ich wollte es wissen. Der Satan konnte viele Fallen stellen, doch auch ich war nicht so wehrlos, wie es den Anschein hatte.

Ich besaß noch mein Kreuz.

Rasch streifte ich die Kette über den Kopf. »Ich werde der Tür mal zu Leibe rücken«, versprach ich finster.

»Sieh dich vor, John.«

»Ja, ja …«

Auf direktem Weg steuerte ich mein Ziel an. Asmodis hatte die Tür zu einer magischen Falle umfunktioniert. Ich war sehr gespannt, wie sie auf mein Kreuz reagierte.

Einen Schritt davor blieb ich stehen.

Das Holz hatte wieder seine ursprüngliche dunkle Farbe angenommen. Keine Umrisse waren innerhalb dieses Materials zu sehen. Jack Blyton blieb verschwunden.

Ich streckte den Arm vor.

Kontakt!

Schwarze und weiße Magie trafen zusammen. Zwei gegensätzliche Pole, die miteinander kämpften.

Wer würde es schaffen?

Ein Zittern lief durch das Holz. Ich hatte das Gefühl, als wollten ungeheuer starke Kräfte die Tür aus den Angeln reißen. Sie zitterte, schlug hin und her, klappte gegen das Futter und glühte für einen Moment dunkelrot auf, bevor sie wieder so wurde, wie es sein musste.

Ich riskierte es und berührte sie mit der Hand.

Völlig normal.

Ich drehte mich zu Suko um. »Okay, wir können den Raum verlassen«, sagte ich.

Suko schaute an mir vorbei. Seine Augen waren geweitet. »Da, John«, flüsterte er. »Sieh doch …«

Es war grauenhaft.

Der Satan bewies seine Unmenschlichkeit. Er hatte sich sein Opfer geholt, aber er gab es an uns zurück.

Aus dem Türfutter drang etwas Schwarzes, Längliches.

Es war die Hand eines Menschen …

Suko und ich vergaßen die Umwelt. Unsere Blicke waren starr auf die Tür gerichtet, wo dieser grauenhafte Vorgang ablief. Die Hölle spie ihr Opfer aus.

Schwarz, verbrannt – tot!

Der Mann, der aus der Tür gedrückt wurde, war kein anderer als Jack Blyton. An der schwarzen, verbrannten Hand konnten wir ihn nicht erkennen, nur an der Kleidung, und wie gebannt schauten wir zu, denn in den nächsten Sekunden erschien auch der restliche Körper.

Nach der Hand folgten der Arm, die Schulter, dann der Kopf. Wo sich einst das Gesicht befunden hatte, war nur noch eine schwarze, mumienhafte Fläche. Haare sahen wir überhaupt keine mehr.

Es war schlimm.

Ich musste schlucken, schielte zu Suko rüber und sah, dass auch mein Freund blass geworden war. Er hob die Schultern, da er sich hilflos fühlte. Suko wusste nicht, was er sagen sollte, während uns die Leiche vor die Füße kippte.

Asmodis hatte wieder einmal bewiesen, zu welch grausamen Taten er fähig war.

Die Hölle nahm keine Rücksicht auf Menschenleben.

Wir standen da und konnten nichts tun. Dem armen Kerl war nicht mehr zu helfen.

Auf unseren Gesichtern perlte der Schweiß. Er rann mir in die Augen. Ich wischte ihn weg und drehte mich zur Seite. Meine Haltung wirkte hölzern, das Grauen hatte voll zugeschlagen. Vor unseren Augen war ein Mensch vernichtet worden.

Es ist nicht einfach, darüber hinwegzukommen. Und von dem Jungen hatten wir noch immer nichts gesehen.

Mit einem dumpfen Aufprall fiel der Tote zu Boden und blieb liegen.

»Das ist die zweite Leiche«, flüsterte Suko, wobei er den Kopf schüttelte. »Die andere liegt dort hinten.«

Ich drehte mich um. Im selben Augenblick erklang ein Summen. Auch der Computer vor mir wurde eingestellt. Auf dem Sichtschirm flackerte es, und einen Atemzug später sahen wir das Gesicht des Teufels.

»Ich werde mit dem Computer spielen«, flüsterte die schreckliche Visage und kicherte. »Ich habe ihn manipuliert. Er wird mir allein gehorchen, alle anderen Geräte ebenfalls. Ich bin der Teufel, John Sinclair, und ich verwandle diesen Raum in eine Hölle. Gebt genau Acht, ihr beiden. Es kann losgehen!«

Eine Erklärung für die folgenden Ereignisse hatten wir nicht. Es war einfach die schwarze Magie, die der Satan steuerte und für seine Zwecke einsetzte.

Jemand hatte sich der modernsten Technik bedient, um eine Beschwörung durchzuführen, jetzt schlugen die Kräfte der schwarzen Magie voll zurück. Mir gingen in diesen Stunden zahlreiche Gedanken durch den Kopf. Ich dachte daran, dass der Horror nicht begrenzt war. Auch unsere Gegner bedienten sich der modernsten Technik und spannten sie für ihre Ziele ein, wobei die Ziele dieselben blieben.

Die Unterjochung der Menschheit!

Ein auf den Teufel programmierter Computer. So etwas hatten wir noch nicht erlebt.

Ein Rattern schreckte mich hoch. Einer der einarmigen Banditen lief von allein. Da drehte sich die Walze, der Hebel an seiner rechten Seite bewegte sich ebenfalls, und die zwei anderen Apparate fielen fast gleichzeitig mit ein.

Auch die Killerautomaten blieben nicht stumm. Wir hörten das hohle Pfeifen, wenn irgendwelche Gegenstände über den Schirm wischten, krachende Abschüsse folgten. Die Gewehre drehten sich, unsichtbare Finger betätigten die Drücker, das Licht begann zu flackern und auf den Schirmen entstand ein wirres, buntes Farbenspiel aus Kreisen, Vierecken und Linien.

Der Teufel hatte sich zurückgezogen. Jedenfalls war seine Visage auf dem Monitor nicht mehr zu sehen, aber dass er noch in dem Raum war, war uns klar.

Ich hielt meine Beretta in der rechten Hand. Auch das Kreuz befand sich außerhalb meiner Kleidung. Es konnte einen guten Schutz bieten.

Suko war zur Seite gegangen. Wie ich beobachtete er die Apparate. Aus jedem dieser Dinger konnte eine teuflische Gefahr auf uns zukommen, der wir kaum etwas entgegenzusetzen hatten, weil sie einfach zu schnell war.

Ein Fauchen erklang.

Der Killerautomat schoss. Das Flammenbündel raste auf mich zu. Ich hechtete mich zur Seite, und das Ding verfehlte mich.

Ich blieb auf dem Boden.

»Achtung John. Ich gehe von der anderen Seite ran!«, vernahm ich Sukos Stimme.

»All right.«

Auf Händen und Füßen bewegte ich mich voran. Bunte Lichtblitze bedeckten meinen Körper in zuckenden Intervallen. Dann sah ich einen der Walzenautomaten.

Er flog in die Luft.

Eine ungeheure Kraft drückte ihn auseinander. Die einzelnen Stücke verteilten sich raketenartig im Raum. Es waren scharfe Gegenstände darunter, die einem Menschen schwere Verletzungen zufügen konnten. Ich drückte mich so flach wie möglich auf den Boden und wartete ab.

Getroffen wurde ich nicht.

Aber es ging weiter. Aus den Resten des Apparates erschien eine grüne Klaue.

Ich feuerte. Die Silberkugel hieb genau in die Hand, die abgeschlagen wurde, als hätte jemand mit einer Machete dagegen gehauen.

Als verkohltes Stück fiel sie zu Boden.

In der Nähe ratterte ein Flipper. Dann hörte ich Schüsse. Suko hatte gefeuert. Die Echos schwangen noch durch den Raum, als wir beide das Heulen vernahmen. Etwas sirrte überlaut. Ich riskierte einen Blick, schaute nach links und sah, wie sich eines dieser elektronischen Gewehre im Kreis bewegte und Feuerbündel verschoss.

Schnell tauchte ich wieder nach unten.

Der Horror hatte noch kein Ende. Der Flipper bewies mir, welch eine teuflische Kraft in ihm steckte.

Er explodierte.

Als dies geschah, riss ich in einer instinktiven Bewegung beide Arme hoch und schützte mein Gesicht. Gleichzeitig warf ich mich nach hinten und rollte herum.

Die Feuersäule fauchte über mich hinweg.

In der Spielhalle hatte ich den Horror nicht selbst miterlebt, sondern kannte ihn nur aus Erzählungen. So ähnlich wie hier musste es gewesen sein.

Den Gluthauch spürte ich noch, einen Splitterregen ebenfalls, dann war das Schreckliche vorbei.

Ich nahm die Hände wieder herunter und sah ihn.

Das musste Eddy sein.

Ein veränderter Mensch. Ein Computer-Mensch, der innerhalb der Automatenreste stand und auf mich wirkte wie eine skurrile Comicfigur. Er hatte zwar seine menschliche Gestalt behalten, doch sie erinnerte mich an ein lichterfülltes Raster.

Der junge Mann schien keine Knochen zu haben. In seinem Körper glühte es dunkelrot. Die Umrisse traten scharf und deutlich hervor. Der Kopf bestand aus einer durchsichtigen Masse, erinnerte mich an ein Fenster, nur sah ich hinter der Stirn kein Gehirn mehr.

Rädchen, Schaltungen, Mikroelemente! Und das Gesicht des Satans, das hindurchschimmerte.

Aus Eddy war ein lebender Computer, ein Roboter oder Kunstmensch geworden.

Ich feuerte.

Die Kugel jaulte auf, als sie gegen die Gestalt wuchtete, doch sie konnte sie nicht zerstören, sondern prallte ab und zischte als Querschläger weg.

Eddy verließ den Automat. Er rollte mit den Augen. Sein Gesicht wirkte seltsam bleich. Die kleinen Lampen strahlten von innen dagegen. Dadurch erschien mir die Haut sehr durchsichtig.

Er kam auf mich zu.

Noch einmal feuerte ich. Diesmal hatte ich auf seine Stirn gezielt, errang allerdings auch hier keinen Erfolg. Als plattgedrückter Querschläger jagte die Kugel davon.

Mir wurde es klamm ums Herz.

Wie sollte ich ihn stoppen?

Suko konnte sich um seinen Freund John Sinclair nicht kümmern, denn die mit teuflischer Magie gefüllte Elektronik zog auch ihn in seinen Bann. Neben, vor und hinter ihm ratterten die Apparate. Sie stießen ein Summen, Pfeifen oder hohes Singen aus. Dazwischen ertönte ein Krachen, wenn irgendwelche Flugzeuge auf den Sichtschirmen explodierten.

Hinter einem Flipper fand Suko Deckung. Er hatte schon geschossen, sein Freund John Sinclair ebenfalls. Beide jedoch ohne Erfolg.

Vor sich sah Suko die dunklen Leitungen. Mit einem Ruck riss er sie aus der Steckdose.

Es war nur eine vage Hoffnung gewesen, die sich zudem nicht erfüllte. Er konnte die Apparate nicht stoppen, obwohl er die Stromzufuhr unterbrochen hatte.

Sie liefen weiter.

Ratterten, schossen, sangen, heulten und jaulten.

Gewehre verschossen Flammenbündel, und Suko musste Acht geben, dass er nicht getroffen wurde. Oft genug presste er sich an den Boden, der vibrierte, weil sich die Schallwellen der eingeschalteten Apparate übertrugen.

Dann hörte er das Weinen.

Suko warf sich herum. Seine Augen wurden groß, als er einen Automat erkannte, der an der Wand hing und sich auf schreckliche Art und Weise verändert hatte.

Sein Hebel war zum Arm geworden. Wie ein grüner, dicker Wurm ragte er aus dem Automat, hatte sich gekrümmt, und diese Krümmung umfasste den Hals eines jungen blondhaarigen Mädchens.

Noch konnte sie weinen. Im nächsten Moment wurde ihr die Luft so hart abgepresst, dass sie keinen Ton mehr hervorbrachte.

Suko brauchte nicht lange zu raten, wen er vor sich hatte. Das musste das Mädchen namens Gabi sein, die junge Deutsche, die Eddy für sich hatte haben wollen.

Er hatte sie bekommen und genommen, denn die Kleidung des Mädchens war zum Teil zerrissen. Besonders der Rock bestand nur noch aus Fetzen. Die

Beine schimmerten durch. Suko konnte blaue Flecken und Kratzstellen erkennen.

Sein Gesicht vereiste. Zorn auf diesen Kerl schoss in ihm hoch, während er gleichzeitig die Beretta in die linke Hand wechselte und die ausgefahrene Dämonenpeitsche in die rechte nahm.

Er musste Gabi helfen.

Wer dieses Monster war, das aus dem Apparat kroch, interessierte ihn nicht. Auf keinen Fall durfte er es zulassen, dass es die junge Deutsche tötete.

In den Augen des Mädchens stand die Angst. Zusätzlich ein stummes Flehen, das Suko galt.

Er sprang.

Mit der Peitsche schlug er nicht zu. Suko hatte es sich im letzten Augenblick anders überlegt. Dafür nahm er die Beretta und presste die Mündung gegen den grünen, schuppigen Arm des Monsters. Dann drückte er ab.

Gabi erschrak, als sie den Schuss hörte. Suko hatte so gezielt, dass die Kugel schräg in den Arm fuhr, und zwar weg von der Geisel.

Der Arm zuckte.

Er peitschte dabei herum, gab die Kehle der jungen Deutschen frei, und Suko fing das Mädchen gedankenschnell auf, als es zu Boden sackte. Sofort zog er es aus der unmittelbaren Gefahrenzone.

Das Monster starb.

Suko sah das Gesicht, das zu ihm gehörte. Hinter der Scheibe schimmerte etwas Dickes, Grünes. Ein widerlicher Kopf, flach und irgendwie hirnlos. Ohne Augen, Mund oder Nase, irgendein dämonischer Diener des Teufels, der verging, als die Magie der geweihten Silberkugel ihn voll traf.

Der Arm wurde dunkel und faulte allmählich ab. In größeren Brocken fiel er zu Boden.

Gabi war nicht fähig, überhaupt ein Wort zu reden. Sie besaß auch nicht die Kraft, Suko zu unterstützen. Apathisch ließ sie sich in Richtung Tür ziehen, wobei ihre Hacken über den Boden schleiften und Spuren hinterließen.

War die Tür noch magisch geladen?
Suko wusste es nicht. Ihm war nur klar, dass er mit der Geretteten nicht im Raum bleiben konnte.
Lichtblitze umgaben ihn.
Die Gewehre schossen noch immer. Zum Glück lagen diese Feuerzungen zu hoch, und Suko hütete sich, mit dem Kopf zu sehr in ihre Nähe zu geraten.
Er befand sich mit der jungen Deutschen etwa drei Schritte von der Tür entfernt, als er Eddy sah.
Und auch John Sinclair.
Suko stoppte, denn zwischen beiden bahnte sich ein entscheidender Kampf an …

Ich konnte Eddy Blyton nicht mehr als einen Menschen ansehen. Er war in meinen Augen ein computerbesessener Teufel, denn all das, mit dem er immer experimentiert hatte, erwies sich nun als Bumerang. Der Computer hatte in Zusammenarbeit mit dem Teufel voll die Kontrolle übernommen.
Dass der Satan in ihm steckte, konnte ich sehr gut erkennen. Asmodis' Gesicht schimmerte in Brusthöhe des jungen, veränderten Mannes. Die rote Fratze leuchtete durch die Kleidung, und sie sprach auch mit mir. Doch zuvor lachte sie mich aus.
Dieses Lachen hörte sich siegessicher an. Asmodis hatte sich wieder gefangen, das kriegte ich in diesen Augenblicken zu hören. Schwer waren seine Niederlagen gewesen. Er hatte lange Zeit Wunden geleckt, nun machte er sich auf den Weg, um bei anderen neue Wunden zu schlagen.
Und Eddy war sein Opfer.
Wieder einmal wurde mir die Dummheit der Menschen bestätigt. Wie konnte ein Sterblicher nur annehmen, dass die Hölle auf ihn hören würde? Das gab es nicht, nein, der Teufel hatte seine eigenen Methoden, um die Menschen in seine Gewalt zu bekommen.
Danach zwang er ihnen seinen Willen auf.
Wie bei Eddy Blyton.

Gegen Kugeln war er gefeit, aber würde er auch meinem Kreuz widerstehen?

Ich probierte es. Zuerst lockte ich ihn. »Komm her!«, zischte ich. »Los, näher ran, ich werde dich …«

Da griff er an.

In seinem Kopf explodierte etwas, ein heller Strahl drang aus der Stirn und zielte auf mein Gesicht.

Blitzschnell riss ich das Kreuz in die Höhe. Die Bewegung war kaum mit den Augen zu verfolgen und ich hatte unwahrscheinliches Glück, dass der Strahl nicht mich, sondern das Kreuz traf. Aufgesaugt wurde er nicht, sondern reflektiert.

Er zischte zurück.

Und zwar mit voller Wucht.

Eddy wurde getroffen. In sein Gesicht hieb die magische Lanze und drang in den Kopf.

Was sich dort plötzlich abspielte, war sagenhaft. Die teuflische Programmierung geriet durcheinander. Schaltstellen wurden im Schädel zerstört, farbige Lichtexplosionen tanzten auf seinem Kopf, und plötzlich fuhren Blitze aus seinen gespreizten Fingern.

Sie trafen allerdings nicht mich, sondern die Apparate, die verteilt im Raum standen.

Wie Keulenschläge hieben sie hinein. Sie zerstörten deren mechanische Seelen, hieben auch die dämonische Macht entzwei, die in diesen Werken der Technik steckte. Und obwohl ich nicht getroffen wurde, bekam ich es mit der Angst zu tun.

Wir mussten weg.

Jetzt erst, als ich mich umgedreht hatte, erkannte ich Suko und ein blondhaariges Mädchen. Der Chinese hatte die Kleine auf seine Arme genommen.

Mit mir zusammen hetzten sie zur Tür, die ich rasch aufriss und über die Schwelle hinweg in den Gang taumelte.

Zum Glück war die Tür frei von magischen Energien. Die tobten sich innerhalb des Raumes aus.

Als Suko mit seiner Last ebenfalls den Gang betreten hatte, hämmerte ich mit einem Fußtritt die Tür zu.

Krachend fiel sie ins Schloss, und ein Donnern hörten wir aus dem Raum.

Es war nicht das einzige Geräusch.

Innerhalb dieses Zimmers gab es ein regelrechtes Inferno. Wir sahen nichts, aber wir hörten es.

Geräusche, die man nicht deuten konnte. Als würden Hunderte von Dämonen noch einmal schreien, bevor sie untergingen.

Und einen besonderen Schrei vernahmen wir auch.

Den Todesschrei!

Eddy Blyton, derjenige, der alles angezettelt hatte, starb einen qualvollen Tod. Mein Kreuz, das die gefährlichen Strahlen zurückgeworfen hatte, trug indirekt die Schuld daran.

Wir hörten Eddy brüllen.

Es war infernalisch. Keine noch so dicke Mauer konnte das Echo zurückhalten.

Bleich waren unsere Gesichter. Nur die junge Deutsche stand teilnahmslos neben uns. Sie weinte nicht einmal. Der Schock war zu groß für sie.

Das Schreien endete nicht abrupt. Es verklang allmählich, wurde zu einem schrillen, pfeifenden Geräusch, nahm an Lautstärke ab, verwandelte sich in ein Heulen und mündete schließlich in ein wimmerndes Geräusch, bevor es völlig verstummte.

Suko und ich warteten noch. Wir schauten uns an. Nach einigen Sekunden nickte mein Partner in Richtung Tür. »Sollen wir mal nachschauen, John?«

Ich war einverstanden.

Vorsichtig öffneten wir. Kaum stand die Tür spaltbreit offen, als uns schon der graue Qualm entgegenwallte. Ich zog sie ganz auf und schaute zusammen mit Suko auf ein Trümmerfeld.

Kein einziger Apparat war heil geblieben. Sie waren ineinander gefallen und zum Teil geschmolzen. Sie bildeten ein stinkendes, rauchendes Chaos.

Träge wallte der graue Qualm darüber. Es war ein Bild der Vernichtung und der Zerstörung. Von Eddy Blyton konnten wir nichts mehr erkennen. Der junge Mann, der die Hölle herausgefordert hatte, war ebenfalls mit untergegangen. Nur den Teufel hatten wir nicht vernichten können.

Wir hörten sein Lachen. Danach seine Stimme. »Gewonnen habe ich trotzdem, Geisterjäger, denn es war ein gutes Experiment. Zwar nicht vollkommen, aber was nicht ist, kann noch werden – oder?«

Dann wurde es still.

Auch wir gingen. Gabi Neumann nahmen wir mit. Sie hatte das Grauen als Einzige überstanden …

Auch Louise Blyton wurde gefunden. Arbeiter entdeckten sie Tage später beim Reinigen des Schachts.

So hatten die Mitglieder der Familie Blyton die teuflischen Experimente ihres Sohnes mit dem Leben bezahlen müssen. Als der Raum im Keller durchsucht wurde, fanden die Experten keine Leichen mehr. Weder von Jack Blyton noch von Didier la Grange war etwas zu sehen.

Seinen Eltern den Tod des Sohnes mitzuteilen wollte Sir Powell übernehmen. Dafür war ich ihm dankbar. Gabi Neumann hatten wir in einem Krankenhaus untergebracht. Nach ihrer Genesung wollte sie wieder zurück in die Heimat.

Ein sehr verständlicher Wunsch, wie ich meine …

Der Schädelthron

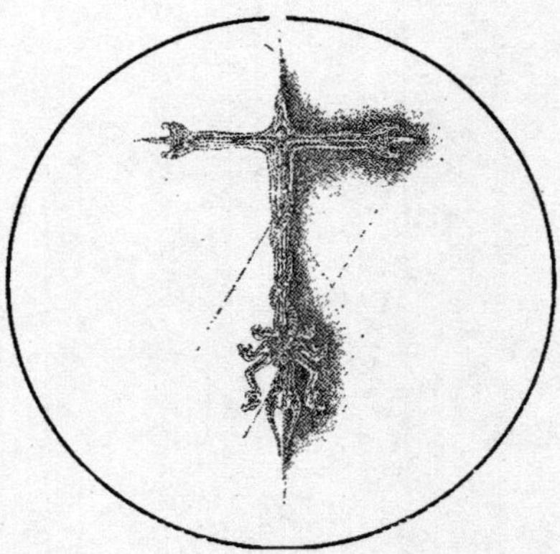

Das Feuer leuchtete in einem düsteren Rot und erinnerte an das Auge eines unheimlichen Zyklopen. Der Schein war der einzige Orientierungspunkt in der grauschwarzen Nacht, die wie eine in die Unendlichkeit hineinragende Decke über dem Hochland der Anden lag.

Keine Wolke bedeckte den Himmel. Die lagen tiefer, wo sich Täler und enge Schluchten im gegenseitigen Wechsel ablösten.

Das Hochland schwieg. Es verbarg seine zahlreichen Geheimnisse wie eine Schatzkammer. Steil aufragende, mit Schnee bedeckte Bergspitzen hoben sich als stumme Wächter ab.

Niemand sollte den Frieden und die Stille dieser grandiosen Bergwelt stören. Sie sollte tot aussehen, verlassen, leer und öde.

Und doch gab es Leben in dieser wilden Urzeit-Gegend. Wenn die Nacht den Tag ablöste, dann waren es scheue Tiere, die sich aus ihren Verstecken wagten und auf Beutezug gingen. Anderes Leben konnte in dieser Höhe kaum existieren. Die wenigen Menschen zogen es vor, ihre Hütten in den Tälern zu bauen, damit sie hinaufschauen konnten zu den majestätisch hoch ragenden Bergen.

Und doch gab es Gestalten in dieser Bergwelt, die selbst den Tieren der Nacht Angst einjagten und sie vertrieben. Als gewaltige, düstere Schatten segelten sie über unendlich tiefe Schluchten, Gipfel und Bergrücken. Getrieben von einer nie abreißenden Unruhe, waren sie auf der Jagd nach Blut.

Die roten Vampire!

Uralte Geschöpfe. Vor kurzer Zeit erst erweckt, um in der Dunkelheit Angst und Schrecken zu verbreiten. Angeführt wurden sie von einem grauenhaften Monster, das sich Vampiro-del-mar nannte. Ein Wesen, das bereits existiert hatte, als die Erde noch in den Kinderschuhen steckte.

Wie in jeder Nacht, so waren die roten Vampire auch in dieser wieder unterwegs. Diesmal jedoch hatten sie einen triftigen Grund. Feinde waren erschienen. Todfeinde.

Und so wachten sie, lagen auf der Lauer, um die anderen Monster zu erledigen, wenn die sich in die Nähe dieser Riesenfledermäuse wagen sollten.

Lange hatten die anderen gesucht und waren endlich fündig geworden, denn sie wollten den Kampf nicht noch länger ausdehnen. Einmal musste es eine Entscheidung geben.

Unangefochten und unbeobachtet hatten sie es geschafft, in die Nähe der roten Vampire zu gelangen. Sie nahmen die Wege durch die tiefen Täler und Schluchten, hielten sich eng an den Felswänden und verschmolzen mit deren Schatten.

Hin und wieder war ein seltsames Klatschen zu hören. Immer dann, wenn der Wind eingeschlafen war und sich die Wesen aus eigener Kraft voranbewegen mussten.

Die geheimnisvolle Infiltration gelang. Die Feinde der roten Vampire näherten sich unaufhaltsam dem Versteck. Keiner hatte sie bisher gesehen, aber sie hatten die roten Vampire längst entdeckt.

Scharf waren ihre Blicke. Scharf und klar, obwohl sie eigentlich nicht sehen konnten, denn in ihren beinernen Skelettschädeln hatten sie keine Augen.

Aber die Wesen waren auch nicht normal. Man konnte sie keinesfalls mit menschlichen Maßstäben messen, sie gehörten ebenfalls einer Kategorie von gefährlichen Dämonen an, die schon seit Jahrtausenden existierten.

Es waren die Strigen!

Unheimliche Tiere. Satanseulen genannt. So groß wie der ausgestreckte Arm eines Menschen. Sie hatten ein graues, manchmal auch bräunliches Gefieder und einen bleich und beinern schimmernden Totenschädel mit einem ebenso gekrümmten, hellen Schnabel, der wie ein Messer aus dem Kopf ragte.

Die Strigen war gefährlich. Sie standen den roten Vampiren in nichts nach, und auch sie ernährten sich vom Blut anderer Lebewesen. Dabei war es ihnen egal, ob es sich um Menschen oder um Tiere handelte. Sie brauchten nur den roten Lebenssaft, um weiterhin existieren zu können.

Seit Urzeiten waren sie die Feinde der roten Vampire. Hätten sie sich verbündet, wären die Menschen sicherlich die Leidtragenden gewesen, so aber bekämpften sie sich, denn eine Art wollte die andere unbedingt vernichten.

Die Strigen hatten herausgefunden, wo sich die roten Vampire aufhielten. Das war vor allen Dingen ihrem Anführer, der Rieseneule Strigus, zu verdanken, der seit langer Zeit wieder die Spur der roten Vampire aufgenommen hatte.

Bevor die roten Vampire nicht vernichtet waren, gab es für die Satanseulen kein anderes Ziel. Aber es war sehr schwer, diese grauenhaften Biester zu töten.

Sie waren nicht allein. Angeführt wurden sie von Vampiro-del-mar, dem Vampir aus der Urzeit. Und der arbeitete eng mit Lady X, der jetzigen Führerin der Mordliga zusammen, die den Würfel des Unheils besaß und damit Dinge ins Rollen bringen konnte, die für die Strigen unter Umständen tödlich wurden.

Deshalb hatte Strigus den Befehl erteilt, die roten Vampire so rasch wie möglich zu vernichten.

Die Strigen befanden sich auf dem Weg.

Zwanzig waren es insgesamt. Zwei mal zehn blutgierige Monster, die sich zu einem Vernichtungsfeldzug zusammengefunden hatten, um den roten Vampiren den Garaus zu machen.

Geschickt verhielten sie sich. Sie wurden nicht entdeckt, nutzten jeden Schatten aus, und der war in dieser Nacht mehr als dunkel. Man konnte die Farbe als tiefschwarz bezeichnen.

Sie hatten sich getrennt. Im Formationsflug wären sie aufgefallen, so blieben immer vier zusammen, die sich keilförmig voranbewegten. Abermals tauchten sie in eine Schlucht ein, aus deren Grund ein gewaltiges Rauschen ertönte.

Gletscherwasser hatte seinen Weg vom Gipfel der Berge in die Schlucht gefunden. Es schäumte wild und wütend über die herumliegenden Steine und Felsbrocken, um irgendwo in einen unterirdischen See zu münden, den kein Mensch je gesehen hatte.

Die Strigen hatten es nicht mehr weit, und das spürten sie genau. Jeder Dämon besitzt eine gewisse Ausstrahlung. Sie ist wie ein Hauch, der ihn umgibt. Ein Hauch, der auch von anderen schwarzmagischen Geschöpfen geortet werden kann.

Die Strigen merkten etwas.

Es war die Vierergruppe, die die Führung übernommen hatte. Wie auf ein abgesprochenes Kommando hin beschleunigten sie ihren Flug und stiegen gleichzeitig in die Höhe.

Dabei nahmen sie eine andere Formation ein. Eine Satanseule flog vor und die drei anderen blieben in Keilform dahinter.

Sie jagten die Schlucht hoch. Dicht an einer Wand hielten sie sich, die an ihnen vorbeihuschte.

Über den hohen Rändern der Schlucht spannte sich der dunkelgraue Himmel. Und dort, anscheinend direkt darunter, hob sich ein Schatten ab.

Der rote Vampir!

Wie ein einsamer Wächter stand er am Himmel. Er bot ein unheimliches, drohendes Bild, wie er seine Flügel ausgebreitet hatte, den Aufwind ausnutzte und in der Luft zu stehen schien.

Er ahnte nichts.

Noch nichts …

Die Strigen beschleunigten. Ihre Flügel bewegten sich jetzt schneller. Gespenstisch leuchteten ihre bleichen Totenschädel. Scharf wie frisch geschliffene Messer stachen die Schädel vor. Sie waren bereit, die an Leder erinnernden Häute der roten Vampire gnadenlos zu zerfetzen.

Die Riesenfledermaus hielt Wache. Ihre roten Augen leuchteten wie winzige Blutperlen, die in der Luft an langen, unsichtbaren Fäden zu hängen schienen.

Noch hatte der Vampir nichts bemerkt. Das allerdings änderte sich sehr schnell, als die vier Strigen aus der Schlucht herausschossen und Kurs auf ihr Opfer nahmen.

Plötzlich zuckte der Vampir herum. Nur ein kurzes Schlagen mit den Flügeln war erforderlich. Er senkte seinen kleinen Schädel, riss das Maul auf und präsentierte seine hellen Reißzähne.

Sie standen vor wie kleine Dolche und waren darauf geeicht, in die Haut der Menschen zu hacken.

Die Strigen aber reagierten wie die Piloten einer Kunstflugstaffel.

Sie fächerten auseinander, denn nun konnten sie den Riesenvampir in die Zange nehmen.

Und sie hatten noch einen Vorteil.

Sie waren schneller!

Es dauerte nur Sekunden, da hatten sie den Vampir eingekreist. Die Riesenfledermaus wusste, dass sie kämpfen musste. Sie schleuderte ihren Gegnern ein wildes Fauchen entgegen, stierte auf die Eule, die plötzlich vor ihr in der Luft stand, und konnte deshalb nicht auf die anderen drei achten, die von der Seite her kamen.

Die griffen an.

Hautnah wischten sie über die ausgebreiteten Flügel des Riesenvampirs hinweg. Dabei senkten sie gedankenschnell ihre beinernen Schädel und hackten mit den Schnäbeln zu.

Scharf wie Rasiermesser waren sie und fuhren in die Haut, wo sie lange, tiefe Schlitze hinterließen. Die Verletzungen waren so schwer, dass sich der rote Vampir davon nicht mehr erholte. Er schüttelte sich regelrecht und im nächsten Augenblick fiel von seinen Flügeln die Hälfte ab.

Wie Stücke aus Lederhaut segelten sie in die Tiefe und verschwanden in der Schlucht.

Der rote Vampir war kampfunfähig. Noch konnte er sich halten. Nur für Sekunden, denn die vierte Eule hackte zu.

Sie traf sein Gesicht.

Plötzlich war zwischen den Flügel-Fragmenten nur noch ein Loch mit faserigen Rändern zu sehen. Alles andere existierte nicht mehr. Die Riesenfledermaus war vernichtet.

Wie ein Stein fiel sie in die Tiefe. Noch auf dem Weg zum Grund der Schlucht verendete sie lautlos.

Die Strigen hatten gewonnen. Wenigstens bei dieser einen Fledermaus. Aber sie war bestimmt nicht allein, weitere Artgenossen würden sich ebenfalls in den menschenleeren Gegenden aufhalten. Die tiefen Schluchten und versteckten Täler boten genügend Unterschlupfmöglichkeiten. Die Strigen aber wollten viel mehr als nur die Vernichtung des Vampirs. Sie und die Riesenfledermäuse waren Todfeinde. Der Kampf, der vor langen Jahrtausenden begonnen hatte, wurde nun fortgesetzt. Solange beide Parteien existierten, würden sie sich immer bekämpfen.

Von einem zweiten Vampir konnten die Strigen nichts entdecken. Sicherlich hielt er sich zu gut versteckt. Auch die anderen Riesenfledermäuse hüteten sich, den Strigen zu nahe zu kommen. Sie waren zwar stärker, aber in diesem Gebirge konnten die Satanseulen ihre Geschicklichkeit besser ausspielen.

Sie ließen sich zurückfallen.

Wie Steine sackten die vier Strigen in die Tiefe und aus ihren Mäulern drang ein schauriges Heulen, das wie ein geisterhaftes Echo durch die Schlucht hallte und von den Wänden reflektiert wurde.

Siegesheulen ...

Sie sammelten sich.

Aus dem Dunkel tauchten die anderen sechzehn Satanseulen auf. Sie hatten das siegreiche Heulen vernommen, gesellten sich zu den vier Artgenossen und nahmen sofort eine geschlossene Formation ein. Beim nächsten Angriff wollten sie mit geballter Macht vorgehen.

An ihrem Sammelpunkt fühlten sie sich sicher, denn die Schlucht war sehr eng. Den roten Vampiren würde es mit ihren ausgebreiteten Schwingen kaum gelingen, den Boden zu erreichen.

Und dann schossen sie in die Höhe. Sie wirkten in der Düsternis wie ein huschender, gefährlicher Schatten, ein finsterer Streifen, der in die Nacht hineinjagte.

Wo sich Vampiro-del-mar aufhielt, das war ihnen bekannt. In einer Höhle hatten sich Lady X, Xorron und er zurückgezogen. Bewacht wurde dieses Versteck von den roten Vampiren, die ihre Kreise in der Nähe zogen und keinen an das Versteck heranließen.

Über der Schlucht wurden die zwanzig Satanseulen vom Wind gepackt. Er zerrte an ihnen, das graue, alt wirkende Gefieder dieser Wesen wurde aufgeplustert. Fahl leuchteten die Schädel und die Sinne dieser untoten Wesen waren streng auf ihr Ziel ausgerichtet.

Sie mussten in das Versteck!

Unter ihnen lagen die tiefen Spalten und Schluchten. In der Ferne glitzerte das Eis der Gletscher. Es verbreitete einen bläulichen Schein und auf dieser dicken Schicht schienen Tausende von Diamanten zu sein.

Über ihnen aber schwebten die Gestalten der roten Vampire. Sie hatten gespürt, dass der Feind in ihre Nähe kam, und sie waren bereit, sich auf einen gnadenlosen Kampf mit ihm einzulassen.

Noch lauerten sie, denn das alles gehörte zum Plan. Sie wollten die Strigen möglichst nahe an ihr Versteck herankommen lassen, um dann zuzuschlagen. Das hatte ihnen Lady X eingeschärft.

Am Höhleneingang lauerte Vampiro-del-mar. Ein unheimliches Monster. Mit einem menschlich wirkenden Körper, einem zerstörten Gesicht, das mit eitrigen Geschwüren und Pusteln bedeckt war und in dem ein Auge nur noch als Fetzen in der Höhle hing.

Der Uralt-Vampir steckte voller Hass. Solange die Satanseulen nicht vernichtet waren, würde er keine Ruhe finden. Er dachte gleichzeitig auch realistisch, weil er die Gefährlichkeit der Strigen kannte, und für ihn gab es nur eine Chance, die Eulen überhaupt loszuwerden. Er musste ihren Anführer in die Klauen bekommen.

Das war Strigus!

Der jedoch hielt sich vornehm zurück. Er zeigte sich nur selten, ansonsten überließ er alles seinen Dienern.

Vampiro-del-mar hörte hinter sich Schritte. Ohne sich umzuwenden, wusste er genau, wer sich seinem Rücken näherte.

Es war Lady X!

Sie ging mit den geschmeidigen Bewegungen eines Raubtiers. Das bleiche Gesicht mit dem breiten Mund war zu einer Maske erstarrt, nur die dunklen Augen lebten. Lady X hatte die Herrschaft der Mordliga übernommen, seit Dr. Tod nicht mehr existierte, und sie war im Besitz eines Gegenstandes, der für sie wertvoller war als alles andere auf der Welt.

Der Würfel des Unheils!

Auch jetzt hielt sie ihn mit beiden Händen umklammert, als sie sich neben Vampiro-del-mar im Höhleneingang aufbaute.

»Sie kommen«, sagte der Uralt-Vampir.

Lady X nickte. »Ich weiß.«

Vampiro-del-mar zuckte zusammen. »Mehr sagst du nicht dazu?«

»Nein, wieso?«

Der Blutsauger fuhr herum. »Sie wollen die roten Vampire töten. Sie sind darauf aus, uns zu vernichten.«

»Das schaffen sie nicht.«

»Wie kannst du es so …?«

»Hör auf zu greinen!«, fuhr die ehemalige Terroristin den Vampir an. »Wenn ich sage, sie schaffen es nicht, dann stimmt das. Hast du verstanden?«

»Aber wie sollen wir …?«

Lady X lachte leise. »Keine Bange, ich habe bereits meine Vorkehrungen getroffen.«

»Du?«

»Ja.«

»Davon hast du mir nichts gesagt!«, zischte Vampiro-del-mar.

»Das brauche ich auch nicht. Schließlich gebe ich hier die Befehle, nicht du.«

Das hatte gesessen und es riss gleichzeitig wieder eine tiefe Wunde bei Vampiro-del-mar auf. Er nannte sich der Kaiser der Vampire. Er war das Wesen, das die Blutsauger anführen wollte, doch die Scott hatte ihm einen Strich durch die Rechnung gemacht. Nach Morassos Ende hatte sie die Führung der Mordliga übernommen und dem entstellten Vampir-Monster war nichts anderes übrig geblieben, als sich zähneknirschend unterzuordnen, denn Lady X besaß die besseren Karten.

Wie Lupina, die Königin der Wölfe, träumte sie von einer Allianz der Vampire unter ihrer Führung. Fast wäre sie diesem Wunsch schon ein kleines Stück näher gekommen, denn in den Karpaten hatte sich Lady X ein Schloss ausgesucht, das einem alten Baron gehörte, der ebenfalls zu den Blutsaugern gehörte.

Die Sache hatte nicht geklappt. John Sinclair, Suko und Marek, der Pfähler, hatten ihnen einen Strich durch die Rechnung gemacht. Allerdings hatte Marek dabei seine Frau verloren. Sie war ebenfalls durch einen Biss zum Vampir geworden und hatte getötet werden müssen. Aber Rumänien gefiel Lady X. Und sie hatte dieses Land nicht aus den Augen gelassen. Wenn sie als der Nachfolger des Blutgrafen Dracula anerkannt wurde, war das vorzüglich, und es wären all ihre Träume in Erfüllung gegangen. Noch lag das Ziel in weiter Ferne, aber Lady X arbeitete darauf hin.

Und da galt es, Schwierigkeiten aus dem Weg zu räumen. Wie eben diese Strigen.

»Willst du sie erschießen?«, fragte Vampiro-del-mar und meinte damit die Waffe, die Lady X immer bei sich trug. Es war eine Maschinenpistole.

An sich nichts Ungewöhnliches. Aber es war Lady X gelungen, in den Besitz von geweihten Silberkugeln zu gelangen, mit denen das Magazin gefüllt war. Nur war die Anzahl der Kugeln begrenzt und sie schoss damit nur in Notfällen.

Natürlich konnte Lady X die Magazine auch wechseln. Sie schoss ebenso gut mit normalen Kugeln und die besorgte ihr Logan Costello, der Mafiaboss von London.

Früher hatte er für Dr. Tod gearbeitet. Nun musste er auf die Kommandos der Scott hören, was ihm überhaupt nicht passte.

»Ich habe dich etwas gefragt!« Vampiro-del-mar hakte nach, weil er keine Antwort erhalten hatte.

»Nein, ich werde keine Munition verschwenden!«

»Wie willst du sie dann stoppen?«

»Lass das nur meine Sorge sein.«

»Und Strigus?«

»Ihn erledigen wir auch«, erwiderte die Scott knapp.

»Wie willst du denn an ihn herankommen?«

»Wieso ich?« Die ehemalige Terroristin tat sehr erstaunt.

»Er ist doch unser Feind.«

»Klar, das weiß ich, aber er ist auch der Feind eines anderen.« Als Vampiro-del-mar darauf nichts sagte, entschloss sich Lady X, den Namen zu nennen. »Strigus ist nicht nur unser Feind«, wiederholte sie, »sondern auch der eines gewissen John Sinclair!«

Jetzt war es heraus und der Uralt-Vampir zuckte zusammen, als hätte ihn jemand geschlagen. »Sinclair!«, knurrte er. »Verdammt, was hast du mit ihm zu tun?«

»Eigentlich nichts und trotzdem alles.«

»Sag es!«

Da lachte die Vampirin. »Ich habe ihm eine kleine Botschaft hinterlassen. Er wird sie aufnehmen und sich auf den Weg machen. Und wir werden erfahren, wohin er sich begibt.«

»Das kann ich nicht glauben.«

»Doch, du wirst es sehen.«

Der Uralt-Vampir war von dieser Eröffnung so überrascht, dass sich seine gewaltigen Pranken öffneten und schlossen, wobei er zusätzlich noch den schrecklichen Schädel schüttelte. »Aber wie willst du es anstellen, dass du immer weißt, wo John Sinclair …?«

»Ich halte ihn unter Kontrolle, keine Bange. Und ich gebe ihm den Hinweis, dem er nur zu folgen braucht.«

»Wohin führt er?«

»Zur Geburtsstätte der Strigen.«

»Das ist weit von hier weg.«

»Sicherlich. Ein Land, das jedoch in der Nähe seiner Heimatstadt London liegt. Die Menschen nennen es Norwegen. Dorthin wird sich der Geisterjäger begeben und da erfährt er mehr über die Geburtsstätte von

Strigus. Ich sage dir, er wird ihn finden und er wird ihn …«

»Vernichten?«

Lady X lächelte. »Das kann ich dir nicht sagen. Falls es Sinclair nicht gelingt, werden wir eingreifen. Aber wie ich ihn kenne, nimmt er uns die Arbeit ab.«

»Das begreife, wer will«, erwiderte der Uralt-Vampir sehr menschlich. »Glaubst du denn, dass er für uns arbeitet? Er, der Geisterjäger?«

Lady X nickte. »Sicher. Es wird ihm überhaupt nichts anderes übrig bleiben.«

Zwischen dem blutsaugenden Monster und Lady X gab es so eine Art Hassliebe. Manchmal wünschte der schrecklich anzusehende Vampiro-del-mar die Scott in die tiefste Hölle, dann wiederum bewunderte er sie. Wie in diesen Augenblicken, wo sie kühl und lässig blieb. Sie hatte sich von dem Schock in den Karpaten glänzend erholt und sogar noch Zeit gehabt, einen neuen Plan zu schmieden.

Das unterschied sie eben von Vampiro-del-mar, der nur die reine Gewalt kannte. Bei Lady X kamen zu dieser Sucht nach Gewalt noch Heimtücke und Hinterlist.

»Da sind sie!«, sagte die Scott leise.

Auch Vampiro-del-mar schaute. Er sah seine roten Vampire, aber plötzlich schossen die kleineren Schatten herbei.

Die Satanseulen waren da.

»Nun lass sie kämpfen«, flüsterte Lady X heiser, wobei sie sich an Vampiro-del-mar vorbeischob und den Würfel noch stärker festhielt. Ihrem Gesicht war nichts anzusehen, aber sie dachte intensiv nach …

Am Fenster des großen Wohnraums hatten sich Bill Conolly und ich aufgebaut. Suko, mein anderer Freund, lauerte an der Eingangstür. Von dort konnte er durch das kleine Fenster in den langen Vorgarten schauen und ihn wenigstens zu einem Teil überblicken, weil der Reporter die Lampen eingeschaltet hatte.

An der Rückseite, wo der Pool und die Terrasse lagen, leuchteten die runden Gartenlampen ebenfalls wie gelbe Glotzaugen.

Es herrschte ein scheußliches, nasskaltes Wetter. Wir konnten froh sein, im Haus zu sitzen. Aus den tiefen Wolken fiel ein Gemisch aus Regen und Schnee. Der Wind hatte aufgefrischt und schleuderte das Zeug gegen die Scheiben.

Sheila Conolly und ihr Sohn Johnny hatten sich zurückgezogen. Sie warteten im Kinderzimmer, gut bewacht von Nadine Berger, der Wölfin.

Wir alle erhofften Besuch. Und zwar von Vampiren!

Gesehen hatten wir sie nicht, wir mussten uns da auf Zeugenaussagen verlassen und die waren glaubwürdig, denn die Blutsauger hatte Sheila Conolly entdeckt.

Eine gewaltige Fledermaus hatte im Garten gehockt und starrte zum Haus hin. Sheila war zu Tode erschrocken, alarmierte ihren Mann, der in seinem Arbeitszimmer über einem Bericht hockte, und Bill hatte nichts Eiligeres zu tun, als Suko und mich anzurufen.

Noch am späten Abend waren wir losgefahren und lauerten nun auf den Blutsauger.

»Sheila hat sich nicht getäuscht«, sagte Bill in die Stille.

»Wie kommst du denn darauf?«, fragte ich.

»Weil wir nichts von dem Blutsauger gesehen haben.«

Ich hob die Schultern. »Vielleicht taucht er um Mitternacht auf. Ist ja möglich.«

»Sicher.«

Ich setzte mich auf den kleinen Hocker, der dicht neben mir stand, und grübelte. Bill sah es mir an und er fragte: »Worüber denkst du nach, John?«

»Über den Vampir.«

»Sheila hat ihn bestimmt gesehen.«

»Der Meinung bin ich auch. Es muss einer der roten Vampire gewesen sein. Aber weshalb hockt er sich in euren Garten, Bill? Das verstehe ich nicht.«

Der Reporter schüttelte den Kopf. »Ich auch nicht, aber grundlos bestimmt nicht.«

»Das nehme ich an. Er muss doch wissen, dass es

Selbstmord ist, wenn er sich zu dicht in unsere Nähe begibt. Deshalb begreife ich sein Tun nicht.«

»Vielleicht will er das«, meinte Bill.

Ich schaute ihn an, sah von seinem Gesicht aber nur einen hellen Fleck. »Selbstmord?«

»Kannst du dir nicht vorstellen, wie?«

»Nein, denn er muss wissen, dass wir schon zahlreiche seiner Artgenossen erledigt haben. Wenn er wirklich hier auftaucht, steckt etwas anderes dahinter, Bill.«

»Und was?«

»Das weiß ich eben nicht.«

»Dann warten wir.« Bill drehte während der Worte den Kopf, weil er Schritte gehört hatte.

Sheila kam. Sie blieb im Dunkeln an der Tür stehen. Das Licht ließ sie ausgeschaltet. »Habt ihr schon etwas gesehen?«, fragte sie. Ihre Stimme zitterte.

»Nein.« Bill gab die Antwort. »Was ist mit Johnny?«

»Er schläft.«

Der Reporter holte tief Atem. »Wie kannst du …?«

»Nadine ist bei ihm.«

Bill Conolly war beruhigt. Sheila trat auf uns zu. Eine Silhouette in der Dunkelheit. Neben ihrem Mann blieb sie stehen und legte eine Hand auf seine Schulter. Bill streichelte sie, während Sheila sagte: »Ich habe Angst.«

»Das brauchst du nicht, meine Kleine.«

»Doch, aber diese Bedrohung. Man weiß nicht, was auf einen zukommt. Das macht mich fertig.«

»Wir schaffen es schon. John und Suko passen auf. Da kann nichts schief gehen.«

»Was haben wir denn damit zu tun?«, fragte Sheila nach einer längeren Pause. »Weshalb werden wir von den Mächten der Finsternis immer aufs Korn genommen?«

»Wir hängen nun mal mit drin«, bemerkte Bill. »Und ein Ausweichen gibt es nicht. Wenn wir fliehen, würden uns die Dämonen überall finden, glaub mir, Darling.«

»Da hast du wahrscheinlich Recht. Ich denke dabei weniger an uns als an den Kleinen. Der ist so hilflos. Und dass Dämonen vor Kindern nicht Halt machen, haben wir ja erlebt.«

Da sprach Sheila ein wahres Wort. Doch Johnny hatte einen Schutz. Nadine Berger war bei ihm. Die Wölfin würde ihr eigenes Leben hergeben, um ihn vor Schaden zu bewahren.

»Vielleicht ist er ja verschwunden«, sagte ich und wollte Sheila beruhigen.

»Nur das nicht, John. Da sehe ich uns jede Nacht hier sitzen und warten.«

»Da hast du Recht.« Ich schaute auf meine Uhr. Es waren noch zehn Minuten bis Mitternacht. Eigentlich die Zeit für Vampire, doch leider hatte sich der Blutsauger nicht blicken lassen.

So mussten wir warten.

Ich wollte zu Suko, bat Bill, die Stellung zu halten, und machte mich auf den Weg.

Mein chinesischer Freund und Kollege lehnte neben der Eingangstür. Die Gardine des kleinen Fensters hatte er in die Höhe geschoben, um einen besseren Blick zu haben. Er drehte kurz den Kopf, als er mich sah.

»Und?«, fragte ich.

»Leer wie das Portemonnaie eines Beamten kurz vor der Gehaltszahlung.«

»Meines ist immer leer«, erwiderte ich. »Wer am vierten noch Geld hat, ist geizig.«

»Wenn ich Junggeselle wäre wie du, dann …«

»Wieso? Shao ist doch mit dir nicht verheiratet.«

»Nein, aber …«

Wir hörten beide den Pfiff. Bill Conolly hatte ihn ausgestoßen. Es war das Zeichen. Ich nickte Suko kurz zu – er sollte weiterhin die Stellung halten – und ging zum Wohnraum.

Ein Schatten huschte plötzlich um meine Beine. Es war die Wölfin Nadine. Sie rieb ihr Fell an meinen Waden und wollte gestreichelt werden. Mit allen zehn Fingern fuhr ich durch ihr Fell, schaute in ihr Gesicht und sah darin dieselben Augen, die Nadine schon als Mensch gehabt hatte.

Es gab mir einen Stich und ich verfluchte abermals die Umstände, die es ermöglicht hatten, dass Nadine zu einer

Wölfin geworden war. Ein hartes Schicksal hatte die ehemalige Filmschauspielerin getroffen, wobei ich mich oft fragte, ob dieses Schicksal nun endgültig war. Oder gab es eine Rückkehr?

»John!« Bills Stimme klang drängend.

Ich ließ Nadine los und beeilte mich. Der Reporter hatte seinen Standort nicht verlassen. Weiterhin hielt er sich am Fenster auf, um in den Garten zu schauen.

»Hast du sie gesehen?«, fragte ich.

»Nein, aber Nadine hat geknurrt.«

»Das ist ein gutes Zeichen.«

Bill drehte sich um. Er schaute in das Zimmer hinein. »Sheila ist wieder zu Johnny gegangen.«

Das war mir auch am liebsten. Sollte es hier tatsächlich einen Kampf geben, wollte ich die beiden aus der unmittelbaren Schusslinie haben. Die Sekunden tropften dahin. Wir starrten in den Garten, in dem die Lampen mit den runden Köpfen ihr fahles Licht abgaben, durch dessen Schein die langen Schleier aus Schneeregen fielen.

Die Conollys hatten auch einen Tannenbaum aufgestellt. Allerdings brannten die elektrischen Kerzen nicht.

Plötzlich huschte Nadine zur Tür. Wir hatten es nicht gehört, denn sie konnte sich lautlos bewegen. Erst als sich ihr Körper von der Glasfront abhob, da entdeckten wir sie.

Nadine hatte sich gestreckt und ihren Kopf witternd in die Höhe gehoben. Sie stand in einer lauernden Haltung, die Schnauze halb offen, die Zunge hing ein Stück hervor und wir vernahmen knurrende Laute.

»Er ist da«, sagte Bill. Er zog seine Beretta und atmete tief durch.

»Siehst du ihn?«, fragte ich.

»Nein, aber …«

»Sei ruhig!«, zischte ich.

Bill schwieg eingeschüchtert, schaute mich fast vorwurfsvoll an und ich deutete in den Garten hinein.

»Da, nicht weit von eurem Tannenbaum, etwas schräg dahinter.«

Ich hatte ihn gesehen. Nicht als fliegendes Monster,

sondern als bereits gelandetes. Ein seltsam skurriles Gebilde hob sich vom Untergrund ab. Es war noch dunkler als der Boden.

»Ja, das ist er!«, flüsterte der Reporter.

Ich rief nach Suko und gab ihm Bescheid. Er sollte weiterhin an der Tür bleiben, vielleicht kam von der Vorderseite auch noch eine Riesenfledermaus, wir würden uns auf jeden Fall um das Biest im Garten genauer kümmern.

Bill hebelte die Tür auf. Dies geschah lautlos. Wir hofften jedenfalls, dass uns das Tier nicht bemerkte. Zudem hatten wir uns im toten Winkel aufgebaut.

»Jetzt!«, zischte ich, gab Bill einen Schlag in den Rücken und ließ ihm den Vortritt.

Er huschte aus dem Raum. Ich folgte ihm auf dem Fuß und schon klatschten die Regenschleier in unsere Gesichter. Lange Fäden, die nie abzureißen schienen, peitschten vom Himmel. Der Schneeregen biss auf meiner Haut, im Nu war ich nass, doch das interessierte mich im Augenblick nicht, die Fledermaus war wichtiger.

Kaum hatten wir das Haus verlassen, als die Bestie schon reagierte. Sie breitete die Schwingen aus und stieg, noch bevor wir etwas unternehmen konnten, in die Luft.

»Verdammt, die verschwindet!«, schrie Bill, blieb stehen und hob den Arm mit der Beretta.

Auch ich zielte, doch beide brauchten wir nicht einzugreifen. Das besorgte ein anderer.

Wir hatten sie nicht gesehen und auch nicht mehr an sie gedacht, aber sie war plötzlich da und huschte als schattenhaftes Wesen an uns vorbei.

Es war Nadine.

Die Wölfin konnte keiner von uns halten. Sie reagierte auch nicht auf Zuruf, sondern kannte nur ein Ziel: die Vernichtung des Riesenvampirs.

Und sie war pfeilschnell. Als sich die Riesenfledermaus vom Boden erhob, da befand sich Nadine, die Wölfin, näher bei ihr als wir.

Sie stieß sich ab.

Der Körper wurde hochgewuchtet. Er schien immer länger zu werden, als sich Nadine in der Luft streckte und noch einmal ein Kraftstrom durch ihren geschmeidigen Körper zu jagen schien.

Das Tier schnappte zu.

Und Nadine hatte das Glück des Tüchtigen. Der rote Vampir hatte seine Schwingen genau in demselben Augenblick nach unten geschlagen, sodass die Distanz für Nadine günstig war.

Sie bekam den Flügel zwischen ihre Zähne.

Das Gebiss war kräftig. Was es einmal zwischen den Zähnen hatte, das ließ es nicht mehr los, und Nadine riss den Vampir tatsächlich zu Boden. Bill wollte hinspringen und schießen. Ich aber hielt ihn zurück. Dieser Kampf ging nur die beiden etwas an. Nadine brauchte ein Erfolgserlebnis. Wenn sie es wirklich nicht schaffte, konnten wir immer noch mit einer schnell geschossenen Kugel eingreifen.

So aber beobachteten wir nur.

Die Wölfin hatte den Riesenvampir tatsächlich zu Boden gerissen und hielt ihn fest. Zwar versuchte die Fledermaus sich zu befreien, sie schlug mit dem einen Flügel und fauchte wie verrückt, aber Nadine wuchtete sich auf diese Bestie und sah zu, dass sie den Körper weiterhin gegen die Erde drücken konnte.

Den Flügel hatte sie losgelassen. Nadine drehte sich auf dem dunklen Körper, sie trampelte, fauchte, knurrte und hackte mit ihren Zähnen zu, wobei sie Fetzen aus der lederartigen Haut der Bestie riss und sie fortschleuderte.

Es war ein faszinierender Kampf.

Auch die Wölfin kriegte etwas ab. Wenn die Fledermaus einen Flügel freibekam, schlug sie damit zu. Sie hämmerte gegen den Körper der Wölfin und es sah jedes Mal so aus, als würde sich ein dunkles Tuch über Nadines Körper ausbreiten.

Die Wölfin kämpfte.

Uns schwangen schaurige Laute entgegen. Mal schrie der blutige Vampir, dann fauchte die Wölfin.

Keiner wollte nachgeben.

»Ob sie es schafft?« Bill war skeptisch und ging noch einen Schritt näher heran.

Ich blieb stehen. Der Regen peitschte auf uns nieder. Die Tropfen sammelten sich zu Bahnen und rannen über mein Gesicht. Längst hielten die Augenbrauen das Wasser nicht mehr ab. Meine Hände schafften es nicht mehr, das Zeug aus dem Gesicht zu wischen.

Packte Nadine es?

Ein fürchterlicher Schrei. Fast schon menschlich zu nennen. Schrill und nervenzerfetzend.

Nadine hatte ihn nicht ausgestoßen, sondern die Fledermaus. Schon bald sahen wir den Grund. Der Wölfin war es gelungen, sich mit ihren Zähnen im Hals der Fledermaus zu verbeißen. Das Ziel war zwar sehr klein, die Bestie hatte so gut wie keinen Hals, aber die Wölfin schaffte es trotzdem. Sie riss den Vampir noch von sich weg, schüttelte ihn durch und biss den kleinen, widerlichen Kopf mit den nadelspitzen Zähnen einfach ab.

Das war das Ende des roten Vampirs. Kaum hatten sich Kopf und Körper getrennt, als der Schrei verstummte, die angebissenen Schwingen noch ein paar Mal zuckten, bevor sie auf dem Boden liegen blieben und allmählich zu Staub wurden.

Das Abreißen des Kopfes hat die gleiche Wirkung wie ein Treffer mit der Silberkugel.

Der Vampir verendete.

Und wir schauten zu. Während des Kampfes waren die beiden Gegner in die unmittelbare Nähe einer der Gartenlampen geraten.

Der Lichtschein reichte aus, um erkennen zu können, dass wir es tatsächlich mit einem roten Vampir zu tun hatten. Bevor sich die Farbe veränderte und dabei zu einem stumpfen Grau wurde, nahmen wir den letzten rötlichen Farbschimmer auf.

Der Schneeregen prasselte nicht nur auf die Gartenerde nieder, sondern spülte auch die Reste des Blutsaugers weg. Das Zeug wurde von dem Wasser erfasst und gurgelte davon.

»Der landet im Gully«, sagte Bill und schüttelte sich.

Nadine trottete herbei.

Bevor sie uns erreichte, spie sie die Reste des Schädels aus, der noch zwischen ihren Zähnen steckte. Es waren bleiche Knochen, ein paar Zähne des Vampirgebisses, die allmählich grau wurden und schließlich auch zerfielen.

Das also war das Ende.

»Geschafft«, sagte Bill, wollte lächeln, das jedoch gefror ihm auf den Lippen, denn beide vernahmen wir Sukos Stimme.

»Vorsicht, da ist noch einer, Freunde!«

Der Chinese stand in der offenen Terrassentür. Wir sahen ihn, als wir uns umgedreht hatten.

Diesmal konnte Nadine nicht eingreifen, denn der gewaltige Schatten segelte vom Bungalowdach herbei und stürzte dann wie ein Stein auf Bill Conolly zu …

Die Strigen jagten heran wie ein Sturmwind. Unheimlich, gefährlich, durch nichts zu stoppen.

Auch nicht durch die roten Vampire, die sich ihnen sofort entgegenstellten.

Bevor sie allerdings in den Pulk der Satanseulen hineinstoßen konnten, fächerten diese geschickt auseinander, denn sie wollten die Blutsauger in die Zange nehmen.

Eine Eule erwischte es trotzdem. Sie war nicht schnell genug, eine der Greifklauen der Blutvampire packte die Flügel und die Strige wurde halb zerrissen zu Boden geschmettert.

Sie blieb nicht weit von Vampiro-del-mar und Lady X liegen. Noch war sie nicht zerstört, aber der Uralt-Vampir konnte es nicht mehr mit ansehen.

Er sprang vor, riss die Eule hoch und fetzte sie auseinander. Zuletzt zertrat er den Schädel, wobei er wütende Schreie ausstieß.

»Reiß dich zusammen!«, fauchte die Scott wütend. »Schau lieber zu, was deine tollen Diener anstellen!«

Vampiro-del-mar richtete den Blick nach vorn. Gern gab er es nicht zu, doch es blieb ihm nichts anderes übrig. Seinen Blutsaugern ging es nicht gerade besonders. Sie waren zwar so gut wie unbesiegbar, wenn sie einmal einen Gegner gepackt hielten, nur mussten sie ihn erst mal haben, und das war bei den Strigen gar nicht so einfach.

Diese Satanseulen konnten sich sehr schnell bewegen und auch ebenso schnell angreifen.

Das bekamen die roten Vampire zu spüren.

Wie kleine, lebende Raketen stürzten sich die Strigen den Riesenvampiren entgegen. Man konnte sie schon als Kamikaze-Flieger unter den Dämonen bezeichnen.

Trotz ihrer Größe und ihrer Gefährlichkeit hatten die roten Vampire einen großen Nachteil. Sie waren nicht flink genug für die Strigen. Diesen gelang es immer wieder, Lücken zu finden, in die sie hineinstoßen konnten. Manchmal huschten sie unter den sich bewegenden Flügeln hinweg, um gedankenschnell in die Höhe zu starten und zuzubeißen. Ihre Schnäbel waren wie Messer. Sie rissen den Blutsaugern tiefe Wunden, schlitzten die Haut auf und zerteilten sie. Mehr als zwei Vampire trudelten zu Boden, ohne dass eine weitere Strige ihr dämonisches Leben ausgehaucht hätte.

Vampiro-del-mar aber zitterte vor Wut. Er musste mit ansehen, wie seine Diener vernichtet wurden.

Und das ließ ihm keine Ruhe. »Ich werde selbst mit eingreifen«, keuchte er und bewegte sich, doch ein Zuruf der Lady X stoppte das Monster.

»Nein, es hat keinen Sinn. Du würdest es nicht schaffen. Sie sind auch für dich zu schnell.«

»Soll ich zusehen, wie sie unsere Diener vernichten?«

Die Scott verzog nur lässig die Mundwinkel, während sie dem Luftkampf zuschaute und sich weiter auf das Schreien und Fauchen konzentrierte. »Wenn Diener oder Helfer so schwach wie deine sind, dann sind sie nicht würdig, so genannt zu werden«, gab die ehemalige Terroristin kalt zurück.

»Du willst ihrer Vernichtung also tatsächlich zusehen?«

»Nicht ganz.«

»Dann greif endlich ein!«

Die Scott lächelte nur und interessierte sich weiterhin nur für den Kampf.

Eine Strige hatte es erwischt. Sie stieß einen Laut aus, der eine Mischung aus Kreischen und Heulen war. Dabei flatterte sie wild mit den Flügeln, verlor Gefieder und klatschte auf den Fels, wo sie sich noch zweimal überrollte, bevor sie still liegen blieb.

Dann starb ein Vampir.

In mehreren Teilen kippte er nach unten. Jetzt hatten die Strigen schon vier dieser gefährlichen Blutsauger umgebracht. Und es würden immer mehr werden, das stand fest.

Der Kampf ging weiter.

Die Strigen gewannen die Oberhand. Sie kannten keinen Pardon, der Hass war nicht vergessen und sie trieben die roten Vampire auseinander.

Es blieben zumeist zwei bei den großen Fledermäusen, um sie von verschiedenen Seiten angreifen zu können. Auch wenn sie durch Flügelschläge getroffen wurden, erholten sich die Strigen schnell und griffen erneut an.

Sogar auf Vampiro-del-mar und Lady X schossen sie zu. Vor dem Uralt-Vampir tauchten sie auf. Ihre Schädel erschienen in all ihrer Hässlichkeit dicht vor Vampiro-del-mar, dessen Klauen vorschnellten und sich in der Satanseule verkrallten.

Mit einer Hand hielt er sie fest.

Wie Hämmer waren die Schläge. Vampiro-del-mar tobte seine Wut an der gefangenen Strige aus. Er riss dieses Wesen in Stücke und schleuderte es fort.

Plötzlich griff Lady X ein. Sie hatte bewusst so lange gewartet, weil sie sehen wollte, wie sich die roten Vampire schlugen. Nun bahnte sich die absolute Niederlage an und sie war gezwungen, etwas zu unternehmen.

Nicht umsonst besaß sie den Würfel des Unheils. Und der ließ sich von seinem Besitzer manipulieren.

Lady X konzentrierte sich. Dr. Tod hatte damals mit dem Würfel den Todesnebel produziert, diese unheimliche Waffe, die den Menschen die Haut von den Knochen löste und sie als Skelette herumlaufen ließ.

Die gleiche Wirkung musste der Nebel auch auf Dämonen haben. Innerhalb des Würfels bewegte sich etwas. Da wallten Schlieren, es entstanden Wolken und sie blieben nicht nur hinter den Wänden, sondern breiteten sich aus und verließen sie.

Der Nebel fand seinen Weg, wurde wolkig ausgestoßen und fächerte im Nu aus.

»Verschwinde du in der Höhle!«, befahl Lady X, die selbst gegen den Todesnebel immun war.

Träge und doch zielstrebig zogen die weißlichen Wolken den Riesenfledermäusen entgegen, obwohl sie vor allen Dingen die Strigen treffen sollten, aber es war nicht zu vermeiden, dass auch die roten Vampire in Mitleidenschaft gezogen wurden.

Zuerst erwischte es eine Satanseule. Sie flog in den Nebel hinein, wurde von der quirlenden Wolke umweht und gab ein Geräusch von sich, das an den Schrei eines Menschen erinnerte.

Schemenhaft war sie zu sehen. Unkontrolliert schlugen ihre Flügel. Plötzlich löste sich das Gefieder auf, zurück blieben Knochen und als Skelett fiel die Strige zu Boden.

Dann erwischte es einen Vampir.

Auch er löste sich auf. Seine hohen, schrillen Schreie verstummten allmählich.

Vampiro-del-mar tobte. »Lass es sein!«, brüllte er. »Du vernichtest sie mit!«

Lady X lachte. »Du wolltest doch den Tod der Strigen, dann musst du auch Opfer bringen.«

Diese Antwort war zu viel für den Uralt-Vampir. Er hatte erlebt, wie wenig Rücksicht die ehemalige Terroristin nahm. Sie sah nicht die Mordliga als Ganzes, sondern nur sich und ihren Vorteil. Aber Vampiro-del-mar wollte seine Diener behalten.

Plötzlich sah er rot. In der Höhle hielt er es nicht mehr aus. Er rannte auf die Scott zu, stoppte und drosch ihr seitlich stehend den Würfel aus den Händen.

Wie von einem Katapult wurde die Waffe weggeschleudert und landete am Boden. Sie überschlug sich noch, bis sie von einem Stein gestoppt wurde.

»Bist du wahnsinnig!«, kreischte Lady X, die die Arme des Blutsaugers wie eine Klammer um ihren Körper spürte.

»Nein, du bist es! Du vernichtest meine Diener! Ich will, dass du es stoppst!«

Lady X keuchte. Sie konnte die Umklammerung nicht lösen, der Vampir war zu stark. »Nur so kann man die Strigen töten!«, schrie sie. »Nur so und nicht anders!«

»Und meine Diener?«

»Sie taugen nichts. Sie taugen überhaupt nichts!«, kreischte die Scott. »Es ist nicht schade um sie …«

Plötzlich änderte Vampiro-del-mar seinen Griff. Während er in den Todesnebel schaute, der sich immer weiter ausbreitete und eine Wand gebildet hatte, löste er für einen Moment die Umklammerung, um sofort eine andere anzusetzen.

Plötzlich hielt er das Genick der Lady X fest. Der linke Arm war vorn am Hals, der rechte hinten. Lady X verspürte keine Schmerzen, sie war kein Mensch, aber sie wusste, dass ihr Vampiro-del-mar durch diesen Griff das Genick brechen konnte.

»Wenn du dem Nebel keinen Befehl zum Rückzug gibst, ist es aus mit dir!«

Eine finstere Drohung stieß Vampiro-del-mar aus und er würde sie in die Tat umsetzen, denn in diesen Momenten war er zu allem fähig. Aber Lady X wollte nicht klein beigeben, sie hatte noch nie gekuscht, zudem war sie die Chefin der Mordliga.

Und sie erhielt Hilfe. Xorron, dieses unheimliche Monster, hatte die Schwierigkeiten seiner Herrin bemerkt.

Und er war ein treuer Diener. So wie er früher Solo Morasso zur Seite gestanden hatte, unterstützte er nun bedingungslos Lady X.

Er wusste sie in Gefahr, tauchte am Höhleneingang auf und blieb für einen Moment stehen, um die Lage zu überblicken.

Dann hielt ihn nichts mehr.

Mit Riesenschritten stürmte das weißlich schimmernde Monster los, hob beide Arme und ließ sie krachend auf die breiten Schultern des Vampiro-del-mar sausen.

Das überstand selbst der Uralt-Vampir nicht. Er lockerte seinen Griff und fiel dabei zusammen mit Lady X zu Boden.

Die hatte natürlich längst bemerkt, dass ihr jemand zu Hilfe gekommen war, zog die Beine an, versenkte die Füße in Vampiro-del-mars Leib, stieß sich ab und hatte genügend Schwung, um auf die Beine zu gelangen.

Plötzlich stand sie. Hassverzerrt war das Gesicht, als sie auf Vampiro-del-mar niederschaute. Dann bewegte sie die linke Schulter und die Waffe rutschte in ihre Hand.

Sie schoss nicht, sie schlug.

Zweimal raste der harte Lauf nach unten. Und beide Male traf er voll ins Ziel.

Vampiro-del-mar zuckte zuerst hoch, wurde dann zurückgeschleudert, krachte auf den Rücken und rollte sich weiter. Aus seinem Mund drang ein wildes Heulen. Er geriet nahe an den Todesnebel und bemerkte es im letzten Moment. Ein Schrei drang aus seinem Mund, bevor er auf allen Vieren zurückkroch und sich dabei dem Eingang der Höhle näherte.

Lady X verfolgte seinen Weg mit der Mündung ihrer Maschinenpistole. »Ich sollte dich vernichten!«, brüllte sie. »Zerreißen lassen von Xorron, aber noch eine Chance gebe ich dir. Halte dich zurück und überlasse mir die Entscheidungen.«

Der Uralt-Vampir kauerte am Boden. Aus seinem Maul drangen stöhnende Laute. Er wusste, dass er verloren und man ihn gedemütigt hatte. Er konnte nichts tun, befand sich wieder einmal in der Verliererposition und musste der Scott die Initiative überlassen.

Neben ihr hielt sich Xorron auf. Wie ein Denkmal stand er da. Unbeweglich. Nichts rührte sich in seinem Gesicht, in dem sowieso keine Sinnesorgane zu erkennen waren, sondern nur Schlitze für Augen, Nase und Mund. Er würde jedoch sofort eingreifen und Vampiro-del-mar töten, wenn Lady X es befahl.

Der Uralt-Vampir öffnete sein Maul. Die gewaltigen Hauer erschienen. Lang und gekrümmt waren sie. Fast berührten sie schon das Kinn des Monsters.

Vampiro-del-mar schwieg. Als Lady X das sah, kräuselte ein kaltes Lächeln um ihre Lippen. So hatte sie es haben wollen. So und nicht anders. Dieser Blutsauger musste ein für allemal Bescheid wissen, sonst lief überhaupt nichts.

Sie war die Chefin und kein anderer.

»Hast du es begriffen?«, fauchte sie den Vampir an. »Hast du es endlich begriffen?«

»Meine Diener ...«

»Taugen nichts!«, schrie Lady X. »Sie sind viel zu unbeweglich. Wenn sie schon gegen die Strigen nichts ausrichten können, gegen wen wollen sie dann gewinnen? Es war ein guter Test.« Mit einer hastigen Bewegung ihres Kopfes schleuderte Lady X das lange Haar zurück und ging. Ihr Ziel war der Würfel.

Sie schaute gegen die Nebelwand. Hin und wieder sah sie innerhalb der grauen tödlichen Suppe Schatten. Doch sie glitten oder flogen nicht mehr, sondern taumelten. Zumeist befanden sie sich im Stadium der Auflösung.

Lady X bückte sich und nahm den Würfel hoch. Sie hielt ihn mit beiden Händen, konzentrierte sich wieder auf den Nebel, der sich auf einmal zusammenballte und zu einer dichten, pilzförmigen Wolke wurde, bevor er sich in Bewegung setzte.

Sein Ziel war die Scott und der Würfel.

Während des Wegs änderte er noch einmal seine Form. Aus der Wolke wurde ein langer Streifen, der in der Luft schwebte und Kurs auf den Würfel nahm.

Dies geschah absolut lautlos.

Kaum hatte der Nebel den Würfel des Unheils berührt, da wurde er von ihm aufgesaugt.

Er verschwand innerhalb des Quaders.

Ein magisches Phänomen, einmalig in seiner Art und auf der ganzen Welt. Lady X hatte mit diesem Würfel eine Waffe in der Hand, die sie fast unschlagbar machte.

Jeder konnte erkennen, was sich im Schutze des Todesnebels abgespielt hatte.

Es waren keine roten Vampire mehr zu sehen. Der Nebel hatte sie vernichtet.

Aber auch Strigen schwebten nicht mehr vor dem Eingang der Höhle. Der Todesnebel hatte sie ebenfalls vernichtet. Er machte bei Freund und Feind keinen Unterschied.

Als sie den Blick hoben, da sahen sie noch zwei Satanseulen. Diese mussten den Nebel umflogen haben, denn sie schwebten ziemlich hoch und waren nur bei genauem Hinsehen zu erkennen.

»Das wars«, sagte Lady X und schaute den Uralt-Vampir an. »Wie viele Diener hast du noch?«

Vampiro-del-mar zuckte zusammen, bevor er die Antwort gab. »Keine mehr«, sagte er rau. »Zwei sind noch in London bei diesem verfluchten Geisterjäger, aber sie werden kaum überleben.«

»Das denke ich auch«, erklärte Lady X. »Deine Diener taugten nichts. Du wolltest es ja nie wahrhaben, nun hast du Pech gehabt.«

»Wie soll es weitergehen?«

Lady X hob die Schultern. »Das lass nur meine Sorge sein. Der Plan, den ich ausgeklügelt habe, ist gut. Sinclair wird darauf anspringen, es bleibt ihm nichts anderes übrig. Und wenn es so weit ist, sind wir da, das verspreche ich dir.«

Der Uralt-Vampir erwiderte nichts. Er senkte seinen hässlichen Schädel und ging zurück in die Höhle.

Er wusste, dass er soeben eine Niederlage erlitten hatte und der Traum von den roten Vampiren vorbei war …

Die Fledermaus war so schnell, dass sie Bill erreichte, bevor wir schießen konnten. Zudem traute ich mich nicht, abzudrücken, zu leicht hätte ich meinen Freund treffen können.

Der Reporter stieß einen Schrei aus, als die Fledermaus über ihm zusammenbrach und ihn mit zu Boden riss.

Bill fiel auf den Rücken, das konnten wir noch erkennen, dann war von ihm nichts mehr zu sehen, nur ein hart schlagendes Schwingenpaar und ein wild zuckender Körper waren zu sehen. Wenn es dem roten Vampir gelang, seine Zähne in Bills Hals zu hacken, war der Reporter verloren.

Das wusste nicht nur ich, sondern auch Suko. Mit gewaltigen Schritten hetzte der Chinese herbei. Er hielt die Dämonenpeitsche in der Hand und schlug aus dem Lauf zu.

In der Tür stand jetzt Sheila. Sie hatte alles beobachtet und wir vernahmen ihren ängstlichen Schrei.

Die drei Riemen der Peitsche klatschten auf den Körper des Blutsaugers.

Suko hatte wuchtig geschlagen, die Magie der Peitsche war sehr stark, sie riss den Blutsauger fast auseinander. Wo sie getroffen hatte, zeichneten sich hellere Streifen auf der Haut ab, die die Flügel zerstörten.

Als Staub rieselte der Vampir rechts und links neben dem Reporter zu Boden.

Ich lief zu ihm.

Bill lag auf dem Rücken. Die Arme hatte er zum Schutz des Halses hochgehalten. Die Kleidung hatte ihn am Körper gut geschützt und der Riesenfledermaus war es nicht gelungen, ihn zu beißen.

»Bill! Bill!«

Sheila hetzte herbei, während die Wölfin um unsere Beine strich.

Bill ließ die Arme sinken. Er grinste sogar. »Ich muss ein besonderes Blut haben«, bemerkte er. »Immer versuchen sie es bei mir. Verdammte Blutsauger.« Er schüttelte sich, rollte sich auf die Seite und erhob sich ächzend.

Wir halfen ihm.

Ein wenig zitternd blieb der Reporter stehen und nahm seine Frau in die Arme.

»Das hätten wir geschafft«, sagte Suko.

»Bist du sicher, dass keine weiteren Vampire mehr da sind?«

»Ich habe keinen gesehen.«

»Komm, lass uns reingehen!« Bill drehte sich aus Sheilas Umarmung und ging mit ihr auf das Haus zu.

Suko folgte, ich nahm den gleichen Weg, warf aber noch einen Blick auf die Reste des Vampirs.

Und dann sah ich etwas. Es lag im Staub und war vom Regen noch nicht fortgespült worden.

Ich bückte mich und hob es auf.

Es war ein kleiner Sack. Das Material fühlte sich lederartig an. Es ließ kein Wasser durch. Ich konnte mir beim besten Willen nicht vorstellen, dass dieser Gegenstand einem der Conollys gehörte. Zudem lag er genau dort, wo der Blutsauger verendet war. Das musste eine andere Bedeutung haben.

Leer war er nicht. Das spürte ich an seinem Gewicht. An den Seiten war er verschnürt worden.

Hier im Regen wollte ich ihn nicht öffnen, außerdem sollten auch die anderen wissen, was ich da gefunden hatte.

So schnell es ging, lief ich zurück ins Haus. Sheila hatte schon Decken geholt. Sie lagen um Sukos, Bills und ihre Schultern. Mir wurde ebenfalls eine Decke zugeworfen und ich hängte sie mir über.

Der Boden im Wohnraum war schon von den anderen verdreckt worden, deshalb hatte ich auch kein schlechtes Gewissen, als ich über die Schwelle trat.

»Was hast du denn da?«, fragte mich Bill und meinte wohl mein kleines Fundstück.

»Das lag in eurem Garten.«

»Bei uns?«

»Ja, ich fand es dort, wo der rote Vampir vergangen ist.«

Jetzt traten sie alle näher. Bill und Sheila schüttelten die Köpfe. »Nein, das stammt nicht von uns«, erklärte Sheila. »Ich habe es nie gesehen.«

»Und trotzdem lag es in eurem Garten«, sagte ich. »Hat es vielleicht jemand verloren?«

»Aber wer?«, fragte Bill und schaute uns der Reihe nach an.

Keiner wusste eine Antwort, bis Suko sagte: »Es kann eigentlich nur von dem Vampir stammen.«

Wir schauten uns an. Was mein chinesischer Freund und Kollege da gesagt hatte, klang plausibel. Doch weshalb sollte der Blutsauger sich damit belasten?

»Sieh doch mal nach, was drin ist«, schlug Sheila vor.

»Das werde ich auch.« Auf dem Handteller meiner Linken lag der kleine Lederbeutel. Mit einer hellen Kordel war er zugebunden worden.

Mit den Fingerspitzen pulte ich den Knoten auseinander und öffnete den kleinen Sack.

Die Freunde schauten mir über die Schulter. Ich griff hinein und holte einen kleinen Gegenstand hervor.

»Sieht aus wie ein Stein«, meinte Bill.

»Ist auch einer. Aber mit Papier umwickelt«, erwiderte ich und stach zwei Finger durch die Öffnung. Das Säckchen warf ich zur Seite, wickelte das Papier ab und erkannte mit Staunen, dass es beschriftet war.

Da hatte uns jemand eine Nachricht hinterlassen.

»Jetzt bin ich gespannt«, meinte der Reporter.

Ich war es auch, glättete das Papier vorsichtig und begann zu lesen.

»Lies bitte laut«, sagte Bill.

Das tat ich. »Hallo, Geisterjäger! Wenn du meine Nachricht findest, wirst du wahrscheinlich den roten Vampir erledigt haben. Es ist auch nicht tragisch um ihn, er taugt sowieso nichts. Aber nicht nur er ist dein Feind, sondern auch die Strigen. Und ich weiß, dass du Strigus gern eins auswischen willst. Ich kann dir den Weg zeigen, um ihn aufzuspüren. Er hat seine Hochburg in Norwegen. Du musst den Knochenthron der Satanseulen finden, mehr nicht.« Es folgte noch eine genaue Ortsbeschreibung, die ich mir vorerst sparte.

»Und wer hat die Nachricht geschrieben?«, fragte Bill Conolly.

»Rate mal!«

»Lady X«, sagte Suko trocken.

»Genau. Der Zettel stammt von ihr. Sie will uns auf die Spur der Strigen führen.«

»Eine verdammte Falle.« Bill Conolly sprach die Worte, nickte und ging dann zur Hausbar, um uns Whisky einzuschenken.

»Aber weshalb gibt sie auf so einem umständlichen Weg die Nachricht?«, fragte ich.

Bill reichte mir ein Glas. »Glaubst du denn, sie würde sich selbst hertrauen?«

»Das stimmt auch wieder.«

»Fahren wir nach Norwegen?« Suko grinste, als er die Frage stellte. »Eine erkannte Gefahr ist nur eine halbe.«

»Ich wüsste nicht, was dagegen spräche.«

»Aber die erwarten euch doch!«, mischte sich Sheila ein. »Glaubt mir das. Lady X hat sich bestimmt etwas dabei gedacht. Die tut so etwas nicht aus reiner Menschenfreude.«

»Das ist klar. Sie will, dass wir für sie die Kastanien aus dem Feuer holen.«

»Und warum übernimmt sie das nicht selbst?«, wollte Sheila wissen. »Sie ist doch stark genug.«

»Möglich. Doch wie ich sie kenne, hofft sie darauf, dass auch wir die Strigen nicht schaffen und sie als lachende Dritte eingreifen kann. Es wäre ja nicht das erste Mal, dass wir von einem Gegner einen Tipp erhalten. Nein, die hat mal wieder ein ganz raffiniertes Spiel eingefädelt. Das gehört alles zu ihrem großen Plan. Sie will die Allianz der Vampire und vorher sämtliche störende Hindernisse aus dem Weg räumen. So sehe ich es.«

Die anderen konnten nur nicken. Auch für sie gab es keine andere Möglichkeit.

»Lies doch mal den Ort vor, wo angeblich der Knochenthron stehen soll«, forderte Bill.

Sheila verstand und mischte sich sofort ein. »Willst du auch mit nach Norwegen?«

Der Reporter grinste. »Ein wenig Luftveränderung könnte mir ganz gut tun.«

Sheila senkte den Blick. Früher wäre sie an die Decke gegangen, aber sie hatte sich mittlerweile daran gewöhnt, dass sie ihren Mann nicht festbinden konnte.

»Wir geben schon auf ihn Acht«, sagte ich.

Sheila nickte heftig. »Ich weiß, ihr haltet alle zusammen. Aber uns geht die Sache doch nichts an.«

»Doch«, erklärte der Reporter. »Der Lederbeutel lag in unserem Garten.«

»Um eine Ausrede bist du nie verlegen.«

Bill warf mir einen Blick zu. »Das habe ich von dir gelernt.« Danach verließ er schnell das Zimmer.

Er kam wenig später zurück. Ich hatte inzwischen mein Glas geleert, auch Suko nippte an dem Whisky und verzog das Gesicht, als hätte er Säure getrunken.

Bill brachte den Atlas. Er legte ihn aufgeschlagen auf den Tisch. »Norwegen«, murmelte er, »da haben wir es.«

Den Ort, den Lady X uns aufgeschrieben hatte, gab es gar nicht. So sehr wir suchten, wir fanden ihn nicht.

»War wohl eine Finte«, meinte Bill.

»So schnell geben wir nicht auf«, widersprach Suko und suchte allein weiter.

»Was willst du denn noch finden?«

»Wie hießt der Ort noch mal?«

»Kabelvag«, sagte ich.

Suko lachte. »Habe ich es mir doch gedacht. Das Kaff liegt zwar nicht in Norwegen, aber trotzdem gehört es dazu. Habt ihr schon mal was von den Lofoten gehört?«

»Klar, das ist eine Inselgruppe«, sagte Bill.

»Genau. Und dort findest du Kabelvag.«

Jetzt schauten wir wieder auf die Karte. Die Lofoten setzen sich aus zahlreichen Inseln zusammen, die dicht gedrängt vor der Küste in Nordnorwegen liegen.

Da also mussten wir hin.

Plötzlich jubelte Bill auf. »Mensch, John, da gibt es sogar einen Flugplatz in der Nähe.«

»Besser kann es überhaupt nicht laufen«, lachte Suko.

Auch wir atmeten auf. Die Schwierigkeiten schienen doch nicht so groß zu werden, wie es zu Beginn ausgesehen hatte. Vielleicht fanden wir dort tatsächlich die Geburtsstätte der Strigen, denn der alten Legende nach stammten sie ja aus Norwegen.

Sheila sagte noch etwas. Und sie hatte Recht mit ihren Worten. »Wisst ihr eigentlich, was da oben für ein Wetter herrscht?«

Wir schauten uns an. »Winter, Schnee, Eis ...«

»Der Schnee wird unsere Aufgabe nicht gerade erleichtern«, sagte Suko und legte sein Gesicht in Sorgenfalten.

»Dämonen nehmen auf das Wetter keine Rücksicht«,

erwiderte ich. »Los, Alter, wir werden schon mal die Vorbereitungen treffen.«

»Und wie sehen die aus?«, fragte Bill.

»Warme Unterhosen für dich kaufen, damit dir der Schniedel nicht abfriert ...«

Zuerst war es nur grau gewesen. Eine gewaltige graue Fläche, die sich unter uns bewegte, aber so etwas kannte ich ja, die Nordsee war mir schließlich nicht unbekannt.

Dann kam der Schnee.

Unser Pilot fluchte das Blaue vom Himmel herunter. Wir mussten in die dicken Wolken rein, hatten Angst, dass die Motoren vereisten, und konnten für eine Weile nichts mehr sehen, denn der Flockenwirbel war dicht wie eine Mauer.

Organisatorisch hatte alles ausgezeichnet hingehauen. Sir James hatte seine Beziehungen spielen lassen, mit der norwegischen Polizei würde es keinerlei Schwierigkeiten geben, und wir waren von einem Flugzeugträger der englischen Marine gestartet.

Alles lief glatt, bis zu diesem verdammten Schneesturm, in dessen Zentrum wir ausgerechnet hineinflogen. Wenn wir aus dem Fenster schauten, konnten wir tatsächlich nicht die berühmte Hand vor den Augen erkennen. Da war alles grau.

Wir ließen den Piloten schimpfen und schwiegen lieber. Dieser Schneesturm war schlimmer als der Nebel bei unserem Hubschrauberflug in den Karpaten. Wenn der anhielt, war eine Landung nicht möglich.

Wir hatten Glück.

Die Wetterfront war örtlich begrenzt. Es wurde plötzlich heller und wenig später schon klärte sich die Sicht auf.

Zwar flogen wir weiterhin auf Ostkurs, unter uns wogte noch immer der Atlantik, aber in der Ferne sahen wir blasse Streifen.

»Das sind die Inseln«, erklärte der Pilot. Für uns hörbar atmete er auf.

In Kabelvag konnten wir leider nicht landen. Wir mussten den nächst gelegenen Ort mit dem seltsamen Namen Svolvaer anfliegen. Dort befand sich ein Flugplatz.

»Das ist bestimmt nur eine Piste«, sagte der Pilot, als wir allmählich an Höhe verloren.

Unter uns lagen die Inseln. Weiße Flächen, dabei gebirgig und vor allen Dingen einsam. Auf den Lofoten lebten kaum Menschen. Wenn, dann hielten sie sich an den Rändern der Insel auf, wo ihre Fischerboote in den kleinen Häfen lagen.

Es schneite nicht mehr. Sogar die Sonne stand an einem fahlblauen Himmel, der irgendwie seltsam aussah. So einen herrlichen Winterhimmel hatte ich noch nie gesehen und auch noch nie eine Sonne erlebt, die so wenig Kraft hatte.

Zum Glück war die Landebahn beleuchtet. Über Funk hatte der Pilot Kontakt mit der Bodenstation aufgenommen und die Erlaubnis erhalten, den Metallvogel auf der von Schnee und Eis geräumten Piste aufzusetzen. Unser Mann verstand sein Handwerk.

Kaum hatten die Räder Kontakt, als wir nur einmal durchgeschüttelt wurden, ansonsten verlief die Landung glatt. Wir rollten durch eine Schneise, denn rechts und links der freien Fläche türmte sich der Schnee zu Wänden hoch. Sie verdeckten auch die Sicht auf die Gebäude des Flugplatzes, die erst wieder erschienen, als wir auf einen freien Platz zurollten.

Einige Tankwagen standen herum, wir sahen drei offene Hangare und entdeckten mehrere Sportmaschinen, die im Freien standen. Ein Mann mit Fahnen winkte uns zur Abfertigungshalle, wo der Pilot die Maschine allmählich ausrollen ließ.

Als wir stoppten, atmeten wir auf.

Der Pilot drehte sich um. »Ihr seid blass um die Nasen, Freunde.«

»Kein Wunder, bei dem Flug.«

»Ja. Ich hoffe, dass der Rückflug besser wird. Aber da wird ein norwegischer Kollege euch bedienen. Ich tanke auf und verdrücke mich wieder. Ich habe nämlich

Weihnachtsurlaub und zu Hause in Sheffield warten die Frau und zwei Kinder auf mich.«

»Grüßen Sie die Familie«, sagte Bill und stieß die Tür auf. Er kletterte als Erster aus der Maschine, Suko folgte und ich bildete den Schluss.

Erst als wir draußen standen, spürten wir die Kälte. Schuld daran trug der Wind, der über das Rollfeld fegte und aus Richtung Osten kam. Es war auch nicht so klar, wie es den Anschein gehabt hatte, denn der Wind brachte feine Schneekörner mit, die augenblicklich in unsere Gesichtshaut bissen.

Der Weg zur Halle war ebenfalls vom Schnee freigeschaufelt worden. Vor der großen Tür standen Wachposten mit Gewehren. Sie verzogen keine Miene, als wir an ihnen vorbeigingen.

Die Wärme im Innern tat gut. Wir rieben uns die Hände und schauten uns um.

Natürlich konnten wir keinen Flughafen der internationalen Klasse erwarten, hier war alles noch beschaulich und übersichtlich. Aber es gab auch Verkaufsstände und Schalter wie bei den großen Flughäfen in aller Welt.

Der Mann, der uns erwarten sollte, hieß Nils Björnsson. Wie er aussah, wussten wir nicht, aber es erhob sich ein breitschultriger Typ mit hellblonden Haaren aus einem der schwarzen Ledersessel.

»Das ist er«, sagte Bill.

»Was macht dich so sicher?«

»Sein Auftreten.« Der Reporter grinste und nickte dann, als uns der Mann zuwinkte. Er trug eine dunkle Lederjacke und Cordhosen. Sein Hemd bestand aus Baumwolle und das Gesicht war gerötet. »Sie sind die Kollegen aus England«, sagte er und lachte breit, wobei auf seinem Gesicht zahlreiche Fältchen entstanden.

»Wir können es nicht leugnen«, erwiderte ich.

Er drückte uns die Hand. Bei Suko stutzte er. »So international hätte ich mir die englische Polizei nicht vorgestellt«, meinte er und lachte wieder.

»Vielleicht setzt sich das bei Ihnen in Norwegen auch noch durch«, erwiderte Suko.

»Hoffentlich«, sagte Björnsson. »Bei uns herrscht nämlich großer Nachwuchsmangel.«

»Wie überall«, sagte ich abwinkend.

»Ja. Mich wundert es sowieso, dass man mich abgestellt hat. Aber daran sind wahrscheinlich die Strigen schuld.«

»Was wissen Sie von ihnen?«, fragte Bill.

»Nicht sehr viel. Nur dass sie ziemlich blutrünstig sein sollen.«

Ich nickte. »Dann wissen Sie ja, was uns erwartet, Mr. Björnsson.«

»Sagen Sie Nils.«

»Okay.« Auch wir bestanden darauf, bei den Vornamen genannt zu werden. Nils schlug mir auf die Schultern. »Aber erst wollen wir einen Schluck trinken. Um Ihr Gepäck wird man sich kümmern, da brauchen Sie keine Angst zu haben.«

»Hunger hätte ich auch«, meinte Bill.

Da lachte der Norweger. »Sie bekommen bei uns den besten Fisch in ganz Europa.«

Ein kleines Restaurant befand sich ebenfalls innerhalb des Gebäudes. Als Aufwärmgetränk bestellte Nils erst einmal einen Aquavit. Wir prosteten uns zu und kippten den Schnaps. Er wärmte prima.

Danach aßen wir Heringe. Es waren Filets, schon entgrätet, gut gesalzen und mit kräftigen Zwiebeln garniert, mit einer Soße, die nach Senf und Curry schmeckte.

Als wir den ersten Hering gegessen hatten, sagte Bill Conolly genau den richtigen Satz. »Der schmeckt nach mehr!«

Nils lachte. »Das habe ich mir gedacht. Deshalb habe ich noch einige bestellt.« Suko und ich aßen vier halbe Heringe, während Bill es auf fünf brachte.

Anschließend mussten wir uns zurücklehnen, so voll waren unsere Mägen.

»Da müssen wir einen zweiten Aquavit trinken«, sagte der norwegische Kollege und bestellte eine Runde.

Wenn das so weiterging, kamen wir nicht mehr dazu, irgendwelche Strigen zu jagen. Das sagte ich auch.

Nils Björnsson, der im Rang eines Inspektors stand, winkte nur lässig ab. »Die Kälte wird euch schon munter machen.«

Damit waren wir beim Thema. »Wo müssen wir eigentlich hin?«, wollte ich wissen.

»In die Berge.« Das Gesicht des Kollegen verschloss sich. »Wissen Sie, was das im Winter bedeutet?«

»Nein«, antwortete ich, »kann es mir jedoch gut vorstellen.«

»Müssen wir zu Fuß gehen?«, fragte Bill.

»Wahrscheinlich.«

»Und Hundeschlitten?«, warf Suko ein.

»Wenn wir welche bekommen?«

Wir standen tatsächlich vor den großen Problemen. Ich dachte an einen Hubschrauber, der war für uns bisher immer das beste Transportmittel gewesen, doch dagegen hatte Nils etwas.

»Nein, Freunde, mit dem Hubschrauber ist es zu gefährlich. Schaut mal nach draußen. Das sieht alles so wunderschön aus, aber innerhalb einer halben Stunde kann sich das Wetter ändern. Das geht radikal. Bei einem Hubschrauber würde der Rotor vereisen, da spreche ich aus Erfahrung, denn wir haben schon einigen Ärger gehabt.«

Ich wechselte das Thema. »Was wissen Sie noch über die Strigen?«

Der norwegische Kollege lächelte, bevor er mit einer Antwort herausrückte. »So einiges«, erwiderte er. »Ich habe mich schließlich über diese Dämonenart genau erkundigt, und wenn ich Ihnen jetzt eine Erklärung gebe, stütze ich mich auf die alten Legenden.«

»Tun Sie das.«

»Es ist so. Die Strigen sollen schon seit Tausenden von Jahren existieren. Als das Eis abtaute und sich die Wälder bildeten, da wurden sie geboren. Wie das genau vor sich ging, kann ich nicht sagen, aber es gibt da eine Geschichte, die auf Strigus und seinen Schädelthron hinweist.«

»Hat ihn schon jemand gesehen?«, fragte Bill.

»Nein.«

»Dann wissen Sie auch nicht genau, wo wir suchen müssen, Nils?«

»So ist es, Bill. Wir können uns nur ungefähr in dem Gebiet bewegen, wo man den Schädelthron vermutet. Ich sage bewusst vermutet, denn gesehen und beschrieben hat ihn noch niemand. Von diesem Schädelthron aus dirigiert Strigus seine Eulen-Armee. Er kann sich das leisten, denn wo wir hinwollen, ist Urwald. Er gehört den Strigen und der weißen Schnee-Eule.«

»Moment«, sagte ich, »was ist das? Er gehört der weißen Schnee-Eule?«

Nils Björnsson schaute uns erstaunt an und lächelte dabei. »Haben Sie nie davon gehört?«

»Nein«, sagte auch Bill. »Ich weiß wohl, dass es eine Schnee-Eule gibt. Aber nicht in Verbindung mit Strigus.«

»Ja, die Schnee-Eule und er beherrschen den Schädelthron, das ist eine altbekannte Geschichte.«

»Uns jedenfalls ist sie neu«, erklärte ich. »Wobei wir noch einen Gegner mehr hätten.«

»Was erzählt man sich denn so von der Schnee-Eule?«, wollte mein Freund und Kollege Suko wissen.

Der norwegische Inspektor winkte ab. »Schauermärchen. Sie macht nachts Jagd auf kleine Kinder. Unsere Mütter erzählen ihren Sprösslingen die Geschichten von der Schnee-Eule immer als Warnung. So ähnlich wie das Märchen vom schwarzen Mann.«

»Gibt es Zeugen?«

»Nein und ja. Hin und wieder hat ein Waldläufer sie mal entdeckt oder will sie gesehen haben, aber was daran stimmt, kann ich Ihnen auch nicht genau sagen.«

»Vielleicht entdecken wir sie«, meinte Bill. »Bei unserem Glück mit Dämonen ist das sehr wahrscheinlich.«

Als Björnsson lächelte, erkundigte ich mich nach dem Grund.

»Ach, wissen Sie, John, es ist so. Sie sprechen da von Dämonen, als wären es normale Menschen oder die normalste Sache der Welt. Darüber muss ich mich wundern.«

»Leider ist es für uns eine normale Sache geworden.

Wir haben schon aufgehört, uns über irgendetwas zu wundern.«

»So schätze ich euch auch ein.« Er drehte den Kopf, weil zwei Männer das kleine Restaurant betraten, die unser Gepäck trugen und auch andere Kleidung bei sich hatten.

»Dann zieht euch mal um«, sagte Nils und stand auf.

Das war wörtlich gemeint, denn die Kleidung, die wir uns in einem kleinen Extraraum überstreiften, hätte Eskimos gut zu Gesicht gestanden. Die Jacken waren mit Fell gefüttert. Kapuzen schützten unsere Köpfe. Der Stoff war so weit geschnitten, dass wir die Kapuzen fast über unsere Gesichter streifen konnten.

Die Handschuhe konnte man als Fäustlinge bezeichnen und ich fragte mich, wie ich damit schießen sollte. Die Freunde wussten auch keine Antwort.

Dann wurde eine Seitentür geöffnet und unser norwegischer Kollege erschien. Er streckte nur seinen Kopf in den Raum und fragte: »Alles klar, Kameraden?«

»Haben Sie uns Öfen gegeben?«, fragte Bill.

Da lachte Nils. »So ähnlich, aber ihr werdet froh sein, dass ihr das Zeug anhabt. Wartet nur ab.« Er räusperte sich. »Es gibt ja Leute, die schwören auf moderne Thermokleidung. Ich sage aber, es geht nichts über die Natur.«

»Richtig«, bestätigte ich. »Das ist auch meine Ansicht.«

Danach verließen wir den Raum und wurden direkt von der klirrenden Kälte empfangen.

Ich schaute zu den Bergen hin. Sie hoben sich wie riesige Buckel von der Ebene ab.

Alles war weiß. Man konnte die dichten Wälder aus dieser Entfernung nicht erkennen, aber sie waren da und wir mussten hin, um den geheimnisvollen Knochenthron zu finden.

Würden wir auch Strigus treffen?

Ich hoffte es, denn dieser Dämon musste vernichtet werden. Das hatte ich mir fest vorgenommen.

Über den Anden lag eine fahle Helligkeit. Ein seltsam helles Licht, das man trotz allem nicht als strahlend bezeichnen konnte, aber Konturen sehr scharf und deutlich hervorhob. Dieses Licht gab es nur im Hochgebirge. In Europa ebenso wie in den Anden oder im asiatischen Himalaja.

Davon sahen die Wesen in der Höhle jedoch nichts. Dort brannte noch immer das Feuer. Lady X hatte Holz nachgelegt. Die tanzenden Flammen schufen bizarre Schatten, die lautlos über die Wände huschten oder die Gesichter der Monster berührten und sie noch mehr verzerrten.

In die Flammen stierte Vampiro-del-mar. Er hatte sehr an seiner Niederlage zu knacken. In die roten Vampire hatte er großes Vertrauen gesetzt, jetzt gab es sie nicht mehr und er hatte zusehen müssen, wie sie von den Strigen vernichtet worden waren.

Das wurmte ihn.

Er wusste nicht, ob in irgendwelchen tiefen Höhlen noch Vampire schliefen, er konnte nur hoffen, dass es so war und er sie eines Tages entdeckte.

Sein Hass gegen Lady X hatte sich nicht verringert. Eher war das Gegenteil eingetreten, der Uralt-Vampir konnte sich nicht damit abfinden, dass sie die Strigen nicht gestoppt hatte. Für ihn kam dies einer Entmachtung gleich, die Schritt für Schritt durchgeführt werden sollte.

Noch brauchte Lady X ihn. Wenn sie ihn jedoch nicht mehr haben wollte, dann warf sie ihn einfach weg wie ein Stück Holz ins Lagerfeuer.

So genau sah es aus.

Der Gedanke an eine Niederlage war zerstörerisch. Hin und wieder hob Vampiro-del-mar den Blick und schielte auf die wie eine Statue dasitzende Pamela Scott. Er sah auch die Maschinenpistole. Lady X war gegen Silberkugeln nicht gefeit. Wenn er die Waffe in die Hand bekam, dann konnte er sie mit einer Kugelgarbe erledigen.

Dieser Gedanke war zuerst mit einer kleinen Flamme zu vergleichen, die jedoch immer mehr Nahrung fand und größer wurde. Klar nachdenken konnte er nicht mehr, er dachte auch nicht an die Zukunft oder an eine eventuelle Ausdehnung der Mordliga, er grübelte nur über seine Niederlage nach, an der Lady X die Schuld trug.

Manchmal schielte er auch auf Xorron. Diese Blicke häuften sich, je stärker er an seine Rache dachte.

Der Herr der Zombies und Untoten, dessen große Stunde noch kommen würde, saß ziemlich weit von Lady X entfernt. Er hockte abseits in einer Ecke und hatte mindestens die doppelte Distanz zum Feuer zu überbrücken wie Vampiro-del-mar.

Bevor Xorron reagieren würde, hatte er die Waffe schon an sich gerissen und geschossen.

Das war die Möglichkeit!

Lady X dachte nur an die Strigen und somit auch an ihren Plan. Sie hatte Sinclair nach Norwegen locken wollen und sie hoffte, dass er dieser Spur auch folgte.

Draußen wurde es noch heller. Der Höhleneingang hob sich jetzt deutlich ab. Sie brauchten kein Feuer mehr, niemand legte Holz nach, und so wurden die Flammen allmählich kleiner. Sie verlöschten schließlich, weil sie keine Nahrung mehr fanden.

Das war genau der Augenblick, wo sich Vampiro-del-mar entschlossen hatte, es zu wagen. Der Uralt-Vampir spannte sich. Jegliche Gedanken schob er weit weg, keine Zweifel wollte er mehr aufkommen lassen. Aber Lady X sollte die Mordliga nicht mehr anführen.

Noch lauerte er.

Da bewegte sich Xorron. Er streckte seinen Körper. Die Arme riss er dabei in die Höhe und aus einem Maulspalt drang ein dumpf klingendes Geräusch.

Lady X schaute zu ihm. Dabei drehte sie sich noch weiter von Vampiro-del-mar weg.

Jetzt war es günstig!

Der Vampir schoss in die Höhe. Er war schnell wie selten. Lady X merkte trotzdem etwas, wollte sich herumwerfen, als sie der Tritt traf und durch das allmählich verlöschende Feuer schleuderte.

Funken und Asche stoben hoch. Die ehemalige Terroristin fauchte wie eine wütende Katze, wollte nach ihrer Waffe greifen, doch der Vampir war schneller.

In ihrem Blickfeld erschien plötzlich seine Hand und sie schien zu wachsen.

Dann packte er zu. Er konnte die Maschinenpistole nicht verfehlen, riss sie mit einer wilden Drehung an sich, und als Lady X nachgriff, fasste ihre Hand ins Leere.

Vampiro-del-mar hatte die Maschinenpistole. Er konnte es nicht verhindern, dass sich ein wilder, triumphierender Schrei aus seiner Kehle löste. Zu viel hatte er einstecken müssen, so war dieser Schrei für ihn regelrecht eine Erlösung.

Der Vampir blieb nicht auf der Stelle stehen, sondern sprang zurück, bis er die Höhlenwand im Rücken spürte.

Hier blieb er stehen, die Waffe fest umklammert und die Mündung auf Lady X gerichtet, die sich aus dem fast erloschenen Feuer herauswälzte und in ihren Bewegungen innehielt, als sie sah, was sie da düster anstarrte.

Das Mündungsloch!

Auch Xorron war nicht stehen geblieben. Mit zwei Sprüngen hatte er bereits eine gewisse Distanz überbrückt, stoppte jedoch instinktiv ab, als er erkannte, in welch einer Lage sich seine Herrin befand.

Er begriff, dass er jetzt warten musste, wollte er nicht schuld an der Vernichtung der Lady X sein.

Also lauerte er.

Aus dem Rachen des unheimlichen Vampirs schallte ein dumpf klingendes Lachen. Er schüttelte sich dabei und flüsterte rau: »Diesmal habe ich gewonnen. Ihr entkommt mir nicht, das kann ich euch versprechen. Wer wollte denn …?«

»Mach keinen Unsinn!«, fiel ihm Lady X ins Wort. »Gib mir die Waffe und ich vergesse alles.« Sie hielt den Würfel fest und kniete jetzt vor dem Uralt-Vampir.

»Nein, du bekommst sie nicht mehr. Ich habe genau behalten, wie du mit meinen Vampiren umgesprungen bist. Du hast sie umkommen lassen, anstatt ihnen zu helfen. Und dafür, Lady X, wirst du büßen.«

»Weißt du genau, was du da tust?«

»Ja, ich weiß es.«

»Das glaube ich nicht, denn dann würdest du nicht so dumm handeln. Du zerstörst die Mordliga. Alles, was wir aufgebaut haben und noch aufbauen werden, das radierst du aus, bevor es richtig entstanden ist. Das sollte dir klar sein.«

»Durch dich wird nie mehr etwas entstehen können. Was hattest du denn bisher für Erfolge? Keine. Den Letzten habe ich erlebt, als meine Diener vernichtet wurden.«

»Dann willst du schießen?«

»Ja!«

Vampiro-del-mar hatte so überzeugend gesprochen, dass die ehemalige Terroristin nicht daran zweifelte. Dieses Monster würde seine Drohung wahrmachen, denn es hasste Lady X. Von Beginn an hatte es zwischen den beiden artverwandten Wesen eine tiefe Kluft gegeben, die kaum überbrückt werden konnte. Vampiro-del-mar war zurückgeholt worden, um die Blutsauger zu sammeln, doch die Scott hatte ihm die Schau gestohlen. Sie führte nun die Mordliga an.

Sie starrte nicht mehr in die Mündung, sondern auf den Würfel zwischen ihren Händen.

Der Würfel! Ihre Chance! Ja, genau, das war die Chance. Er ließ sich durch seinen Träger manipulieren, man konnte ihn steuern, damit er für seinen Besitzer arbeitete.

Und das genau wollte Lady X auch.

Der Würfel sollte die Entscheidung bringen. Seine Kraft wollte die Scott ausnutzen.

Und sie konzentrierte sich. Sie befahl dem Würfel des Unheils, sich gegen Vampiro-del-mar zu stellen. Dabei war sie nicht so dumm, seinen Tod zu wollen, nein, der Würfel sollte nur dessen Aktivitäten bremsen. Es ging nicht an, dass der Vampir hier Unheil anrichtete, das nicht mehr gutzumachen war.

Und ihre Gedanken wurden von dem Würfel aufgesaugt. Er reagierte wie ein trockener Schwamm, der nach Flüssigkeit lechzt, und er verstand die Scott sehr genau.

Der Würfel spielte mit.

Die Gedanken der Blutsaugerin wurden von ihm weitergeleitet und sie trafen Vampiro-del-mar.

Aus ihrer knienden Stellung heraus schielte Lady X zu dieser schrecklichen Gestalt hoch. Sie sah deren zerfurchtes Gesicht, die Geschwüre, den offenen Mund und die beiden langen, aus dem Oberkiefer ragenden Zähne, die alle Hauer irgendwelcher Vampire an Länge und Größe übertrafen. Hinzu kamen die Lumpen, das halb zerstörte Auge, die grau schimmernde Haut – so gesehen bot dieser Vampir ein widerliches Bild des Schreckens.

Aber sie brauchte ihn – leider …

Bis alles geregelt war, musste er ihr noch gehorchen, dann würde sie Vampiro-del-mar vernichten. Später, wenn das Schloss in den Karpaten mal ihr gehörte …

Lady X merkte, dass ihre Gedanken zu weit abschweiften. Sie riss sich wieder zusammen und konzentrierte sich voll und ganz auf die vor ihr liegende Aufgabe.

Und sie schaffte es.

Der Würfel ließ sich manipulieren.

Ihre Gedanken wurden verstärkt. Sie trafen in potenzierter Form auf das Monster und drangen in sein untotes Gehirn ein, das nur Rache und Gewalt kannte.

Lady X beobachtete weiter. Noch tat sich nichts, aber plötzlich begann es in der Schreckens-Visage des unheimlichen Vampirs zu zucken. Da bewegten sich zuerst die Mundwinkel, dabei zitterten die lappigen Lippen, und dann trat ein Ausdruck in seine Augen, den man schon als schmerzhaft bezeichnen konnte.

Vampiro-del-mar wankte.

Nicht nur sein Körper pendelte plötzlich, auch sein Entschluss stand längst nicht mehr so fest. Aus seinem Maul drang ein tiefes Ächzen. Er senkte plötzlich die Arme, die Mündung wies zu Boden. Dann rutschte ihm die Maschinenpistole aus den Fingern und fiel mit einem klirrenden Laut auf das Gestein.

Die Scott hielt nichts mehr an ihrem Fleck. Diesmal schrie sie auf, als sie sich vorwarf, die Arme ausstreckte und förmlich auf die Maschinenpistole zuflog.

Plötzlich hielt sie die Waffe wieder in den Händen, zuckte zurück und legte auf Vampiro-del-mar an.

Gleichzeitig setzte sich Xorron in Bewegung. Die Albtraum-Figur stampfte näher. Er wirkte so, als wollte er den Vampir zerreißen, doch Lady X hielt ihn mit einem scharfen Befehl zurück.

»Nein, lass ihn! Wir brauchen ihn ja. Die Mordliga hat zu viel Schaden erlitten. Im Gegensatz zu ihm kann ich denken und handle nicht so gefühlsmäßig.« Sie lachte auf, bückte sich und nahm den Würfel an sich. Dann wandte sie sich an den Vampir. »Das wirst du nie mehr versuchen. Noch einmal, dann vergesse ich mich und lasse dich von Xorron rücksichtslos zerreißen.«

Diese Drohung stand im Raum. Keiner der Anwesenden zweifelte daran, dass sie auch wahrgemacht werden würde. Wenn Lady X etwas versprach, hielt sie es auch.

Vampiro-del-mar schwieg. Er hatte den bisher schwärzesten Tag seines Daseins erlebt und wusste nicht mehr, wie er sich noch aus der Affäre ziehen sollte.

Durch Worte jedenfalls nicht.

Gelassen drehte sich Lady X um. Sie wandte ihm den Rücken zu und interessierte sich nur für den Würfel. Ohne ein Wort zu sprechen, starrte sie hinein.

Sein Inneres hatte sich verändert. Der Würfel zeigte nicht mehr die Schlieren, sondern ein etwas helleres, klares Bild, vor dessen Hintergrund sich etwas abhob, das durchaus als eine Eule zu bezeichnen war.

Die Strige!

Das hieß nichts anderes, als dass John Sinclair den Kontakt gefunden hatte, den Lady X wollte.

Das Spiel konnte beginnen!

Für uns begann die große Kälte. Wir starrten durch die Scheiben des geländegängigen Rovers, dessen Reifen zusätzlich mit Schneeketten gesichert waren, in die Weite einer Landschaft, die allein vom Schnee geprägt wurde.

Wo wir auch hinschauten, überall war es weiß.

Der Schnee blendete, wir kniffen die Augen zu, bis Nils

Björnsson unsere Schwierigkeiten bemerkte und uns auf Sonnenbrillen aufmerksam machte, die in der Ablage lagen.

Wir setzten die dunklen Schneebrillen auf und sofort konnten wir besser sehen.

»Ja, hier muss man an vieles denken«, sagte der norwegische Kollege und lachte wieder.

Ihm schien das Fahren Spaß zu bereiten. Noch gab es auch keine Schwierigkeiten, denn wir fuhren über einen Weg, den eine Raupe planiert hatte.

Der Weg, im Sommer war es sicherlich eine geteerte Straße, führte direkt auf die Berge zu.

Er war mit den Augen kaum zu verfolgen, da es rechts und links keine Abtrennung gab.

Nils hatte uns erklärt, dass wir noch eine Siedlung berührten, wo wir Proviant nehmen wollten. Es war der kleine Ort Kabelvag, den ich in London auf der Karte gelesen hatte.

Nach zwei Stunden erreichten wir das tief verschneite Dorf. Dort gab es Leben. Aus den Schornsteinen stiegen blaugraue Rauchfahnen in den winterlichen Himmel, sie wurden vom Wind erfasst und zerflatterten. Auf einem zugefrorenen Weiher liefen Kinder mit Schlittschuhen auf dem Eis und durch den Ort bewegten sich nicht wenige Menschen auf Skiern weiter. Die Berge waren schon sehr nahe gerückt. Kabelvag lag nicht nur im Tal, es erstreckte sich auch an den Hängen, die rechts und links in die Höhe führten. In der Ortsmitte fanden wir die Geschäfte. Eine Tankstelle entdeckten wir ebenfalls. Sie und der Laden wurden von einem Besitzer geführt, der Nils gut kannte, denn die beiden begrüßten sich wie alte Freunde.

Der norwegische Kollege sprach mit dem Eigner und deutete hin und wieder auf uns.

Dann beugte sich der Mann in seinem blauen Overall jedes Mal vor und starrte durch die schneeverklebten Scheiben in unseren Geländewagen hinein.

»Der wird uns für Idioten halten«, meinte Bill und öffnete die Tür, um auszusteigen.

»Wo willst du denn hin?«, fragte ich ihn.

»Mir die Beine vertreten. Außerdem fahren nur Idioten bei dieser Witterung in die Berge.«

»Hättest ja zu Hause bleiben können«, sagte ich.

Bill drehte sich um und grinste. »Und wer soll auf euch beiden Spitzbuben Acht geben?«

Auch wir stiegen aus und sahen zu, wie Nils einkaufte. Der Norweger sprach uns an, wir hoben nur die Schultern, weil wir nichts verstanden. Nils übersetzte. »Er meint, dass es nicht gut ist, in die Berge zu fahren.«

»Haben Sie ihm was über die Strigen berichtet, Nils?«

Als der Mann das Wort Strigen hörte, da schlug er hastig ein Kreuzzeichen und wurde bleich. Aus seinem Mund sprudelte ein Wortschwall, allerdings verstanden wir nichts.

»Was sagt er denn?«, wollte Bill wissen. Der Reporter stand an einem Automaten und zog Tee für uns alle.

»Er hat uns gewarnt.«

»Wir wissen um die Gefährlichkeit der Strigen.« Bill balancierte den Tee und kam langsam näher. Schnell stellte er die Becher auf der Theke ab, weil das Zeug sehr heiß war. »Verdammt, ich hätte doch die Handschuhe anlassen sollen«, fluchte er.

»Die Strigen sind übrigens hier in der Nähe gesehen worden«, erklärte Nils Björnsson.

Ich ruckte herum. »Wo?«

»Gestern noch. Im Ort.«

»Hat es Verletzte gegeben?«

»Nein, sie haben wohl niemanden angegriffen, soviel bekannt ist. Allerdings vermisst man einen Holzfäller, der sich zu der fraglichen Zeit im Wald aufgehalten hat.«

»Hat man nach ihm gesucht?«

»Ja, aber vergeblich.«

Ich dachte daran, dass Menschen, die von den Strigen gebissen wurden, selbst zu diesen Monstern wurden, und schüttelte mich.

Schweigend tranken wir unseren Tee, denn Suko, Bill und ich dachten wohl das Gleiche.

Hoffentlich war dem Mann nichts passiert!

Mit Lebensmitteln, Taschenlampen und Werkzeug

bepackt, verließen wir das Geschäft und gingen wieder zu unserem Wagen. Ein feiner Schneeschleier lag in der Luft. Der Wind wehte die winzigen Flocken von den Hausdächern in die Straßen.

Wir luden das Gepäck ein.

Nils Björnsson nahm abermals hinter dem Lenkrad Platz. Mit den beiden breiten Wischern reinigte er die Frontscheibe vom Schnee. Dann starteten wir.

Ich schaute noch einmal zurück. Der kleine Ort kam mir wie der letzte Vorposten einer Zivilisation vor. Ich sah den Kaufmann, der uns nachschaute. Sein Gesicht zeigte einen furchtsamen Ausdruck.

Auch Nils hatte ihn im Rückspiegel gesehen. »Ganz klar«, meinte er, »der Mann hat Angst.«

»Dann weiß man hier von den Strigen«, stellte Bill Conolly fest.

»Und wie.«

»Und weshalb unternimmt man nichts dagegen?«

»Ich bin Polizist und kann mich nur an Fakten halten. Wenn eine Anzeige vorliegt, greifen meine Kollegen und ich ein. Bisher haben wir solch einen Fall noch nicht gehabt. Es hat sich niemand gemeldet und etwas über die Strigen gesagt.«

Ich lachte. »Das ist wie bei uns. Die Polizei kann erst eingreifen, wenn etwas passiert ist.«

»Und dann ist es meist zu spät«, beendete Nils Björnsson den Dialog.

Bisher waren wir noch auf dem Weg weitergefahren. An den Spuren genau zu erkennen, das jedoch änderte sich nun, denn die Piste führte nicht mehr weit aus dem Dorf hinaus.

Jetzt wurde es schwammig. Insofern schwammig, weil überhaupt keine Spur mehr zu sehen war und die Strecke zudem noch bergauf führte. Zusätzlich begann der Wald.

»Macht euch auf etwas gefasst, Freunde«, versprach der norwegische Kollege. »Hier geht es bald rund.«

Hatte ihn einer von uns heimlich bis zu diesem Zeitpunkt für einen Aufschneider oder Übertreiber gehalten, so wurde er sehr schnell eines Besseren belehrt.

Es ist verdammt nicht einfach, mit einem Wagen über frisch gefallenen Schnee zu fahren, trotz der Ketten.

Aber Nils hatte Routine. Oft fuhr er schräg, spielte ständig mit Gas, Kupplung und Gängen und er schaffte es irgendwie, die Strecke zu nehmen.

Dann erreichten wir die Bäume. Auch hier führte der Weg einigermaßen geradeaus weiter.

Ich schaute zurück, aber viel konnte ich nicht sehen, denn alle vier Reifen wühlten den lockeren Pulverschnee in die Höhe, der unseren Geländewagen wie ein weißes Zelt umgab.

Bill fragte: »Wohin fahren wir eigentlich?«

»Zum Schädelthron«, sagte Suko.

»Da steht dann der große Schneemann, wie?«

»Kann sein.«

»London wäre mir lieber«, murmelte Bill und holte ein kleines Fläschchen aus seiner Tasche. »Aquavit«, sagte er, »der Gleiche, wie wir ihn am Flughafen getrunken haben. Der wärmt. Möchte jemand einen Schluck?« Da keiner zustimmte, trank Bill auch nicht.

Im nächsten Augenblick ging es rund. Wir waren nämlich in den Wald gefahren, bahnten uns einen Weg zwischen den Bäumen, aber die wollten nicht wie wir.

Das bekam unser Wagen zu spüren. Die harten, schneebeladenen Äste hieben gegen die Karosserie. Pulver- und Pappschnee fielen auf den Rover. Die Tannen und Fichten reichten hoch wie Häuser. Mich wunderte es immer noch, dass Nils hier überhaupt einen Weg fand.

Der Range Rover schaukelte von einer Seite zur anderen. Wir hofften alle vier, nicht in irgendeinem Schneeloch zu landen, stecken zu bleiben und den Wagen freischaufeln zu müssen.

»Bald geht es nicht mehr weiter«, erklärte Nils.

»Wieso?«, fragte Bill.

»Aus, finito. Bis hierher fahren noch die Holzfäller. Dann gehen sie zu Fuß. Manchmal nehmen sie auch Pferde mit, aber wir verlassen uns ja nicht auf ein PS.«

»Und sind verlassen«, meinte der Reporter.

Ich hockte vorn neben Nils Björnsson. Vor uns erschien

ein ungeheuer hoch wirkender Nadelbaum. Er war über und über mit Schnee beladen. Ausweichen konnten wir kaum, weil auf der linken Seite ebenfalls Bäume standen.

Nils zog den Wagen zwar noch in eine andere Spur, doch völlig ließen uns die Zweige nicht in Ruhe.

Sie schienen sich an dem Fahrzeug festkrallen zu wollen, bevor sie einen großen Teil ihrer Schneelast verloren. Das schwere Zeug krachte dumpf auf das Dach. Der Schlag erschütterte den Rover.

Auch rutschte die weiße Pracht über die Frontscheibe und blieb auf der Kühlerhaube liegen, sodass uns nach vorn die Sicht verwehrt blieb und wir nur eine graue Wand sahen.

»Das war doch nicht nur Schnee«, sagte ich.

Nils hob die Schultern. Seinem Gesicht sah ich an, dass er ebenfalls nicht so recht daran glauben wollte.

Bill klärte uns auf. Er und Suko hatten auf den hinteren Plätzen noch die beste Sicht und der Reporter rief mit lauter Stimme: »Verdammt, Freunde, ein Monster. Der Eulenmensch!«

Zuerst blieben wir sitzen, weil wir es nicht glauben wollten. Der Reporter hatte nicht von einer Strige oder Satanseule gesprochen, sondern von einem Eulenmenschen. Außerdem konnten Nils Björnsson und ich überhaupt nichts sehen. Erst als ich mich umwandte und schräg durch die Seitenscheibe an Bill vorbeipeilte, erkannte ich die Gestalt.

Ein genaueres Bild blieb mir verwehrt, da die Gestalt zwischen den dichten Tannen verschwand und die Schneewand noch zusätzlich für Deckung sorgte.

Möglich war alles. Ich dachte an den Schlag, den das Dach des Wagens erlitten hatte. Der war nicht von schlechten Eltern gewesen. Schnee kann zwar auch sehr schwer sein, doch jenes Geräusch hatte sich angehört, als wäre tatsächlich noch ein großer Gegenstand auf dem Dach gelandet.

Und der Eulenmensch war groß.

Bill Conolly stieg aus. Es bereitete ihm Mühe, überhaupt die Tür aufzudrücken, denn die Schneemassen verwehrten ihm ein leichtes Aussteigen. Suko half mit, indem er sich gegen die Tür stemmte.

Wie Schlangen drückten sich beide ins Freie und wurden plötzlich kleiner, weil sie fast bis zu den Knien in der weißen Pracht versanken.

Was ich jetzt erzähle, hatte vielleicht vier, höchstens fünf Sekunden gedauert. Auch uns hielt verständlicherweise nichts mehr im Fahrzeug. Wir öffneten die Türen.

Bei mir klappte es prima, aber als ich draußen stand, da merkte ich, wie hoch der Schnee lag. Meine Beine hörten an den Waden auf, wenn ich an mir hinabschaute.

Nils rief: »Er ist nach rechts gelaufen!«

In diese Richtung hatten sich auch Bill und Suko gewandt. Wir sahen es an den Spuren im Schnee.

Ich lief schräg auf die Spur zu. Schon nach zwei Schritten musste ich den Kopf einziehen, weil die tiefhängenden Zweige über mein Haar streiften und den nassen Schnee abschütteln wollten.

Nils Björnsson hielt sich an meiner Seite. Schon wenig später sahen wir Suko und Bill.

Die beiden standen zwischen den Tannen. Sie sahen aus wie Schneemänner, denn das Zeug war von den Bäumen gefallen und hatte sein Ziel auf der Kleidung meiner Freunde gefunden.

Mir erging es nicht besser. Ich schaute Bill an, der die Schulter angehoben hatte.

»Nichts, John!«

»Wieso?«

»Der ist weg.«

»Aber da müssen doch Spuren sein«, sagte Nils.

Bill deutete auf das Unterholz. Zu sehen war es nicht, mehr zu ahnen, denn der Schnee hatte es mit einer dicken Schicht überhäuft.

»Es wird besser sein, wenn wir uns trennen«, schlug ich vor. »Zwei suchen jeweils zusammen.«

Damit waren auch die anderen einverstanden. Bill blieb bei Suko, ich ging mit Nils Björnsson weiter.

Hatte der norwegische Kollege nicht von einem Urwald gesprochen? Wie im Dschungel kam ich mir vor, als ich mir zusammen mit Nils den Weg bahnte.

Die Bäume standen so dicht, dass sie sich gegenseitig berührten und fast einen Wall bildeten.

Einen Wall aus Schnee.

Ich hatte die Kapuze übergestreift. Wir duckten uns, stemmten störende Zweige zur Seite, die dann zurückpeitschten und die weiße Last verloren. Wir suchten nach Spuren, denn fliegen konnte der Eulenmensch wohl nicht, obwohl ich mit allem rechnete.

Ich hörte Nils fluchen und fragte nach dem Grund.

»Wir verlieren Zeit, John. Zu viel Zeit, denn gleich wird es dunkel.«

Daran hatte ich gar nicht gedacht. Klar, im Winter waren die Tage verdammt kurz und die Dunkelheit brach sehr schnell herein.

Der Wald schwieg, aber wir sahen Spuren. Die Abdrücke im Schnee stammten weder von Bill und Suko noch von uns. Wir blieben stehen und bückten uns.

»Sind das noch menschliche Füße?«, fragte Nils.

Ich schüttelte den Kopf.

Der norwegische Inspektor schluckte. »Dann scheint dieser Waldarbeiter doch zu einem Monster geworden zu sein.«

»Sieht so aus.«

»Und was machen wir jetzt?«

»Wir müssen versuchen, seinen Aufenthaltsort herauszufinden«, erklärte ich, »das ist die einzige Möglichkeit.«

»Habt ihr etwas gefunden?« Das war Bills Stimme, die uns von der Seite her entgegenhallte.

»Ja, Spuren.«

»Dann kommen wir zu euch.«

Wir warteten solange. Im Unterholz knackte und brach es. Wenig später sahen wir zwei Schneemänner.

Als Bill Conolly schweratmend neben mir stehen blieb, fragte ich: »Kannst du eine genaue Beschreibung geben?«

»Genau nicht. Ich habe ihn ja nur kurz gesehen, aber er schien mir so auszusehen wie die Opfer auf dem Schiff.«

Das war schlimm. Noch deutlich hatte ich die Opfer der Strigen in Erinnerung, denn die, die gebissen worden waren, verwandelten sich oft selbst in Strigen oder ähnliche Monster.

»Was machen wir?«, fragte Bill.

»Weitersuchen und den Spuren nachgehen.« Nils Björnsson nahm mir das Wort aus dem Mund.

Zu viert drangen wir jetzt tiefer in den Wald ein. Dabei fächerten wir auseinander und die Abdrücke im Schnee führten immer weiter.

Es war mühsam, voranzukommen. Durch Schnee zu laufen, kann man mit dem Gehen durch Wasser vergleichen. Wir zogen ein Bein raus, stießen das nächste hinein und so ging es weiter.

»Der narrt uns«, beschwerte sich Nils. »Dieses verdammte Monster weiß genau, dass wir ihm auf der Spur sind und …«

»Da ist es doch!« Bills Ruf unterbrach den Inspektor. Der Reporter war stehen geblieben, hatte den Arm ausgestreckt und deutete nach vorn.

Auch wir sahen es.

Unter den tiefhängenden Zweigen einer hohen Tanne bewegte sich etwas. Ein normales Tier war es nicht und einen Augenblick später hatten wir Gewissheit, weil es seine Deckung verließ.

»Mein Gott!«, stöhnte Nils und presste seinen Handschuh gegen die Lippen. »Das darf doch nicht wahr sein.«

Es war aber eine Tatsache. Was wir da sahen, passte in ein Horror-Kabinett.

So groß wie wir war dieser Eulenmensch.

Kleidung trug er nicht mehr. Er wurde dafür durch das Gefieder gewärmt, das auf seiner Haut wuchs. Die Federn standen schräg und dicht an dicht wie Haare. Sie bildeten einen regelrechten Pelz, der sich bis hoch zum Gesicht hinzog.

Aber war es noch ein Gesicht? Nein, ein Eulenkopf mit großen Augen und einem langen gebogenen Schnabel.

»Das muss der Waldarbeiter sein«, hauchte Nils Björnsson. »Es gibt für mich keine andere Möglichkeit.«

Niemand widersprach, denn der Eulenmann erreichte immerhin die Größe eines ausgewachsenen Menschen. Er hatte uns ebenfalls gesehen, denn seine großen Augen waren starr auf uns gerichtet.

»Was machen wir? Schießen?« Diese Frage stellte der Inspektor aus Norwegen.

»Nur, wenn er uns angreift«, flüsterte ich.

»Was sollte er sonst tun?«, wisperte Nils.

»Vielleicht hat er eine besondere Aufgabe zu erfüllen«, gab ich ebenso leise zurück.

Suko hatte schon seine Dämonenpeitsche gezogen, wie ich mit einem Seitenblick feststellen konnte. Das war irgendwie beruhigend, denn an die Berettas kamen wir nicht so schnell heran, wir mussten uns erst unserer dicken Handschuhe entledigen.

Der Eulenmensch hatte überhaupt nicht vor, uns zu attackieren. Beinahe gelassen drehte er sich um und verschwand geduckt zwischen den tief hängenden Ästen und Zweigen der hohen Nadelbäume.

»Ihm nach!«, zischte Suko.

Diesmal übernahm der Chinese die Führung. Außerdem blieben wir zusammen. Schließlich wussten wir nicht, welche Überraschungen uns noch erwarteten.

Es wurde ein beschwerlicher Weg. Je mehr die Zeit fortschritt, umso weniger sahen wir, denn die Dämmerung breitete sich allmählich aus und verschonte auch nicht das große Waldstück.

Mal mussten wir bergauf laufen, kamen dann nur auf allen Vieren voran, anschließend führte der Weg in die Tiefe, da rutschten wir, erreichten auch mal eine Lichtung und waren schließlich gezwungen, die mitgenommenen Taschenlampen einzuschalten.

Das andere Werkzeug lag im Wagen.

Ich hatte die Befürchtung, dass wir uns verirrten und der Eulenmensch nur mit uns spielte.

Hin und wieder nur entdeckten wir ihn, ansonsten hielt er sich vornehm zurück, sodass wir uns an seinen hinterlassenen Spuren orientieren mussten.

Die Kälte biss. Da die Sonne inzwischen verschwunden war, sanken auch die Temperaturen und ich war froh, die fellgefütterte Jacke angezogen zu haben. Sie ließ zudem keine Feuchtigkeit durch, ebenso wenig wie die hohen Stiefel.

Als es schließlich fast dunkel war, erreichten wir den Rand einer Lichtung.

Dort blieben wir erst einmal stehen.

»Kennen Sie sich hier aus, Nils?«, fragte ich den norwegischen Kollegen.

Er schüttelte den Kopf.

»Und wo könnten wir ungefähr sein?«

»Wir sind in Richtung Norden gelaufen, mehr kann ich auch nicht sagen.«

Damit war uns kaum geholfen. »Besteht denn die Chance, dass wir Menschen treffen?«

Er hob die Schultern. »Wer sollte sich in diese gottverlassene Gegend schon verirren? Doch nur Verrückte.«

Während wir uns leise unterhalten hatten, war Suko ein paar Schritte vorgegangen. Er bahnte sich seinen Weg durch das Unterholz und wir vernahmen seinen erstaunten Ruf.

»He, kommt mal her!«

Rasch waren wir bei ihm.

Suko deutete nach vorn. Das war wie im Märchen, und so überrascht zeigten wir uns auch, denn damit hätten wir nicht gerechnet.

Mitten auf der Lichtung stand ein Haus!

Keiner von uns sprach, denn diese Überraschung mussten wir erst einmal verdauen.

»Also doch Menschen«, meinte Bill.

»Siehst du welche?«, fragte ich.

»Nein.«

»Na bitte. Und es brennt auch kein Licht hinter den Fenstern.« Die konnten wir nämlich noch erkennen, weil der Schnee schräg gegen das Haus gefallen war und nicht die gesamte Wand bedeckte.

»Dort wird die Unterkunft unseres Freundes sein«, bemerkte Suko und wandte sich mit der nächsten Frage an den norwegischen Kollegen. »Kennen Sie das Haus?«

»Nein.«

»Nie davon gehört?«

Er schüttelte den Kopf.

»Das gibt es doch nicht. So weit ist der Bau doch nicht von der nächsten Ortschaft entfernt.«

»Trotzdem.«

»Dann lasst uns das Gebäude mal ansehen!«, schlug ich vor und stapfte durch den tiefen Schnee.

Wir waren sehr vorsichtig, als wir uns dem Gebäude näherten, denn wir hatten den Eulenmenschen nicht vergessen, der sicherlich im Hintergrund lauerte.

Es war eine große Blockhütte. So konnte man das Haus bezeichnen. Aus rohen Baumstämmen war es erbaut worden, hatte ein schräges Dach und ein kleines Türmchen sah ich neben dem Schornstein, darunter zwei Gauben.

Das Haus musste einfach bekannt sein. Ich konnte es mir nicht anders vorstellen.

Wir bewegten uns sehr vorsichtig, sicherten nach allen Seiten, denn wir wollten keine unangenehme Überraschung erleben. Als wir vor der Tür standen, hatte uns kein Gegner angegriffen.

Die Ruhe war trügerisch, das spürte ich. Selbst die Natur schien den Atem anzuhalten.

Ich schaute noch einmal zurück und mein Blick flog dabei über die Lichtung.

Schweigend umstanden uns die hohen Tannen. Auf ihren Zweigen lag eine dicke Schicht, die wie Puderzucker wirkte. Nicht ein Laut durchbrach die Stille, nur hin und wieder rieselte Schnee von den Bäumen, wenn der Wind über die Zweige fuhr und mit unsichtbaren Händen die feinen Körner nach unten warf, sodass sie aussahen wie lange Schleier.

»Die Tür hat ein Schloss«, bemerkte Suko.

»Das aber geöffnet ist«, sagte Bill, denn er drückte die alte Klinke nach unten und stieß die Tür auf.

Wir schauten in das Haus und ins Dunkel!

»Licht?«, fragte Bill.

Das gab es wohl nicht, deshalb nahmen wir die Taschenlampen. Der Reporter trat als Erster über die Schwelle,

Suko folgte, dann kam ich, den Schluss machte Nils Björnsson.

»Lampen an!«, flüsterte ich.

Die vier Strahlen schnitten durch die Finsternis und sie vereinigten sich vor uns zu einem hellen Kreis.

Er traf genau das Zentrum. Es war Zufall, aber was da aus der Finsternis gerissen wurde, ließ unseren Atem stocken.

Bill sprach das aus, was wir alle dachten. »Der Schädelthron der Strigen«, sagte er beinahe ehrfurchtsvoll.

Es stimmte.

Wir hatten unser Ziel erreicht!

Tausende von Meilen entfernt, versteckt in einer Höhle der Anden, da saß Lady X wieder vor ihrem Würfel und versuchte ihn zu manipulieren.

Sie wollte sehen!

Das bedeutete, dass sie Ereignisse erkennen musste, die weit entfernt lagen, aber mit dem Würfel in einem unmittelbaren Zusammenhang standen, denn er allein konnte ihr den Weg weisen und ihr zeigen, ob es einen Sieg oder eine Niederlage gab.

Die Zeichen standen auf Sieg!

Lady X sah ein Bild, das sie innerlich aufjubeln ließ, denn John Sinclair und sein Team hatten ihr Ziel erreicht. Vielmehr das Ziel, das sich die Scott vorgestellt hatte.

Den Schädelthron der Strigen.

Sie fuhr sich mit der Zunge aufgeregt über die Lippen. Endlich war es so weit. Wenn Sinclair so reagierte, wie sie wollte und es sich erhofft hatte, würde es bald keine Strigen mehr geben. Dann waren sie ebenso vernichtet wie die roten Vampire.

Ruckartig stand sie auf. Die Bewegung war so schnell und hektisch, dass sogar die beiden Monster aufmerksam wurden.

Sie schauten hoch.

Lady X lächelte kalt. »Sie sind am Ziel«, sagte sie.

Keiner gab Antwort.

»Sie sind da!«, wiederholte sie. »Sinclair und seine Freunde haben den Schädelthron gefunden.«

»Und?« Vampiro-del-mar hatte das Wort ausgestoßen.

»Sie werden die Strigen vernichten.« Lady X lachte. »Es gibt keine roten Vampire mehr, und es wird bald auch keine Strigen mehr geben. Die Hindernisse schaffen die anderen für uns aus dem Weg. Und wir werden uns wohl auf eine kleine Reise gefasst machen müssen ...«

Es war nicht nur unbeschreiblich, sondern auch unwahrscheinlich. Mit allem hätten wir gerechnet, nur nicht mit dem Bild, das sich unseren Augen bot.

Es war kein Thron im eigentlichen Sinne, sondern ein gewaltiger Totenschädel, mit riesigen, grün leuchtenden Augen und einem Spinnennetz, das ihn umwob.

Er stand genau in der Mitte und auf einem kleinen Hügel, der sich aus seltsam runden, eiförmigen Gegenständen gebildet hatte. Aus dem Schädel aber wuchs etwas, das Nils Björnsson mal erwähnt hatte.

Eine weiße Eule.

Gewaltig, übergroß und auch unheimlich. Sie schien versteinert zu sein und hatte beide Flügel ausgebreitet, die mir fast so groß vorkamen wie die Arme eines Menschen.

In dieser Größe hatte ich bisher nur Strigus erlebt und hätte nie gedacht, dass die geheimnisvolle weiße Eule ebenfalls so groß sein konnte.

Mit ihrem Kopf berührte sie fast die Decke des Raumes, und die Enden der Flügel streiften die Wände.

Wir waren sprachlos.

»Mein Gott«, stöhnte Nils, »damit hätte ich nie im Leben gerechnet. Das ist er also.«

Ich löste mich von den anderen und ging einen Schritt tiefer in den Raum.

Die Eule hielt die Augen offen. Da ich näher herangegangen war und sie angeleuchtet hatte, sah ich auch die Farbe. Sie schimmerten nicht grün, sondern in einem düsteren, verwaschen wirkenden Rot. Das Tier selbst, das mich an eine Steinfigur erinnerte, wuchs tatsächlich aus der Schädelplatte des Totenkopfs.

War es nur ein Symbol, oder konnte es leben? Ich wusste es nicht, hoffte jedoch, eine Antwort auf die Frage zu erhalten. Klar war nur, dass wir vor einem schwarzmagischen Heiligtum standen.

Es wollte mir einfach nicht in den Kopf, dass niemand davon gehört hatte, denn so etwas hätte ich nie und nimmer auf den Lofoten vermutet.

War der Schädel ein Dimensionstor?

Das konnte durchaus sein, denn wir hatten ähnliche Dinge schon oft genug erlebt, und Dimensionstore gab es auf dieser Welt viele.

Suko hatte die Tür ins Schloss gedrückt. Auch ihn hielt nichts mehr auf seinem Platz. Er begann ebenfalls den Raum zu durchwandern und fand sogar Kerzen.

Sie lagen auf einem Holzbrett an der Wand. Die Dochte zeigten eine schwarze Verfärbung, ein Zeichen, dass sie bereits angebrannt waren.

»Schonen wir unsere Batterien«, schlug der Chinese vor und zündete die erste Kerze an.

Vier insgesamt hatte er gefunden. Er entflammte die drei anderen an der ersten Kerze, ließ ein wenig Talg zu Boden tropfen und stellte die Kerzen dort hinein.

War die Atmosphäre vorher irgendwie bedrohlich gewesen, so erhielt sie jetzt noch einen unheimlichen Touch, der von dem flackernden Kerzenlicht ausging.

Da huschten bizarre Schatten über den mitten im Raum stehenden Totenschädel und schienen ihn mit einem geisterhaften Leben zu erfüllen. Wir hatten das Gefühl, als würde sich der Schädel bewegen und auch die weiße Eule nicht mehr still auf der Platte sitzen bleiben.

Aber es war eine durch Schattenspiele und Lichtreflexe hervorgerufene Täuschung.

Der Schädel blieb ruhig.

Suko hatte die Kerzen im Raum verteilt. Anschließend wollte er sich an die Durchsuchung des Blockhauses begeben.

»Wie fangen wir es an?«, fragte er. »Trennen wir uns?«

»Gibt es denn noch weitere Räume?«, wollte Nils Björnsson wissen.

»Von außen sieht es jedenfalls so aus«, murmelte Bill Conolly. »Zumindest müsste noch ein Dachboden existieren.«

»Wie kommen wir rauf?« Nils stellte die Frage.

Er hatte die Worte kaum ausgesprochen, als Suko seine Lampe anknipste, den Arm anhob und gegen die Decke leuchtete.

»Da ist eine Klappe«, meldete er.

Wir alle schauten hin. Die Decke war sehr hoch. Wir konnten sie auch nicht erreichen, wenn wir sprangen.

»John stellt sich auf meine Schulter.« Suko dachte praktisch, und er baute sich sofort an der Wand auf, wo er Halt finden konnte.

Mit dem Rücken stützte er sich ab, während er schon die Hände zusammenlegte. Ich ging auf ihn zu. Hühnerleiter nennt man so etwas. Das jedenfalls sagen die Kinder. Sie war praktisch, zudem verfügten Suko und ich über die nötige Routine.

Ich setzte meinen Fuß in Sukos zusammengelegte Hände und drückte mich kräftig ab.

Mit Schwung geriet ich so weit nach oben, dass meine ausgestreckten Arme den kleinen Haken fanden, mit dem die Klappe nach unten zu ziehen war. Es war leicht. Ich brauchte nicht viel Kraft aufzuwenden, um sie zu öffnen.

Eigentlich hatte ich ja damit gerechnet, dass sich an der Innenseite der Klappe eine Leiter befinden würde, die man auseinander ziehen konnte, das jedoch war ein Irrtum. Wenn ich auf den Dachboden klettern wollte, musste ich schon mit beiden Händen den Rand umfassen und mich in die Höhe hieven.

Das tat ich auch.

»Kannst du noch?«, fragte ich dabei.

»Mach weiter, John!«, erwiderte Suko ein wenig gepresst.

Ich schwang mich hoch, strampelte mit den Beinen, und Suko war gezwungen, den Kopf einzuziehen.

Ich kroch förmlich über den Rand der Luke und befand mich auf dem stockdunklen Speicher des Blockhauses.

Kniend drehte ich mich um, während mein Blick in die Tiefe glitt. Ich schaute auf den Schädel und sah meine Freunde, die zu mir hochblickten.

»Wie ist da oben die Luft?«, fragte Bill grinsend.

»Keine Ahnung, ich sehe mich erst einmal um.«

»Okay.«

Ich drehte mich wieder um, schaltete die Lampe ein und probierte aus, ob ich stehen konnte.

Das war nicht möglich. Den Kopf musste ich einziehen, sonst hätte ich ihn mir an den sperrigen Dachbalken gestoßen.

Der Lampenstrahl schnitt einen langen, hellen Streifen in die Dunkelheit. Das Dach hatte ziemlich große Ausmaße. Ich leuchtete in die Winkel hinein.

Leer.

Nichts als Leere und Staub fand ich. Zudem war es kalt. Durch manche Ritzen pfiff der Wind, und er brachte Schneestaub mit, der nicht einmal wegtaute, weil es hier oben so kalt war. Die Handschuhe hatte ich ausgezogen, um die Lampe besser halten zu können. Die Jacke hatte ich geöffnet, um im Notfall möglichst schnell an meine Beretta zu gelangen.

Sukos Stimme erreichte mich. »Wie sieht es da oben aus, John?«

»Scheint leer zu sein.«

»Keine Strigen?«

»Bis jetzt noch nicht.«

»Verdammt, wo können sie sich denn versteckt halten?« Das war Bill, der da fragte.

»Ich stehe erst am Anfang, Kinder. Wenn ihr nichts mehr von mir hört, bin ich an der anderen Seite.«

»Ja, lass dir Zeit.«

Ich wollte dorthin, wo ich die Dachfenster gesehen hatte. Das war an der Vorderseite des Hauses.

Es war nicht still hier oben. Irgendwo knackte es immer im Gebälk. Ich musste an die Schneelast denken, die dieses Dach zu tragen hatte. Das war ein ziemliches Gewicht.

Vorsichtig bewegte ich mich weiter, denn unter meinen Schuhen befand sich ebenfalls eine glatte Schneeschicht.

Ich drang weiter in die Tiefe des Dachbodens ein.

In der Kälte wurden meine Finger allmählich steif, und ich bewegte sie, um wieder Gefühl zu bekommen. Mit der Lampe leuchtete ich im Kreis und sah, wie der Strahl in einen breiten Tunnel stach.

Das war die vorgebaute Gaube, das Dachfenster.

Bisher war das Dach leer gewesen, doch als ich in die Gaube hineinleuchtete, sah ich genau die, nach denen wir schon so lange vergeblich gesucht hatten.

Die Strigen!

John Sinclair war verschwunden. Die drei anderen blieben zurück und lauschten seinen Schritten, die sich immer mehr entfernten, leiser wurden, aber nie völlig verstummten.

Nils Björnsson atmete tief durch. »Ich verstehe das alles nicht«, gab er ehrlich zu. »Da existiert ein Haus wie dieses auf einer bewohnten Insel, und niemand weiß etwas davon.«

»Vielleicht hat es nur keiner gesagt«, meinte Bill.

»Wieso?«

»Es gibt Dinge, über die schweigt man lieber, weil sie so schrecklich sind.«

»Meinen Sie?«

»So jedenfalls sehe ich es. Und ich glaube nicht, dass ich mich da getäuscht habe.«

»Kann schon sein …«

»Wenn ich daran denke, wie alt diese Strigen sind, wird mir ganz anders«, sagte Suko plötzlich und schaute nicht mehr den Totenschädel an, sondern Nils Björnsson. »Wissen Sie eigentlich, dass die Strigen vor langer Zeit fast überall auf der Welt verbreitet waren? Sogar in Venedig!«

»Nein, wie kommen Sie denn darauf?«

»Das haben wir erlebt. Es ist nicht einmal lange her, als sich Strigen und rote Vampire in Venedig bekämpften. Diese beiden dämonischen Arten sind Urfeinde seit Beginn.«

»Rote Vampire?«, fragte Nils. »Ist das nicht ein wenig zu weit hergeholt?«

»Nein, denn es gibt ja auch die Strigen.«

»Rechnen Sie damit, dass die Vampire hier auftauchen?«

»Das ist möglich.«

Nils schlug sich gegen die Stirn. »Verdammt, welche Überraschungen erleben wir denn noch?«

Da lachte der Chinese auf. »So einige werden es schon sein, mein Lieber.«

»Bis jetzt habe ich aber noch keine Strigen gesehen. Vielleicht beruht auch alles auf einem Irrtum.«

»Wäre schön, aber ich kann nicht so recht daran glauben«, erwiderte Suko.

»Was tun wir, wenn sie sich zeigen?«

»Kämpfen«, sagte Bill Conolly lakonisch und ging näher auf den großen Schädel zu.

Bisher hatten die drei Männer einen respektablen Abstand gehalten. Nachdem der Schock der Überraschung überwunden war, wollten sie sich den großen Totenschädel genauer ansehen.

Dicht davor blieb Bill stehen. Er konnte in die Augenhöhlen schauen, in denen es grün leuchtete. Auch spürte er an seinen Fußspitzen die seltsame Unterlage, diese eiförmigen, schwarzen Ovale, von denen keiner wusste, welche Bedeutung sie hatten.

Die Farbe in den Augenhöhlen veränderte sich laufend. Bill glaubte, dass es ein Licht war, das sich bewegte, dabei rotierte und sich aus mehreren Farbnuancen zusammensetzte, bis dieses seltsame Grün entstanden war. Er war versucht, eine Hand in das Augenloch zu stecken, doch er schreckte davor zurück, denn keiner konnte wissen, welch eine Kraft im Innern des Totenschädels lauerte.

Sein Blick glitt in die Höhe. Er erfasste die weiße Eule,

die mit dem Schädel verwachsen zu sein schien. Gleichzeitig spürte er die seltsam kalte Luft, die aus der Maulhälfte des Schädels drang und durch den Stoff seiner dicken Hose schnitt.

Was war das?

Bill erschauderte. Zudem ließ er seinen Blick nicht von der weißen Eule und zuckte zusammen, denn da hatte sich etwas im Gesicht bewegt.

Die Augen!

Für einen Moment nur zwinkerten sie. Sie schlossen sich, um gleich darauf wieder glotzend zu starren.

»Sie lebt!«, keuchte Bill.

»Was?« Das Wort hatte Nils ausgestoßen.

Bill Conolly drehte sich um. Da lief der Norweger bereits auf ihn zu. »Sie brauchen nur auf die Augen der weißen Eule zu schauen«, erklärte der Reporter. »Die haben sich tatsächlich bewegt. Erst gingen sie zu, dann waren sie wieder offen.«

Auch Suko interessierte die Sache. Er stellte sich neben die beiden Männer und schaute in die Höhe.

»Das Licht ist schlecht«, sagte der Chinese, »so kann man kaum etwas erkennen.«

»Dann nimm doch deine Lampe.«

Suko nickte, als Bill den Vorschlag machte. Er hakte die Lampe vom Gürtel los und schaltete sie ein.

Der Strahl stach in die Höhe, traf die Figur auf der Schädelplatte und die Augen.

Suko schaute genau hin, bevor er sagte: »Ihr könnt mich steinigen, Freunde, aber ich sehe nichts.«

»Doch, da muss etwas sein. Ich habe mich nicht getäuscht, Suko. Ehrlich nicht.«

»Na ja, bei dem Licht in dieser …«

»Verdammt, was ist das denn?« Angst zitterte in der Stimme des norwegischen Inspektors mit, und auch die anderen beiden merkten plötzlich, dass sie in eine Falle geraten waren.

Um genau sehen zu können, hatten sie dicht an den Schädel herangemusst und waren zwangsläufig auf die eiförmigen Gegenstände getreten, die zuerst hart gewesen waren, nun aber auseinander glitten, zu einer weichen Masse wurden und sich wie Hände an den Beinen der drei Männer festklammerten.

Zurück konnte keiner mehr.

Sie rutschten in die Tiefe, vorbei an dem unheimlichen Totenschädel, in dessen Maul sie schauen konnten.

Nebeneinander standen sie. Bleich waren ihre Gesichter. Furcht lag in den Augen, und jedem von ihnen war klar, dass es für sie eine unheimliche Reise werden würde.

Eine Reise ins Land der Strigen ...

Vier, nein, fünf Satanseulen starrten mich an. Der Vergleich zu Zinnsoldaten fiel mir ein, denn sie hockten sehr dicht beieinander, standen in einer Reihe und rührten sich nicht. Nur der durch die Ritzen fahrende Wind spielte mit ihrem Gefieder.

So wie sie aussahen, kannte ich sie auch. Graues Gefieder und hässliche Totenschädel, wobei allerdings ein gekrümmter Schnabel hervorstach, mit dem sie härter zuhacken und stechen konnten als die Vampire.

Die Satanseulen waren gefährlich, daran gab es nichts zu rütteln. Und sie waren auch nicht erschienen, um mich als einen Freund zu begrüßen, für sie war ich der Feind.

Meine Überraschung hatte ich schnell verdaut, da ich mit ähnlichem rechnete. Automatisch winkelte ich den Arm an und tastete nach meiner Beretta.

Jetzt war ich froh, nicht mehr die störenden Fausthandschuhe zu tragen, denn ich hätte mich kaum gegen die kleinen Bestien verteidigen können.

Ich zog die Waffe.

Das sahen auch die Strigen, und sie bekamen mit, wie ich langsam zurückging.

Da bewegten sich die Ersten.

Es waren die Eulen, die links außen hockten. Sie machten den Anfang, sprangen ein wenig vor und breiteten die Flügel aus. Gemeinsam starteten sie, und ihr Ziel war ich.

Die Beretta hat einen harten, etwas peitschenden Klang. Als ich dieses Geräusch hörte, da war es Musik in meinen Ohren. Die erste Eule erwischte ich dicht nach dem Start.

Während das Mündungsfeuer noch ein wenig fahl nachleuchtete, traf es schon die zweite.

Wieder hieb das geweihte Silbergeschoss in den Körper und stoppte die Strige mitten im Flug.

Doch nicht nur zwei Strigen standen gegen mich, sondern fünf. Drei waren noch übrig geblieben. Sie waren ungemein flink, konnten sich blitzartig bewegen, flogen im Zickzack und vergaßen dabei niemals, das Ziel aus den Augen zu lassen. Ich schaffte es nicht, ein drittes Mal zu schießen, denn plötzlich musste ich zurück. Ich warf mich auf den rauen Boden, wobei ich mich mehrere Male überrollte, um dem Angriffswirbel dieser fliegenden Bestien zu entgehen.

Etwas fuhr von links nach rechts wie ein stumpfes Messer durch mein Gesicht. Ich schrie unwillkürlich auf, zu überraschend war die Attacke. Zum Glück jedoch verfehlte mich der zuhackende Schnabel, denn die Strige hatte eine zu hohe Geschwindigkeit und war bereits an mir vorbei, als sie zustieß.

Ich lag auf dem Rücken, schaute in die Höhe, hatte die Taschenlampe fallen lassen und sah in ihrem Schein die mordgierigen Tiere, die wild mit den grauen Flügeln flatterten, wobei ihre hellen Schädel fahl leuchteten.

Die dritte Eule hockte in den Querstreben des Dachgebälks.

Ich hob den rechten Arm, zielte ein wenig genauer und drückte dann ab.

Die geweihte Silberkugel fegte das mutierte Tier von seinem Standplatz weg. Auf dem Weg zum Boden flatterte es noch mit den Flügeln, bevor es hart aufschlug und liegen blieb.

Ich konnte für wenige Sekunden aufatmen. Bis die nächste Strige herbeiflog. Sie stellte es schlauer an, attackierte mich nicht direkt, sondern schlug einen Bogen, wobei sie mit der Dunkelheit des Speichers verschmolz, denn überall reichte der Strahl meiner Lampe nun auch nicht hin.

Sie wollte mich von hinten angreifen.

Und ihr Artgenosse von vorn.

Diese Satanseule war so schnell, dass ich nicht mehr dazu kam, meinen Waffenarm in ihre Richtung zu bringen. Plötzlich hatte sie mich erreicht und hackte schon zu.

Der Schnabel war spitz wie ein Messer. Er durchdrang den Ärmelstoff, und dann riss ich meinen Arm zur Seite, bevor die Haut verletzt werden konnte.

Mit der freien linken Hand griff ich in das graue Gefieder, und meine Finger wurden zu einer Klammer.

Hart drückte ich zu.

Die Eule schrie und zappelte. Sie hörte erst auf, als ich sie gegen die Wand wuchtete. So heftig und wild hatte ich sie von mir geworfen. Aber sie war nicht erledigt.

Schon hörte ich das Rauschen der Flügel, denn da war noch die andere Strige, die aktiv in den Kampf eingreifen konnte. Sie wollte an meinen Kopf und mit dem Schnabel hineinhacken.

Ich rollte mich zur Seite, zog gleichzeitig mit der freien Hand den geweihten Silberdolch und hieb damit zu.

Ich spießte sie mitten im Flug auf. Leicht drang die geweihte Klinge durch den Körper, der für sie kaum ein Hindernis bildete, und die Spitze stach sogar in den beinernen Schädel.

Das war ihr Ende.

Ich brauchte meinen Dolch erst gar nicht aus dem Körper zu ziehen, die Strige verging auch so. Knochen und Aschereste wirbelten mir entgegen, und ich war froh, auch den vierten Gegner erledigt zu haben.

Blieb noch einer.

Auf meinen Lorbeeren ausruhen konnte ich mich nicht. Auch die letzte Strige konnte für mich zu einer tödlichen Gefahr werden. Und sie griff an, als ich mich in die Höhe stemmte.

Dabei kam sie von hinten, startete aus dem Dunkel und hieb so heftig in meinen Rücken, dass mich der Aufprall fast nach vorn und von den Beinen geschleudert hätte. Nur mühsam gelang es mir, mich wieder zu fangen. Dann hielt mich nichts mehr. Ich federte herum, drehte mich gleichzeitig im Kreis, spürte die Krallen der Satanseule, die sich in meinem Rücken festgeklammert hatte, und sorgte durch meine Bewegungen dafür, dass die Fliehkraft das Tier fortschleudern konnte.

Ich hatte selbst nicht Acht gegeben und krachte mit dem Rücken gegen einen der dicken Holzbalken. Jetzt endlich fiel die verdammte Vogel-Bestie zu Boden, blieb dort liegen, und ich trampelte voller Wut auf ihren Körper.

Den Rest gab ich dem mutierten dämonischen Tier mit dem Dolch. Von oben nach unten jagte die blitzende Klinge, und dagegen hatte die Strige keine Chance.

Sie verendete.

Das war die Letzte.

Ich atmete tief durch. Dieser kurze, aber ungemein erbarmungslos geführte Kampf hatte mich Nerven gekostet. Aber auch körperliche Kraft, und ich war ins Schwitzen geraten.

Das hatte ich überhaupt nicht so gewollt, doch die letzten Ereignisse hatten mir bewiesen, dass die Gegner nicht schliefen. Mich wunderte nur, dass sich meine Freunde nicht gemeldet hatten, denn sie mussten die Geräusche gehört haben.

Bevor ich nach ihnen schaute, leuchtete ich in die zweite Dachgaube hinein.

Sie war leer. Die Strigen hatten sich nur in der einen aufgehalten. Fünf gefährliche Wesen weniger, ich konnte mich als Sieger fühlen, aber das Rätsel des Schädel- oder Knochenthrons hatte ich damit noch immer nicht gelöst.

Wahrscheinlich war das, was ich hinter mir hatte, erst das Vorspiel zu weitaus gefährlicheren Aktionen gewesen.

Mein Weg führte mich zum Ausgang. Dorthin, wo sich die Luke im Boden befand.

Dicht davor blieb ich stehen. Etwa eine Fußlänge trennte mich vom Rand. Ein paar Mal holte ich tief Luft, um meinen Atem zu beruhigen.

Dann peilte ich nach unten.

Dort war alles leer.

Das heißt, der Schädelthron stand noch, aber von meinen Freunden war nichts zu sehen.

Ich befand mich allein in der Blockhütte!

Das war ein Hammer. Verdammt, so etwas konnte es doch nicht geben. Bill, Suko und Nils Björnsson waren vor wenigen Minuten noch da gewesen, und nun sah ich keinen mehr.

Da stimmte einiges nicht.

Nie wären sie klammheimlich, ohne mir Bescheid zu geben, verschwunden. Da ich sie aber nicht mehr sah und auch mein Rufen keinen Erfolg zeigte, musste etwas Schreckliches geschehen sein.

Hatte man sie entführt?

Vieles deutete darauf hin. Allerdings ließen sich drei zu allem entschlossene Männer wohl nicht lautlos entführen, nein, da mussten unsere Gegner wirklich zu einem gemeinen Trick gegriffen haben, anders konnte ich es mir nicht vorstellen.

Aber wie hatten sie meine Freunde in die Falle locken können? Dies war die große Frage, und die Antwort konnte mir wahrscheinlich nur der bleiche, übergroße Totenschädel geben.

Die Eule musste innerhalb des höllischen Spiels eine besondere Rolle spielen.

Es hatte natürlich keinen Sinn, hier am Rand der Luke stehen zu bleiben. Damit erreichte ich nichts. Wenn ich mich umschauen und Spuren sichern wollte, musste ich nach unten.

Ich ging in die Hocke, federte ein wenig durch und stieß mich dann ab. Die Distanz war ziemlich hoch, und ich landete dementsprechend hart auf dem Bohlenboden.

Aber ich brach und verstauchte mir nichts. Unverletzt konnte ich wieder aufstehen und mich umschauen. Ich sah das Gleiche wie von oben, nur eben aus einer anderen Perspektive.

Leer!

Keine Spur von meinen Freunden.

Allmählich wurde ich unruhig. Ich konnte mir einfach nicht vorstellen, dass sie verschwunden waren, ohne ein Wort gesagt oder gekämpft zu haben.

Was war passiert? Sosehr ich auch nachdachte, suchte, den Raum durchquerte, ich fand weder eine Lösung noch irgendwelche Spuren.

Meine Freunde waren im wahrsten Sinne des Wortes wie vom Erdboden verschluckt worden.

Das jagte mir Angst ein, und ich beschloss, mich näher mit dem Totenschädel zu beschäftigen. Wenn es eine Chance gab, herauszufinden, auf welchem Weg die drei Freunde verschwunden waren, dann nur durch die Hilfe des Totenschädels.

Als ich auf ihn zuging, zog ich auch mein Kreuz. Dieses unheimlich und hoch vor mir aufragende Symbol war ein Teil einer schrecklichen Magie. Es verkörperte das Böse, ein uraltes Geheimnis, das ich unter Umständen mit Hilfe des Kreuzes lösen konnte.

Ich ließ den Schädel nicht aus den Augen, auch nicht die weiße Eule darauf.

Dennoch überraschte sie mich, und ich zuckte zusammen, als ich das schreckliche Geräusch vernahm, das die Eule ausstieß. Zwar stand sie weiterhin in der gleichen Haltung auf dem blanken und beinern schimmernden Schädel, aber ihren Schnabel hatte sie geöffnet, und aus dem Schlund im Weiß des Kopfes fuhr eine dunkelrote Zunge, die dieselbe Farbe wie die Augen hatte.

Ich stoppte.

Weshalb hatte die weiße Eule nur so reagiert? Hatte sie Angst, weil sie das Kreuz sah?

Die Erklärung fiel mir ein, aber sie genügte mir nicht, ich wollte die Wahrheit wissen, die ganze Wahrheit.

Das war mir nicht vergönnt, denn bevor ich den großen Totenschädel erreichen konnte, hämmerte jemand gegen die Tür.

In diesem Augenblick wurde die Tür schon aufgestoßen. Nicht nur die Kälte fegte in den Raum, sondern auch feiner Schnee.

Mit ihm aber kam er – der Eulenmensch!

Im ersten Augenblick war ich geschockt, als ich dieses Geschöpf aus der Nähe sah. Ich kam mir vor wie in einem Wintermärchen, in dem zahlreiche fantastische Gestalten auftraten, aber das hier war Realität. Vor mir stand ein Vogelmensch.

Und meine Gedanken irrten zurück. Weit zurück. Ich dachte an einen längst versunkenen Kontinent, der den Namen Atlantis trug und in dem es einmal den Eisernen Engel gegeben hatte, der ebenfalls Herr über Vogelmenschen gewesen war, aber dieser hier sah anders aus als die Wesen damals, zehntausend Jahre vor unserer Zeitrechnung.

Er war über und über mit Schnee bedeckt. In einer dicken Schicht lag er auf seinem Gefieder, aus dem der normale Kopf eines dunkelhaarigen Menschen ragte. Das Gesicht war verzerrt. Allerdings konnte man diesen Ausdruck nicht als schmerzlich bezeichnen, sondern als unglücklich. Dieses Wesen empfand alles Unglück der Welt, und ich wusste plötzlich, dass es mir nicht gefährlich werden konnte.

Automatisch fiel mein rechter Arm nach unten und damit auch die Beretta, die ich sicherheitshalber gezogen hatte. Das Wesen wollte nichts Böses, es sollte sehen, dass auch ich ihm nicht feindlich gesonnen war.

Allmählich taute der Schnee auf seinen dunklen Haaren. Bartschatten bedeckten das Gesicht, und der Körper zog sich zusammen, als er in das Haus hüpfte.

Hüpfen war genau der richtige Ausdruck, denn er konnte nicht mehr normal gehen.

Als ob ich überhaupt nicht vorhanden wäre, nahm er seinen Weg. Sein Ziel war der gewaltige Totenschädel. Ich trat sicherheitshalber zur Seite und ließ ihn passieren.

Was würde geschehen?

Er sah mich überhaupt nicht, sondern schritt geradewegs auf den großen Schädel zu. Als er ihn erreicht hatte, blieb er für einen Moment stehen, ein Beben erschütterte seine Gestalt, und er sackte in die Knie, wobei er die Arme ausstreckte und seine Hände gegen den blanken Schädel presste.

Furchtbar hörte sich das Stöhnen an, das aus seinem Mund drang. Ein grauenvolles Ächzen, ein Schluchzen und Flehen. Dieses Wesen war am Ende, das spürte ich sehr deutlich, und als es anfing zu sprechen, da verstand ich kein Wort.

Dafür beobachtete ich die Eule. Sie hielt den Mund weiterhin offen. Aus dem Rachen fuhr die lange Zunge nach unten, und sie pendelte über dem menschlichen Kopf des Vogelwesens.

Ich hätte ihn zurückreißen sollen, aber hinterher ist man ja immer klüger. Als die Tropfen aus dem Maul der weißen Eule quollen, an der Zunge entlangliefen und herabfielen, wo sie den Kopf des Vogelwesens berührten, da ahnte ich zwar Schreckliches, aber es war bereits zu spät, um einzugreifen. Das Wesen schrie gellend auf, warf die Arme hoch und fiel zurück.

Ich war mit einem Sprung bei ihm.

Sein Schädel war zerstört. Er fiel nicht auseinander, es löste sich auch keine Haut von den Knochen, etwas anderes geschah, das man ruhig mit dem Wort Zerstörung umschreiben konnte.

Aus der Haut wuchsen Federn. Vor meinen Augen verwandelte sich der Vogelmensch völlig in ein Tier, in eine riesengroße Strige. Statt des Skelettschädels hatte er einen Vogelkopf.

Es war schrecklich, denn ich stand neben ihm und musste der Verwandlung tatenlos zuschauen.

Schließlich lag ein menschengroßer Vogel vor mir.

Diesmal wagte ich es.

Ich nahm das Kreuz in die freie Hand, beugte mich noch weiter vor und presste es auf seinen Körper.

Unter meiner Hand spürte ich das Gefieder. Es war weich, nachgiebig, zu nachgiebig, wie ich einen Augenblick später feststellte. Der Körper bestand aus Staub!

Ich schloss für einen Moment die Augen. Damit hatte ich nie gerechnet, ich hatte ihn retten wollen, und nun war mir klar, was mit denjenigen geschah, die in den Bann der weißen Eule gerieten. Sie hatten keine Chance mehr zu entkommen.

Wie dieser Mensch …

Ich holte tief Luft, bevor ich aufstand. Fast zwangsläufig musste ich an Suko, Bill und Nils Björnsson denken. Ob mit ihnen das Gleiche geschehen war?

Mein Herz klopfte schneller, als mir diese Gedanken durch den Kopf schossen. Wenn sie in den Bann der weißen Eule geraten waren, gab es dann noch eine Rettung für sie?

Wuchtig drehte ich mich um und blieb so stehen, dass ich das wie versteinert wirkende Tier auf der Schädelplatte genau erkennen konnte. Ich schaute in das Gesicht, das eine ungemeine Kälte und Brutalität zeigte. Von diesem Wesen konnte ich keine Gnade verlangen.

Sollte ich es zerstören? Mir kamen Zweifel. Nicht, weil ich mir nicht sicher war, ob es meine Waffen schafften, ich dachte an etwas anderes.

Wenn ich die weiße Eule vernichtete, dann war mir unter Umständen der Weg zu meinen Freunden ein für allemal verwehrt.

Von draußen drangen plötzlich Geräusche in die Hütte. Es war ein Brausen und Flattern. Vergleichbar mit einem gewaltigen Sturmwind, der um das Haus tobte.

Blitzschnell war ich am Fenster, reinigte mit meiner Hand die beschlagene Scheibe und schaute hinaus.

Nein, Sturm war es nicht, etwas anderes. Schlimmeres.

Alle Strigen der Welt schienen sich vor dieser Blockhütte versammelt zu haben, um ihren makabren Tanz aufzuführen …

Die Strigen flogen so nah an der Scheibe vorbei, dass ich Angst hatte, sie würden dagegen prallen und das Fenster zerstören. Deshalb zuckte ich zurück.

Aber sie wollten nicht ins Haus, noch nicht, denn sie führten weiterhin ihren fliegenden Tanz auf, flogen wieder dicht über den Boden oder in der Höhe des Fensters, wirbelten mit ihren Flügeln den Schnee auf, sodass weiße Wolken einen regelrechten Ring um die fliegenden Bestien legten, und die waren durch nichts zu stoppen.

Ich saß in der Falle. Da brauchte ich mir nichts vorzumachen, es war einfach so.

Wie kam ich wieder raus?

Natürlich dachte ich sofort an meine Beretta und das Ersatzmagazin, das ich bei mir trug. Viel stand mir an Munition nicht zur Verfügung. Auch wenn jeder Schuss ein Treffer wurde, blieben noch genügend Strigen übrig, um mich zu töten.

Ich konnte es drehen und wenden, diesmal hatten mich die Strigen. Vielleicht bestand noch eine Chance, wenn ich ihr Denkmal zerstörte. Dieser Schädelthron musste für die Bestien ungemein wichtig sein, wahrscheinlich hing von ihm ihr Wohl ab.

Die einzige Chance?

Und meine Freunde? Das schlechte Gewissen meldete sich. Ich steckte in einer Zwickmühle, aber ich konnte keinen um Rat fragen, musste jetzt und hier die Entscheidung treffen.

Während draußen das orkanartige Brausen weiterhin die Blockhütte umtobte, drehte ich mich um, damit ich dem Schädel gegenüberstand.

Ich schaute ihn an – und meine Augen wurden groß.

Etwas hatte sich verändert.

Zwar hockte noch immer die weiße Eule auf der Schädelplatte, auch standen der Kopf und sie unbeweglich, aber in den grünen Augenhöhlen hatte sich etwas getan. Bilder waren entstanden.

Gesichter …

Die meiner Freunde …

Noch niemals zuvor hatten Bill, Suko und der norwegische Polizei-Inspektor so etwas erlebt. Es war eine unheimliche Reise, die sie begonnen hatten und die sie leider nicht steuern konnten. Andere Kräfte machten mit ihnen, was sie wollten, und sie zogen sie immer tiefer in die Erde hinein.

In das Reich der Strigen …

Zoll für Zoll holte die Tiefe sich ihre Opfer. Obwohl sie

noch mit den Oberkörpern aus dem seltsamen Untergrund schauten und auch die Arme bewegen konnten, drang dennoch kein Laut aus ihren Kehlen. Sie wollten um Hilfe schreien, aber ihre Stimmen versagten. Die andere Magie war einfach zu stark.

Sie verschlang die Menschen. Wie Puppen kamen sich die Reisenden vor. In den langen Augenblicken schienen Atmung und Kreislauf zum Stillstand gekommen zu sein. Zwar sahen sie noch die Umgebung, auch den widerlich großen Totenschädel dicht vor ihren Augen, aber sie konnten nichts tun.

Die Funktionen ihres Körpers waren abgestellt. Alle drei befanden sich in der Gefangenschaft einer fremden Magie, gegen die sie nichts ausrichten konnten.

Die Tiefe fraß sie.

Es war kein Sumpf oder Moor, sondern etwas anderes, für das sie keine Erklärung hatten.

Die Welt um sie herum wurde kleiner. Immer weiter entfernte sich die Decke. Sie hatten den Blick gehoben, schauten auf die offene Luke, und sie kam ihnen vor wie die letzte Rettung.

Nur ließ sich dort niemand blicken. Der Mann, der ihnen eventuell noch hätte helfen können, hatte genug mit seinen eigenen Problemen zu tun.

John Sinclair blieb verschwunden.

Und sie wurden von dem Boden gefressen. Bis über die Schultern steckten sie bereits in diesem seltsamen Sumpf. Sie sahen jetzt die Kugeln dicht vor ihren Augen, wie sie sich bewegten und gegeneinander stießen. Sie erkannten auch die dünne Schleimspur auf den schwarzen Häuten, die die Kugeln zusammenhielt, sodass sie eigentlich wie ein gewaltiges Netz wirkten.

Am grausamsten war die Tatsache, dass sich alle drei Menschen nicht artikulieren konnten. Die Gefühle waren auf ihren Gesichtern abzulesen. Und darin standen Angst, Furcht und Schrecken.

Der letzte Ruck.

War diese seltsame Reise zuerst gleitend und fast übergangslos vor sich gegangen, so spürten die drei Männer plötzlich einen gewaltigen Zug, der an ihren Füßen zerrte und sie den restlichen Weg schnell überwinden ließ.

Auf einmal bewegten sich die Kugeln heftiger, und im nächsten Augenblick rollten sie über ihren Köpfen zusammen.

Die drei waren verschwunden!

Und die Reise ging weiter. Tiefer wurden sie in einen unheimlichen Schacht gedrückt, der seltsamerweise Luft enthielt, sodass sie atmen konnten.

Es war ein in die Erde führender Tunnel.

Vielleicht ein Dimensionstunnel?

Suko hatte den Gedanken, er kleidete ihn in gesprochene Worte und wunderte sich, dass er reden konnte.

»Verdammt, das gibt es doch nicht!« Diesmal sagte Bill etwas.

Und Nils Björnsson wunderte sich in seiner Heimatsprache.

Da Zeit in diesem Tunnel wohl nicht existierte, wussten sie nicht, wie viele Sekunden oder Minuten nach ihrem Eintauchen vergangen waren, aber alle drei spürten zur selben Zeit Widerstand unter ihren Füßen.

Sie waren am Ziel.

Bill knickte noch etwas ein, Suko stand sofort, und Nils musste gestützt werden.

»Hurra, wir leben noch«, sagte der Reporter und wischte sich über die Stirn. »Wer hätte das gedacht.«

Damit hatte Bill einen wahren Satz gelassen ausgesprochen. Die drei Männer konnten sich nur wundern, sie freuten sich, dass sie noch lebten, aber keiner von ihnen wusste zu sagen, wo sie sich eigentlich befanden.

»Ob wir unter der Erde sind?«, fragte Nils Björnsson.

»So kann man es auch nennen«, stimmte Suko zu.

»Aber wieso konnten wir schweben?«

»Weil wir die normale Dimension verlassen haben«, erklärte Bill Conolly.

Nils zog ein ungläubiges Gesicht. Es war genau zu erkennen, denn unterhalb der normalen Erde breitete sich keinesfalls eine stockdunkle Finsternis aus. Es herrschte ein gewisses Licht, das schimmerte irgendwie grauweiß.

»Komisch«, flüsterte Nils und schüttelte sich. »Wenn ich das höre. Andere Dimensionen.« Er nickte bei seinen eigenen Worten. »Dann komme ich mir vor wie in einem Science-Fiction-Film. Gibt es denn so etwas wirklich?«

»Wir haben es eben erlebt!«, stellte der Reporter trocken fest und schaute sich wie Suko um.

Sie befanden sich überall und nirgends. Wirklich, diese Beschreibung traf zu, denn sie standen in einem mathematischen Raum ohne Wände und auch ohne Boden, obwohl sie Widerstand spürten. Der Raum lief zu allen Seiten in die Unendlichkeit hinein. Es gab keinen Himmel, keinen Horizont, sie konnten sich an nichts orientieren, weil keinerlei Bezugspunkte vorhanden waren.

Aber sie lebten.

Wie die Sonne manchmal morgens aus dem Meer taucht, so erschien aus der Unendlichkeit des Raumes eine Gestalt. Zuerst war nur ein geisterhafter grüner Schein zu sehen, wie er auch die Augen des Totenschädels ausfüllte. Dann schob sich die Gestalt allmählich in den Vordergrund.

»Mein Gott«, flüsterte Bill, »das ist er.«

»Wer?«, fragte Nils Björnsson.

»Strigus, Anführer der Satanseulen!«

Während der norwegische Inspektor die Schultern hob, schwieg Suko. Er sagte lieber nichts, denn auch er hatte genug von Strigus gehört und wusste um seine Gefährlichkeit.

Strigus war das Grauen, der personifizierte Schrecken, und er zeigte sich in all seiner abscheulichen Pracht.

Allmählich nur stieg er in die Höhe. Er wuchs und wuchs, nahm Menschengröße an und wuchs sogar noch weiter, bis er fast doppelt so groß war wie ein ausgewachsener Mann.

»Das ist ja, das ist …« Nils Björnsson schüttelte den Kopf. »Ich kann es nicht fassen. So etwas darf es doch nicht geben …«

Keiner tröstete ihn. Bill Conolly und Suko hatten selbst genug damit zu tun, dies neue Problem zu meistern.

Strigus hatte einen schrecklichen Kopf. Zur Hälfte war

er der Schädel eines Skeletts. Zur anderen Hälfte der einer Eule. Ein Auge war leer, das andere gefüllt. Unter der Hälfte eines Schnabels befand sich das breite Maul. In der Öffnung schimmerten zwei lange, weiße Zähne, ähnlich wie bei Vampiren. Ansonsten hatte Strigus einen Eulenkörper, den allerdings stark vergrößert.

Das Bild war schlimm, und es existierte nicht nur in der Fantasie dieser drei Männer!

Strigus kam näher.

Sah man ihn, hörte man ihn?

Die drei lauschten, aber kein Geräusch war zu vernehmen, bis ihnen plötzlich die Stimme des Eulendämons entgegenschallte.

»Willkommen in meinem Reich, Menschen. Ich freue mich wirklich, dass ihr den Weg zu mir gefunden habt.« Danach folgte ein so schauriges Gelächter, dass es den drei Männern kalt den Rücken hinabrann .

Was sollte ich jetzt tun?

Ich stand vor dem gewaltigen Schädelthron und schaute in das mit grünem Licht gefüllte Auge, sah meine Freunde und auch Nils Björnsson und stand da, ohne ein Wort zu sagen.

Es war schlimm.

Wenn ich versuchte den Schädel zu zerstören, dann konnte es sein, dass ich auch die drei umbrachte, die so nah vor mir waren und sich dennoch so unendlich weit entfernt befanden. Eigentlich hätte ich nur die Hand auszustrecken brauchen, aber ich konnte nicht durch einen Dimensionsschacht greifen, das war schlichtweg unmöglich.

Ich sah noch mehr.

Als wäre im Innern dieses Schädels eine Kamera installiert, die nun zurückfuhr, um dem Betrachter einen besseren Sichtwinkel zu verschaffen, so geschah dies auch vor meinen Augen. Meine Sicht wurde besser, ich schaute in die Tiefe eines ungeheuren Raumes und entdeckte ihn, wie er praktisch aus dem Nichts erschien.

Strigus, Herr der Satanseulen.

Er schwebte hoch, ich konnte ihn in all seiner Scheußlichkeit sehen und wurde wieder daran erinnert, was er mir für Schwierigkeiten bei der Kreuzfahrt bereitet hatte.

Strigus war noch immer so widerlich und hässlich.

Und meine Freunde befanden sich in seiner Gewalt. Sie standen da wie Puppen, ich sah an den Bewegungen ihrer Lippen, dass sie miteinander sprachen, aber ich konnte nicht verstehen, was sie sagten.

Uns trennten Raum und Zeit!

Mich hatte der Anblick so fasziniert, dass ich kaum merkte, wie sich der Boden unter meinen Füßen veränderte. Er wurde weich, fühlte sich irgendwie schlammig an, und plötzlich steckte ich fest.

Verdammt, ich kam nicht mehr weg!

Und der Boden arbeitete! Obwohl ich versuchte, meine Beine aus ihm herauszuziehen, schaffte er es, mich trotz aller Bemühungen langsam, aber sicher in die Tiefe zu zerren.

Gebannt starrte ich auf die schwarzen, eiförmigen Gegenstände, und da wurde mir auf einmal klar, wie meine Freunde in die andere Dimension gezerrt worden waren.

Mir sollte das gleiche Schicksal widerfahren!

Ich bückte mich und klammerte mich gleichzeitig an der glatten Haut des Schädels fest, um Halt zu haben, damit ich meine Kraft auf die Füße konzentrieren konnte.

Dies gelang mir nicht.

Der Untergrund war einfach zu stark. Die ovalen Gegenstände konnte man auch mit klebrigen Händen vergleichen, die keinen Pardon kannten und ihr Opfer nicht losließen.

Wenn es so weiterging und mir nichts einfiel, würde es nur noch Minuten dauern, bis mich dieser seltsame Untergrund verschlungen hatte und ich das gleiche Schicksal erlebte wie meine drei Freunde. Das wollte ich auf keinen Fall.

Deshalb gab ich nicht auf. Ich kämpfte gegen die verdammte Tücke des Objekts, aber nicht mit Gewalt, sondern mit List.

Das Kreuz sollte mir helfen.

Obwohl der hundertprozentige Beweis noch nicht erbracht war, glaubte ich dennoch, dass eine starke Magie vorhanden war, die mich in die unheilvolle Tiefe zerren wollte.

Ich ließ die abstützende Schädelwand los, nahm das Kreuz und bückte mich.

Zwischen die dunklen, ovalen, großen Eier stach ich das Kruzifix und hoffte auf eine Reaktion.

Die erfolgte auch.

Nicht schnell, nur langsam, sodass ich bereits ungeduldig wurde. Die Gegenstände unter mir bewegten sich heftig. Sie rieben gegeneinander, und ich sah, wie sich über die dunkle Haut dieser Eier plötzlich Risse zogen.

Und die breiteten sich aus.

Nicht nur die Eier, die ich mit meinem Kreuz berührt hatte, zersprangen, sondern auch die anderen in der unmittelbaren Umgebung. Die Magie breitete sich aus wie ein Lauffeuer. Mich erinnerte dies an eine Kettenreaktion, und dann flogen die ersten schwarzen Eier auseinander. Sie explodierten.

Die magische Kraft meines Kreuzes sprengte die Schalen auseinander. Nach allen Seiten sprangen die Stücke weg, prallten gegen den Totenschädel, sirrten als Querschläger davon, aber nicht nur das, aus diesen Eiern erhoben sich kleine, schreckliche, fliegende Gestalten.

Strigen!

Junge Strigen! Das also war das Rätsel. Ich hatte das Nest der jungen Strigen zerstört, und ich hatte auch noch das große Glück, freizukommen.

Plötzlich rutschte ich nicht mehr, spürte Widerstand unter meinen Füßen und konnte zurückspringen.

Mit einem gewaltigen Satz warf ich mich nach hinten. Mit rudernden Armen gewann ich das Gleichgewicht zurück und wurde gleichzeitig von den Strigen umflattert.

Sie waren kaum größer als Wellensittiche, aber sie

waren schon genauso hässlich wie die ausgewachsenen Dämonenvögel. Winzige Totenschädel saßen auf ihren grauen Körpern, auch die scharfen Schnäbel stachen daraus hervor, aber die dämonischen Kleintiere griffen mich zum Glück nicht an, denn sie mussten sich erst in der neu gewonnenen Freiheit zurechtfinden.

Das war gut so. Ich konnte mich zurückziehen und dort ein Versteck finden, wo das Zimmer noch dunkel war und nicht vom Kerzenschein ausgeleuchtet wurde.

Draußen lauerten noch genügend Gegner. Ich hörte sie. Das Schlagen der Flügel, das Brausen und Flattern war eine mich stets begleitende Musik.

Noch griffen sie nicht an und hielten sich zurück, doch das änderte sich sehr schnell.

Mit Schlägen begann es.

Sie klangen dumpf an meine Ohren, denn die Strigen wuchteten gegen die Außenwand der Blockhütte.

Es mussten die Schnäbel sein, die diese harten, pochenden Geräusche verursachten. Die Tür war vorhin zugefallen. Zum Glück, denn sonst wären die Strigen längst in die Blockhütte eingedrungen.

Ich stand da und zitterte.

Angst war es nicht, mehr Spannung oder Erwartung. Sie mussten ja etwas tun, denn sie konnten nicht hinnehmen, dass ich ihr Heiligtum zerstörte. Zudem platzten immer mehr dieser schwarzen Strigen-Eier auf. Die Haut hielt dem magischen Druck nicht mehr stand. Allerdings hatte mein Kreuz die Nachwuchs-Strigen nicht zerstört, nur befreit, so war diese Aktion für mich zu einem Bumerang geworden.

Nein, ich täuschte mich.

Die kleinen Strigen lebten nur Sekunden. Ich hatte mich nicht so sehr auf sie konzentriert, sondern auf ihre großen Brüder draußen. Nun aber erkannte ich, als eine junge Strige dicht an meinem Gesicht vorbeistrich, dass sich ihr Totenschädel allmählich auflöste.

Sie fiel zu Boden, als hätte man ihr den Lebensfaden einfach gekappt. Und einen Schädel hatte sie auch nicht mehr, der verlor sich in einer Staubfahne.

Das Kreuz hatte also doch gesiegt.

Ich atmete auf und lachte gleichzeitig befreit. Irgendwie musste sich das Gefühl bei mir freie Bahn verschaffen.

Dann klirrte die erste Scheibe.

Dieses Geräusch bewies mir, dass ich mich noch immer in einer verdammt gefährlichen Lage befand.

Eine Satanseule schaute in den Raum. Sie hockte noch draußen auf der Fensterbank, glotzte in das Zimmer, und ich vernahm einen seltsam hohen Schrei.

Schnell schaute ich nach rechts.

Diesen Ruf hatte die weiße Eule ausgestoßen, die auf dem großen Totenschädel hockte. Es war kein klagender Laut, er hörte sich aggressiv und wütend an.

Die Flügel der weißen Eule bewegten sich plötzlich. Sie schüttelte sich, sträubte ihr Gefieder, und sie wirkte so, als wäre sie nach einem langen Schlaf endlich erwacht.

Das konnte gefährlich werden.

Eigentlich hätte ich sie mir zuerst aufs Korn nehmen wollen und war schon dabei, mich in Bewegung zu setzen, als etwas anderes geschah, sodass mir die Initiative aus der Hand gerissen wurde.

Die Eule am Fenster startete.

Nicht einmal freiwillig, sie wurde von außen gestoßen, denn hinter ihr hatten sich zahlreiche ihrer Artgenossen versammelt, die wollten, dass die Strige angriff.

Ich zog die Beretta und schoss. Kaum hatte sich die Strige von ihrem Platz gelöst, als meine geweihte Silberkugel ihr in den Körper fuhr und die Eule zerstörte. Als Reste segelten Knochen und Federn zu Boden, die sogleich vergingen, sodass nur Staub zurückblieb.

Das war die letzte Kugel gewesen, die ich verschossen hatte. Ich musste nachladen.

So etwas schaffte ich sehr schnell. Meine Finger vollführten tausendmal geübte Bewegungen. Das alte Magazin raus, die neuen Silberkugeln hineingepresst.

Fertig.

Im selben Augenblick löste sich die weiße Eule vom Totenschädel. Sie stieß seltsam schrille Laute aus, die ich als Angriffssignal deutete.

Genügend Helfer befanden sich schließlich innerhalb des Blockhauses. Doch ich täuschte mich.

Als die wild flatternden Satanseulen die Schreie der weißen Eule hörten, da änderten sich ihre Flugabsichten, und sie wandten sich dem übergroßen Schädel zu.

Dort sammelten sie sich.

Die weiße Eule hatte gerufen, alle kamen und ordneten sich ihr unter. Ich war vergessen.

Das wunderte mich. Verzweifelt grübelte ich über den Grund nach, ich fand ihn nicht.

Und plötzlich verschwanden die Satanseulen ebenso rasch, wie sie gekommen waren.

Der Reihe nach huschten sie aus dem offenen Fenster, durch das der Wind den Schnee geweht hatte.

Als Letzte flog die weiße Eule.

Jetzt hätte ich sie vielleicht vernichten können, aber ich war noch immer so überrascht, dass ich es glatt vergaß und es auch irgendwie nicht wollte, denn meine Neugierde wurde angestachelt.

Ich musste sehen, was da draußen passierte.

Als ich einen Blick auf mein Kreuz warf, da sah ich, wie die Buchstaben der vier Erzengel aufleuchteten.

Das konnte nur eins bedeuten: Alarmstufe Rot.

Sie sahen Strigus, und sie erkannten, dass sie gegen ihn nur klein und schmächtig waren.

Er stand vor ihnen wie ein monströser Berg. Grauenhaft war er anzusehen. Obwohl Bill diesen Anblick eigentlich gewohnt sein musste, überkam ihn doch ein Frösteln, als er Strigus so vor sich sah.

Dieser Dämon war sich seiner Macht und Kraft bewusst. Das konnte er gut, denn er befand sich in seinem Reich.

Und die drei Männer waren seine Gefangenen.

Bill fand es müßig, erst noch groß nach Erklärungen zu suchen, er wusste sowieso keine. Dieses Reich existierte, es gab den Dimensionstunnel, und er hatte sich damit abzufinden.

Strigus redete. Er bediente sich dabei der menschlichen

Sprache. Insofern unterschied er sich nicht von anderen Dämonen, aus deren Mäulern immer verständliche Laute drangen, wenn sie sich mit Menschen unterhielten. Es war etwas, was Dämonen beherrschten, ohne es zuvor lange gelernt zu haben.

Nur Nils wunderte sich, indem er sagte: »Meine Güte, der kann ja sprechen.«

Niemand ging auf seine Bemerkung ein. Bill und Suko konzentrierten sich auf die Worte des Strigus.

Der sagte: »Es finden sich immer wieder Opfer, die unbedingt das Reich kennen lernen wollen. Vor nicht allzu langer Zeit war es ein Mann gewesen, der bei einem plötzlichen Schneesturm Unterschlupf in der Hütte gesucht hatte. Er wurde ebenfalls zu einer Eule, aber nicht ich verwandelte ihn, sondern die weiße Eule, die zu mir gehört wie eine Frau zu einem Mann.«

Bill und Suko schauten sich an. Auf ihren Gesichtern lag ungläubiges Staunen, gleichzeitig aber auch ein gewisses Begreifen. Nun wussten sie, wie die weiße Eule und Strigus zusammenpassten. Sie führten gewissermaßen eine Ehe, denn durch sie entstanden die neuen Strigen. Wenn die beiden getötet wurden, gab es auch keinen dämonischen Nachwuchs mehr.

Das war ein Hammer.

»Ich sehe, ihr versteht«, erklärte Strigus, »dann gebe ich euch auch die Chance, nach draußen zu schauen. Dreht euch um!«

Die Männer zögerten. Suko und auch Bill wollten dem Dämon nicht gern den Rücken zuwenden, dann waren sie deckungslos, und Strigus konnte eiskalt zuschlagen.

Würde er das tun?

»Macht schon!«

Suko nickte. Er zog auch Nils Björnsson mit herum, und sie waren alle drei überrascht, als sie die runden Öffnungen dicht vor ihren Augen entdeckten.

Freie Sicht in eine andere Welt.

Die Männer schauten durch die mit grünem Licht gefüllten Augen des Totenschädels und konnten erkennen, was sich in der Blockhütte abspielte.

Da sahen sie einen Mann.

John Sinclair!

Er blickte ebenfalls durch die Augen, nur von der anderen Seite, und er musste sie auch sehen, aber er gab mit keinem Zeichen zu erkennen, dass er sie wahrnahm.

»Aber das ist ja John Sinclair!«, rief Nils Björnsson. »Himmel, der muss uns hier herausholen …«

Als er diese Worte sagte, da lachte Strigus. »Wie soll er das schaffen? Ihr befindet euch in meinem Reich. Ihr könnt ihn sehen, er sieht euch, das ist alles. Euch trennen wirklich Welten, das möchte ich hier festhalten. Es ist eine Dimension, die zwischen euch liegt. Wir befinden uns in einem Niemandsland, die Verbindung zwischen hier und eurer Welt ist der Schädelthron.«

»Und wie kommen wir wieder von hier weg?«, brüllte Nils plötzlich.

»Ganz einfach. Wenn ich es will. Aber nicht mehr so, wie ihr seid, sondern als Verwandelte, als Eulenmenschen oder Strigen, das verspreche ich.«

Nils schüttelte den Kopf. Er begriff das alles nicht, und er stöhnte auf, als er diese hart gesprochenen Worte vernahm.

Suko und Bill zermarterten sich den Kopf, aber es fiel ihnen kein Ausweg ein.

Suko dachte an seinen Stab, mit dem er die Zeit für fünf Sekunden anhalten konnte. Aus Erfahrung wusste er, dass dieser Stab auch in anderen Dimensionen seine Kraft nicht verlor, aber nicht jede Dimension war gleich. Es konnte durchaus sein, dass er hier überhaupt nicht reagierte.

Das wäre fatal gewesen.

»Wer will zuerst sterben?«, fragte Strigus und schaute die drei mit seiner widerlichen, zerstörten Fratze an.

Gelblichweiß schimmerten die Skelettknochen, sein graues Gefieder zitterte, doch eine Antwort erhielt er nicht so, wie er es sich vielleicht vorgestellt hatte.

Die Freunde wollten kämpfen!

Suko besaß die Dämonenpeitsche, zudem noch eine Beretta, und auch Bill Conolly war nicht waffenlos.

Vielleicht gelang es ihnen, Strigus damit zu vernichten, wenn sie die geballte Kraft einsetzten.

Doch es kam alles anders.

Etwas geschah, womit sie nie gerechnet hatten. Das warf all ihre Pläne über den Haufen.

Ein gewaltiges Grollen entstand plötzlich über ihnen. Dann hörten sie das Knirschen, und die Welt um sie herum begann zu schwanken. Sie wollten Halt finden, doch sie stürzten zu Boden, wo sie sich zudem noch überschlugen.

Drei Männer schwebten im Raum, auf einer Unterlage, die sie nicht sehen konnten.

Aber sie warfen einen Blick nach oben, hinein in den Schacht, aus dem ihnen das Donnern entgegenhallte.

Und sie hörten den Schrei der riesigen Monstereule, die sich in die Luft erhoben hatte.

»Da!«, brüllte Suko und streckte seinen Arm in die Höhe. »Sieh doch, Bill!«

Auch Bill Conolly schaute.

Sein Herz stand fast still.

Aus dem unheimlichen Schacht wallte ihnen etwas entgegen. Es schimmerte grau, und sie glaubten, fratzenhafte Gestalten in diesen grauen Wolken zu erkennen.

Immer deutlicher traten sie hervor, und Nils Björnsson fand genau die richtigen Worte. »Das ist ja Nebel!«, stöhnte er.

»Nicht nur das!«, knirschte Suko. »Wir haben es hier mit einem besonderen Nebel zu tun.«

»Dr. Tods Todesnebel«, murmelte Bill Conolly tonlos …

Was hatte die Strige zu dieser seltsamen Flucht veranlasst? Diese Frage stellte ich mir, und ich wollte darauf eine Antwort wissen. Frei bewegen konnte ich mich, denn es waren keine Satanseulen mehr da, die mich hätten aufhalten können. Auch der Strigen-Nachwuchs war vergangen. Er lag als grauer Staub auf dem Boden.

Vorsichtig bewegte ich mich auf das Fenster zu. Mein

Kreuz hatte mich vor der großen Gefahr gewarnt. Da ich innerhalb der Blockhütte nichts erkennen konnte, musste die Gefahr draußen lauern.

Vier Schritte brauchte ich, um das zerstörte Fenster zu erreichen. Bevor ich stehen blieb, duckte ich mich so weit, dass ich gerade noch durch die Öffnung peilen konnte.

Und dann wurden meine Augen groß. Plötzlich erkannte ich den Grund, weshalb die Strigen so panikerfüllt die Flucht ergriffen hatten. Draußen lauerte das Verhängnis.

Todfeinde waren erschienen.

Keine roten Vampire, sie waren den Strigen unterlegen. Aber der Herr über die roten Vampire war selbst erschienen, um an dem Vernichtungsfeldzug teilzunehmen.

Er hatte Verstärkung mitgebracht.

Lady X, die neue Chefin der Mordliga, und – was ich kaum glauben konnte – Xorron, Herr der Untoten und Zombies.

Was ich in den nächsten Augenblicken erlebte, war Horror hoch drei …

Die ehemalige Terroristin und jetzige Vampirin hatte von einer Reise gesprochen. Und sie hatte ihr Versprechen gehalten. Sie wollte ein für allemal mit den Strigen aufräumen, deshalb hatte sie auch ihre beiden gefährlichen Helfer mitgenommen.

Xorron und Vampiro-del-mar.

Der Würfel des Unheils hatte den dreien diese Reise ermöglicht. Auf magische Art und Weise konnten sie spielend Entfernungen zurücklegen, und nun waren sie am Ziel.

Und die Strigen kamen.

Die drei hatten sie schon gesehen, als sie sich noch im Wald versteckt hielten. Zwar war es dunkel geworden, aber der Schnee erleichterte die Sicht.

Die drei Monster standen nebeneinander. Lady X hielt den Würfel des Unheils mit beiden Händen fest. Sie war fest entschlossen, seine Kraft voll einzusetzen, denn die

Strigen mussten vernichtet werden. Das schaffte am besten der Todesnebel.

Rechts neben ihr stand Xorron. Das blass wirkende Monster sank bis zu den Knien in dem tiefen Schnee ein, ebenso wie Vampiro-del-mar, der auch ziemlich schwer war.

Noch hatte man sie nicht entdeckt. Aber sie sahen die Strigen. Wie eine wilde, ungezügelte Horde umflatterten sie die einsam stehende Blockhütte. Ihre Flügel wirbelten den Schnee hoch. Zahlreiche Kristalle glänzten wie Puderzucker und bildeten einen dünnen Vorhang aus Schnee.

Lady X sah, dass in der Blockhütte Licht brannte. Der unregelmäßig flackernde Schein deutete auf Kerzenlicht hin, das manchmal mehr Schatten produzierte als Helligkeit.

Lady X wartete noch. Sie suchte sich den günstigsten Zeitpunkt ihres Eingreifens aus, denn sie wollte von den Strigen nicht zu früh entdeckt werden.

Dann nickte sie.

Für die anderen war es das Zeichen.

Die ehemalige Terroristin brauchte nichts weiter zu sagen. Automatisch setzten sich ihre beiden grausamen Helfer mit ihr zusammen in Bewegung. Nebeneinander schritten sie auf die Blockhütte zu.

Sie boten ein schauriges Bild. Ihre Gestalten stachen deutlich von der weißen Schneefläche ab. Die Dunkelheit schaffte es nicht, ihre Gestalten zu verbergen.

Die Monster waren von den Strigen noch nicht entdeckt worden. Dann aber, als sie wenige Schritte vorgegangen waren und ihre Umrisse durch das vom Himmel fallende Mondlicht noch deutlicher hervorgehoben wurden, erkannten die Strigen sie.

Bisher hatten sie ihre Kreise um die Blockhütte gezogen. Einige der Satanseulen flogen sehr tief, andere wiederum hielten sich hoch, sie umkreisten das Haus etwa in Dachhöhe, und ihre Formation geriet durcheinander, als aus einem Totenkopfmaul plötzlich ein schriller Schrei drang, der schaurig über die Lichtung schwang und schließlich zwischen den schneebeladenen Tannen verhallte.

Einige Strigen stoppten den Flug, andere formierten sich zu einem Pfeil und stiegen in die Höhe, um über dem Dach wieder auseinander zu fächern.

Die drei von der Mordliga waren stehen geblieben. Ihre Distanz zur Blockhütte betrug nur noch wenige Schritte, und Lady X aktivierte den Würfel.

Da griffen die Strigen an.

Plötzlich hatten sie erfasst, dass sich Feinde genähert hatten, die sie nur zusammen vernichten konnten. Die hoch fliegenden Tiere kamen zuerst. Über dem Dach hatten sie sich gesammelt, drehten sich jetzt und stürzten auf die dämonischen Wesen nieder.

Sie waren unheimlich schnell. Zwar hätte es den anderen noch gelingen können, auszuweichen, aber das wollten sie nicht. Besonders Vampiro-del-mar war scharf auf seine Rache, und er stürzte sich mit Wutgebrüll den Angreifern entgegen.

Sie prallten zusammen.

Wie eine lebende Rakete tauchte der Uralt-Vampir in die kompakte Masse der Strigen ein.

Er kannte kein Pardon, bot ihnen seinen Körper, ließ die heranfliegenden Strigen dagegen wuchten, und die Arme des Blutsaugers begannen zu arbeiten wie die berühmten Windmühlenflügel.

Gleich zwei konnte er schon bei der ersten Attacke packen. Er zerriss sie im Beisein der anderen, schlug einige andere tot und wurde dann förmlich unter einer wahren Strigenflut begraben. Er konnte sich nicht mehr halten und fiel in den tiefen Schnee, wo der Kampf und auch das Knacken der Totenschädel laut über die Lichtung hallte.

»Jetzt du!«, befahl Lady X.

Der Befehl galt Xorron. Dieser ließ sich nicht lange bitten. Der Herr der Untoten und Zombies hatte auf so etwas lange genug gewartet, er wollte seine Kräfte endlich mal wieder unter Beweis stellen.

Xorron walzte vor.

Deckungslos schritt er auf die Strigen zu. Er sah schwerfällig aus, wie er durch den tiefen Schnee stapfte. Angst brauchte er nicht zu haben, denn Xorron war so gut wie unverletzbar.

Die ersten Strigen wuchteten gegen den blass schimmernden Körper, unter dessen Haut bei genauerem Hinsehen das Gerippe der Knochen zu sehen war. Xorron fing die Strigen ab. Er stürzte nicht, sondern stemmte sich den Angreifern entgegen.

Die Strigen hackten auf ihn ein. Ihre messerscharfen Schnäbel zielten nach seinem Gesicht, schrammten auch dagegen, doch nicht eine Spur blieb zurück.

Xorron war zu stark.

Er selbst kämpfte auch. Wenn er eine Strige zu packen bekam, dann zerquetschte oder zerriss er sie. Xorron räumte fürchterlich unter den Satanseulen auf. Manchmal drang aus dem Maulspalt ein grunzendes Geräusch. Immer dann, wenn er besonders zufrieden war und wieder eine Eule gegen die Hauswand geschmettert hatte.

Lady X beobachtete nur. Noch hielt sie den Nebel ein wenig zurück. Er war zwar aus dem Würfel gedrungen, aber er umgab nur ihre Gestalt als ersten Schutz.

Vampiro-del-mar kämpfte wie ein Berserker. Er lag nicht mehr im Schnee, sondern kniete jetzt, schlug um sich und erwischte immer wieder angreifende Strigen, die er vernichtete.

Lady X lächelte. Sie freute sich, als sie ihre beiden Leibwächter so kämpfen sah, denn sie stellte fest, dass ihnen die lange Zeit der Abstinenz nichts getan hatte.

Xorron und Vampiro-del-mar kämpften sich den Weg zum Zentrum frei.

Immer mehr Strigen wurden vernichtet. Die beiden Monster wühlten furchtbar unter diesen dämonischen Wesen. Zu sehr kochte in ihnen der Hass.

Die Scott schaute zum Fenster hin. Sie wusste, dass dies nicht alles war, denn noch hatte sie Strigus nicht gesehen. Um ihn ging es schließlich. Erst wenn er vernichtet war, konnte sie in Ruhe an die anderen Aufgaben herangehen.

Dann sah sie eine Bewegung an dem zerstörten Fenster. Es war nicht Strigus, der dort erschien, sondern, gefolgt von einigen anderen Strigen, eine schneeweiße Eule.

Das überraschte die Vampirin. Von ihr hatte sie noch nie etwas gehört. Sie schien so etwas wie eine Königin zu sein. Sie hatte viel Ähnlichkeit mit einer normalen Eule, vielleicht waren die hellen Schwingen ein wenig größer, ansonsten gab es da kaum einen Unterschied.

Die Eule bewegte ihren Kopf.

Zuerst nach rechts, dann nach links, als wollte sie sich einen guten Überblick verschaffen.

Schließlich blieb ihr Blick auf Lady X haften.

Die beiden fixierten sich.

Und sie erkannten in diesen kurzen Augenblicken, dass sie Todfeinde waren.

Ja, da gab es nichts, was sie verband. Obwohl sie zu den dämonischen Geschöpfen gehörten, wollte die eine die andere vernichten.

Die weiße Eule startete.

Xorron und Vampiro-del-mar nahmen sich inzwischen die übrigen Strigen vor, so konnte sich Lady X voll und ganz auf ihre neue Gegnerin konzentrieren.

In ein dunkelrotes Augenpaar schaute sie. Die Eule hatte ihren Schnabel geöffnet, aus dem eine ebenso rote Zunge wie ein langer Faden hing. Zähne oder ein Gebiss entdeckte die Scott nicht, die Innenseiten der beiden Schnabelhälften mussten demnach messerscharf sein.

Die weiße Eule rauschte heran.

Dieses Geräusch entstand, als sie ihre Flügel bewegte, sie dann jedoch stillhielt und direkt auf Lady X zuglitt.

Die ehemalige Terroristin lächelte nur. Sollte die Eule ruhig kommen, der Todesnebel würde sie schon zerstören.

Sie irrte sich. Die weiße Eule war schlauer, als Lady X angenommen hatte, denn dicht vor ihr änderte sie die Flugrichtung und stieg in die Höhe.

Lady X kreiselte herum. Der Nebel schützte nur einen Teil ihres Körpers und nicht den Kopf.

Die weiße Eule kam von oben. Sie hatte Gewicht, wuchtete sich auf den Schädel der Vampirin und hackte mit ihrem gefährlichen Schnabel zu. Spielend leicht drang er durch die dichten schwarzen Haare und hinterließ auf der Kopfplatte eine lange Wunde, aus der allerdings kein Blut strömte. Mit den Flügeln schlug sie dabei zu und traf die Scott rechts und links im Gesicht.

In einer instinktiven Bewegung riss Lady X beide Arme hoch, und dabei ließ sie auch ihre kostbare Waffe fallen, den Würfel.

Er landete im Schnee, wo er fast verschwand.

Lady X fiel neben ihn, weil sie beim Zurückgehen die Balance verlor und die Schnabelhiebe der weißen Eule wie Hammerschläge auf ihrem Kopf spürte.

Sie hackten mehrmals gegen die Schädelplatte, innerhalb von Sekunden hatte die Eule der Vampirin starke Wunden zugefügt. Ein Mensch wäre schon verloren gewesen.

Die Blutsaugerin kämpfte. Ein wütender und fauchender Laut drang aus ihrem Mund, als sie den linken Arm hochriss und die Eule mit einem Faustschlag traf.

Das weiße Tier flatterte zurück.

Die Zeit reichte Lady X, um die Maschinenpistole von der Schulter rutschen zu lassen.

Die Waffe fiel in ihre Hände, und die Augen der ehemaligen Terroristin leuchteten auf.

Dann schoss sie.

Es war ihre Lieblingsmelodie, das hässliche Tack-tack der Waffe. Die fahlen Mündungsblitze zuckten vor dem Lauf auf.

Sie konnte die weiße Eule gar nicht verfehlen. Nicht ein Wesen wie Lady X, das die Maschinenpistole praktisch zu ihrem Bräutigam auserkoren hatte.

Die Garbe traf voll.

Es waren geweihte Silberkugeln, die die Eule in einer Wolke von dunkelrotem Blut förmlich zerrissen.

Ein roter Regen fiel nach unten und färbte den Schnee.

So starb die weiße Eule, die einen Teil der Schuld daran trug, dass Strigen entstanden waren.

Lady X kniete im Schnee und lachte heiser, bevor sie nach dem Würfel griff und ihn wieder an sich nahm.

Jetzt war sie voll bewaffnet, der Kampf konnte weitergehen. Als sie sich auf die Beine stemmte, hörte sie den urigen Schrei. Xorron hatte ihn ausgestoßen. Er war ebenfalls in den Schnee gefallen, kam aber jetzt hoch, und um ihn herum lagen die Reste der getöteten Strigen.

Vampiro-del-mar kämpfte noch. Er wollte keine Strige entkommen lassen, während Xorron ein anderes Ziel hatte.

Die Blockhütte.

Er hatte von Lady X den Befehl erhalten, mit seinen gewaltigen Kräften den Schädelthron zu zerstören.

Die Tat wollte er ausführen und nichts konnte ihn stoppen ...

Ich hatte den Kampf mit angesehen. Und ich muss ehrlich gestehen, dass er mich gleichzeitig fasziniert und abgestoßen hatte. Dämonen kämpften gegen Dämonen. Da gab es keinen Pardon, keine Gnade, da verschaffte sich nur der Hass freie Bahn und konnte sich so richtig austoben.

Schrecklich ...

Xorron und Vampiro-del-mar räumten furchtbar auf. Lady X hielt sich zurück, bis sie von der weißen Eule attackiert wurde und diese mit einer Salve aus ihrer Silberkugel-Maschinenpistole zerfetzte.

Jetzt hatten die drei Monster tatsächlich freie Bahn. Für die restlichen Strigen sah es böse aus, sie würden wohl kaum überleben können, wenn sie in die Klauen der Monster gerieten.

Ob Vampiro-del-mar, Xorron oder Lady X mich entdeckt hatten, wusste ich nicht. Wäre ich allein gewesen, hätte ich die Hütte verlassen, aber ich musste immer wieder an meine Freunde denken, die Gefangene einer anderen Dimension waren.

Der erbarmungslose Kampf auf der Lichtung näherte sich allmählich seinem Ende. Nur noch wenige Strigen waren übrig geblieben. Die anderen lagen zerfetzt auf dem weißen Boden. Sie würden nie mehr in der Lage sein, Menschen anzugreifen.

Die andere, die dämonische Seite hatte eine schreckliche Rache genommen.

Xorron war als Erster fertig.

Er wühlte sich aus dem Schnee hoch. Das Zeug schmolz auf seinem hellen Körper und hinterließ wässrige Bahnen.

Xorrons Ziel war die Blockhütte.

Und da hockte ich.

Wir standen uns ja nicht zum ersten Mal gegenüber. Schon oft waren wir uns begegnet, zu einem richtigen Kampf oder Duell zwischen uns beiden war es bisher noch nicht gekommen. Ich wusste auch nicht, wie ich Xorron besiegen konnte, er zeigte sich gegen jegliche Waffen resistent, und ob es mein Kreuz schaffte, war fraglich.

Jetzt, wo ich den größten Teil seiner Geheimnisse kannte, musste ich es eigentlich probieren.

Xorron sah ich nicht mehr, weil ich mich in den Hintergrund des Raumes zurückzog, wo es dunkler war. Dort verschmolz ich mit dem Schatten einer Wand und behielt den Schädel als auch die Tür im Blickfeld.

Der große Totenschädel hatte seine Form verändert. Wo noch vor kurzer Zeit die Schnee-Eule gehockt hatte, da befand sich nun ein kraterartiges Loch, als hätte es eine Riesenhand in die beinerne Substanz hineingedrückt. Doch der Schädel lebte. Das grüne Licht in seinen Augenhöhlen war unruhiger geworden, das Gleiche galt auch für die Nasenöffnung, und ich zuckte zusammen und wurde gleichzeitig von dem Totenschädel abgelenkt, als ich das dumpfe Geräusch von der Tür her vernahm.

Xorron war da!

Er stand auf der Schwelle, füllte sie aus, und wenn man ihn so sah, konnte man Angst bekommen.

Ich machte mich so klein wie möglich. Er sollte mich nicht zu früh entdecken.

Aber Xorron hatte nur Augen für den Schädelthron.

Der letzte Rest der Strigen, ihr Heiligtum, vielleicht die letzte Zufluchtsstätte des Strigus, die Xorron nun zerstören wollte.

Beide Arme hob er an, als er auf den Schädel zuwalzte.

Ich konnte ihn nicht stoppen, wollte es auch nicht, denn es war ebenfalls in meinem Sinne, wenn er den Thron zerstörte. Und ich hoffte stark, dass mit einer Zerstörung auch der Weg zu meinen Freunden wieder frei wurde.

Die Bohlen dröhnten, als der Herr der Zombies durch die Blockhütte schritt.

In den letzten Minuten war ich nur Beobachter gewesen. Und ich wollte auch, dass es so blieb, deshalb verhielt ich mich still und wagte kaum, Luft zu holen.

Noch einen Schritt musste Xorron vorgehen, um den Schädelthron zu erreichen.

Er blieb stehen.

Wo zuvor die seltsamen Strigen-Eier gelegen hatten, war der Boden pechschwarz. Er wirkte wie verbrannt, und als Xorron einen Fuß darauf setzte, knirschte es.

Er hob den rechten Arm. Dabei ballte er die Klaue zur Faust und hämmerte sie dann dem Untier auf den knöchernen Riesenschädel. Seine Faust dröhnte in die Mulde, die die weiße Eule hinterlassen hatte. Ich vernahm ein Splittern und Knirschen, aber der Schädel blieb ganz.

Xorron holte noch einmal aus. Diesmal schlug er von der Seite her zu. Abermals dröhnte seine Faust dagegen, und wiederum gelang es ihm nicht, den Totenkopf zu zerstören.

Strigus hatte hier etwas für die Ewigkeit errichtet.

»Schaffst du es nicht?«, erklang plötzlich eine kühle Stimme vom Eingang her auf.

Fast wäre ich in die Höhe gesprungen. Im letzten Moment konnte ich mich beherrschen, denn Lady X sollte mich nicht zu früh entdecken. Sie war gekommen, und sie brachte nicht nur den Würfel des Unheils mit, sondern auch den Todesnebel …

Xorron drehte sich um. Aus seinem Maul drang ein dumpfes Knurren. Er war wütend, aber Lady X lachte, bevor sie sagte: »Lass mich mal, Xorron, ich werde diesen verdammten Schädel mit meinem Todesnebel knacken, verlass dich drauf!«

Da hatte Lady X ein wahres Wort gelassen ausgesprochen. Auch ich kannte den Todesnebel und wusste von seiner zerstörerischen Kraft. Wer als Mensch mit dem Nebel in Berührung kam, der verlor seine Haut und sein Fleisch. Zurück blieb nur ein Skelett.

Mehr als einmal hatte ich das erleben müssen, und auch ich war von dem Nebel angegriffen worden. Mich allerdings schützte das Kreuz. Es war die bisher einzig wirksame Waffe, die ich gegen den Nebel kannte.

Wie dieser Nebel entstanden war, wussten wir nicht. Uns war nur bekannt, dass er sich aus zahlreichen Seelen getöteter Dämonen zusammensetzte, und ich nahm auch an, dass der Spuk in irgendeiner Verbindung zum Todesnebel stand.

Xorron war zur Seite gewichen, damit Lady X Platz hatte. Sie trat bis dicht an den großen Totenschädel. Mich hatte sie nicht gesehen, nur den Schädelthron.

Ihre Arme waren vorgestreckt, den Würfel hielt sie mit beiden Händen fest, und sie konzentrierte sich voll und ganz auf das vor ihr liegende Ereignis.

Konnte der Nebel es schaffen?

Er drang aus den Seiten des Würfels, wurde zu tanzenden Wolken, die sich immer weiter ausbreiteten und wie ein Tuch an dem Totenschädel hochkrochen, um in den Augen und der Nasenhöhle zu verschwinden.

Ich hatte von meinem Platz aus einen guten Blickwinkel, und ich glaubte sogar, die schemenhaften Gestalten innerhalb des Nebels zu erkennen. Im nächsten Augenblick vermischte er sich mit dem grünen Licht, das in den Öffnungen zitterte.

Jetzt entschied es sich, wer stärker war.

Aber auch ich musste mich entscheiden. Sollte ich Lady X erschießen? Sie wandte mir den Rücken zu. Ich schoss niemandem in den Rücken, dachte aber daran, wie viel Leid und Elend sie und ihre Komplizen über die Menschheit gebracht hatten. Sie musste ein für allemal vernichtet werden!

Es wäre eine logische Folge gewesen, doch manchmal reagiert der menschliche Geist nicht logisch. Ich wusste es selbst nicht, da befand sich im Augenblick kein Mensch in Gefahr, den ich hätte retten müssen, und deshalb wollte ich Lady X zuerst anrufen.

Es gelang mir nicht mehr, ich hatte zu lange nachgedacht und gezögert. Der Todesnebel bewies im nächsten Augenblick, wie gefährlich er sein konnte.

Denn der Totenkopf explodierte!

Ohne Vorwarnung flog er in die Luft. Zuerst platzte die Schädelkappe auseinander. Aus dieser gewaltigen Öffnung schoss eine dicke grüne Rauchwolke, gleichzeitig sprühte sie auch aus den Augenlöchern und dem großen Nasenloch.

Nicht nur Rauch wurde aus einer unauslotbaren Tiefe in die Höhe geschleudert.

Auch etwas anderes.

Menschen! Sehr deutlich konnte ich sie nicht sehen, aber ich hörte ihr Schreien, erkannte die Stimmen und wusste, dass es Bill, Suko und Nils Björnsson waren, die die unheimliche Welt der Strigen freigegeben hatte.

Sie gerieten von einer Gefahr in die andere. Wenn sie mit dem Todesnebel in Berührung kamen, dann waren sie verloren.

Ich konnte nicht mehr in meiner Deckung bleiben, schoss daraus hoch und schrie mit sich überschlagender Stimme: »Jetzt reicht es, Lady X!«

Irgendwo prallten meine drei Freunde dumpf zu Boden. Das alles sah ich nicht, ich hatte nur Augen für Lady X, die herumgefahren war und mich anstarrte.

Nur für den Bruchteil einer Sekunde begegneten sich unsere Blicke, dann reagierte Xorron, er stieß sich ab, drehte sich dabei und brachte seinen fast unverwundbaren Körper zwischen Lady X und mich.

Ich feuerte jetzt.

Die geweihten Silberkugeln jagte ich an Xorron vorbei, in der Hoffnung, die Scott zu erwischen. Ein Geschoss traf seinen Schädel, doch es jaulte als deformierter Querschläger schräg durch die Hütte und schlug irgendwo in die Wand.

Dann zerfetzte die Explosion auch den Rest des Schädels. Bisher war nur die Kappe in die Höhe geflogen, nun aber wurde auch der übrige Teil des knöchernen Kopfes zerrissen. Mir kam es vor wie ein Bombeneinschlag, dessen Druckwelle uns alle traf.

Ich fühlte im nächsten Augenblick nur noch, wie der Boden unter meinen Füßen verschwand, dann machte ich eine unfreiwillige Reise durch die Luft, hielt dabei instinktiv mein Kreuz umklammert, der einzige Schutz, den ich hatte.

Im nächsten Augenblick krachte ich mit dem Kopf gegen etwas Hartes. Bei mir verlöschten sämtliche Lichter. Aus für John Sinclair.

Jemand rieb mein Gesicht mit Schnee ein und schlug gegen meine Wangen.

Es war Suko, der neben mir kniete, mich angrinste und seine Hand nicht ruhig halten konnte.

Ich öffnete die Augen, stellte fest, dass ich im Schnee vor der Hütte lag und meinen Platz zwischen Überresten der getöteten Strigen gefunden hatte.

»Im Himmel bin ich nicht«, sagte ich krächzend, »dann wärst du nicht bei mir.«

»Wenn du frech werden willst, mache ich aus dir einen Schneemann«, erwiderte Suko. »Kannst du aufstehen?«

»Hilf mir mal.«

Ziemlich wacklig stand ich auf den Beinen. Als ich an meinem Kopf entlangtastete, fühlte ich eine Beule, und ich hoffte, dass keine Gehirnerschütterung zurückgeblieben war.

»Ihr lebt alle?«, fragte ich.

»Und wie. Sollen wir in die Hütte gehen?«

Hütte war gut. Sie stand nur noch zum Teil. Das Dach war eingefallen, und die Trümmer bedeckten den Hüttenboden.

Die Stelle jedoch, wo der Schädelthron gestanden hatte, war frei.

»Und?«, fragte ich, als ich auf den schwarzen, verbrannt aussehenden Kreis schaute.

»Nichts und. Sie haben Strigus nicht erwischt.«

»Das hatte ich mir gedacht.« Ich verzog das Gesicht, weil ich Stiche im Kopf spürte. »Aber wie seid ihr freigekommen?«

»Ganz einfach. Der Todesnebel und dieses grüne Licht mochten sich nicht. Es war, als würden zwei gegensätzliche Gase aufeinander treffen. Plötzlich kam es zur Explosion, und die ganze Chose flog in die Luft. Wir wurden durch diesen Tunnel geschleudert, gelangten wieder in unsere Welt und erlebten das Ende des Dramas noch mit.«

»Wo sind die anderen?«

»Verschwunden.«

»Das verstehe ich nicht«, erwiderte ich und schüttelte den Kopf. »Lady X hätte doch die Chance gehabt, uns endgültig zu vernichten. Weshalb hat sie sich aus dem Staub gemacht?«

»Deshalb«, sagte Suko und deutete auf mein Kreuz.

Ich schaute ihn an. »Hat uns das Kreuz gerettet?«

»Ja. Oder dein Schutzengel. Denn als du bewusstlos warst, da glühte das Kreuz auf und zeichnete an die da noch stehende Decke einen silbrigen Schatten, der sogar den Todesnebel und auch die drei Monster vertrieb.«

Ich lächelte, als ich mir das Kruzifix anschaute. Eine Erinnerung hatte ich nicht, wahrscheinlich war mein Unterbewusstsein so mit der Existenz des Kreuzes verwachsen, dass eben dieser Schutzmantel aus weißer Magie hatte entstehen können.

Bestimmt würde ich so etwas noch einmal erleben. Und dann vielleicht bei vollem Bewusstsein.

»Komm, wir haben hier nichts mehr zu suchen. Strigus kriegen wir sicherlich auch irgendwann. Die Satanseulen sind endgültig vernichtet.«

»Wie die roten Vampire«, bemerkte Bill Conolly.

»Waren sie hier?«

»Nein, aber ich hörte, wie Vampiro-del-mar und Lady X darüber sprachen.«

»He«, lachte ich auf. »Das sieht ja alles gar nicht so schlecht aus, Freunde. Allmählich geht es wieder aufwärts. Strigen weg, die roten Vampire auch und …«

Der Weg zum Wagen wurde noch mal beschwerlich. Mit Nils unterhielt sich Bill Conolly. Er setzte ihn genauer ins Bild, während Suko mich stützte. Als wir den Rover schließlich erreicht hatten, war er fast zugefroren, und da sagte Bill etwas, das ich nicht begreifen konnte.

»Ich habe Sheila versprochen, mal über Weihnachten Urlaub zu machen. Mir gefällt der Schnee so gut, dass ich sogar in die Schweiz fahre und ihn richtig genießen werde.« Bei diesen Worten schaute Bill mich an und lauerte auf meine Reaktion.

Die kam auch.

Allerdings anders, als er dachte.

Ich hob den rechten Arm, spreizte den Zeigefinger ab und tippte ihn ein paar Mal gegen meine Schläfe …

Gatanos Galgenhand

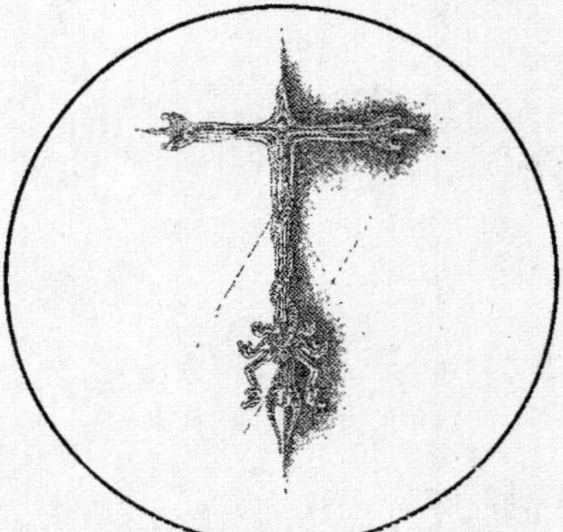

Sie sollten den Henker begraben!

Verscharren wäre eigentlich der richtige Ausdruck gewesen, denn etwas anderes war es nicht. Und niemand fand sich, der dem Henker ein ehrliches, christliches Grab wünschte, denn ein Mann, der Lebende in den Tod beförderte, wurde verachtet. Auch von denen, die über andere gerichtet hatten.

Nicht einmal der Totengräber hatte sich seiner Leiche annehmen wollen. Deshalb hatte sich der Beauftragte der Stadt am Hafen unter den Stromern umschauen müssen, um einen oder zwei geeignete Männer zu finden. Es gab dort genügend Leute, die für Geld ihre eigene Mutter verkauften, und es meldeten sich gleich zehn Männer für den Auftrag.

Allerdings hatte der Mann nicht gesagt, um was es sich handelte. Er hatte nur als Lohn eine kleine Silbermünze versprochen und suchte sich die beiden kräftigsten Männer aus.

Sie mussten einen Vertrag unterzeichnen. Da sie nicht schreiben konnten, ließ man sie drei Kreuze machen. Erst danach erfuhren sie, für welch eine Arbeit man sie ausgewählt hatte.

Ein Zurück gab es nicht, obwohl sie sehr gern auf das Geld verzichtet hätten, doch der Mann von der Stadtverwaltung zeigte sich rigoros und beharrte auf dem Vertrag.

Sie erhielten ein Pferd und einen Karren und mussten den einfachen Fichtensarg auf die Ladefläche hieven. Man gestattete ihnen nur, eine Plane über den Sarg zu breiten. Gehalten wurde sie an den Seiten von dem schweren Werkzeug, das man beiden Männern ebenfalls mit auf den Weg gab.

So verließen sie die Stadt.

Es war ein ungemütlicher Wintertag. Vom Atlantik her blies ein steifer Ostwind. Schneewolken trieben am Himmel, im Hafen gischtete das Wasser gegen die Kaimauern, und der Wind heulte in den Bäumen.

Geduckt hockten die beiden Stromer auf dem Bock. Wie das dunkle Pferd, so stemmten auch sie sich gegen den scharfen Wind. Die Kragen ihrer alten Mäntel hatten sie hochgeschlagen, die Zügel festgehakt, damit sie ihre Hände in den Taschen vergraben und sie gegen die Kälte schützen konnten.

Noch bevor sie den Stadtrand erreichten, begann es zu regnen. Es war kein reiner Regen, der da aus den dicken Wolken fiel, sondern ein Gemisch aus Schnee und Regen. Im Nu waren die beiden Männer auf dem Bock klatschnass.

Jetzt fluchten sie. Über das Wetter, ihr Leben und über die verdammte Arbeit.

Zudem wurde es schnell dunkel. Auch an den hin und wieder vor Haustüren schaukelnden Laternen konnten sie sich kaum orientieren, denn das Licht schaffte es einfach nicht, die langen Schleier zu durchdringen.

Sie sollten ihn nahe der Küste vergraben, wo sich eine Landzunge in die See hineinschob. Das bedeutete ein weites Stück Fahrt.

Bei diesem Wetter und mit der Ladung hatten sie keine Lust, lange unterwegs zu sein.

Sie redeten über den Fall und sprachen sich ab, den toten Henker irgendwo an einem günstigen Platz zu verscharren.

Einer sprang vom Bock. Der andere zügelte den Gaul und ließ ihn nur langsam weitertrotten, sodass der zweite Mann Schritt halten konnte.

Und er fand eine Stelle.

Sie lag sogar günstig. Zur Straße hin wurden die beiden Männer durch Bäume gedeckt. Hinzu kamen die langen Schneeregenschleier, die dicht wie ein Vorhang waren.

Als der Mann auf dem Bock den Ruf seines Kumpans vernahm, zügelte er den Gaul. Schon tauchte der zweite Mann an der Seite auf.

»Ich habe was gefunden!«, rief er, als er stehen blieb und zum Bock hochschaute.

»Eine gute Stelle?«

»Ja, da können wir den Sarg sogar hintragen.«

Der zweite Stromer rieb sich die nassen Hände und

sprang an der anderen Seite vom Bock. Er landete in einer Pfütze, deren Wasser hoch aufspritzte.

An der Hinterseite der offenen Ladefläche trafen die beiden Männer wieder zusammen.

Sie deckten die Plane ab. Einer brachte die beiden Schaufeln weg, der andere blieb stehen und starrte auf den alten Sarg, dessen Bretter schief zusammengehauen waren.

Der Regen, jetzt auch mit Hagel vermischt, prasselte auf das Holz. Dazu heulte der Sturm, rüttelte an den blattlosen Zweigen der Bäume.

Irgendwo im Grau des Himmels und weit über dem Meer zuckten Blitze. Der Donner war nicht zu hören.

Eine unheimliche Stimmung hielt den einsamen, im Regen stehenden Mann umfangen. Das Wetter, ihr Auftrag, der Sarg, das waren Dinge, vor denen er sich fürchtete. Und er hoffte, dass sein Kumpan bald zurückkehrte, damit er ihm Gesellschaft leisten konnte.

Da der Sargdeckel nicht dicht war, rann der Regen durch die Spalten, und er würde ebenfalls auf das Gesicht des Toten tropfen. »Du spürst nichts mehr«, murmelte der einsame Wächter und wühlte in seinen Taschen nach ein paar Krümeln Tabak.

Er hoffte, dass das Zeug nicht allzu nass geworden war, und hatte die Hände noch in den Taschen, als er plötzlich das dumpfe Röcheln hörte.

Der Mann erstarrte. Über sein nasses Gesicht rann ein Schauer, die Augen wurden groß, und er stierte auf die Totenkiste. Aus dem Sarg war das Röcheln gekommen!

Aber der Henker war tot. Der konnte nicht mehr sprechen, nichts sagen oder auch nur röcheln …

Als er schwere Schritte hinter sich hörte, fuhr er herum, riss die Arme hoch und schrie.

Wie ein Gespenst tauchte die Gestalt aus den Regenschleiern auf. Sie ging geduckt, und als das Fluchen ertönte, da atmete der Mann auf, denn der Mann im Regen war sein Kumpel Fred.

»Was ist denn mit dir los, Link?«, fragte Fred. »Ist dir der Leibhaftige begegnet?«

Link nickte heftig. »So kann man es nennen.«

»Wie sah er denn aus?« Fred hatte eine etwas kratzige Stimme. »Hatte er einen Schwanz? Spuckte er Feuer?«

»Nein, nein. Aber der Tote hat geröchelt!«

Link sagte das mit einer so großen Bestimmtheit, dass Fred ihn anstierte und den Kopf schüttelte. Dann tippte er gegen seine Stirn. »Die Leiche röchelt noch, wie?«

»Ja. Ob du es glaubst oder nicht. Der tote Henker hat ein Röcheln von sich gegeben. Ich habe es genau gehört. Das schwöre ich dir.«

»Erzähle nichts. Du bist besoffen. Tote sind tot. Fertig, aus, basta.«

»Das stimmt nicht«, hechelte Link. »Ich bin zur See gefahren, und da habe ich Dinge erlebt ...«

»Die dir sowieso keiner glaubt. Jetzt halt dein Maul und fass mit an. Ich will den dämlichen Sarg endlich loswerden. Ist ja schlimm bei diesem Sauwetter.«

Link wusste, dass er seinen Kumpan nicht überzeugen konnte. Er hob die Schultern und schaute zu, wie Fred die Totenkiste längsseits von der Ladefläche zog.

Als sie nur noch mit einer Kante aufstand, da packte auch Link mit an. Bevor er allerdings die Hände unter den Sarg legte, bedachte er ihn mit einem scheuen Blick.

»Mach schon, du Idiot!«

»Ja, ja.« Link griff zu.

Der Sarg war nicht leicht. Der Henker hatte sein Gewicht gehabt. Für solche Aufgaben konnte man nur kräftige Männer gebrauchen. Es hieß, er habe seine Opfer nur mit der rechten Hand getötet. Ihnen mit rechts die Schlinge umgelegt und sie dann auch mit der rechten Hand am Galgenbaum hochgezogen. Aus diesem Grunde hatte man dem Henker einen Spitznamen gegeben.

Man nannte ihn Galgenhand. Er selbst hieß Gatano, aber der Name Gatano, die Galgenhand, hatte in der Stadt einen bösen Klang.

Sie mussten die mit nassem Schlamm bedeckte Straße überqueren, gelangten auf die andere Seite und wären fast gefallen, weil sie in der Dunkelheit den Graben nicht sahen.

Fred rutschte hinein, das Wasser stand plötzlich an seinen Knien, während Link noch oben stand und den jetzt schräg stehenden Sarg krampfhaft umklammerte.

»Halte das Ding ja fest!«, schrie Fred. »Ich will nicht, dass der Sarg hinfällt und auseinander platzt.«

»Denkst du ich, Mensch? Wo der Tote doch noch lebt.«

»Mach mich nicht wahnsinnig mit deinem Schiss, sonst haue ich dir was aufs Maul!«, schimpfte Fred.

»Du hast auch Angst, wie?«

»Nein, habe ich nicht, und jetzt pass auf. Ich gehe weiter.« Fred stieg aus dem Graben, der andere folgte und landete bald selbst bis zu den Knien im Wasser.

Link regte sich nicht einmal auf. Das hatte er sich abgewöhnt. Fred war immer der Stärkere. Aber die Angst blieb. Und was er gehört hatte, das hatte er gehört.

Der Tote lebte …

Sie gingen weiter. Es war gepflügtes, schlammiges Ackerland, über das die beiden Männer schritten. Der Regen war noch dichter geworden. Sie konnten kaum die Hand vor Augen sehen. Ihre Füße wühlten sich durch den Schlamm, und oft genug spritzte Wasser hoch, wenn sie mal wieder in Pfützen getreten waren.

»Sind wir bald da?«, fragte Link.

»Noch ein paar Yards.«

Sie blieben dort stehen, wo Büsche wuchsen, die ihnen eine zusätzliche Deckung gaben. Hier hatte Fred die beiden Schaufeln hingelegt. Jetzt konnten sie mit ihrer Arbeit beginnen.

Behutsam setzten sie den Sarg ab. Genau dort, wo sie ihn auf den Boden stellten, befand sich eine Querrinne, und der Sarg kippte leicht nach links.

Aber er hielt.

»An die Arbeit!« Link hörte das Kommando seines Freundes und nahm ebenfalls eine Schaufel auf. Der Boden war zwar weich, aber schwer, und die beiden Männer mussten im strömenden Schneeregen schuften wie zwei Ochsen, die einen hölzernen Pflug über das Ackerland zogen.

So mancher Fluch drang über ihre Lippen. Sie verfluchten sich, das Wetter, den toten Henker, den Auftrag und schließlich die ganze Welt.

Schließlich hatten sie es doch geschafft, eine Grube zu graben, in die allerdings das Regenwasser hineinlief und sie schnell auszufüllen drohte. Sie beeilten sich noch mehr, denn in ein Wasserbad wollten sie den Toten auf keinen Fall stellen.

Schließlich war die Grube so tief, dass sie den Sarg darin versenken konnten.

»Das wär's«, sagte Fred, »und jetzt beeil dich mal!«, fügte er noch hinzu, als er sah, wie Link nach Luft rang. »Wir haben es gleich geschafft, und dann versaufen wir die Silberlinge.«

Sie gingen zur Seite, packten den Sarg und hievten ihn hoch. Er hatte jetzt lange im Regen gestanden. Das Holz war nicht so gut, es faulte schon an, hinzu kam der Schlamm, der Teile der Kiste mit einem glitschigen Schmier bedeckte.

Sie hoben den Sarg an, aber Link passierte das Missgeschick. Ihm rutschte die Totenkiste aus den Fingern. Da er nicht schnell genug zur Seite sprang, fiel sie auch noch auf seine Füße, malträtierte seine Zehen, und Link begann fürchterlich zu schreien.

»Verdammt, was ist …« Fred sprach nicht mehr weiter. Er starrte auf die billige Totenkiste, und seine Augen wollten aus den Höhlen springen, als er das schaurige Bild in sich aufnahm. Durch den Aufprall war der Deckel abgesprungen.

Der Tote lag frei vor ihnen.

Sie konnten in ein entstelltes, graues, jetzt auch nasses Gesicht schauen, in dem der Mund offen stand. Das aber war nicht das Schlimmste, sie hatten schon oft genug Tote gesehen. Am schaurigsten war der Körper des Henkers.

Ihm fehlte der rechte Arm!

Link presste beide Hände gegen sein Gesicht, stöhnte dumpf, warf sich dann herum und wollte wegrennen. Er stolperte jedoch über eine Furche. Auf dem glatten Boden verlor er das Gleichgewicht, sodass er auf den Schlamm des Ackers fiel.

Dort blieb er liegen und schrie.

Bis ihn Fred in den Nacken schlug. »Sag mal, bist du wahnsinnig?«, fuhr er seinen Kumpan an. »Mir kannst du hier nicht so ein Theater vorspielen, Mensch!«

»Aber die Hand …«

»Scheiß was auf die Hand. Sie ist nicht da und der Arm auch nicht.«

Link stemmte sich hoch und wischte sich den Schlamm sowie die Nässe aus dem Gesicht.

»Ja, das habe ich gesehen, er ist nicht da. Aber wo ist er, zum Teufel?«

»Was fragst du mich? Weiß ich es?« Fred lachte. »Vielleicht bei dem, den du erwähnst. Beim Teufel!«

»Er hat doch gestöhnt …«

»Ach, hör auf! Wir schieben den Sarg in die Grube und fertig damit. Denkst du, ich halte mich hier noch länger auf? Die werden dem Toten den Arm abgeschnitten haben, das ist es!«

»Warum sollten sie es getan haben?«

»Weil er Gatano war, der Henker. Deshalb!«

Link klammerte sich an seinem Freund fest. »Verdammt, Fred!«, flüsterte er. »Verdammt, ich habe Angst. Schrecklichen Schiss! Verstehst du das?« Er zitterte am gesamten Leib, aber nicht vor Kälte.

»Dann beeilen wir uns.« Mit einer wilden Bewegung befreite sich Fred von Links Händen. Auch ihm war nicht wohl, aber das konnte er schlecht zugeben.

Die beiden Männer gingen wieder zurück. Es regnete in den offenen Sarg. Der Tote lag noch so da, wie sie ihn in Erinnerung hatten. Niemand hatte ihm die Augen zugedrückt. Die Pupillen wirkten wie helle, leblose Steine.

»Und jetzt schieb das Ding auf die Grube zu!«, befahl Fred.

Link gehorchte. Durch den gemeinsamen Druck der beiden Männer glitt der Sarg auf die offene Grube zu, erreichte den Rand, bekam das Übergewicht und kippte.

Hochkant prallte er auf. Das Wasser spritzte hoch, und dann neigte sich der Sarg allmählich zur Seite, wobei er die Leiche fast noch verlor, auf jeden Fall geriet sie ins Rutschen und kippte halb aus dem Unterteil der Totenkiste.

Das war den beiden Männern egal. Sie hatten bereits nach den Schaufeln gegriffen und waren damit beschäftigt, die feuchte Erde wieder in die Grube zu schleudern und sie aufzufüllen.

Sie arbeiteten noch schneller. Link atmete erleichtert auf, als der Sarg unter der nassen, schweren Erde verschwunden war.

Fünf Minuten später stemmten sie die Schaufelblätter in den weichen Boden.

Sie hatten es geschafft.

»Jetzt aber weg!«, sagte Fred und begann zu laufen.

Link rannte hinterher. Noch einmal schaute er sich um. Und da glaubte er, eine riesige Hand mit einer Henkersschlinge daran über dem Grab schweben zu sehen.

Link erschrak bis ins Mark. Seinem Kumpan jedoch sagte er nichts davon. Der hätte ihn nur ausgelacht ...

Ungefähr zweihundert Jahre später dachte niemand mehr an Gatanos Galgenhand. Denn auf dem Fleckchen Erde, unter dem er begraben lag, war ein Stadtteil von New York entstanden, den man als einen der hektischsten bezeichnen konnte.

Greenwich Village, auf der Halbinsel Manhattan.

Doch die Galgenhand und die Schlinge des Henkers schwebten nach wie vor über dem Häusermeer.

Nur sah sie niemand. Aber der, dem der Arm gehörte, wartete nur darauf, wieder erweckt zu werden ...

»Es war wunderbar, Lucille. Ich danke Ihnen. Wirklich, Sie haben mir so viel gegeben.« Die alte Dame drückte der blonden Frau die Hand und bedankte sich mit zuckenden Mundwinkeln. »Beim nächsten Mal kann es vielleicht klappen, nicht?«

»Ganz bestimmt, dann werden Sie mit Ihrem Mann sprechen können.«

»Auch wenn er schon über drei Jahre tot ist.«

»Das macht nichts. Meine Karten holen jeden aus der Unendlichkeit des Raumes.«

»Das weiß ich ja, Lucille. Sie scheinen wirklich Wunderkarten zu haben.«

Die alte Frau nickte und ging.

Lucille, die Kartenlegerin, atmete auf. Das war geschafft. Diese Sitzungen strengten sehr an. Vor allen Dingen musste sie immer auf die Probleme der einzelnen Kunden eingehen, was ihr überhaupt nicht passte, aber es gab keinen anderen Weg zum Erfolg.

Außerdem war Hellsehen in. Und wer in Greenwich Village lebte, der verdiente durch Hellsehen und Kartenlegen schon ein paar gute Scheine nebenbei.

Lucille hieß ja auch nicht Lucille. Diesen Namen hatte sie sich zugelegt. Getauft war sie auf Scarlet O'Banion. Richtig schön irisch. Ihre grünen Augen konnte sie nicht verleugnen, aber die roten Haare hatte sie sich färben lassen. Sie lief jetzt mit einer blonden Mähne herum. Auch etwas Ausgefallenes, denn die meisten ihrer Kolleginnen schworen auf Schwarz oder auf ein geheimnisvolles Rot.

Scarlet machte da kein großes Aufheben. Für sie waren allein die Leistungen wichtig. Und die brachte die Kartenlegerin. Ihr Ruf hatte sich herumgesprochen, und der Kundenstamm konnte sich sehen lassen.

An diesem Tag war es besonders schlimm gewesen. Zuletzt war noch die alte Dame erschienen, eine Malerwitwe, die unbedingt durch die Karten Kontakt zu ihrem verstorbenen Gatten aufnehmen wollte, allerdings nur, um ihn zu fragen, mit wem er sie zu seinen Lebzeiten betrogen hatte.

Sachen gab es …

Kopfschüttelnd ging Lucille wieder in ihre Wohnung zurück. Die letzte Kundin hatte sie bis auf den Flur begleitet. Sie schloss die Tür, schaltete das Licht in dem Dielengang ein und lehnte sich für ein paar Sekunden an die Wand. Dabei dachte sie darüber nach, wie sie den

Rest des Abends verbringen sollte, und sie entschloss sich, nicht wegzugehen, sondern im Haus zu bleiben.

Das war am besten.

Bei diesem Wetter bereitete es ihr keinen Spaß, sich in den Trubel von Greenwich zu stürzen. Allerdings nahmen viele darauf keine Rücksicht. Das junge Volk wollte nur Action.

Und so jung fühlte sich die Frau nicht mehr. Schließlich ging sie auf die vierzig zu, und da hatte man eben nicht mehr den Schwung wie noch vor zwanzig Jahren.

Lucille lebte in einem Altbau. Das Haus stand unter Denkmalschutz und hatte vier Etagen. Sie hatte eine Etage gemietet, und ihr standen acht Räume zur Verfügung.

Es waren Zimmer mit hohen Decken, und jene Räume, die zur Straße hinwiesen, hatten Erkerfenster.

Lucille ging in ihr Büro. Einen Raum benutzte sie für die geschäftlichen Dinge. Sie hatte sich entschlossen, noch einige Rechnungen zu schreiben. Das wollte sie jetzt am Abend erledigen.

Als sie hinter ihrem Schreibtisch saß und die Lampe mit dem roten Kunststoffschirm eingeschaltet hatte, kamen ihr selbst Zweifel, ob sie die Rechnungen noch schreiben sollte.

Eigentlich konnte sie das auch auf den nächsten Tag verschieben, sie fühlte sich einfach zu matt, denn der vergangene Tag war sehr anstrengend gewesen.

Lucille drehte sich auf dem Hocker und schaute in den Spiegel, der an der Wand hing.

Sie sah sich zwar, aber weit entfernt.

Es war ein seltsamer Spiegel. Schon mehr ein Kunstwerk. Von der Form her ein langes Rechteck. Innerhalb des Spiegels brannten kleine Lampen. Sie zeichneten die Maße genau nach. Allerdings physikalisch so konstruiert, dass der Betrachter das Gefühl hatte, er würde weit entfernt stehen oder sitzen, wie Lucille.

Sie sah eine Frau, die ein blaues Kleid trug und die Haare ein wenig zerwühlt hatte. Die Mutter hatte zu ihr immer Püppchen gesagt. In etwa stimmte das tatsächlich, denn sie hatte das Gesicht einer Puppe, wenn sich auch jetzt um die Augen herum einige Falten gebildet hatten.

Selbst die Zeitung hatte sie an diesem Tag noch nicht gelesen. Sie lag zusammengefaltet auf dem Schreibtisch.

Zwei Zeitungen hatte sie abonniert: die New York Times und ein lokales Blatt, den Village Star. Für die Times hatte sie keinen Nerv mehr. Es war ihr einfach zu mühsam, die oft komplizierten Texte der Berichte und Kommentare zu lesen, außerdem gab es in der Welt doch nur Mord und Totschlag.

Sie griff lieber zum Village Star. Dieses Blatt brachte ihr die Umgebung näher.

Lucille nahm die Zeitung an sich. Als sie das Blatt aufrollte, sprang ihr sofort die Headline der ersten Seite ins Auge. Das war wie ein Schlag ins Gesicht, denn die Überschrift hatte man noch in dicken, roten Lettern gedruckt.

DER ZWEITE MORD DES HENKERS

Die Augen der Wahrsagerin wurden groß. Danach holte sie ein paar Mal tief Luft, denn sie, die sonst nicht viel erschüttern konnte, zeigte sich geschockt.

Sie kannte den Mann, der umgebracht worden war. Er gehörte zu ihren Kunden.

Und er war aufgehängt worden wie das erste Opfer des geheimnisvollen Village-Henkers.

Diese Dinge hatten die zwei Opfer gemeinsam. Sie waren auf die gleiche Art und Weise gestorben, doch es gab noch einen dritten Punkt, den man nicht außer Acht lassen durfte.

Beide Tote kannte Lucille. Und zwar waren sie Kunden von ihr gewesen. Und das machte sie misstrauisch.

Sie begann den Bericht zu lesen. Den zweiten Toten hatte man aufgeknüpft an einer Laterne gefunden. Die stand in einem Hinterhof, der auch ein kleines Café beherbergte. Im Winter war es allerdings geschlossen, nur im Sommer herrschte dort der große Betrieb.

Als sie die Zeitung zur Seite legte, stellte sie fest, dass ihre Hände zitterten. Ein paar Mal atmete sie tief durch, und die Gedanken spielten plötzlich verrückt.

War es Zufall, dass sie die beiden Toten kannte? Das

konnte möglich sein, aber es ließ sich auch nicht leugnen, dass man Methode hinter den Morden vermuten konnte.

Eine Mordmethode.

Die Opfer waren jeweils aufgeknüpft worden, und sie gehörten zu den Kunden der Lucille. Es gab sonst keinerlei Gemeinsamkeiten zwischen ihnen, und die Kartenlegerin begann darüber nachzugrübeln, ob sie etwa einen Teil der Schuld daran trug.

Sie wusste es nicht, konnte es sich auch nicht vorstellen, obwohl sie sich mit Dingen beschäftigte, die manchmal sehr gefährlich sein konnten. Lucille klopfte durch ihre magischen Praktiken an die Tür zur Jenseitswelt an.

Bisher hatte sie noch nie Angst gehabt, diesmal jedoch spürte die sensible Frau, dass sich irgendetwas über ihrem Kopf zusammenbraute, das ihr überhaupt nicht gefiel.

Da stimmte einiges nicht.

Beide Tote waren Kunden von ihr gewesen. Sie konnte sich noch sehr gut an sie erinnern, da die Sitzungen oder Séancen immer sehr lange gedauert hatten.

Und beide hatten einen Blick in die Zukunft verlangt.

Plötzlich zuckte die Frau hoch. Wie gut, dass sie immer methodisch vorging. Sie stand auf und lief auf den eingebauten Aktenschrank zu, in dem sie sämtliche Unterlagen verwahrte.

Sie öffnete die rechte Tür, ließ ihre Blicke kurz über die Rückseiten der Ordner gleiten und fand zielsicher den richtigen heraus. Während sie zum Schreibtisch ging, schlug sie ihn auf.

Es dauerte nur wenige Sekunden, dann hatte sie die richtige Seite gefunden.

Mit dem letzten Toten fing sie an. Er hatte sich die Karten legen lassen.

Ja, die Todeskarte war auch dabei gewesen. Pik-Ass hatte sehr günstig gelegen, das deutete auf ein schnelles Ableben des Klienten hin. Die Kartenlegerin hatte ihm nichts davon gesagt, weil sie ihn nicht beunruhigen wollte, aber es war nun mal so.

Und es war eingetreten!

Pik-Ass hatte voll zugeschlagen.

Sekundenlang schloss sie die Augen. Sie schluckte ein paar Mal und fand auch den zweiten Namen.

Wieder das Gleiche. Auch den Tod hatte sie vorausgesehen. Es war schlimm, sie fühlte sich plötzlich in einer Zwangslage und kam sich irgendwie verantwortlich vor.

Warum gerade diese beiden?

Sie wusste es nicht, aber sie dachte darüber nach. Und sie folgerte, dass vielleicht noch mehr ihrer Kunden ein Opfer dieses unheimlichen Mörders werden konnten. Vielleicht sogar die, denen die Karten nichts Gutes zeigten.

Das bereitete ihr Angst.

Für einen Moment presste sie die Fingerspitzen gegen die Stirn. Sie wollte das Pochen in ihren Schläfen unterdrücken, schloss die Augen und konzentrierte sich.

Bei wie vielen Klienten hatten die Karten ein schweres Schicksal gezeigt? Darüber dachte sie nach, aber sie wusste es nicht auswendig. Um eine Antwort zu erfahren, musste sie erst die gesamten Akten durchwühlen. Dann erst konnte sie weitersehen.

Das wollte sie nicht. Irgendwie hatte sie Angst vor der Aufgabe. Ihre Gedanken bewegten sich in einer anderen Richtung weiter. Sie überlegte, ob sie nicht die Polizei anrufen sollte. Schließlich hatte sie die beiden Mordopfer gekannt. Dann aber entschloss sie sich, es nicht zu tun. Sie hätte die Polizisten nur auf eine falsche Spur gelenkt. Wenn die etwas von ihr wollten, sollten sie selbst kommen. Vielleicht führte eine der Spuren sie zu der Hellseherin Lucille.

Das Arbeitszimmer gefiel ihr plötzlich nicht mehr. Sie stand auf und ließ das Licht brennen, als sie aus dem Raum ging. Lucille fühlte sich müde, auf dem Gang gähnte sie auch, und sie nahm sich vor, so rasch wie möglich ins Bett zu gehen.

Am Ende des Flurs befand sich die große Doppeltür, hinter der ihr Arbeitszimmer lag. Sie hatte jeden Raum nicht nur anders eingerichtet, auch verschiedenfarbig gestrichen. Da gab es Zimmer mit blauen, roten oder grünen Wänden. Auf manchen hatten Künstler ihre Spuren hinterlassen und die Wände mit verrückten Motiven bemalt.

Die Wände des Arbeitszimmers waren dunkel. Zwar nicht schwarz gestrichen, aber Lucille hatte ein dunkles Grün ausgewählt. Es gab dort nicht viel an Möbelstücken, nur einen runden Tisch mit vier Stühlen. Damit die Stimmen der Menschen nicht hallten, wenn sie sich in dem verhältnismäßig großen Raum aufhielten, waren die Wände zusätzlich mit einem schallschluckenden Material verkleidet worden.

Der runde Tisch stand in der Mitte des Zimmers. Als Lucille ihn anschaute, sah sie noch die letzten Karten liegen. Eine alte Petroleumleuchte stand ebenfalls auf der grünen Tischdecke und verbreitete ihren warmen Schein.

Die Flamme sah aus wie ein langer Finger, als sie innerhalb des Zylinders hochstieg.

Lucille dachte an ihre letzte Kundin. Sie war gegangen und würde wiederkommen, um mit ihrem Mann sprechen zu können. Einen Kontakt mit dem Jenseits hatte Lucille bisher noch nicht hergestellt, höchstens an gewisse Jenseitswelten angeklopft, aber sie war auch neugierig zu erfahren, wie es dort zuging.

Man las ja in letzter Zeit immer mehr Berichte von Menschen, die angeblich einen Blick ins Jenseits geworfen hatten.

Irgendwie fürchtete sich Lucille davor. Sie konnte den Grund nicht nennen, vielleicht tippte sie mit diesen Dingen an letzte Tabuzonen, die eigentlich verschlossen bleiben mussten.

So konnte es durchaus sein. Und wenn es Kräfte im Jenseits gab, die auf das menschliche Leben Einfluss nahmen, dann war es wohl nicht gut, mit ihnen zu spielen.

Plötzlich zuckte sie zusammen.

Sie hatte etwas gehört.

Ein Stöhnen.

Lucille schloss für einen Moment die Augen. Sie beschwor sich selbst, ruhig zu bleiben. Sie wollte sich nicht verrückt machen lassen, sondern logisch denken.

Das Stöhnen konnte wohl existieren, es durfte jedoch nicht, denn sie befand sich allein in der großen Wohnung. Als die letzte Kundin gegangen war, hatte sie hinter sich abgeschlossen. Es konnte niemand das Geräusch ausgestoßen haben.

Und doch hatte sie es gehört.

Lucille setzte sich aufrecht hin. Sie spannte den Rücken, saß steif wie ein Ladestock und horchte. Wiederholte sich das Stöhnen, oder hatte sie sich tatsächlich getäuscht und war die Fantasie mit ihr durchgegangen?

Alles blieb ruhig. Nichts war mehr zu vernehmen. Das konnte nur ein Irrtum gewesen sein.

Sie lauerte.

Lucille wirkte jetzt sprungbereit, als sie auf dem Stuhl hockte. Eine Hand lag flach auf dem Tisch, die andere hatte sie zur Faust geballt und auf ihren linken Oberschenkel gelegt.

Und da hörte sie es wieder.

Ein furchtbares Geräusch. Sie war nicht in der Lage, es zu lokalisieren, denn es kam von überall. Es drang aus den Wänden, ein Ächzen in Stereo, und Lucille hatte das Gefühl, als wären die Mauern des Zimmers mit einem schrecklichen Leben erfüllt.

Sie sprang auf.

Das geschah so heftig, dass der Stuhl ins Wanken geriet und fast umgekippt wäre. Vor dem Tisch blieb sie stehen und stützte die Hände auf die Platte.

Sie dachte wieder an das Jenseits. Hatte sie durch ihre Kontaktversuche mit einer anderen Welt Kräfte erweckt, die nicht mehr zu kontrollieren waren?

Dieser Gedanke kam ihr automatisch, aber sie hoffte, dass dies nicht der Fall war und sich alles als Irrtum herausstellen würde.

Im Augenblick war von dem Geräusch nichts mehr zu hören. Eine seltsame Stille lag über dem Raum, nur unterbrochen von ihrem Atmen. Aber es würde wiederkehren, dessen war sie sicher.

Und es kam wieder.

»Aaahhhh …« Aus allen Wänden drang es und hörte

sich an, als würde jemand unter schrecklichen Schmerzen leiden.

Lucille kreiselte herum. In ihren Augen irrlichterte es. Es war die Angst, die plötzlich übermächtig wurde. Eine Angst, die sie sonst nie gekannt hatte, obwohl sie sich immer mit seltsamen Zusammenhängen beschäftigte.

Diesmal war es anders. Da konnte sie nichts kontrollieren, denn der Schrecken diktierte das Geschehen und drang aus einer unfassbaren Welt auf sie ein.

Er lauerte in der Nähe.

In den Wänden des Zimmers musste er stecken, denn sie fand keine andere Erklärung.

Lucille wollte den Raum verlassen. Seltsamerweise schaffte sie dies nicht. Sie konnte sich einfach nicht überwinden, auf die Tür zuzulaufen und hinauszugehen.

Das Grauen bannte sie.

Am Tisch stand Lucille. Ihre Hände schienen auf der mit einer grünen Decke bedeckten Platte festzukleben, der Mund stand offen. Ihr Atem drang stoßweise über die Lippen, und sie konzentrierte sich auch auf eine Wand.

Da war nichts Unnormales. Die Wand sah aus wie immer. Sie zeigte den grünen Schimmer, mit dem auch das schalldämpfende Material angestrichen worden war. Ansonsten tat sich nichts.

Und das Stöhnen setzte sich fort. Es hörte sich noch schlimmer an als zuvor, denn zwischendurch glaubte Lucille, sogar ein Lachen zu hören. Ein hämisches, gemeines Lachen, das ihr bewies, wie sehr sie unter Beobachtung stand.

Der andere, der Unsichtbare, weidete sich an ihrer Angst!

Ja, sie hatte Angst. Ihr Herzschlag war mehr mit einem Hämmern zu vergleichen. Sie spürte ihn in ihrem Kopf. Hinter der Stirn hallte es wider, das Atmen bereitete ihr Mühe, über ihren Körper kroch eine Gänsehaut, und die Angst wurde größer.

Das unsichtbare Grauen war in der Nähe. Und es blieb nicht an seinem Fleck.

Es kam näher …

Lucille spürte es überdeutlich. Da kreiste und kesselte sie etwas ein. Es war wie eine Schlinge, die sich immer enger zog und bald ihren Hals erreicht hatte.

Konnte sie noch atmen?

Sie riss den Mund auf, schnappte nach Luft, ihre Augen wurden groß und weiteten sich voller Entsetzen, als sie plötzlich den gewaltigen Schatten an der Wand sah.

Es war der Schatten einer Schlinge!

Der Galgenmörder!

Dieser eine Begriff zuckte durch Lucilles Kopf. Sie machte sich da nichts vor, trotz ihrer Angst dachte sie realistisch, und sie erinnerte sich sehr gut an den Bericht in der Zeitung.

Zwei ihrer Klienten waren auf diese Art und Weise aufgehängt worden. Jetzt sollte es sie erwischen.

Über ihren Rücken lief ein Schauer. Die Augen füllten sich mit Tränen. Die Angst wurde noch stärker, das Entsetzen steigerte sich, und die Zähne klapperten.

Da kam jemand, um sie zu töten.

Ihren Blick konnte sie einfach von der Schlinge nicht lösen. Der Schatten zeichnete sich übergroß ab, und die Schlinge blieb nicht ruhig. Sie pendelte.

Gerade diese Bewegung steigerte ihre Panik noch. Es war schlimm, so etwas mit ansehen zu müssen. Das Pendeln der Schlinge war für sie mit einer tödlichen Lockung zu vergleichen. Sie glaubte auch nicht, dass die Schlinge nur als Schatten existierte, denn wo sich ein Schatten befand, musste es auch einen Gegenstand geben, der diesen Schatten warf.

Aber wo kam er her?

Das Haus war zu, die Wohnung abgeschlossen …

Die Schlinge wanderte. In Nähe der Tür hatte Lucille sie zum ersten Mal gesehen, nun aber bewegte sie sich an der Wand entlang und näherte sich ihr immer mehr.

Lucille war klar geworben, dass sie sich in einer tödlichen Falle befand.

Aus diesem Zimmer kam sie nicht mehr hinaus, wenn sie sich nicht selbst überwand und etwas unternahm.

Die Tür war die einzige Chance. Wenn sie diese erreichte, war alles gut. Dann konnte sie in den Flur laufen und das Haus verlassen.

Lucille überlegte nicht mehr, sondern startete. Ihre Beine bewegten sich automatisch, als sie sich abstieß und quer durch das Zimmer hetzte.

Das Lachen verfolgte sie.

Lucille hatte das Gefühl, von Peitschenhieben getroffen zu werden, so schaurig hörte sich das Lachen an. Kurz bevor sie die Tür erreichte, stolperte sie, fiel gegen das Holz, und die Hand fand die Klinke, die nach unten gedrückt wurde. Gleichzeitig stemmte sie sich gegen die Tür, aber sie hatte mit ihren Bemühungen keinen Erfolg.

Die Tür war zu!

Sie stöhnte auf, als ihr dies bewusst wurde, und die Kraft verließ allmählich ihren Körper. Die Beine begannen zu zittern, Lucille sackte in die Knie.

Einen Arm hatte sie erhoben. Die Finger umkrallten die Klinke wie eine letzte Stütze.

Kicherndes Gelächter hinter ihrem Rücken. Es riss sie aus ihrer großen Angst. Sie fuhr herum – und erlitt einen fast tödlichen Schock.

Der Schatten hatte sich von der Wand gelöst. Eine normale Schlinge schwebte in der Luft.

Gehalten wurde sie auch. Es war eine grün schillernde Klaue mit blutigen Fingernägeln, die die sorgfältig geknüpfte Henkersschlinge hielt.

Langsam schwang die Klaue die Schlinge hin und her. Einmal näherte sie sich dem Gesicht der schreckensstarren Frau, dann zuckte sie wieder zurück.

Und eine Stimme erklang. Flüsternd. Sie sagte: »Ich kriege dich, Kleine. Ich habe auf dich gewartet. Ich kriege jeden, darauf kannst du dich verlassen. Die Galgenhand führt ihre Rache durch. Niemand entgeht ihr.«

»Neiiinnn!« Lucille schrie auf. Sie schüttelte den Kopf, sprang auf, rannte weg und übersah in ihrer Panik den Tisch.

Sie lief genau gegen ihn. Der Tisch war allerdings so schwer, dass er von der Wucht des Aufpralls nicht umfiel. Schwer stützte sich die Frau mit den Händen auf der Platte ab.

Plötzlich war die Schlinge da.

Lucille hatte nicht einmal ihren Schatten gesehen, sie bemerkte sie erst, als es zu spät war und sich die Öffnung dicht vor ihren Augen befand.

Im nächsten Augenblick schwang die Schlinge vor. Und sie passte haargenau. Diese Galgenschlinge schien für Lucille wie geschaffen zu sein. Sie spürte das raue Material an ihrer Kehle, wollte schreien, aber da zog die über ihr schwebende Hand den Knoten plötzlich zu.

Die Luft wurde der Frau knapp.

Dafür hörte sie die geisterhafte Stimme. »Ich hole mir jeden, den ich haben will. Sie vergaßen mich, aber ich habe nichts vergessen, daran solltet ihr immer denken. Du bist die dritte, andere werden folgen. Aber dir habe ich meine Rückkehr zu verdanken. Man spielt nicht mit den Jenseitskräften. Man kann und darf sie nicht beschwören, das sage ich dir. Du hast dich darüber hinweggesetzt. Die Folgen musst du allein tragen, Lucille …«

Es waren die letzten Worte des Henkers. Danach begann er mit seiner verabscheuungswürdigen Tat.

Die Hausgehilfin fand Lucille am anderen Morgen. Ihr Kopf steckte in der Schlinge, und diese war an der Türklinke befestigt …

New York empfing mich nicht nur mit Kälte, sondern auch mit einer schönen, interessanten Frau, zu deren Image es gehörte, sich die Fingernägel grün lackieren zu lassen.

Stammleser wissen längst, von wem die Rede ist. Von Tanith, der Wahrsagerin und Hellseherin aus Paris. Und sie hatte mich, John Sinclair, nach New York geholt.

Von Norwegen in die Staaten. Ich kam mir wieder einmal wie ein Reisender in Sachen Dämonen vor, als ich im

Menschengewühl der riesigen Halle stand und mich nach Tanith umschaute.

Dies war kein offizieller Auftrag, das möchte ich einmal betonen. Sir James Powell, mein Chef, hatte nicht viel von meiner Idee gehalten, nach New York zu fliegen. Für ihn waren die Anhaltspunkte zu vage. Ich aber glaubte ihm nicht. Wahrscheinlich wollte er sich nicht mehr mit der amerikanischen Polizei anlegen, denn die Burschen reagierten oft komisch, wenn man sich in ihre Angelegenheiten einmischte.

Deshalb nahm ich mir drei Tage Urlaub und flog in die Staaten. Die Flugkosten allerdings hatte Tanith übernommen, denn sie befand sich seit zwei Wochen in der Stadt.

Am Telefon hatte sie nur Andeutungen gemacht. Es ging um eine geheimnisvolle Mordserie, die New York in Atem hielt und für die man keine Erklärung wusste.

Wir hatten keinen Treffpunkt ausgemacht. Der Kennedy Airport ist eine gewaltige Stadt für sich. Wer ihn nicht kannte, konnte sich leicht verlaufen, aber Tanith wollte mich ausrufen lassen.

Um mich herum herrschte ein gewaltiger Trubel. Jeder hatte es eilig, die Menschen hasteten, rannten, und ich, der ich nur schlenderte, kam mir schon ein wenig deplatziert innerhalb dieses geordneten Durcheinanders vor.

Ich wollte mir Zeit lassen und achtete vor allen Dingen auf die Lautsprecherdurchsagen.

Da hörte ich meinen Namen.

Ich wurde gebeten, mich in den Block A zu begeben und am Schalter der Pan Am zu warten.

Warum nicht? In der Halle befand ich mich schon. Jetzt musste ich nur noch den Schalter finden.

Bei einer Stewardess erkundigte ich mich nach dem Weg. Die kaffeebraune Schöne erklärte ihn mir, wobei sie noch reizend lächelte. Ein guter Service.

Etwa fünf Minuten später hatte ich den Schalter gefunden. Er war ziemlich umlagert. Tanith sah ich trotzdem. Sie trug einen braunen Pelzmantel, den sie nicht geschlossen hatte und der wie eine Glocke aufschwang, als sie mich entdeckte und mir entgegenlief.

»John Sinclair, ich freue mich.« Sie streckte beide Arme vor, und wir begrüßten uns herzlich.

Ich roch ihr Parfüm. Und ihre Herkunft konnte sie ebenfalls nicht verleugnen, denn sie sprach mit einem französischen Akzent.

Zum letzten Mal hatte uns Belphégor zusammengeführt. Tanith war in den schrecklichen Fall mit hineingeraten, den wir zu einem guten Ende gebracht hatten.

»Wie geht es dir?«, fragte sie und strahlte mich an. Sie hatte das Haar wachsen lassen. Es schimmerte rötlich, und die dichte Pracht berührte die Schultern.

»Müssen wir das hier bereden?«, fragte ich.

»Du meinst ...«

»Ja, ich lade dich zu einer Tasse Kaffee ein.«

»Gern, mein Lieber.« Sie hakte sich bei mir unter und lachte. Nichts an ihr wies darauf hin, welch einen Beruf sie ausübte, denn Tanith war eine der bekanntesten Hellseherinnen und auch Wahrsagerinnen der Welt. In ihr Haus in Paris kamen viele Politiker, Wirtschaftskapitäne, Schauspieler und Gesangstars, um sich die Zukunft vorhersagen zu lassen. Wenn sie die Wohnung in Paris für eine Zeit aufgegeben hatte, dann musste sie dafür einen triftigen Grund gehabt haben.

»Schade, dass du Suko nicht mitgebracht hast«, sagte sie mit bedauernder Stimme.

»Ja, das tut mir selbst Leid, aber mein Chef hatte kein Verständnis dafür.«

»Wieso?«

Ich hob die Schultern und ging ein wenig langsamer. Tanith passte sich meinem Tempo an. »Offiziell liegt für ihn keine Gefahr vor ...«

Das Lachen der Frau unterbrach mich. »Keine Gefahr? Der würde sich wundern. Drei Tote ...«

»Ich meine keine magische Gefahr. Aber ich denke mir, dass es Reibereien zwischen der amerikanischen und der englischen Polizei gibt.«

»Aber du warst doch schon öfter in New York«, hielt mir die aparte Französin entgegen.

»Natürlich. Da ging auch alles offiziell, und man hat

uns um Rat gefragt. Hier liegt der Fall anders. Ich bin praktisch als Privatmann hier und werde mich hüten, mich in die Polizeiarbeit einzumischen.«

»Wenn man es so sieht, hast du Recht.« Tanith zog mich zur Seite, denn sie hatte eine kleine Cafeteria entdeckt. Wir sahen, dass noch einige Stühle frei waren.

An runden Glastischen nahmen wir Platz. Unser Blick glitt durch die großen Scheiben auf das Rollfeld. »Was möchtest du trinken?«, fragte ich die Französin.

»Kaffee, bitte.«

Ich bestellte zwei Tassen. »Und wie gefällt dir New York?«, fragte ich sie.

»Nicht gut.«

»Wieso?«

»Die Amerikaner sind hektisch. Irgendwie vermisse ich die lockere französische Art.«

Ich lachte. »Das kann ich mir vorstellen.« Dann zündete ich mir eine Zigarette an, während Tanith aus ihrer Handtasche ein schwarzes Zigarillo holte.

Ich gab ihr Feuer, sie bedankte sich nickend, dann wurde unser Kaffee gebracht, den ich sofort bezahlte, und anschließend schaute Tanith mich an. »Du siehst aus, als hättest du Sorgen, John.« Ich lächelte schmal. »Wer hat die nicht?«

»Ja, ja, sicher.« Sie streifte die Asche ab. »Aber bei dir sind es besondere. Du führst einen verzweifelten Kampf gegen Mächte, die du kaum kontrollieren kannst. Ich hänge ja auch mit drin, und das Schlimmste ist, dass wir immer nur Einzelerfolge erringen können.«

»Wem sagst du das.«

Tanith schaute mich an. Ich sah in die unergründlichen Augen und in das dezent geschminkte Gesicht mit den hochstehenden Wangenknochen. »Halte mich bitte nicht für eine Schwätzerin, aber über so etwas muss man reden, denn ich fühle immer mehr, dass die schwarze Magie erstarkt. Man hört auch so viel über Hexen.«

»Wie?«

Sie hob die Schultern. »Wenn ich etwas Konkretes wüsste, John, würde ich es dir sagen, aber bei meinen

Séancen habe ich bemerkt, dass der Hexenkult im Kommen ist. Ich brauche da nur an Wikka und leider auch an Jane Collins zu denken.«

Mit dem letzten Namen hatte sie mir nicht nur ein Stichwort, sondern auch einen Stich gegeben.

Jane Collins! Mein Gott. Ich zog hastig an meiner Zigarette, und blies den Rauch ebenso schnell wieder aus.

»John, was hast du?« Tanith hatte bemerkt, dass ich etwas seltsam reagierte, und sie schaute mich besorgt an.

»Eigentlich nichts.«

»Doch. Ist es wegen Jane?«

Lügen hatte keinen Sinn, deshalb nickte ich. »Ja, es ist wegen Jane Collins.«

»Und?«

»Sie hat gemordet«, sagte ich leise und senkte dabei meinen Blick.

Tanith war erschrocken. Aber sie zeigte es nicht, denn sie behielt ihre Reaktion gut unter Kontrolle. »Gemordet?«, flüsterte sie. »Nein, das ist ...«

»Jane ist eine Hexe.«

»Hast du sie gesehen?«

»Nicht direkt«, erwiderte ich. »Aber die Folgen, und die waren schrecklich, glaub mir.«

»Wenn du nichts mehr sagen willst, John, dann lass es, ich kann dich gut verstehen.«

»Nein, nein. Es ist gut, wenn ich mit jemandem darüber reden kann. Jane war der schwarze Henker.« Obwohl ich eigentlich wegen eines anderen Falles hergekommen war, sprach ich über Jane Collins und deren schreckliche Tat.

Tanith schüttelte den Kopf. Sie konnte es kaum begreifen, wusste aber, dass ich ihr keinen Bären aufgebunden hatte. Nach einer Weile fragte sie: »Was willst du jetzt machen?«

»Nichts, gar nichts.« Ich zerbrach einen Zahnstocher und ließ die Abfälle in den Ascher fallen. »Ich kann nichts tun, sondern muss abwarten. Wobei ich sicher bin, dass ich irgendwann wieder auf Wikka und damit auch auf Jane Collins treffen werde.«

»Ja, das glaube ich auch. Ich spüre auch die Einflüsse. Bei meinen Sitzungen merke ich es. Der Teufel wird stärker. Er hat sich erholen können, John.«

»Klar, denn er weiß Wikka auf seiner Seite.« Ich drückte die Zigarette aus. »Hat denn der Fall, deswegen ich hergekommen bin, ebenfalls etwas mit dem Teufel zu tun?«

»Möglich.«

»Und worum geht es genau?«

Nun berichtete Tanith. Sie erzählte von den drei Morden. Ich erfuhr, dass die beiden Frauen Scarlet O'Banion und Tanith sich gekannt hatten. Auf Kongressen hatten sie miteinander gesprochen und waren in einen regen Briefwechsel getreten. Durch eine Fachzeitschrift hatte Tanith von dem Ableben der Lucille erfahren und sofort reagiert. Tanith versuchte, den Geist der Toten zu beschwören, doch sie kam nicht an ihn heran. Etwas störte, lag wie eine Wand dazwischen, es war der Schatten ihres Mörders.

Kurz entschlossen fasste Tanith ihren Plan und mietete sich in der Mordwohnung ein. Den Vertrag hatte sie auf vier Wochen geschlossen. Sie ging davon aus, dass die anderen beiden Morde in einem unmittelbaren Zusammenhang zu Lucille standen.

»Ist das eine Vermutung, oder hast du Beweise?«, erkundigte ich mich.

»Beweise. Ich konnte die Akten durchwühlen, die Lucille hinterlassen hat. Dort war jeder Fall genau aufgezeichnet. Die Polizei hat sie nicht mitgenommen. Es stellte sich heraus, dass die beiden ersten Opfer Klienten von Lucille gewesen sind.«

»Weiß das auch die Polizei?«

»Ja.«

»Hat man in der Richtung nachgeforscht?«

»Sicher, aber nichts gefunden. Es gibt keine Motive für die Taten. Wenigstens nicht für die ermittelnden Beamten.«

»Aber für dich?«

»Das allerdings. Irgendwie muss es mit Lucilles Beruf zusammenhängen. Vielleicht ist sie in Zonen hineingeraten, die tabu bleiben sollten. Jetzt rächt sich das Jenseits.«

»Das alles sieht natürlich nicht gut aus«, gab ich zu, »denn wenn man weiterdenkt, dann muss man eigentlich zu dem Schluss gelangen, dass alle, die mit Lucille zu tun gehabt haben, in unmittelbarer Gefahr schweben.«

»Du denkst an ihre Klienten?«

»Genau.«

»Das stimmt, John. Aber wir können nicht alle überwachen. Das ist unmöglich.«

»Nein, das ist auch nicht unsere Aufgabe, aber wir müssen versuchen, das Übel an der Wurzel zu packen. Eine andere Chance sehe ich nicht. Mir scheint, du hast mich genau zur richtigen Zeit eingeladen. Ich werde mich in der Wohnung als Untermieter einquartieren, falls du nichts dagegen hast.«

»Hätte ich dich sonst geholt?«

»Ja, da hast du Recht. Du selbst hattest noch keinen Kontakt mit den Mächten der Finsternis?«

»Wenn du meine Beschwörungen in der Wohnung meinst, nein. Ich erzählte dir ja von dieser Sperre.«

»Natürlich.« Ich versank in dumpfes Brüten. »Wo kann man nur das Motiv hernehmen?«, murmelte ich nach einer Weile. »Wir sind bisher auf Vermutungen angewiesen. Ob es vielleicht möglich ist, dass wir es bei Lucille gar nicht zu suchen brauchen?«

»Wo denn sonst?«

Da war ich überfragt. Ich nahm die Tasse, um den letzten Kaffee auszutrinken. Im selben Augenblick musste etwas Seltsames geschehen sein. Ich bemerkte es nicht, aber der Gesichtsausdruck der Wahrsagerin veränderte sich. Er nahm teils einen erstaunten, teils einen erschreckten Ausdruck an.

»Was ist denn los?«, fragte ich.

»John.« Tanith schluckte. »Verflixt, John, über deinem Kopf, da liegt der Schatten einer Schlinge …«

Ich blieb steif sitzen. Die Worte der Wahrsagerin klangen noch in meinen Ohren nach.

Der Schatten einer Schlinge? Und das über mir? Auf einmal fühlte ich, wie es kalt meinen Nacken hinunterlief. Gleichzeitig spürte ich etwas anderes.

Da erwärmte sich etwas.

Auf meiner Brust lag das Kreuz und machte sich bemerkbar. Im Gegensatz zu dem kalten Gefühl im Nacken strahlte es eine gewisse Wärme ab. Für mich ein Beweis, dass mich schwarze Magie umgab. Und Tanith hatte vom Schatten einer Schlinge gesprochen.

Ich hob wieder den Blick, sodass wir uns gegenseitig anschauen konnten. »Wo ist er?«

»Er befindet sich über dir.«

»Und?«

»Er berührt dich nicht. Aber auf deinem Haar malt er sich deutlich ab.«

Ich traute mich nicht, aufzustehen. Die Gefahr war da, ich aber dachte an die zahlreichen Menschen, die uns umgaben. Wenn diese mir noch unbekannten Kräfte aus dem schwarzmagischen Jenseits zuschlugen, dann brachte ich Unschuldige in Gefahr.

Deshalb tat ich nichts.

»Erzähl du mir, wo die Schlinge herläuft, Tanith?«, bat ich die Französin.

Die Frau nickte. »Von oben«, flüsterte sie. »Von der Decke. Und sie breitet sich aus. Sie erfasst mit ihrer Seite deinen Kopf und deine Schulter, dann läuft der Schatten zu Boden und vereinigt sich dort mit der anderen Seite der Schlinge.«

»Danke.«

»Jetzt wird sie kleiner!«, zischte Tanith. Ich bemerkte die Gänsehaut auf ihrem Gesicht. Etwas schien mit dem Schatten nicht zu stimmen. Auch ich sah ihn. Ein dunkler Streifen huschte an meinen Augen vorbei. Danach sah ich ihn nicht mehr, dafür Tanith.

»Er hat sich um deinen Hals gelegt!«

Alarm!

Und ich spürte im selben Augenblick, wie sich die imaginäre und bisher nur ein Schattendasein führende Schlinge zusammenzog. Auf einmal bekam ich keine Luft mehr. Ich hatte kurz zuvor zwar noch einatmen können, einen Herzschlag später jedoch fing ich an zu würgen.

»John!«

Tanith sprang auf. Sie sah einen Mann vor sich, dessen Gesicht allmählich rot wurde. Wie von selbst sprang mir der Mund auf, die Zunge kroch hervor, ich vernahm erregte Stimmen von den Nachbartischen – dort war man inzwischen aufmerksam geworden – und brachte mühsam meinen rechten Arm hoch, wobei ich auf meine Brust deutete und Tanith etwas verständlich machen wollte.

Hoffentlich begriff sie. Tanith musste an mein Kreuz. Ich war zu schwach dafür und wurde plötzlich von der Schlinge nach hinten gerissen, wobei ich hart gegen die Stuhllehne krachte.

Tanith hielt nichts mehr auf der Stelle. Mit zwei Schritten hatte sie den Tisch umrundet, ihre Hand fuhr unter mein Hemd, ich fühlte für einen Moment ihre kühlen Finger auf der Haut, dann hatte sie das Kreuz und schob es in die Höhe.

Sie musste an meinen Hals.

Ich kippte zur Seite. Die Vorgänge um mich herum sah ich wie durch einen dicken, rotgefärbten Nebel. Die Personen konnte ich kaum wahrnehmen, gnadenlos hatte sich die Schlinge um meinen Hals gezogen. Luft bekam ich überhaupt nicht mehr.

Dann hörte ich ein Zischen. Ein helles Licht strahlte vor meinen Augen, blendete mich, und während ich für einen Moment nichts sehen konnte, konnte ich wieder Luft holen.

Tief atmete ich ein. Zweimal, dreimal, ich hörte Taniths Stimme aus dem murmelnden Gewirr um mich herum und hob schwerfällig die Augendeckel.

Mir ging es wieder besser. Verdammt, ich hatte es geschafft und war der Würgeschlinge entronnen. Und das hatte ich nur Tanith zu verdanken. Wenn sie nicht so gut reagiert hätte, wäre es wahrscheinlich mit mir vorbei gewesen.

Es tat gut, durchzuatmen. Allmählich ging es mir wieder besser. Ich konnte wieder Luft holen, nichts hinderte mich daran, und ich nahm wieder meine Umgebung wahr.

Man starrte mich an. Zahlreiche Augenpaare waren auf mich gerichtet. Männer, Frauen, Kinder – alle Rassen waren dabei vertreten, und ich versuchte ein müdes Grinsen.

Dann schoben sich zwei Männer in grünen Kitteln durch die Menge. Es waren Sanitäter, die mir erste Hilfe leisten wollten. Als sie den Tisch erreichten, schüttelte ich den Kopf. »Nein, bitte, Gentlemen, ich bedanke mich für ihr Bemühen, aber es ist wirklich nicht nötig. Ich schaffe es allein.«

»Wirklich, Sir?«

»Ja, es war nur ein kleiner Schwächeanfall. Der lange Flug, wissen Sie. Ich komme aus London. Die Zeitumstellung.«

»Natürlich, das kommt öfter vor.« Der Sani lächelte. »Ich wünsche Ihnen noch einen angenehmen Aufenthalt bei uns, Sir.«

»Den werde ich trotzdem haben.«

Die beiden verschwanden wieder. Auch die übrigen Gäste hatten das Interesse an mir verloren. Tanith rückte ihren Stuhl zurecht, nahm Platz und schaute mich besorgt an.

Ich fuhr mit der Innenseite meiner Hand über die schweißnasse Stirn. Noch immer hatte ich den Schock nicht so recht überwunden. Mein Herz schlug schneller, die Hände zitterten, aber mein Atem beruhigte sich allmählich.

»Geht es wieder?«, fragte mich Tanith.

Ich nickte. »Ja, so einigermaßen, meine Liebe. Das war eben verdammt hart gewesen.«

»Ich – ich konnte es nicht verhindern. Urplötzlich entstand diese Schlinge.«

»Ich schätze, dass wir uns auf einiges gefasst machen können«, erwiderte ich. »Und wenn du nicht gewesen wärst und richtig reagiert hättest, dann sähe es …«

Tanith winkte ab. »Mach doch keinen Wirbel, John. Aber wir wissen jetzt, dass die Gefahr existiert.«

»Ja, und die Kräfte werden zuschlagen.«

»Wann?«

»Wenn ich das wüsste. Sollen wir noch bleiben?«

»Auf keinen Fall.« Tanith warf einen Blick auf ihre Uhr. »Himmel, es ist schon spät genug. Wenn wir in den Berufsverkehr geraten, dann gute Nacht, mein Lieber.«

»Dann lass uns starten.« Bezahlt hatten wir schon. Tanith war nicht mit dem eigenen Wagen gekommen. Wir nahmen auch kein normales Taxi, sondern den Hubschrauber. Das ist zwar etwas teurer, aber schneller. Ich empfinde es als eine gute Einrichtung, vom Kennedy Airport nach Manhattan fliegen zu können, da bleiben Wartezeiten an den Brücken oder Tunnels erspart.

Wir mussten noch warten, bis die nächste Maschine startete. Tanith hielt meinen Arm umfasst. Sie lächelte mich aufmunternd an. »Gemeinsam schaffen wir es, John.«

»Das hoffe ich doch. Schließlich will ich so rasch wie möglich London wiedersehen. Und bald ist Weihnachten.«

»Wie feierst du es? Mit den Conollys?«

»Nein. Vielleicht werde ich mich mit Suko und Shao zusammensetzen, aber man weiß nie, was dazwischenkommt. Die Conollys sind übrigens nicht da, sondern in die Schweiz geflogen, wo sie Weihnachten in den Bergen feiern wollen.«

»Wie ich deren Glück kenne, passiert sicherlich wieder etwas«, meinte Tanith.

»Mal den Teufel nicht an die Wand. Die wollen Urlaub machen. Einmal hat es Ärger beim Winterurlaub gegeben. Das war in Grindelwald, als die verdammten Riesenameisen auftauchten. So etwas soll ihnen nicht noch einmal passieren.«

»Irgendwie habe ich eine böse Ahnung, John.« Ihr Gesicht verschloss sich, doch sie lächelte bald wieder, denn die Maschine schwebte heran, die uns nach Manhattan bringen sollte.

Der Hubschrauber fasste schon einige Personen. Außer uns stiegen noch acht Leute zu.

Ein Pilot, ein Co-Pilot und zehn Passagiere. Der Co-Pilot begrüßte uns. Er wollte uns während des Fluges über Sehenswürdigkeiten informieren. Allerdings wies er jetzt schon darauf hin, dass Manhattan von einer Dunstglocke überlagert war, hinzu kam der graue Winterhimmel, viel war da nicht zu erkennen.

Wir hoben ab.

Erst aus der Luft konnte ich mir ein richtiges Bild von der Größe des Flughafens machen. Das war ja ein gewaltiger Komplex, den man da gebaut hatte.

In der Ferne schimmerte das Meer. Der ›Graue Atlantik‹, über den die dunklen Winterwolken jagten.

Wir flogen in Richtung Westen. Queens lag uns zu Füßen. Die breiten Highways waren graue Striche, über die farbige Gegenstände huschten, die Autos.

Wir würden auf einem der beiden Türme des World Trade Centre landen und von dort mit dem Taxi, einem Yellow Cab, weiterfahren.

Manhattan lag im Dunst. Selbst der East River war kaum zu erkennen. Weiter im Süden lag die Freiheits-Statue, die ich aber auch nicht entdecken konnte.

Über das UN-Gebäude flogen wir hinweg und visierten die beiden Türme des World Trade Centre an. Wie graue Klötze schoben sie sich aus dem Dunst.

Der Pilot war die Strecke oft geflogen. Er visierte den erleuchteten Landeplatz auf einem der Türme an, wir sackten nach unten und setzten schließlich weich auf.

Als wir ausstiegen, erfasste uns der Wind. Fast hätte er Tanith zu Boden geschleudert. Ich hielt sie fest, duckte mich und stemmte mich gegen die scharfen Böen.

So rasch es ging, liefen wir auf den Ausgang zu, wo sich die Fahrstühle befanden, die uns nach unten beförderten.

Das ging per Express.

Taxis standen bereit. Leider hatte der Berufsverkehr schon begonnen, und ich erlebte den wahren Verkehrstaumel im Herzen von Manhattan.

Wir fuhren die Avenue of the Americas in Richtung Süden hinunter. Dabei bewegten wir uns schubweise voran. Stau – fahren – Stau – fahren …

So ging es weiter.

In Greenwich Village waren die Straßen noch verstopfter. Es lag an der Enge. Bis zum Haus wollten wir nicht fahren, deshalb stiegen wir zuvor aus und gingen den Rest des Weges zu Fuß.

Den Grund des wilden Verkehrsstaus erkannten wir bald, denn wir gerieten in eine Demo. Man demonstrierte gegen die Kürzungen bei den Sozialleistungen. Seit Reagan wurden die Armen noch ärmer.

Village war etwas Besonderes. Es ist schwer zu beschreiben. Mir kam der Vergleich mit Soho in den Sinn, aber er stimmte nicht. Hier im Herzen von Manhattan gab es sicherlich auch Nepp, aber nicht so vordergründig wie in Soho.

Hier existierten noch wahre Lebenskünstler. Studenten, Maler, Bildhauer, es gab herrliche Lokale. Die europäische Küche war in zahlreichen Variationen vertreten. Ich sah ungarische Restaurants, italienische Pizzabuden, spanische Bodegas, holländische Käsestuben, bayerische Wirtshäuser.

Über allem lag ein nie abreißender Stimmenwirrwarr. So weit Greenwich mit den Augen des Touristen gesehen. Als Polizist wusste ich auch von der anderen Seite.

Rauschgift, Prostitution, Zuhälterbanden, die Mafia, das alles gab es ebenfalls in diesem ausgeflippten New Yorker Viertel. Denn die Killerbanden wollten überall mitkassieren.

Wir gingen durch die engen Straßen. Bunte Häuser, deren Fassaden oft nicht nur einfarbig bemalt waren, sondern auch Motive zeigten. Meist künstlerisch realisierte Träume von Sex und Gewalt.

»Wie lange müssen wir uns noch durch die Massen schieben?«, fragte ich meine Begleiterin und beobachtete gleichzeitig zwei junge Mädchen, die trotz der Kälte Boxershirts trugen und sich auf Rollschuhen voranbewegten.

»Die nächste Straße rechts ist es.«
»Und dann?«
»Müssen wir warten.«
»Auf wen?«
»Es hat sich eine Klientin aus Chicago angemeldet.«

Das war eine Überraschung. »Das sagst du erst jetzt?«, gab ich mich erstaunt. »Was hat denn die Frau dazu gesagt, dass sie eine Fremde antraf?«

»Nichts, sie hatte bereits von mir gehört.«

»Bist du so berühmt?«

»Zumindest in gewissen Kreisen. Die Lady wollte mich auch schon in Paris konsultieren, leider gab es da immer Terminschwierigkeiten, sodass daraus nichts wurde.«

»Dann hat sie Geld.«

»Reichlich. Ihr verstorbener Gatte hatte schwer verdient, als man die Schlachthöfe abriss.«

Wir bogen um die Ecke. »Das dritte Haus auf der rechten Seite ist es«, erklärte Tanith. »Das mit dem grünen Anstrich.«

Ich schaute schon vor. In dieser Straße herrschte nicht so ein Trubel. Es gab auch weniger Geschäfte.

Ich ging etwas schneller, drückte mich an zwei breitschultrigen Farbigen vorbei, die bunt gekleidet waren und Händchen hielten, und hatte von der Seite her eine gute Sicht auf das Haus.

Es hatte mehrere Erker. Sie verteilten sich über die vier einzelnen Etagen.

Und auf dem Erker der zweiten Etage stand eine Frau. Sie trug einen Fellmantel, hatte dunkles Haar und schaute in die Tiefe. Das Fenster in der Mitte war geöffnet.

Mich machte es stutzig, dass sie sich ausgerechnet in der Etage aufhielt, wo Tanith lebte. Ich wollte die Hellseherin danach fragen, drehte mich um und vernahm gleichzeitig den Schrei der anderen Passanten.

Wieder drehte ich mich.

Meine Augen wurden groß. Die Frau war auf das Fensterbrett geklettert, stand dort für einen Moment, breitete die Arme aus und sprang.

Der Ruf blieb mir im Hals stecken. Ich konnte nichts mehr für sie tun. Sie befand sich in der Luft, die Menschen unter dem Fenster sprangen zur Seite, schufen Platz, damit die Frau, wenn sie fiel, die Passanten nicht zu Boden schmetterte.

Den erreichte sie nicht.

Auf halber Strecke sahen es auch die Letzten. Um ihren Hals befand sich eine Schlinge mit dem zugehörigen Seil daran, das sich mit einem hohen Singen straffte, als der Sprung der Frau unterbrochen wurde.

Für die Dauer von etwa einer Sekunde lag eine atemlose Stille über der Straße.

Dann aber gellten Schreie gegen den grauen Dezemberhimmel. Obwohl aus vielen Kehlen ausgestoßen, hörte er sich an wie ein einziger Schrei, der nach oben brandete.

Es war grauenhaft.

Zum Glück spritzten die meisten Passanten auseinander. Sie wollten nicht am Ort des Geschehens bleiben, ich hatte dadurch freie Bahn und blieb direkt unter den baumelnden Füßen der Frau stehen.

Auch wenn ich die Arme ausstreckte, konnte ich sie nicht berühren. Inmitten des Trubels bot sie ein Bild des Schreckens. Der Wind spielte mit ihrem Körper, er pendelte, ich sah sogar in das Gesicht, erkannte die aus dem Mund hängende Zunge und die gebrochenen Augen.

Nein, der Frau war nicht mehr zu helfen.

Jemand krallte seine Finger in den rechten Ärmel meiner Jacke. Es war Tanith, die neben mir stand und Worte flüsterte, die ich nicht verstand. Ich hatte nur Augen für die Tote. Ein beklemmendes Gefühl breitete sich in meinem Innern aus. Sollte ich mir Vorwürfe machen?

Nein, wir hatten nichts tun können.

»Das vierte Opfer«, sagte Tanith. »Ich verstehe es nicht, John. Welch ein Spiel läuft da?«

»Haben sich noch mehr Klienten für heute angemeldet?«, wollte ich wissen.

»Ja, ein Mädchen. Judy Jackson.«

»Sag ihr ab.«

»Ich weiß nicht, wo ich sie erreichen kann. Sie ist Sängerin und der Star eines Musicals am Broadway. Die Kleine ist immer unterwegs. Sie wird von allen Seiten hochgejubelt.«

Harte Rempler brachten uns aus dem Weg. New Yorker Cops erschienen und scheuchten die Gaffer zur Seite. Sie waren nicht gerade zimperlich. Schnauzten herum und nahmen auch mal ihre Fäuste zu Hilfe.

Ich packte Tanith und sah zu, dass wir in die Nähe der Haustür gelangten. Drei Typen wollten uns nicht durchlassen. Es waren wild aussehende Punker. Ich umging sie und erreichte die Tür, die Tanith hastig aufschloss. »Die Polizei wird sowieso gleich kommen.«

Nachdem sie geöffnet hatte, führte sie mich in einen breiten Flur, an dessen Ende sich eine Treppe anschloss. Einen Fahrstuhl gab es nicht. Wir mussten die blankgeputzten Holzstufen zum zweiten Stock hinaufgehen.

Ein breiter Flur nahm uns auf. Er war in düsteren Farben gestrichen worden. Als Tanith einen Lichtschalter betätigte, flammten zwischen den Türen an der Wand mehrere Lampen auf, die den langen Flur ausreichend erhellten.

»Wie viele Zimmer hast du denn?«, fragte ich, als ich die Türen zählte.

»Acht.«

»Und was willst du damit?«

»Ich schlafe jede Nacht in einem anderen.« Tanith führte mich auf die breiteste Tür am Gangende zu. Die war nicht verschlossen. Sie führte in das Arbeitszimmer.

Als wir die Tür öffneten, bemerkten wir bereits den Wind, der durch das offene Fenster fuhr. Er wehte einige Papiere vom Schreibtisch, die Tanith liegen ließ. Wir begaben uns zum Fenster und schauten hinaus.

Sofort begann ein Polizist zu schimpfen und zu gestikulieren. »Bleiben Sie, wo Sie sind, und berühren Sie auf keinen Fall die Leiche!«

Im Abdrehen winkte ich ihm zu, dass ich verstanden hatte. Das Seil war an einem Heizkörper unter dem Fenster befestigt. Und zwar mit einem dicken Doppelknoten.

Mir war die Tat, die im ersten Augenblick auf einen Selbstmörder hinwies, noch immer ein Rätsel. Ich wusste nicht, was die Frau dazu getrieben hatte, auf diese Art und Weise in den Tod zu gehen. Vielleicht verbarg das Haus ein Geheimnis?

Ich schaute mich um.

Eigentlich sah das Zimmer normal aus, mal abgesehen von der doch sehr hohen Decke, aber das fand man in Altbauten öfter. Bücherregale, ein Schreibtisch, Karteikästen, alles geschäftsmäßig aufgezogen. Ich sah keinerlei magische Hilfsmittel, keinen Schnickschnack, aber das gab es vielleicht in den anderen Räumen.

Tanith hatte auf einem Stuhl Platz genommen. Sie trug noch immer den weiten Pelzmantel. Ihre Hände lagen zusammen, sie schaute ins Leere. Hin und wieder hob sie die Schultern.

Ich ahnte, was in ihr vorging, und versuchte, ihr ein wenig Trost zuzusprechen.

»Du brauchst dir keine Vorwürfe zu machen«, sagte ich mit leiser Stimme.

Sie lächelte sparsam. »Es ist lieb von dir, John, dass du so sprichst, aber ich hätte es wissen müssen.«

»Nein.«

»Doch, ich habe es gefühlt.« Sie drehte sich abrupt um, sodass sie mich anschauen konnte. »Dieses Haus, John, ist verflucht. Glaub mir, hinter den Mauern nistet das Böse. Ich spüre es. Es ist unheimlich, grauenvoll. Ein gefährlicher Fluch, der sich hier festgesetzt hat.«

»Wie kommst du darauf?«

»Meine Ahnungen kennst du ja. Ich spüre mit jeder Faser meines Körpers, dass uns Unheil umgibt.«

»Kannst du dich da genauer ausdrücken?«

»Kaum. Aber ich werde es herausfinden. Oder wir. Zudem habe ich das Gefühl, als wäre Lucille nicht tot.«

»Was sagst du da?«

»Ja, sie lebt und lebt trotzdem nicht. Ihr Geist findet keine Ruhe, John. Er spukt …«

Ich nickte. So etwas Ähnliches hatte ich mir schon gedacht. »Und weshalb soll er spuken?«

»Weil da eine andere Kraft in dem Haus wohnt, die ungeheuer stark ist und diesen Geist in ihren Klauen bannt.«

»Welche sollte das sein?«

»Siehst du, John, das weiß ich eben nicht. Wir könnten es herausfinden. Und zwar durch eine Beschwörung. Das Haus hat sein grauenvolles Geheimnis, nur weiß ich nicht, wo ich es suchen soll.«

»Vielleicht in der Vergangenheit.«

»Möglich. Man müsste wissen, wann es erbaut worden ist. Vielleicht hat hier mal ein Teufelsdiener gewohnt. Es ist alles drin, John, und ich spüre die Beklemmung.«

Sirenen waren zu hören. Man hatte die Mordkommission alarmiert. Wagen fuhren vor.

Ich lief zum Fenster, schaute hinaus und sah drei Blaulichter kreisen. Ein Tross von Reportern umdrängte die Wagen. Da die Tote noch vor der Hauswand hing, hatten die Presseleute natürlich das beste Motiv. Sie würden mit den Aufnahmen die Sensationsgier der Leser anstacheln und die Auflagen für ein bis zwei Tage in die Höhe schnellen lassen.

Ich ging wieder zurück. »Wir werden gleich verhört. Was sagen wir?«

»Die Wahrheit.«

»Sicher. Auch etwas von unseren Vermutungen?«

»Um Himmels willen. Das würde uns doch keiner glauben, John. Nein, da halte ich mich lieber zurück.«

Schon vernahmen wir auf der Treppe Schritte. Es schellte, Tanith erhob sich und ging durch den Flur, um zu öffnen.

Gleich drei Männer polterten in die Wohnung. Zwei liefen sofort durch, bedachten mich mit einem knappen, kalten Blick und wandten sich dem Fenster zu.

Dann kam der Chef. Mit Tanith zusammen betrat er den Raum, sah mich und stutzte.

»Wer sind Sie?«

Ich sagte meinen Namen.

»Mr. Sinclair ist ein Freund von mir«, erklärte die Wahrsagerin. »Er kommt aus London.«

»Das höre ich schon am Dialekt«, erwiderte der Chef knurrig. »Aber damit Sie wissen, mit wem Sie es zu tun haben, werde ich Ihnen auch meinen Namen sagen. Ich bin Lieutenant Melvin und habe eines der beschissensten Reviere in New York zu leiten. Alles klar?«

»Sicher.«

Melvin machte mir den Eindruck eines Polizisten, der seine Illusionen verloren hat. Ihn würde man wohl kaum als Hauptdarsteller einer Fernsehserie aussuchen. Sein Haar war weiß und schütter geworden. Er trug einen abgewetzten Ledermantel, der grün schillerte. Eine Jacke hatte er nicht an. Da der Mantel nicht geschlossen war, sah ich als weitere Kleidung Hemd und Strickweste.

In seiner Gesichtshaut fielen die Falten auf. Die Lippen waren schmal wie Käsescheiben.

Melvin setzte sich und sprach mit seinen Leuten. »Selbstmord?«, rief er zum Fenster rüber.

»Nein, Chef.«

»Was macht euch so sicher?«

»Die Erfahrung. Das ist dieselbe Scheiße wie bei den anderen drei Leichen.«

»Okay, wird notiert.« Er hob den Kopf und schaute uns an. »Die vierte Leiche«, sagte er.

»Das wissen wir«, meinte Tanith.

»Schön. Aber ich habe das Gefühl, dass Sie mehr wissen, als Sie eigentlich zugeben wollen.«

»Wie kommen Sie darauf?«

»Nur so. Schließlich ist das nicht der erste Tote in Ihrem Haus. Oder täusche ich mich?«

»Nein, Scarlet O'Banion ist hier auch umgebracht worden.«

»Genau, die liebe Lucille ist tot. Ich möchte wetten, dass die neue Leiche ebenfalls zu ihrem Kundenkreis gehört.«

»Die Wette würden Sie gewinnen, Lieutenant«, sagte ich.

»Ja, Mister. Ich gewinne immer.« Er fixierte mich scharf. »Kann es sein, dass ich Sie schon mal gesehen habe?«

»Wenn Sie in London waren …«
»Nein, hier.«
»Ich bin nicht zum ersten Mal in New York.«
»Sinclair heißen Sie. Wenn ich so darüber nachdenke, gibt es den Namen mehr als einmal. Aber ich weiß genau, dass er mir in einem bestimmten Zusammenhang schon untergekommen ist.«
»Ich wüsste nicht, wo wir uns schon begegnet wären, Lieutenant. Wirklich nicht.«
»Persönlich nicht. Aber ihr Name …«
»Sie sagten selbst, dass es viele Sinclairs gibt.«
»Treiben Sie hier keine Wortspalterei. Sie bleiben ja noch in unserer netten Stadt.«
»Natürlich.«
»Dann präsentiere ich Ihnen auch die Lösung. Jetzt will ich wissen, was Sie für Aussagen machen können.«
»Keine.«
»Das ist besser als nichts.« Er lachte grunzend. »Erzählen Sie von Beginn an.«
Das tat ich. Natürlich verschwieg ich den geheimnisvollen Überfall am Flughafen, aber das wollte er auch nicht hören. Ihn interessierte die Entdeckung der Leiche.
»Wir haben den Mord oder Selbstmord noch miterlebt, Lieutenant«, erklärte ich.
»Und konnten nichts tun?«
»Nein, wir waren zu weit weg.«
»Sie sind dann ins Haus gelaufen?«
»Ja.«
»Wer ist Ihnen begegnet?«
»Niemand.«
»Das können Sie beschwören?« Melvin schaute uns der Reihe nach an.
Diesmal gab Tanith die Antwort. »Sicher können wir das beschwören. Uns ist niemand begegnet.«
Melvin hob den Kopf. Seine Lippen zuckten. »Ich weiß nicht so recht, ob sich das alles noch ausweiten wird. Hoffe aber, dass dies die letzte Leiche gewesen ist, denn mittlerweile geraten auch Sie in ein schiefes Licht.«
Ich hätte ihm zu dieser letzten Bemerkung einiges

erzählen können, unterließ es jedoch und erhob mich stattdessen. »Haben Sie noch Fragen, Lieutenant?«

»Vorläufig nicht.« Er stand ebenfalls auf und schaute auf den Karteischrank. »Wir haben uns eine Ablichtung der Kundenkartei machen lassen«, sagte er. »Eigentlich müsste ich jede Person, die bei der Wahrsagerin ihre Zukunft wissen wollte, überwachen lassen. Aber so viele Leute habe ich nicht. Sie beide haben diese Frau zufällig mal konsultiert?«

»Nein, Lieutenant«, erwiderte Tanith. »Miss O'Banion war eine Freundin von mir. Deshalb bin ich in New York.«

»So ist das ...« Er steckte sein Buch weg, in das er einige Notizen geschrieben hatte, und wandte sich zum Gehen. »Wir sehen uns bestimmt wieder. Und über Sie, Sinclair, finde ich alles heraus, das kann ich Ihnen versprechen.«

»Verdächtigen Sie mich etwa, Lieutenant?«

»Nein.«

»Was macht mich für Sie denn so interessant?«

»Ihr Name. Ganz einfach.« Er drehte sich um und ging. Seine Mitarbeiter folgten ihm schweigend.

Als die Tür zugefallen war, atmete Tanith auf. »Puh«, sagte sie, »das war eine haarige Sache. Der kann dich nicht leiden, John.«

»Ich weiß nicht so recht. Melvin ist ein guter Polizist. Vier Morde in seinem Bezirk, das kann einem schon auf den Wecker fallen, glaub mir. Zudem habe ich in New York tatsächlich aufgeräumt. Es ging da um Zombies und Ghouls, die Manhattan überschwemmen wollten.«

»War Melvin denn dabei?«

»Nein, aber dieser Fall hat damals Furore gemacht. Er wird sicherlich einiges davon gehört haben.« Während dieser Worte war ich zum Fenster gegangen und schaute hinaus.

Man hatte die Tote abgeschnitten. Sie wurde bereits weggeschafft. Es ist immer ein makabres Bild, wenn eine Leiche in einen Sarg gelegt wird, um sie fortzubringen. Daran werde ich mich nie gewöhnen.

»Und was machen wir?«, fragte Tanith.

»Warten.«

»Auf wen?«

Ich hob die Schultern. »Auf Judy Jackson, auf den Mörder. Was weiß ich alles.«

»Judy hat keinen genauen Termin genannt«, sagte die Wahrsagerin. »Deshalb müssen wir hier bleiben.«

»Ich wäre auch nicht weggegangen, aber ich möchte mir die Wohnung ansehen und auch das Haus. Wer wohnt hier noch alles?«

»Da habe ich kaum eine Ahnung. Ich sehe die Leute so gut wie nie, weil sie arbeiten. Nur abends kommen sie zurück.«

»Wir sollten mit ihnen reden. Vielleicht haben sie etwas gesehen.«

»Oder befinden sich in Gefahr.«

»Auch das«, gab ich zu.

Plötzlich lachte Tanith. Als ich sie erstaunt anschaute, sagte sie: »Du, John, ich habe Hunger. Das hört sich zwar dumm an, aber es ist so.«

»Dann gehen wir was essen.«

»Nein.« Sie schüttelte den Kopf. »Ich habe einen besseren Vorschlag. Einer muss hier bleiben. In der Nähe gibt es einen Schnellimbiss. Dort hole ich uns was.«

»Hamburger?«

»Was sonst?«

»Okay.« Ich grinste. »Für mich dann einen großen mit viel Ketschup dazu.«

»Mach ich.«

»Und ich schaue mir inzwischen die Wohnung näher an. Acht Zimmer sind ja nicht wenig.« Tanith ging schon zur Tür, wohin ich sie begleitete. Als die Wahrsagerin nach unten ging, drehte ich mich um.

Mit dem Rücken zur Tür blieb ich stehen und schaute in den Korridor. Er war wirklich lang. So etwas trifft man nur in alten Häusern vor. Auch in London gab es Bauten, die so ähnlich aussahen. Ich dachte darüber nach, dass die Morde ein gemeinsames Motiv haben mussten. Nur – wo konnte ich es finden?

Langsam schritt ich vor. Es war still geworden. Die dicken Mauern des Hauses hielten den Lärm von der Straße gut ab. Da brauchte man nicht extra zu isolieren.

Ich warf einen Blick in die einzelnen Räume. Am besten gefiel mir das Bad.

Es war schwarz gekachelt.

Das hatte ich auch noch nicht gesehen. Überrascht blieb ich auf der Schwelle stehen und machte Licht. Die Lampen waren an der Decke befestigt. Sie brauchten eine starke Leuchtkraft, um den Raum zu erhellen.

Pechschwarze Fliesen mit weißen Fugen. Die sanitären Anlagen hatten eine graue Farbe. Hätte nur noch gefehlt, dass auch der Spiegel eine dunkle Fläche zeigte.

Innerhalb des Raumes lag noch ein Hauch von Taniths Parfüm. Man merkte, wer sich in der Wohnung aufhielt.

Meine Schritte stoppten. Sogar die Decke war dunkel gestrichen. Die Lampen kamen mir vor wie glänzende Augen.

Das Bad machte einen unheimlichen Eindruck. Wie auch die gesamte Wohnung. Ich hatte zwar keinen Beweis dafür, aber ich merkte es irgendwie, dass einiges nicht stimmte.

Als ich das Bad wieder verließ, hatte sich der Eindruck nicht verflüchtigt. Im Gegenteil, er war stärker geworden.

Ich nahm mir die nächste Tür vor. Sie war nicht verschlossen, und ich konnte in ein leeres Zimmer schauen. Dort standen keinerlei Möbelstücke. Ebenfalls eine Sache, die mich wunderte, aber wenn eine Person eine Wohnung mit acht Zimmern gemietet hatte, dann war es immer schwer, diese Räume auch einzurichten.

Auch die weiteren Zimmer waren spärlich möbliert. Selbst der Schlafraum und die Küche. Alles wies darauf hin, dass Lucille nicht vorgehabt hatte, sehr lange hier zu leben. Es war auf einen schnellen Auszug hin eingerichtet worden.

Ich ging weiter.

Das Arbeitszimmer.

Hier hatte sie ihre Klienten empfangen. Meine Hand lag bereits auf der Klinke, als ich stutzte.

Ich hatte ein Geräusch gehört. Seltsame Laute, die überhaupt nicht in die Wohnung passten.

Als ich mich konzentrierte, da vernahm ich sie deutlicher. Hinter der Tür waren sie aufgeklungen, und für mich hörte es sich an wie ein angstvolles Seufzen …

Außer mir befand sich niemand in der Wohnung. Auch Tanith war nicht zurückgekehrt, ich hätte sie gehört. Wer, zum Teufel, hatte dieses Geräusch ausgestoßen?

Ein Geist?

Meine Hand lag nach wie vor auf dem kühlen Metall der Klinke. Nur langsam drückte ich sie nach unten und konnte die Tür öffnen, da sie nicht abgeschlossen war. Ich schlüpfte hinein.

Der Raum war dunkel. Ich zeichnete mich auf der Schwelle als schmaler Schattenriss ab und fand das nicht gut. Rasch schaute ich zur Seite, streckte meinen Arm aus, die Hand fuhr an der Tapete entlang, was ein leises Schaben hervorrief, dann hatte ich den Schalter für das Licht gefunden.

Es passierte nichts.

Für die Zeitspanne von drei Sekunden ungefähr blieb es dunkel, bis dann eine Lampe aufglühte, die sich unter der Decke befand. Aber sie warf kein normales, helles Licht, sondern gab einen rötlichen Schein ab. Ziemlich gespenstisch.

Jetzt erkannte ich auch, weshalb es im Zimmer dunkel war, obwohl wir Tag hatten.

Vorhänge verdeckten die Fenster. Der pechschwarze Stoff reichte bis zum Boden.

Und wer hatte so angstvoll geseufzt?

Ich schaute mich um. Da sah ich den runden Tisch mit der grünen Bespannung. Stühle standen davor. Sie waren mit dickem Leder gepolstert. Die Wände zeigten eine Schalldämmung, und auf dem Tisch stand eine Kugel, die ich kannte.

Tanith hatte sie aus Paris mitgebracht.

Es war ihr Arbeitsgerät. In dieser Kugel, die genau in

den Kelch des Feuers passte, wohnten magische Kräfte. Das wusste ich, das war auch nicht wegzudiskutieren, denn ich hatte es selbst erlebt. Vielleicht war Tanith der einzige Mensch auf der Welt, der tatsächlich eine magische Kugel besaß. Man hörte ja oft davon, aber fast alle Kugeln konnte man vergessen. Das war nur Bauernfängerei.

Nicht so bei Tanith.

Mit möglichst lautlosen Schritten ging ich auf den Tisch zu und damit auch auf die Kugel. Ich nahm dabei die Atmosphäre dieses Zimmers in mich auf.

Etwas war hier anders als in den übrigen Räumen, und ich hatte alle gesehen.

Hier lauerte etwas.

Neben dem Tisch blieb ich stehen. Mein Blick traf die Kugel. Von oben schaute ich in sie hinein, aber ich konnte nichts sehen. Sie zeigte mir kein Bild. Es gab keine Spur, die auf irgendetwas hingedeutet hätte, was für mich interessant gewesen wäre.

Aber woher war das Seufzen gekommen? Getäuscht hatte ich mich nicht, dessen war ich sicher.

Mein Kreuz sollte mir den Weg weisen. Es hatte am Flughafen gut reagiert, deshalb holte ich es hervor und behielt es sicherheitshalber in der Hand.

Ein wenig hatte sich das edle Metall erwärmt.

Es gab also etwas innerhalb dieses Raumes, das man mit Schwarzer Magie in Zusammenhang bringen konnte.

Ich musste an den letzten Fall denken, in dem das Kreuz eine wichtige Rolle gespielt hatte. Als der Schädelthron der Satanseulen auseinander flog und ich für eine Weile wegtrat, hatte mich das Kreuz gerettet. Durch seine weißmagischen Aktivitäten, die der alte Prophet Hesekiel ihm eingab, konnte es mein Leben sichern.

Ohne dieses wertvolle Kruzifix wäre ich längst verloren gewesen.

Auch hier tat sich etwas, sonst hätte sich das Metall nicht erwärmt. In der Kugel sah ich nichts. Ich berührte sie und legte dabei meine Handflächen auf die Rundung.

Sie fühlte sich ein wenig warm an, als würde etwas in ihrem Innern pulsieren.

»Aahhh …«

Da vernahm ich es wieder. Ich fuhr herum, stoppte in der Drehung und schaute auf die Wand.

Von dort war das Geräusch gekommen, und in dem Mauerwerk zeichnete sich auch eine Gestalt ab.

Die Gestalt einer Frau, aber hinter ihr schwebte übergroß und drohend der Schatten einer Schlinge …

Es war ein makabres Bild, und mich überzog eine Gänsehaut. Dabei hatte ich das Gefühl, als würde ich vor einer Kinoleinwand stehen und auf die schattenhaften Gestalten eines schlecht kopierten Films schauen.

Das war unheimlich. Die Frau war zwar als solche zu erkennen, Einzelheiten aber nahm ich nicht wahr.

Sie stöhnte.

Ihr Seufzen, das manchmal in ein schweres Ächzen überging, konnte man kaum hören. Dieses in der Wand gefangene Wesen musste schreckliche Qualen erleiden und konnte keine Ruhe finden.

Die Erklärung lag auf der Hand. Im Innern der Mauer steckte ein gefangener Geist.

Aber welcher?

Eigentlich kam für mich nur Lucille, die rechtmäßige Mieterin der Wohnung, in Betracht. Durch sie war praktisch alles ins Rollen gekommen, und sie zeigte sich dafür verantwortlich, dass diese Taten geschehen waren.

Jetzt musste sie dafür leiden und fand nicht die ewige Ruhe. Dokumentiert durch das Zeichen der Henkersschlinge.

Welch ein Rätsel verbarg dieses Mietshaus mitten im Herzen der Millionenstadt New York?

Vielleicht vier Schritte trennten mich von dem Ort des unheimlichen Geschehens. Ich überwand meine erste Überraschung und schritt auf die Wand zu.

»Helfen …«, schallte es mir plötzlich dumpf entgegen. »Befreit mich! Der Henker …« Danach vernahm ich abermals das tiefe Seufzen und Stöhnen, die Gestalt im Gestein bewegte sich zuckend und hektisch, bevor sie allmählich verblasste und verschwand.

Als ich hinzusprang und die Wand berührte, war die Schlinge nicht mehr zu sehen. Das geweihte Kruzifix prallte gegen die Verkleidung, und nichts geschah.

Ich atmete tief durch. Eine erste Spur hatte ich gefunden. Sie führte zu einem Henker, denn davon hatte die Gestalt gesprochen. Wer war dieser Henker?

Wenn wir das herausfanden, waren wir der Lösung des Falles ein ganzes Stück näher.

Ich drehte mich um, und mein Blick fiel dabei auf die Uhr. Ich wusste nicht genau, wann Tanith verschwunden war, aber das Lokal sollte in der Nähe liegen, und eigentlich hätte sie längst zurück sein müssen. Das war nicht der Fall. Ich wurde unruhig.

Wer in diesem Haus lebte, war verflucht. Den traf die Rache einer finsteren Magie. Normalerweise hätte ich mir keine Sorgen gemacht, doch hier sah die Sache anders aus. Das war nicht normal, etwas hatte von diesem Haus Besitz ergriffen, und der Begriff Henker war gefallen.

Steckte er hinter allem?

Ich konnte davon ausgehen, drehte mich um, verließ das Zimmer und schloss die Tür.

Dann ging ich ins Arbeitszimmer, wo dieser seltsame, durch kleine Lampen beleuchtete Spiegel an der Wand hing. Wenn man in ihn hineinschaute, glaubte man, unendlich weit entfernt zu sein.

Ich ging an ihm vorbei und hatte ihn fast passiert, als ich plötzlich stutzte.

Da war etwas im Spiegel.

Aber nicht ich selbst, sondern eine andere Gestalt. Sehr klein kam sie mir vor.

Ich drehte mich, schaute genauer hin und sah eine blondhaarige Frau in einem blauen Kleid. Sie winkte mir mit irgendetwas zu, das ich auf Anhieb nicht erkennen konnte, doch mein Blick wurde besser, und ich identifizierte den Gegenstand.

Es war eine Henkersschlinge!

Die Überraschungen nahmen kein Ende. Erst das Stöhnen aus der Wand, dann der Geist einer weiblichen Person, und nun sah ich diese Frau wahrscheinlich wieder, und sie winkte mir mit der Schlinge, durch die sie wahrscheinlich gestorben war.

Das sollte einer verstehen.

Ich musste mich überwinden, um dicht an den Spiegel heranzutreten. Unwillkürlich zögerte ich, etwas zu unternehmen, ich ließ das Kreuz beiseite und schaute nur auf die Person. Sie kam näher.

Und sie wurde auch ein wenig größer, allerdings änderte sich dies im nächsten Augenblick, denn obwohl sie lief, schien sie auf der Stelle stehen zu bleiben. Als ob sie auf einem Transportband ging.

Seltsam ...

Und dann bewegte sich ihr Gesicht. Es war kein Zucken oder ein Verziehen der Wangen, nein, sie sprach und deutete dabei mit der freien Hand auf die Schlinge.

Die Worte konnte ich nicht verstehen. Wahrscheinlich waren sie lautlos gesprochen worden, so musste ich versuchen, sie von den Lippen der geheimnisvollen Erscheinung abzulesen.

Ich tat mich schwer.

Aber sie wiederholte immer nur ein Wort. Allmählich verstand ich, und dann wusste ich, was sie sagen wollte.

GEFAHR!

Ja, sie sprach die einzelnen Buchstaben, obwohl ich sie nicht hören konnte.

GEFAHR!

Abermals las ich diesen Begriff von ihren Lippen ab, und meine Hände ballten sich zu Fäusten. Dieses Geistwesen warnte mich vor einer Gefahr. Aber vor welcher?

Sie konnte überall lauern. In jeder Ecke, in jedem Winkel dieses Hauses, konnte sie aus der Wand, der Decke und dem Boden kommen. War diese Warnung allgemein gehalten oder speziell?

Das hätte ich gern gewusst und schaute die Gestalt weiterhin an. Da bemerkte ich, dass sie nicht nur in allgemeinen Worten sprach, sondern konkreter wurde.

Ein zweites Wort formulierte sie.

TANITH!

Gefahr und Tanith. Ich brauchte wirklich nicht lange, um die beiden Begriffe in einen Zusammenhang zu bringen. Wer mich so warnte, der bewies mir, dass es höchste Eisenbahn wurde.

Ich wandte mich auf der Stelle ab und verließ das Zimmer mit langen Schritten. Rasch hatte ich den Gang hinter mich gebracht, riss die Wohnungstür auf und schaute in das düstere Treppenhaus.

Auf der Fußabtretermatte blieb ich für einen Moment stehen. Im Haus war es fast still, bis auf die über mir erklingenden Schritte, die aus einer Wohnung drangen.

Aber nicht nur dort. Auch von unten, wo sich die Haustür befand, hörte ich Geräusche.

Und die waren schlimmer.

Ein kaum unterdrücktes Stöhnen und Ächzen, dann zwei dumpfe Schläge und das irre Kichern.

Mich hielt nichts mehr.

Fast flog ich die Treppen hinunter. Mit einer Hand hielt ich mich am Geländer fest, nahm drei, vier Stufen auf einmal, auf den Holztreppen dröhnten die Schritte, und die Angst umkrallte mein Herz.

Ich musste es schaffen.

Die letzten fünf Stufen nahm ich mit einem Sprung, fing mich gut ab, kreiselte herum und schaute in die Richtung, die zur Rückseite des Hauses führte.

Leider war es zu dunkel, sodass ich nichts erkennen konnte. Nach einigen Schritten aber sah ich es.

Tanith befand sich in einer lebensgefährlichen Lage. Jetzt hatte sie die Schlinge um den Hals. Das Paket mit den Hamburgern wurde von meiner Fußspitze weggeschleudert. Ich sah, wie Tanith kämpfte und mit den Hacken auf den gefliesten Boden schlug.

Dann war ich bei ihr.

Mit dem Kreuz.

Kaum hatte ich es in die Nähe der Wahrsagerin gebracht, als die Schlinge sich vor meinen Augen auflöste und nicht mehr zu sehen war. Ich hörte das Kichern in dem Augenblick, als ich die zusammensackende Tanith auffing.

Das Geräusch war über mir aufgeklungen, wo die Treppe nach oben führte. Ich drehte den Kopf, sah aber nichts. Der Unheimliche, wahrscheinlich der Henker, war verschwunden.

Wieder einmal hatte er uns genarrt.

Tanith lag in meinen Armen. Ihr Gesicht schimmerte blass. Sie bewegte die Lippen, war jedoch zu schwach, um sich artikulieren zu können. Ich hatte dafür Verständnis, am Flughafen war mir schließlich dasselbe passiert.

Leicht schlug ich gegen ihre Wange und sprach auf sie ein, doch mehr als ein Stöhnen drang nicht über ihre Lippen.

Ich nahm sie kurz entschlossen auf meine Arme und ging den Weg wieder zurück. In der Wohnung angekommen, atmete ich ein paar Mal tief durch. Das Tragen hatte mich angestrengt, und ich legte Tanith auf das Bett.

Als ich mich wieder aufrichtete, hauchte sie mir ihr »Danke«, entgegen, was mich zu einem Lächeln veranlasste.

»Eine Hand wäscht die andere.«

»Kann ich etwas zu trinken haben?«, fragte sie.

»Sicher.« Ich ging in die Küche, um Wasser zu holen. Mit einem zur Hälfte gefüllten Glas kehrte ich wieder zurück, setzte es der Wahrsagerin an die Lippen und ließ sie trinken.

Das Wasser tat ihr gut. Tanith hatte sich aufgesetzt, ich stützte ihren Rücken. Sie leerte das Glas und ließ sich entspannt wieder zurücksinken. »Woher wusstest du, John, dass ich in Gefahr gewesen bin?«

»Man hat mich gewarnt.«

»Wer?« Sie schaute mich an, massierte dabei ihren Hals, und allmählich kehrte Farbe in ihr Gesicht zurück.

»Lucille!«

»Nein!« Tanith wollte sich aufsetzen, ich drückte sie wieder zurück.

»Doch, ich habe sie gesehen. Sie ist blond, trug ein

blaues Kleid, ich sah sie im Spiegel ihres Arbeitszimmers. Das ist der, der eine so außergewöhnliche Perspektive bietet.«

»Und sie oder ihr Geist hat tatsächlich mit dir gesprochen?«

»Nicht direkt.« Ich berichtete ihr, wie sich alles abgespielt hatte. Auch von den vorherigen Ereignissen sprach ich, und da wunderte sie sich doch.

»Der Geist hat keine Ruhe. Er kann keine Ruhe finden, weil er terrorisiert wird.«

»Von einem Henker«, erklärte ich.

»Das stimmt, John.«

»Nur müsste man wissen, wer dieser Henker ist. Und weshalb er in diesem Haus auftaucht.«

Tanith lächelte. »Du schaust mich dabei an, als würdest du von mir die Antwort erwarten.«

»So ist es auch.«

»Nein, tut mir Leid. Ich habe keinen Henker gesehen und auch nichts von ihm gehört. Ehrlich nicht.«

»Denk mal nach.«

»Wirklich nicht, John.«

»Hat Lucille mit dir davon gesprochen?«, erkundigte ich mich bei ihr.

»Nein, nie.« Tanith verließ jetzt das Bett auf der mir gegenüberliegenden Seite. Mit allen zehn Fingern fuhr sie durch ihr Haar, hob die Schultern und sagte: »Vielleicht wusste sie auch nichts davon. Ist doch möglich, oder nicht?«

»Ja.« Ich erhob mich ebenfalls und begann durch das Zimmer zu wandern. »Sie wird nichts gewusst haben, halten wir das mal fest. Aber das konnte sich ändern. Vielleicht hat sie zu Beginn nicht geahnt, dass in diesem Haus ein böser Geist oder ein Fluch steckt. Möglicherweise hat sie diesen Fluch erst erweckt.«

»Ist dir das nicht zu weit hergeholt, John?«

»Auf keinen Fall.«

Tanith schaute zu Boden. Für eine Weile schwiegen wir beide. »Sicher, wenn ich mir das mal durch den Kopf gehen lasse, kannst du Recht haben, John. Fragt sich nur, wie wir an diesen Geist herankommen. Das kann schwierig werden.«

»Muss es aber nicht.«

»Dann hast du einen Plan.«

»Natürlich. Du wirst eine Beschwörung vornehmen. Nur deine Kugel kann es schaffen. Tanith, versuche bitte, dich auf die Strömungen in diesem Haus einzustellen, dann könnten wir es packen und auch den Geist des Henkers holen.«

»Ja, die einzige Chance. Ich ärgere mich nur, dass ich den Kelch des Feuers nicht mitgenommen habe. Er hätte uns eine große Hilfe sein können.«

Ich winkte ab. »Du hast deine Arbeit jahrelang auch ohne die Hilfe des Kelchs gut gemacht, Tanith. Meiner Ansicht nach brauchst du ihn nicht.«

»Du hast Recht.« Tanith trat auf mich zu und streichelte mit sanften Fingern meine Wangen. Dann hauchte sie mir einen Kuss auf die Lippen. »Für die Rettung«, flüsterte sie.

Ich schaute Tanith an. Sie war eine attraktive Frau, und ich wurde sogar rot. Dann aber kamen wir wieder zur Sache. »Die Kugel steht im Arbeitszimmer, und dort will ich die Beschwörung durchführen«, erklärte die Wahrsagerin.

Ich war einverstanden.

Tanith wollte als Erste das Zimmer betreten, ich hielt sie zurück und drückte vorsichtig die Tür auf. Das Licht brannte noch immer, sonst hatte sich nichts verändert.

»Keine Geister mehr in der Wand zu sehen«, stellten wir beide zur selben Zeit fest.

»Und im Spiegel?«, fragte Tanith.

»Da schaue ich mal nach.«

Die Wahrsagerin folgte mir. Wieder beeindruckte uns das Design des Spiegels, die Fläche selbst allerdings war leer. Nur die aufgebauten Lampen sahen wir, sonst nichts. Eine Batterie speiste sie.

Ich drehte mich um und hörte Tanith etwas murmeln.

»Was hast du da gesagt?«

»Vielleicht sollten wir den Spiegel mitnehmen. Er

könnte uns eine Hilfe sein, denn anscheinend ist er eine Art Tunnel, der die Verbindung zwischen zwei Welten herstellt.«

Die Idee war gut. Ich hob den Spiegel an und wunderte mich über sein Gewicht. Tanith hielt mir die Tür auf, als ich ihn zum Arbeitszimmer schleppte. Dort baute ich ihn nach Taniths Anweisungen auf.

Und zwar so, dass Tanith sich und auch die Kugel innerhalb der Spiegelfläche sah. Ich konnte beide sehen, wenn ich auf den Spiegel schaute.

Auf einem der vier Stühle nahm die Wahrsagerin Platz. Sie setzte sich kerzengerade hin. Ihr Blick war nicht allein auf die Kugel gerichtet, sondern auch in den Spiegel. Wenn ich hineinschaute, sah ich die Frau. Sie schien meilenweit von mir entfernt zu sein.

»Bist du bereit, John?«

»Das fragst du mich? Du musst es doch sein.«

»Entschuldige. Schließ bitte die Tür.«

»Sicher.« Ich stand auf und tat, was man mir geheißen hatte. Auf dem Weg zu meinem Platz konnte ich sie genau anschauen. Tanith machte einen sehr konzentrierten Eindruck. Sie hatte sich nach dem schrecklichen Ereignis im Hausflur erholt. Das bewies mir, wie gut doch ihre Kondition und Konstitution waren.

Ich nahm ebenfalls Platz. Diese Beschwörungen erlebte ich nicht zum ersten Mal. Obwohl sie fast alle gleich abliefen, konnte man vor Überraschungen nie sicher sein, denn die Kräfte des Jenseits waren für extreme Reaktionen immer gut …

Tanith bestand aus Körper und Konzentration. Dieser Vergleich sei mir gestattet. Sie hielt die Kugel mit beiden Händen umklammert, und dieses magische Hilfsmittel, das unter Umständen von dem großen Nostradamus stammte, verwuchs plötzlich mit ihrem Körper.

Niemand von uns sprach. Die Stille innerhalb des rötlich erleuchteten Raums konnte man fast greifen.

Es war praktisch nur die Mitte des Zimmers in dieser

Farbe erhellt, Ecken und Wände blieben so ziemlich im Dunkeln.

Ohne Medium würde es auch für die Hellseherin schwer werden, den Geist aus dem Jenseits zurückzuholen oder ihm nur Befehle zu geben.

Tanith saß sehr gerade auf dem Stuhl, obwohl sie den Kopf ein wenig nach vorn gebeugt hatte. Ihr Blick war starr auf die rote Kugel gerichtet, dabei schien er hineinzutauchen und in der Unendlichkeit zu verschwinden.

Noch drang kein Wort über ihre Lippen. Sie konzentrierte sich, versuchte ihren Geist so auszuweiten, dass er bereit war, um andere Strömungen nicht nur zu empfangen, sondern sie auch weiterzuleiten, damit Tanith sich artikulieren konnte.

Sekunden verrannen.

Ich hatte mein geweihtes Kreuz nicht weggesteckt. Es hing offen vor meiner Brust, und vielleicht konnte es dazu beitragen, dass sich die Weiße Magie noch verstärkte. Ich hoffte jedenfalls stark darauf, denn es sollte das Böse nach Möglichkeit von uns und dem Raum fernhalten. Womit ich speziell den Geist des Henkers meinte.

Er war schließlich die große, schillernde Persönlichkeit in diesem geheimnisvollen Spiel um Tod und Verderben. Seine Rache aus dem Jenseits mussten wir stoppen.

Schräg schaute ich die Frau an. Zuerst sah ich nur das Zucken ihrer Wangen, dann bewegten sich die Lippen, und plötzlich flossen Worte aus ihrem Mund.

»Lucille – Lucille – hörst du mich?« Es klang wie ein tiefes Stöhnen, das die Wahrsagerin von sich gab. »Wenn du mich hörst, dann melde dich …«

Ich saß gespannt auf dem Stuhl. Mein Blick war starr. Den Mund hatte ich halb geöffnet und atmete so flach wie möglich. Dann schaute ich auf die Kugel. Wenn Tanith tatsächlich Kontakt bekam, musste es in der Kugel zu sehen sein.

Dort tat sich nichts.

Die Kugel blieb ruhig. In ihrem Innern wallten weder Nebel noch Schleier auf, es schien so, als wäre sie ein völlig normaler Gegenstand und nicht magisch aufgeladen.

Röchelnd holte Tanith Luft. Ich erschrak und war schon versucht, aufzuspringen, dann bemerkte ich, dass sie sich in einer Art Trance befand. Ihr Gesicht war bleich, Schweiß perlte auf der Haut, die Finger hatten sich um die Kugel gekrallt, sie zitterten allerdings, und dieses Zittern übertrug sich auch auf die Gestalt der Frau.

Es war eine schreckliche Phase, in die sie hineingeriet. Ich konnte ihr nicht helfen, sie musste sie aus eigenen Kräften überwinden.

Hoch drückte sie ihren Kopf. Scharfe Falten und Linien hatten sich in die Haut gegraben und veränderten ihr Gesicht. Da zuckten Wangenmuskeln, auch an den Rändern der Augen bewegten sich die Muskeln, und nur allmählich kam sie zur Ruhe, wobei sie sich langsam nach vorn sinken ließ, die Arme anwinkelte und sich mit den Ellenbogen auf der grünen Tischplatte abstützte.

Tanith musste einen Kontakt gespürt haben, sonst hätte sie auf keinen Fall so reagiert. Aber wie war dieser Kontakt ausgefallen? Negativ. Insofern negativ, dass er sie stark belastete. Konnte sich ein positiver Geist wie Lucille denn so bemerkbar machen?

Das wollte ich kaum glauben. Aber sie hatte den Namen ihrer Bekannten gerufen und rief ihn jetzt wieder, obwohl kaum mehr als ein Stöhnen aus ihrem Mund drang.

Ich hatte Mühe, das Wort zu verstehen, und von den Lippen der Frau sprühte Speichel. Plötzlich sprach sie mit relativ normaler Stimme weiter, auch die Hände umkrampften nicht mehr so hart und fest die Kugel, und die Worte waren an mich gerichtet.

»John, ich glaube, ich habe versagt. Es ist einfach zu schwierig. Da steht etwas wie eine Wand.«

»Der Henker?«

»Ja.«

»Kannst du ihn erfassen?«

»Nein, leider nicht. Ich habe nur Bruchstücke erfahren. So ist er aus unergründlichen Tiefen wieder erweckt worden, man holte seinen Geist an die Oberfläche. Er war verdammt, aber jetzt ist es gelungen …« Sie musste eine

Sprechpause einlegen, da die Worte sie zu sehr erschöpft hatten.

»Trägt Lucille die Schuld?«, fragte ich nach einer Weile.

Tanith gab mir nickend die Antwort.

»Dann muss sie uns helfen!«, forderte ich.

»Das will sie ja!«, rief Tanith gequält aus und presste gleichzeitig die Hände gegen das Gesicht.

Ich stand auf. Den Stuhl hatte ich zuvor ein wenig zurückgesetzt, weil ich keinen direkten Kontakt mit dem Tisch haben wollte. Jetzt blickte ich in die Kugel. Meine Sicht war frei, denn Tanith hatte ihre Hände gelöst.

Hatte sich etwas verändert?

Ich wusste es nicht, denn so genau war mir dieser magische Gegenstand nicht bekannt. Im Innern der Kugel wallte und wölkte es. Geheimnisvolle Kräfte schienen sich dort zu betätigen und den Nebel in Bewegung zu bringen. Allerdings gestattete mir die Kugel keinen freien Blick in ein anderes Reich. Das Jenseits hielt sich verschlossen.

Ich beugte mich wieder zurück. Tanith hatte die Hände sinken lassen. Ihr Gesicht erinnerte mich noch immer an eine Maske. Gefühle las ich nicht darin.

»Und?«, fragte sie mich.

»Tut mir Leid. Aber ich konnte auch nichts sehen.«

Sie nickte. »Das habe ich mir gedacht. Die Kugel ist eben zu schwach, glaub mir.«

»Nicht die Kugel ist zu schwach, sondern die Gegenkraft ist zu stark.«

»Das kommt auf dasselbe raus.«

Ich nahm wieder Platz. Inzwischen kannte ich die Frau. Sie war zwar nicht niedergeschlagen, aber jeden Misserfolg nahm sie immer gleich persönlich. Menschen, die so sensitiv veranlagt waren wie diese Frau, konnte man leicht aus der Ruhe bringen. Misserfolge verkrafteten sie kaum.

»Sollen wir nicht einen zweiten Versuch wagen?«, sprach ich sie an.

Tanith schaute hoch. Eine Antwort gab sie mir nicht.

»Bitte, Tanith ...«

Dann sagte sie Worte, die ich wiederum nicht richtig begriff. »Ich habe Angst!«, flüsterte sie. »John, du wirst es kaum glauben, aber dieser hemmende Geist ist gefährlich. Wenn er freikommt, bin ich verloren.«

»Vergisst du mich?«

Da lächelte sie. »Nein, aber was nutzt es, wenn ich …?«

»Tanith, denke zurück! Ich war ja nicht dabei. Als man mich in den Vorhof der Hölle entführte und du Kontakt zu mir aufnehmen konntest, da hast du dich auch zusammengerissen und warst nicht so deprimiert wie jetzt.«

»Es war etwas anderes.«

»Wieso?«

»Da wusste ich ungefähr, was mir bevorstand, John.«

»Trotzdem, Tanith. Versuche es noch einmal. Mir zum Gefallen. Ja?«

Ein Lächeln glitt über ihr Gesicht. »Meinetwegen, John. Ich werde es tun.«

»Danke.«

Dasselbe Spiel wie vorhin begann. Nur in etwas verkürzter Form. Abermals schien die Kugel in Taniths Händen zu verschmelzen. Die Wahrsagerin holte noch einmal tief Luft, dann schloss sie die Augen, und ihr Kopf sank nach vorn.

Jetzt war ich gespannt.

Sie flüsterte den Namen der Lucille. Doch so sehr sie sich auch anstrengte, eine Antwort erhielt sie nicht. Der Ruf verhallte im Nichts.

Auch mich strengte die Sitzung an. Obwohl ich nur Zuschauer war, schwitzte ich.

Die Spannung hatte mich ergriffen. Ich war einfach nicht fähig abzuschalten, schaute zu Tanith, und mein Blick glitt ebenfalls zu dem Spiegel, den ich aufgestellt hatte.

Und da sah ich etwas.

Weit in der Tiefe dieses seltsam geformten Spiegels entstand eine Bewegung.

Als ich sie wahrnahm, zuckte ich zusammen und wollte Tanith aufmerksam machen, doch sie befand sich in einer Lage, wo sie überhaupt nicht angesprochen werden durfte.

Deshalb ließ ich es.

Nur noch der Spiegel interessierte mich. Und plötzlich war mir vieles klar geworden.

Tanith hatte Kontakt bekommen. Nur keinen mündlichen, sondern einen visuellen.

Ihre Gedanken wurden existent innerhalb dieses langen Spiegels.

Sie rief nach Lucille, und Lucille gehorchte. Sie erschien, tauchte im Spiegel auf, näherte sich, und ich erkannte ihr blondes Haar sowie das blaue Kleid, das sie trug.

Ja, Lucille.

Es gab keinen Zweifel. Sie war gerufen worden, kam nun und wollte sich uns mitteilen.

Ich blieb sitzen, obwohl es mir schwer fiel. Auch mich hielt die Spannung fest. Da musste einfach etwas geschehen. Sie kam nicht umsonst, sie hatte etwas zu sagen, und ich sah ihr Gesicht jetzt deutlicher, während Tanith noch zusammengesunken auf dem Stuhl hockte und die Verbindung zur Kugel aufrecht hielt.

Lucille streckte die Arme aus. Es war eine Geste der Erwartung, gleichzeitig auch der Abwehr, denn sie drehte die Hände nach außen.

Was wollte sie sagen? Uns warnen vielleicht? Befand sich der Henker auf ihren Fersen? Wurde sie von einem Geist verfolgt, der sie ebenfalls zerstören wollte?

Ein pfeifendes Geräusch drang aus dem Mund der Wahrsagerin. Sie stand unter einem ungeheuer starken Druck. Es musste sie viel Kraft kosten, die Verbindung aufrechtzuerhalten.

Wieder formte der Mund lautlose Worte. Abermals musste ich mich anstrengen, um etwas verstehen zu können. Es klappte nicht, denn sie formulierte ganze Sätze.

Mein Gott, wenn ich doch …

Da sah ich den Schatten.

Auch er befand sich innerhalb des Spiegels, und er tauchte gefährlich und drohend hinter der schwebenden Frau auf. Eine graue, düstere Wand, unheimlich anzusehen, eine Bedrohung für sie.

Auch Lucille musste bemerkt haben, dass sich hinter ihr etwas tat. Sie drehte den Kopf, und ich erkannte an ihren wilden Bewegungen, dass sie Angst hatte.

Da löste sich die Wolke auf.

Es war ein seltsamer Vorgang, denn sie geriet zuerst einmal in Wallung, wurde im Zentrum schwächer und gleichzeitig blasser.

Ich konnte hindurchschauen und sah jetzt erst, was die Wolke verdeckt hatte.

Es war der Unheimliche, der Henker.

Und er trug die Schlinge.

Umklammert wurde sie von einer großen, hässlichen, giftgrünen Galgenhand …

Damit hatte ich nicht gerechnet. Nach wie vor war ich der Überzeugung gewesen, es mit einem Geist zu tun zu haben, doch dass er sich innerhalb des Spiegels materialisierte, war eine schlimme Überraschung.

Die Hand stach mir zuerst ins Auge.

Sie war widerlich, schimmerte grün, als wäre sie mit der dünnen Haut einer Echse überzogen. Die Finger waren gespreizt. Sehr lange Nägel saßen auf den Kuppen. Die Nägel schimmerten ebenfalls in einer grünen Farbe.

Dahinter sah ich den Henker selbst. Oder vielmehr sein Gesicht. Es war eine Visage des Schreckens, von einem graugrünen Farbton die Haut, falls man überhaupt noch von einer Haut sprechen konnte, so wie er aussah. Mich erinnerte sie vielmehr an Papier, in das man Löcher geschnitten hatte, damit die Sinnesorgane entstehen konnten.

Die Hand war wichtiger.

Obwohl die Finger auseinander gebogen waren, hielten sie dennoch die Schlinge. Sie hatte sich zwischen zwei dieser dolchartigen Dinger festgehakt und pendelte jetzt, als sich die Hand bewegte. Es war ein schauriges Bild, das ich vor mir sah, denn die Schlinge wuchs nicht nur von Sekunde zu Sekunde, sondern näherte sich der Frau auch unaufhaltsam. Ihre Absicht stand fest.

Lucille sollte erwürgt werden.

Ein grausames Spiel, was schon einmal in Szene gesetzt worden war, würde sich innerhalb des Spiegels wiederholen. Vielleicht für immer oder nur für eine gewisse Zeit war die Frau namens Lucille dann verschwunden.

Das konnte ich nicht zulassen.

Sie sollte und musste uns noch Informationen geben. Aber wie konnte ich ihr helfen?

Ich sah den gequälten Ausdruck auf ihrem Gesicht. Deutlich war die Angst darin zu lesen. Lucille traute sich nicht, den Kopf zu wenden. Ihren unheimlichen Mörder wollte sie nicht noch einmal anschauen, aber der immer weiter wachsende Schatten der gefährlichen Schlinge war nicht aufzuhalten.

Er würde sie gleich erreichen.

Und er war schnell.

Diese Szene im Spiegel fesselte mich. Ich schaute in einen langen, hellen Tunnel, und ich musste mit ansehen, wie sich das Gesicht der Lucille bewegte.

Sie öffnete den Mund und formte ein Wort.

HELP!

Immer nur dieses. Die Angst vor ihrem Peiniger steigerte sich, je näher ihr die Schlinge kam. Jetzt schwebte sie bereits über ihrem Kopf, senkte sich und wollte die chancenlos Fliehende vom Leben in den Tod befördern.

Das konnte ich nicht zulassen.

Ich sprang auf den Spiegel zu, holte weit aus, hielt aber die kleine Kette fest und schleuderte das Kreuz …

Judy Jackson for ever!

Immer nur Judy. So lauteten die neuen Slogans, die sich Manager ausgesucht hatten. In harter Gemeinschaftsarbeit mit den Werbeagenturen war es ihnen gelungen, das Bild eines Stars aufzubauen, der so richtig in die Rezessionslandschaft der Staaten hineinpasste.

Vom Mädchen aus den Prärien Dakotas an den Broadway. Natürlich hieß sie nicht Judy Jackson, aber

Norma Bellpuig war ein Name, den man vielleicht in Dakota behalten konnte – am Broadway allerdings nicht. Da musste man den Leuten etwas Zugkräftigeres vorsetzen.

Judy Jackson konnte jeder behalten, ebenso wie E. T. oder den Namen des Kinderstars Annie.

Und Judy begab sich völlig in die Hände ihrer Manager und Macher. Die Leute aus den Plains von Dakota hätten sie kaum wiedererkannt, so wie sie von den großen Plakatwänden lächelte.

Früher war ihr Haar fahl wie eine von der Sonne verbrannte Prärie gewesen, dann waren die Friseure und Coiffeure gekommen und hatten sich der Haarpracht angenommen. Jetzt glänzte sie in einem satten Braun und war zu einer modischen Frisur geschnitten.

Auch sonst hatte sie aus sich etwas gemacht. Das fing mit dem harten Training an der Ballettstange an, nahm seinen Fortlauf in der nicht weniger anstrengenden Gesangsausbildung, und spezielle Trainer machten sie auch für das Auftreten in der Öffentlichkeit fit. Sie musste lernen, sich zu bewegen, wie man Gäste begrüßte und sich in Pose stellte, und ihr Lächeln erhellte die Herzen der New Yorker in der Weihnachtszeit.

Auf ihre Seele nahm niemand Rücksicht. Kaum einer wusste von den beiden Zusammenbrüchen der Judy Jackson. Als sie nicht mehr konnte, alles hinwerfen wollte und zur Droge griff. Man hatte sie retten können. Zum Glück war sie von dem Zeug nicht völlig abhängig, aber man wollte sichergehen und gab ihr einen Begleiter an die Seite, der offiziell als Verlobter geführt wurde, tatsächlich aber nur der Leibwächter war. Er spielte dabei noch den Fotografen, und sein Name lautete Bernie Osborne.

An jenem Nachmittag kam Bernie mit allen Anzeichen von Aufregung in das Hotelzimmer. »Judy, Sweetheart, du musst alles umwerfen!«, keuchte er und schleuderte seinen marineblauen Schal zurück, den er zum grauen Pelzmantel trug.

»Was muss ich umwerfen?«

»Deinen Termin, Süße.«

»Den bei der Wahrsagerin?«

»Ja, bei wem sonst?« Bernie flegelte sich lässig in einen Sessel, breitete die Arme aus und schlug die Beine übereinander. Er trug sein Haar lockig, hatte die Ohren frei, aber im Nacken, da bildete es eine regelrechte Matte.

Sein Gesicht war gebräunt. Die Besitzer der Solarien verdienten gut an ihm.

Judy trat mit dem Fuß auf. »Nein«, sagte sie. »Ich muss gar nichts. Ich werde zu dem Termin gehen.«

»Das ist Unsinn.«

»Für mich nicht.«

»Aber wir müssen zu einem Empfang. Der Oberbürgermeister gibt ihn heute Abend. Denk daran, dass die Präsidentengattin den neuen Kinderstar Annie empfangen hat.«

»Ich bin aber nicht Annie.«

Jetzt grinste Bernie Osborne. »Aber du kannst so berühmt werden, denn du bist auf dem besten Weg dazu.«

»Und wenn ich nicht will.«

»Was?«

»Berühmt werden.«

Da lachte Osborne. Er schlug sich vor Vergnügen auf die Schenkel. »Komm mir nicht mit so etwas, Kleine! Natürlich willst du berühmt werden. Du kannst gar nicht anders. Es ist alles genau vorgezeichnet.« Er hob beide Hände und deutete damit eine gerade Linie an. »Die musst du gehen, und von ihr wirst du keinen Schritt abweichen.«

»Ich bleibe bei meinem Termin.«

»Geh morgen zu der komischen Tante.«

Diesmal bekam Judy einen Wutanfall. Sie nahm einen gläsernen Kerzenständer und schmetterte ihn zu Boden. Der Teppich dämpfte den Fall zwar, heil blieb das Glasstück aber nicht.

Bernie blieb ruhig. Er war diese Ausbrüche gewöhnt, schüttelte nur den Kopf und grinste. »Du machst es dir wirklich nur unnötig schwer, meine Liebe. Wir gehen.«

»Aber zu ihr.«

Bernie begann zu überlegen. Es war riskant, wenn er jetzt seinen Willen durchsetzte. Er musste Judy bei Laune halten. Zwar hatte er Rückendeckung bei den Managern, doch wenn die Frau sich über ihn beschwerte, tat das dem Image nicht gut.

Bernie Osborne machte alles sehr theatralisch. Vor allen Dingen dann, wenn er seine Meinung geändert hatte. In diesem Fall sah es auch so aus. »Gut, Kindchen, schließen wir einen Kompromiss.«

»Auch das nicht.« Judy blieb stur.

»Hör mich erst einmal an. Du kannst zu deiner Sternentante hinfahren. Ich habe nichts dagegen.«

Erstaunt und wortlos schaute Judy ihn an.

»Wenn ich es dir sage.«

»Das glaube ich dir nicht.«

»Doch, du kannst es. Die Sache wird ja sicherlich nicht so lange dauern, oder?«

Judy Jackson lachte. »Das ist also der Haken. Du willst zwei Fliegen mit einer Klappe schlagen.«

»Nein, nur einen Kompromiss schließen. Ist meiner Ansicht nach sehr fair.«

»Vielleicht.«

»Ja oder nein?« Bernie sprach nun mit normaler, fast unpersönlich klingender Stimme.

»Ich stimme zu.«

»Wusste doch, dass du vernünftig bist«, erwiderte Bernie Osborne. Er stemmte sich aus dem Sessel, tätschelte die Wange der Sängerin und nickte zufrieden. »Wir müssen nur arrangieren. Das ganze Leben besteht aus Kompromissen, wenigstens das Leben, das du führst. In Dakota sieht das anders aus, aber wir sind nicht in der Prärie, sondern im Dschungel. Und zwar im Dschungel der Großstadt.«

»Das habe ich bemerkt. Menschlichkeit zählt nicht.«

»Dafür aber das Geschäft. Ich wollte, ich würde die Dollars verdienen, die man dir in die Hand drückt.«

»Am Hungertuch nagst du auch nicht gerade.«

»Davon habe ich auch nichts gesagt.« Er schaute auf seine Uhr. »Wie viel Zeit haben wir noch?«

»Eigentlich müssten wir jetzt los.«
»Dann schwingen wir die Hufe.«
»Nehmen wir deinen Wagen?«
»Nein, wir lassen uns fahren. Es gibt ja genügend Taxis.« Bernie schwang seinen Schal lässig um den Hals. »Ich gehe schon mal nach unten und besorge einen Wagen.«
»Ist gut.«
Judy verschwand im Bad. Sie schaute sich im Spiegel an, prüfte ihr Gesicht, dessen Haut noch glatt war und keine einzige Falte zeigte. Trotz der Schminke hatte es immer noch die Frische bewahrt. Das Leben in Dakota hatte eben seine Spuren hinterlassen, die nicht so schnell verblassten.
Sie schloss die Augen und stellte sich vor, wieder bei ihren Eltern zu sein, vor dem Haus zu sitzen und in die allmählich sinkende Sonne zu schauen. Die meisten ihrer jetzigen Bekannten hätten darüber gelacht und kein Verständnis gezeigt, doch Judy gab diese Erinnerung an Zuhause viel.
Wenn dieses eine Musical vorbei war, wollte sie eine Pause einlegen und sich nicht sofort wieder in einen zweiten Vertrag zwängen lassen. Vier Wochen in Dakota, das wäre etwas. Für immer konnte sie dort nicht mehr leben. Die Großstadt hielt sie bereits in ihrem Bann.
Das Telefon läutete. Sie verließ das Zimmer nicht, sondern stäubte weiterhin Puder auf die Wangen. Es war klar, dass Bernie aus der Halle anrief. Sollte er.
Vier Minuten später griff sie zu ihrem weißen Fellmantel und streifte ihn über die weit geschnittene, knallgrüne Bluse mit den roten Lederstreifen. Das Modell eines italienischen Modezaren. Horrend im Preis, aber sie hatte es umsonst bekommen. Dazu trug sie hautenge Jeans, ebenfalls in der roten Streifenfarbe des Pullovers. Die Stiefel bestanden aus weichem Material und endeten an den Waden, wo sie noch einmal umgeschlagen waren.
Topmodern nannte man das. Aber so etwas gehörte zum Image. Sie musste die Kleidung tragen.
Bernie war tatsächlich schon ungeduldig. Er rannte in

der Halle auf und ab. Dabei redete er mit zwei Reportern. Sie sprachen heftig aufeinander ein. Die Pressefritzen ließen nicht locker und wandten sich erst um, als Judy den Lift verlassen hatte.

Schon blitzten die ersten hellen Lichter. Judy hatte gewohnheitsmäßig ihr Lächeln angeknipst, darauf war sie trainiert worden.

Bernie eilte auf sie zu. »Keine Interviews jetzt, wir haben es eilig.«

»Judy, ein paar Worte nur.«

»Nein, bitte nicht! Wir müssen zu einem Empfang.«

»Auf dem Weg zum Wagen«, schlug der zweite Reporter vor. »Das geht schnell.«

»Sie haben doch gehört, was Miss Jackson sagte«, erklärte ihr ständiger Begleiter. »Jetzt nicht!« Mit heftigen Armbewegungen scheuchte er die Reporter davon.

Der Wagen wartete bereits. Das Hotel beschäftigte zwar keine eigenen Fahrer, aber man wusste, wo man schnell ein Yellow Cab herbekam.

Judy und ihr Begleiter setzten sich in den Fond. Der Fahrer strahlte. Natürlich kannte er diese Frau, die allmählich zu einem Star hochgejubelt wurde, und er war stolz darauf, sie fahren zu dürfen. Etwa fünf Monate hatte der Mann den Job inne, und er freute sich über jeden prominenten Fahrgast. Im Gegensatz zu seinen älteren Kollegen, die so etwas kaum zur Kenntnis nahmen. In New York vergaß und gewöhnte man sich schnell an gewisse Dinge.

»Wie lange wirst du brauchen?«, fragte Bernie.

»Dränge mich nicht jetzt schon. Das liegt nicht an mir, sondern an Madame Tanith.«

»Ach, so nennt die Tante sich.«

»Ja. Sie stammt aus Paris.«

»Auch das noch.«

»Wieso?«

»Ich kann mir vorstellen, dass sie, wenn sich so etwas herumgesprochen hat, noch mehr Zulauf hat. Du bist doch nicht immer zu ihr gegangen.«

»Nein, sie ist neu, aber bekannt in der Branche.«

»Und weshalb hast du gewechselt?«

»Die Vorgängerin ist gestorben.«

Da lachte Bernie. »Die hat bestimmt ein Geist geholt, was?«

»Darüber sollte man sich nicht lustig machen«, sprach Judy Jackson dagegen. »Ihr Tod ist tatsächlich ein Rätsel. Man munkelt, dass sie ermordet wurde.«

»Doch der Geist.«

»Ach, lass mich in Ruhe!«

Bernie lachte und griff nach den Zigaretten. Er zündete sich ein Stäbchen an und rauchte genussvoll, während Judy aus dem Fenster schaute, die Menschen und den Trubel sah, ihn aber nicht aufnahm, denn ihre Gedanken verirrten sich wieder nach Dakota.

Zudem fühlte sie sich innerlich sehr nervös. Irgendwie fürchtete sie sich vor der Begegnung mit dieser Madame Tanith. Sie kannte die Frau nicht, hatte nur von ihr gehört, allerdings Gutes, wie sie zugeben musste. Lucille hatte viel von ihr gesprochen. Für sie war Tanith das große Vorbild gewesen.

Von Lucille hatte Judy erfahren, dass ihre Zukunft günstig aussah. Leider hatte sie auch von gewissen Schatten gesprochen, die irgendwo entfernt im Hintergrund lauerten. Es hatte noch keine Gefahr bestanden, aber Judy wollte es genauer wissen. Vielleicht konnte Madame Tanith mehr sehen und sagen.

Sie fuhren bereits durch Greenwich Village. Die Straßen waren enger geworden, die Häuser anders. Sie sah viele Cafés, auch kleine Theater, und die Menschen bewegten sich ungezwungener.

Village gefiel dem Mädchen. Hier war Judy auch entdeckt worden, und hier hatte sie so etwas wie ein zweites Zuhause gefunden. Nicht in den Luxushotels, die kalt und unpersönlich waren und wo man die Freundlichkeit der Menschen nur als Tünche bezeichnen konnte.

Sie merkte kaum, dass der Fahrer stoppte. Erst als Bernie Osborne sie anstieß, schreckte sie zusammen.

»Wir sind da, Süße.«

»Sorry, aber ich …«

»Okay, entspanne dich ruhig.« Bernie beglich die Rechnung und gab dem Fahrer noch eine Autogrammkarte von Judy. Dann stieg er aus dem Wagen und hielt den Schlag offen.

Natürlich wurde Judy erkannt. Die Menschen blieben stehen, sprachen sie an. Judy lächelte, gab ein paar nichts sagende Worte von sich und eilte auf den Hauseingang zu.

Es war mittlerweile dunkel geworden. Durch die Straßen pfiff ein kalter Wind. Die Leuchtreklamen in der Nähe verbreiteten ein künstliches Licht, die Menschen waren oft nur als fahle, manchmal auch bunte Gestalten zu sehen, und Judy hörte genau, wie eine Männerstimme sagte: »In diesem Haus ist doch ein Mord passiert.«

Dicht vor der Eingangstür stoppte Judy und drehte sich um. »Was ist da geschehen?«

»Komm, geh weiter!« Judy spürte Bernie Osbornes Hand auf ihrem Rücken. Der Mann wollte sie weiterschieben, sie sollte keinerlei Aufregungen ausgesetzt sein.

Judy war unwillig und schüttelte sich. »Lass mich jetzt! Ich will wissen, wer ermordet worden ist.«

»Das spielt doch keine Rolle!« Bernie begann sich aufzuregen. »Du musst cool bleiben, Baby.«

Der Sprecher war verschwunden. Sosehr Judy auch suchte, sie sah ihn nicht. Wahrscheinlich hatte er eingesehen, einen Fehler gemacht zu haben.

Das Mädchen schaute Bernie an. »Mein Gefühl«, sagte sie. »Verflixt, ich ahnte es.«

»Welches Gefühl?«

»Du weißt schon.« Sie schüttelte den Kopf. »Ach nichts«, sagte sie schnell, denn mit Bernie konnte man über so etwas nicht sprechen. »Lass uns reingehen.«

Jetzt war Osborne misstrauisch geworden. »He, Mädchen, so kommst du mir nicht davon. Ich will endlich wissen, was es mit deinen komischen Gefühlen auf sich hat. Hast du Angst, die hellseherische Tante zu besuchen, oder was ist?«

»Nein.«

»Sondern?«

»Ich will es wissen, verdammt.«

»Das mit dem Mord?«

»Auch das. Und ich werde alle Antworten auf meine Fragen erhalten, das schwöre ich.«

Bernie machte einen Rückzieher. Noch nie hatte er seinen Schützling so entschlossen erlebt. Gleichzeitig überschwemmte auch ihn die Angst. Wenn Judy etwas passierte, machte man ihn dafür verantwortlich. Und das wollte er auf keinen Fall auf sich nehmen.

Er schaute sie an.

Ihr Gesicht war starr. Die Augen blitzten. Nichts mehr war von ihrer Unsicherheit zu bemerken, die sie in den letzten Wochen gepackt gehalten hatte.

Er nickte. »All right, Mädchen, wie du willst. Ich lasse dir deinen Willen, gehe aber mit.«

Judy schüttelte den Kopf. Ihre braunen Haare flogen und streichelten mit den Spitzen noch das Gesicht des Mannes. »Das geht nicht. Du kannst bei der Sitzung nicht hocken und zuschauen. Das würde stören und Madame Tanith ablenken.«

»Dann bleibe ich vor der Tür stehen.« Bernie brachte seinen Kopf dichter an ihr Gesicht. »Und glaub mir eines, Kleine, ich allein bin für dich verantwortlich. Die Männer hinter uns haben nicht umsonst viel Geld in dich investiert. Du sollst etwas bringen, die wollen satten Gewinn. Ist dir das klar?«

»Inzwischen ja.«

»Dann handle danach«, erklärte Bernie, schob sich an ihr vorbei und drückte auf den Klingelknopf, unter dem ein schlichtes Schild mit dem Namen Tanith stand …

Das Kreuz beschrieb einen blitzenden Bogen. Die Kette hielt ich dabei fest, denn ich wusste nicht, ob das Kruzifix, wenn es einmal mit dem Spiegel Kontakt bekam, auch wieder zurückkehren würde. Innerhalb einer Sekunde musste sich alles entscheiden.

Und ich wollte einen Mord verhindern. Vielleicht die endgültige Vernichtung dieser Lucille.

Kontakt!

Das Silberkreuz, so kraftvoll wie nur eben möglich geworfen, krachte gegen die helle Spiegelfläche.

Würde sie halten?

Nein, sie splitterte.

Wie in einer Zeitlupenaufnahme bekam ich die nächsten Ereignisse mit, obwohl sie eigentlich sehr schnell vor meinen Augen abliefen, aber sie waren für diesen Fall entscheidend.

Zuerst sah ich das Muster. Keine normale Scherben-Geometrie, sondern ein wildes Durcheinander ineinanderfallender Splitter, die nicht innerhalb des Spiegels verschwanden, sondern zu Boden fielen und dort einen kleinen Scherbenhaufen bildeten.

Im selben Augenblick hörte ich ein hohles Pfeifen. Das Bild war verschwunden Ich sah weder Lucille noch den geheimnisvollen Henker, sondern hörte nur ein Fauchen, und dicht an meinem Gesicht fuhr ein kalter Hauch vorbei.

Das war alles.

Als das Kreuz wieder zurückschwang, gab es die Spiegelfläche nicht mehr. Zwischen den vier Rahmenseiten befanden sich nur noch kleine Splitter.

Auch die brennenden Lampen waren zerbrochen oder erloschen. Ein völlig normaler Gegenstand war dieser Spiegel jetzt. Nichts deutete darauf hin, dass sich in ihm eine gewisse Magie befand.

Ich blieb stehen und schaute für einen Moment zu Boden. Irgendwie hatte ich das Gefühl, eine Niederlage verkraften zu müssen. Der Spiegel war zerstört, ich hatte eine Verbindung in die andere Welt abgebrochen, die ich nicht mehr zurückholen konnte.

Aber ich erinnerte mich noch genau an den kalten Hauch, der mein Gesicht gestreift hatte.

Etwas hatte den Spiegel verlassen.

Der Geist des Henkers vielleicht oder beide? Eine Antwort wusste ich nicht, aber ich hatte durch meine Aktion irgendetwas freigesetzt, das gefährlich werden konnte.

Ein tiefes Stöhnen erinnerte mich wieder an Tanith, und ich drehte mich herum. Himmel, an sie hatte ich in den letzten Sekunden überhaupt nicht mehr gedacht. Wie war es ihr nur ergangen?

Tanith hatte ihren Oberkörper erhoben. Sie war sehr blass im Gesicht. So stark, dass ich erschrak. Ihre Augen zeigten einen seltsamen Ausdruck. Sie waren geweitet, die Lippen zitterten, die Nasenflügel vibrierten.

In ihren Pupillen las ich einen Ausdruck, den ich bei ihr noch niemals gesehen hatte. So fremd, so anders, so zweifelnd.

Ja, genau. Zweifelnd war der richtige Ausdruck dafür. Irgendetwas war mit ihr geschehen. Hatte sie die Beschwörung doch nicht verkraftet? Hatte ich vielleicht zu viel von ihr verlangt? Hätte ich mich ihren Wünschen beugen müssen?

Aller Wahrscheinlichkeit nach ja. Ich hatte ihr wirklich etwas zu viel zugemutet.

Ich lächelte sie an. »Tanith, hörst du mich? Was ist mit dir geschehen? Gib bitte Antwort!«

Sie drehte den Kopf, demnach hatte sie mich verstanden. Dann löste sie ihre Hände von der Kugel und schaute zu mir hoch.

»Tanith, so sage doch etwas.«

Sie schüttelte den Kopf. Das geschah in einer gespenstischen Art und Weise, denn kein Wort drang dabei aus ihrem Mund. Sie blieb stumm wie ein Fisch.

Ich holte tief Luft. Etwas war mit ihr geschehen, und mich traf dabei ein gewisser Teil an Schuld, davon konnte ich mich auf keinen Fall freisprechen.

Automatisch trat ich zur Seite, als sie ihre rechte Hand auf die Tischplatte stemmte und sich erhob. Jetzt beobachtete ich sie nur noch, wie sie mit seltsam steifen Bewegungen und einem nachdenklichen Ausdruck auf dem Gesicht vorging. Die Stirn hatte sie dabei in Falten gelegt. Sie schien über eine Sache nachzudenken, die sie sehr beschäftigte.

Ich ließ sie gehen.

Zwei Schritte benötigte sie, dann hatte sie mich

erreicht, machte einen dritten Schritt, passierte mich, blieb für einen Moment stehen und drehte sich ruckartig um.

Sie starrte mich an.

»Tanith«, sagte ich leise.

Ein mich befremdender Ausdruck überschattete ihr Gesicht, als sie die Antwort gab, die mich schockte. »Wer – wer sind Sie, Mister?«

Okay, diese Frage war schon seltsam. Noch schlimmer jedoch war für mich die Stimme.

Sie gehörte überhaupt nicht Tanith, sondern einer Fremden, und ich ahnte, wer da zu mir sprach.

Lucille!

Ich schrie nicht, rannte auch nicht weg, sondern blieb ganz ruhig. Diesen Schock musste ich erst einmal überwinden. Es dauerte Sekunden, bis ich wieder klar und logisch denken konnte.

Lucilles Geist, den ich zuerst im Spiegel gesehen hatte, war in ihren Körper gefahren. Er hatte dort Schutz vor diesem gefährlichen anderen Geist des Henkers gesucht.

Eine andere Erklärung wusste ich nicht, und meiner Ansicht nach stimmte sie.

»Ich habe Sie etwas gefragt, Mister«, hörte ich wieder ihre Stimme, und Tanith schaute mich dabei fest an.

Es war schon seltsam, vor einer guten Bekannten zu stehen, die mit der Stimme einer anderen sprach. Auch mir gelang es nicht, so ohne weiteres darüber hinwegzugehen, und ich holte tief durch die Nase Luft.

»Ich bin John Sinclair!«

Tanith legte ihre Stirn in Falten. Sie dachte nach, sehr angestrengt sogar, schüttelte jedoch den Kopf und hob die Schultern. »Tut mir Leid, aber ich habe nie etwas von Ihnen gehört. Sind Sie angemeldet, Mr. Sinclair?«

»Nein.«

»Dann kann ich Ihnen einen Termin geben. Lassen Sie uns in mein Büro gehen, ja?«

»Natürlich.« Kopfschüttelnd und wie betäubt folgte

ich der ›Fremden‹ auf den Gang, wo wir uns nach rechts wandten, um das Büro zu erreichen. Tanith/Lucille ging ein wenig steif. Sie kam mir vor wie jemand, der nicht so recht wusste, ob es gut war, was er tat.

Sie öffnete die Tür und schritt in das Zimmer. Vor ihrem Schreibtisch blieb sie stehen. Der Arm bewegte sich, fand den Schalter der Lampe, und unter dem roten Lackschirm leuchtete eine Birne. »Nehmen Sie doch Platz«, bat sie mich.

Ich setzte mich auf einen Stuhl. Er stand ihr genau gegenüber. Wir konnten uns anschauen.

Nichts in ihrem Gesicht wies darauf hin, dass sie sich erinnerte oder mich erkannt hätte. Ich blieb für Tanith ein Fremder. »Nun, Mr. Sinclair, welchen Termin darf ich notieren?«

»Ich richte mich da nach Ihnen.«

»Pardon, aber ich bin ziemlich ausgebucht. Sie müssen verstehen, dass ich ...«

»Wann haben Sie Zeit?«, unterbrach ich Tanith.

»Ich könnte Sie morgen noch dazwischenschieben. Es ist ja wohl die erste Sitzung, nicht wahr?«

»Ja.«

»Waren Sie schon bei einer anderen Kollegin?«

»Nein, ich habe mir durch einen Bekannten Ihre Adresse geben lassen und möchte Ihre Dienste in Anspruch nehmen. Sie haben einen guten Ruf.«

Da lächelte sie geschmeichelt und erwiderte: »Man tut eben, was man kann, Mr. Sinclair.« Nach diesen Worten nickte sie. Ich kannte die Geste. Sie bedeutete, dass Tanith/Lucille das Gespräch für beendet erklärte.

Bevor sie sich erhob, stand ich auf. Da hatte man mich sehr fein ausgetrickst. Was sollte ich jetzt tun? Bleiben? Das hätte sie kaum zugelassen. Die ganze Situation erschien mir auf einmal so lächerlich. Gleichzeitig auch gefährlich, denn ich durfte Tanith nicht allein lassen. In ihrer Doppelexistenz glich sie einer lebenden Bombe, die jeden Augenblick explodieren konnte.

Wenn ich allerdings blieb, würde sie mich bestimmt hinauswerfen oder mit der Polizei drohen. Da ich mein

Inkognito wahren wollte, blieb mir nichts anderes übrig, als ihren Wünschen vorerst Folge zu leisten. Wenn ich aus der Wohnung war, würde ich auf jeden Fall in ihrer Nähe bleiben, das nahm ich mir fest vor.

Und wo steckte der Geist des Henkers?

Er hatte den Spiegel verlassen, dessen war ich sicher. Aber mir war nicht klar, wo er sich verborgen hielt. Irgendwo in diesen Räumen musste er sich versteckt halten.

Tanith/Lucille wollte mir sogar die Tür öffnen. Ihre linke Hand legte sie auf die Klinke, während sie mir die rechte entgegenstreckte. Dabei lächelte sie. Es war ein geschäftsmäßiges Lächeln, in ihren Augen blieb ein kühler Ausdruck.

»Wir sehen uns dann morgen, Mr. Sinclair.«

»Natürlich.« Ich nahm die angebotene Hand, wollte noch etwas sagen, als in diesem Augenblick die Klingel anschlug.

Jetzt wurde es interessant!

Tanith/Lucille löste die Hand aus der meinen. Sie runzelte dabei die Stirn, dachte nach und wurde ein wenig unsicher, denn ihr war anzumerken, dass sie mit Besuch nicht gerechnet hatte.

»Wer kann das sein?«, murmelte sie.

Ich lachte. »Da fragen Sie mich? Tut mir Leid, Sie machen die Termine.«

»Ja, natürlich, nur wüsste ich nicht, wen ich für jetzt bestellt habe. Seltsam.«

»Vielleicht eine gewisse Judy Jackson.«

»Judy? Ach ja, ich glaube – nein ...« Sie hob die Schultern und drehte sich von mir weg, während die Klingel ein zweites Mal anschlug.

Diesmal nahm ich das Heft in die Hand, öffnete die Tür, sah niemanden und betätigte den Kontakt, damit der Besuch die Haustür aufstoßen konnte. Ich vernahm das typische Geräusch. Dann hörte ich Schritte und merkte, dass zwei Menschen miteinander sprachen. Ein Mann und eine Frau. Was sie sagten, konnte ich nicht verstehen. Sie gerieten jedoch rasch in mein Blickfeld.

Zuerst das Mädchen.

Es schaute zu mir hoch. Unsere Blicke begegneten sich, und ich glaubte mich zu erinnern, dieses Gesicht auf Plakatwänden gesehen zu haben. Judy Jackson war ein lokaler Star.

»Sie sind doch nicht Tanith«, sagte sie zur Begrüßung, als sie vor mir stehen blieb.

»Nein, nein, Miss Jackson. Madame Tanith erwartet Sie.«

»Dann lass uns endlich hineingehen.« Diesen Satz sprach ihr Begleiter, ein mieser Schaumacher, der mich mit keinem Blick würdigte und sich kurzerhand über die Türschwelle drängte, wo Tanith schon wartete.

Ich war auf die Begegnung gespannt. Diese Judy Jackson kam nicht zum ersten Mal. Wie würde sie reagieren, wenn sie plötzlich die Stimme der Lucille vernahm?

Ich schloss hinter den beiden Besuchern die Tür.

Der Mann stand im Gang und schaute sich um. Lässig hatte er einen Schal um den Hals geworfen. Seine Mundwinkel waren nach unten gezogen. Er machte den Eindruck, als würde ihn alles furchtbar stören oder ihm auf den Geist gehen.

Judy drehte sich zu Tanith um. Sie lächelte freundlich, bevor sie redete. »Wahrscheinlich werden Sie von mir nur gehört haben, Madame, aber ich hatte bereits mehrere Sitzungen bei Ihrer Vorgängerin, und Sie sind mir natürlich auch bekannt.«

»Danke, das ist nett von Ihnen …«

Ich beobachtete nur Judy. Ihr Gesicht veränderte sich. Hatte sie vorhin noch gelächelt, so froren ihre Gesichtszüge plötzlich ein. Alles an ihrem Gesicht schien zu erstarren, das Lächeln erstarb, und sie stieß pfeifend die Luft aus.

»Wie – wie ist das möglich?«, flüsterte sie, trat einen Schritt zurück, schaute erst mich an, dann ihren Begleiter, wobei sie heftig den Kopf von rechts nach links bewegte.

»Was ist möglich?«, fragte der Mann.

»Bernie, ich – ich …« Sie schluckte. »Verflixt, ich drehe hier noch durch.«

»Sag doch was!«, fuhr dieser Bernie die Frau an. »Was hast du? Weshalb führst du dich so auf?«

»Ich bin völlig durcheinander«, gab Judy Jackson zu. Sie machte tatsächlich einen konfusen Eindruck. Ein paar Mal holte sie tief Luft, schaute in die Runde und sah auch mich dabei an. »Können Sie mir eine Erklärung geben, Mister?«

»Vielleicht«, erwiderte ich.

»Wer sind Sie überhaupt?«, fuhr mich Bernie an. »Was haben Sie hier zu suchen?«

»Ich heiße John Sinclair und bin ein Bekannter der Hellseherin Tanith. Ich komme übrigens aus London.«

»Na und?«

»Was meinen Sie?«

»Ich will eine Erklärung. Weshalb ist Judy so perplex? Das kann doch nicht an der Frau liegen.«

»Vielleicht doch.«

Bernie fuhr herum. »Dann erkläre du mir, was so ungewöhnlich an dieser Frau ist.«

»Sie hat eine andere Stimme.«

»Das kann ich mir vorstellen. Schließlich siehst du sie zum ersten Mal, oder nicht?«

»Das schon, aber sie spricht mit der Stimme ihrer toten Vorgängerin Lucille.«

Das Gesicht dieses Bernie nahm plötzlich einen urkomischen Ausdruck an. Sein Mund stand offen, und auf seinen Zügen konnte man das Fragezeichen förmlich sehen, das sich dort abzeichnete.

Ein paar Mal musste er schlucken, grinste dümmlich und erkundigte sich mit heiser klingender Stimme: »Was hast du da gesagt? Diese Frau spricht mit der Stimme der To…«

»Ja, so ist es.«

»Aber wie ist das möglich?« Bernie schlug seine Hand auf den Oberschenkel. Er ruckte herum und wandte sich an mich. »Haben Sie dafür eine Erklärung?«

»Möglicherweise.«

»Aha. Noch so ein Spinner. Ein Überschlauer also.«

Ich blieb gelassen. »Sie haben mich etwas gefragt, und ich gab Ihnen eine Antwort. Wenn Sie damit nicht zufrieden sind, dann sollten Sie es nicht auf diese Art und Weise dokumentieren. Die Sache ist viel zu ernst, denn es geht um Dinge, die wir im Augenblick weder überblicken noch erklären können.«

»Okay, okay, ich halte mich zurück, denn ich weiß hier von allen am wenigsten, wie mir scheint. Was also ist los?«

»Sollten wir das statt im Flur nicht lieber woanders besprechen?«, fragte ich.

Bernie blickte auf seine Uhr und dann auf das Mädchen. »Meinetwegen«, erwiderte er. »Wo wollen Sie hin?«

»Im Arbeitszimmer haben wir Platz.«

»Nein«, meldete sich Tanith/Lucille. »Nicht dort. Gehen wir in meinen Empfangsraum. Am Tisch müssen wir uns niederlassen, da ist es besser, das fühle ich.«

»Ich bin derselben Ansicht«, erklärte ich. »Habe mich nur falsch ausgedrückt.«

»Sicher.«

Tanith/Lucille drehte sich um und ging vor. Ich folgte ihr schnell und hielt mich an ihrer Seite. Sie traf keine Anstalten, mich aus der Wohnung zu weisen. Anscheinend hatte sie sich mit meiner Anwesenheit abgefunden.

Vier Stühle standen bereit. Plätze für uns alle. Ich hatte ein sehr ungutes Gefühl, das sich verstärkte, als ich meinen Fuß über die Schwelle des Zimmers setzte.

Die Atmosphäre schien sich verändert zu haben. Sie war praller oder dichter geworden.

Da lauerte etwas Böses.

Ich schaute auf die Kugel und auf die Spiegelscherben. Die Kugel stand harmlos auf dem Tisch. Nichts deutete darauf hin, welch eine Kraft in ihr steckte.

Schweigend nahmen Tanith/Lucille und ich Platz. Auch die anderen sprachen nicht, als sie den Raum betraten. Judy war bleich geworden, während aus dem Gesicht des Mannes der spöttische Ausdruck noch immer nicht gewichen war.

Hier bahnte sich etwas an, das er einfach nicht begreifen konnte. Seine Lippen zuckten ein wenig. Es schien, als wollte er anfangen zu reden, überlegte es sich jedoch anders und schwieg.

Tanith/Lucille saß links von mir, dieser Bernie rechts, und Judy hatte mir gegenüber ihren Platz gefunden. Sie war von uns am nervösesten. Wenigstens nach außen hin. Sie spielte mit ihren Fingern, knetete sie und schluckte ein paar Mal.

Ich ließ sie nicht aus den Augen. Ihr Blick konnte nicht auf einer Stelle bleiben. Er irrlichterte. Einmal schaute sie die Kugel an, sehr skeptisch, dann wieder suchte sie eine imaginäre Stelle an der Wand. Nie war sie voll bei der Sache.

Tanith/Lucille umfasste die Kugel. Bernie sah dies als Zeichen an, wandte sich an seine Begleiterin.

»Los, Süße, sag was. Raus mit deinem Problem. Wir haben schon zu viel Zeit verloren.«

»Nein!« Klar und deutlich klang die Antwort der Wahrsagerin. »Hier werden jetzt keine Fragen gestellt, ich rede!«

»Moment mal«, mischte sich Bernie ein. »So geht das aber nicht.« Er wedelte mit der Hand. »Schließlich sind wir Kundschaft und bezahlen. Wir waren angemeldet, hatten einen Termin, und jetzt machen Sie diese Sprüche. Wir haben unsere Zeit nicht gestohlen. Schreiben Sie sich das hinter die Ohren.«

»Es bleibt dabei«, entschied die Hellseherin.

Bernie lief rot an und wollte aufspringen, doch meine harte Stimme stoppte ihn. »Lassen Sie das, verdammt!«

Er setzte sich wieder. Allmählich nur glitt er dabei auf seinen Stuhl zurück. Er bedachte mich dabei mit feindlichen Blicken. Einen Freund hatte ich mir nicht gemacht.

Nun schwieg er.

Auch Judy und ich redeten nicht mehr. Wir alle konzentrierten uns auf Tanith/Lucille und waren gespannt darauf, was sie uns zu sagen hatte.

Sie beugte sich vor und hatte nur die Kugel im Blickfeld. Ihre Hände fanden automatisch die Rundung, legten sich um den Gegenstand, und die grün lackierten Nägel berührten sich an der gegenüberliegenden Seite der Kugel.

Es vergingen einige Sekunden. Tanith/Lucille übte sich in Konzentration, sie atmete ein paar Mal tief durch, um ihrer Aufgabe gerecht zu werden und sie lösen zu können.

Dann sprach sie plötzlich. Es war die Stimme der Lucille, die aus ihrem Mund drang, doch was sie sagte, war für uns ungemein interessant, denn sie gab uns Hinweise und Erklärungen, die sonst wahrscheinlich immer im Dunkel der Zeit geblieben wären.

»Der Tag, an dem sie Gatano begruben, ist lange her. Es war in einer stürmischen Nacht, als zwei angeheuerte Männer den Sarg mit der Leiche des Henkers wegschafften. Sie sollten ihn in unheiliger Erde begraben, irgendwo an der Küste. Aber das Schicksal meinte es gütig. Es schickte den Regen, den Schnee und die Nacht. Die Männer wollten nicht weiter fahren. An einer einsamen Stelle hielten sie an, holten den Sarg vom Wagen und trugen ihn auf ein Feld, wo sie eine Grube aushoben und Gatano verscharrten. Es war genau das, was der Henker gewollt hatte. Zu seinen Lebzeiten hatte man ihn gebraucht. Er hatte Hunderte von Verbrechern an den Galgen gebracht, und er streifte ihnen die Schlinge immer nur mit einer Hand über den Kopf. Deshalb nannte man ihn Gatano, die Galgenhand. Mit diesem Namen erschreckten die Mütter ihre Kinder, der Henker war für die junge Stadt zu einem Fluch geworden. Niemand wollte etwas mit ihm zu tun haben. Er war wie ein Aussätziger, den man trotzdem brauchte. Selbst die Kirche wandte sich von ihm. Kein Pfarrer sprach mit ihm, obwohl sie es am Anfang gewesen waren, die ihn überredet hatten, das Amt anzunehmen. Ein Gerücht entstand. Die Menschen flüsterten sich zu, dass es Gatano Spaß bereiten würde, seine Opfer zu hängen, und man sagte ihm auch nach, dass er nicht mehr an Gott und dessen Gnade glaubte, sondern an den Satan. Der Teufel war sein Vorbild. Satanas, Herr der Hölle, auch Asmodis genannt. Er führte die Hand des Henkers mit einer teuflischen Geschicklichkeit. Die Opfer starben immer. Nie erlebte er einen Reinfall. Dieser Henker war einfach nicht zu stoppen. Es kam die Zeit, wo ihn die Menschen nicht mehr mochten, sie wollten keinen Henker. Wenn jemand zum Tode verurteilt wurde, sollte er erschossen werden. Aber sie wurden ihn nicht mehr los. Um ihn auszuschalten, griffen sie zu einem Mittel, das schon immer geholfen hatte. Sie hetzten ihm bezahlte Mörder auf den Hals. Und die schafften es. Sie brachten den Henker um. In einer dunklen Nacht lauerten sie ihm auf und stachen mit ihren Messern zu. Über zehnmal sollen sie ihm die Klingen in den Leib gestoßen haben. Als der Henker gestorben war, wurden auch die beiden Mörder von den Ehrbaren erschossen, die anschließend zwei Männer suchten, um den Henker zu begraben.«

Nach diesen Worten musste Tanith/Lucille erst einmal eine Pause einlegen. Wir alle waren ruhig geworden, bis Bernie auflachte.

»Na und? Was soll der ganze Quatsch? Der Henker ist tot, er bleibt auch tot.«

Die Hellseherin drehte den Kopf und schaute Bernie an.

»Nein«, sagte sie. »Du irrst. Nicht alles, was nicht mehr lebt, ist auch tot, denn die beiden Männer hätten ihn weit draußen verscharren sollen, so aber wurde er direkt am Stadtrand von New York begraben. Und diese Stadt wuchs. Sie weitete sich aus. Immer mehr Häuser und Straßen kamen hinzu. Man dachte nicht mehr an den Henker. Wo er begraben lag, entstand ein neuer Stadtteil, wurden Häuser gebaut, und man gab dem Stadtteil später einen Namen: Greenwich Village …«

Allmählich begriff ich. Ich verstand die Tragweite dieser Tat, die die beiden unbekannten Männer vor über zweihundert Jahren vollbracht hatten. Sie hatten den Henker verscharrt, aber nicht dort, wo er eigentlich hätte liegen sollen.

Tanith/Lucille fuhr fort. »Und sein Grab, Freunde, liegt genau hier!«

Jetzt war es heraus.

Judy stieß einen leisen Schrei aus. Sie schaute sich um, als hätte sie Angst, der Henker würde hinter ihr stehen.

Bernie wollte wieder grinsen. Er schaffte es nicht. Sein solariumbraunes Gesicht wurde zur Grimasse, und so blieb auch er sitzen.

»Wo befindest sich das Grab?«, fragte ich.

»Unten«, lautete die dumpfe Antwort. »Dieses Haus hat einen tiefen Keller. An einer bestimmten Stelle, nahe der Nordwand kann man sein Grab finden. Da liegt er.«

»Ist er nicht aus dem Spiegel gekommen?«, hakte ich nach.

»Nein, nicht er. Es war sein gefährlicher Geist, der den Spiegel verlassen hat. Ihn hatte man damals nicht töten können.«

»Und was geschieht mit dem Geist?«

»Er will zurück in den Körper. Er hat es schon geschafft, ich spüre es.«

»Dann schweben wir alle in Gefahr?«

»Ja, denn er wird sich durch nichts aufhalten lassen und seine furchtbare Rache fortsetzen. Mich wollte er ebenfalls töten, und er hat es auch geschafft, denn die Schlinge, die er immer benötigte, um seine Opfer zu erhängen, ist nicht verschwunden. Er hat sie mitgenommen, und sie kann sich vervielfältigen. Sie ist immer vorhanden. Durch sie hat er nicht nur eine Schlinge, sondern unzählige.«

»Dann schweben wir in Gefahr?«, fragte ich.

»Ja. Wir alle ...« Bevor sie noch mehr sagen konnte, begann sie zu würgen. Dann schüttelte sie sich, versuchte krampfhaft, nach Luft zu schnappen, und dazwischen gab sie Worte von sich, die mit ihrem Schicksal eng in Verbindung standen. »Ich konnte mich – noch – retten. In den Körper – hier. Doch ich muss raus, weg, nur weg – kann mich nicht mehr halten. Der Henker wird ...«

Tanith brach zusammen. Diesmal war es Tanith, denn aus ihrem Mund drang ein heller Streifen, ein nebelhaftes

Gebilde, das wie ein durchsichtiger Schleier über den Tisch quoll und verwehte.

Schwer fiel Taniths Kopf nach vorn. Ich packte sie an den Schultern, rief ihren Namen und schüttelte sie.

Es dauerte etwas, bis sie sich gefangen hatte.

»John …«

Ja, das war wieder die richtige Stimme.

Tanith war wieder normal. Sie hatte die schreckliche Phase hinter sich gebracht und war wieder fähig, klar und nüchtern zu denken. Ein Albtraum war vorüber.

Ich atmete auf und sah im selben Augenblick, wie dieser Bernie in die Höhe schoss. »Okay, ihr hattet euren Spaß, Freunde. Aber nicht mit mir. Was hier vorgespielt wurde, war billigstes Schmierentheater. Davon nehme ich euch nichts ab, das könnt ihr mir glauben. Los, Süße, wir verschwinden.« Er schlug Judy Jackson auf die Schulter, doch das Girl schüttelte den Kopf.

»Nein«, sagte sie, »ich will nicht.«

»Weshalb?«

»Ich muss noch hier bleiben. Ich kann nicht so schnell weg. Verstehe das. Ich muss erst darüber nachdenken und fühle mich auch nicht in der Lage, zu diesem Empfang zu gehen.« Sie drehte dabei den Kopf und schaute Bernie bittend an.

»Du kommst mit. Man wartet!«

»Nein, Bernie, nein!«

»Verdammt, dann zwinge ich dich eben zu deinem Glück.« Der Kerl geriet außer sich. Roh packte er die Frau in Höhe des rechten Ellbogens und drehte sie herum. Mit der anderen Hand holte er aus. Er wollte sie schlagen.

In gewissen Situationen fühlt man sich wie der edle Ritter oder Westernheld. Mir ging es jedenfalls so, denn ich warf mich über den Tisch und schickte meine Rechte auf die Reise.

Bernie wurde dicht oberhalb der Gürtellinie getroffen. Es war wie eine Explosion, die sich in seinem Körper ausbreitete und ihn zurückwuchtete.

Er taumelte fast bis zur Tür, schnappte nach Luft und wurde grün im Gesicht.

»Verdammter Engländer!«, fuhr er mich an. »Misch dich nicht ein, sonst lass ich dich von Leuten durch die Mangel drehen, von denen du bisher nur geträumt hast.«

»Sie scheinen Erfahrungen zu haben«, gab ich zurück. »Aber täuschen Sie sich nicht, auch ich bin nicht ohne.«

Er presste seine Hand auf die Stelle am Körper, wo ihn mein Schlag getroffen hatte. Dann schaute er auf Judy Jackson, die sich auf dem Stuhl gedreht hatte. »Kommst du jetzt mit, Baby?«

»Nein, ich bleibe.«

»Daran wirst du noch denken. Wenn deinetwegen der Termin platzt, siehst du gut aus.« Er sprach die Worte, machte kehrt, ging zur Tür und verschwand.

Mir passte es nicht. Auch ich hätte gern gesehen, wenn Judy Jackson das Haus verließ. Es bestand noch immer eine große Gefahr. Den Geist des Henkers hatten wir längst nicht vernichtet. Wie wir jetzt wussten, war er hier in diesem Haus oder unter dem Gebäude begraben worden, und vielleicht versuchte der Geist, sich mit dem Körper wieder zu vereinen. Wenn das eintrat, wuchs die Gefahr noch weiter.

Deshalb sagte ich zu dem Mädchen: »Bitte, Judy, Sie tun uns keinen Gefallen, wenn Sie bleiben!«

Sie schaute mich aus ihren großen Augen an. »Aber ich kann jetzt nicht zu diesem Empfang.«

»Dann gehen Sie nach Hause.«

Sie strich über ihr Gesicht und warf gleichzeitig eine Haarsträhne nach hinten. »Nein, Mister, auch das nicht. Tut mir Leid, wirklich. Ich fühle mich schlecht …«

Mein Hilfe suchender Blick traf Tanith. Sie hatte sich inzwischen erholt. In ihr Gesicht war die Farbe zurückgekehrt. Auch sie musste begreifen, dass es für Judy schlecht war, wenn sie weiterhin im Haus blieb.

Tanith verstand. »Es ist wirklich besser, Judy, wenn Sie dem Rat folgen.«

»Und wo soll ich hin?«

»Das müssten Sie doch wissen, aber hier können Sie nicht bleiben. Es sind Dinge in Bewegung geraten, die uns alle überrollen, wenn wir nicht Acht geben.«

Judy nickte. Die von Frau zu Frau gesprochenen Worte hatten anscheinend bei ihr gefruchtet. »Na ja, dann werde ich mich mal auf den Weg machen.« Sie drückte ihre Hände auf die schmalen Sessellehnen und wollte aufstehen.

Noch mitten in der Bewegung hörte sie das schreckliche Geräusch.

Auch wir vernahmen es.

Es war kein Schreien, sondern ein schweres Ächzen, eingebettet in dumpfe Schläge.

Ich wusste Bescheid oder ahnte es zumindest. Da war etwas Schreckliches passiert.

Und zwar noch im Haus.

Sofort dachte ich an Judys Begleiter, war mit ein paar Sätzen an der Tür, riss sie auf und schaute in den Gang.

Dort hing ein Mensch.

Es war Bernie. Und die Schlinge schnitt tief in das Fleisch seines Halses …

Er hatte sich noch bewegt und mit seinen Beinen gegen die Wände geschlagen, deshalb das dumpfe Geräusch. Als ich ihn erreichte, war es zu spät. Da hing er bereits leblos in der Schlinge, die an dem starken Lampenhaken in der Decke befestigt worden war.

Trotzdem versuchte ich zu retten, was noch zu retten war. Jagte zurück in das nächste Zimmer, fand dort einen Stuhl und baute ihn neben der Leiche auf.

Ich kletterte hinauf und schaute in sein Gesicht.

Nein, da war nichts mehr zu machen. Der Henker kannte sein Geschäft. Er ließ seinen Opfern nicht die Spur einer Chance.

Ich atmete ein paar Mal tief durch. Danach löste ich die Schlinge und ließ die Leiche zu Boden sinken.

»Er ist tot, nicht?« Hinter mir hörte ich die Stimme der Wahrsagerin.

»Ja.«

»Ich werde mich um Judy kümmern.«

Es war gut, dass Tanith so reagierte. Auch ich wollte

nicht, dass Judy die Leiche sah. Diese Mädchen aus dem Showgeschäft reagierten oft ein wenig überspitzt, eine Panik konnte ich nicht gebrauchen.

Im Haus gab es genügend Zimmer. Ich öffnete die nächstliegende Tür und schleppte die Leiche dort in den Raum. Hinter der Tür ließ ich sie liegen.

Danach ging ich wieder auf den Gang.

Ich fasste die Schlinge an. Die war existent und keine Geisterscheinung. Und wie ich erfahren hatte, konnte der Henker so viele Schlingen herstellen, wie er benötigte. Was wir erlebt hatten, war erst der Anfang. Er würde weiter seinen Terror verbreiten und ihn noch ausdehnen. Das durfte ich auf keinen Fall zulassen.

Wichtig war der Keller.

Hier musste sich das große Drama abspielen, da lief das Finale. Wenn ich den Henker stellen wollte, dann dort unten. Tanith sollte nicht mitgehen, sondern sich um Judy kümmern. Obwohl die Zeit drängte, ging ich noch einmal zurück in das Zimmer, wo sich die beiden Frauen aufhielten, und redete mit Tanith. »Ich gehe nach unten.«

Sie nickte nur, während Judy fragte, was losgewesen sei.

»Nichts, Judy, Sie brauchen keine Angst zu haben.«

Sie schaute uns an und schüttelte den Kopf. »Nein, ihr lügt. Ihr lügt alle. Ich will es sehen!« Hastig drehte sie sich um und rannte aus dem Raum.

Tanith schaute mich fragend an. »Ich habe die Leiche verschwinden lassen«, sagte ich leise.

Judy Jackson kam wieder zurück. Ihr Gesicht zeigte einen verstörten Ausdruck. Dann hob sie die Schultern und ließ sich auf einem Stuhl nieder, wo sie das Gesicht in beide Hände vergrub und von uns überhaupt keine Notiz nahm.

Ich beugte mich zu Tanith hinab. »Wo befindet sich der Kellerschlüssel?«

»Ich gebe ihn dir.« Wir mussten den Raum verlassen und gingen in die Küche. »Der Keller ist sowieso offen. Ich meine, der Hauptkeller. Bei den einzelnen Verschlägen sieht es anders aus.«

Ich hielt den Schlüssel in der Hand und fragte weiter: »Was ist denn mit dieser Nordseite? Liegt dort etwa der Keller unserer Lucille?«

Tanith schaute mich an. »Ja, John, ja. Jetzt fällt es mir wieder ein. Da muss der Henker liegen.«

»Na dann ...« Ich hob die Schultern und fragte nach einer Schaufel.

»Die befindet sich auch im Keller.«

»Dann kann ja nichts schief gehen.« Ich nickte Tanith noch einmal zu und verließ sie. Hier oben hielt mich nichts mehr. Der Keller war jetzt wichtiger ...

Tanith hielt sich noch für eine Weile in der Küche auf. Sie überdachte die gesamte Lage und gelangte zu dem Schluss, dass die Gefahr noch längst nicht gebannt war. Der Geist des Henkers lauerte nach wie vor, und er würde seine Chance nutzen. Da war sie sicher.

Sie öffnete die Kühlschranktür, holte Limonade hervor und schenkte sich ein. In langsamen Schlucken trank sie das kalte Zeug und fühlte sich ein wenig erfrischt.

Gern wäre sie mit in den Keller gegangen, sie sah allerdings ein, dass sich jemand um Judy Jackson kümmern musste. Vielleicht gelang es ihr, sie zu überreden, das Haus zu verlassen. Entschlossen stellte sie das Glas in die Spüle und verließ die Küche. Die Distanz zu dem Zimmer, wo Judy wartete, war schnell überbrückt. Tanith stieß die Tür auf, betrat den Raum und blieb überrascht stehen. Sie drehte den Kopf nach links und nach rechts, aber der erste Eindruck blieb.

Judy war verschwunden!

Die Wahrsagerin überwand die Überraschung schnell. Sie reagierte auch nicht überstürzt, sondern sagte sich, dass es zwei Möglichkeiten gab. Entweder war Judy wirklich gegangen, was gut wäre und sogar wahrscheinlich war, oder aber sie hatte nur die Wohnung und Etage verlassen, um in den Keller zu laufen.

Das wäre fatal gewesen.

Tanith wollte nicht glauben, dass Judy so reagierte. Sie

musste sich einfach sagen, dass es viel zu gefährlich war, wenn sie in den Keller lief.

Aber konnte sie überhaupt richtig entscheiden? Tanith wusste es nicht. Deshalb blieb bei ihr ein ungutes Gefühl, auch als sie Platz nahm und nach der Kugel griff …

Kaum hatten John Sinclair und Tanith den Raum verlassen, als Judy Jackson die Stimme vernahm. Sie sprach nicht auf normalem Wege zu ihr, sondern war nur in ihrem Kopf zu hören. Dort vernahm sie die flüsternde Stimme, die sie lockte und ihr einreden wollte, dass ihr Platz woanders wäre. Eine Frau sprach zu ihr.

Judy erhob sich. Ihr Gesicht hatte einen seltsam entrückten Ausdruck angenommen, als sie der lockenden Stimme lauschte. Die einzelnen Worte waren mit Glockenschlägen zu vergleichen, die in ihrem Kopf dröhnten.

»Ja, ich komme«, gab Judy mit leiser Stimme Antwort. »Ich werde zu dir gehen.«

Die junge Frau bewegte sich in Richtung Tür. Ihre Beine zitterten, in den Knien verspürte sie ein seltsames Gefühl, als wären sie mit einer puddingartigen Masse gefüllt.

Sie verließ den Raum, betrat den Gang und wandte sich nach links, um die Flurtür zu erreichen.

Aus einem der Zimmer hörte sie Stimmen. Dort unterhielten sich dieser Engländer und Madame Tanith. Die sollten sie auf keinen Fall bemerken, denn die weibliche Stimme hatte ihr gesagt, dass sie vorsichtig sein musste.

Danach richtete sich Judy.

Auf Zehenspitzen erreichte sie die Tür, blieb für einen Moment stehen und öffnete dann.

Niemand hatte sie bisher gesehen, und das würde so bleiben, denn der Hausflur vor ihr war leer.

Ein knappes Lächeln huschte über ihre Lippen. Der Plan schien tatsächlich aufzugehen.

So sacht wie nur eben möglich zog sie die Tür hinter sich ins Schloss und setzte ihren Weg fort.

Im Flur war es still, und sie ging leise, um abermals der lockenden Stimme zu lauschen, die ihr befahl, den Weg in den Keller zu nehmen.

Judy wusste nicht, was diese Stimme von ihr wollte. Sie hatte sie inzwischen erkannt, denn sie gehörte Lucille. Genau mit der Stimme hatte auch Tanith gesprochen.

Irgendwo, für sie unsichtbar, musste sich der Geist der Lucille befinden.

Er wollte sie.

Judy Jackson stieg die Treppe hinab. Sie hielt sich dicht an der Wand, denn die Stufen bestanden aus Holz und begannen sehr schnell zu knarren, wenn man sie falsch belastete.

Als sie den ersten Absatz hinter sich gelassen hatte, ging sie schneller. Sie brauchte nicht auf irgendwelche Geräusche zu achten, steigerte ihre Geschwindigkeit und hörte, dass sie von der unsichtbaren Lucille gelobt wurde.

›Ja, so ist es gut!‹

Dann stand sie im unteren Teil des Hausflures, drehte sich nach links und ging dorthin, wo die Rückseite des Hauses begann.

Da lag die Kellertür.

Judy fand sie mit einer traumwandlerischen Sicherheit, zog sie auf, machte Licht und sah vor sich die breite Steintreppe, die in die Tiefe führte.

Ein wenig schauderte sie zusammen. Sie fürchtete sich vor der Dunkelheit, denn der Lichtschein füllte nicht den gesamten Keller aus.

Die Stimme drängte.

Judy beeilte sich. Sie folgte genau den Ratschlägen, die man ihr gegeben hatte, und sie vernahm die nächsten Worte sehr deutlich.

›Komm zu ihm? Komm zu seinem Grab!‹

Damit konnte nur dieser Henker gemeint sein. Das wusste Judy plötzlich, und sie richtete sich danach, indem sie schneller lief.

Beinahe leichtfüßig huschte sie die Stufen hinab, erreichte das Ende des Kellers und fand sich in einem langen Gang wieder, der weiter in die Tiefe führte.

Das Licht wurde schwächer.

Judys Schatten zerfaserte an der Wand. Ihr Atem ging schnell, die Stimme war jetzt drängender geworden, und als Judy das knarrende Geräusch vernahm, blieb sie abrupt stehen.

Eine Tür schwang auf.

Genau vor ihr, da bewegte sich das Holzgatter, das den Keller vom Gang trennte.

›Das Grab, kleine Judy! Dahinter liegt das Grab!‹

Lucille wusste Bescheid. Und sie führte Judy Jackson genau dorthin, wo sie es haben wollte.

Der Musical-Star betrat den Keller.

Dabei hielt Judy den Atem an. Sie zitterte. Angst hatte sie auf einmal ergriffen, doch da war die Stimme, die sie immer weitertrieb.

›Geh bis an die Wand, nimm die Schaufel dort, hol ihn aus der Erde! Befreie ihn!‹

»Ja, ja!«, flüsterte Judy, packte zuerst eine Hacke und begann in der Düsternis des Kellers ihr schauriges Werk.

Sie schaute sich nicht um. Wenn sie es getan hätte, dann hätte sie die beiden geisterhaften Wesen gesehen, die sich hinter ihrem Rücken befanden. Sie lauerten auf ihre endgültige Befreiung.

Der Henker darauf, dass er wieder grausame Taten vollbringen konnte, und der ruhelose Geist der Lucille suchte einen neuen Körper oder die endgültige Vernichtung …

Im Flur begegnete mir ein Mann. Er kam von unten, ich aus entgegengesetzter Richtung.

Der Mann blieb stehen und starrte mich an. Er trug zwei Einkaufstüten. Sein Gesicht zeigte einen misstrauischen Ausdruck.

»Wer sind Sie? Was suchen Sie hier?«

»Ich habe jemand besucht.«

»Die komische Wahrsagerin?«

»Ja.«

»Auch so ein Spinner«, sagte er und ging weiter.

Ich drückte mich an die Wand, damit er an mir vorbei

konnte. Sehr freundlich waren die Leute hier nicht, das konnte man mit gutem Gewissen behaupten.

Diese dumme Begegnung hatte mich Zeit gekostet, was mir überhaupt nicht passte. Ich hatte es eilig, denn der Geist des Henkers sollte auf keinen Fall aus seinem Grab steigen.

Sehr weit brauchte ich nicht mehr zu laufen, um den Hausflur zu erreichen. Dort orientierte ich mich kurz, stellte fest, wo die Kellertür lag, und lief darauf zu.

Für einen Moment blieb ich stehen, um mein Kreuz offen vor die Brust zu hängen. Der Dolch steckte griffbereit in der Scheide, und an die Beretta kam ich auch.

So bewaffnet musste ich den Geist des Henkers eigentlich schaffen.

Kaum hatte ich die schwere Kellertür geöffnet, als ich wie erstarrt noch vor der obersten Stufe verharrte.

Im Keller tat sich etwas.

Ich hörte dumpfe Geräusche.

Wenn mich nicht alles täuschte, waren dies Schläge. Sie klangen sehr dumpf, waren also nicht gegen das Mauerwerk geführt worden, sondern hämmerten gegen den Boden.

Ein schlimmer und schrecklicher Verdacht keimte in mir hoch. Ich atmete scharf ein, als ich an das Grab des Henkers dachte. Dieser schreckliche Unhold war hier im Keller verscharrt worden. Wollte da jemand das Grab öffnen?

Wenn ja – wer?

Ich verspürte zwar keine Angst, aber das ungute Gefühl blieb. Jetzt musste ich schnell sein, denn wenn es der Seele des Henkers gelang, in seinen Körper zurückzukehren, entstand ein grauenvolles Geschöpf, ein mörderischer Zombie, der in diesem Stadtteil von New York sein Unwesen treiben würde.

Dann gab es Tote …

Das Licht brannte. Vor mir sah ich die breiten, alten Steinstufen. Vielleicht war das noch die ursprüngliche Kellertreppe, renoviert hatte man wohl kaum etwas in dem Haus.

An der Wand befand sich der Handlauf. Mit der Rechten hielt ich mich daran fest, als ich, immer zwei Stufen auf einmal nehmend, die Treppe hinuntereilte.

Am Ende blieb ich stehen und bohrte meinen Blick in den Keller. Vor mir wurde das Licht schwächer, dafür hörte ich die dumpfen Schläge jetzt deutlicher.

Worte waren nicht zu vernehmen. Die Person, die da den Boden aufhämmerte, arbeitete schweigend und verbissen.

So lautlos wie möglich ging ich. Nichts sollte mich verraten. Ich wollte die Überraschung voll auskosten.

Dann sah ich die Bewegung.

Sie war dort entstanden, wo der Lichtschein fast versickerte. Es war eine schnelle, huschende Bewegung, wie sie eigentlich nur von einem Geist verursacht werden konnte.

Eine Spukgestalt inmitten des Kellers!

Kalt lief es meinen Rücken hinab. Ich dachte an den Henker. War er es, der da lauerte?

Jetzt nahm ich das Kreuz in die Hand. Es schaute aus meiner Faust. Seine Umrisse schienen zu vibrieren. Sie zitterten, und wieder einmal setzte ich mein ganzes Vertrauen hinein, als ich tiefer in den dunklen Keller vordrang.

Nur die Schläge waren zu hören. Meine Schritte nicht, und auch das geisterhafte Wesen gab keinen Laut von sich.

Aber mir war nicht wohl zu Mute. Über meinen Rücken kroch eine Gänsehaut, ich schüttelte mich. So etwas wie Angst keimte in mir auf. Angst vor der nahen Zukunft, denn ich wusste nicht, wer noch alles in der Nähe lauerte.

Dann blieb ich stehen.

Genau in dem Moment, als ich vor mir einen Schrei vernahm, der dünn an meine Ohren drang.

Und ebenso dünn war auch die Stimme, die mir befahl: »Keinen Schritt weiter, John Sinclair, sonst bist du verloren!«

Lucille hatte gesprochen!

Einem ersten Reflex folgend, blieb ich tatsächlich stehen und schaltete erst einmal ab. Diese Leere im Gehirn blieb nicht einmal für die Dauer einer Sekunde, dann war ich wieder voll da und nahm die ganze unheimliche Atmosphäre dieses Kellers auf.

Ich stand am Rand des Lichtscheins, schon mehr in der Finsternis, aus der mir die Stimme entgegengeklungen war. Dort lauerte ein gefährliches Wesen, der Geist dieser Lucille, der sicherlich endlich eine Heimat haben wollte.

Hatte er sich auf die Seite des Henkers geschlagen?

Damit musste ich rechnen, und ich durfte auch jetzt keine Rücksicht mehr nehmen.

Ich ging vor.

»Neiiiin!« Ich hörte das hohe, schrille Kreischen, das die schemenhafte Gestalt vor mir ausstieß.

Dann griff sie an.

Plötzlich tauchte sie dicht vor meinem Gesicht auf. Ich konnte soeben noch die Hand mit dem Kreuz anheben, spürte den kalten Hauch, der mich streifte, und spürte die Berührung.

Die Welt erstarrte.

Das Gefühl hatte ich, denn die folgenden Ereignisse liefen zwar schnell, aber für mich dennoch langsam ab.

Wieder einmal hatten die Kräfte der Magie und die des Lichts Kontakt miteinander.

Für einen Moment materialisierte sich der Geist der Lucille dicht vor meinen Augen. Ich sah einen Körper, eine Frau, die blondes Haar hatte und ein blaues Kleid trug.

Sie berührte mit den Füßen nicht einmal den Boden, schwebte über mir und wurde allein von dem Kreuz gehalten, an dem sie wie festgeklebt wirkte.

Dann verging sie.

Der zwar bildhaft vor mir schwebende, aber nicht dreidimensional existente Körper wurde in der Luft zerrissen. Die Kraft des Kreuzes sprengte ihn in seine Einzelteile auf.

Fetzen flogen buchstäblich zur Seite. Da wurden die

Arme zerrissen und zu schattenhaften Gebilden, die Beine lösten sich auf, verschwanden in einem dünnen Schleier, sodass zum Schluss nur noch der Kopf übriggeblieben war.

Und auch ihn zerstörte mein Kreuz.

Es gab nichts, was den Kräften des Lichts noch widerstehen konnte. Das Kreuz räumte auf. Die schwarze Magie hatte hier keine Chance, sie konnte nicht überleben.

Ich musste mit ansehen, wie der Geist dieser Lucille endgültig seine Erlösung fand.

Und ich atmete auf, als von ihm nichts mehr zu sehen war. Wieder einmal hatte ich gewonnen.

Das Leuchten auf meinem Silberkreuz schwächte sich allmählich ab. Ein Rest jedoch blieb, denn es existierte noch ein zweiter Geist, und der war wesentlich gefährlicher.

Als ich weitergehen wollte, hörte ich das Geräusch. Es war ein tiefes, grauenvolles Stöhnen, das mir durch den Gang entgegenhallte und dem ein satanisches Gelächter folgte. Gatano, die Galgenhand, war frei!

Tanith saß in ihrem Zimmer und hatte Angst. Nicht so sehr um sich, sondern um das Mädchen. Judy Jackson. Sie war verschwunden, und die Hellseherin glaubte nicht, dass sie überleben würde, wenn sie dem Geist des Henkers begegnete.

Tanith wollte sich auch nicht unbedingt auf John Sinclair verlassen, sondern selbst etwas tun.

Und sie konzentrierte sich. Fest hielt sie die rote Kugel umklammert. Ihre Gedanken gingen auf Wanderschaft. Sie waren streng auf einen Punkt fixiert, und der hieß Judy Jackson. Wenn eben möglich, wollte sie das Mädchen warnen.

Aber da gab es etwas, das ihren Einfluss stark bremste. Es war wieder diese Wolke, die als eine magische Wand zwischen ihr und Judy Jackson stand.

Sosehr Tanith sich auch bemühte, sie kam nicht durch.

Die Wolke filterte alles. Sie saugte die Ströme auf wie ein trockener Schwamm das Wasser.

Die Wahrsagerin zitterte. Deutlich spürte sie das Fremde, das sich auch innerhalb der Kugel manifestierte und wie ein Bumerang gegen sie zurückschlug.

Angst überfiel sie.

Mit einem Mal wusste sie, dass ihr die Dinge außer Kontrolle gerieten. Sie konnte einfach nicht mehr. Die schwarze Magie der Gegenseite übernahm die volle Kontrolle.

Schwer drang der Atem aus ihrem Mund. Die Lippen bewegten sich, die Wand, die zwischen ihr und Lucille stand, wurde dichter, sie breitete sich wie ein undurchdringlicher Nebel aus, und Tanith begriff, dass sie die Magie unterschätzt hatte.

Die andere war stärker geworden.

Ein Schrei löste sich aus ihrer Kehle. Er füllte den gesamten Raum aus, und sein Echo war noch nicht verklungen, als Tanith in die Höhe sprang und ihre Arme gegen die Decke streckte.

Sie wusste, was geschehen war.

Gatano, die Galgenhand, hatte es geschafft.

Er war frei!

Triumph, Freude, Hoffnung – das alles dröhnte mir mit dem Gelächter entgegen. Ich war zu spät gekommen, der Geist des Henkers hatte einen Helfer gefunden und war nun mit seinem Körper vereint.

Grauenvoll ...

Von Lucille sah ich nichts mehr. Ihr ruheloser Geist war für alle Zeiten im Nirwana des Dämonenreiches gelandet. Jetzt gab es nur noch einen.

Gatano, die Galgenhand!

Wer war stärker?

Ich näherte mich möglichst lautlos meinem Ziel. Drei Schritte benötigte ich. Leider knirschte etwas unter meinen Sohlen. Es war der Dreck, der sich hier abgelagert hatte.

Neben dem offenen Rechteck blieb ich stehen. Den Mund hielt ich geöffnet und atmete nur noch sehr flach. Ich blickte auf die helle Holztür, die im rechten Winkel zur Mauer stand.

Und ich hörte das Weinen.

Es war ein leises Geräusch, voller Angst und Qual ausgestoßen, mehr ein Wimmern.

Judy Jackson!

Sie hatte den Unhold befreit, und nun hielt er sie in seinen Krallen. Ich zog die Beretta aus der Halfter, spannte noch einmal meinen Körper und sprang dann vor. Gleichzeitig drehte ich mich nach rechts, sodass ich in den Keller hineinblicken konnte.

Viel sah ich nicht, dafür war es zu dunkel.

Da war eine offene Grabstelle zu erkennen, und daneben türmte sich ein dunkler Schatten.

Es war aufgeworfene Erde, die dort einen Hügel bildete. Judy hatte das alte Grab geöffnet. Sie stand jetzt darin, aber sie wurde gehalten. Hinter und neben ihr wuchs eine unheimlich anzusehende Gestalt in die Höhe, der alte Henker.

Ich schauderte, als ich ihn bemerkte. Obwohl ich nur seine Umrisse sah, konnte ich mir gut vorstellen, welch eine Bestie mir da gegenüberstand.

Sollte ich schießen?

Nein, das konnte ich auf keinen Fall riskieren, denn er hielt eine Geisel fest, und die Lichtverhältnisse waren für einen gezielten Treffer zu ungünstig. Was also tun?

Er kletterte aus dem offenen Grab. Seine Bewegungen wirkten ungelenk, dies konnte ich trotz der miserablen Lichtverhältnisse sehen, aber er ließ Judy nicht los, die jetzt wieder anfing zu wimmern, denn der untote Henker hielt sie fest umklammert.

Ich bekam es mit der Angst zu tun. Weniger um mich als um Judy, denn die Reaktionen der Bestie waren einfach nicht vorauszuberechnen.

Ich wich zurück.

Der Henker sollte dies als ein Zeichen werten. Ein Indiz dafür, dass ich ihn als Sieger anerkannte.

Und er verließ sein Grab.

Schwer stöhnte und ächzte er. Grauenvolle Geräusche, die ebenso gut in der Tiefe der Hölle entstanden sein konnten, begleiteten diesen Gang aus dem Grab.

Schaurig hallte es mir entgegen, sogar ein hohles Pfeifen drang aus dem Mund.

Ich war ein paar Schritte zurückgewichen, befand mich schon innerhalb des Lichts, als Gatano mit seiner menschlichen Beute den Kellerraum verließ.

Judy hing wie eine Puppe in seinem Griff. Mit der linken Hand hielt er sie umklammert, die rechte hatte er frei.

Jetzt sah ich ihn zum ersten Mal.

Er war eine grauenvolle Kreatur. Ein widerliches Scheusal, ein Abziehbild der Hölle, Günstling des Teufels, und was immer man zu ihm sagen konnte.

Der Körper war nicht in dem Maße verwest, wie man hätte annehmen können. Fetzen von einem alten Totenhemd hingen noch an seiner klebrigen, grauen Haut. Das Gesicht war eingefallen. Über die Knochen spannte sich dünn die Haut, ebenso dünn und strähnig waren die völlig verfilzten Haare.

Aber grün schillerte die Galgenhand.

Hand und Arm sahen schuppig aus. Sie erinnerten mich an die Gliedmaße einer Echse. Und ich sah auch die blutigen, spitzen Nägel, die scharf wie Dolche waren.

Schlurfend bewegte er sich durch den Keller. Auch er befand sich jetzt im Gang, sodass er von dem Lichtschein erfasst wurde. Der Mund bildete in seinem Gesicht ein tiefes Loch. Er erinnerte mich an eine Höhle.

Und das Mädchen?

Judy war vor Angst starr. Sie konnte sich überhaupt nicht bewegen. Ihr Gesicht war nur mehr eine Maske des Schreckens. Da lebte nichts mehr, die Augen schienen in den Höhlen eingefroren zu sein, nur die Lippen zitterten noch.

Wo wollte er hin?

Er musste das Kreuz sehen, das ich in meiner linken Hand trug. Ein Kreuz, das das Gute symbolisierte, und es musste eigentlich seinen Vorwärtsdrang stoppen.

Aber er ging weiter.

Mich machte er damit unsicher. Was hatte diese Bestie vor? Ließ sie sich auch durch das Kreuz nicht stoppen?

Und da sah ich etwas Schlimmes. Plötzlich löste sich sein Arm vom Körper.

Es war der grüne, der schuppige. Seine Galgenhand öffnete sich dabei so weit, dass sie eine Klaue bildete, die meinen Hals umfassen konnte.

Er wollte mich auf diese Art und Weise erwürgen.

Ich hielt ihm das Kreuz entgegen. Nur die Hand starrte ich an. Langsam nur näherte sie sich. Ich wurde dabei an Desteros Würgehand erinnert, die ebenfalls aus dem Jenseits erschienen war und mich damals hatte töten wollen.

Aber das Kreuz musste es packen.

Leider achtete ich zu sehr auf die grüne Hand des Monsters und zu wenig auf Judy Jackson. Deshalb hörte ich ihren Warnschrei viel zu spät.

Er gellte mir zwar laut und spitz in den Ohren, doch ich begriff den Sinn nicht mehr.

Mit ihrem Schicksal hatte es nichts zu tun, sondern mit dem meinen. An der Wand sah ich eine schattenhafte Bewegung, etwas warf diesen zitternden Schatten, und im nächsten Augenblick wischte dieser Gegenstand an meinen Augen vorbei und fand sein Ziel an meinem Hals.

Bevor ich irgendetwas unternehmen konnte, zog sich die verdammte Schlinge zu und würgte mir die Luft ab.

Jetzt hatte mich der Henker endgültig!

In den nächsten Sekunden fühlte ich, wie es einem Menschen zu Mute sein musste, den man aufhängen wollte. Ich konnte nicht mehr atmen und spürte das raue Material der Schlinge an meiner Haut, die regelrecht aufgescheuert wurde.

Zwar hatte ich den Mund offen, doch Luft drang nicht in meinen Hals. Der Druck schnürte sie mir radikal ab.

Dann war da noch die Hand mit dem verfluchten Arm. Diese widerliche, grüne Klaue, die meinem Gesicht immer näher kam und mich bald berühren musste.

Das Monster selbst verschwamm vor meinen Augen. Es dirigierte durch seinen schrecklichen Geist die Schlinge, die mir nicht nur die Luft abschnitt, sondern mich auch weiter nach hinten schleifte und mich strangulieren wollte.

Jetzt wurde es kritisch. Wenn ich in den nächsten Sekunden die Schlinge nicht von meinem Hals lösen konnte, würde ich so schwach sein, dass ich zu keiner Gegenwehr mehr fähig war.

Gnadenlos waren die Jenseitskräfte. Aus meinem Mund drangen schreckliche Geräusche. Ich selbst hatte die noch nie von mir gehört. Das war ein Würgen, Ächzen und Stöhnen.

Ich bekam keine Luft, drehte mich, spürte, wie sehr die Schlinge an meinem Hals scheuerte, und kämpfte verbissen gegen die Schwäche, ohne ihrer Herr zu werden.

Dann brach ich in die Knie.

Obwohl ich sehr schnell nach hinten fiel, hatte ich das Gefühl zu schweben. Schließlich schlug ich mit dem Hinterteil auf, kippte aber nicht weiter zurück, weil die Schlinge mich festhielt.

Es war schlimm.

Mit Blei schienen meine Glieder gefüllt zu sein. Es musste mir doch gelingen, die Arme hochzureißen und die Schlinge mit dem Kreuz zu berühren.

Plötzlich war die Hand da.

Ich sah weder Gatano noch das Mädchen. Diese schreckliche Klaue füllte mein gesamtes Blickfeld aus. Nur die grüne, widerliche Farbe sah ich und spürte die Berührung.

Die unheimliche Totenklaue presste sich in mein Gesicht. Die Finger waren nach oben gerichtet, sie malträtierten meine Stirn, und ich spürte den harten Druck, der sich bis zu einem flammenden Schmerz steigerte.

Ich fiel zurück.

Mit dem Hinterkopf knallte ich zu Boden, und dieser Schmerz zuckte durch meinen Schädel. Er richtete mich sogar ein wenig auf, ich sah für einen Moment alles klarer und konnte durch die jetzt gespreizten Finger der Galgenhand schauen.

War es das letzte Aufbäumen vor dem Tod?

Da hörte ich das Zischen. Im selben Augenblick vernahm ich auch den Schrei, die Hand zuckte zurück, und die Kette, an der das Kreuz hing, wurde mir mit einer unwiderstehlichen Kraft vom Hals gerissen. Auch die Schlinge verschwand. Ich schnappte nach Luft, doch es wurde nur mehr ein Keuchen und Krächzen, als ich den Sauerstoff in meine Lungen sog.

Das Kreuz kämpfte für mich.

In den Augenblicken höchster Lebensgefahr hatte ich es mobilisieren können. Hinzu kam die starke schwarzmagische Kraft, zu der mein Kreuz gleichzeitig einen Gegenpol bildete.

So hatte es eine regelrechte Explosion gegeben, in die ich nicht einmal hatte eingreifen können, auch nicht in die nächsten Vorgänge, denn das erledigte das Kreuz von allein.

Es klebte an der Hand. Genau auf der Innenfläche hatte es seinen Platz gefunden, und es begann mit seinem zerstörerischen Werk.

Der in der Luft schwebende Galgenarm begann zu tanzen. Er schlug um sich, zuckte, war einmal oben, dann wieder dicht über dem Boden, denn er wollte nicht aufgeben.

Qualm, schwarzgrau, lag wie ein Schleier über dem Arm. Er drang aus den Poren, die plötzlich aufgerissen wurden, und in dem verfaulten, schwarz wirkenden Fleisch klafften dicke Risse.

In einem wirren Zickzack wirbelte der Galgenarm durch den Kellergang. Es klatschte laut, wenn er gegen die Wände hieb, zurückgeworfen wurde, auf den Boden prallte, wieder in die Höhe schnellte und dann auseinander flog.

Dies geschah mit einem puffenden Geräusch. Plötzlich war nichts mehr von diesem gefährlichen Galgenarm zu sehen, nur noch Staubpartikel legten einen düsteren Schleier zwischen mich und das Mädchen.

Und Gatano selbst?

Ich hatte ein wenig Zeit gehabt und konnte mich in den vergangenen Sekunden einigermaßen erholen. Mein Hals schmerzte höllisch, aber ich konnte wieder atmen.

Auf die Knie hatte ich mich stemmen können und schaute nach vorn, wo der übrige Körper stand.

Nein, er stand nicht mehr. Gatano wankte.

Er öffnete sogar seinen Griff, und Judy Jackson rutschte unter dem Arm hindurch. Sie war frei, aber sie besaß längst nicht mehr die Kraft, sich auf den eigenen Beinen zu halten.

Judy Jackson sank zusammen.

Nach vorn kippte sie, streckte noch die Arme aus, fing den Sturz einigermaßen ab, und der Henker setzte nicht nach.

Er hatte genug mir sich selbst zu tun.

Auf irgendeine Art und Weise mussten er und sein Arm in Verbindung stehen, denn die Zerstörung der Galgenhand leitete auch seinen Untergang ein.

Er taumelte. Einen Schritt nach vorn wollte er gehen, schaffte es jedoch nicht, fiel zur Seite und prallte gegen die Wand, wo er für einen Moment Halt fand, stieß sich ab und wankte über die Gangbreite auf die andere Mauer zu.

Hier klatschte er gegen.

Ich war näher an ihn herangegangen und sah Judy Jackson aus der Gefahrenzone kriechen.

Die junge Frau war gerettet.

Der Henker kämpfte noch. Als ich mein Kreuz aufhob, stieß er sich soeben wieder ab, drehte sich, und ich konnte in sein Gesicht schauen, das diesen Ausdruck überhaupt nicht mehr verdiente.

Der Henker wurde zu dem, was er eigentlich längst hätte sein sollen. Zu Staub und Knochen.

Sie fielen ihm aus dem Gesicht. Ich hörte ihr helles Aufschlagen, dem folgte der Staub, vermischt mit Teilen seiner Augen.

Ich ging aus dem Weg, als die Reste nach vorn kippten, aufprallten und durch den Druck auseinander flogen.

Gatano, die Galgenhand, war nicht mehr.

Mit schweren Schritten betrat ich den Keller und schaute dort nach. Ich schüttelte den Kopf, als ich im Licht meiner kleinen Bleistiftleuchte erkannte, wie sehr das Mädchen geschuftet hatte. Innerhalb einer kurzen Zeit hatte sie es mit einer Hacke und einer Schaufel tatsächlich geschafft, das alte Grab auszuheben.

Eine unwahrscheinliche Leistung.

Ich hörte Judy weinen und verließ den Kellerraum wieder.

Der Musical-Star hockte auf dem Boden. Den Kopf hielt das Mädchen gesenkt, in seinem Gesicht waren die nassen Spuren der Tränen zu sehen, die Lippen zitterten, und in den Augen glänzte es.

Ich bückte mich, berührte sie an der Schulter. Wie ein verängstigtes Reh rutschte sie zurück. Erst als sie mich erkannte, atmete sie auf und ließ sich von mir in die Höhe ziehen.

»Kommen Sie, wir haben hier nichts mehr verloren«, sagte ich, denn ich wollte den Keller so schnell wie möglich verlassen.

Judy musste von mir gestützt werden. Als wir uns der Treppe näherten, hörten wir Stimmen. Schon wurde die Tür aufgestoßen, ich sah einen Mann, daneben Tanith, und hinter den beiden standen mehrere Männer, die Revolver in den Händen hielten.

»Lassen Sie die Kanone stecken, Lieutenant Melvin! Es ist vorbei.«

Er kam trotzdem, drängte mich zur Seite und schaute in den Gang, während ich Tanith beruhigend zunickte.

»Da haben Sie sich ja wieder was geleistet, Sinclair!«, brüllte er. »Mein lieber Mann.«

»Wieso wieder?«

»Ich habe inzwischen erfahren, wer Sie sind.«

»Gratuliere.«

Er winkte ab. »Warum haben Sie das nicht vorher gesagt?«

»Weil ich nicht dienstlich hier gewesen bin. Da oben liegt übrigens noch ein Toter.«

»Ich weiß. Diese Hellseherin hat ihn mir gezeigt.« Er lachte laut. »Bin gespannt, welche Erklärungen Sie für den Fall haben.«

»Ich wüsste schon eine.«

»Ich höre.«

»Lieutenant Melvin stellt den Killer aus dem Jenseits. Das wäre doch was – oder?«

»Meinen Sie wirklich, ich …?«

»Klar, Meister. Ich verschwinde hier. Rufen Sie in einer halben Stunde die Reporter und kassieren Sie den Ruhm. Ich bin, ehrlich gesagt, nicht scharf darauf.«

»Wenn das so ist …«

Lachend stieg ich die Treppe hoch und nahm Judy Jackson mit.

Zwei Tage später war alles geklärt, und ich konnte New York verlassen, nachdem ich intensive Gespräche mit hohen Polizeioffizieren geführt hatte. Auch Tanith war dabei.

Ob die Männer uns glaubten, wussten wir nicht. Auf jeden Fall konnten sie aufatmen. Ein unseliges Erbe war ausgelöscht worden. In Greenwich Village ging wieder alles seinen normalen Gang.

Ich flog nicht allein. Tanith wollte ebenfalls aus New York verschwinden. Sie hatte Sehnsucht nach Paris, was durchaus verständlich war. In London wollte sie umsteigen.

»Dann ist ja bald Weihnachten«, sagte sie, als wir schon weit über dem Atlantik flogen. »Wo feierst du das Fest?«

»Ich sagte es schon. Da die Conollys nicht zu Hause sind, werde ich mich wohl bei Suko und Shao einfinden. Vielleicht schicken mir alle Monster noch eine Weihnachtskarte.«

Wir lachten.

Doch mir sollte das Lachen sehr bald vergehen, denn das Weihnachtsfest wurde völlig anders, als ich es mir vorgestellt hatte …

ENDE

Triumpf der weißen Magie

Mit einer Gesamtauflage von 250 Millionen ist ›*Geisterjäger John Sinclair*‹ ist die erfolgreichste Horror-Serie der Welt, und Jason Dak zählt zu den meistgelesenen Autoren deutsche Sprache. In dieser Taschenbuch-Ausgabe erscheinen acht seiner atemberaubenden Romane:

Sieben Siegel der Magie
Allein in der Drachenhöhle
Macht und Mythos
Hexenabend mit Jane Collins
Mit Mörderblick und Todeslächeln
Belphégors Rückkehr
Der Höllenwurm
Vampir-Kosmetik

ISBN 3–404–73930–2

BASTEI LÜBBE

Als sich dem jungen Gunn Henderson neue berufliche Perspektiven bieten, zögert er nicht lange, zumal der Job in einer expandierenden Marketing-Firma mit vielen Annehmlichkeiten verbunden ist. Sein neuer Chef prophezeit, dass Gunn innerhalb eines Jahres Millionär sein wird, und überläßt ihm und seiner Familie eine Luxuswohnung samt Koch und Hausmeister. Doch dieses Leben hat seinen Preis: Denn der angebliche Hausmeister verfolgt einen finsteren Plan, und für die Hendersons beginnt ein Spiel auf Leben und Tod ...

ISBN 3-404-14553-4

BASTEI
LÜBBE

Wenn der Mensch der Natur gebieten kann, gibt es keine Sicherheit mehr diesseits von Eden

Ein kleines, verschwiegenes Tal in Kalifornien. Hier lebt seit den sechziger Jahren eine Hippie-Kommune. Nun aber soll ihr Dorf einem Stausee weichen. Doch die ›Kinder von Eden‹ wollen sich nicht aus ihrem Paradies vertreiben lassen und greifen in ihrer Not zu einem wahnwitzigen Plan: Sie drohen der Regierung, ein Erdbeben stattfinden zu lassen, das entsetzliche Folgen haben wird. Niemand nimmt ihre Ankündigung ernst. Nur die junge FBI-Agentin Judy Maddox, die bereits auf der Abschussliste ihrer Vorgesetzten steht, hat ihre Zweifel und versucht, die Katastrophe zu verhindern. Aber dann überschlagen sich die Ereignisse …

›Gut recherchiert und nervenaufreibend spannend.‹
Brigitte

ISBN 3–404–14535–6

BASTEI
LÜBBE